KB079544

1等當選詩

하늘

신건호

국방부 산하 승리일보사가
'입원한 국군장병'을 대상으로 시행한 문예현상공모에서
시 부문 1등으로 당선된 시인의 작품
「하늘」 전문이 수록된 스크랩 자료.

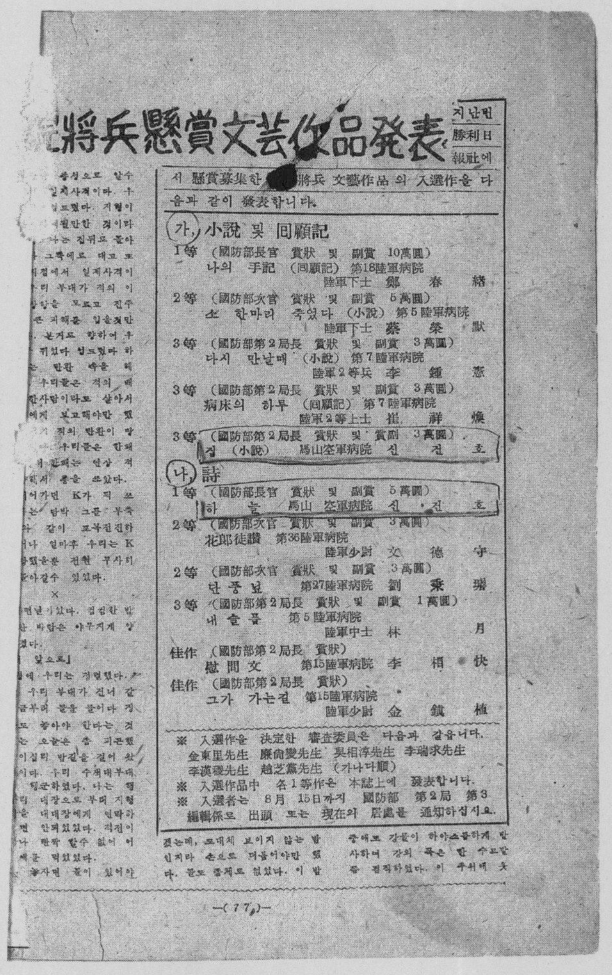

將兵懸賞文芸作品発表

지난번 勝利日報社에서 懸賞募集한 [illegible]將兵 文藝作品의 入選作을 다음과 같이 發表합니다.

가, 小說 및 回顧記

1等 (國防部長官 賞狀 및 副賞 10萬圓)
나의 手記 (回顧記) 第18陸軍病院
陸軍下士 鄭 春 緖

2等 (國防部次官 賞狀 및 副賞 5萬圓)
소 한마리 죽였다 (小說) 第5陸軍病院
陸軍下士 蔡 榮 默

3等 (國防部第2局長 賞狀 및 副賞 3萬圓)
다시 만날때 (小說) 第7陸軍病院
陸軍2等兵 李 鍾 憲

3等 (國防部第2局長 賞狀 및 副賞 3萬圓)
病床의 하루 (回顧記) 第7陸軍病院
陸軍2等上士 崔 祥 煥

3等 (國防部第2局長 賞狀 및 賞副 3萬圓)
집 (小說) 馬山空軍病院 신 건 호

나, 詩

1等 (國防部長官 賞狀 및 副賞 5萬圓)
하 늘 馬山 空軍病院 신 건 호

2等 (國防部次官 賞狀 및 副賞 3萬圓)
花郞徒讃 第36陸軍病院
陸軍少尉 文 德 守

2等 (國防部次官 賞狀 및 副賞 3萬圓)
단 풍 보 第27陸軍病院 劉 秉 瑞

3等 (國防部第2局長 賞狀 및 副賞 1萬圓)
내 술 품 第5陸軍病院
陸軍中士 林 月

佳作 (國防部第2局長 賞狀)
慰問文 第15陸軍病院 李 相 快

佳作 (國防部第2局長 賞狀)
그가 가는길 第15陸軍病院
陸軍少尉 金 鎭 植

※ 入選作을 決定한 審査委員은 다음과 같읍니다.
金東里先生 廉尙燮先生 吳相淳先生 李瑞求先生
李漢稷先生 趙芝薰先生 (가나다順)

※ 入選作品中 各1等作은 本誌上에 發表합니다.

※ 入選者는 8月 15日까지 國防部 第2局 第3編輯係로 出頭 또는 現在의 居處를 通知하십시요.

—(77)—

승리일보사의 '입원 장병 현상문예작품 심사 결과 발표문' 스크랩 자료.
날짜는 적혀 있지 않아 정확한 시기는 알 수 없으나 1952년경으로 추정되며
'마산 공군병원 신건호'(신동문의 본명)로 발표되었다.
당시 심사위원은 김동리·염상섭·오상순·이서구·이한직·조지훈.

1956년 제4회 충북문학상 시상식에서
수상자 민병산 선생과 함께. 맨 오른쪽이 시인.

1960년 회현동 결핵협회 사무실의
추사 김정희 글씨 앞에서 동료 문인들과 함께.
왼쪽부터 시인, 박재삼, 김대규, 천상병, 김재섭, 박봉우.

1974년 제1회 만해문학상 시상식에서.
왼쪽부터 백낙청, 시인, 신경림.

1975년 제2회 만해문학상 시상식에서.
뒷줄 왼쪽부터 정택근(만해 선생 사위), 백낙청, 염무웅, 신경림,
앞줄 왼쪽부터 한영숙(만해 선생 따님), 김광섭, 천승세, 김정한, 이호철, 시인.

『창작과비평』 1976년 봄호(통권 39호) 좌담
「창비 10년: 회고와 반성」(본책 740면 수록).
왼쪽부터 염무웅, 시인, 백낙청, 이호철, 신경림.

2005년 신동문 시비 제막식(청주시 발산공원)

단양읍 수변공원에 있는 신동문 시비

신동문 전집

신동문

신동문 전집

염무웅 엮음

창비

차례

풍선과 제3포복

미발표 시

제2부 산문

썩어진 지성에 방화하라

김삿갓 따라 강산 천리

청춘의 병든 계단

미발표 산문

제3부 기타

일러두기

1. 기존『신동문 전집』(2004 솔)의 오류를 바로잡고 작품을 전면 보완하였다.
2. 신문·잡지·동인지 등에서 새로 발굴한 시 15편, 산문 20편, 기타 7편을 추가하였다.
3. 신동문 시인의 장남 신남수 씨가 보관하고 있던 미발표 육필원고 중에서 시 36편, 산문 11편을 추가하였다.
4. 작품이 발표된 뒤에 단행본에 재수록되면서 개작된 경우에는 작가의 최종 수정을 거친 작품을 정본으로 삼았다.
5. 작품의 배열은 발표순으로 하였다.
6. '시작 노트'는 해당 시 뒤에 수록하였다.
7. 한자는 한글로 표기하고 필요한 경우에만 괄호 안에 병기하였다.
8. 맞춤법은 현행 표기법에 따르되 작가만의 개성 있는 어휘나 사투리는 그대로 두었다. 원어를 알 수 없는 외래어는 발표 당시의 표기대로 두었다.
9. 원문의 명백한 오탈자는 바로잡았고, 문장은 가급적 원본대로 두었다. 단, 산문의 경우 어색한 문장은 원문의 의미를 훼손하지 않는 선에서 다듬었다.
10. 원문 해독이 불가능한 글자는 ○로 표시하였다.
11. 설명이 필요한 경우에는 본문 하단에 각주를 달았다

제 1 부

시

내 勞動으로
오늘을 살자고
決心을 한 것이 언제인가
머슴살이 하듯이
바친 靑春은
다 무엇인가.

辛東門

아! 신화같이 다비데군들

*1952년경부터 1973년까지 여러 지면에 발표된 시 중에서
시집에 묶이지 않은 작품을 모았다.

하늘*

1

진종일 나는 초원처럼 넓고 무성한 비행장에서 비행기에 매달리어 일을 한다. 일을 하다 뜻없이 하늘을 바라본다. 5월의 맑은 하늘엔 흰 구름이 한가히 떠가고 있다. 그러면 나는 나를 잊고 중얼댄다.

"아 아무도 없다. 하늘뿐이다."

그러곤 나는 또 진종일 일을 계속한다. 진정 아무도 없다. 아득히 지평선과 수평선이 가로놓인 곳에 하늘이 덮이어 있을 뿐.

2

하늘과 나, 아니 하늘뿐이다. 꿈이나 꾸고 있는 듯한 그러한 미묘한 나의 실존을 하늘은 실없이 나에게 알리곤 후련히 먼 곳으로 사라져가는 것 같다. 너줄한 나의 의기(意氣)니 정념(情念)이니 하는 따위에는 코웃음도 않고 하늘은 푸르른 아득한 곳으로 가버리는 것 같다.

* 이 시는 국방부 산하 승리일보사가 '입원한 국군장병'을 대상으로 시행한 문예 현상공모에서 시 부문 1등으로 당선된 작품이다(심사위원: 김동리·염상섭·오상순·이서구·이한직·조지훈). '마산 공군병원 신건호'(신동문의 본명)로 발표되었다. 이때는 군생활 중 폐결핵이 발병하여 마산 공군병원에 입원해 있던 시기(1952~53)이다. 승리일보사의 '입원 장병 현상문예작품 심사 결과 발표문'에는 날짜가 적혀 있지 않아 정확한 시기는 알 수 없다. 또한 이 발표문에 따르면 시, 소설 1등 당선작은 '본지상(本誌上)'에 수록한다고 되어 있지만, '본지(本誌)'가 어떤 잡지인지도 알 수 없다. 시인이 생전에 현상공모 심사 결과 발표문이 실린 77면과, 당선작 「하늘」 전문이 수록된 78~79면만 스크랩해놓았기 때문이다.

3

어느 때는 나의 초라함을 알리며 하늘은 나의 앞에 가로선다. 영원 같은 뚫을 수 없는 절벽으로, 또는 어처구니없이 벅찬 두려움으로, 또는 그칠 줄 모르는 거인의 중얼댐처럼, 그리하여 어찌할 수 없는 시간의 흐름처럼 나의 주변에서 춤을 추는 것이었다.

4

또, 진종일 비행장을 둘러싸고 하늘의 군집(群集)의 고동소리가 들린다. 그것은 어디서 시작되어 어디까진지 끝없이 계속된다. 그 무표정한 하늘의 호흡은 나의 귀에 울리고, 어머니의 귀에 울리고, 조상들에게 울리고, 지각을 뚫고 가 세계의 벽에까지 가서 부닥칠 것이다. 그러면 그곳에선 오손도손 송이버섯 돋아나듯 그렇게 무슨 힘이 솟을지도 모른다.

5

또 하늘은 나에게 무엇인지 속삭인다. 그 말을 듣노라면 비행장은 무척 조용해진다. 하늘의 말은 나의 몸에 스미어든다. 그러면 나의 피부색이 변하고 나의 내장이 변해지면 나는 점차로 가벼워지며 투명한 우모(羽毛)처럼 하늘로 날아오르다간 때가 되면 도로 잠잠히 제 자리에 내리어선다. 적당해야 할 현재에로. 알맞아야 할 현재에로.

6

한없이 넓은 하늘을 커다란 면경(面鏡)에 대하듯이 서서 볼라치면 하늘은 그런 나를 조용히 놓고 가버린다. 안개 흐린 수평선으로 흰 돛이 청초히 사라지듯 그렇게 나의 꿈의 보람도 사라졌노라고 나에게 가리키며 아득히 하늘은 사라진다.

7

어느 때는 나의 어머니처럼 상냥하던 하늘, 젊은 나의 꿈을 엄청히 크게 길러놓은 하늘. 그러곤 또 그 꿈을 터무니없이 허물어트리어놓고 가버린 하늘. 그러나 오늘, 그 하늘 밑에 우리의 조국은 잠을 깨어 생동한다. 꿈 대신 조국을 지키려는 용사들은 이 하늘에서 피를 뿌리었다. 그 피는 나의 몸에 스미고 땅속에 스미고 하늘 속에 스미고, 그리하여 그 하늘 끝 그 끝까지 바람처럼 스미어가면 혼연(渾然)히 새로운 생을 회복할 것이다.

8

하늘은 무슨 기도를 하고 있다. 그 바램과 더불어 행동을 한다. 그 하늘을 지금 돌아오는 나의 애기(愛機)가 있다. 피를 뿌리고 돌아오는 그 애기(愛機)를 두 손으로 감 도아 주는* 하늘의 미소가 있다. 나를 잊게 하는 하늘뿐인 그 하늘을 나는 반한 듯이 바라보며, 생각한다.

역사가, 하늘의 역사가 구상하는 웅대한 자유의 승리를.

그 구원(久遠)한 하늘의 총애를 받고 하늘빛으로 승화하려는 겨레의 아들들을.

승리일보사의 입원 장병 문예현상공모 당선작, 1952년경

* "감 도아 주는"은 원문 그대로 표기한 것인데 무슨 뜻인지 정확히 알 수 없다.

봄 강물*

봄 녹은 강물은
태동(胎動)처럼
조용히 수물거렸다

한밤내 울며
수없이 떨져 가는
별을 보면서도
흐르는 듯 선 채로
강물은 나무처럼 자라나는
천겁(千劫)의 목숨

기러기떼 먼 데로
철따라 가고
비에 젖어
수면(水面)은 거울 쪽인 양 부서져도
밀물은 매양
의젓한 마음이었다

* 이 시는 한국일보 신춘문예 가작으로, 본명인 '신건호'로 발표되었다.

진종일 기도(祈禱)는
노을 안개 속에 잠자고
내일 앞에 다시
어제처럼 서서 기다리는
그는 울지 않고 가는 사람이었다

『한국일보』 1955. 1. 9

페이브먼트에 비

페이브먼트에 비.
페이브먼트에 비.
페이브먼트에 비.
페이브먼트에 빗물이 배면
녹슨 총검을 십자가처럼
가슴에 꽂고 죽어버렸던 내가
되살아보기도 하는 날이고.

페이브먼트에 빗물이 흥건하면
종다리 걷어올린 맨발 채로
우산을 받고 길 건너 서 있던
너의 안광(眼光)이 누전(漏電)하여
즐거이 자살을 하곤 하던 날이다.
페이브먼트에 비.
페이브먼트에 비.
페이브먼트에 비.

『시와비평』 1956. 8

창(窓)

기다리자. 기다리자. 눈을 감고 기다리자. 내 오늘 24시의 그 어느 맹점(盲點)처럼, 감은 눈시울에 정방형 혹은 원형으로 열려 있는 창의 영토. 그 넓이 안으로 투영되어오는 잉크빛 하늘과 크림빛 구름, 이따금 뿌려지는 빗방울 눈송이. 그리고 식욕처럼 정확한 달과 별과 해돋이의 생리(生理)들. 그 모든 것들이 하나 싸늘한 청석(靑石) 돌거울 속에 어리듯, 창 안에 갇히어버리고, 그 바깥 진공 속에 철근처럼 우뚝 서서 너털 웃는 내가 있을 듯싶고도 있을 듯싶지 않은……. 아— 아니꼽던 프로텍션의 광도(光度) 속에서 이즈러졌던 나의 얼굴이 멋지게 전도(顚倒)하는 화면을 기다리자. 기다리자. 창을 열고 눈을 감고 기다리자.

『시와비평』 1956. 8

풍선기(風船期) 32호

바룬. 바룬. 더, 바룬즈. 너의 모국어로 네 이름을 불러보면. 바룬. 바룬. 더, 바룬즈.

까닭없이 고여 있는 못물이나 부질없이 흘러가는 강물 위에 무시로 솟아나는 물거품 같다. 솟아났단 이내 지는 물거품 같다. 내 실마리 없는 생각의 갈피 같다. 수없이 키워보는 꿈과도 같다. 기막힌 기막힌 한숨과 같다.

목숨이 살아 있는 몸짓에는 어딘지 따스한 운기가 서리는데, 보다 더 부드러운 탄력의 네 몸짓은 헛헛이 안기던 내 빈 품안에 건드리면 마냥 터질 사랑과 같다. 울면서 단념하던 소녀와 같다. 간지러운 젖꼭지 부풀리던 수줍은 추억과 같다. 사라져가버리는 여운 같다.

바룬. 바룬. 더, 바룬즈. 너의 모국어로 네 이름을 불러보면. 바룬. 바룬. 더, 바룬즈.

『조선일보』 1957. 2. 2

속담

이브의 넓적다리 같은 희부연 너의
이브의 능금 먹은 입술같이 윤나는 너의
이브의 앞가린 유혹같이 할딱이는 너의
그러나 결국은 그것이 좋아졌었던 아담같이 헤벌려 웃는 나의
그래서 우리들 온갖 과욕(過慾)도 속담처럼
무난히 구전(口傳)되었다.

『시와비평』 1957. 5

수정 화병(水晶花瓶)에 꽂힌 현대시

흰 가운과 흰 캡과 흰 마스크를 한 의사와
흰 마스크와 흰 캡과 흰 가운을 입은 조수(助手)와
흰 가운과 흰 캡과 흰 마스크를 한 간호부들의 주시 아래

흰 타이루 멕키*의 수술대 위에 흰 에이프런과 흰 캡을 쓴 환자가 누웠다. 그는 잠시 전까지의 강렬하던 크레졸 냄새를 잊은 콧날이며 볼따귀에 핏기 한가닥 없는 얼굴을 하고서 무심한 의식을 반추했다. 분명히 뜬 눈에는 지금 그의 주위를 둘러싼 채 기독(基督)처럼 긴장한 의사들의 얼굴도 흰 카세인한 천장도 차일한 커튼도 보이지 않고 다만 선명하게 너무나 선명하게도 보이는 것은 실로 진공(眞空)처럼 맑은 수정 화병을 받쳐들었다는 자기(自己)의 대리석 같은 두 손의 환상이었다. 그것을 받쳐든 채 그는 자연히 심각해질 수밖에 없었다.

무엇을 꽂을 것인가? 꽃. 물론 꽃을 꽂아야지, 그러나 좀 싱겁다. 너무나 상식적이다. 그럼 펜을 꽂자. 그것도 내가 가진 것은 지금 싫증이 난 물건이다. 그렇다고 비워두기는 아깝다. 아! 심장을 능금알 같은 심장을 담아두자. 그러나 그건 아플 것이다. 그리고 수정은 차니까 심장이 몸살이 날 것이다. 그것은 누가 생각해도 불쌍하다. 그럼 무엇을 꽂을 것인가. 이 고운 화병에 무엇을 꽂을 것인가. 옳지 그

* 타일 도금. 멧키(멕키)는 도금(鍍金)의 일본식 표기.

렇다 시를 꽂자. 시를 꽂자. 앵도알같이 열린 시를, 백합꽃같이 핀 시를, 난초잎같이 솟은 시를, 멋지게 꽂는 것이 좋겠다. 그리고 뭣보다도 절실하게 소중한 의미에서 다음 같은 시는 정확하게 담아두자. 그라인더로 다듬은 육방십이사(六方十二射)의 금강석 같은 시나, 현미렌즈 속에서 우리가 가시(可視)한 순조로운 신진대사의 적혈구, 백혈구의 분열도(分裂圖) 같은 시나, 지표(地表)와 전리층(電離層)을 무시로 왕래하는 전자선(電子線)의 진폭 같은 가변성의 시를 절실한 의미에서 잘 담아두자. 그리하여 내 얼굴이 비친 거울 속의 내 얼굴을 사랑하듯. 또 그 거울을 아끼듯이 그 수정 화병을 사랑하고 그 속에 담긴 시를 사랑하자. 사랑하자 사랑하자. 그렇다 나는 그 누군가를 사랑하지 않으면 안 된다. 숙(淑)을 사랑하든 소냐를 사랑하든 나는 사랑을 해야 한다. 소냐는 그리스형의 미인일지도 모르고 사랑에는 국경도 없다지만 나는 역시 숙(淑)을 지금 사랑하는 것이 좋을 것 같다. 나의 주체는 현재 소냐의 수정 십자가를 못 얻어 기우뚱거리는지 모르지만 어제도 오늘 아침 골목길에서도 나에게 미소로 인사를 한 것은 숙(淑)이니까 나는 숙이를 사랑하자. 숙도 나를 사랑할 것이니까. 사랑. 아! 사랑을 하자—

공상은 참으로 아름답고 또 가장 자유로운 것이라고 생각하며 그 맑은 수정 화병을 받쳐든 대리석 같은 자기 두 손을 선명하게 너무나

선명하게, 차일한 커튼도 천장도 땀 밴 의사의 얼굴도 보이지 않는
눈으로 보며,
　흰 가운과 흰 캡과 흰 마스크를 한 의사와
　흰 마스크와 흰 캡과 흰 가운을 입은 조수와
　흰 가운과 흰 캡과 흰 마스크를 한 간호부들의 주시 아래
　흰 타이루 멕키의 수술대 위에 흰 캡과 흰 얼굴을 한 환자가 누웠다.

『현대문학』 1957. 7; 『한국전후문제시집』, 신구문화사 1961

조건사(條件史) 5호

의족(義足)

의족을 끼고 절그럭절그럭 또 절그럭절그럭 걸어가면은 황혼과 지평선이 더욱 세월처럼 멀밖에 없다. 머언 그 인생을 아침마다 숙면 후의 개운함으로 채우고 채우곤 하면 되는 축지법도 있긴 하다는데 어찌하여 내가 발 멈추어 눈 감고 기대어 서보는 도정표(道程標)들은 대자꾸 한숨과 맞바뀌며 쓰러져버리기만 하는 것일까. 그것은 초연(硝煙) 자욱한 하루아침 워커화를 낀 채로 산탄(散彈)이 비 오듯 하는 산중턱에 담가(擔架)째로 유기(遺棄)되어버렸던 전상(戰傷)과 그 전상과 더불어 절제(切除)되어간 의식의 틈바구니에서나 또는 하룻저녁 연인도 없이 우러러보던 달빛 아래 코스모스 밭에서 속발(續發)되던 기침 끝에 괴몰(壞沒)된 나의 폐장(肺臟)의 공동(空洞)에서 무시로 도출되는 독성기포(毒性氣泡) 때문이라고만은 믿기지 않는다. 도리어 그 아무것으로나 믿어버리고 말면 피로함도 자위(自慰)로운 처방이 되련마는 끝끝내 믿어버릴 수 없는 나의 어색한 오늘의 실존은 한숨을 찬연한 상이훈장처럼 가슴 한복판에 달고 절그럭절그럭 또 절그럭절그럭 내일도 의족을 끼고 걸어갈밖엔 없다.

『사상계』 1957. 12

조건사초(條件史抄) 3호

철학가 일등

우리나라에서 철학가 일등은 누구인가요. 그 사람은 참 좋겠네요. 그 사람에게 가서 내 답답한 가슴을 풀었으면 싶네요. 우리 어머니는 주름투성이로 찌그러졌던 얼굴이 부황증으로 누르퉁퉁 부어올라 실낱같이 떠진 눈 사이로 눈꼽 함께 눈물을 한없이 짜내며 내 골격표본(骨格標本) 같은 무르팍을 어루 쓰다듬으면서 세상을 보고도 당신을 보고도 또 나를 보고서 하는 것도 아닌 한탄을 토혈(吐血)처럼 한숨 뱉고만 있는 것은 왜인가요. 그러면 나는 때 묻은 황새 같은 모가지를 뽑고서 엉뚱하게도 연애가 하고 싶어 연애가 하고 싶어 미칠 지경인데도 머리카락이며 얼굴 곱게 단장한 처녀를 보면 짓쩍기만 하고 또 팔꿈치 해진 솜저고리 입고 나뭇단 머리에 이고 장 보러 나온 촌색시를 보아도 수줍기만 하여 헤식은 웃음을 게거품처럼 불고만 있는 것은 왜인가요. 우리나라에서 철학가 일등은 누구인가요. 그 사람이 참 부러우네요. 그 사람 얼굴이나 한번 보았으면 좋겠네요.

『현대문학』 1958. 6

의자철학(椅子哲學)

동(東)으로 난
네모진 창과
서(西)으로 난
동그란 창의
한 간(間) 남직한 내 방엔
내 자재(自在)로운
의자 하나가
나를 기다리기도 하고
나와 더불어 있기도 하며
오늘도 여전히 놓여 있다.

어제까지
아침나절 네모진 동창(東窓)을 향하여 몸단장도 알뜰히 기대앉아서 구상(構想)하던 나의 사상 나의 감수성은 언제나 어기찬 인류의 문화이었다.

말하자면 상형문자 그 어느 구석엔지 생선가시 목 걸리듯 어색한 조형을 단김에 삼킬 양 서둘던 우리의 모가 진 설계와 양식의 세트 플레이.

다시 말하면 무시(無時)로 불어가는 바람결에 흔들리어 떠는 나무

잔가지의 몸짓도 인간들이 그 기술로 포착하여 그린다고 고정 지어 버리던 그런 작업에 장단 맞추던 공식과 불감증의 평행선상 질주.

또다시 말하면 천칭(天秤)* 위에 재어지는 너와 나의 목숨의 용달가(用達價) — 그 리스트에 누기(漏記)되는 천행(天幸)을 도리어 열등(劣等) 삼고 풀 죽는 비애에 익숙해진 공전(空轉)과 낙태의 광무장(狂舞場) 흥행.

그리고 밑끝 없이 동양의 난초와 서양의 십자가를 논쟁하는 교직(交織) 아라베스크의 실끗스레 자위(自衛) 꾀한 변증법 소리, 그 소리를 자위(自慰)하여 하늘 높은 별자리의 초월과 교섭하노라던 낯 두꺼운 선민의식(選民意識).

또 어제까지

저녁나절 동그란 서창(西窓)을 향하여 지친 다리 회색(灰色)진 숨소리를 자승(自乘)하며 기대앉아 명상하던 나의 관조 나의 회상은 언제나 진흙탕길 인간의 운명이었다.

말하자면 기인 모가지 늘어트리고 황혼 어스름 갈림길에서나 동산 위 묏가에서 누구도 없이 기다리다 기다리다 얼식은 고소(苦笑)

* 물체의 무게를 측정하는 저울의 일종.

함께 뱉던 한숨, 그 한숨을 염주 꿰던 체념선좌(諦念禪坐).

다시 말하면 맞잡고 맞선 채 달아오른 손끝인데 그 밑 밑 저류(底流) 속에 서걱서걱히 균열(龜裂)진 빙하처럼 도사린 비정(非情)의 절벽, 그 절벽 낭떠러지 갓가에 선 현기증세.

또다시 말하면 누렇게 남은 송곳니 이 사이에 낀 풋나물 줄거리 야릇하듯 안타까운 어머님의 여세(餘歲)를 더는 어찌 보철(補綴) 못 한다고 울다 돌아서서 내 이빨에 솔질하던 감정의 무뢰한 행패.

그리고 열 송아지 낳은 암소 못 벗는 고삐 같은 욕망의 멍에에 쫓기어 가다 오다 길목에 선 채 웃음과 울음이 전도된 시기(猜忌)의 안광(眼光)과 빈혈된 표정으로 포즈 짓는 아루루캉* 일과(日課).

그러나 오늘도 여전히

네모진 창과 동그란 창의 그 어중간 자재(自在)로운 위치에서 나를 기다리던 나의 의자는 나에게 잠자코 쉬라고 한다. 고르어진 숨소리로 졸으라 한다. 네모진 사상이든 둥근 사상이든 승부(勝負)일랑 서서 가서 네 할 대로 하고 돌아와 앉거들랑 눈 감고 마음 감고 푹 쉬라 한다.

* 아를르캥(arlequin)의 일본식 표기. 어릿광대.

하강하는 능금을 받들던 릴케의 주인의 손도 마지막 하루해의 따순 햇볕에 단물 들고 폭삭 익어진 열매에게뿐이었다. 그러나 성패간(成敗間)에 돌아오는 내나, 돌아오지 않는 내나 없이 기다리며 받든 손, 무기(無機)한 그 손에 내가 의존되고 내일이 의존된다.

오늘 이 자리서 머언 하늘일랑 말라, 가까운 입술일랑 말라, 다만 태고처럼 암흑처럼 또는 지면(地面)처럼 다만 있으면서 다만 있을 따름으로써 순수히 가능(可能)을 하는 의자를 하라, 나를 잊고 쉬라, 너를 모르고 자라, 나도 내 자재로운 위치에서. 내 자재로운 자세로서.

동(東)으로 난 네모난 창과
서(西)으로 난 동그란 창의
한 간(間) 남직한 내 방에
내 자재로운
의자 하나가
나를 기다리기도 하고
나와 더불어 있기도 하며
내일도 여전히 있어야 한다.

『자유문학』 1958. 7

조건사초(條件史抄)

부호(符號)?

기다리다 못하여
한숨짓는 사람과
기다리다 못하여
울고 있는 사람과
기다리다 못하여
미쳐버린 사람과
기다리다 못하여
죽어버린 사람과

기다리다 못하여
웃고 있는 사람과
기다리다 못하여
노래하는 사람과
기다리다 못하여
잊어버린 사람과
기다리다 못하여
졸고 있는 사람과

기다리다 못하여

찾아나선 사람과
기다리다 못하여
믿어보는 사람과
기다리다 못하여
돌아서간 사람과
기다리다 못하여
기다리는 사람과

기다리다 못하면
기다리다 못하면
어찌해야 하는가

『현대문학』 1958. 10

조건사(條件史) 8호*

교류(交流)

한류가 흐르면 난류가 흐르고 난류가 흐르면 한류가 흘렀다. 그런 그 아무곳에서나 무책임하게 마련되는 역사의 어장(漁場)에서 어느 슬픈 아버지와 그의 슬픈 딸이, 또 어느 슬픈 어머니와 그의 슬픈 아들이 여건(與件) 아닌 미소를 아득한 추억처럼 한번 띠어보며 부르는 낭랑한 합창은 천여삼백년간이나 우리들 가슴팍 위에 화형(火刑)으로만 쌓아올렸던 십자탑이 모래성처럼 하룻밤 사이에 무너져버리듯 그렇게 터무니없을 상대성의 인간학을 신임하던 것인지 모르는 것은 도리어 나의 책임일지도 알 수 없지만 아무튼 난류가 흐르면 한류가 흐르고 한류가 흐르면 난류가 흘렀다.

『자유문학』 1958. 11

* 이 시의 발표 당시 제목은 '八號 交流'다. '조건사' 연작의 한편으로 판단되어 제목을 '조건사 8호'로 고치고 '교류'는 부제로 처리하였다.

어느 자살해버렸을 시인의 잡상(雜想)을 오토메이션하니까

1호 부엉이*

감정이 과잉하면 부엉이가 됩니다. '박제(剝製)가 되어버린 천재'도 겨드랑 밑에서 피가 도는 날개를 펴고 하늘을 향하여 화신(和信) 옥상에서 뛰어내려봤습니다. 겁없이 뛰어내려보지도 못하고 감정이 고갈된 채 입 끝으로 조잘거리기만 하는 것이 앵무새입니다. 우리 믿지 맙시다 여자를, 입술에는 하늘의 별과 땅 위의 꽃이 맹세되어 있더라도. 속고서 돌아갈 길 없거들랑 팔짱을 끼고 길가에 돌비석처럼 서서 고드름이나 끼게 하십시오. 얼어 굳은 얼굴에 침을 뱉거들랑 웃으십시오. 웃는 얼굴, 아 웃던 얼굴아! 웃는 얼굴에는 침을 못 뱉는다는 예의(禮義) 웃는 얼굴처럼 무서운 전설이 없는 줄 알아야지요. 전설처럼 무서운 형벌이 어디 있습니까? 칠세에 부동석(不同席) 하고 배운 할머니의 옛이야기의 숨 가릴 바 모르는 숙명 속으로 쫓기운 채 웃음은 무슨 비위(脾胃)로 습득했습니까? 차라리 사기의 천재가 좋습니다. 어차피 가면극이 편하다는 것은 애비 없이 생긴 자식 예수 그리스도와 벌레 밟고 상 찡그린 귀공자 석가모니가 대표해서 입증

* 연작시로 구상한 첫번째('1호') 작품의 부제('부엉이')로 보이며, 이후 더이상 창작하지 못한 것으로 짐작된다.

했습니다. 증명은 믿어봐야지요. 여자나 감정은 못 믿어도 증명만은 믿기로 합시다. 다만 일초일순(一秒一瞬)이라도 '그런 사실' 그 현실만을 믿으십시오. 그 이전이나 이후는 증명이 안 됩니다. 그녀가 엎드려서 울거들랑 들먹이는 등덜미를, 마주보고 입술이 바르르 떨거들랑 타오르는 정열을, 눈 사르르 내리감고 순정(純情)하거들랑 그 앳됨을, 그렇게 그 순간에 제시하는 것이나 믿고 다음엔 모조리 잊어버려야지요. 잊는 자질이 신(神)이란 놈의 에고이스트가 양보한 유일한 은총입니다. 은총은 누려야지요. 밑져서는 안 됩니다. 누가 더 약을까요? 돌아서서 '알찌꽁' 혓바닥을 댓자나 뽑고 보면 사는 맛이 제법 간드러질 듯합니다. 봄바람에 한들거리는 것은 수양버들가지뿐인 줄 압니까? 여자의 얇은 소갈머리뿐인 줄 압니까? 진짬은 신(神)이란 놈의 은총을 사기(詐欺)할 줄 아는 놈, 또는 신(神)이란 놈의 알리바이를 눈치챈 놈의 쾌감에서 그것이 절정(絶頂)합니다. 이왕 웃으려거든 헤 헤 헤 비굴하게 웃읍시다. 비굴한 것이 가치라는 것은 그녀가 나에게 하교했습니다. 몸소 시범하더군요. 그는 잠든 체하면서 그의 팔뚝 살결을 만져보게 하더군요. 그리하여 그의 왼쪽 부푼 가슴 밑에서 두근거리는 것에 내 부엉이 되어 화석(化石) 된 손을 살며시 얹어놓고 목숨아! 목숨아! 사랑아! 사랑! 주문처럼 외우면서 엿들으면 입증되지 않는 그의 옛 고향에서의 속삭임이 들리는데도 눈을 뜨고 세상을 보는 그의 얼굴은 요사하게 비굴을 표정합디다. 요놈의 요사한 표정을 어떻게 살라 먹어버릴까? 요놈의 비굴한 세월을 어떻게 씹어 삼켜버릴까? 이렇게 앙칼을 떨다가는 무슨 통조림이 될까보다. 통조림 —아하 20세기는 멋집니다. 통조림은 멋집니다 통조림 먹기란 더구나 피크닉 가서 청춘을 좀먹기는 참 안성맞춤입니다. 다 드리지요. 시(詩) 통조림, 철학 통조림, 심장 통조림, 당신 이것을 받아서 낼름낼름 삼켜버리시지. 모자라면 주문하십시오. 마지막 부엉이 통조림도 드리지요. 그놈의 부엉이 멀뚱멀뚱한 눈알조차 휘삼키기 메스껍거들랑 두 눈 딱 감고 돌아서서 천지간에 '고시네!' 하고 던져버리십시오. 진묘(珍妙)한 인공위성이 돌 것입니다. 어차피 당신도 심심하고, 나도 대낮에 뜬눈으로 어찌 정신 차리고 있겠습니까? 하늘간(間)에 곡예하는 두개의 부릅뜬 눈알의 인공위성 실로 처절한 인공위성을 당신이 박수를 치면서 당신의 제2의 피해자 제3의 피해자의 얼굴 앞에서 하늘의 별과 땅 위의 꽃으로 맹세코 아양을 떨면서 손뼉을 치는 것은 참 제격일 것이고 그것을 멀거니 퇴색된 눈알로써 응시하는 것은 내 격일 것입니다. 그러나 흉물스러운 것은 부엉이입니다. 부엉이 우는 소리 들어봤습니까? 부—헝 부 부—헝. 한참 있다 부부—헝.

감정이 과잉하면 부엉이 됩니까?

감정이 고갈하면 앵무새 됩니까?

여왕봉(女王蜂)에게 쏘인 부엉이 눈알이 그렇게 흐리멍덩 멀뚱멀뚱한 줄 알지만 여왕봉에게는 침이 없다나요. 그러니까 염려 마십시오. 부엉이 비통한 죄는 당신에게도 나에게도 없답니다. 죄는 아무에게도 정말 없다고요.

『지성』 1958. 12

4월의 실종

바람이 유혹하는 달밤이 유혹하는 꽃가지가 유혹하는 네 얼굴이 네 입술이 유혹하는 유혹하는 유혹하는 유혹하는 4월을 거역(拒逆) 못한 나였다면, 그런 나를 못 달랜 나였다면, 이젠 할 수 없이 그런 나를 위한 그 어떤 어리석은 반항도 말고 부질없을 소망일지라도 4월의 소망. 어림없을 권리(權利)라도 4월의 권리로서 바람에 실종(失踪)하자 달밤에 실종하자 꽃가지에 실종하자 네 얼굴에 네 입술에 실종하자 실종하자 실종하자 실종하자.

『신풍토(新風土)』 1959. 1

5월병(病)

5월의 햇살 속에서 카리에스를 앓는 것은 종달새입니다…… 아픈 것은 강물 굽이나 버들가지 마디나 매한가지입니다…… 아무런 마련도 없이 풀린 하늘 밑에서 몸살을 앓는 것은 시인의 피부입니다…… 열 오른 망막에서 씻어보려는 그 소녀의 얼굴은 이빨자국 난 사과 알 흡사하게 다친 내 심장처럼 오늘도 옆구리에 종일토록 맺힙니다…… 메말라붙은 눈물자국 채로 돌아다보는 얼굴에는 까닭 모르는 뉘우침의 그늘이 식은 재, 그야말로 ASH TO DEATH*처럼 뿌려져 주름잡혔습니다…… 펴질 길 없는 주름자국 위에도 5월의 햇살 가루는 눈부시게 부서지지만 마치 치차(齒車) 바퀴에 갈갈이 찢기어 몰려들 듯하는 상념의 촉수에는 언제나 회색(灰色)진 기(旗)가 펄럭이다 사그라지는 환상이 어립니다…… 이제 새 풀이 돋는 땅 위에서 뒹굴며 카리에스를 심장으로 뇌장으로 앓는 입에서 새어나오는 노래는 언제나 구절이 토막토막 잘려버리기만 합니다…… 저리는 뼈마디를 목청껏 하소타 못하여 파아란 하늘에서 운석(隕石)처럼 떨어져보는 종달새의 날개깃은 찢기인 누구 그 누구 마치 나의 5월의 병처럼 아픕니다 아픕니다.

『신풍토(新風土)』 1959. 1; 『한국전후문제시집』, 신구문화사 1961

* 죽음의 재, 원자회(原子灰) — 재수록 당시의 주.

6월

꽃, 장미꽃 매만지다 찔린 가시. 그 가시는 내 손가락도 마음도 곪기지 못하고. 곪기지 못한 그 가시에 찔려 죽은 라이너 마리아 릴케처럼은 세계가 맑게 보이지 않는 눈, 내 병든 눈은 무슨 색안경으로 받쳐 써야 할 건가. 그 무슨 색안경의 채색도 어지러운 도리어 건강한 내 눈을 병들어 질푸른 세계가 짓궂게 괴롭힌다는 6월의 내 환상은 그냥 환상일까.

물. 우물물. 초록진 변두리에 수선화도 피고 지는 물가에 담근 발. 그 발 일그러진 발가락의 찌릿한 6월의 기억. 잊혀지잖는 그 추억 때문에 도나우 강물 담수어족 닮았던 흰 발가락의 의사 한스 카로사의 처방으로도 아물지 않는 나의 가슴. 그 가슴을 무슨 휘황한 훈장으로 달래야 할 건가. 도리어 훨훨히 치장을 벗고서 절름대며, 이 초록을, 이 우물을, 도망치고픈 나의 6월의 후유증은 공연한 후유증일까.

예수여! 예수여! 불행했던 육체의 예수여. 아팠던 현실의 예수여. 우리의 6월은 마치 너와 같다. 상처에 엉긴 핏멍울은 역사가 잔인한 정오에 사치스레 버리고 간 산화(酸化)한 커피파우더처럼 너의 손등에서나 내 발등에서나 눈물로도 입 비빔으로도 씻기지 않는다. 씻기지 않는 피멍 채로 너는 십자가를 짊어지고 우리는 6월을 짊어졌다.

젊어진 채 너는 돌아갈 곳이 있는데, 돌아갈 곳 있는 너마저도 엘리 엘리…… 까무러쳤는데. 우리는 니체와 함께 '돌아갈 곳 있는 자는 행복하니라' '돌아갈 곳 있는 자는 행복하니라' 부질없는 합창으로 6월에 섰다.

『신풍토(新風土)』 1959. 1; 『한국전후문제시집』, 신구문화사 1961

실도(失禱)

풍선기(風船期) 실호(失號)

불러도 불러도 대답 없는 하늘을 향하여 오늘도 나는 풍선을 띄운다.

부는 바람은 동에서 서로, 서에서 북으로 잡을 길 없는 세월의 표정이다.

아예 아무런 바람 없이 오늘을 살고 내일을 메꾸기로 한 것은 생각뿐이지 오늘도 이렇게 빈 하늘을 향하여 나의 육체는 너를 기다린다.

무너진 담 모퉁이 뭇발길에 짓밟힌 어드레스 지워진 헌 봉투지(封套紙)의 운명을 눈여겨보고프지는 않다마는 그렇게 남은 나의 나를 나는 어떻게 달래며 눈을 감고 두 손 모은 기도로써 다시 내일을 기다리란 말이냐.

불러도 불러도 대답 없는 하늘을 향하여 오늘도 나는 풍선을 띄운다.

『신풍토(新風土)』 1959. 1

무제(無題)

조건사초(條件史抄)

요솜이 몰린 매트리스 위에 누워 있는 것은 그것은 시멘트 바닥에 그냥 누워 있는 것이나 매한가지인데 저리도록 식은 다리와 다리를 서로 비꼬며 밤을 새우면 지방기 없이 꺼진 뱃가죽에서 등골로 등골에서 목덜미로 오한 함께 마구 굴러다니는 시장기를 신음소리 같은 잠꼬대로 달래는데 느닷없이 성(性)이 다른 살결이 생각나며 아랫도리가 찌릿해지는 것은 무슨 꼬락서니일까? 참으로 어처구니없어서 이리 뒤치락 저리 뒤치락 하면 머릿속은 더욱더 거울 속처럼 개는 것 같지만 머릿속은 끝내 개는 것이 아니라 녹독(綠毒) 슬은 납덩이같이 반발 없는 메스꺼움만이 어두운 뇌장(腦漿) 속을 톺아가고 있을 따름이었다.

『현대문학』 1959. 2

조건사(條件史) 7호

양식(樣式)

이상(李箱)이의 어머니는 아직 살아 있다
이상(李箱)이의 어머니는 추억 속에서
이상(李箱)이의 어머니는 젖을 먹였다
이상(李箱)이의 어머니는 젖을 물린 채
이상(李箱)이의 어머니는 밤새워 울었다
이상(李箱)이의 어머니는 잠 못 이루고
이상(李箱)이의 어머니는 죽고 싶었다
이상(李箱)이의 어머니는 죽고 싶도록
이상(李箱)이의 어머니는 못 잊었지만
이상(李箱)이의 어머니는 참다 못하여
이상(李箱)이의 어머니는 더러 잊었고
이상(李箱)이의 어머니는 더러 잊다가
이상(李箱)이의 어머니는 웃기도 했다
이상(李箱)이의 어머니는 웃기도 하며
이상(李箱)이의 어머니는 살다가 보니
이상(李箱)이의 어머니는 이젠 더 살고 싶다
이상(李箱)이의 어머니는 아직 살아 있다

『신태양』 1959. 4

카멜레온 단장(斷章)

한마리 배암. 이름 없는 배암. 모양 없는 배암. 그 차디찬 비늘 몸뚱아리 빛깔 따라서 나의 가슴 혹은 나의 뇌장 또는 나의 마음에 새겨지는 혈흔(血痕)의 점무늬. 그 점무늬 풍화(風化)되어 사라진 자취 위에 슬은 곰팡이의 운명은 마치 뭰가? 마치 네 얼굴빛 그 웃음 그늘에 깃든 울음인가? 마치 뭰가?

『시작업』 1959. 10

우산
조건사(條件史) 11호

우산은 비가 나리는 때에만 받는 것이 아니라 젖어 있는 마음은 언제나 우산을 받는다. 그러나 찢어진 지(紙)우산 같은 마음은 아무래도 젖어만 있다. 더구나 웃음이나 울음의 표정으로 인간이 누전(漏電)되어 몸속으로 배어올 때는 손 댈 곳 발 디딜 곳 없이 지리 마음이 저려온다. 저리 눈으로 내다보는 앙상한 우산살 사이의 하늘은 비가 오나 안 오나 간에 언제나 회색(灰色)진 배경인데 그런 기상(氣象)이 벗겨지지 않는 것은 떨어진 마음을 마음이 우산 받고 있는 것이라 내 손도 누구의 손도 어쩔 도리가 없다.

『자유문학』 1960. 2; 『한국전후문제시집』, 신구문화사 1961

학생들의 죽음이 시인에게

아 4월 19일이여

당신들의 이름은 시인
당신들의 노래는 바로 당신들의
목숨의 입증(立證)
사랑의 결행(決行)
당신들의 시는 사치도 허영도 아닌
당신들의
슬픈 몸부림
기쁜 덩실 춤인
다시없을 자랑 당신들의 노래인데
오늘 어찌 눈을 가렸는가
귀를 막았는가
입을 닫았는가
노래를 잃었는가

부다페스트
만리(萬里) 해역(海域) 먼 부다페스트에서
죽어 쓰러진 소녀의 아픔을 노래한 시인이여
바로 당신 곁에서 무고(無辜)하게도
그 초롱초롱한 눈망울에

눈물이 모자라서 더 울라고
눈물을 재촉하는 탄환을 꽂고
쓰러져간 소년의 죽음은
당신의 가슴엔 감각(感覺)이 먼 슬픔인가
155마일 휴전선에서
전쟁이 작란(作亂)처럼 내던진
누구의 책임도 아닌 유탄(流彈)
그 운석(隕石) 같은 유탄에 맞아 떨어진
한마리 비둘기의 고운 앵도알 같은
심장의 파열을 슬퍼한 시인아
당신이 사는 당신의 서울에서
오늘 저녁의 숙제와
차주(次週) 일요일의 하이킹 코스에 열중하던
그 누구의 아우며 아들인 우리가
무엇 때문 가슴만치 겨눈 총알에
그 곱고 싱싱한 능금알 심장이
꼴깍 소리도 없이 터지며
멎어 쓰러진 그 슬픔은
당신의 마음

당신의 감수성엔
시시둥한 사건인가

꽃이나 피면
노래하겠는가
꽃이나 지면
슬프겠는가
나비 날개 가냘픈 것만이
당신들의 감정에 작용하는가
도시의 소음, 일상의 피로만이
당신들의 의식(意識)을 받쳐주는가
천년 먼 신라의 하늘의 비늘구름
또 그것들을 배경(背景)한 영원(永遠)이라는 자연풍경만이
당신들의 정취(情趣)를 돋우는가
아니면 난초잎 뽑은 곡선(曲線)같이 의젓한 동양의 참선(參禪)이나
대낮 어지러운 땡볕에 노출된 나체
그 선병질(腺病質) 현기증으로 얼결에 살인한 뫼르소*의 혼돈만이

* 알베르 카뮈의 소설 『이방인』(1942)의 주인공.

당신들의 사상(思想)

당신들의 실존(實存)을 자극하는가

청포도알 송이송이
새 꽃송이 방울방울
앳되고 티없는 얼굴들로
우리들의 조국
우리들의 현실
우리들의 자유인
딴 아닌 당신들의 조국
당신들의 현실
당신들의 자유를
지키고 가꾸고 북돋으려
거짓 없는 입과 욕기(欲氣) 없는 눈동자와 또한 순정(純情)의 맨주먹으로
팔짱을 끼고 어깨를 짜고 가던
우리들 청춘의 대열에
아— 가슴만치, 얼굴만치의 조준(照準)으로
무엇 때문의 조준으로

누구를 지키자는 조준으로
뭣이 미운 조준으로
마구다지 쏘아부친
총알 총알 총알
무지(無知)한 총알 간악한 총알 탐욕의 총알에 쓰러져간
당신들의 아들, 당신들의 아우, 당신들의 내일인
한국의 아들들 우리들이
당신들의 바로 곁 서울에서 쓰러지며
미처 목구멍을 새나오지 못하고
꼴깍 숨지며 멍든 노래
"자유를 달라!"
"나라를 지키자"
미처 총알이 목구멍을 막아
다 못한 노래 우리들의 노래는
당신들의 감각에선
먼 노랜가
당신들의 의식에선
어설픈 노랜가
당신들의 사상으론

어린 노랜가
당신들의 생명과는
무관한 노랜가

오늘 어찌 눈을 가렸는가
귀를 막았는가
입을 닫았는가
노래를 잃었는가
당신들의 이름은 시인
당신들의 노래는 바로 당신들의
목숨의 입증
사랑의 결행
당신들의 시는 사치도 허영도 아닌
바로 당신들의
슬픈 몸부림
기쁜 덩실 춤인
다시없을 자랑 당신들의 노래인데

『뿌린 피는 영원히』 1960. 5; 『새벽』 1960. 6

아! 신화(神話)같이 다비데*군(群)들

4·19의 한낮에

서울도
해 솟는 곳
동쪽에서부터
이어서 서 남 북
거리거리 길마다
손아귀에
돌 벽돌알 부릅쥔 채
떼 지어 나온 젊은 대열
아! 신화같이
나타난 다비데군(群)들

혼자서만
야망 태우는
목동(牧童)이 아니었다
열씩
백씩
천씩 만씩

* 다윗(David)의 일본식 표기.

어깨 맞잡고
팔짱 맞끼고
공동의 희망을
태양처럼 불태우는
아! 새로운 신화 같은
젊은 다비데군(群)들

고리아테* 아닌
거인
살인(殺人) 전제(專制) 바리케이드
그 간악한 조직의 교두보(橋頭堡)
무차별 총구 앞에
빈 몸에 맨주먹
돌알로써 대결하는
아! 신화같이
기이한 다비데군(群)들

* 골리앗(Goliath)의 일본식 표기.

빗살 치는
총알 총알
총알 총알 총알 앞에
돌 돌
돌 돌 돌
주먹 맨주먹 주먹으로
피비린 정오의
포도(鋪道)에 포복(匍匐)하며
아! 신화같이
육박하는 다비데군(群)들

저마다의
가슴
젊은 염통을
전체의 방패 삼아
관혁(貫革)으로 내밀며
쓰러지고
쌓이면서
한 발씩 다가가는

아! 신화같이
용맹한 다비데군(群)들

충천(沖天)하는
아우성
혀를 깨문
앙까님*의
요동치는 근육
뒤틀리는 사지
약동하는 육체
조형의 극치를 이루며
아! 신화같이
싸우는 다비데군(群)들

마지막 발악하는
총구의 몸부림
광무(狂舞)하는 칼날에도

* 안간힘.

일사불란
해일처럼 해일처럼
밀고 가는 스크럼
승리의 기를 꽂을
악의 심장 위소(危所)를 향하여
아! 신화같이
전진하는 다비데군(群)들

내흔드는
깃발은
쓰러진 전우의
피 묻은 옷자락
허영도 멋도 아닌
목숨의 대가를
절규로
내흔들며
아! 신화같이
승리할 다비데군(群)들

멍든 가슴을 풀라
피맺힌 마음을 풀라
막혔던 숨통을 풀라
짓눌린 몸뚱일 풀라
포박된 정신을 풀라고
싸우라
싸우라
싸우라고
이기라
이기라
이기라고

아! 다비데여 다비데들이여
승리하는 다비데여
싸우는 다비데여
쓰러진 다비데여
누가 우는가
너희들을 너희들을
누가 우는가

눈물 아닌 핏방울로
누가 우는가
역사가 우는가
세계가 우는가
신(神)이 우는가
우리도
아! 신화같이
우리도
운다.

『사상계』 1960. 6; 『한국전후문제시집』, 신구문화사 1961

육성(肉聲)

5월달 물오른
내 정신의 묘상(苗床)에
그날 핏빛
네 육성(肉聲)을
한알씩 한낱씩 씨 뿌린다
뿌리는 씨알마다에
축도(祝禱)로서 명목(瞑目)하면
아직도 눈물 젖은 눈시울 가득히
펼쳐오는 처절한 비전,
와—
와—
서울 한복판
통의동(通義洞) 거리
와—
와—
해일처럼 넘치는 군중 속을
앰뷸런스 날망에 실려 나오면서
숨길을 막는
피거품 사이사이

부르짖던 네 소리,
흰자위 덮여가는
눈동자를 부릅뜨듯 굴리면서
외치던 소리
그 네 소리,
경련하는 외팔을 허우적이듯
반(半)만치 겨우 흔들며
부르짖던 네 소리,
기진(氣盡)하는 힘을 다 모아서
마지막 외마디로
목을 떨어트리며
외치던 소리
그 네 소리,
내 네 차(車) 꽁무니를
미친 듯 탕탕 주먹 치며
몇발짝 따라가다
눈물에 눈물에 분통에 막혀
설움에 설움에 억울에 막혀

땅에 주저앉고 못 듣겠던
네 그 목소리
네 그 목소리
“뭣들 하세요! 아저씨들”
“나가세요!”
“나가 싸우세요!”

그날 그대로
오늘도 내 귓전에
역력히 듣는다
마음으로 다짐하며
육성으로 듣는다,
들으면서 이제는
억울해도 분해도
그날만치 슬퍼도
이것을 참는다
그날처럼 주저앉는
무위(無爲)가 될까 싶어
이것을 참는다,

겨우 반(半)치 길이 밤송이 머리의
앳된 얼굴로서
그 무슨 신화 속의 어린 율법자(律法者)처럼
못나고 어리석던 우리들 선두에서
생명을 깃발을 내흔들며
역사를 규정하던
네 목소릴
민족에게 지침(指針)하던
네 목소릴
인간을 주장하던
네 목소릴
그 소리
마디
마딜
오늘의 명제(命題)로서 결행한다
참회하듯 삭발하듯
네 머리 모습으로
젊은 모습으로
머리도 깎고

의욕(意慾)의 자랑으로
머리를 깎고
어깨를 펴며
팔을 내저으며
네 목소릴 외우며
천지(天地)에 넘쳐나는
네 목소릴 외우며
이젠 망명(亡命) 아닌
내 거리 내 나라인
통의동 거리에 서서도 보며
서울 한복판을 활보한다
"뭣들 하느냐"고
"뭣들 하느냐"고
담뿍이 물오른
내 정신의 묘상(苗床)에
그날 선혈(鮮血)졌던
네 육성을
한알씩 한낱씩 씨 뿌리면서.

『세계』 1960. 7

춘곤(春困)

창 앞에서 기다리는 바깥바람과 우두커니 앉아 있는 앉은뱅이의 더구나 그 처녀의 가슴에서 타는 아쉬운 아쉬운 그리움같이 어긋난 봄이여 4월이여 4월에 기다리던 우리들의 기대(期待)여 기다리는 살갗에 와닿는 감각은 그 옛날 어느 봄의 잔디밭에 누워서 사치하게 헤어보던 한숨도 아니고 네 창(窓) 앞에 멈춘 발로 기도(祈禱)처럼 섰었던 어린 날의 사랑도 꿈도 아니고 더더구나 먼 산과 마주 앉아서 개연(蓋然)히 끄덕이는 보람도 아니고 이렇게 시름시름 몸살을 앓듯 못 견디게 못 견디게 심심한 하루 하루 해를 종일토록 못 갖고 마는 아뜩한 나의 부재(不在) 주인 없는 나.

없는 것을 진종일 갖고 있으면 산 너머 너머 아득히 갔다간 물러서 돌아오는 행복의 노래 노래라도 있으면 미치는 극약같이 대자꾸 마시어 흥얼대면서 온 세상이 빙빙 돌게 어지러운 어지러운 그런 현실이나 같지만 없는걸 아무것도 봄도 나도 오늘도 슬픈 궤도도 더더구나 인공위성 운석하고 충돌하는 사건도 기적도 천재도 없는걸 4월이여 봄이여 기다리는 위장(僞裝)이여 죽은 음모(陰謀)여.

『사상계』 1961. 5; 『한국전후문제시집』, 신구문화사 1961

샹송 1961년

이제 남은 두달은
11월, 12월.
그다음은 얼어붙은
정월, 2월.
어쩐지 또 일년 내내 추울 것만 같다.
그렇게 가버린
3월, 4월.
만개하던 5월에도
아무것도
나는 아무것도.
7월, 8월.
작열하는 육체로도
그 아무것도.
그리고
9월, 10월.
가랑잎 떨어지고
기적은 끝내 없이
나는 아무것도
아무것도.

이제 남은 두달은
11월, 12월.
식은땀 내의로
이 한해를
아아 아무것도
나는 아무것도.

『사상계』 1961. 11(100호기념특별증간호);
『52인 시집』, 신구문화사 1967

눈을 기다립니다
X마스에 부쳐

오늘밤 밤새도록
눈이 내려주십시오.
지붕이며 산이며 도시의 거리마다
밤새도록 밤새도록
눈이 내려주십시오.
한밤 내내 눈 속을 걷고만 싶습니다.

믿음도 없는 내가
어제는 몇장의 카드를
받아줄 이들의 마음씨와
반가워할 얼굴들을 생각하며
골라서 사 보냈습니다.

또 오늘 낮은
바쁘고 고된 일들을
저녁까지 참고 견딜 것입니다.
흰 눈이 내려서 소복한 길을
나 혼자서 한없이 걷기 위해서.
그러나 어딘가엔

사랑하는 손목을 잡은 두 사람이
내리는 눈길을 걷는
행복도 있을 것입니다.

어려웠던 일, 분했던 일,
가난했던 일, 괴로웠던 일,
온 일년 그 하 많던 슬픔을
이 밤만은 잊어버리고
밤을 새워 걷고 싶습니다.

봄 가을 여름 또 겨울
그 모든 계절을 소복이 덮고서
소복이 소복이 덮고서도
거기 살아 있는 목숨의 계절을
새삼 깨닫게 하는 흰 눈을
아침까지 밤새도록 내려주십시오.

오늘밤 한밤 내
눈이 내려주십시오.

지붕이며 산이며 도시의 거리마다
한밤 내 한밤 내
눈이 내려주십시오.
밤새도록 눈 속을 걷고만 싶습니다.

『경향신문』 1961. 12. 25

'아니다'의 주정(酒酊)

아아 난 취했다
명동에서 취했다
종로에서 취했다
취했다 아아 그러나
이런 것이 아니다
세상은 참말로 이런 것이 아니다
사상? 모르겠다
그러나 세상은 이런 것이 아니다
철학? 모르겠다
그러나 세상은 이런 것이 아니다
아니다
아니다
아메리카도 NO
소비에트도 니에트
닛폰 そうでない
인도 말은 모르지만
그런 것이 아니다
한국, 한국은 참말로
그런 것이 아니다

더구나
나, 나는 이런 것이 아니다
사랑!
이런 것이 아니다
생활!
이런 것이 아니다
오늘!
이런 것이 아니다
명동, 명동에서
나는 취했다
그러나 명동도
이런 것이 아니다
세계의 명동
세계의 종로
아아 그런 것은 없는가
세계의 명동에서
나는 주정이 하고 싶다
이런 것이 아니다
이런 것이 아니다

쇼팽
베토벤
혹은 카프카, 사르트르
또 그 누구 누구
너희들 다
그런 것이 아니다
싼 술 몇잔의
주정 속에선
아니다 아니다의
노래라도 하지만
맑은 생시(生時)의
속 깊은 슬픔은
어떻게 무엇으로
어떻게 달래나
나는 취했다
명동에서 취했다
종로에서 취했다
나는
나는

이런 것이 아니다

『자유문학』 1962. 6; 『52인 시집』, 신구문화사 1967

연령(年齡)

어느날 들녘에서 청잣빛 사금파리 같은 것이 석양에 반짝 빛나는 걸 봤다.

하루는 여자의 두발(頭髮) 같은 것이 쓰레기통 가에 버려진 걸 봤다.

어제는 길 가다 말고 무심코 엉엉 통곡하는 시늉을 해보고 웃었다.

오늘은 아침 양치질 때 칫솔에 묻은 피를 보며 노후의 독신(獨身)을 공상해봤다.

내일은 그 오래 못 만난 우울한 친구를 찾아봐야겠다고 생각한다.

『사상계』 1962. 7

이해의 잡념

이해에 하고픈 건
둘 중에 하난데

시속 한 100킬로쯤 나는
신형 모터사이클 타고
서울 아닌 딴 곳
산이나 들이나 강이나 바다
아무 데고 마구 질주하다
나가떨어져 뒹굴며
목이라도 분질러보든지
아니면 이 세상에 꼭 있을 듯싶은
무슨 원수 같은 놈이나 만나
사지 마디마디 힘줄이
사개가 퉁기도록 악을 쓰며
몇 날 몇 밤이고 격투를 하다
힘 모자라 밟혀 죽어버리는 것과

어디 깊은 외딴 산골
폐사(廢寺) 같은 델 찾아

보리 말이나 짊어지고 가
한 대여섯달 또 몇해
입도 떼잖고 생각도 말고
죽은 듯이 누워 있든지
아니면 병원 구석진 방 속에서
유폐된 런던 탑의 종신수(終身囚)처럼
육신도 사상도 포기하고
전 생애가 호흡이나 하는 건 듯
청춘을 정양(靜養)하고 나왔으면 하는데

이해에 하고픈 건
이 둘 중에 하난데

『신사조』 1962. 8

절망을 커피처럼

절망을 커피처럼
절망을 아침 차례 진한 커피처럼
아침부터 마시면
빈 창자 갓갓이
메마른 가슴 구석까지
절망은 커피처럼 스미고
가벼운 미열 함께
나는 흥분한다.

유약한 죄라고……
나태한 죄라고……
그러나 아무튼
고질(痼疾) 앓듯 이렇게
첫새벽 아침부터
절망을 마시며 응시하는
창밖의 저 크나큰 도시의 하늘엔
오늘도 진종일 먼지와 소음이
아라베스크로 교직(交織)될 것이고
그 아래서 허둥댈

나 같은 사람들.
표백되어가는 표정과
빈혈되어가는 감정으로
오늘도 진종일 무엇을 기다릴
나 같은 사람들.
아아 나 같은 사람들.

커피를 절망처럼
커피를 아침 차례 진한 한숨처럼
아침부터 마시면
빈 창자 갓갓이
메마른 가슴 구석까지
커피는 절망처럼 스미고
야릇한 위안 함께
나는 포근히 진정(鎭靜)한다.

『사상계』 1962. 11(문예특별증간특대호)

산문(散文) 또는 생산(生産)

나는 요새 이상한 생각이 자꾸만 나서 큰일이다. 밤에 혼자서 시를 쓴다든가 엘리엇을 읽는다든가 할 것이 아니라 어디 시골이나 가서 한 열평 밭뙈기라도 장만하여, 남들이 잘 안 하는 미나리 농사나 왕골 농사를 개량재배해서 미끈한 줄거리로 자라나게 한다든가, 토란이나 우엉 같은 것을 연구적으로 가꾸어서 알찬 뿌리가 앉게 하는 생산에 골몰하고 밤에는 피로한 몸이 푹— 풀리도록 일찍부터 잠이나 자면, 릴케 같은 내면성의 광도(光度)는 없어도 그런대로 보람도 있고, 시를 우수하게 쓰는 것처럼 자랑스럽지는 않지만 그러나 재미있는 일이 아닐까 하는 생각이다.

그러면 필시 친구들은 현실도피니 시정신의 고갈이니 하면서 무척 서운한 듯 또는 얕보는 듯한 얼굴들을 하고 담배연기 자욱한 다방에 모여 딜런 토머스니 메타포니, 혹은 레지스탕스니 아니면 무슨 문학상이니 하는 중대한 문제들을 토론하겠지만 나는 내 식의 생산과 현실을 그다지 부끄러워할 줄도 모르는 그런 속물이 되고만 싶다는 생각이 날이 갈수록 자꾸만 늘어서 큰일이다.

『자유문학』 1963. 2

아아 내 조국

꿈속에서도
잠을 못 잔다
한낮에 디딘 땅도
믿을 수가 없구나

어찌되어가는 거냐
아아 내 조국

우리 머리 위
저기 푸른 하늘에
휘날리는 깃발을
오늘도 누가
제멋대로 오르내린다

어찌되어가는 거냐
아아 내 조국

지금은 우리 땅
다시 찾은 들판에

봄은 오건만
풀리잖는 마음은
어둡기만 하구나

어찌되어가는 거냐
아아 내 조국

내 조국아
가난하고 순하고
그나마 어린 나라
내 불쌍한 조국아
너는 언제까지 슬퍼야 하느냐
너는 무엇 때문에 시달려야 하느냐

무명 옷자락으로
가린 소박(素朴)이었고
호미로 진종일
땅이나 파고

동치밋국 마시는
밤마실도 단란한
순하디순한
우리들에게
이 슬픔을
갖고 온 건 그 누구인데
이 아픔을
마련한 자는 그 누구인데

조용한 후방
따사로운 마을길을
전쟁도 적도 없이
한밤중을 짓밟듯 지나가는
군화의 발굽 소리가
너는 두렵지 않느냐
내 조국아

더더구나 밤낮없이
"앞으로 갓"

"뒤로 갓"
사슬보다 무거운
호령이 뒤바뀌는데
너는 답답지도 않으냐
내 조국아

그리고
죄도 벌도 없는
우리의 입 귀 눈을 막고
후렴이나 부르며
따라오라는데
너는 분하지도 않으냐
내 조국아

아니면
낡은 망령
탐욕한 정상배(政商輩)가
헐벗은 국토에서
또다시 아귀다툼

투전판을 벌이는데
너는 억울치도 않으냐
내 조국아

더더구나
노회(老獪)한 매국(賣國)의 무리들이
민의(民意)를 가장한 플래카드를
서울의 복판에서 내저으며
국민을 혼란으로 우롱하는데
너는 슬프지도 않으냐
내 조국아

내 조국아
더는 참지 말아다오
더는 잠자지 말아다오
우리의 땅, 우리의 하늘,
하다못해 터럭 하나라도
우리의 것은
우리의 손으로 만져야 한다.

우리의 것은
우리의 마음으로 다뤄야 한다.
우리의 것은
우리의 몸으로 가져야 한다.

그리하여
우리 전부의 손으로
우리들의 기(旗)를 꽂아야 한다.
그 하늘, 우리 깃발 아래서
합창을 하자
낭랑히 조국의 이름을 부르는
단란한 목청의 합창을 하자

아아 내 조국
아아 내 조국

『사상계』 1963. 4; 『52인 시집』, 신구문화사 1967

내 노동으로

내 노동으로
오늘을 살자고
결심을 한 것이 언제인가.
머슴살이하듯이
바친 청춘은
다 무엇인가.
돌이킬 수 없는
젊은 날의 실수들은
다 무엇인가.
그 여자의 입술을
꾀던 내 거짓말들은
다 무엇인가.
그 눈물을 달래던
내 어릿광대 표정은
다 무엇인가.
이 야위고 흰
손가락은
다 무엇인가.
제 맛도 모르면서

밤새워 마시는
이 술버릇은
다 무엇인가.
그리고
친구여
모두가 모두
창백한 얼굴로 명동에
모이는 친구여
당신들을 만나는
쓸쓸한 이 습성은
다 무엇인가.
절반을 더 살고도
절반을 다 못 깨친
이 답답한 목숨의 미련
미련을 되씹는
이 어리석음은
다 무엇인가.
내 노동으로
오늘을 살자

내 노동으로
오늘을 살자고
결심했던 것이 언제인데.

『현실』 1963. 4; 『52인 시집』, 신구문화사 1967

전쟁은 십년 전 옛얘기처럼

장미꽃 고운 송이 피나듯이
피어난 화롯불 가에
손을 녹이고 비벼가며
나누는 너와 나의 한담(閑談) 속에
전쟁은 십년 전 옛날이야기로
되풀이되지만
되풀이되는 추억 속에
한시름 놓는 안심(安心)이 있지만
어느 거리
어느 마을
어느 강물 굽이에
전쟁이 십년을 자랐으면
어찌할까?
어느 탑 위에
어느 깃발 속에
또 어느 기념관 속에서
전쟁이 십년을 자라난 채
기다리면 어찌할까?
목숨에 박힌

탄편(彈片)도
십년이면 녹슬고
숨이 도는 살이 될지도 모르는데
누구의 마음속에
전쟁이 십년을 자라서
때를 기다리면 어찌할까?
화롯가에 앉아서
나누는 정담(情談) 속에
되풀이되는
십년 전 옛날의 전쟁이
몇 천년 전의 우화(偶話)가 되게
차라리 몇 천년이 빨리 가버렸으면
차라리 내가 다 살고 난 뒷것이었으면
이 고운 불빛 화로 숯불이
루비같이 아름답게도
보일 것인데.

『현실』 1963. 4

죽어간 사람아 6월아

죽어간 사람아,
죽어간 친구야,
우리는 이렇게
십년을 더 살았다네,

저기 저, 강과 들
그리고 산과 나무는
봄이 되면 다시 솟곤
또 솟곤 해서
예처럼 푸르지만,

"어머니!" 마지막 한마디도
다 못 하고 숨지는 네 손을
가슴에다 비비던 내 머리 위로
스쳐가던 빨간 예광탄,
아름답도록 처절하던
비정(非情)의 그 순간은
아직도 그날처럼 아릿한데,

십년을 뭐라고
우리는 살아 있다네
죽어간 친구야,
죽어간 사람아,

『세대』 1963. 6

반도(半島)호텔 포치

오늘도 그 앞을 지나가면
이국의 풍토처럼 궁금하다.
내 숨쉬며 내 살아가는
이 서울 한복판의
낯설고도 기 눌리는 저 문을
드나드는 사람들은
어떤 사람들일까.

옛날엔 일본사람
지금은 미국인, 영국인 혹은 중국인
아니면 장관, 재벌, 해외여객
아무리 정확해도 우리말보다는
서툰 대로 영어, 일어, 아무튼 외국어를
지껄이는 사람만이 드나드는
세계의 조계지(租界地)인가
세계의 식민지인가
KOREA의 UN빌딩인가

어깨도 넓게

구두 소리 가볍게
저 문을 들어가면
우월한 보람에
피부색도 희어지는
배고픈 삼천만 그중에서도
이 서울 삼백만 그중에서도
몇백 안 되게 뽑힌 그 사람들이
나는 부러운지 안 부러운지
다 알기도 싫은 채로
오늘도 그 앞길을
곁눈으로 지나가면
이국의 풍토처럼
궁금하게 기상(氣象)하는
반도호텔 포치.

『세대』 1963. 7

「반도호텔 포치」 시작 노트

거친 언어

우리나라 시인들, 그중에서도 유식한 시인들이 모이면 하는 화제 중에는 우리들의 언어를 한탄하는 것이 하나 있다.

"우리나라 말은 시를 쓰기엔 너무나 조잡하단 말이야. 저 불란서 말을 보라. 불란서 말은 언어 그 자체가 이미 시거든. 우리말같이 투박 불투명해서야 어디 시를 쓰겠는가, 도로일 따름이지."

하면서 콧소리 섞인 원음으로 심벌리스트 시인들의 시를 교성(嬌聲)을 지르듯이 웅얼대며 감탄을 하곤 한다.

이런 시인들일수록 쓰기가 불편한 우리말로 시를 써서 그런지는 몰라도 우리나라 사람으로서도 잘 알기가 힘든 시를 쓰고 있다. 하물며 저 선택된 불란서 사람들이야 이 사람들의 시를 어떻게 시라고 인정해줄 수 있겠는가 싶은 그런 시이다.

그런 시를 쓰느니보다는 쓰지 않는 것이 옳은 것이다. 시가 될 수 없는 언어를 갖고서 시를 쓴다는 모순은 범할 필요가 없다. 차라리 불란서 말로 시를 쓰는 것이 좋다.

안 되는 짓을 하는 것처럼 어리석은 짓은 없다. 불가능을 가능케 하는 것이 강한 인간의 의지인지는 모르지만 최소한 예술에서만은 통하지 않는 말이다. 되지가 않고 억지가 되는 예술처럼 슬픈 것은 없다.

안되는 춤을 추고 있고, 또 그런 춤을 구경하는 비극, 되지도 않는 노래를 부르고 그것을 듣고 있는 슬픔, 그 이상으로 답답하고 괴로운 것이 무슨 소리인지 모르는 시를 쓰는 시인과 그것을 감상해야 하는 대중인 것이다.

우리말은 조잡하면 조잡한 대로 가장 한국적인 언어이다. 따라서 한국시를 쓰는 데는 이 언어가 가장 적합한 것이다. 가장 적합하다고 하는 것은 그들이 타기하려고 드는 조잡성이야말로 가장 한국적인 리얼리티인 것이며 이 리얼리티를 떠나서는 도저히 한국적인 현대시를 쓸 수가 없기 때문이다.

우리가 기왕에 가졌던 시의 통념으로서는 부적합한 언어일지라도 그것이 바로 오늘을 사는 자기의 언어일 때는 그 언어만이 자기들의 정신의 증인이며 또한 사회의 표지인 것이다. 따라서 그 넝마 같은 언어를 주워 모아서라도 자기들의 몸을 감싸야 하며 살아가야 하는 것이다.

자기들의 오늘의 언어에 가장 충실한 시인, 그런 시인들의 시라면 최소한 자기들의 오늘에 가장 충실하려고 하는 민중에게는 이해가 갈 것이며 공감의 장이 이루어질 것이다.

현대시의 난해성도 이런 시점에서 혹시 풀리는 것이 아닐까 하는 생각이 든다.

『세대』 1963. 7

부재설(不在說)

하늘이 있고
창이 열렸고
빛을 받아 환한 방 안엔
의자가 하나 놓여 있고
그러곤 아무도 없다.

밤이 되면 늘 돌아온
기억이 있었고
울면서 혼자 술을 마시고
식은땀을 흘리며 뒹굴다간
답답해서 방을 뛰쳐나갔을 뿐
그러곤 아무것도 없었다.

이따금 발작하듯
밤공기를 휘저었으나
잡히는 따스한 악수도 없었고
가지 부러진 가로수에 몸을 기댔으나
쓰러질 것만 같았던 내 입체(立體)였고
그러곤 아무것도 아니었다.

마침내 불러본 신(神)이었으나
어제 그것은 하나의 명사(名詞)이었고
오늘 그것은 결국 피로(疲勞)만 남겨놨다.
내일에나 혹시 하지만
또 믿어야만 견딜 그런 마련일 따름
아아 아무것도 아니었다.

밤을 향하여
창이 닫혔고
어두운 방 안엔
의자가 하나 있었고
그러곤 아무도 없었다.

『현실』 1963. 9

비닐우산

비닐우산,
받고는 다녀도
바람이 불면
이내 뒤집힌다.
대통령도
베트남의 대통령.

비닐우산,
싸기도 하지만
잊기도 잘하고
버리기도 잘한다.
대통령도
콩고의 대통령.

비닐우산,
잘도 째지지만
어깨가 젖는다
믿을 수가 없다.
대통령도

브라질의 대통령.

비닐우산,
흔하기도 하지만
날마다 잃어도
또 생긴다.
대통령도
시리아의 대통령.

비닐우산,
아깝지도 않지만
잠깐 빌려 쓰곤
아무나 줘버린다.
대통령도
알젠친* 대통령.

『사상계』 1964. 10; 『52인 시집』, 신구문화사 1967

* 아르헨티나.

가을이 지나는 소리

11월달
내 피부엔
수수깡밭에
부는 바람소리
이삭 잘린 대공만이
마구 흔들린다.

응달진 도시
낙엽 없는 거리를
누구도 없이 걸어가는데

우수수 흩날리며
가슴 위를 뒹구는
가랑잎의 환각(幻覺)

회색(灰色)진 코트
짧은 자락 밑으로
안 보이게 발을 절고 가는
저 소녀는

누구와 헤어져 돌아가는 걸까?

초겨울 해질녘
길가를 서성대며
손등을 무심히 바라보는
내 까칠한 마음에
어디선가
대자꾸 들리는
수수깡밭 바람소리.

『조선일보』 1964. 10. 29

바둑과 홍경래(洪景來)

오늘 나는 바둑을 두고 있지만
어제 나는 막걸리로 주정을 했지만
이런 게 아니라는
내 마음속의 생각은
오늘 나는 할 수 없이
바둑을 두고 있지만
어제 나는 할 수 없이
막걸리로 주정을 했지만
이런 게 아니라는
내 마음속의 생각은
바둑을 두면서도
농부가 부러웠고
막걸리를 마시면서
홍경래를 생각했다
홍경래를 생각하며
잠 못 이룬 밤에는
어지러운 흉몽으로
진땀도 흘렸지만
나는 언제나 이 모양이었고

나에겐 아무 일도 없었다.
아무 일 없이 하루가 가고
아무도 나를 찾지도 않고
아무도 나를 따르지도 않지만
이런 게 아니라는
내 마음속의 생각은
어제도 홍경래를 꿈꿨지만
나는 언제나 이 모양으로
나는 언제나 있기만 했다.
오늘 나는 바둑을 두고 있지만
어제 나는 막걸리로 주정을 했지만.

『신동아』 1965. 5; 『52인 시집』, 신구문화사 1967

모작 오감도(模作烏瞰圖)*

시 제1호

기일(其一)
십삼인의청년이도로를질주하오
(막다른골목에서청년이된것이오)

제일의청년이데모를하오
제이의청년도데모를막으오
제삼의청년도데모를하오
제사의청년도데모를막으오
제오의청년도데모를하오
제육의청년도데모를막으오
제칠의청년도데모를하오
제팔의청년도데모를막으오
제구의청년도데모를하오

* 이 시는 이상(李箱)의 「오감도(烏瞰圖)」를 모작한 것이다. 그런데 원문에는 제목이 '모작 조감도(模作烏瞰圖)'라고 되어 있다. 시인이 의도적으로 '조감도'라 표기했는지 오식(誤植)인지는 알 수 없으나, 여기서는 오식으로 판단하고 '모작 오감도'라 표기하였다.

제십의청년도데모를막으오

제십일의청년도데모를하오

제십이의청년도데모를막으오

제십삼의청년도데모를하오

십삼인의청년은데모하는청년과데모막으려는청년과그렇게뿐이모였소.

(다른사정은없는것이차라리나았소)

그중에서일인의청년이데모하려는청년이라도좋소

그중에서이인의청년이데모하려는청년이라도좋소

그중에서이인의청년이데모막으려는청년이라도좋소

그중에서일인의청년이데모막으려는청년이라도좋소

(뚫린골목에서청년이된것이라도적당하오)

십삼인의청년이도로를질주아니해도좋소

기이(其二)

십삼인의대인(大人)이대낮에몽정을하오

(막다른골목에서어른이된것이오)

제일의대인이후회를하오

제이의대인도후회를하오

제삼의대인도후회를하오

제사의대인도후회를하오

제오의대인도후회를하오

제육의대인도후회를하오

제칠의대인도후회를하오

제팔의대인도후회를하오

제구의대인도후회를하오

제십의대인도후회를하오

제십일의대인도후회를하오

제십이의대인도후회를하오

제십삼의대인도후회를하오

십삼인의대인은후회하는대인과후회하려는대인과그렇게뿐이모였소

(다른사정事情은절종絶種된것이차라리나았소)

그중에서일인의대인이후회하는대인이라도좋소

그중에서이인의대인이후회하는대인이라도좋소
그중에서이인의대인이후회안하는대인이라도좋소
그중에서일인의대인이후회안하는대인이라도 좋소
(뚫린골목에서어른이된것이라도무방하오)
십삼인의대인이대낮에몽정을아니해도좋소.

시 제2호

유리상자속의인형은오늘도숨죽이고진종일나를응시한다.그것은영원히단종된노예의망명이다.소관(所管)없는정신은밤낮없이통금이지난뒤에도창백한형광등아래서나를호명한다.'네''네''네'나는아니대답할수도대답할수도없어대답하면서그눈동자에매혹된듯이가면(假面)한다.아아도망가리로다도망가리로다내안에있는유리상자속의인형이여,도망가다오도망가다오나의포벽(胞壁)을생채기바람구멍뚫고각혈터지듯탈출해다오.아니면부딪쳐터지리로다핏덩이로화약으로날계란으로부딪쳐자폭하리로다.영원한운명의플라스크속에서플라스크밖에서.유리상자속의인형은오늘도눈감을줄모르고나를응시한다.응시한다.응시한다.

시 제3호

선글라스쓴사람을무서워하는사람이무서워서선글라스를쓴사람은선글라스를못벗으니까안쓴사람은더욱무서워하니까쓴사람은더욱짙은선글라스를쓰게되고안쓴사람은더욱더무서워한다.안쓴사람이더욱무서워하면쓴사람도더욱무서워하면안쓴사람이더욱더무서워하면쓴사람도더욱더무서워하면영원히무서워하는천재만남는다.

선글라스쓴사람을안무서워하면선글라스쓴사람도안무서워하니까엷은선글라스를쓰니까더욱안무서우니까쓴사람도안무서우니까아주선글라스를벗으니까아주안무서운선글라스안쓴사람과아주안무서운선글라스쓴사람만남으면영원히무사한속물들만들끓는다.

시 제4호

알카포네행정부에서는미녀들의트위스트사이를누비며조직을강화하는모의를거듭했다.부하들은두령에게고수(叩首)하면종교보다도안

식할수있고장수체조는피녀(彼女)들의침실에서나신으로할수있었다.

변두리성밖에서는선병질(腺病質)의기독(基督)이검정치마흰저고리의여당원(女黨員)을모아놓고 '못살겠다갈아보자'는시국대강연을한끝에십이인의제자들과스크럼으로데모를한다.

카포네들은 '팡' '팡' 유원지의병(甁)쏘기처럼재미나하며방아쇠를당긴다.이를갈면서기독(基督)들은십자가에명명(銘名)한다.세인트A.세인트B.세인트C.

유다는아직아무의편도아니다.돌아앉아서은(銀)삼십냥을또헤고또헤고하면귓전에서는총소리도아니들렸다.

시 제5호

남자들의시선은쌍꺼풀의눈앞에서플라스틱제처럼굳어있었다.쌍꺼풀의과거속에는한꺼풀의눈시울이쌍꺼풀을소망하고있는데지금은쌍꺼풀이니까안그리워해도되고지금은한꺼풀의과거를그리워할수있다.쌍꺼풀에속은남자들의시선은언제나그눈시울에쌍꺼풀을새기고있지만그것은언제나헛된것이니까그사랑도결국헛된것인데여자는정형된쌍꺼풀의한꺼풀마음으로남자를원망하고쌍꺼풀에속은 남자는한꺼풀의여자를사랑하는것이되니까결국은둘이다속고있는 것이고속이고있는것이되고마니까그들은결국인생을정형하는영웅 들인것이다.

『세대』 1965. 11

「모작 오감도」 시작 노트

시인이 못 된다는 이야기

어느 글에선가 시우(詩友) 이경남(李敬南) 형은 자기를 보고 시인이라고 지칭하는 사람 앞에서 면구스러운 생각이 드는 것을 어쩌지 못한다고 하는 구절을 읽은 일이 있다. 어쩌면 그렇게 솔직한 말을 했을까 싶다.

나를 누구에게 소개하는 친구가 "시인 신동문 씨입니다." 혹은 "문학가 신동문 씨입니다." 할 때 나는 마음속으로 '엉터리입니다. 가짜란 말입니다' 하고 뇌까리기는 하지만 상대자에 대한 인사상 그것을 입 밖에 내서 말할 수는 없어 열적은 표정을 지을 따름이었다. 그런 심리를 이경남 형은 솔직하게 표현한 것이다.

이 땅에는 문학가가 참 많다. 더구나 시인은 부지기수이다. 소설 몇편이나 읽고 시 몇줄만 외고선 나는 시인이오 하는 판국에서 나도 몇편의 시를 써봤으니 시인이라고 해도 무방할지도 모른다.

그런데 왜 나는 그런 지칭을 듣는 것이 그렇게 쥐구멍 파고도 모자랄 정도로 부끄럽기만 한 것일까. 그것은 혹시 파겁(破怯)하기 전의 사춘 소년이 성(性)을 두려워하고 죄악으로 생각하고 부끄러워하는 것같이 내가 아직 시라는 것을 채 모르는 데서 오는 두려움 비슷한 심리인지도 모른다.

그렇다면 그만치 나는 순진하고 순수하다는 증거이니 도리어 다행한 일일지도 모른다. 그런 것이라면 앞으로 더욱 정진하고 또 익숙해져서 숙련된 시인이 되면 그런 계면쩍은 감각은 없어질 것이리라.

그러나 지금 가만히 생각해보건대 나라고 하는 인간은 시인으로서의 조건이 도대체 구비되지 못하고 있는 것만 같아 큰일이다. 그 단적인 증거로서 나는 시를 쓴다는 일이 도무지 무의미하게만 생각된다. 시를 쓰기 위해 밤을 새우고 시를 생각하기 위해서 시간을 할당해야 한다는 일은 너무나 아깝고 억울한 일로만 생각된다. 그것은 완전히 인생의 낭비요, 허송인 것만 같아 못 견디는 것이다.

시 한편을 쓴다며 밤을 새우느니보다는 그 한 밤을 푹 자는 것이 몇배나 행복한 일일지 모른다. 시 한편을 쓰기 위해서 몇시간을 골몰하느니보다는 그 시간을 아무 생각 없이 진공(眞空)의 심리로 쉬고만 싶은 것이다.

아마 이것은 내가 지칠 대로 지쳐서 그런지도 모른다. 산다는 일에 지쳐서 시니 뭐니 생각하기조차도 귀찮아진 것인지도 모른다. 그러나 나는 나의 인생에 대해서는 그렇게 곤비(困憊)를 느끼지 않는다. 사회를 살아가는 데 장애물이 없다는 이야기가 아니다. 도리어 누구 못잖은 불리한 조건으로 인생에 임하고 있는 것이다. 도대체가 단 한가지도 순탄하게 되는 일이 없는 운명의 인생이었다. 지지리 고생만 한 인생이다.

그런데도 나는 이 나의 인생을 무의미하다든가, 증오스러운 것이라든가, 도피하고 싶다든가 하는 따위로 생각하는 일이 좀처럼 없다. 따라서 피로에 지쳐 있다고도 생각지 않는다. 도리어 인생의 여러가지 장애물이 눈앞에 나타나면 투지가 솟아오른다고 하는 편이 옳다.

그러니 시를 쓰는 시간에 차라리 휴식을 하는 것이 낫다고 생각하는 것은 인생에 지쳐서 그러는 것이 아닌 듯하다. 즉 나는 시를 인생의 중대사로 보지 않는 것이다. 그것은 살아가는 인간의 정신을 자극해주는 일종의 각성제이지 그 자체가 인생의 목적도, 정신의 목적도 아닌 것이다. 이웃도 가족도 사회도 역사도 외면하고 일생을 바쳐서 그것이 마치 인생의 목적인 양 매달릴 일은 아닌 성싶다. 그런 시인, 즉 전문화되어 우수한 시를 쓰는 시인 백명보다는 시를 모르고도 열심히 그리고 성실하게 사회의 일원으로 노동을 하는 한 사람의 시인이 더욱 중요하고 대견하게만 생각된다.

이런 식의 사고방식이 나로 하여금 제대로 시인이 되지 못하게 하고 또 시인이 아니어도 좋다는 생각을 갖게 하는지는 모르지만 지금 당장의 생각으로는 거의 신념에 가까운 것이다.

여기 이상(李箱)의 「오감도(烏瞰圖)」를 모작(模作)한 몇편의 시도 그런 소신이기에 쓸 수 있었던 것이다. 약 3년 전 모 대학신문에서 시 특집을 하겠다고 달래서 썼던 것이지만 지금 와서 읽어도 전연 3년이라는 간격을 느끼지 않는 것은 그때의 나나 지금의 나의 정신이 한곳에 정체하고 있는 때문이든지 아니면 세상이 답보하고 있는 때문인 듯싶다.

염려가 한가지 있다면 이따위 수작이 이상의 시를 모독하는 것이 아닐까 하는 것이지만 이상이 그렇게 옹졸하지는 않을 것이니……

『세대』 1965. 11

5월달 내 마음

5월달
내 마음의 마당엔
한포기의 꽃도 자라지 않는다.
5월달
내 마음의 하늘엔
한마리의 종달새도 날지 않는다.
4월은 잔인해도
내 마음의 마당
양지바른 흙속에서 솟던 환성(歡聲)이여
천년을 기다리던
그 메아리는 어디로 사라지고
5월달
내 마음의 빈 마당
그 빈 마당엔
한방울의 비도 내리지 않는다.
하늘을 지켜보는
주름진 농군(農軍)
석탄(石炭) 백탄(白炭) 타는 가슴처럼
타버린 잿더미 내 가슴은

영감(靈感)이 낡고 썩은 우물
한마리의 금붕어도 살지 못한다.
한마리의 꿈도 피지 못한다.
한마리의 시냇물도 흐르지 못한다.
한마리의 시도 배지 못한다.
바람인들 어디서 불고 있을까?
라일락인들 어디에 피어 있을까?
노랜들 누가 부르고 있을까?

그러나 돌아가야지
통금이 되기 전에 돌아가야지
6월이 오기 전에 돌아가야지
텅 빈 5월로 돌아가야지
돌아가서 무슨 꽃씨고 심어야지
4월의 꽃씨라도 심어야지
혼자라도 꽃씨를 심어야지
아아 뭐라도 뭐라도 심어야지
5월달
내 마음의 마당에

텅 빈 내 마음의 마당에.

『동아일보』 1966. 4. 30

노석창포시(老石菖蒲詩)

돌은 천년이 한살인데
풀은 한 철이 일생일세

돌은 한살에 온 풍상 다 겪어도
풀은 일생토록 푸르고 또 푸르구나

늙은
그 돌
바로 옆에
싱근 창포 어울리니
아아, 억겁의 젊음이로다.

『가을』 1973

辛東門

풍선과 제3포복

* 첫 시집 『풍선과 제3포복』(충북문화사 1956)을 수록했다.

풍선기(風船期)*

공군기지에서는 기상을 관측하기 위하여 풍선을 수시로 띄운다. 공기의 밀도가 희박한 고공으로 올라갈수록 팽창해가던 풍선은 마침내 육안으로 보이지 않게 되면 터져버려서 사라지고 만다.

1호

초원처럼 넓은 비행장에 선 채 나는 아침부터 기진맥진한다. 하루 종일 수없이 비행기를 날리고 몇차례인가 풍선을 하늘로 띄웠으나 인간이라는 나는 끝내 외로웠고 지탱할 수 없이 푸르른 하늘 밑에서 당황했다. 그래도 나는 까닭을 알 수 없는, 내일을 위하여 신열(身熱)을 위생(衛生)하며 끝내 기다리던, 그러나 귀처(歸處)란 애초부터 알 수 없던 풍선들 대신에 머언 산령(山嶺) 위로 떠가는 솜덩이 같은 구름 쪽만을 지킨다.

* 1956년 조선일보 신춘문예 당선작 「풍선기」 6~22호는 시집 『풍선과 제3포복』에 실리면서 1~17호로 번호가 바뀌고 내용이 약간 수정되었다.

2호

오늘은 5월이었다. 구태여 초원이라고만 부르고 싶은 비행장에 서면 마구 망아지 모양 달리고 싶었으나 CONTROL TOWER의 신호에 나는 신경을 집중해야만 했다. 망아지 같은 마음은 망아지 같고만 싶은 다리는 동결된 동자(瞳子) 같은 의식만을 반추하며 무던히도 체념을 잘해버리고…… 그래 나 대신 풍선을 보람 띄웠으나 하늘은 1019밀리바의 고기압 속에다 무수한 우리들의 관념을 삼키고 말고…… 오늘은 5월이 베풀고 있는 서정(抒情)이었지만 불모 풍경의 나의 벌판에는 서서 부를 슬픈 노래도 없다.

3호

한낮 눈부신 쥬라늄판 기체(機體)와 맞선 채 문득 사랑을 생각하였으나…… '그것은 승화라고는 할 수 없는 좁은 어항 속 답답한 수온을 못 이기고 뱉는 금붕어의 물거품과 흡사히 그것은 압살(壓殺)당한 사념일 뿐이고'…… 그날 교회 뒷골목에서 겁부터 앞서서 손목조차 못 잡던 원죄의식이란 분명히 하나의 사치이었다. 도리어 육체의 파편을 한점 한점 저며주듯 그렇게 저지르고 왔던 정욕이나 있었다면 지금 합성금속의 거체(巨體) 앞에서 가느다란 나의 모가지를 억울해 하지도 않을 것인데……

거인은 거인스러운 불구성(不具性)으로 덮쳐누르며 징글맞게 나를, 나는 그냥 질리어서 눈치만 보며 비지땀을 흘리는 8월의 대낮이었다.

4호

하늘. 하늘. 하늘로만 오르는 풍선은 궁금한 밤하늘에 청홍(靑紅)의 편대등(編隊燈)을 점멸하며 가는 유성군기대(流星群機隊)보다는 서정(抒情)인데도 나는 도무지 신명이 안 난다…… '절정은 이미 파멸을 의미하게 되고'…… 그러면 나도 의식을 조절해야 되겠는데 우리는 포물(抛物)된 물체처럼 심연으로나 절정으로나 내닫기만 하고. 그래 새로운 지성으로서 새로운 모랄과 새로운 방법론을 잘 어떻게 하면 하지만 나는 날마다 팽창의 궁극까지 오르다간 터져버리고 말고 말고 하는 풍선을 바라볼 뿐인데…… 외허(外虛)와 내실(內實)과를 균형 지우지 못하고 파열하여버리는 육체를 날마다 볼 뿐인데…… 지금껏 인간이라는 나는 갈피를 못 잡고 있을 뿐인데…… 하늘은 왜 저 혼자서만 저렇게 시원스러운가?

5호

어제 띄워버린 풍선은? 또 오늘 띄워버렸던 풍선들은? 하고, 기름때 번질한 슬리핑백 속에서 가느다란 자신의 체온만을 의지하며 못내 궁금함을 못 참고 보채는 것은, 당신을 기다리는 것은…… '당신의 맑은 동자(瞳子)의 세계!'…… 그것은 나를 기다리는 것이다. 날아가버린 것은 나르시스의 습성처럼 탕진한 젊음도 아니고, 들장미를 꺾으려던 심서(心緖)도 아니고 윤활유처럼, 24시간을 윤활유처럼 소모된 체격등위(體格等位)!…… 그러나 나는 미구에 들려올 기상나팔의 의미를 억울해할 줄도 모르게 피로한 것이었다.

6호

흰 눈이 뒤덮인 비행장은 초원보다도 더 넓은 광야인데 반사하는 일광이 합성금속의 날개에 꽁꽁 성에 지며 초결(焦結)하면 방금 떠오른 태양이 열개도 더 넘어 눈이 부신 나는…… '이국병사는 색안경을 썼지만'…… 아담 시조(始祖)의 안력(眼力)은 어떠했을까? 하고 반(半)만큼 생각하다 끔벅이던 눈시울로 눈물을 자꾸 흘리는 것은 슬퍼서가 아니었다. 나는 공연스레 아무런 대상도 없이 아니꼽고 아니꼬운 생각이 들며 무엇이고 항거를 해보고 싶었으나, 아무런 구호가 없으면 의의도 없는 것이 되어버려서 도망치듯 슬그머니 천막 속으로 들어가서 오일 스토브 옆에 얼굴을 상기시키고 앉아 있었다. 밖에서는 이국병사가 풍선을 또 띄우는 모양이지만 나는 몽롱히 눈을 감고 모르는 척하고 안식(安息)일 수 없는 졸음을 꾸벅대었으나 메스꺼운 가슴은 앉도 서도 못하게 메스껍기만 하더라.

7호

지동(地動) 같은 먼 포성과 쉴새없이 떠올라가는 Z기 음(音)들의 능률에 동화된 생리는 가솔린을 생식(生食)하고, 나는 목숨 대신에 훈장을 심장의 위치에 달며, 또 달고 있는 이국병사 껌둥이는 나의 곁에서 졸고 있다. 몸뚱이는 검어도 상처를 흐르던 피는 붉던…… 나는 혈색의 이유와 그리하여 조국이라는 개념과를 저울질할 줄도 모르면서 나는 별로 심각하지도 않고 태연한 척했다.

8호

희화(戲畵)처럼 그어진 몇 줄기의 비행운(飛行雲)과 파아란 파란 배경…… 목숨들이 끝내 혁명할 수 없는 위치에다 유산(遺産) 받은 NOSTALGIA의 푸르름! 파아란 그 하늘로 종다리를 따라오른 것은 그것은 내가 띄운 풍선이었지만…… '풍속 35 풍위 NW 18도 방향'…… 나침(羅針)이 가리키는 하늘의 구도는 그것은 정확한데도 믿을 수가 없어졌다. 하늘을 재겠다는 나의 두뇌여. 나의 기하계수(幾何係數)여. 느닷없이 나는 어머니를 부르며 초라해진다. 어머니! 어머니! 나는 어머니를 불러도 나는 산 것도 아니다.

9호

구릉을 타고앉은 과수원의 복사꽃은 누군가의 점묘화이었다. 나는 그것이 무척 아름답다고 생각하였으나, 그것은 아득한 기억 속의 정경으로만 머물러 있었다. 아아 산산이 흩어져간 분신(分身)들— 치차(齒車)와 치차 사이의 마찰열, 냉각으로 부어진 나의 풍경들의 에키스*! 이제 여기 남은 나의 얼굴의 음영! 나는 봄 따스운 과수원 사이로 그어진 오솔길가에 잊혀 버려진 녹슨 철모나 퇴색된 채 버려진 종이쪽처럼 잊혀 버려지기나 한다면 차라리 이 봄을 느낄지도 모르겠는데 나는 불가결의 T.O.였다.

10호

핑크빛 풍선을 띄우면서 흡사히 능금과 같이 싱싱하다고 생각하였으나—가지 끝에 매달린 열매는 떨어질 듯이 불어오는 바람 속에서 익어들고 단물 들면 한 사람의 상냥한 손이 하강을 받들어주는 릴케의 능금은 괴이한 꿈을 꾸었다…… '난무(亂舞)하는 일광(日光) 속의 원자능(原子能) 부사(副射)와 비키니도(島) 근해의 수포증이 JAZZ처럼 광무(狂舞)하는 월광(月光) 속에서 하늘만이 남고 모두가 낙태하는 내일들을 응시하며 공전(空轉)하는 기도(祈禱)의 합장을 하는

* '엑기스'로 추정된다.

그런 자세의 군중들이 매달린 가지 끝에 휘몰아치는 바람 속에는 스스로가 배설하는 독소의 질역(疾疫) 때문에 퍽퍽 무너져가는 육체를 우는 별들의 낙엽들이 신음하고 있는 것이었다'…… 꿈속에서 능금은 변색하는 자신을 어쩌지 못하고 식은땀을 흘리며 뒤치락거리지만 — 흡사히 그런 몸짓을 하며 풍선은 떠올라가고 있었다.

11호

오늘 나는 무엇을 믿어야 하느냐? 무엇을 기다려야 하느냐? 이젠 습성처럼 풍선을 띄우며 보람을 걸어보며 내일을 꿈꾸어보나 우리에겐 아무도 내일이 없다. 그래도 그것을 기다릴 나겠지만 기다려주지 않을 것은 나의 수명이리라. 기다리다 남을 것은 하늘뿐이고 '풍—' 하고 터져버릴 풍선의 운명을 깨친 현기증 때문에 나는 어지러이 비실댈 따름인가? 비실대며 비실대며 어떻게 나는 오늘을 견뎌야 하느냐?

12호

허공으로 가버린 당신의 이름, 풍선처럼 가버린 당신의 이름, 당신의 이름을 부르는 것은 그것은 나의 목청이지만 그것은 나의 이름을 부르는 것이다. 아아 불리어질 이름이 어데 있느냐? 또 누구에게 대답이 마련되었단 말이냐? 내가 찾는 나의 이름은 내가 잊었기에 내가 찾지만 내가 잊었던 기억은 없다. 분명히 있었던 나의 위치는 인간이라는 무리들 속에 끼어 있겠지만, 우리는 모두가 서로를 잃었는데 응답할 핏줄기가 어데 있느냐? 돌아갈 젖가슴이 어데 있단 말이냐?

13호

13호의 풍선을 13일의 금요일에 띄우며 이국병사는 기분이 언짢다고 중얼대지만 어처구니없는 것은 나의 기대이었다. 그는 나더러 혼자서 띄우라고 하지만 참말 내 마음대로 할 수 있는 풍선이라면 참 좋겠다. 그 속을 나의 입김으로 가득히 채우고 그리하여 그 나의 체온을 소망의 날개를 펴듯 고공으로 올렸으면 하지만 가스 발생병(發

生瓶)은 정밀한 기계이었다. 고장이 잘 나는 것이 아니었다. 나의 입김은 소용이 없는 것이었다. 그래 나도, 이국병사의 우화(寓話) 같은 불안을 배우고 싶었으나 나의 슬픔은 의식이 너무나 또렷하였다.

14호

내가 목숨이라고 실(實)은 인생을 개념도 마저 헤아리지 못하며 내가 목숨이라고 앙탈을 하며 붙드는 것은 그것은 나의 육체를 붙드는 것인지도 모른다. 어데다 잊고 온 것인지도 모르는 나의 파열된 생리의 구토증은 오늘도 답답히 풍선을 띄우나 그것들도 결국은 모두 터질 것, 어머니는 눈이 머셔서도 나의 몸을 어루만지시면 거기 나의 목숨이 머물렀었는데 내가 목숨이라고 앙탈을 하며 붙들어도 어째 머물러주는 것은 허전함뿐이고, 비인 항아리 같은 비인 항아리 같은 것이 깨지는 소리 같은 풍선 터지는 소리만이 나의 귓전에 아스라이 서릴 뿐이다.

15호

당신의 눈동자! 당신의 눈동자! 부르는 소리에는 핏덩이가 엉기는데 의미 없이 헛헛하게 비껴만 간다. 당신을 부르며 내가 찾아온 이 근처는, 분명히 이 근처는 인생의 부근인데도 어째 아무런 대꾸도 없다. 당신이 그들 속에 끼어 있다고 믿지만 실은 우리들은 호응의 감성을 잃어버린 것이다. 부르다가 부르다가 지쳐 쓰러진 포도(鋪道)에는 낙엽만이 우수수 나려 쌓이고, 그리하여 앞을 가린 철조망에 표기된 너무나 선명한 자의(字意) OFF LIMIT. 패스포트가 없는 나는 되돌아가야만 했다. 설령 패스포트가 있다 해도 대기소에 머물러 있어야 하는 나는 기다리기엔 너무나 피로했다. 당신의 눈동자! 당신의 눈동자! 아아 그러나 쉽게 단념하기로 했다.

16호

억수로 퍼붓는 장마비로 꼬박 새운 어젯밤 활주로 끝 방공호 속에서 자살을 한 병사의 그 원인을 나는 묻지 않았다. 그러나 그 이유를 나는 아마 알 것이다. 그 이유를 나는 아마 모를 것이다. 나는 그것을 몰라도 오늘 진혼가를 불러주듯 이렇게 파아란 하늘로 풍선만 띄우면 그만인가? 그가 죽은 것은 어제의 의미이지만, 오늘의 의미는? 그리하여 내일의 의미는? 하고 지금 내가 알고 싶어 하는 것은 나의 앞가슴팍에 걸려 있는 스테인리스 군번표(軍番票)의 비호(庇護) 능력인지도 모른다. 그리고 또 내가 알고자 하는 것은 잊어버린 어머님의 나이와 진정 지금 나의 손아귀에 쥐어져 있을 아르튀르 랭보 주정선(酒酊船)의 항도(航圖) 같은 그런 나의 수상(手相)일지도 모르지만 아무튼 나는 그것을 알고 있으나 없으나 나의 오늘의 의미는 매한가지일 수밖에 없을 것이다.

17호

아름다운 아름다운 나의 마스크. 아름다운 아름다운 너의 마스크. 아름다운 마스크와 아름다운 예절과 일요일 오전의 교외 드라이브. 그리고 빙그르르 팽이 도는 JAZZ 신경(神經)! 아아 멋는 날의 풍경을 잊은 것이다. 발치엔 그늘이 없어진 것이다. 우리들의 얼굴은 어데다 잊고 나는 지금 너의 마스크를 믿는 것이냐? 나는 너의 예절에 악수하는 것이냐? 무섭게 넓은 하늘로 사라져간 그 무수한 풍선들처럼 지금 우리가 뱉은 허구의 웃음소리. 지금 네가 나의 가슴에 달아주는 검은 고양이의 마스코트! 아아 오늘 이 시간 나는 스스로의 장단에 흥겨운 피에로! 피에로의 엷은 마스크엔 슬퍼하는 표정마저 박탈되고 만 것이다. 다만 유능하다는 특기 흉장(胸章)을 달고 바쁜 척하는 자기가 자랑스러워야 하는 것이다.

18호

그 아무 아름다운 마련도 없는 한량없는 세월을 흘러만 가는 비정의 계절 속에 버섯처럼 돋아나, 응달진 뒤안길에 약하디약한 버섯처럼 돋아난 채 동 서 남 북의 그 어느 곳으로 나의 목숨은 향하였는지. 네가 있는 곳에서 해가 솟으리라고 너하고 마주선 채 해를 맞아보리라고 꿈에서도 그렇게 소원턴 것이, 수없이 많은 유성들이 빛꼬리를 끌며 떨어져가던 어젯밤의 궁금증으로 머물러 있어야만 하는 것이냐? 오늘도 무섭게 질푸르른 하늘 속으로 무수히 풍선을 띄워 보내며 활주로 끝에 나는 섰으나 발치에 길게 늘어져 있는 나의 그림자보다도 더 허전한 나의 양감(量感)을 가누지 못하는 메스꺼움 때문에 조심조심 잔디풀을 밟으면, 풍선만치는 가벼운 나의 체중인데도 그

나마 밟혀 쓰러지는 풀이파리들이여! 늘 아쉬움이 목숨의 조건이지만 또 늘 이렇게 더없는 뉘우침에 시달려야 하는 것은 어인 까닭이냐? 어느 때나 아름다운 해가 솟을지, 빛 고운 무지개가 떠오를 건지, 하늘은 아직도 한밤 속인데 세계의 그 어느 변방에서라도 나의 목숨에 천칭(天秤) 지워질 알맞은 너의 체중이 어둠속을 더듬고 있으리라고 슬픔 속을 더듬고 찾아오리라고 끝내 믿어는 보리라마는 동 서 남 북의 그 어느 곳으로 나의 내일은 향하였는지?

19호*

구름이여 사랑이여 구름이여 사랑이여 구름이여 사랑! 한아름 부듯이 안기이나 너무나 가볍다 구름, 구름 같은 꿈들. 둥실둥실 떠오르는 빨간 풍선을 나비가 한마리 따라 오른다, 날개 고운 나비여 가냘픈 나비. 구름 속에 묻히면 돌아오려나? 달아오른 네 신열(身熱)이, 네 바래움, 마지막 문질러질 날개 분(粉)의 비문(碑紋)!

* 『조선일보』(1956.8.29)에 '풍선기 31호'라는 제목으로 발표된 시이다.

풍선만 보면 반색을 하고 CP* 퀀셋을 뛰어나오는 원피스를 입은 소녀 타이피스트는 풀밭에 누워서 재재바르던 그 손으로 해를 눈을 가린다. 그리하여 눈시울에 봄을 그린다, 일요일을 설계한다. 그러나 나는 허허벌판 같은 비행장에 선 채 오늘도 마음을 자칫 어깃 디디면 또 진종일을 가슴 절름거려야만 하는 때문에 풍선에다 보람을 걸고 소원의 기폭(旗幅)을 흔들듯이 자꾸 하늘 높이 띄우면서 나를 무슨 의젓한 탑처럼 확립시키고 싶어 하지만 이윽고 다가올 노을 어스름 속에 윤곽도 못 잡을 그런 나의 인간 의식이며, 동상(凍傷)처럼 유리(遊離)할 적혈구, 백혈구여. 잃어버린 나여 나여 나의 오늘이여! 아아 이젠 차라리 눈 감고 마음 감고 기다릴밖에 없다. 비. 장마비. 억수로 퍼붓는 홍수비를 기다려볼밖엔 없다. 그러면 내일은 휴무일 것이니까. 인생도 가끔 쉬는 그런 사업이라면! 목숨도 가끔 쉬는 그런 근무이라면!

풍선이여 사랑이여 풍선이여 사랑이여 풍선이여 사랑! 한아름 부둣이 안아보아도 너무나 허젓한 우리들의 양감(量感). 끝내를 앙탈로 따라보아도 그 어느 아슬한 하늘가에서 자취 없이 터져버릴 너의 여

* Command Post. 지휘소.

운! 나의 한숨! 지쳐 낙엽 떨어지듯 나려앉는 나비의 가느다란 숨소리, 몰아쉬는 숨소리가 오늘 위에 새겨놓는 목숨들의 반문(斑紋)!

20호

한 나뭇가지에 수천 수만씩 돋아나 저마다 하늘을 부르며 너풀너풀 손짓을 하는 플라타너스 잎의 꿈이나 풍선의 꿈이나 매한가지이었다. 하늘은 시종(始終) 없이 푸르른 것이었다. 가도 가도 가닿을 수 없는 하늘의 끝을 깨친다고 하는 것이 무슨 보람이겠는가? 오늘도 하늘 높이 솟아보려고 한들 어제와 매한가지인데. 그리하여 그 누구의 심장, 아니 그 무슨 풀벌레의 앵도알 같은 심장이 하나 터져버리듯 그렇게 오늘도 내가 띄운 풍선이 터져버리고 말, 그 경지를 참지 못하고 애를 태운단들 무엇하겠는가? 내 조석으로 걷는 길가의 풀이파리 끝에 밤사이에 맺혔다 지곤 지곤 하는 맑은 이슬방울의 운명에도 무관하고 있는 우리가 아닌가? 차라리 그, 모양할 수 없이 부드러운 탄력으로 부풀어 있는 풍선의 한아름은 되는 그만한 구체(球體)가 그 역시 하나의 우주처럼 있었던 것이라고 믿어봄이 어떠할까? 내 그 속에 불어넣을 수 있었던 입김이 도리어 정다웁게 벗해주지 않는가?……

웬통 나무둥치를 뿌리마저 송두리째로 뽑아들고 하늘로 날아오를 듯이 서둘러대면서 너풀너풀 하늘을 부르던 수천 수만의 플라타너스 잎들도 끝내 그 자리에 머무른 채 지금 엽록소의 생리(生理)를 햇볕 받고 있는 것이나, 슬픈 궁극의 관측 풍선이나, 내 젊음이나 다 계절 속을 한때 무성(茂盛)하여보는 것임은 매한가지가 아닐까?

제3포복(第三匍匐)

1장 한계는 있어도

그러나 간단없는 섬광(閃光), 뇌광(雷光), 폭광(爆光)의 오로라 같은 조명 아래 작열하는 초토(焦土) 위에서 모던 발레처럼 전개되는 제1포복, 이어서 제2포복, 그리하여 다급히 제3포복으로 자세는 절박되어갔다.

절박되어가며 핍박되어가면서,

"빨리 끝이 났으면."

"빨리 끝이 났으면."

"빨리 끝이 났으면."

"빨리 끝이 났으면."

"빨리 끝이 났으면."

"빨리 끝이 났으면."

"빨리 끝이 났으면."

"빨리 끝이 났으면."

"빨리 끝이 났으면."

단위(單位) 전원은 성대가 퇴화된 채 순수한 개체로서 절규하고 있었다. 그러나 분명히 성과로의 육박(肉迫)이 아니고 도리어 비호능력의 미니멈을 도박(賭博)하고만 있는 제3포복의 행동권은 끝내 마비된 나의 생리(生理)의 주변이었고, 해역(海域)으로는 '비키니' '나무' 도(島)* 방사능운(放射能雲)의 후유증으로만 제한되었고, 육로로는 나의 폐세포가 산소대사반응을 잃은 육질(肉質)상태로서 토털리즘 과목근(果木根)의 비료원(肥料原)으로만 추산되어갔다.

그런 것들의 증언은 지각(地殼) 표피(表皮)에 목내이(木乃伊)**처럼 메말라붙은 혈흔들이 나의 단절된 대퇴동맥을 마저 호가(呼價)하는 국제시장의 그 살풍경화(殺風景畵)의 빛 낡아가는 천년의 역사 속에서나 소요될지도 모르지만 사실은 우중전투(雨中戰鬪)의 유탄처럼 빗나가고만 있었다. 빗나가는 탄도(彈道)에 표적되어 있는 너와 나의 데스마스크들은 이제 더할 수 없는 한계의 제3포복으로 체질이 화석되어가고만 있었다.

화석되어가며 무기물화(無機物化)해가면서,

"빨리 끝이 났으면."

"빨리 끝이 났으면."

"빨리 끝이 났으면."

"빨리 끝이 났으면."

* '비키니섬' '나무섬'을 말한다. 서태평양 미크로네시아의 마셜 제도를 이루고 있는 섬들로, 미국은 이 지역에서 1946년부터 1958년까지 핵실험을 하였다.

** 미라.

"빨리 끝이 났으면."
"빨리 끝이 났으면."
"빨리 끝이 났으면."
"빨리 끝이 났으면."
"빨리 끝이 났으면."

분산된 단위 각원(各員)은 흰눈자위를 까뒤집고 목안으로 절규하고 있었다. 그러나 유예 없이 절각(截刻)되어가는 비명(非命)들의 조감도 상공에서는 광란된 심포니 같은 포성 함성 폭성이 끝없이 파장되어가는데 여기 불연속선상을 점멸하는 심장의 고동을 더는 항진(亢進)시킬 수 없는 박제된 사지를 끝끝내 허우적허우적거리며 제3포복의 극한 이후를 그래도 무엇 때문에 무엇 때문에 연연해야만 하는가.

2장 증류(蒸溜)

"빨리 끝이 났으면."
"빨리 끝이 났으면."

숨은 딱딱 멎어오지만 더욱 체위 낮추는 것을 잊어서는 안 되었다.

그러나 이제 명암도 없이 펼쳐져 있는 시공 속으로 나의 의식은 자취도 없이 점차로 증류되어감을 어쩌지 못했다.

—아아 허공 중에 걸리인 관혁(貫革) 같은 얼굴! 깃발 같은 관혁! —심장은 더더욱 퇴색의 부조리(不條理)를 조리(條理)해야만 하는가? 그리하여 바빌론 탑처럼 무너진 어제. 다시 그 전날들의 표정들은 어느 유하(流河), 그 어느 빙하기의 무표정인가? 너의 얼굴 앞에 너의 입술 앞에 내가 받쳐들던 나의 입술 나의 눈동자는 분명히 그렇게 무너졌던 한 모퉁이 공간의 탄흔(彈痕) 같은 입체던가?

이제 어데를 찾아간들 모든 조건이 배경처럼 구치(具置)되어 있겠는가? 더구나 전경(前景)이 서고, 천정화(天井畵)가 떴고. 입지가 다져져 있겠는가. 그리고 강물인들 흐르겠는가. 흘러도 유혈이 흐를 것이다. 피고름, 부육(腐肉)만이 떠내려갈 것이다. 더구나 나무가 어찌 설 수 있겠는가. 섰대도 잘리인 팔뚝 같은 둥치로 설 것이다. 실명폐병(失明癈兵)처럼 무작정 하늘을 두 손으로 휘더듬는 가지로나 설 것이다. 그 가지 끝에 예나 다름없을 밤의 별들. 별은 꿈이지만, 그날 처음 인간을 깨치던 어린 가슴에 실의처럼 새기어진 다만 한숨으로 점묘되던 별로나 뜰 것이다. 그렇다면 결국 우리는 다시 억울한 임상체온표(臨床體溫表)만을 응시할 수밖에 없지 않은가? …… 37도 1, 2분…… 이렇게 간사한 미온의 지루한 파장을 지키는 생리(生理)는 다시금 피안을 신앙하는 미련을 정신(精神)하리라. 그러나 죄의식 이전의 무구한 의기(意氣)로서 솟던 봄풀, 더욱이 글라디올러스의 새싹 같은 몸짓들도 솟을 때만의 생태라고 깨치면 아아 나는 아니 우리는 다시 저 총구처럼 발악을 시작할 것이다. …… '아아 관혁같이 걸린 발악하는 얼굴! 관혁 같은 표정!'…… 얼굴은 더더욱 빈혈의 사정(史程)을 하강하고 의식은 더더욱 허구 속으로 증류되어가고만 있었다.

"빨리 끝이 났으면."

"빨리 끝이 났으면."

3장 LOST POSE

"빨리 끝이 났으면."

"빨리 끝이 났으면."

지금 결국은 의미없이 사나워져 서로의 선혈을 노리면서, 만년도 천년도 더 친절했던 체온의 땅 위에서 드잡이를 하는 앞가슴과 앞가슴. 서로의 목을 악을 쓰며 조르는 근육과 근육……

아아 이런 포즈로 나는 사랑을 해야 했을 것인데!

아아 이런 포즈로 너는 사랑을 해야 했을 것인데!

그러나 드디어는 흐려지는 망막에 환영(幻影)할, 아아 어머니의 얼굴, 어머니의 얼굴, 우는 어머니의 얼굴을, 숨져가는 너와 나의, 아니 우리들 인류의 기막힌 최후의 추억으로 분향해야만 했던가?

"빨리 끝이 났으면."

"빨리 끝이 났으면."

4장 식욕(食慾)

"빨리 끝이 났으면."

"빨리 끝이 났으면."

그래도 네바다의 무변사장(無邊砂場)과 태평양상의 환초 고도(環礁孤島), 그리하여 우랄 동북방의 불모 평원에 인명 피해만은 피했노라고 증인(證印)처럼 열겹으로 그어놓은 동그라미 표적. 그 중심에서 솟아나는 버섯형 오색구름을 손뼉치며 향락하는 동과 서. 또 너와 나의 동자(瞳子)에 핏발 선 광기 — 그 발광한 이빨로 우리는 문화를 먹어버렸습니다. 역사를 삼켜버렸습니다. 철학을 먹어버렸습니다. 과학을 삼켜버렸습니다. 예수와 석가를 먹어버렸습니다. 꽃과 노래를 삼켜버렸습니다. 동물성을 식물성을 광물성을 먹어버렸습니다. 애인도 삼켰습니다. 어머니도 먹어버렸습니다. 그리하여 마지막 신(神)까지 잡아먹었습니다. 먹었습니다. 먹어버렸습니다. 그래도 끝이 안 나는데 이제는 내가 나를 잡아먹어버려야겠습니다. 날계란 노른자를 날름 들이마시듯 그렇게 내가 나를 먹고 나서도 거기 동혈(洞穴)처럼 벌리고 남을 아가리. 그 엄청난 아가리의 끝없는 식욕을 믿어보십시오.

"빨리 끝이 났으면."

"빨리 끝이 났으면."

후기

나는 이 시집의 후기를 쓰는 데 있어서 우선 이 시집이 나오게 된 경위를 말하지 않을 수 없다. 나는 현재껏 내 나름의 시 행위는 아직 엄격한 의미에 있어서의 시의 유대적 공동작업(우리나라에는 이와는 성질이 다른 시단이 있다)에 참여할 수 없는 위치에 있는 것이라고 비하하고 있었다. 따라서 발표(시집 간행, 잡지·신문 게재 등의 시단 행위)에는 회의적이고 소극적인 태도를 취하고만 있었다. 그러던 것을 나의 사랑하는 고향인 청주시의 청년시장이며 충북문화사 대표인 홍원길(洪元吉) 씨가 나를 지나친 회의와 자학에서 구출해야 하겠다고 '선의(善意)로운 강권발동(强權發動)'을 하여 나의 등을 떠밀고 정신적·물질적으로 추진해주는 바람에 드디어 시집을 하나 갖게 되었다. 그러니 나도 엄격한 의미에 있어서의 시 작업 참가가 아니고 적당한 의미에 있어서의 시 행위(우리나라 거개의 시인이 그렇듯이)를 하게 되어서 어쩐지 낯 가려운 감이 없지 않지만, 하여튼 산아(産兒)야 사생아이건 질아(疾兒)이건 간에 진지한 산파가 되어주셨던 홍원길 씨에게 사례를 하지 않을 수 없다.

그리고 여기에 수록된 두 작품이 모두 완전하지 못한 것도 나를 무척 괴롭히었다. 그러나 그것은 사적(史的) 현실이 나를 혹사한 때문에 온 상흔이라고 자위할 수밖에 없는 것이, 「풍선기(風船期)」는 전부가 53호, 총 1,700행이나 되는 장편시이었는데, 동란 당시 전전하는 전선기지에서 써 모은 그것을 무기보다도 더 소중히는 들고 다닐 수가 없어서 이곳저곳에 버리고 말았다. 그러나 끝내 내 호주머니에 남아 있어서 조선일보에 당선했던 10여호와 기타 지면에 활자화했던 것 등등 수중에 있는 것을 간행 편의상 호수를 통틀어서 1호부터 20호로 고친 작품이 되고 말았다. 「제3포복」 또한 완성되지 못한 일부분뿐인 작품이 되고 만 것은 전환(戰患)을 요양하느라고, 백열적(白熱的)인 정신작용을 요하는 시작(詩作)에 정력을 기울일 수 없었다고 하기보다도 이런 성격의 시가 결국 일종의 관념적인 구축이나 서정의 세계, 혹은 토착적인 관조(觀照)로는 감당할 수 없는 것이고, 더구나 터무니없는 환상이나 사색의 녹음(錄音)으로 미화할 수 있는 것이 아니기 때문이며 더 나아가서는 지금 자멸존망(自滅存亡) 직전의 고압적인 풍토를 배회하는 인간들이 그 처절한 현실을 절박한 역사적 감각과 선각적 지성으로써 타개하려는 다이내믹한 의식—즉 세계사가 요구하는 인간행위를 행위하여야 하는 이때에 어찌 시흥(詩興) 중독자들이 일삼는 매너리즘된 시적 품격과 예절만을 지킬 수 있겠는가 하는 생각이, 그들의 규격으로는 시이기 이전의 생경한 발성의 소묘를 내놓게 한 것이다.

그러나 나는 기왕의 문화적인 가치나 설정, 혹은 윤리도 근본적으로 전도(顚倒)되고야 말 이때에 이만한 이단(異端)은 도리어 낡은 것과 응분히 타협을 해준 것이라고 아량하고 있다. 아무튼 관중의 박수갈채를 꾀한 곡예사적인 재주를 부리는 것만은 적극 피해야 한다고 자각하고 나서의 나의 시 행위이었다고 자신한다.

그 자각이 무질서한 주장과 탐욕적 무지만이 범람하는 이 부조리의 세대를 지양시킬 존엄한 인간정신에의 각성이며, 이러한 정신적 양식의 기반 위에서만 비로소 정당한 현대시의 방법과 기능의 태세를 찾을 수 있을 것이라고 믿는다.

끝으로 이 시집의 표지를 위하여 귀한 시간을 나누어준 화가 정창섭(丁昌燮) 씨와 도맡아서 시집 구성과 장정을 해주신 대지문화사 김세환(金世煥) 씨에게 진심으로 사의를 표한다.

1956년 11월 20일
저자

미발표 시

* 신동문 시인의 장남 신남수 씨가 보관하고 있던 미발표 시 중에서 36편을 실었다. 이 시들 중에는 미완성 상태거나, 원고가 일부 유실되어 전문이 아닌 경우도 있다. 창작 일자를 알 수 있는 시들을 앞쪽에 배열했다.

대낫*

달치인 술동이처럼
무더위 부푼 대낮에
붉은 돌벽담 모퉁이에
빨가벗고 웃는 바보 계집애여
이마가 좁아서 좋겠구나!

금시 벗어던진 노랑 저고리
눈이 부시어 못 보겠는데
묵은 장닭 다리 같은 맨발로
마구 밟고 밟고 발기고
제 볼기를 치면서 몸부림하고.

히히 이히 이히히
이히 시비 기시비
콧등을 실긋실긋 해만 곧장 보며 웃기만 하면
흐릿한 눈알 속엔
몸이 닳도록 또 하나 해가 탄다.

상기(上氣)한 골목 뒤안에선

* 원문에는 제목 옆에 "1949. 5. 6."이라 적혀 있다. 탈고한 날짜로 추정된다.

"아이구 저녀리 계집애를 팔자두!"

그래도 바보 계집애야
알몸뚱이 포동한 흰 살결이
뜨거워서 뜨거워서 부럽구나
멋대로 익어들어 아름답구나
그래서 이 대낮이 너에겐
좋기만 좋기만 하겠구나.

실락(失樂) 전날의 맨 벌판이나 지금이나
네 눈에 매양 이렇게만 보일 것이고.

어리석게 빈혈한 누구들처럼
기도(祈禱)도 도망치고프지도 않을 것이고.

정물*

고요한 정오의 방 안에는 꽃과 나와
게으름이 있었다.

꽃을 보며 흐지부지 잠이 들었던 나는 잠결에 새삼스레 코를 자극하는 꽃향기에 선뜻 눈을 떴다.

초동(初冬) 한낮의 남향한 방 안에는 딴 날보담도 더욱 환한 빛이 넘쳐흐르고 있다.

그 그득히 고여 있는 빛 속에서 국화꽃은 아까보담도 더욱 의젓한 색깔과 모습을 하고 피어 있다.

그 새맑은 빛 속에서 국화꽃은 숨 쉬듯이 그렇게 복욱(馥郁)한 향기를 피우고 있는 것이었다.

그 국화꽃을 자세히 보니까, 이만침 떨어져서 잠자던 내 코에까지 풍기어오던 그 꽃향기의 파장과 꼭 같이 연연한 파장으로 연신 노랑꽃은 노랑색깔의 꽃김〔氣運〕을, 빨간꽃은 빨간색깔의 꽃김을 아지랑이처럼 모락모락 피워 올리고 있다. 이 한방 가득히 펼쳐 올리고 있다. 그 꽃김과 꽃향기가 가닿는 방 안의 물상(物象)들은 모두가 아련

* 원문에는 제목 밑에 "이 국화꽃 한묶음이 단기 4285년 11월 28일 보리자호(甫里子昊)"라 적혀 있다. 단기 4285년은 1952년으로, 군생활 중 폐결핵이 발병되어 공군병원 요양원에 입원해 있던 때이다.

히 취해 있는 것만 같다.

*

—아마 나의 눈이 눈뜬 것이 아니라
나의 내부에서 눈을 뜬 것인지도 모른다.
나의 마음도 절로 숙연해져 있었다.

어제 내가 이 국화꽃 한묶음을 얻어들고 와서 나의 방 한가운데 책상 위에 꽂아놓고 몹시나 즐거워하던 일을 생각하여본다.

그 빨갛고 노랗고 한 꽃가지들을 여러 모양으로 가다듬어 꽂느라고 한참을 때 가는 줄도 몰랐었다.

그리고 그 꽃 모양을 살피어볼 양으로 방 안을 이리저리 걸어다니며 '무슨 뜻으로 이 꽃을 나에게 준 것일까?' '나를 이렇게도 마음 여기어주는 것이었던가?' 하고 그 집에서 이 꽃 한묶음을 나에게 준 그 무슨 연유를 어림쳐보려고 잠잠히 도사리던 그런 심경도 있었다.

또 꽃송이에 코를 대고 훅훅 들이마시어도 보고 볼을 꽃송이에 마구 부비어도 보며, 실없이 홀로만의 애절한 모정(慕情)을 조장시키던 그런 행위도 있었다.

그러곤 하여튼 이 꽃 한묶음이 이 나의 방에 얼마나 아울리느냐! 또 이 꽃을 나에게 주는 그분네의 아름다운 심서(心緖)가 오늘날 나의 옹졸한 심정을 부드럽히는 데 얼마나 아울리느냐!고 공연히 자랑하고파 방 안을 휘 둘러보던 그런 흡의(洽意)도 있었다.

그러나 지금 이렇게 아무런 치우침 없이 스스로의 모습을 갖추고 제대로의 호흡과 향기를 피우며 의젓이 펴 있는 이 국화꽃을 보니까, 아무래도 어젯날의 나의 모든 소치(所致)가 철없이 편혹(偏惑)된 의미를 희롱하였던 것만 같다.

그러니 어제 내가 그렇게 즐거워하였던 것은, 그 꽃을 그분네가 손수 꺾어준 것이라는 그런 의미만을 가지고 그렇게 반색을 하고 귀히 했던 것이 아닐까? 또 그 꽃이 그 집 마당에서 한해 한철을 자라서 핀 것이라는 그런 감상(感傷)한 사유를 가지고 그랬던 것이 아닐까? 또 그 꽃송이에 배었을 그의 체취며 그의 손자국의 여향(餘香)을 감촉하려고 그렇게 볼을 부비고 한 것이 아닐까?

그렇게도 무위(無爲)하기 짝이 없는 나의 신변의 경위(經緯)만을 가지고 이 국화꽃을 터무니없이 해석하려던 것이 뉘우쳐지며 슬퍼진다.

노랑꽃에서 피어나는 노랑꽃빛 향기며 빨간꽃에서 물신대는 빨간 꽃김이며, 야위어가는 이파리에서 들리는 가늘디 파르스름한 숨소리며, 이런 것들이 어찌 나의 가슴에 핏줄 속에 스미지 않으며, 나의 피, 나의 살색, 나의 마음바탕이 물들지 않으며, 훈훈히 향기 들지 않으랴.

또 이 방 안 모든 물상 속에 배고 스미지 않으랴. 이렇게 서로가 서로를 마땅히 수용하고서 생동하는 이 꽃의 적의(適意)를 깨닫고 나는 나만치의 거리를 하고 나대로의 호흡을 하면서 이 꽃을 보고 또 이 꽃을 사랑도 하고 하는 것이 기실은 그분네를 진정으로 사랑하는 것이며, 따라서 나를 사랑하는 것이라는 이대로의 조화에 호응함이 오늘날 나의 마땅한 모습이 아니랴!

또 이 꽃 위에 날이면 날마다 분주히 찾아들던 꿀벌이며 나비들, 그들의 기도며 꿈이며 운명이며, 또 이 꽃 위에서 잠이 들었다 깨어났다 하던 해와 달과 별빛의 내음새며 체온이며 분신이 이 꽃을 이렇게 의젓하고 아름답고 향기롭게 마련하였다는 그런 모름지고 슬기로운 하늘의 보람이며 뜻이 지주(指嗾)하는 생명의 의향을 깨달아야 했다. 깨달아야 한다.

*

—이 꽃은 세월의 흐름 속에 피어 있는 것이 아니라
엄연한 생성의 유폭(流幅)으로 피어 있는 것이었다.

이 늠름히 피어 있는 국화꽃이며 그것을 심히 보고 있는 나며, 나의 마음이며, 꽃김 꽃향기가 충만하여 있는 이 방의 정경은 어디선가 꼭 본 일이 있는 것만 같다. 또 아득한 옛날이었던가, 아득한 훗날이었던가, 언제인가 꼭 겪어본 일이 있었던 것처럼 그렇게 흥건히 취해 있는 방 안의 공기라고 생각켜진다.

그렇게 생각하자 나도 취기 돌듯 어렴풋이 눈이 감겨진다. 눈을 감고 조용히 나의 숨소리며 입김이며 가슴의 고동소리 같은 것을 헤어본다. 그러면 암만 해도 이 입김 숨소리 고동소리가 이 국화꽃의 향기와 빛깔과 꽃김의 아지랑이 속에 서로 엉기고 배고 섞이어가고 있는 것 같다.

그에 따라 지금 이 한방의 체온과 마음이 술누룩 발효하듯 물씬물씬 익어들고 있는 것 같다. 7월달 한낮 빛에 포도알이 포근히 영글듯이 그렇게 알맞게 점점 익어가고 있는 것 같다. 그러하여 더욱더욱 익어들고 영글어서 아주 훌륭한 완숙(完熟)이 이루어질 것만 같다.

유리창 바깥으로 하늘이 보인다.

파아란 하늘에는 바람이 있고 젖빛 구름 쪽이 있어 부단히 옮기어 가고 있다. 그렇듯이 이 한점 바람도 없는 방 안에서 물씬물씬 익어가고 있는 내가 바람도 되고 꽃이 구름도 되고, 꽃향기가 바람도 되고 나의 마음이 구름 쪽도 되고, 이 훈훈한 한칸 방이 하나 파아란 하늘도 되어서, 아주 적연(適然)히 또 하나 조그만 우주가 성숙되어질 수도 있을 것만 같다.

지금 이 방 안에는 꽃과 나와 엄숙(嚴肅)이 있다.

배꽃 능금꽃

이렇게 희고 보드라운 배꽃 속에
봉긋이 부푸는 능금〔林檎〕꽃 몽우리 속에
봄 한날 아득한 꿈이 있고,
가슴속 야릇한 설움이 깃든 줄을
나는 아직껏 모르고 있었습니다.
어렴풋 이 꽃들이 무척 담아(淡雅)한
꽃인 줄은 예부터 알고는 있었지만,

이렇게 한숨 섞인
그리움을 속삭이고
나에게 와서 안기우는
그렇게 곱고
귀한 꽃인 줄은
나는 오늘서 처음 알았습니다.

1953. 4. 22 병석에서*

* 이때는 군생활 중 폐결핵이 발병되어 공군병원에 입원해 있던 시기이다.

귀야(歸夜)*

그리도 하고많던 청춘의 나달**을 하루같이 아쉬움과 호노롬으로만 결국은 만나지도 못한 이를 찾아 어두운 골목길마다를 이제금 휘젓고 돌아와 누운 나요. 싸늘한 요 밑에서 새삼 가느다란 젊음을 어루만져 아끼며 잠 이루려고 하는 것이오.

젖빛 구름 아래 봄 초록 새순 돋는 들밭 사잇길을 눈부신 꽃 복사꽃같이 활짝 피어서 가는 모습들에 눈이 휘둥굴해서 당황한 걸음을 쫓다간 저물고 배 떠난 나루턱에서 가래침처럼 뱉고 돌아서던 것은 한숨뿐이오. 이루 헤아릴 수 없이 많은 한숨이오.

한숨을 지워도 지워도 바람은 뒤이어 대자꾸 봄 갈 여름을 실어오고, 꽃나비 피고, 비둘기마저 짝 찾아 꾀꼬리도 목청을 뽑곤 하는 세월 속에선 펼 사이 없이 꾸겨만 지는 마음의 상처를 씻어보겠노라고, 깎아도 깎아도 대자꾸 자라는 숱 많은 머리털일랑 어쩌지 못하며 염주만을 염주만을 헤며 견뎌보겠다던 그런 날 사당(寺堂)에 쭈그리고 앉았던 나의 모양이 기실은 얼마나 멋없고 구석진 것이었는지.

* 이 시의 초고 「병상(病床)에서」에는 창작 일자가 "1953. 12. 27"이라 적혀 있다. 개고하면서 제목을 '귀야(歸夜)'로 고치고, 본문 수정도 조금 이루어졌다.

** 세월.

그러니 하늘에 해가 솟고 내가 머무는 날까지는 끝끝내 따라다닐 그림자 같은 외로움일랑 차라리 그것을 염주 삼아 목 옭아 멍에 메고 '사람은 사람대로밖엔, 사람은 사람대로밖엔 살 수 없는가?' 기막히게 중얼대며 비와 눈물에 젖고 산길을 돌아오던 것이 자랑도 아닌데 무척 신통히만 여겨지는 것이오.

지금 눈 감으려 해도 그 누군가의 얼굴이 떠오를 것만 같아 잠 못 이루는데 결코 나의 눈동자에 남을 얼굴이란 하나도 없는 것이오. 모두가 떨어져가버린 별들이오. 모두가 남들이 부르고 간 노래들이오 웃음이오. 나의 별은 없었던 것이오.

그래도 보채는 아이처럼 빈 눈물 자죽만을 부비며 부비며 처음 날처럼 한결같이 수줍기만 한 마음은 한가닥 빛줄기를 머리맡 나의 검은 창에 기다리며 내일로 잠들려는 것이오. 무슨 작은 짐승처럼 목을 옴츠리며 싸늘한 요 속에서 몸 더위를 발산하는 등을 부비는 것이오. 그래도 남은 젊음이 외롬을 달래며 달래며 두 손을 모아서 가슴 위에 조용히 얹게 하는 것이오.

무제몽(無題夢)*

무수한 지뢰를 피하며 피하며 지친 다리를 이끌고 온 나는, 여기 그 나무둥치며 나뭇가지며 그 잎잎이 모두가 한결같이 파란 하늘로 젖어들었고 그 하늘 밤의 별들을 호흡하며 서 있는 나무, 그 나무가 늘인 그늘 아래서 잠시 피로한 졸음을 한 것이었다.

*

멀리 보랏빛 황혼의 저자에서 은은히 종소리가 들리어오는 것이었다. 그것은 온 천지에 울려오고 울려가고 울려나가서 그득그득히 엄숙(嚴肅)을 채우는 것 같았다. 그 나직이 들려오는 소리는 확실히 이제금 나와도 같은 걸음을 하다 저마다의 곳곳에서 지쳐 쓰러진 저 모진 목숨들의 슬프기만 한 사람들의 뼈를 깎듯 외로웠던 사람들의 또한 욕되게만 포동대는 두두룩한 젖통이의 탄력을 흐느끼는 울음소리 한숨소리며, 영원히 다다를 수 없는 거간(距間)을 남겨놓고 당기는 아쉬움에 신열을 할딱이게만 하고 아양을 떨며 앞장을 서는 계집들은 파르잡잡 가늘게 뜬 눈짓을 하며 가는 계집들을 잊겠다고 흥청흥청 뒷골목을 추정거리는 사내들의 거친 숨소리 구역 소리, 또한 밤낮 삼백예순날 퍼붓는 포성하며 천길 하늘로 솟구치는 불길 불무더기 선지 핏발 핏죽 아우성 아우성 해골들의 춤 행렬 짓밟는 무한

* 원문에는 제목 옆에 "1954. 7"이라 적혀 있다. 탈고한 시기로 추정된다.

궤도 치차(齒車)의 마찰음 그리하여 마지막 기절한 미친 여인의 찢어지는 비명 비명 비명, 그렇게도 실긋이 따라다니던 저 온갖 소리들을 잔잔히 가라앉혀 눕히며 조용히 울려오는 것 같았었다. 그 소리는 점점 나의 살 속으로 핏속으로 가슴속으로 마음속으로 밀물처럼 심심히 스며드는 것이었다. 나는 더럭 아직껏 느껴본 적이 없는 새로운 겁(怯) 같은 기쁨이 등골을 스치며 무슨 까마득히 잊었던 것을 뉘우치는 마음으로 귀를 기울인 것이었다. 그리하여 나는 불현듯이 아득히 기다리던 아득한 그 전날에의 향수에 절로 눈이 감기고 마는 것이었다. 무슨 착한 짐승처럼 좋아라고 등을 부벼대며 기대인 나무둥치에서 느껴지는 아늑한 체온에 깜박 넋을 잃고 나는 마구 기쁨을 못 참고 울음을 터트리고 느껴 느껴 운 것이었다. 지난날 너무나도 거창스럽던 고생이 이젠 도리어 자랑이 될 것만 같이 가슴이 후련 가뿐해지는 것이었다. 그리하여 여기 신의 표정이 감각되는 곳 합장(合掌)이 그대로 원광(圓光)을 띠는 곳 이대로 완주(完住) 그런 것을 생각하려고까지 한 것이었다.

그러나 그때였다. 나로서는 도무지 까닭을 알 수 없는 일이었다. 그 복스런 종소리가 울려나가 그득히 넘쳐흐르려니 했던 하늘에서 돌연히 무수한 별들의 자살이 일제히 퍼붓는 취우(翠雨)처럼 요란스런 소리를 내며 떨어져 내리는 것이었다. 우수수 후두둑 덜 익은 능금 열매같이 마구 떨어져 굴러가버리는 것이었다. 긴긴 울음의 빛 꼬리를 끌며 떨어져가는 별을 본 것이었다. 나의 발치에도 수북이 떨어져 마지막 명멸하는 빛을 잃고 쌓이기 시작하는 것이었다. 그리하여 삽시간에 별의 시체들은 나의 허리로 어깨 위로 머리 위로 나를 묻고 쌓여가는 것이었다. 나는 이 어처구니없는 압력 속에 손발 하나 까딱 못하고 염통이 허파가 파열되고 마는 것이었다.

*

소스라쳐 졸음에서 깬 나는 식은땀 가실 사이도 없이 둘레를 휘 살펴보고 그 많은 하늘의 별들을 호흡하며 하늘에 젖은 잎이며 가지를 뻗친 채 그늘을 늘인 그 나무를 도무지 이해할 수 없는 낯선 사람처럼 옆눈으로 흘겨보며 저 무수한 지뢰가 묻혀 있는 곳을 향하여 펴지지 않는 허리를 뚜드리며 질질 기어서 갈 자세를 갖추는 것이었다.

능금〔林檎〕

그는
스스로의 꿈처럼
향기로웠다.

오밤중
검은 바람 속에서도
죄 안 되게만 익는 육체를
마구 거리낌없이 내흔들고
그래 더욱 자랑처럼
부푸는 가슴이었다.

별에서나 울려오는 종소리 같은
아득한 것—
그리움도 기다림도
도리어 5월같이 순조로워
다만 송두리째로
꽃 피며 익으며 꽃 피며 하는
시공(時空) 속 마음이었다.

※ 하늘과 바다와 구름과 산새들. 한없는 계절의 코러스 속에서 저마다의 노래가 다 끝나고 합장(合掌)인 양 짐짓이 받든 쟁반 위의 뉘

우침 없을 위치!

몸차림이 한결같아
태양으로 익고
호사한 껍질 위 굽이치는
색깔 색깔의 바다 바다 위엔
젖빛 그윽이 연한
속세계가 고여넘친 미소가 흐르고
눈 감고 오롯이 내민
입술이 봉긋 솟아 있었다.

그는
그는 마침내
꿈만침 컸다.

조건사(條件史) 9호
아름다운 아름다운

아름다운 시를 쓰고 싶다는 건
아름다운 삶을 꿈꾸기 때문이고
아름다운 거짓말을 하는 건
아름다운 오늘을 꿈꾸었기 때문이고
아름다운 얼굴을 가다듬고 있는 건
아름다운 애무를 꿈꾸었기 때문이고
아름다운 꿈을 꾸어야만 하는 건
아름다운 내일을 바라기 때문인데
한덩이 아름다운 사과알이
제구실을 하려면은 바람과 햇살이 바뀌는 계절을 채워야 하고
이제 다 자란 소녀가
봉긋이 보름달처럼 젖가슴을 부풀리기 위해선
한숨과 눈물과 아쉬움과 두려움의 용량을 채워야만 하듯이
아름다운 죽음을 마련하기 위해선
아름다운 목숨을 가꾸어야 하고
아름다운 그날을 위하여서는
아름다운 피 한숨이 있어야 하고
아름다운 사랑을 위하여서는
아름다운 오늘이 있어야지만
아름다운 아름다운 아름다운
아름다운 아름다운 게 무엔가

육지(肉贄)

제3포복(第三匍匐) 실장(失章)

6월 대낮의 보리 가뭄 그 무더운 밭둑길 비탈길 타고 웃통도 신발도 벗어던지고 숨가삐 숨가삐 헐떡대며 달리어 내 홀로 지금 여기 산상(山上)에 섰다. 하늘엔 별난 새들이 회오리 감고 솟구치고 빼꾹채 꽃 위로 바삐 제진에 날아다니고, 황구렁이 허물 벗으며 바위 사이 양지에 비늘 번득이고, 나뭇잎 풀잎 더위에 지친 채로 송홧가루 휘날리는 하늘 바람에 흐느적거리는데 옛사람 기우제 산지화(山贄火) 올리었던 여기 상산봉(上山峰) 바윗등에 나 어깨에 볼때기에 콧잔등에 머리칼 낱낱이 타는 햇별 받고 섰다 — 만년인들 바윗돌이 지쳤으랴? — 목숨의 초라 바위하고야 겨눌까마는 달아오른 입김 송홧가루 분분히 들이켜며 내쉬며 나도 장수(將帥)바위처럼 우뚝 하늘 보고 버틸 양인데 바위가 내뱉는 더운 김이라든가 땅김 황토흙빛 햇빛 햇내 햇내에 눈알이 빙빙 어지럽게 취하여 넋 잃은 듯 바윗등 위에 쓰러지고 말면 금시 주기(酒氣) 돌듯 치미는 똥마름 있어 바짓가랑이 벗어던지고 속속들이 해분(解糞)하고 헉헉 입술이 마르는 목마름에 솔잎 풀잎 빼꾹채 꽃송이 따서 질근질근 물 빨아*

* 원고지 3면의 10행 마지막 칸까지 채워진 것으로 보아, 이어지는 원고가 있었으나 유실된 것으로 추정된다.

공관(空罐)

기다리다 남은 것은
빈 깡통
아— 속이 텅 빈
기다림의 습성일 뿐
그냥 기다리는 기다림일 뿐

우두커니 서서 건너다보는
저 거리 모퉁이
오가는 저 분주한
군중들의 낯선 표정들
둘씩 셋씩 열씩
짝을 지어 떼 지어
복작이지만
그들의 몸놀림 손발짓은
왜 저렇게 허전해 보이는가

빈 깡통이
천년을 기다려보라
저렇게 뭇발길에 짓밟히는
도시가 아니고
어느 조용한 잊혀진 산사의

뒤뜰 풀밭에서라도
기다려보라 만년이라도 기다려보라
무슨 속알이 가득 차겠는가

너와 나는 정신이
텅 빈 빈 깡통

마침내는 잊혀질
그런 위치에서
있음으로 하여
기다린다는 그런 기다림의 습성일 뿐
이미 잊어진 건(件)

의자고(椅子考)

아무도 없다
백지같이
아무것도 없으며
있음을 의미하는
아— 동양 같은 것
백지 같은 것

가벼운 바운드의 이 쿠션의 역학
종점(終點)은 무한한 식물선상의 미묘한 견제(牽制)
어느 가난한 위성의 궤도같이 있는 의자
마치 나의 세계관 같은 것
너의 운명 같은 것

누가 있다
휴지같이
무엇이 있어도
없음을 의미하는
아— 동양 같은 것
휴지 같은 것

이슬 먹고

척 휘인 난초잎의 곡선이나
내 왼팔이 감기어
늘어질 듯 안기인
네 허리의 곡선이 뻗어간 도해(圖解)
그 현기(眩氣) 나는 포물선상의
무수한 종점인 미묘한 견제 같은
어느 외로운 위성처럼
망설이는 위치여 의자여
마치 나의 세계관 같은 것
너의 운명 같은 것

사랑*

오늘은 5월입니다.
먼 산엔 구름이 한점 떠갑니다.
무척 한가한 계절이지요.

이토록 무위(無爲)한 세월 속에서 결코 스스로를 잊지 못하고 푹— 한숨을 쉬곤 하는 것은 그대로 당신을 잊지 못하는 탓입니다.

지귀(志鬼)와 같이 미치고도 다 못할 그리움이긴 하여도 이렇게 말없이 하늘가에 구름만 보며 기다립니다.

기다리다 못하는 그런 날 사랑을 탓하리요 당신을 탓하리요 누구를 탓하리오. 다만 시들려는 나의 순정만을 탓하며 한점 백합같이 애틋한 마음으로 다시 더 길이길이 기다리고 있겠습니다.

* 편지지에 쓰인 시로, 원문에는 제목 옆에 '산문조(散文調)'라 적혀 있다.

그리움

이처럼 진작 고요한 밤엘랑
나의 가슴에 나려와 앉으십시오. 별이여!
이 밤에도
모두들 이름도 없이 잊혀만 가는
의지가지없이 어둠을 흩어만 가는
이 초라한 목숨들의
서러운 서러운 숨소리가 들리는
오늘같이 진작 고요한 밤엘랑,
이 가난한 가슴에
이슬처럼 촉촉이
빛을 맺어주십시오, 별이여!

1. 15 보리(甫里)

7월로

6월을 거쳐서
7월로 가자.
6월의 그늘에는 의자가 없다.
서서 기다리던 7월로 가자.
가지마다 잎잎이 상처 입고
연기 재에 그슬린 6월의 나무야
아 나 같은 나무야
늘어진 네 어깻죽지 아래
시들어버린 그늘처럼
나의 가슴팍 어느 구석에도
사랑이 깃들
그늘이 없다.
사랑이 꿈을 이룰
그늘이 없다.

아무도 오잖을 이곳
또한 모두 가버린 이곳
6월의 하늘엔
비정(非情)의 구름만 떠 오가고
이따금 빗발만 치면
아물었던 심장

나의 심장의 생채기는
또다시 녹슬고 굽어진 모다귀가
탕탕 박히는 아픔이 인다.
이 아픔 고이 잠재울 그늘이 없다.
6월 그늘에는 의자가 없다.
서서만 기다리던 아픈 다리로*

* 이다음 원고는 유실된 것으로 추정된다.

분봉(分蜂)

은고목(銀古木) 날가지에 올라앉아서
상할세라 꿀벌을 씰어준다.

5월달 한낮의 고운 햇볕에
하늘가까지도 따수웁더니
그리움이 순조로워 날러났느냐.
새잎 돋은 이 가지가 마땅하여서
덩어리로 얼려서 자리 잡았느냐.

두레— 두레 두레 두레
두레— 두레

마치 주렁주렁 단물 익은
청포도알 크나큰 송이처럼
윙— 윙— 엉기며
하늘 아래 드리워진 염통들의 축제여!

나는 나를 잊고 노래 불러주고
벌들은 얼굴 위를 기어다니며
종내 아무 데도 쏘질 않으니
부르는 입노래에 스스로 취해

까마득한 시공 속을
아— 나도 살고 있었다.

둬시간도 더 앉아
꿀벌을 씰어주면
은고목 잔가지 안팎으론
바람도 부드러이 와서 머문다.

잊히지가 않는 날은*

잊히지가 않는 날은
울어지지도 않는다
진종일을 우는 새는
오밤까지 울어도
스스로 흥겨운 가락이나 있어
아침녘 쉰 목 감고
포근히나 잠들지
울어지는 거면 잊히도록 울지
잊혀지는 거면 울며 울며 잊지

천만년이 긴가
하루해가 길지
가는 구름 오는 구름
무슨 사연 있으랴만
그래도 먼 산 너머
그곳 거처 오는걸
기다리다 길어진

* 이 시는 제목이 없는 채로 원고지 첫행부터 본문이 시작되어 첫구절을 제목으로 삼았다. 보통 제목이 없이 본문이 시작될 때는 원고지 첫장의 몇행을 비워두는 게 관행이다. 이로 미루어 보면 제목이 적혀 있고 본문이 시작되는 원고지 첫장이 유실되었을 수 있다.

코스모스 목이 긴가
하루해가 길지

열병처럼

열병처럼
4월을, 그리고
한해를 다 보내고
이젠
식은 재처럼
남은 실의(失意).

아— 아—

시를 잃고
혁명을 잃고
사랑을 잃고
남은 개탄사(慨歎詞)
아— 아—

일년 내내 베스르다
잎도 지고 열매도 떨어진 채
빈 몸이 된 나뭇가지하며
슬픔도
기쁨도
모두 떨어져 굴러가버린
나의 홀홀한 몸에서
새나오는 탄식
아— 아—

피의 진언(進言)
3월 1일 시

답답한
이 민족을
왜 사느냐고
누가 나에게 물으면
말없이 돌아서서
생각나는 것
피
끓던
그날의 피여

자랑할 그 아무것도
하늘도 땅도 산도 강물도
그리고 청백자 이천년의 첨성대도
심지어 삼백예순 그 모든 나날까지 모조리
뺏기고 더럽혀도
마지막 남았던
하나의 순수
피
끓던
그날의 피여

한겨울 떨던
바람 속의 나뭇가지 잔가지 끝이
일제히 초록 기운 감도는
이 무렵의 신비(神秘)처럼
우리들 식은 가슴 가슴마다를
전율처럼 지나가는 기운
이날의 피
이 마지막 힘
이 태초의 힘이여

이제는 찾은 땅
우리의 가슴 위에
가시 얽힌 쇠사슬의
억울한 양단(兩端), 피어린 상잔(相殘)
남의 장단에 춤추는 칼춤 총(銃)춤의
썩은 수챗구멍 속의
이 이전투구의 개싸움 아우성
답답한 현실을
서러운 의타(依他) 종교
어리석은 도로(徒勞) 투쟁의
이 오늘을 어제를

그날 그 암흑보다도
우리는 더욱더는
참을 수 없다
견딜 수 없다

피여
그날의
끓던 피
붉던 피
맑던 피
넘치던 피여
불길로 타오르라
홍수로 부풀라
파도로 넘치라
넘치라고 넘치라고
우리 오늘
목이 터지게 목청이 째지게
너에게 진언(進言)한다.
피로써
진언한다.

핏방울이 고여 있던 한켤레의 신발처럼

통곡과 넋두리일 뿐인 이 한편의 시를 4·19의 고혼(孤魂) 앞에

핏방울이 고인 채로
잊혀져 있던
한켤레의 헌 신발처럼
역사는 이렇게 무참한가.

빗발치듯 난사하는 총구 앞에
맨주먹의 대열은 땅에 엎드리고
마침내는 이를 갈며 골목으로 집 그늘로
쓰러진 전우 들쳐업고 숨어버린
경무대 어귀 길 한복판에
주인을 잃고
선연한 핏방울만 고인 채로
잊혀져 있던 한켤레 신발의
처절하던 고독이여
몸서리나던 부재여
끝끝내 너는 무상(無償)하구나.

그날
총알이 교차하던 하늘엔
실의(失意)의 기(旗), 구름만이 방향 없이 파닥이고
목청이 터지게 부르던 구호는

맥없는 메아리로 허공을 표류하고
활개치며 내흔들던 사지도
탈진한 일과(日課) 속을 의미없이 내저으며
□□*의 거리를 우왕좌왕
오늘도 어제같이 방황하는
인간의 무리들은 그냥 무리일 뿐
개성도 조직도 목적도 없는
오늘을 우리는 혼자서만 서 있다.

그날 뭉쳤던 묵계(默契)의 대열
우리들의 혁명이여
깨어나라
되살아나라
되살아나라고
내일 아닌 내년 아닌
바로 오늘에라고 이렇게
부르며 발버둥쳐도
핏방울만 흥건히 고여 있던
그날의 신발만이 아직도 주인 없이

* 원문에 빈칸으로 되어 있다. 나중에 채워 넣으려 했던 것으로 추정된다.

불행한 시인의 가슴속에*

* 원고지 5면의 10행 마지막 칸까지 채워져 있는 것으로 보아, 이어지는 원고가 있었으나 유실된 것으로 추정된다.

대위법

아름다운 알미늄 용기에 담긴 몇알의 미끈한 능금알은,
아득히 아지랑이 서리는 어느 언덕을 오가던 바람결의 바빴던 작업.
비로드 부드럽게 늘어진 말기 가로 몇 줄기 빛나는 명암은
알뜰히 이겨지는 손등의 잔주름을 오늘도 오일 마사지 하는 관심
파아란 파상(波狀)을 일구면서 뭉게 흰 꼬리를 긋고 가는 비행운(飛行雲)의
그 궁금한 항정(航程)을 오늘도 모르면서
발 디딘 땅 위의 우리의 '꿈'은 어제처럼 어색하다.

네 손목

네 손목 잡자
오늘밤에는 네 손목 잡자
수줍은 고개
살포시 숙이고
네가 울상이 되더라도
오늘밤에는 손목 잡자

꿈결에서나 네 손목 잡자

거울

거울은 날마다 정직한데 내 얼굴은 날마다 변한다. 날마다 변하는 얼굴을 담고서도 거울은 결코 노하지 않는다. 노하지 않는 사람은 정직한 것일까 노하지 않는 사람도 마음이 있는 것일까 정직한 것은 마음이 없는 것일지도 모른다. 나는 마음이 있으니까 날마다 변하고 상한 마음으로 입김을 내뱉으면 거울은 흐려지지만 그러나 거울은 이내 날마다 정직하고만 있다.

천지가 너무나*

천지가 너무나
고요해질 때

사람들은
사는 것이 쓸쓸해
한숨을 짓는다.

어디까지 왔는가?
어디까지 가는가?

왜 왔는가?
왜 가는가?

아무리 가난하고
마음이 소박해도
이 문턱에 서면
잠시 주고받는

* 이 시는 제목이 없는 채로 원고지 첫행부터 본문이 시작되어 첫구절을 제목으로 삼았다. 그런데 제목이 없이 본문이 시작될 때는 대체로 원고지 첫장의 몇행을 비워두는 게 관행이다. 이로 미루어 보면 본문이 시작되는 원고지 첫장이 유실되었을 수 있다.

형이상(形而上)의 문답.

어떻게 살았는지?

지나온 길이
먼 길일 때
이제 또
먼 길을 느낄 때
사람들은 세모(歲暮)에서
인생을 산다.

인생을 느끼고
세월을 느끼고
어떻게 살 것인지?

뭣 때문에 살았는지
뭘 믿고 살 것인지

아무리 분주하고
고달프고 괴로워도
이 문턱에 서면

잠시 주고받는
생활의 철학 문답.
어제를 돌아보고
오늘을 깨달을 때

쓸쓸하고 슬프고
외롭고 고단해서
사는 것을 깨닫고
사랑을 갈망할 때
아아 우리에겐
내일이 있다.

그 앙상한 나뭇가지 끝이나
그 가지가지 사이로
햇살이 곱게 지나가면
겨우내 밤사이에
굳었던*

* 이하 원고지가 빈칸으로 되어 있다. 미완성작으로 추정된다.

바닷가에서

갈매기떼 날리며
물이랑을 일구며
내가 가는 그런 날이 있을 것이다.

누가 또 그렇게 갔을지도 모를
푸르른 바다뻘 저쪽에선
대자꾸 흰 구름이 뭉게 솟누나.

그리움을
끝끝내 그리움을 목숨 받고
끝끝내는 가고야만 말 것들,
—나뭇가지, 굴뚝이며, 나며, 옷자락이며
그렇게 모두 맘 나부끼며
한없는 곳으로 날개 펴는 모습들.

갈매기뗄 머리 위에
깃발처럼 날리면서
내가 가는 그런 날은
하늘도 천척 만척 푸르를 것이다.

백두산

이 강산이 비좁구나
사나이가 시드누나
백두산에 올라서서
천지가 보고 싶다.

막힌 것이 바다냐
먼 것이 하늘이냐
백두산에 올라서서
고함이 치고 싶다.

오라 세계여!
기다리라 억겁이여!
수유(須臾) 사는 사나이가
너와 견주겠노라고

천리천평(千里天坪) 수해(樹海) 속에
신시(神市)를 쌓아올리던
옛날엔 사나이도
꿈도 있었건만
광개토왕, 대조영,
그리고 신립, 최영

싸우고 이기고
지고 죽을 줄도 알았건만

부푼 웅지(雄志) 당(唐)으로 가
고선지는 십만대군 이끌고
파미르 천축(天竺) 빙하 넘어
서역대륙도 쳤었건만

아아—
사나이 한(恨)이 없을
웅장한 서사시가
오늘도 가슴속에서
이무기 되는구나.

이 땅이 서럽구나
사나이 죽겠구나.

백두산에 올라서서
네 활개가 치고 싶다.

더 먼 곳이 어디냐

더 높으면 그 얼마냐
백두산에 올라서서
고래 소리치고 싶다.

도시의 하늘에*

도시의 하늘에
떠 있는 풍선은
우는 듯 진종일을
흔들거린다.

노을 진 하늘가의
옥상에서 기다리는
내 가슴안 속엔
스쳐가는 바람소리

발 묶인 짐승처럼
몸부림쳐 흔들어도
아무도 오지 않고
밤은 찾아오고

도시의 하늘에
비가 내려도

* 이 시는 제목이 없는 채로 원고지 첫장의 1~3행을 비워두고 4행부터 본문이 시작된다. 첫구절을 제목으로 달았다. 4연 뒤에 1~2연을 개작한 것으로 보이는 원고가 붙어 있는데 다음과 같다. "도시의 하늘에/떠 있는 풍선은/우는 듯 진종일을 흔들거리고//노을 진 서녘가의 창가에/풍선처럼 서 있는/내 가슴 빈속을".

혼자서 풍선은
젖고 서 있다.

병목(病木)

아침 해 돋을 제는
개운하지만
바람에 흔들리는
너의 몸짓엔
또
그의 웃는 얼굴에
좋아라고 응수하는
나의 몸짓엔
어딘지 기진한
그늘이 있다.

돌아서서 울던 것은
그래도 여유로운 감상이었다.
마주 서서
한사코 몸부림해도
무언지 헛헛한*

* 이하 원고지는 빈칸으로 되어 있다. 미완성으로 추정된다.

젊은 시인은*

젊은 시인은
꿈으로 산다
젊은 시인은
그리움으로 산다
젊은 시인은
사랑으로 산다

십년이 하루 같은
십년을 부풀린 꿈이
보람으로 영글 때

젊은 시인은
꿈을 완성한다
젊은 시인은
그리움을 이룬다
젊은 시인은
사랑을 결실한다

* 이 시는 제목이 없는 채로 원고지 1~2행을 비워두고 3행부터 본문이 시작된다. 첫 구절을 제목으로 달았다.

꿈으로 산다
백년을 하루같이
그리움으로 산다
천년을 하루같이
사랑으로 산다
그러나 하룻날 오늘 같은 날
억겁의 세월에서 오직 한번인 날
천년을 부풀린 꿈이
입맞춤으로 맺어질 때
백년을 기다린 그리움이
노래로 울릴 때

아직은 그래도

이십년 후에는
아니 십년 후만 되어도
나는 내가 늙어가는 것을 알 것이다
거울 앞에서 주름살을 세지 않아도
가랑잎이 한개 지는 걸 보고도
내가 늙어가는 것을
쓸쓸하게 느끼며 조용히 있을 것이다

그러나 아직은 젊은 탓에
갖고 싶은 것이
하고 싶은 일이
화가 나는 일이
답답하고 부끄러운 일이
이렇게 많아서
잠을 곧잘 못 잔다

스무살 때에
한숨 지으며 보던 가랑잎이
어쩐지 요샌 슬프지도 않게
그냥 봐질 뿐
속상한 일

바쁘기만 한 일
어렵기만 한 일이
분통이 치미는 일로
지새우는 일과가 고달프긴 해도
그러나 아직은
젊으니까
미운 놈은 밉고
싫은 놈은 안 보고
죽일 놈관 싸우고
좋은 놈관 친하며
몸부림치듯 살다가
이십년 후에나
아니 십년 후에는
내가 늙는 것을 조용히
가랑잎처럼 지키며 앉아 있을 것이다.

4월의 시인

꽃과 노래가
피로 얼룩졌다

4월은 꽃나라
시인의 계절
화예(花蕊) 속에 뒹굴며
꽃분(粉)으로 화장한
꿀벌처럼 즐거운 시인의 계절인데
그 4월이 18일서 19일 밤으로
꽃도 잎도
자취 없이 사라지고
땅 위에 곳곳이
핏방울이 피었네

문고리를 안으로 잠그고*

1호

문고리를 안으로 잠그고 낡은 역사부도처럼 퇴색한 벽에 걸려 있는 손바닥만 한 거울 속을 남몰래 남몰래 마치 음모나 하듯 남몰래 내 얼굴을 비추어본다. 헐벗은 산맥처럼 앙상히 관골이 드러난 볼때기엔 한점의 살도 없다. 마치 마하트마 간디 같다고 생각하였으나 그것은 이내 염치가 없다. 단 이틀의 단식에도 나는 견뎌내지 못한다. 더구나 남보다도 나를 더 사랑할 줄밖에 몰랐던 나의 볼때기엔 어리석게 흘렸던 자민(自憫)의 눈물 자죽만이 골짜기져 말라붙었을 것이다. 어디를 거쳐오다 뭣을 겪어오다 이 꼴이 되었는지 알 듯하면서도 나는 오늘도 모르고 있다. 알 수 없는 그 곡절을 밀폐한 빈방 안에서 이렇게 남몰래 거울 속을 관상(觀相)하는 습성이 나는 두렵다.

2호

마른 얼굴을 비유하여 에이브러햄 링컨 닮았다던 어머니의 욕심이나 그 말이 싫지 않았던 나의 빈혈(貧血)한 허영이 이젠 입가에 일그러진 쓴웃음으로 남았다.

그 어느 척신의 ◯인(◯人) 죄인에도 비겨보려고 않던 나의 부질

* 본문 첫구절을 제목으로 달았다. 400자 원고지 첫행에 '1호'라고 쓰였고 2행부터 본문이 시작된다. 1~15호 모두 이와 같은 방식으로 400자 원고지 한장에 한호씩 쓰였고, 각 호의 원고지는 빈칸으로 남겨둔 데가 많다. 완성하지 못한 시로 보이며, 제목을 나중에 붙이려 했거나, 제목이 쓰인 원고지가 유실된 것으로 보인다.

없던 소망은

3호
눈을 감는다. 감은 눈에 어려오는 영상들은 잠시도 머물러주지 않는다. 아까는

4호
"나의 귀는 소라껍질" 콕토의 귀는 무지개무늬로 아름답습니다. 섭리와 자연을 엿들었습니다. 그러나 나의 귀는 듣는 것이 아니올시다. 다만 들려올 따름입니다. 나의 기약 없는 생애로선 감내할 수 없는 부채(負債)처럼 연이어 밀쳐옵니다. 그렇게 오늘도 진종일 빈혈(貧血)의 기울임 소리

5호
시시포스의 신화가 아니올시다. 더구나 그 누가 부과한 형벌이 아닙니다. 스스로가 배설(排泄)하는 독소에 쫓기어 쫓겨가는 행렬이올시다. 쫓기다 쫓기다 막다른 곳에서 풍화된 스스로의 독소를 먹고서 가는 아 이 어처구니없는 되풀이. 뭐 이런 되풀이를 우화화한 신화는 없습니까.

6호

이마에 그어진 세가닥의 주름살 이 지워버릴 수 없는 정직한 기록을 나는 믿고 싶지가 않다. 이것은 잘못 기록된 것입니다. 나의 청춘은 아름답고 싶었습니다. 나의 젊음은 밝고만 싶었습니다.

7호

여기 구치(治)*의 실어증으로 남은 나의 입. 그런대로 마지막 남은 재고는 '어머니! 어머니!'올시다. 하늘이 무너져내리는 초연(硝煙) 속에서 살을 맞댄 채 죽어가는 어린 병사의 '어머니!' 외마디 소리

8호

날보고 시인이라고 합니다. 시인, 시인 이건 참 아름다운 말이었습니다. 그런데 남들은 날보고 시인이라고 합니다. 참으로 어처구니없이 싫어진 것이 시인입니다. 한량없이 부러운 것이 시인입니다. 당신들 염치도 좋습니다. 행(行)을 맞추고 연(聯)을 띄우고 말마디에 장단(長短)을 맞추는 곡예, 어깨춤 엉덩춤의 가락은 마침내는 내심(內心)의 장단이 맞다고 고개를 끄덕대고 무릎 치는 회심의 웃음에 싫증이 나지 않습니까. 정주님, ○○**님 웬만치 염증이 안 나십니까.

* 원문에 '구治'라고 적혀 있는데, 무슨 뜻인지 알 수 없다.

** 원문에 동그라미로 표시되어 있다.

9호

거울 속에 어린 그 누구도 안 닮은 나의 얼굴, 이 얼굴이 그렇게 수상합니까. 이 얼굴은 분명히 나의 얼굴인데도 이 얼굴이 나의 증명이 안 된다. 패스포트를 보여달랍니다. 패스포트란 꼬리표를 단 나의 얼굴은, 지금 '어디 행(行)'입니까.

10호

나는 건망증이 소원입니다. 그러나 이 얼굴에 기록된 무수한 과거가 홍수처럼 오늘도 나의 오늘 속 밀려와 넘칩니다. 나는 여기에서 익사해선 안 된다고 진종일을 허부적거리지만 내일이 되면 다시 그 홍수가 밀려옵니다. 차라리 노아처럼 나의 모든 것이 휩쓸려가버리고 남아야 할 그 무엇이나 있다면 좋겠습니다만 나는 오늘토록 방책(方冊)을 마련치 못했습니다.

11호

나는 나의 이 초라한 얼굴이나마 얼굴은 모두 내맡기고 사나워보지도 못했습니다. 선해보지도 못했습니다. 얼굴은 이렇게 쇠잔한 잔주름으로 오늘을 형성하고 있습니다. 이 얼굴이 노기로 팽팽히 부어올라 지뢰처럼 터져버리지를 못할 것입니다.

12호

긴 목을 어떤 사람들은 어질고 순한 사슴에 비유하고 자위합디다만 나의 이 긴 목은 바위에 낀 채 햇빛을 못 보고 황갈(黃褐)된 풀 대궁입니다. 기다리다 못하여 길어진 목이라면 단정(丹頂)의 멋을 단장한 학의 목이지만 허우적대며 허우적대며 구렁에서 빠져나오려다 길게 늘어난 목입니다

13호

너, 너, 나는 나를 향하여 정신 좀 차리라고 불러보지만 지금 나는 도무지 기진했습니다. 아무것도 생각하기 싫은 때가 있습니다. 아무것도 보기 싫은 때가 있습니다. 아무것도 듣기 싫은 때가 있습니다. 아무것도 하기 싫은 때가 있습니다. 이런 때 누가 나의 성실을 요구하면 이 나는 죽음으로도 변명 못할

14호

나란 무엇이냐? 나란 뭔가? 이 한량없는 의문은 이젠 진저리가 납니다. 나란 무엇이냐고 알아봤자 하느님의 아들인 게고, 몰라봤자 원숭이의 손자올시다. 오늘이 출발이 아니고 오늘이 결과는 아니고 오늘은 오늘이며 나는 오늘입니다.

자칫 잘못하면 의혹의 제자리걸음이 되고 맙니다.

15호

시세어(時勢語), 일상어(日常語)의 이런 시가 시인가고? 이런 것을 시란다고 웃을 사람 생각을 하고 나는 내 얼굴을 한번 쳐다본다. 참 우습긴 하다.

전쟁이 지나간 고원에서

한가닥
피리 소리 같은
달밤이 남았다.

등성이를
내달으며 더듬으며
짐승처럼 외쳐도
어스름 속 거기
어릿대는 그림자 없고
만년을
바윗등 스쳐가던
바람 소리뿐이다.

목숨끼리 무고히들
마침내는 목덜미에
이빨째로 늘어지던
사지(四肢)도 총칼도
이젠 식어들고
땅 이슬 서려가는
흐트러진 풀섶 속
어디

숨소리 하난들
남았겠는가?

아 이 밤을
한가닥 소스라친 태초의 울음처럼
거기 누가 기막히게
피리 좀 불어라.

기다림

소맷귀를 적시며
늬가 가던
그날은
하늘만이
무척 푸르렀더라.

오마던 날이 지나
봄 다시 몇 갈
이제는 눈자위에
잔주름이 잡힌다오
이따금 먼 산도
흐리어 뵈고……

늬가 올 그날도
놀 들기 조금 전
꼭 이렇게 고운
하늘 아래 한때련만

꽃바람 보오얀
먼 들밭 길 사이
가고 있는 뒷모습만

늬 흐느끼며 가던 모습만
대자꾸 눈에 어리누나.

나도 또 이렇게
제법 야무진 채
손짓도 없이
입술을 물고
그날마냥 서서만 있다.

소맷귀를 적시며
늬 가고 난
뒤 하늘엔
구름만이 몰치며
저물었더라 소리도 없이.

목련 피는 날

몽우리 짓는 열두달.

꽃몽우리 짓는 열두달.

매양 기다려지던 그날.
누군가 날 기다리며 있을 그이.

이런 날 가면
말없이 고개 다소곳
뒤울 너머 둥싯 뜨는 보름달을 등에 지고
피어줄 꽃.
핀 채로 핀 채로 웃진 말라.

*

별같이 하늘같이 푸르른 세월인데
구름 가듯 강물 가듯 가는 것들.

몽우리 짓던 열두달.

꽃몽우리 짓던 열두달.

그대 오지 않는다고*

그대 오지 않는다고
울기야 할까만요

울지야 않지만은
나의 마음 강물엔
오늘도 장마 지어
눈물이 흐르네요

흐르는 눈물이
어디 간들 멎겠어요
일편단심 내 마음이
언제인들 변켔어요

바람이야 불어도
비는 나려도
나는 그날 같은**

* 제목이 없는 채로 원고지 첫행부터 본문이 시작되어 첫구절을 제목으로 삼았다.
** 이어지는 원고가 있었으나 유실됐는지, 아니면 미완성인지 알 수 없다.

목련꽃을 애끼듯이*

목련꽃을 애끼듯이
너를 애껴도
너는 흔들리는 바람 속에서
대자꾸 나붓대다
잎이 지는가
가고야만 마는가

먼 길에서
돌아올 적에
희부여니 저무는
어스름 길모금에
선연히 떠오르는
너를 애끼는 것은
비길 바 없는 아름다움에서였다

꽃을 가지에다
두고 보라 했는데
내 어이 너를
우지끈 꺾겠는가

* 제목이 없는 채로 원고지 첫행부터 본문이 시작되어 첫구절을 제목으로 삼았다.

꺾지 않고 고이 보다
돌아간다고
어찌 나를 정이 엷다
하고 비웃겠는가

정 많다는 그 사람들
너를 뚝 꺾어서*

* 이어지는 원고가 있었으나 유실됐는지, 아니면 미완성인지 알 수 없다.

제 2 부

산문

내 勞動으로
오늘을 살자고
決心을 한 것이 언제인가
머슴살이하듯이
바친 靑春은
다 무엇인가.

辛東門

썩어진 지성에 방화하라

* 1956년에서 1978년까지 여러 지면에 발표된
산문(연재물 제외)을 모았다.

조선일보 신춘문예 당선소감

찾아오는 이도 별로 없고 화기(火氣)도 머물러본 적이 없는 구호병실(救護病室)에는 햇볕도 깨진 거울 쪽만 한 인색밖에는 보여주지 않는다. 이곳에서는 조석(朝夕)으로 재는 체온계의 도목(度目)만이 내가 분명히 살고 있음을 보증(保證)해줌을 남의 일같이 믿어볼 따름이다.

그러니 당선했다 해서 그렇게 흥분하리만큼 기쁠 것도 없는 것은 내일의 내가 오늘의 나와 뭐 다를 것이 없기 때문이다. 다만 몇푼 안 되는 상금이 나의 야윈 혈관에 몇 시시의 칼슘을 부어주리라 하는 것이 대견할 따름이다.

그런대로 이 자리에서 문득 생각나는 것은 하이데거가 그의 시론(詩論) 비슷한 소논문(小論文)에서 인용한 횔덜린의 말 "인간들이 많은 경험을 하고 신(神)들의 많은 이름을 부르게 된 것은 인간이 하나의 대화(對話)이고 서로를 엿들을 수 있게 된 후다." 속의 '대화'라는 보캐뷸러리(vocabulary)이다. 분명히 내가 하나의 대화로써 자세를 갖출 때 거기 비로소 아름다운 시(詩)가 이루어지는 것이 아닐까 싶다.

『조선일보』 1956. 1. 17

투병과 더불어*

천성이 게으른 듯싶은 (특히 행동계수行動系數가 열세劣勢한) 나는 만 2년이라는 세월을 공으로 까먹고 말았다. 채찍질같이만 새겨지는 본고 청탁을 받고 보니 새삼스럽게 나 자신의 게으름성이 부끄럽다. 물론 당선이라는 관문이 문학 과정의 한 계기는 아니겠지만 문단(文壇)에의 도의적인 한 약속이라고 해석한다면 분명히 이 게으름을 변명할 낯은 없다. 그러나 구실(口實)만 되는 구실이라도 하지 않으면 고(稿)를 채울 수 없겠다.

말짱히 새옷을 맞추어 입으면 그것을 차려입고 번듯이 나돌아다닐 즐거움보다도 그 옷을 손질해야 할 성가심을 꾸기적꾸기적 되새기는 심로증(心勞症)인 나는 병원에 누운 채 당선 통고를 받고 그 기

* 이 글이 실린 신문의 코너명은 '나의 당선 이후'이다.

뿜에 비례해서 뭔지 꿈지럭거려야만 할 일이 귀찮아서 시들했던 기분을 기억한다. 그후 근(近) 1년간 병상에 누워버린 채 거의 문단을 잊고 있었다. 그랬던 것을 고향인 청주시의 초대 민선 시장인 홍원길(洪元吉) 씨가 내 천성을 잘 아는지라 봄부터 권유하던 시집 발행을 내가 가을에 퇴원하자마자 거의 강제적으로 재촉하여 압송(押送)하다시피 차에 밀어넣어 상경(上京)시키는 바람에 울며 겨자 먹는 격으로 불과 일주일여에 출판하고 만 것이 제1시집 『풍선(風船)과 제3포복(第三葡萄)』이었다. 그런데 이 시집이 나는 아무래도 불만스럽고 꼴불견인 것만 같은 게 애써 애착을 가져보려고 노력해도 꼬락서니가 보기 싫고 시들해 못 견디었었다. 더구나 몇몇 평론가 선배가 좋게 사줄 때는 영 낯이 가렵고 속이 언짢아 못 견디었다.

이렇게 외적으로는 터무니없을 정도의 열등감에 사로잡혀 있으면서도 내적으로는 또 병적이리만큼 행동성이 따르지 못하는 편향적 의지가 왕성해서 늘 분만 직전의 만삭된 몸뚱이같이 거추장스러운 구상을 부둥켜안고 터무니없이 계속되는 진통만을 앓고 있으니 이 고뇌와 피로가 여간만 한 게 아니다. 그 과로에 지친 이제는 해산의 가능조차 미심쩍은 기력(氣力)에 허덕이면서 오늘도 만성화된 진통을 앓고만 있다.

이 진통이 영원히 계속되면 어쩌나 하는 두려움에 겁이 날 때도 있었는데 요즈음 와서 그 원인이 내 나름의 시론(詩論)과 나의 시 창작 과정과의 미묘한 배리(背理)이랄까 갈등에서 온 것이 아닌가 하는 생각이 들었다. 이 생각이 정확한 진단이라면 다행히 무슨 처방이라도 마련해볼 터인데 그렇지 못하면 또 언제까지나 신음하고 있어야 할지 상상만 해도 지긋지긋하다.

그런 줄도 모르고 전기(前記) 홍원길 씨는 제2시집을 내자고 독촉이 심하시다. 모체(母體)가 위험하니 절복해산(切腹解産)이라도 하자는 것이다. 그래 나는 좌우간 내 살에 지금 메스를 대고서까지 치유를 꾀하고 싶지는 않다고 딱 잘라서 거절 중이다.

『조선일보』 1957. 11. 16

녹음 속의 잔영들

5월을 거쳐서 6월로 뻗는 이 환희에 찬 계절의 코스, 이 코스에 서면 나는 무작정 즐거워하고 싶다. 설령 어떤 비운(悲運)이 기웃거리더라도 나는 이 계절을 즐거워하고만 싶다.

나는 그의 이름을 알고서부터 지금에 이르기까지 라이너 마리아 릴케를 좋아한다. 아마 모르긴 하지만 장차도 그럴 것이 틀림없다. 더구나 그 릴케가 5월과 6월로 연결된 싱싱히 빛나는 신록과 악수를 할 때는 정말로 나는 비록 빈약한 육체와 피로한 정신을 지니고 있을망정 살고 있는 보람과 기쁨을 독점한 듯이 흐뭇한 일기(日記)를 소유할 것만 같다.

그런 릴케가 한 시절 미워졌던 일이 있다. 애티가 가시지 않은 채 이제 막 발랄하게 성숙한 18, 19세 소녀 같은 그의 정신세계와 좀처럼 까불지 않고 다소곳이 세월을 감수하고 자연에 감응하고 일상을 감사하는 잔잔한 그의 감정과 태도에는 아무리 찾아보려고 해도 티끌만 한 상흔(傷痕)도 피해의 자국도 엿보이지 않는 점이 얄밉고 밉살스러웠던 시절이 있었다.

따라서 그 무렵에는 건강과 순조로운 섭리의 사신(使神)인 듯이 윤택한 자태로서 들에 산에 강가에 시가(市街)에 넘쳐흐르는 신록에 대해서도 일종의 시기 비슷한 증오감과 반감을 가졌던 것이다.

이렇게 비틀리고 꼬인 불행한 감수성을 갖게 된 것은 그해도 신록이 천지에 철철 넘쳐나던 6월의 그 어느 하루부터 비롯된 비참한 경험의 잔영 속에서 싹터난 것이었다. 그해 봄에 1년여의 새너토리엄* 생활에서 몸이 거뜬해지고 꿈도 한껏 되살아난 나는 신록에서부터 베풀어지는 자유와 약동의 향연인 여름철을 태고연(太古然)한 나무 그늘 우거진 어느 고산지대나 혹은 냉맥주 거품처럼 파도가 부서지는 어느 해변으로 청춘과 낭만과 희망과 건강과 쾌소(快笑)를 찾아갈 설계(設計)에 가슴을 달리는 요트의 돛처럼 부풀릴 대로 부풀리면서 열중하고 있던 참이었다. 그런 나에게 가랑비가 부슬거리는 그날 일요일 아침 먼 산 메아리처럼 궁금하게 울려오는 포성과 더불어 부고(訃告)처럼 날아온 전쟁의 역신(疫神)은 단절된 한강교(漢江橋)와 실종해버린 짝사랑의 여인과 등에 메어진 M1과 땀과 먼지만을 전해주고 갔다. 그리하여 그 시달림에 실신해버린 잠마다 꿈마다에서 상면(相面)하는 죽음의 얼굴들의 피안(彼岸)으로 그렇게도 싱싱하고 시원스럽던 신록은 부러진 가지와 시든 이파리로 조락(凋落)하듯 아득히 먼

* sanatorium. 결핵요양소.

거리로 무슨 환영처럼 사라져가버리고 말았다.

그리하여 근 2년 내겐 낮도 밤도 없었다. 내겐 얼굴도 이름도 없었다. 내겐 말도 생각도 없었다. 그렇게 된 내가 — 그런 나는 아랑곳않고 아무 일도 없었다는 듯이 철따라 찾아오는 으젓한 신록과 또 그렇게 말끔한 자태인 릴케가 밉고 반감(反感)스러울 수밖엔 없었다. 그리하여 그 철이 오면 다친 몸을 얻은 병(病)과 시든 청춘과 잃은 꿈을 유독 괴로워해야 하는 이 철이 참을 길 없는 형고(刑苦)로서 뿌리박히고 만 것이었다.

그후 어언 만 9년 산천도 변한다는 10년이 흘렀는데도 아직 내 마음 어느 구석엔가 릴케를 고스란히 벗하기에는 약간의 인색이 있고 신록을 향수하기엔 가슴 어느 구석에나 생각의 어느 갈피 속엔 쓰라린 동증(疼症)이 되살곤 한다. 세월이라는 거의 신효(神效)의 약석(藥石)으로도 가시어지지 않는 그 상처와 잔영을 하루속히 털어버리고 싶고 말짱히 씻어버리고 싶은 나는 내 나름의 처방으로서 제법 자신을 갖고 역요법(逆療法)이랄까 억지랄까 아무튼 5월을 거쳐서 6월로 뻗은 이 환희에 찬 계절의 코스를 즐거움으로 줄달음쳐가서 철철 넘쳐흐르는 나무 그늘 아래에서 나를 도로 찾을 작업에 분주해야 하겠다고 다짐을 하고만 싶다. 설사 또한 어리석은 꿈으로 깨질지라도.

『조선일보』 1959. 5. 22

그건 제 탓이 아니오*

카뮈의 출세작 『이방인(異邦人)』을 처음 읽은 것이 어언 10년이 넘는데도 나는 그때 그 책을 채 서너장도 다 못 읽은 첫머리에서 딱 질려버렸던 일이 어제의 일처럼 기억이 뚜렷하다. 그러고선 그 책을 끝까지 읽어내리는 데 비상한 긴장과 고통에 사로잡혔던 것도 기억난다.

그 대목이 바로 주인공 뫼르소가 자기 어머니의 사망통지를 받고 사장한테 휴가를 얻으려고 가서 한 말인 "그건 제 탓이 아니오."라는 것이다.

남들은 이 대목을 별로 눈여겨보지 않는지 모르지만 나는 그때 이 말 한마디 "그건 제 탓이 아니오." 속에 이 소설의 전체적인 테마와 카뮈의 사상인 부조리(不條理)와 실존의식(實存意識)이 다 표현되고

* 이 글이 실린 신문의 코너명은 '내가 읽은 명작 중 잊지 못할 대목'이다.

포함되었다고 해도 과언이 아니라고 생각했었다.

한마디로 말해서 이 구절이 나로서는 견뎌내기 어려운 인생의 부담, 사회기구(社會機構)의 모면 못 할 얽매임, 나아가서는 현존재(現存在)의 불합리성이랄까 한계상황 같은 것을 지극히 일상적인 양상으로 표현하고 있다 할 것이다.

이런 것을 한마디의 말 "그건 제 탓이 아니오." 속에 담을 수 있었던 카뮈의 조직적인 두뇌랄까 구성의 천재성이랄까에 감탄 또 감탄했던 것이다. 지금도 어떠한 상황에 부딪혔을 때 카뮈의 흉내를 내서 "그건 제 탓이 아니오." 하고 자기변명 혹은 자기모면인 듯하면서도 실상은 어처구니없이 덮쳐눌러오는 자기부담 아니면 자기구속인 이 말귀를 중얼거려볼 때 나는 내가 바로 그 소설 속의 주인공 뫼르소의 화신(化身)이 되어 외롭게 억울하게 그러고도 고집스럽게 존재하고 있음을 깨닫곤 한다.

『조선일보』 1960. 4. 25

‘인간 만송기’족보다 미운 박쥐족

이렇게 감격한 시기에 한마디 무슨 발언쯤 있어야 면목이 서는 것만 같다고 생각해서 이 글을 쓰는 것이 아니라 실상은 타기하고 싶은 불쾌감으로 이 글을 쓴다. 더구나 현금(現今)하는 혼란기에 있어서의 문단에의 제언(提言) 같은 글을 써보라는 것이지만 신출내기 시골 문사(文士)가 감히 군웅할거하는 문단에 어찌 돈키호테꼴인 현언(賢言)을 할 수 있겠는가. 그리고 말을 하기로 하면 3·15 이전에 소급하여 ‘인간 만송*기(晩松記)’족(族)인즉, 원로 중견들의 도저히 호감 갈 수

* 만송(晩松)은 정치가 이기붕(李起鵬, 1896~1960)의 호다. 1960년 3·15 부정선거를 획책한 장본인으로, 일부 문인과 예술인들이 ‘인간 이기붕’을 찬양하는 글을 쓰고 행사에 동원되자 이기붕의 호를 따서 그들을 ‘만송족(晩松族)’이라 부른 것이다. 이기붕은 부정과 폭력에 의한 3·15선거로 부통령에 당선되었으나, 부정선거에 항의하는 4월혁명으로 사임, 자살했다.

없던 ○○○들을 들추어내게 되는데, 그렇게 되면 사람이란 연로해지면 따르는 자녀에의 애착과 왜축된 정열에 반비례하여 팽창한 권세욕과 비겁해진다는 통례(通例)로서 할 수 없이 저지르게 된 일일 것이라는 연민과 이해(理解)(위선일까?)를 마저 저버려야 하게 되니, 과연 그런 사정을 초월해서 그분들을 규탄할 수가 있도록 우리들은 철저하 (원문 1단 삭제된 듯함) 다. 건방진 소리지만 그분들에겐 자성(自省)을 권고하고 싶을 뿐이다.

그보다도 내가 얘기하고 싶은 것은 다만 연소(年少)한 때문의 순결과 지위가 없는 탓의 무과실(無過失)이라 뭐 그다지 자랑할 만한 것도 없는 축들이 하루 사이에 레지스탕스의 시인 혈전(血戰)의 승자가 되어서 뛰고 날고 하는 꼴불견을 지나서 밉기만 하다. 이런 자들이 사태가 이렇게(4·26의 정변政變*) 되지 않았다면 아직도 잠잠히 도사리고 있든가, 그러지 않으면 '거러지 턱 치는 격(格)'으로 '인간 만송기'족들의 턱만 쳐다보고 있었을 것이 분명하다. 이런 박쥐족들이 도리어 무섭고 더러운 것이다. 왜냐하면 적이나 원수는 도리어 전면(前面)으로 대결해오는 것이라 승패 간에 억울할 것도 없지만, 기회주의자들이란 어느 쪽인지 모르게 우물쭈물하고 있다가는 어느 한쪽이 (원문 1단 삭제된 듯함) 없이 옆구리를 푹 찔러 절명시켜놓고 패자(覇者) 측에게 생색의 웃음을 바치는 것이니 무엇보다도 가증한 족속인 것이다. 더구나 이런 자들이 아직 정열이 충천하고 의욕이 화산 같아야

* 4월 26일 이승만 대통령이 하야성명을 발표함으로써 자유당 정권이 무너진 것을 말한다.

할 젊은 시인 작가들일 때 참으로 한심스럽고 동세대(同世代)라는 것조차 창피할 지경이다.

도대체 그 참혹했던 마산사건, 피비린내 나던 4·19사건 때까지도 꿀먹은 벙어리처럼 잠자코 있다가 4·26이 되니까 '기쁘다' '승리다' '장(壯)하다' 따위 시가 그 박쥐족들에게서 쏟아져 나오는 꼴이란 참 가관이었다. 마산사건을 비평하다 형사들과 실랑이를 하고 고향을 떠나와 상경 중 4·19의 참사에 불꽃이 튀는 마음으로 시를 두편「쏘라는 총이라고 어느 가슴에」 등등을 써서 떨리는 손으로 모모 신문에 기고하였더니 검열에 깎인다고 기다리재서 기다리고 있노라니까 4·26이 되면서 그 장한 박쥐족 시(詩)가 사태가 나는 바람에 내 시를 도로 찾아오면서 그 편리하게만 작용하는 (원문 1단 삭제된 듯함) 나를 결코 후회하지는 않았다. 하고 싶은 말의 중도(中途)이지만 지면 관계로 끊는 수밖에 없다.

『조선일보』 1960. 4. 30

썩어진 지성에 방화하라

우리 대한민국은 자유당의 민국(民國)도 아니요, 민주당의 민국도 아니요, 더구나 위정자의 민국도 아니다. 그것은 너와 나, 즉 우리 기나긴 세월을 소박한 마음씨를 흰 옷깃으로 감싼 채 이 산, 이 들, 이 강과 하늘을 사랑하고 지켜온 모든 백성들의 민국이요, 대한이요, 조국인 것이다.

그리고 우리의 민주주의는 미국의 민주주의도 아니요, 소련의 민주주의도 아니요, 더구나 어느 영웅(?)을 위한 민주주의도 아닌 것이다. 그것은 너와 나, 즉 우리 모든 인간의 가슴속에서 면면히 죽지 않고 이어져 자라온 자유와 문화와 창의와 노력의 대가로서 의당히 우리 모든 인간들이 소유해야 할 주의이며 사상이며 생활인 것이다.

그런데 그 우리의 대한민국이 어느 일당의 횡재물(橫財物), 일파의 온상이 되었을 때 우리 모든 주인 백성들은 마땅히 노하고 싸워서 도로 우리의 것으로 되찾아야 할 것이 아닌가?

그리고 그 우리의 민주주의가 어느 일파의 가면극, 일당의 기구로서만 전용될 때 우리 모든 민주주의의 역군인 인간들, 특히 그 선도자인 지성인, 사상가들은 분연히 선봉에서 노하고 요동치고 싸워서 우리의 것을 우리의 것으로 되찾는 데 자기를 바쳐야 할 것이 아닌가? 이것이 하나의 원칙이요, 또한 민주적인 당연(當然)인 것이다.

그런데 실정은 이 원칙과 당연이 쪽을 못 쓰고 눈치만 살피는 꼴이 되고 말았다. 더구나 그것이 원체 우매하고 무식해서 자기의 권리의 소재도 가치도 모르고 자기보다 큰 주먹이나 칼자루 앞에서 정오(正誤)의 구분도 미추의 식별도 못 하고 굴복하고 마는 미개한 사람들의 모습이라면 몰라도 자기 딴은 입 끝을 운위(云謂)하며 머리와 정신으로는 역사를 조감하고 영원과 존재를 추구하며 스스로의 자율성을 목숨보다 존중하는 듯싶은 문화인, 소위 지성인들마저 그 몰골일 때, 설사 그것이 모면 못 할 압력으로 그런 몰골이 되고 말 수밖에 없었다손 쳐도 그들, 그들 아닌 바로 우리의 지성을 과연 신임해서 옳은지 생각해봐야 하겠다.

그런 불신할 수밖에 없는 꼴을 내 속에서 발견할 때, 나의 벗들 또는 선배에게서 발견할 때 그렇게 되어버린 나, 벗, 선배들이 불쌍하다 못해 슬프다 못해 가슴이 아프다.

이런 일이 있었다. 투표일이었다. 칠십 노객이신 우리 어머니(물론 그분은 자유당원이며 3인조원*이다)가 "웬 놈의 투표를 새벽 다섯시

* 1960년 3월 15일 자유당 정권의 부정선거 방법의 하나로 '3인조 투표'가 있었다. 세

에 나와 하라는구나. 춥고 어두운데 나같이 늙은 사람에겐 너무나 무리하구나. 그리고 그전 선거 때에는 아무 때고 자기 가고 싶은 때 가서 자기 찍고 싶은 사람 찍었는데 점점 부자유스러워지는구나."라고 불평 비슷하게 말씀하시며 어두운 새벽에 일어나 나가시는 것을 보았다. 그 어머니의 뒷모습을 쳐다보며 저렇게 아무것도 배우신 것 없고 이미 시대의 유물이 되신 노인네가 지금 나라를 맡고 시대를 짊어진 위정자보다 더 민주주의자이시구나 하며 쓴웃음을 지었다.

조반 후에 비로소 나는 투표장에 들어섰다. 투표장 어귀에 새끼줄을 쳐놓고 완장을 두른 사람이 나의 팔목을 잡아당기며

"어데 가오?"

"투표하러 갑니다."

"3인조 짜 오시오."

"난 조가 없소."

"안 되오. 저기 가서 저 흰 완장 두른 조장한테 상의하시오."

하며 자유당 석 자가 완연한 흰 완장의 사람을 가리킨다.

"그건 자유당 조장 아니오? 난 무소속이오. 무소속 조장도 있소?"

하였더니

"여러 말 말고 가서 조를 짜 오시오."

하며 마구 밀치기를 하는 바람에 중과부적하여 되돌아오고 말았다.

명이 한 조를 이루어 기표소 안에 들어가면 조장이 투표용지를 모아서 자유당 입후보자에게 기표한 후 다시 조원들에게 나누어주면 조원들이 기표소에서 나와 기표 결과를 감시하는 자유당 선거위원에게 보여준 뒤에 접어서 투표함에 집어넣는 방식이다.

돌아오며 나는 슬펐다. 눈물이 나올 것만 같았다. 뭣이 상실되었느니 뭣이 말살되었느니 하고 누누이 생각하고 표현하기조차 맥이 빠지고 기가 막혔다.

나는 실의(失意)한 사람처럼 거리를 한바퀴 돌고서 다시 투표장으로 갔다. 속은 상해도 기권할 수 없는 일이었기 때문이다. 투표장 어귀에서 뜻을 못 이루고 서성대고 있는데 때마침 안면이 있는 민주, 자유 양당의 시선거위원이 동승하고 투표장 순시차 오던 지프차가 멎더니

"웬일이오?"

하고 말을 건넨다.

"글쎄, 투표하러 가려는데 조가 없어 이럽니다."

하였더니

"왜 이러시오. 같이 갑시다."

하는 바람에 그 차에 편승하고 무난히 그곳을 통과하여 어엿한 기표와 투표를 하긴 하였지만 그것은 선거위원들과 동행이었다는 분에 넘치는 여건 때문이었지 결코 나의 국민으로서의 권리와 자격이 아무런 손상도 방해도 당하지 않았던 것이라고는 할 수가 없었다.

그러기 때문에 나는 투표를 하고 나서도 떳떳한 마음이 들지 않았다. 뭔가에 굴복한 것만 같고 그런 여건에 편승해야만 했던 나는 나 자신 속에서 나의 정신과 지성의 비굴을 발견하였던 것만 같아서 오늘껏 가슴이 메스껍기만 하다.

또 이런 일이 있었다. 『새벽』지에서 지상(誌上) 데모를 할 터이니 동의하라고 하기에 지명(知名)의 예술인이며 친우인 Z형에게 술자리

에서 얼핏 그런 얘기를 하였더니 그 형은 나를 아끼는 마음에서였겠지만

"지금이 어느 판국이라고 그런 짓을 하려나. 공연히 어느 정당의 이용물이 될 따름일세. 옳고 그르고 간에 자네에게 부당한 압력을 뒤집어씌우면 그것을 모면할 빽이 있나? 마산 꼴을 보게, 데모한 사람의 가족들은 모두 억울하게 사상성을 의심받는 꼴이라네."

하며 적극 만류하는 것이었다.

물론 다정한 마음씨로 하였으리라. 그러나 그가 친구를 아끼는 행위로 그렇게 퇴영적이고 비굴한 방법으로 내가 보호되기를 바랄 수밖에 없도록 소심증이 되고 용기가 죽은 데는 결코 그만을 탓할 수 없는 무서운 현실적인 압력이 기인되어 있는 것이기에 나는 아무런 대꾸도 않고 듣고만 있으면서도 가슴이 터지는 것같이 분노와 슬픔이 치미는 것을 어쩌지 못했다. 자유와 미를 사랑하고 탐구하는 그가 그냥 순하디순하게만 자기를 굽히고 현실과 타협하고 마는 꼴을 볼 때, 동정도 동정이지만 내가 나에게 메스껍던 것처럼 나는 그에게서도 일종의 분노가 섞인 메스꺼움을 느끼었다.

이렇게 나나 내 벗이나 그리고 여기서는 예의상 들추고 싶지 않은 선배들의 꼴사나운 추태 속에서 위축된 인간정신과, 정규(正規)를 잃은 지성과, 송장처럼 식은 정열의 꼴을 보면서도 몸부림을 칠 줄 모르는 모든 지성인은 조국이 규탄해 마땅하고 역사가 비난해 당연하고 자기 스스로가 혐오해 마땅할 위인들일 것이 아닌가.

도대체 지성을 어떤 영리하게 굴기만 하는 기회성이나 화산 같은 정열에의 상대역이나, 맹목적 충동과 본능의 브레이크처럼 여기고

하나의 보호술·견제술로만 이용하려고 드는 경향이 되고 만 데서부터 벌써 지성은 병들고 썩어들기 시작한 것이다.

그것은 건전한 지성이 아니고 지성을 위한 지성, 자독(自瀆)하는 지성인 것이며 생명에서 유리(遊離)한 지성인 것이다. 생명하는 지성은 노할 줄 아는 지성인 것이며 생동하는 지성은 정열과 협동해서 반항하고 증오하고 투쟁하고 승리할 줄 아는 것이 그 스스로의 모습인 것이다.

그렇게 눈치만 살피고 비위만 맞추고 아양만 떠는 이기(利器)로서의 썩어버린 지성에 대하여 억울이, 분통이 한꺼번에 터지는 방화(放火)를 하고 싶다. 훨훨 타서 재가 되고 난 잿더미 속에서 새싹처럼 돋는 청순한 인간의 정신과 그것을 부축하는 건강한 지성의 모습을 보고 싶다. 나 스스로에 불을 지르고 또 나는 너에게도 불을 지르고 너는 너에게 불을 지르고 너는 나에게 불을 질러서 이 미진하고 구석지고 노폐한 패배의 철학을 고스란히 살라버려야만 하겠다.

우리의 각자가 마땅히 자기정신에의 방화범이 될 때 비로소 나는 인간이 되는 것이고 현대의 주인이 되는 것이며 민주주의의 역군이며 조국의 주권자가 되는 것이다.

『새벽』 1960. 5

나의 정신공화국*

시인이라는 것이 하나의 직업인지 아닌지 나는 잘 모른다. 그런데도 나에게는 어느새 시인이라는 레테르가 붙어버리었고 이렇게 신문사에서는 직업 유감(有感)이니 뭐니 하며 시인이라는 직업에 대하여서 소감을 쓰라고 한다. 이렇게 취급을 받으면서도 어쩐지 직업이 시인이라고는 선뜻 생각이 안 든다. 그래서 도민증(道民證)의 직업란에는 '무직'이라고 적었고 결코 '시인'이라고 쓰지 않았다. 또는 10여년 만에 만나는 어릴 적 친구가 반가워하며 "직업은?" 하고 물으면 "이렇게 건달일세!" 하지 "시인이오."라고는 대답이 나오지 않을 뿐 아니라 그렇게 상상도 해보지 못한다.

그럼 딴 생업이라도 있으면 그것이 나의 직업이 될 터인데 어떻게

* 이 글이 실린 신문의 코너명은 '직업유감(職業有感)'이다.

되어먹은 팔자인지 이 나이껏 일정한 업(業)에 종사한 일이 없다보니 천상 건달인데 누구더러 물어봐도 건달이 직업이라고는 할 수 없을 것 같다.

그런대로 먹고살기 위하여 자기의 노력을 바치고서 대가를 받는 것이 직업이라는 그런 직업은 못 되지만 말하자면 무상(無償)의 직업이라고나 할까 아무튼 시인이 직업이라고 치면 나는 여태껏 나의 직업에 대하여서 불만을 품은 일은 없다.

그 까닭인즉 첫째 나의 직업에는 계급이 없기 때문이다. 그 어떠한 직업일지라도 계급 상하의 등차(等差)에서 오는 열등감 내지는 대립의식에서 오는 프라이드의 위협이 있다. 그러나 나의 직업은 프라이드의 천국이다. 물론 의식주(衣食住) 경제상(經濟上)의 남 눈으로 볼 때의 빈한(貧寒)이 있을지는 모르지만 내가 내 세계〔詩〕의 정신공화국의 영주(領主)인 것만은 어떠한 혁명과 천지개벽으로써도 요지부동인 것이다.

권력과 금력(金力)의 프라이드가 유지되려면 암살과 모략과 사기가 필요한 것이지만 나의 세계에서는 나를 보호하기 위하여 이승만(李承晩)처럼 암살을 자행할 필요도 없고 영민(領民)의 고혈(膏血)을 짤 필요가 없이도 유유히 태연히 스스로 멸종의 그날까지는 영원히 세습이 가능한 그런 프라이드가 있다.

『조선일보』 1960. 7. 18

'3월 3넌' 격(格)으로

나의 시인 수업기

알고 보면 부질없는 것이다. 세상을 사는 맛이란 것도 채 못다 깨친 맛으로 사는 것이지 알고 보면 허전하기만 한 것이다. 연애가 그랬다. 아직 갓 스물의 사춘기에 품었던 이성(異性)의 신비도 알고 보면 어처구니없는 환상이었다. 돈도 그랬고, 사회도 그랬고, 학문도 그랬다. 아직 운도 못 뗐던 어린 시절의 성철(聖哲)들에게의 동경도, 진리에의 경주(傾注)도, 기도(祈禱)에의 의지(依支)도 알고 보면 부질없는 일이었다.

내 연약한 생명의 촉각(觸角)이, 머리 위에 황망하게 널려 있는 하늘을 쓸고 가는 바람의 방향을 더듬고, 어디에서 시작되어 어디까지로 뻗쳐 있는지 모르는 나의 여정(旅程)을 더듬노라니, 하나에서 열까지가 모두 감내하기 어려운 자극과 부담으로만 부닥쳐오는 것이었다.

그래 나의 정신은 출발에서부터 몸살을 앓았다. 겁 많은 달팽이였다. 나의 체온과 맞닿아서 적응되지 않는 지열(地熱)과 천기(天氣)에 늘 몸뚱이를 옴츠리고 한참을 견디고 참은 뒤에야만 비로소 전진이 가능한 그런 성장이었다.

'3월 3년'이라는 말이 있다. 의학자들이 쓰는 언어이다. 카멜레온이나 어느 종류의 개구리는 묘한 보호색을 갖고 있어서 파란 그릇에 담으면 파래지고, 검은 그릇에 담으면 검어진다고 한다. 이 재빠른 적응성의 메커니즘은 아직 완전하게 해명되어 있진 않지만, 모든 충물(虫物)에게는 다 이런 적응성이 있다고 한다. 사람의 경우도 마찬가지라고 한다. 인간들은 한여름이나 겨울보다도 첫봄이나 초가을에 병이 잘 난다. 환절기에는 약하다. 이것에는 무슨 까닭이 있는 것만 같아서 짐승으로 연구를 해봤다. 처음에 10도에서 18도 정도의 방에서 기르다가 돌연히 마이너스 10도와 31도의 장소로 옮겼더니 체중, 간기능, 혈액 등이 급격한 환경의 변화 때문에 저항력이 아주 약해졌다. 인간으로 치면 감기나 몸살이 났을 때와 같다. 그러나 그것은 서서히 회복되어서, 추운 곳에서는 11주간, 더운 곳에서는 12주간으로서 제1차 순화(馴化)가 된다는 것을 알았다. 3개월인 것이다. 그리고 3년이 경과하니까, 제2차 순화라는 것이 되어 완전히 그 환경에 적응하게 된다고 한다. 일컬어서 '3월 3년'인 것이다.

이것은 신체의 경우를 말하는 것이지만, 정신의 적응성도 그런 성질이 있는 것인 모양이다. 왜냐하면 내가 애초에 꿈꾸었던 또는 갖추었던 정신의 자세와 지금의 자세와는 얼토당토않은 것이 되고서도 이렇게 여전히 살고 있고, 웃고 있고, 견디고 있기에 말이다.

철이 들기 전의 일인 이십 전의 얘기는 할 것이 못 되지만, 청상(靑孀)인 어머니의 유교(儒教)와 애정이 만든 나의 꿈은 성인군자(聖人君子)가 되는 것이었다. 사실 이십 전의 어머니 품안의 온실에서 호흡하는 동안은 그것이 가능(?)하리만치 청순 무구할 수도 있었다.

세상에는 나를 해롭게 할 적이 하나도 없었고, 나를 심술궂게 들볶을 귀신도 없었다. 나는 영아(嬰兒)다운 건전함을 갖고 있었다. 나이 23세, 전쟁이 난 그해 봄까지도 어머니의 젖꼭지를 쥐고서야만 잠이 들었던 것이다. 이 어처구니없을 정도의 만숙(晩熟)과 파겁을 못 한 순진함 속에 잠겨 있는 동안에 나는 적극성이랄까 과감성을 잃은 연골(軟骨)이 되고 말았다.

그런 내가 전쟁 속에 휩쓸려 들어가게 된 것이다. 사회는 나에게 무조건 정치적인 이념의 선택을 강요했던 것이다. 몸으로 때워야 할 시대적인 노역(勞役)을 감내해야 했던 것이다. 군자다운 품성으로는 역사와 공간의 그 어느 위치에도 발을 붙일 수가 없다는 것을 알게 된 것이다.

나는 급격한 조건의 변화 앞에서 손톱만 한 투쟁도 반격도 못 하고 연골답게 온몸 온 마음을 옴츠리고서, 깍지 속에 오그라든 달팽이처럼 현실이 시키는 대로 이리 굴렀다 저리 굴렀다 하면서 혼자서만 아픔을 참고 견디었던 것이다. 그런 자아침전(自我沈澱)의 기간이 얼마간인가 지난 뒤에, 조심조심 옴츠렸던 촉각을 시공 속으로 뻔쳐봤더니 나는 어느새 1차 순화가 되어서 그 급격하게 변화된 현실을 그냥저냥 참을 수가 있게 되어 있었던 것이다. 말하자면 '3월'인 것이다.

한번 발을 이 세상 위로 내딛기 시작하자 고향 땅은 향수 속에서

만 밟을 수 있는 것이지 운명과 세월은 결코 한번도 고향 땅을 다시 밟게 하진 않았다. 가는 곳, 보는 것, 당하는 것, 느끼는 것이 모두 객지요 타향이었다. 사랑이 그렇고 진리와 정의와 학문이 다 낯선 것이요, 내가 공상하고 측량했던 것과는 전연 다른 것이었다. 가령 성인군자를 갖고 말하더라도 그랬다.

공자를 생각해봐도, 석가모니와 기독(基督)을 생각해봐도 그것은 결국 내가 어린 생각에 숭앙했던 그런 존재들이 아니었다. 그들에게서 지금 내가 생명의 조건으로 지니고 있는 온갖 속성을 인정하지 않을 수 없을 때, 지난날 내가 꿈꾸었던 성성(聖性)이란 오늘의 나를 거부하지 않는 한은, 즉 존재를 거부하지 않는 한은 있을 수 없다는 것을 깨달았다.

모든 것은 못났든 잘났든 거부할 수 없는 나로부터 시작되는 것임을 알았다. 그러나 그 나라는 것은 너무나 나약하고 빈곤했다. 그래 온갖 것에서 몸살을 앓고 신음을 했고 당황했다. 그러나 나는 견디었다. 그 해명할 길 없는 적응성의 메커니즘으로.

3월이 가고 3년이 가고 나자 나는 무척 변해 있었다. 그러나 견디어온 것만은 사실이었다. 그리하여 오늘의 내가 있다면, 있다는 그것만으로도 나는 승리하고 있는 것이다.

그럼 앞으로는 어떤가? 이렇게 3월 3년 격으로 살아오다보니까 나는 한가지 깨친 것이 있다. 3월 3년의 진리 — 적응성의 메커니즘의 원리를 구설(口舌)로는 불가능하지만 직관적으로 깨달은 바가 있는 것이다. 억세고, 덤비고, 영리하고 한 것은 진맥(診脈)으로 치면 양동맥(陽動脈) 같은 것이어서 도리어 허(虛)한 생명력에서 연유한다는 것을. 실(實)한 생명이란 이 3월 3년을 자승(自乘)시켜서 정신적인 수획(收獲)을 올려야 하는 것이라는 것을.

쓸데없는 이야기가 너무 길었다. 얄팍한 시집 한권과 백편이 미달인 시 작품을 가진 나에게 시인 수업기(修業記)를 쓰라는 바람에 얼토당토않은 횡설수설을 하게 된 모양이다.

그럴 수밖에 없는 것이, 어느 소설가의 소설 한편이나, 잡문가(雜文家)의 수첩 한권의 지량(紙量)만도 못한 글을 갖고서 '나는 시인이요, 나의 시에는 나의 눈물이, 나의 한숨이, 나의 영혼이 피로 멍들고 땀으로 젖어 있느니라. 목숨으로도, 생애와도 바꿀 수 없느니라'고 앙탈을 부린달까, 뽐내기에는 좀 창피하기 때문이었다.

실상 나의 경우에는 그것이 결코 나의 보배로운 노력이나 작업(의식적인)의 결과라기보다는 3월 3년을 겪는 동안의 몸살, 여러차례의 몸살의 기록이었던 것이다. 그러니 그 몸살의 신음 소리의 구절구절을 마치 예술적인 창작 행위의 결과인 양 말할 수는 없다. 지난날의 그 모든 몸살이 소중하기는 하지만 그것을 염치 좋게 예술 행위인 양 말할 수는 없다.

이렇게 쓰다보니 전연 시론(詩論)이 없는 시를 써온 것같이 되고 말았다. 그러나 나에게도 시론이 있다. 그리고 내가 알기로는 동서(東西)의 시론은 웬만한 것은 다 읽었다. 그러나 그 어느 시론도 나의 시의 틀이 되지는 않았다. 그 시론들은 나의 몸살을 푸는 데 동원된 온갖 자료 중의 하나로서는 소모했을지언정 그것을 유용(流用)해서 시를 쓰지는 않았다.

나의 시론은 3월 3년의 메커니즘을 활용한 생명의 방법을 언어 형상(形象)시키는 미학인 것으로서 장차의 나의 시에서 가능하리라고 믿는 그런 것이다. 그러기에 장차의 나에게만은 시인의 가능성이 다분히 있다. 지난날의 많은 수난이랄까 몸살이 지금의 나를 시인인 것으로서 만든 수업은 못 되지만, 장차에 내가 시인이 될 때를 위한 수업은 될지도 모른다.

나는 첫머리에서 모든 것은 알고 보면 싱겁다고 했다. 이 말은, 내가 어린 마음에 사숙(私淑)했던 어느 시인의 생태를 알고 보니 정떨어지는 것이었기 때문에 한 말인데, 그것은 나에게도 그 누구에게도 해당하는 말인 것임을 시인할 수밖에 없는데 이것도 한낱 부질없는 기학증(嗜虐症)일까?

『자유문학』 1960. 11

감각을 세계적으로

젊은 세대의 한 사람으로

파란 많았던 50년대가 기울고 60년대의 관문이 열리는 1961년 연두에 서니 우리는 참으로 괴로울 정도로 밀도 짙은 느낌과 흥분과 결심이 전 심신을 휩쓸던 것을 기억한다.

이승만노(李承晩老)의 독재가 절정에 이르러 3·15선거에 대비한 온갖 횡포와 억압이 우리들 국민의 개성과 정신의 자유를 박탈하고 주위의 친지들이 독재 이권의 앞잡이가 되어서 떨어져나가던 그때는 가슴이 서늘할 정도로 고립감과 절망감을 맛봐야 했고 섣불리 표정에 나타낼 수 없었던 반항심에 치를 떨면서 새로운 연대를 맞았던 당시의 심정이 새삼스럽게 감각된다.

그러한 1960년은 과연 우리 민족 유사 이래의 일대 변혁을 가져오고야 말았다. 그리하여 1960년이란 한해는 우리의 역사를 전근대성에서 최소한 근대사의 영역으로 비약적인 진출을 시키고 만 것만 같은 눈부신 기대와 희망을 우리에게 마련해주었다.

그러나 그러한 격동은 아세아 동방의 고아인 우리나라에서만의 일이 아니요, 지구 표피의 이곳저곳에서 마치 홍역꽃 피듯이 일어난 일이고 보니 이제야말로 세계가 하나의 전체로서 현대사를 이룩하려는 진통을 앓고 있는 것만은 틀림없는 것 같다. 현대 이전의 역사가 지역적 문명 또는 민족적인 문화의 역사였다고 하면 앞으로 전망되는 현대사는 지구 전체를 단위로 하는 문명 형태가 이루어지는 역사가 아닌가 싶다.

이 말은 현대라는 문명은 낡은 관념으로 볼 때엔 일종의 혼혈문명같이 불순하고도 잡다한 성격으로 보일지 모르지만 실인즉 모든 사물과 정신 발전의 법칙에는 그 발전 자체 속에 변증법적인 혼혈이 필요한 것임을 인정한다면, 오늘날 20세기의 후반기에 선 인류문명이 자연히 민족 단위의 문명이기보다는 정신적으로나 물질적으로나 흡사히 혼혈상태와 같은 범세계적 문명이 될 수밖에 없으리라.

이러한 새로운 세계사의 입구에 선 지구의 일지역인 우리의 오늘은 어떠한 자세와 조건을 갖추고 있어야 할 것인가를 생각해보지 않을 수 없다.

우리가 전사(前史)에 유례없이 멋들어진 민권혁명을 이루어놓은 1960년은 솔직히 말해서 하나의 우연처럼 결속된, 핍박받던 민심의 폭발이었지 결코 의식적이고도 자각적인 역사의식이나 정치의식에서 기인한 것이라고는 말할 수 없다. 왜 그러냐 하면 그 불과 일주일간의 격동에는 그 대열을 주도하는 이념적인 지표나 정치사상적인 변혁의 기치를 엿볼 수 없었고 다만 억압당한 국민들의 억압자에 대한 감정적인 폭발이었던 것이다.

그 혁명을 수행한 주인공들인 학생들도 혁명의 제2단계인 정치체제 수립에는 아무런 대책도 이념도 제출하지 못하고 수수방관으로 보수정체(保守政體)의 집권을 인정하고만 있었던 것이다. 그리하여 자칫하면 고식 불통한 이승만노의 반공일철(反共一轍, 억지에 가까운 독재 구실)을 도습(蹈襲)하여 맹목적인 사적(史的) 고아가 되어서 민족현대사의 제1과업인 조국 통일의 적극적인 방안을 소홀히 하는 광경을 다시 목격해야 할지도 모르는 불안을 자아내고 있다.

이렇게 차려놓은 제 밥상도 남에게 빼앗기는 꼴이 되는 근본적인 원인은 어디에 있는가 하면 그것은 우리 민족성의 근원에 있는 대자적(對自的)인 수동성, 즉 체념적인 운명관에 있다고 봐야 하겠다.

이 말은 우리들의 정신은 그 감수성에 있어서 늘 괴팍스러울 정도로 순수를 고집하려는 고립성이 있어서 자연의 운행에나 순응할 따름이지 결코 타민족이나 타문명과 제휴하여 좀더 적극적인 문명을 구상한다든가 자연을 극복하는 노력을 하지 못한다는 것이다. 이러고 있는 동안에 우리는 영원히 후진성을 탈피 못 하고 주체적인 문화를 이룩하지 못할 것이 틀림없다. 그러기 때문에 우리는 이런 우리의 병폐를 하루바삐 자각해야 하며 새로운 감각으로써 세계와 역사를 정면으로 감수하지 않으면 안 된다고 생각한다.

'병든 패각(貝殼) 속에서만 진주는 생긴다'라고 한 약간 근대적인 감수성이 있기는 하지만 그러나 진실한 말이기도 한 안드레예프*의

* 러시아 소설가 레오니트 안드레예프(Leonid N. Andreev, 1871~1919)로 추측된다.

말을 곧 우리들의 상황에다 적용시켜서 이 병들고 혼란한 우리들의 고통과 시난(試難) 속에서 새롭고 보배로운 정신적인 소산이 1961년에는 산출되기를 기원하는 마음 간절하기만 하다.

『경향신문』 1961. 1. 1

「풍선기」를 쓰던 무렵

나는 이 짧은 글에서 시론(詩論)의 파편 같은 것은 말하고 싶지 않다. 그보다는 내가 지난날 썼던 시, 그중에서도 그 시작(詩作) 체험이 지금껏 생생한 감동으로 기억되는 「풍선기(風船期)」를 쓰던 시절의 이야기를 하는 것이 흥미로울 것 같다. 그 당시 매사에 싫증을 잘 느끼는 성미였는데도, 시작에 대해서만은 어지간히 부지런하고 열중하였다. 그리고 시를 쓰는 것에만 열심이었던 것이 아니라 시를 쓰고 있는 자기 자신에 대한 고찰과 추구의 기록도 굉장했다. 이루 헤아릴 수 없는 일기장을 휴지화시켰던 것이다. 그런 시작 일기의 구절 중에는 아직도 잊혀지지 않는 것들이 있다. 예를 들어보면

오늘도 나는 전신(全身)으로 세계를 감각(感覺)하고 역사를 감각하고 나를 감각한다. 그리하여 나는 그것들에게 반응한다. 의미(언

어)로써 반응할 때 시가 되고, 현상(육체)으로써 반응할 때 행동이 된다. 이 끊임없는 감응의 진폭(振幅)이 나의 존재를 보증하고, 생명을 전진시킨다.

와 같은 것이 있다. 이것은 말하자면 당시의 내 시작상의 각서 비슷한 소견이었다. 그런데 지금껏 나는 그 의미(시)와 현상(행동)의 양극한의 진폭을 넓히지 못하고 의미의 쪽으로만 편착(偏着)된 채 불만(不滿)한 일과만을 점철하고 있다.

내 나이 스물세살 때 6·25동란이 났다. 스물세살이면 육체가 성숙하고 지적인 감수성도 가장 왕성할 때다. 그리고 사춘기의 감정이 영근 정열의 발산을 찾아 여자 앞에서 자기의 표정을 대담하게 표현도 할 수 있게 되는 나이일 것이다.

그런데 그때의 나는 너무나 만숙(晩熟)이었다. 어려서부터 병약하고 발육부족이었던 나는 소학교, 중학교를 중도에서 몇차례씩이나 중단했다간 편입하고, 쉬었다간 전입하곤 했다. 대학교도 1년을 채 못 다니고 퇴학하고 1년쯤 쉬었다가는 딴 대학으로 편입했으나 그것도 반년 만에 포기하고서 다시 입원이었다. 이렇게 노상 병상춘추(病床春秋)만을 왕래해야 했던 나는 스물세살인데도 생각과 생리가 유치하기 말이 아니었다. 말하자면 그 나이에 잠이 들 때는 늙으신 어머니의 젖꼭지를 쥐고서야만 잠이 들었다. 연애라는 감정도 고작 여학생 하나를 마음속으로 사모하기는 하되 그런 감정을 갖는다는 것 자체가 신성모독인 것만 같아서 혼자서 무척 괴로워했다. 그래서 오밤중에 혼자서 진지한 고민을 한답시고, 강으로 가서 강물 속에 온몸을 담그고, 목만 내놓은 채 무릎 꿇고 앉아 합장을 하고서 "이 내 뼈마디 마디, 혈관의 줄기 줄기 속을 흐르는 불결하고 욕된 죄의 피와 욕망의 씨여, 모두 다 씻기어 빠져서 떠내려가라!" 하고 밤새도록 빌고 빌었던 것이었다. 어쩌다 좁쌀알만 한 여드름 같은 것이 얼굴에 돋으면 그것이 세상에 없이 불결하고 간교한 욕망의 표지(標識)가 배어나온 것만 같아서, 남의 눈에 띄는 곳으로는 나서지를 못했다. 그리고 마음속으로 사모하는 그 여학생 앞에 자기를 표시하기는 고사하고, 내가 그를 마음속으로 그리워하고 있다는 것을 그 여학생이 혹시 알기만 한다면 나는 그 자리에서 부끄러움을 못 참고 자살을 해버리고 말아야만 할 것 같았다.

조숙한 사람이면 열네댓살에 통과했을 감정의 과정을 이렇게 뒤늦게사 치르고 있던 나는 6·25라는 엄청난 변동을 감내하기에는 너무나 어리석고 약했다. 그러나 역사는 인정사정없는 것이었다. 원컨 원치 않건 그 거센 물결 속으로 휘말려들지 않을 수 없었다. 병상에서 밀려나와 걸명(乞命)의 나그네가 될 수밖에 없었다.

빈사의 몸을 끌며 그해 여름 한철을 낯선 산과 강과 하늘과 인심 속을 헤맸다. 남의 집 처마 밑에서 40도 가까운 신열을 혼자서 참기도 하고 심산(深山)의 바위 밑에서 오한(惡寒)의 몸을 넝마처럼 내던져보기도 하면서, 어머니의 생사(生死)와 젖꼭지만을 그리워하다가 수복(收復)된 집으로 돌아왔을 때에는 실로 기적이랄 수밖에 없는 튼튼한 몸이 되어 있었다. 절망과 고독과 질환의 극한을 거의 망아(忘我)의 상태로 방황하다보니까, 불과 3, 4개월 동안에 이질(異質)의 생리와 강인한 정신을 얻게 된 모양이었다. 그러니까 자연히 투지도 생기고 결단력도 생기는 것이었다. 왜냐하면 방위군으로 끌려갔다가 그곳을 탈출해서 공군으로 입대하는 용기가 있었던 것이다. 그만한 결단성이 없었던들 지금쯤은 아사(餓死)의 원혼이 되었으리라.

이렇게 해서 입대한 공군에서 3년을 복무했다. 한 병사의 효과는 배당된 임무를 수행하기만 하면 되며, 그것이 그 전쟁의 목적에 충실한 것이 되는 것이다. 그러나 인간이 전쟁에 처해 있으면서도 그 전쟁의 목적에만 열중할 수가 없는 것이 현대인의 비극인지도 모른다.

전쟁은 예나 지금이나 목적이 있어 하는 것이다. 그러나 옛날의 전쟁은 전쟁 그 자체가 인간적이었다. 고쳐 말하면 옛날 전쟁에는 인간들의 개성이 개성대로 적용되는 전쟁이었다. 그러나 현대전은 그 전쟁의 목적은 여하튼 초인간적인 조직과 기계와 규모로 진행될 뿐이며 그 전략 속에는 개성과 인격이 전연 필요없는 것이었다. 따라서 현대전의 경우에는 각 개인으로서는 적만이 적이 아니라 조직과 무기와 규모 등 전쟁 자체가 또한 개성의 적이 되는 것이다.

인간들은 적의 총부리가 노리는 목숨을 지키기 위해서 싸워야 하지만, 개성을 압살하려고 하는 조직과 기계와 규모한테서도 자기를 지키기 위하여 싸워야만 했다. 그것은 그 전쟁의 목적이 어떻게 신성하고 정의로운 것이 되든 간에 겪어야 하는 필연적인 운명이라고 하는 점이 더욱 큰 현대인의 비극이 아닐 수 없다.

그런 비극의 무대에서 사춘(思春)의 순정과 오염되지 않은 감수성을 발동시킨 내가 스물셋, 넷, 다섯, 여섯의 보다 다감하고 예민한 3년 동안에 보고 듣고 겪고 느끼는 그 모든 것들이 하나에서 열까지 어색하고 당황스럽고 불안스럽지 않은 것이 없었다. 아무리 자신을 기계와 전쟁에 동화시키려 해도 끝내 순화되지 않는 나는 외롭고 답답하기만 했다. 내가 인간의 몫으로 지녀야 할 정서는 산산이 파열되고, 내가 기왕에 형성했던 가치와 관념은 붕괴되고, 실의와 좌절의 불연속선을 배회해야만 했다. 전사자와 부상병을 보는 것보다도 자살자와 정신이상이 되는 인간을 보는 공포와 슬픔이 더욱 무섭고 괴로웠다. 그리하여 지치고 지친 나는 나의 모든 것을 체념과 숙명에 내맡겨버리고 인격 실추자가 되고 개성 상실자가 되기를 원했었다.

그러나 이상한 일이었다. 그렇게 실의(失意)와 포기의 일과인데도 일종의 영원한 노스탤지어처럼 그 무엇인가를 바라는 그리움 비슷한 마음이 나의 속에서 숨 죽지 않고 손짓을 하고 있었다.

무엇인지 알 수 없는, 그러나 결국은 비참하기만 한 나를 지탱케 하던 그것이 차츰 스스로의 광체(光體)를 밝히면서 내 정신 속에서 자라나기 시작했다. 그리하여 밤이면 밤의 감각을, 낮이면 낮의 광도(光度)를, 별이면 별의 거리를, 꽃과 나무와 열매면 그것들의 몸짓을 새로운 감각과 감정과 정신으로 눈치채게 됐다. 그리고 세계의 의미, 역사의 의미, 전쟁의 의미, 인간의 의미, 죽음의 의미, 사랑의 의미 들이 생생하게 솟아오르고 의기(意氣)를 띠며 육박하더니 그것들은, 요람을 흔들듯이 나를 흔들고 재촉하고 귀띔을 하면서 나로 하여금 생각케 하고 자라나게 했다.

그리하여 마침내는 나의 의미를 생각케 했다. 나의 의미를 알고자 하는 내 안에 있는 그 광체는 슬픔도 기쁨도 아픔도 즐거움도 좋음도 슬픔과 기쁨과 아픔과 즐거움과 싫음과 좋음을 한낱의 에누리도 엄폐도 회피도 없이 받아들이고 느낄 줄 아는 것이 되어 나의 정신 속에서 자라나는 것이었다.

그것이 바로 내 안에 있는 '인간' 그것이었다. 그 '인간'이 그 상황 속에서 자기를 표현하기 시작한 첫마디들이 「풍선기」였다. 전전(轉轉)하는 기지에서 군무(軍務)의 틈틈에 나는 무수한 시구(詩句)를 기록했었다. 그것들은 버리기도 하고, 잊기도 하고, 뺏기기도 하면서 그때그때마다 절실한 감정과 정신적 긴도(緊度)로써 썼었다.

지금 와서 생각나는 것이지만, 그것들을 쓰는 방법이라는 것이 무척 해괴한 것이었다. 「풍선기」를 쓰기 이전까지 내가 갖고 있던 시에 대한 감각이나 시구의 개념이나 시작상의 방법론이랄까 규범이랄까를 적용시키려고 하면, 마음속에 괴어오른 감동과 긴장이 영 풀려나오지를 못하고 메스꺼울 정도로 답답하고 괴롭기만 한 것이었다. 그래서 그런 지난날의 개념과 지식을 내동댕이치고 마음내키는 대로, 떠오르는 이미지대로, 솟아오르는 어구(語句)대로 써보면 속이 후련하게 풀려나오는 것이었다. 말하자면 그 어느 누구누구의 시학도 시론도 아닌 바로 나 자신 속에서 발생한 방법으로써 시를 쓴 셈이 된다. 그리하여 그때의 그 착상법과 처리법을 수태(受胎)한 것이 지금의 나의 시론의 골자가 되어가고 있다.

참고

지금 자멸존망(自滅存亡) 직전의 고압적인 풍토를 배회하는 인간들이 그 처절한 현실을 절박한 역사적 감각과 선각적 지성으로 타개하려는 다이내믹한 의식 ── 즉 세계사가 요구하는 인간행위를 행위하여야 하는 이때에 어찌 시흥(詩興) 중독자들이 일삼는 매너리즘된 시적 품격과 예절만을 지킬 수 있겠는가 하는 생각이, 그들의 규격으로서는 시(詩)이기 이전의 생경(生硬)한 발성의 소묘(素描)를 내놓게 한 것이다. (『풍선과 제3포복』 후기 발췌)

『한국전후문제시집』, 신구문화사 1961

오수(午睡)

어찌된 셈인지 나는 어려서부터 낮잠을 별로 자지 않는다. 별로 안 자는 것이 아니라 거의 자는 일이 없다. 그것은 어른들이 낮잠 자면 말라리아 걸린다고 만류했기 때문이 아니라 나 자신의 생리가 통 낮에는 졸리는 일이 없었기 때문이다.

그러기 때문에 나이가 겨우 대여섯살 때의 기억으로도, 여름 삼복더위 때 눈이 따갑도록 햇살이 퍼붓는 대낮에 집의 대청이며 마루며 바람이 잘 통하는 곳에서 어머니, 누님, 누이동생이 낮잠을 자고 있고 심지어 개와 고양이마저 혀를 내뽑고 더위에 허덕이듯이 잠들어 있을 때 나만 맨숭맨숭한 정신으로 혼자만의 무료를 감내 못 하고, 뒤란으로 냇가로 열 오른 돌길을 발바닥을 옴츠리고 돌아다니노라면 밀물 소리처럼 쏴 하고 들리는 매미 소리에 이상하도록 공허한 백주(白晝)의 정적을 느끼고 혼자서 허둥대던 그런 적이 있다. 이제 와서 생각하면 대낮의 실정(實情)을 느꼈다고나 할까, 아마 그런 것이리라.

더 커서 소학교 다닐 때도 그랬다. 여름방학 직전이 되어 오후 2시나 3시쯤 운동장의 백사장 같은 햇볕에서 뛰어노는 아이들이 하나도 없고 열어놓은 창으로 더운 바람이 열병 환자의 입처럼 훅훅 밀어닥쳐 오면 교과서를 든 선생의 눈자위도 힘없이 늘어지고 책으로 입을 가리며 연거푸 하품을 한다. 그러면 이곳저곳에서 아이들은 약속이나 한 듯이 서로 꾸벅꾸벅 졸다가는 책상에다 코방아를 찧곤 하는 것이었다. 그들은 모두 졸음에 몰려 제정신이 없는 것이었다.

그것을 물끄러미 바라보며 나는 그런 아이들의 꼴이 그다지 기분좋게 느껴지지 않을뿐더러 혼자서 뭣인지 형용할 수 없는 슬픔 비슷한 생각에 잠기며 책을 읽곤 하였던 것을 기억한다.

그렇게 낮에 통 졸리지 않는 나는 밤이 되어 일단 잠자리에 들면 숨소리도 없이 깊은 잠에 빠지며 누가 목을 베가도 모르도록 곤한 잠을 자는 그런 체질이었다.

커서도 그랬다. 이십대의 10년 동안 병약했었던 나는 병원, 새너토리엄, 산사(山寺) 등등을 편력하면서 병상에 누워서 지낸 세월이 약 5, 6년이나 된다. 이 다시없이 소중한 청춘기를 베드 위에서 반을 까먹은 그 지루한 시간을 어떻게 견디었나 하고 생각해보는 때가 있다.

그 다정다감한 시절을 용기도 희망도 향락도 없이 무위(無爲)한 일과로 메우다보면 하루 한낮 할 일이 없으니 낮잠이라도 실컷 잤을 듯싶다마는 기실은 그 허구한 날 누워 있으면서도 낮잠을 잤던 기억이 별로 없다.

새너토리엄에서는 엄격한 요법으로서 오후 1시부터 적어도 두시간 이상은 안정시간이라고 하여 낮잠 자는 것을 강요하는 것이었다. 그 시간이 되면 그 많은 환자들이 일제히 잠이 들어 조용해진 공간 속에서 이따금 공허한 기침소리가 먼 병실에서 들릴 뿐이었다.

그렇게 사방이 조용해지면 나의 정신은 더욱 말똥말똥해진다. 냉수를 끼얹은 것 같은 냉철한 마음으로 무엇인가를 무한정 공상만 하는 것이었다. 간호원이 왜 안 자느냐고 나무라면 눈만 감은 채로 감은 눈시울에 너무나 생생한 영상(映像)을 아로새기면서 끝없는 공상을 즐기는 것이었다.

그러면서도 한번도 잠 잘 자는 딴 사람들을 부러워한 일이 없었다. 도리어 마음 한구석에는 정신없이 잠들어 있는 그들이 우스꽝스럽게 생각 들기조차 했던 것이다.

그리고 여름이면 무조건 물을 좋아하는 나는 곧잘 수영을 한다. 그 운동은 운동량이 심하여 매우 피로한 것이었다. 그래 사람들은 비치파라솔 밑에서 단잠에 들곤 한다. 그러나 나는 그것이 싫었다. 어쩌다 참으로 기적같이 낮잠을 자보는 수가 있는데 그렇게 낮잠을 자고 깨면 등에서 땀이 나고 온몸이 끕끕한 것이 안 잔 것만 못했다. 그래 모두들 발가벗고 나무 그늘이나 파라솔 밑에서 잠들어 있을 때에도 나만은 혼자서 물속에 몸을 잠그고 철퍼덕철퍼덕 물놀이를 한다. 그런 때 나는 뼈저리게 고독감을 느끼며 또 그 혼자만의 예외가 새삼스럽게 나라고 하는 존재의 존재 밀도(密度)를 가슴 저리도록 느끼는 것이었다. 대낮은 황황하고 나만, 참말로 나만 혼자서 자기를 느끼는……

그런데 근자에 나는 낮잠 자는 것이 부럽게 생각 들기 시작한 것이다. 나도 그렇게 자봤으면 하는 생각조차 들었다. 그것은 들에서 일하다 말고 낮잠 자는 농군의 잠을 보고서부터였다.

6월 땡볕에서 논을 매던 농군이 그의 아내가 갖고 온 점심밥을 먹고 막걸리를 한대접 벌떡벌떡 마시고는 흙물투성이인 핫바지 가랑을 넓적다리 위까지 걷어붙이고 적갈색으로 그을린 네 다리며 가슴팍을 내놓고 논둑가에 서 있는 미루나무 그늘에서 드르렁드르렁 코를 골며 잠을 자는 것이었다. 그러노라면 나무 그늘이 옮아가고 그의 콧잔등이며 배꼽에 땡볕이 내리쪼인다. 그제서야 커다란 하품과 기지개를 펴며 벌떡 일어나는 그는 거뜬한 듯이 논 속으로 들어가서 일을 계속한다.

이런 낮잠을 보고서는 나도 저렇게 낮잠을 자봤으면 하고 바라게 됐다. 이것이 나의 나이 탓인지, 신체의 기운이 이제 진(盡)해서 그런 것이 부럽게 보이기 시작한 것인지는 잘 모르겠지만 좌우간에 그의 그런 잠이 왜 그렇게 건강의 표본으로 보이는 것인지 모르겠다.

올여름에는 그 농군의 잠 같진 못할망정 그런 낮잠의 흉내라도 내봐야겠다고 날마다 벼르는 것이 나의 피서법이 될 것만 같다. 내가 농군이 되기 전에는 불가능한 것이라면 농군이 돼서라도 그런 잠을 자고 싶어 못 견디겠다.

『사상계』 1962. 8

발판 잃은 인간들

모든 건 멸하는 아름다움인가

모든 것은 멸(滅)하는 것이다. 온갖 사상(事象)은 시간 속에 묻히는 것이다. 미도 추도, 선도 악도, 진(眞)도 위(僞)도, 영웅도 졸부(拙夫)도, 악마도 신도. 신도? 참말로 신도 시간 속에 묻히고 멸하는 것일까?

어찌 감히 단언을 할 수 있겠는가. 그러나 세상의 그 모든 것, 과거의 모든 사실, 더욱이 오늘날 가속도적(加速度的)으로 온갖 권위와 가치가, 그리고 신념과 이치가 변하고 퇴색해가고 있는 꼴을 볼 때, 거기 신이라는 절대가 과연 절대일 수 있는지 의심하지 않을 수 없으리라.

이 모든 것이 변하고 멸한다는 것은 오늘에서 비롯된 것은 아니다. 그런데도 그 모든 것의 실추가 오늘날처럼 가혹하고 무자비하게 노출된 때는 없을 것 같다. 어떻게 생각하면 그렇게 모든 것이 그 본연의 가치를 상실하고, 혼돈 내지는 상극의 대립을 하고 있는 것이 현대의 특징인지도 모른다. 따라서 현대는 스스로 조화를 잃고 자학의 컴포지션을 일삼고 있다. 심지어는 엄연한 형상마저 주관 없는 디포메이션(변형)을 감행당하고 있는 것이다.

그리하여 현대인이 현대를 살아가는 데 하나의 굳은 신념을 가질 때, 도리어 시대역행적인 자신의 모습을 발견하는 것만 같은 이상한 정신착란증을 일으키게끔 되어버렸다. 그렇기 때문에 그들은 뚜렷한 신념, 즉 충성·효도·우의·박애·협동 같은 것에 자기를 헌신한다는 것을 경멸한다. 또 지조·절의·희생 같은 미덕을 비웃는다. 더구나 영원·순수·구도(求道)니 하는 조화를 부정한다. 그들은 보다 찰나적이며 현금적인 것에만 자기를 위탁하려고 한다. 그것이 설사 아편과 같은 마취상태의 쾌락이라도 그것을 환영하려고 한다. 거기에는 정신적 이완밖에 남는 것이 없다.

그런데 이런 무질서는 민주주의의 근본 개념인 자유가 갖는 속성의 운명인지도 모른다. 왜냐하면 인간들이 보다 굳은 신념이나 뚜렷한 의욕을 갖고 사회를 규율하고 역사를 재단하고 세계를 개혁하려고 할 때는 자연히 전체주의적인 긴장을 하게 된다.

그런 전체주의적인 긴장상태에서는 자유가 침해되는 불편을 모면할 도리가 없다. 그러니 그런 긴장과 노력을 회피 내지는 거부하는 심리가 발생하게 되며 나아가서는 굳은 신념이나 뚜렷한 가치조차도 부정 혹은 외면하려고 하는 것이 현대인의 생리가 된 것이다.

그렇게 된 데는 이유가 있다. 과거의 인간들이 자기의 생애를 바쳐서 종사하고 헌신했던 그 어떤 정신적 업적도 가치도 역사와 문명이 보다 발달한 후세의 안목으로 볼 때에는, 그것들은 인지가 완전치 못했던 데서 기인한 미숙한 관념이 날조한 가치였고 사업이었던 것임을 알게 되었으며 그런 가치를 지주(支柱)처럼 굳게 믿고 종사했던 과거인들의 허망한 족적을 눈치채게 되었으니 그런 보람 없는 되풀이를 거듭하려고 하지 않는 것이 당연할밖에 없다.

더구나 옛날에는 그런 관념적인 가치나마 그런대로 수명이 꽤 길었기 때문에 그것에 일신을 의탁해도 되었으나 오늘날은 그런 가치들의 전락이 눈앞에서 일목요연하게 행해지는 것을 볼 수 있도록 변전(變轉)의 속도가 빨라지고 만 것이다.

이렇게 가속도적으로 변모하고 불변의 가치가 없어진 현대에는 그런 현대에 알맞은 변장술과 몰인정한 기계주의적인 적응성을 갖지 못한 인간들, 즉 과거의 가치관념과 권위의 비호 밑에서만 생존이 가능하도록 성장한 인간들은 지금 멸종의 피날레를 부르지 않을 수 없게 되었다. 그것들이 인간 아닌 존재일 때는 다만 멸해가는 사상(事象)에 지나지 않겠지만 그것이 의식을 가진 인간일 때 그 슬픔과 괴로움은 배가될 수밖에 없다.

이것은 산업혁명 때, 민주혁명 때, 그리하여 문예부흥 때도 나타난 현상이었지만 제2차 세계대전 이후 식민지 정책이 붕괴되어감에 따라 과거 수천년을 이어오던 귀족계급이 멸종됨에 이르러 그 슬픈 몰락의 그림자가 새삼 사람들의 눈에 띄게 되었다.

제2차 세계대전을 전후로 하여 분명히 지구는 그 양상을 달리하게 되고 말았다. 지도상의 채색의 변화도 변화려니와 그 지구상에 생존하는 인간들의 내부에 깃든 사상들도 지나간 역사의 그 어느 때보다도 격심한 변색을 하게 된 것이다. 그런 변화는 좋게 말해서 발전인데 그 발전의 대열에서 제외된 낙오자들의 비가(悲歌)는 분명히 세기의 엘레지가 아닐 수 없다.

그들은 자기 자신도 어찌할 수 없게 과거의 유물로 뒤처져지고 잊혀져가는 슬픔을 감수 아닌 감수로 맞이하며 한숨짓고 있는 것이다. 이 멸종의 주인공들이 인간들의 감상을 자극하지 않을 리 없다. 발전과정에 있는 인종 혹은 계급인들에게 있어서도 자기 내부의 한구석에 과거와 실오라기 같은 인연이라도 갖게 마련인 이상 당연히 슬픈 공감을 느끼게 되는 것이리라.

이런 주제를 문학상에서 다룬 것이 전후문학의 주된 경향이었다고 할 수 있다. 그리하여 많은 문학가들은 여러가지 유형의 멸종의 모습을 그렸다. 또 문학사조도 생기게 되었다. 비트제너레이션이니, 로스트제너레이션이니, 실존주의문학이니, 부조리니, 앵그리영맨이니, 네오리얼리즘이니 하는 전후의 모든 문학사조도 따지고 보면 전게(前揭)한 사상에서 파생한 것에 불과한 것이다.

그런 중에서도 보다 인간들로 하여금 슬픔의 공명을 자아내게 한 것은 전쟁으로 하여금 과거와 단절된 현재에 서서 당황하게 된 인간형과, 어찌하지 못하고 자멸하게 된 소위 사양족(斜陽族)이 전후에 두드러지게 눈에 띄게 된 두 멸종형인 것이다.

그런 것을 묘사한 문학작품 중에서도 가장 감명을 준 것의 하나로 일본의 다자이 오사무(太宰治)가 쓴 「사양(斜陽)」을 들지 않을 수가 없다. 사양족이라는 유행어가 생긴 것도 이 작품에서 기인한 것이다. 주인공의 남동생이 자살하기 직전에 쓴 유서를 읽어보면 몰락해가는 귀족들의 슬픔이 무엇을 의미하는가를 알 수가 있다.

나는 내가 왜 살아가지 않으면 안 되는지, 그 까닭을 전연 알 수가 없는 것입니다. 살아 있고 싶은 사람들만이 살면 좋을 것입니다. 인간에게는 살 권리가 있는 동시에 죽을 권리도 있을 법합니다. 나의 이런 생각은 조금도 새로운 것도 아무것도 아니며, 이런 아주 당연하고 그야말로 프리미티브한 것을 사람들은 공연히 두려워하면서 솔직하게 입 밖에 내서 말을 못 할 뿐인 것입니다.

살아가고 싶은 사람은 무슨 짓을 해서라도 기필코 꿋꿋하게 살아내야 할 것이며, 그것은 참으로 멋지고 인간으로서의 영관(榮冠)이라고 하는 것도 아마 틀림없이 그 근처에 있는 것이겠지만, 그러나 죽는다는 것도 죄는 아니라고 생각합니다.

나는, 나라고 하는 한포기 풀은 이 세상의 공기와 햇빛 속에서는 살아가기가 힘든 것입니다. 살아가기엔 무엇인가 한가지가 결여되어 있는 것입니다. 모자라는 것입니다. 오늘날까지 살아온 것도 그것으로서 온갖 힘을 다한 것이었습니다.

나는 고등학교에 들어가서 내가 자라왔던 계급과는 아주 다른 계급 속에서 자라온 강하고 억센 풀인 친구들과 처음으로 교제하면서, 그 세력에 밀리거나 지지 않겠다고 아편을 사용하면서 반미치광이가 되어 저항했습니다. 그리고 군인이 되어서, 역시 그곳에서도 살아가는 최후의 수단으로서 아편을 먹었던 것입니다.

누님으로선 나의 이런 심정을 모르실 것입니다. 나는 야비해지고 싶었던 것입니다. 강하게, 아니 강포하게 되고 싶었던 것입니다. 그리하여 그것이 소위 민중의 벗이 될 수 있는 유일한 길이라고 생각했던 것입니다. 술 같은 것으로는 도저히 허사였던 것입니다. 언제나 어찔어찔하도록 현기증을 일으키고 있지 않고선 못 견디었던 것입니다. 그러기 위해서는 아편 이외는 아무것도 소용이 없었습니다. 나는 집을 잊어버리지 않으면 안 된다, 아버지의 피에 반항하지 않으면 안 된다, 어머니의 다정함을 거부하지 않으면 안 된다, 누님에게 냉정하지 않으면 안 된다, 그러지 않고는 저 민중의 방으로 들어갈 입장권을 얻을 수 없다고 생각했던 것입니다.

나는 야비해졌습니다. 야비한 말투를 하게 되었습니다. 그러나 그것은 절반은, 아니 60퍼센트는 가련한 임시 처방이었습니다. 서투른 잔꾀이었습니다. 민중으로서의 나는 역시 뽐내고 공연히 빼고 하는 마음놓을 수 없는 사나이였던 것입니다. 그들은 나와 아주 골수까지 터놓고 놀아주지는 않는 것이었습니다. 그러나 다시 버렸던 살롱으로 새삼스럽게 돌아갈 수도 없습니다. 지금으로서는 나의 야비함은 설사 그것이 60퍼센트의 인공적인 임시 방패라고 하더라도, 그러나 나머지 40퍼센트는 진짜인 야비가 되어 있는 것입니다. 나는 저 소위 상류계급의 살롱의 비위 거슬리는 품위에는 먹은 것이 넘어올 것 같아서 잠시도 참을 수가 없게 되어버렸고, 또 높으신 분이라든가 당당한 저명인사라든가 하는 사람들은 나의 품행이 나쁜 것에는 정나미가 떨어져 추방해버릴 것입니다. 버렸던 세계로 돌아갈 수도 없고, 민중에게서는 악의로 가득 찬 아리송한 친절의 방청석을 얻고 있을 뿐인 것입니다.

어느 세계에서나 나와 같은, 말하자면 생활력이 약하고 결함이 있는 풀은 사상도 개뿔도 없는 다만 스스로 소멸해갈 운명의 것일 따름인지도 모릅니다만, 그러나 나에게도 조금은 할 말이 있는 것입니다. 도저히 나로서는 살아가기 힘든 사정이 있음을 깨닫고 있는 것입니다.

사람은 모두 같은 것이다, 이런 것이 도대체 사상입니까? 나는 이 묘한 말을 발명한 사람은 종교가도 철학가도 예술가도 아닌 것 같이 생각됩니다. 민중의 주석(酒席)에서 솟아나온 말입니다. 구더기가 솟듯이 어느 사이엔가 누가 말하기 시작한지도 모르게 굼실굼실 끼기 시작하여 전세계를 덮고, 세계를 난처한 것으로 만들어 버린 것입니다.

이 묘한 말은 민주주의하고도 또 맑시즘하고도 전연 무관계한 것입니다. 그것은 분명히 술자리에서 추남이 미남자를 향하여 내던진 말입니다. 아무런 가치도 없는 바가지입니다. 질투입니다. 사상도 아무것도 아닌 것입니다.

그러나 그 술자리의 강짜의 노성(怒聲)이 이상하게도 사상인 것처럼 표정을 하면서 민중 사이를 확보하고, 민주주의하고도 맑시즘하고도 전연 무관계의 말일 터인데도 어느 사이에 그 정치사상이나 경제사상에 얽혀들어서 이상야릇하고 천한 꼴이 되고 만 것입니다. 메피스토라도 이런 엉터리없는 방언(放言)을 사상과 바꿔친다는 재주는 차마 양심이 부끄러워서도 주저했을 것입니다.

사람은 모두 같은 것이다. 얼마나 비굴한 말인지. 남을 천하게 하는 동시에 스스로를 천하게 하고 아무런 프라이드도 없고, 온갖 노력을 포기시키는 것 같은 말. 맑시즘은 노동하는 사람의 우위(優位)를 주장한다. 똑같은 것이다라곤 말하지 않는다. 민주주의는 개인의 우위를 주장한다. 똑같은 것이다라곤 말하지 않는다. 다만 백정놈만이 그런 말을 한다.

"헤헤, 아무리 뽐내봤자, 다 같은 인간이 아닌가."

왜 다 같다고 말하는가, 보다 잘났다고 말 못 하는가. 노예근성의 복수.

그러나 이 말은 실로 외설(猥褻)하고 징그럽고, 사람은 피차에 겁내고, 온갖 사상이 간음당하고, 노력은 조소당하고, 행복은 부정되고, 미모는 더럽혀지고, 영광은 갯바닥으로 굴러떨어지고, 온갖 세기의 불안은 이 묘한 말 한마디에서 발생했다고 나는 생각하고 있습니다.

기분 나쁜 말이라고는 생각하면서도 나도 역시 그 말에 위협당하고 겁을 먹은 채 무엇을 하려고 하나, 멋쩍고 늘 불안하고 두근거리는 전신을 처리할 바 모르고, 차라리 술이나 마약의 현기증으로써 잠시 동안의 침잠을 얻고 싶어졌고 그리고 엉망진창이 된 것입니다.

약한 탓이겠지요. 어딘가 한가지 중대한 결함이 있는 풀이겠지요. 그리고 뭐니뭐니 하고 시시한 핑계를 나열하고 있지만 결국은, 근본이 놀고 싶은 것이고, 게으른 자의, 색골의, 제멋대로의 향락이라고 예의 그 백정놈이 비웃을지도 모릅니다. 그리고 나는 그런 말을 들어도 지금까지는 다만 창피해서 어물어물 수긍하고 있었습니다만 그러나 나도 죽음에 이르러서는 한마디 항의 비슷한 것을 말해놓고 싶습니다.

누님,

믿어주십시오.

나는 놀아도 조금도 즐겁지가 않았습니다. 쾌락의 임포텐츠인지도 모릅니다. 나는 다만 귀족이라는 자기의 그림자에서 떨어지고 싶어서 미치고, 놀고, 거칠어진 것이었습니다.

누님,

도대체 우리에게 죄가 있는 것입니까? 귀족으로 태어난 것이 우리들의 죄입니까? 다만 그 집에 태어난 때문에 우리들은 영원히, 말하자면 유다의 집안 식구처럼 기를 못 펴고 사죄를 하고 부끄러워하면서 살아가야만 합니까?

(…)

누님,

나에게는 희망의 지반이 없습니다. 안녕히 계십시오.

결국 나의 죽음은 자연사입니다. 사람은 사상만으로써는 죽을 수가 없는 것이니까. 그리고 한가지 매우 멋쩍은 부탁이 있습니다. 마마의 기념품인 삼베 옷감, 그것을 누님이 내가 내년 여름에 입도록 고쳐 만들어주시었지요. 그 옷을 내 관 속에 넣어주십시오. 나는 입고 싶었습니다.

밤이 밝아집니다. 오랫동안 수고를 많이 끼쳤습니다.

안녕하십시오.

어젯밤의 술도 말짱히 깨었습니다. 나는 맨정신으로 죽는 것입니다.

다시 한번 안녕하십시오.

누님,

나는 귀족입니다.

(「사양」, 『일본전후문제작품집』, 신구문화사 1960, 283~90면)

이 좀 긴 인용문을 읽으면서 망해가는 귀족들의 비애에 자기도 모르게 눈시울이 글썽해지는 것을 느끼게 된다. 그런데 여기에서 느끼는 것은 멸해가는 온갖 것에는 무엇인지 모르게 일종의 순수성이 있다는 것이다. 이 주인공만 하더라도 그가 현실과 역사에 자기를 적응시키기만 하면 망하지 않을 것인데, 자기를 자기 아닌 타자와 적응시키지 못하는 순수성이 결국 자기를 멸망시킨 것이다.

우리가 아름답다고 하고 또 슬프다고 하는 모든 사상(事象) 속에는 이상하게도 순수한 때문의 고립이 자아내는 정감을 갖고 있는 법이다. 따라서 진화라고 하는 사물의 존속유지에는 부단한 자기부정과 타자와의 유화(柔和)가 있어야 가능한 것인데, 자기만을 순수하게 고수하려고 하면 자연히 멸종하는 모양이다.

아이누 인종은 상대(上代)에는 비할 데 없이 용감하고 지혜로운 인종이었다고 하는데, 잡혼(雜婚)을 거부하고 풍습의 교류를 스스로 막고 있는 동안에 — 그것은 자신들의 문화를 자랑으로 여기고 고수하려고 한 때문이다 — 이제 완전히 퇴화한 인종이 되었으며, 인류학계에서 그들의 보호 번식을 꾀하는 어떠한 노력도 주효 없이 멸종일로를 달리고 있다고 한다.

이렇게 순수하기 때문에 멸망해가는 사양귀족들의 슬픔이 현대의 슬픔의 하나라고 하면 전쟁으로 하여 현실과 자기와의 거리가 단절되어 발 디딜 곳을 모르는 인간들의 고통이 또한 슬픔의 하나라고 하는 수가 있다.

20세기에 생존하는 사람으로서 전쟁을 경험하지 않은 사람은 사람이 아니라고 하는 말이 있다. 20세기 초두에서 오늘에 이르기까지 큰 전쟁으로는 1차, 2차 양 대전을 비롯하여 미개민족 간의 다툼, 혹은 인도·중공 간의 국경분쟁 등등 끊일 사이 없는 전쟁의 포성을 경험 못 한 사람은 지도상에 없는 고도(孤島)에나 사는 인종일 터이니 어찌 그것을 사람이라고 할 수가 있겠는가. 그렇게 불가피하게 겪은 전쟁이 준 상처는 사지의 파괴보다도 정신적 분열이 더 심한 것이었다.

집을 잃고 부모처자를 잃은 고통도 슬픔이지만, 보다 더 큰 비극은 자아를 상실하고 정신적 안정을 빼앗긴 슬픔인 것이다. 그들이 전쟁의 가열한 현실에 혹사당한 끝에 심리적 균형을 잃고서 돌아온 고향은 그것이 고향일 수 없으며, 처자가 정상적인 애정으로서의 처자가 될 수 없는 것이었다. 그들의 마음은 어딘지 모르게 거칠어졌고 사나워졌고 또 겁에 질린 짐승처럼 되어서 발악적인 범죄를 저지르게 되어 있는 것이다. 전쟁 뒤에는 사회악이 격증하는 것이 여기에 기인하는 것이다. 이것의 치유는 적어도 1세기가 걸린다고 한 정신병 학자도 있다.

이런 전쟁 희생자가 자연히 전후문학의 큰 소재가 된 것은 당연 이상의 당연이다. 그런 많은 문학작품 중에서도 독일의 극작가 카를 비틀링거의 「은하수를 아시나요」가 지닌 내용은 특이하다고 할 수 있다.

주인공이 전쟁이 끝난 뒤에 고향에 돌아와보니 자기가 전사한 것으로 되어 있고, 자기의 재산은 공공사업으로 처리되었고, 약혼자는 남의 아내가 되고, 호적도 말살되어 있었다. 즉 어디에도 자기라는 근거가 없어진 것이다. 거기에서 그는 자기를 증명할 아무런 도리가 없음을 깨닫는다. 자기는 존재해도 존재하는 것이 아니었다.

그것은 법적인 자기상실인데 그런 상태에서 방황하다보니까, 마침내는 정신적인 자아상실을 하게 되어 정신병원에 수용되고 그는 은하수에서 온 사나이로 취급받는다는 너무나도 어처구니없고 또 너무나도 당연한 20세기적인 현상이 빚어내는 이야기이다.

그가 자기를 증명하기 위해 하는 말은 전부가 거짓으로 취급되며, 그는 자기의 신분증명서가 없는 때문에 외인부대에서 전사한 병사의 그것을 갖고 있었으나 그 전사자가 전과자였기 때문에 감옥살이를 대신하게 된다.

그러고는 일자리라고는 얻을 길이 없으니까 — 신원이 없기 때문에 — 저승길을 재촉하는 사람만이 하는 일, 서커스의 오토바이 타기를 한다. 그것은 이미 저승에 적을 둔 사람이 되는 것이며 인간적이고 현대적인 온갖 권리와 대우는 받을 수 없는 그런 상태라도 감수해야만 했다.

이런 비극은 동서양 어디에서나 일어난 비극이며 그들은 다시 회복할 길 없는 현대병 중환자가 되어 앓다가 죽어가고 마는 것이다. 그렇게 망해가는 모든 것들은 더없이 슬프고 분한 일들인데 그런 슬픈 모습들이 또 다시없이 아름다운 정서로써 인간들의 가슴을 도려낸다. 이것이 현대의 미적 감정이 되어 있다.

참으로 오늘날에 있어서 아름다운 것은 — 그것은 가령 비정상적일망정 오늘의 우리들의 감정구조는 그렇게 병들어 있는 것이다 — 바로 멸하는 것이 부르는 슬픈 몸짓, 슬픈 노래, 슬픈 발자국인지 모른다.

발판을 잃고 헤매는 군상들, 그것은 모든 생존하는 목숨의 운명인지도 모르지만, 오늘날 몸부림도 너무나 애통하게 망각의 오늘로 묻혀가는 인간들의 운명 속에 현대적인 미가 있고 진실이 있으니, 그것이 또한 현대의 해학이 아니고 무엇이랴.

모든 것은 멸하는 아름다움인가?

『전후문학의 새 물결』, 신구문화사 1962

청년과 사회참여의 한계

모두가 다 우리의 것이다

죽음의 '도나우 왈츠'

제2차 세계대전 때 생긴 유명한 에피소드 중에서도 죽음의 '도나우 왈츠' 이야기처럼 처절하고도 감동적인 이야기는 없을 것이다.

나치스 독일의 침략군이 동구라파를 침범하기 시작한 지 얼마 안 되었을 때였다. 폴란드의 부크 강변의 어느 조그만 마을도 침략군에게 점령당하였다. 시민들은 침략군이 들어오기 전에 앞을 다투어 피란을 나갔으나 불행히도 두 사람의 음악가는 피란을 가지 못했다. 그것은 신체상의 장애가 그런 자유를 허락하지 않았기 때문이었다.

노쇠한 피아니스트 멘델 할프와 눈이 먼 바이올리니스트 우라디넬 소코르코라는 두 사람이었다. 나치스군이 그 마을에 쳐들어온 며칠 후에 그들 두 사람은 지금은 장교 집합소가 된 전날의 시청으로 출두하라는 명령을 받았다. 그리하여 며칠 후에 있을 점령군 사령관의 자축기념회에서 「독일군의 대승리」라는 기록영화의 음악 반주와 장교들의 댄스파티에서 음악 연주를 하도록 강요당하였다.

집으로 돌아온 그들은 고민을 하였다. 적군의 축하회에서 음악 연주를 하는 치욕을 감수하고 목숨을 이을 것인가 어쩔 것인가 하고 몇 낮과 몇 밤의 고민과 생각 끝에 그들은 묘안을 찾아내었다.

그리하여 소코르코는 바이올린 속에 다이너마이트를 넣고 가서 마지막에 '도나우 왈츠'를 켜기로 하고 그 '도나우 왈츠'의 어느 대목이 되면 할프는 그곳을 빠져나가서 시내에 잠복하고 있을 레지스탕트들에게 연락을 하기로 약속을 한 것이었다.

드디어 그날이 왔고 축하회는 예정대로 진행되었으며 마침내 댄스파티도 절정에 이르렀다. 소코르코는 다이너마이트가 장치된 바이올린을 들고 자기 생애의 마지막 연주가 될 '도나우 왈츠'를 켜기 시작했다.

그는 온갖 심혼(心魂)을 기울여서 그 곡을 켰다. 그는 자기가 눈물을 흘리고 있는 것도 모르고 있었다. 그것은 결코 죽음의 공포 때문이 아니라, 자기는 과거에 이렇게 영묘한 심정으로 바이올린을 켜본 일이 없으며 또 음곡(音曲)이 자아내는 정감이 너무나도 감동적이었고 심취된 기분이었기 때문이었다.

그가 무아경을 더듬는 듯이 눈물을 흘리며 켜는 명주(名奏)에 도취된 독일 장교들은 한참 흥이 나서 야단법석을 떨었다. 약속대로 할프는 밖으로 나가서 레지스탕트들에게로 달려갔다. 소코르코는 왈츠곡의 마지막 아코르데를 되풀이하면서 담뱃불을 도화선에 붙였다.

잠시 후 대폭음과 함께 건물은 무너져내리고 장교들은 전원이 몰살했다. 소코르코 역시 산산조각이 되어 살점 하나 찾아볼 길이 없이 죽어버리고 말았다. 이때에 할프의 연락을 받고 기습해온 레지스탕트들은 지휘자를 잃어버린 나치스 군대들을 한 사람도 남기지 않고 전멸시키고 말았다.

이 처참하고도 감격적인 이야기에서 우리는 인간 하나가 역사와 현실에 참여하는 하나의 스타일이나 저항의 척도를 깨닫기에 앞서서 우선 눈물겨운 흥분에 사로잡히고 말 것이다.

사실 이 에피소드는 우리들이 지극히 개념적인 어휘로서만 사용하는 사회참여니 현실참여니 하는 말의 표본으로 예를 들기에는 너무나도 엄숙한 인간의 정신과 행동이 응결된 이야기인 것이다. 그런 반면에 이런 행위는 너무나도 극단적인 행위이기 때문에 모든 사람이 다 그런 흉내를 낼 수는 없는 비극적인 이야기이기도 하다.

그런대로 이 유명한 에피소드를 하나의 기준으로 삼아서 인간이 현실참여를 하는 여러가지 양상을 비교해볼 수는 있다. 인간이 역사나 사회에 관계하는 태도는 대별해서 세가지로 나눌 수가 있다.

하나는 현실을 외면하는 길이요, 하나는 현실을 수동적으로 받아들이는 길이다. 그리고 또 하나는 직접 현실에 적극적으로 작용해 들어감으로써 그 현실에 직접적인 영향을 주는 것이다. 얼핏 생각하면 이 마지막의 제3자만이 사회나 역사에 영향을 주는 것이며 따라서 그 사회가 좋게 되고 그르게 되는 것은 그 제3자만의 책임인 것같이 생각하기 쉽다. 그러나 실상은 그렇지 않다. 제1자는 무책임하게 외면 혹은 도피를 함으로 해서 그 사회에 영향을 주게 되는 것이고, 제

2자는 되어가는 사회 현상대로 따라갔으니까 아무런 영향이나 책임이 없는 것 같지만 사실은 사회가 그렇게 되어간 것은 되어가는 대로 따라간 사람이 있었기에 그리되는 것이므로 결국은 제2자도 역시 책임의 소유자인 것만은 틀림이 없다. 그런 실증을 이 죽음의 '도나우 왈츠'로서 들어볼 수가 있다.

바이올리니스트 소코르코가 나치스 점령군이 강요하는 현실 앞에서 취할 수 있었던 방법은 앞에서 말한 것처럼 세가지가 있었다.

하나는 점령군의 호출에 대하여 신상의 질환이나 기능의 상실을 빙자하여 회피할 수가 있었을 것이다. 그리하여 그런 현실을 회피하려고 하면서 그것이 쉬운 일이 아님을 깨닫고 새삼스럽게 자기가 제금가(提琴家)가 되었던 사실조차 후회했을지도 모른다. 그것은 이 경우에 그가 현실도피조차 할 수 없었기 때문이다. 왜냐하면 독일군이 순순히 그들의 도피를 허용해줄 리가 없기 때문이다. 따라서 그들이 그런 현실을 회피한다는 것은 상당한 노력과 용기가 필요한 일이기 때문에 그것을 감행한다는 것도 소극적이지만 반항을 하는 셈이 된다.

또 하나는 그가 독일군의 요구대로 순순히 따라가서 지조도, 자존심도 다 버리고 자기의 음악적 역량을 발휘해서 연주를 해줌으로써 자기 자신의 목숨을 구하는 것은 물론, 점령군들의 기분도 만족시켜주는 패배의 행위를 할 수도 있다.

그리고 남은 마지막 셋째의 행위가 전기한 것과 같은 극단의 자폭적인 반항행위를 통한 적극적인 참여 방법인 것이다.

이렇게 여러가지 방법 중에서 왜 그는 이 제3의 방법을 취함으로

써 처절한 비극으로 자기의 목숨을 내던졌을까 하고 생각해보지 않을 수 없다. 그것은 한마디로 말해서 그럴 수밖에 없는 극한상황을 수락한 때문인 것이다.

전쟁이라는 하나의 상황이 강요하는 핍박된 한순간 한순간에 있어서의 결단은 결코 각자의 선택 여부, 방법 여하를 무시하고 한 인간의 전체, 한 생명의 존재 전체를 요구하는 것이기 때문이다.

다시 말하면 한 인간이 결사적인 대결을 해야 하는 결투의 순간에 그가 내려야 하는 결단은 단 두가지뿐인 것이다. 승리냐, 패배냐? 즉 굴복하느냐, 싸우느냐? 두가지뿐인 것이다.

이때에 그가 패배를 감수한다면, 그것은 더 논위(論謂)할 여지가 없는 것이 되고 만다. 굴복하고 말겠다는 사람을 왈가왈부한다는 것조차가 난센스인 것이다. 패배는 곧 무(無) 그 자체이며 이미 존재 이전으로 되돌아가고 마는 꼴이기 때문이다.

문제는 그가 끝내 대결하겠다고 할 때, 즉 싸워 이겨서 스스로의 목숨을 존중하겠다고 할 때 제시되는 것이며 비로소 가치 여부가 논위될 수 있는 것이다.

그럼 어떻게 싸워야 하는 것이냐? 그것은 그 사람의 어느 일부분, 정신이나 혹은 육체의 어느 한가지를 갖고서가 아니라, 그의 육체와 정신을 통틀은 전체로써 싸우고 견디어야만 하는 것이다.

자기 전체가 제시된 극한상황에서는 자기의 전부와 자기의 방법 전부를 바치고 싸울 수밖에 없는 것이다. 가슴팍에 총부리를 들이대고 방아쇠를 당기려고 하는 적 앞에서 자기는 노인이기 때문에 총도 잘 못 쏘는데 이러지 말라고 하는 것도 난센스이며, 또 그런 적 앞에서 자기는 아직 병역을 치르지 않았기에 총을 쏘지도 못하는데 왜 이러느냐고 항변하는 것도 우스운 이야기이다. 또 그런 총부리 앞에서 나는 문필가이니까 문장으로 싸우자는 것이나, 나는 학생이니까 학교성적으로 다투자고 변명한다는 것도 말이 안 된다.

이때에는 자기에게 있는 힘, 있는 주먹, 있는 방법을 다 써서라도 그 총부리를 뿌리치거나 빼앗아 적을 쏘는 것이 유일한 방법이며 승리인 것이다. 그러니 소코르코가 그 당시의 상황에서는 그런 적극적인 행위를 취할 수밖에 없었을 것이며 따라서 그런 자기를 자기한계까지 끌고 간 것이다.

따지고 보면 인간이 어떤 상황 속에 참여한다는 것은 생명을 진행시킨다는 의미가 된다. 그것을 바꾸어 말하면 '인간의 자유'라는 뜻이 된다. 따라서 그런 참여를 저해하는 장애물을 떠밀어 넘어뜨리려고 하는 것을 저항 혹은 투쟁이라고 할 수가 있다. 참여는 곧 저항을 의미하는 것이라고 해도 과언은 아니다.

생명은 생명의 정당한 권리로서 생명을 진행시켜야만 하는 것이며(그것은 내면적인 정진과 동시에 사회적인 자기보전, 즉 사회참여를 말함) 또 자기 생명의 승리를 위한 정정당당한 투쟁과 노력의 행위가 있어야 한다.

무릇 모든 생명의 방법은 끊임없는 투쟁의 연속이며, 그 투쟁은 그 순간과 상황 속에서 결단지어지는 것이다. 이것을 바꾸어 말하면 모든 참여와 저항은 상황 속에서 빚어지는 형상인 것이다. 즉 상황 속의 오브제인 것이다.

상황 속의 오브제

사회참여와 그 방법이 상황 속의 오브제라고 말한다면 우리는 우리들의 사회참여를 어떻게 해야 하느냐, 혹은 우리가 해야 할 사회참여의 한계가 무어냐 하는 것을 따지기 이전에 먼저 우리들이 처해 있는 상황을 통감해야 한다. 우리가 지난날에 가졌던 온갖 패배의 역사는 거개가 자기의 상황을 직시, 혹은 올바르게 파악하지 못한 데 원인이 있는 것이다.

일제 36년간의 식민지 치하에서 민주주의 열강제국의 승리가 아니었던들 우리들 자신의 힘으로는 도저히 그 질곡에서 벗어나지 못했을 것이며, 일제의 통치가 약 50년만 더 끌었다면 아마 언어와 혈통마저 상실하고 말았을지도 모른다.

왜 그렇게 되었느냐 하면 우리는 타민족의 통치 밑에서 우리의 언어와 풍습마저 말살되어가려고 하고 있다는 치욕적인 상황을 직시 못 하고 우선 눈앞에 어른거리는 이해와 안락에만 매달리다보니까 자연히 순종과 패배의 습관을 익히고 만 때문이다.

더 소급해서 이조 500년의 쇄국정치와 봉건적인 순종도 우리들이 인간으로서의 자각을 못 한 때문이다. 서구에서 민주주의가 싹튼 근본원인이 인간으로서의 자각과 자기가 처해 있는 현실에 대한 투철한 인식을 통한 상황 속의 발상이었는데 우리들에게는 그런 능력이 없었으며 또 배우지도 못한 채 일제 통치를 감수하고, 자유당 독재에 순종했던 것이다.

그리하여 우리들은 언제나 어떠한 현실 앞에서도 앞에서 예를 든 제1과 제2의 방법만을 취했던 것이다. 즉 자기 자신을 극한상황으로 몰아넣은 적이 없을뿐더러 또한 그런 극한상황에 직면한다 하더라도 자기를 그 상황 속에서 연소시킴으로써 빚어지는 하나의 오브제를 가져보지 못하고 패배의 타협과 굴욕의 순종으로 없는 것이나 다름없는 목숨을 이어왔던 것이다. 그것은 존재 자체의 부정이 되는 것인데 그런 사실조차 잘 모르고 있었던 것이다. 즉 존재의 방법을 모르고 있었던 것이다.

무릇 모든 존재는 그 존재의 방법이 있다. 따라서 모든 존재의 상태는 그 방법의 상태를 따르는 것이다. 물은 어떤 경우에도 얕은 곳으로 흐르는 것이다. 또 군함이 물 위에 떠 있어도 그 쇠는 물보다 무거운 것이다.

그와 같이 인간은 어떤 경우와 처지에 있더라도 인간으로서의 존재방법을 찾아야 하는 것이다. 그런데 우리들은 형편에 따라, 사정에 따라 스스로의 방법을 버리고, 따라가고 순종했던 역사와 습성을 갖고만 있다.

이런 우리가 비로소 자기 자신을 자각하고 자기가 처해 있는 상황에서 스스로의 존재방법을 빚어내려고 몸부림쳤던 것이 기미년의 독립운동이요, 4·19의 민권혁명이었던 것이다. 그때야 비로소 타민족의 통치와 독재자의 탄압이라는 상황을 통감하고 그 상황 속에서 자기 자신을 정당하게 표현하기 위하여 온갖 수단과 방법과 힘과 주먹을 발휘하는 인간의 모습을 되찾은 것이었다.

그리하여 비로소 사회참여를 했던 것이다. 그것은 청년이나 장년이냐, 노인이냐 아이냐, 또는 학생이냐 학자냐, 노동자냐 지식인이냐의 구별이나 남자냐 여자냐의 구분을 전제로 하고 되는 일이 아니며 또 될 수도 없는 일이었다. 다만 조건은 피통치자이고 피압박자임으로 해서 인간으로서의 정당한 권리와 이익이 억압당했다는 것을 자각한 인간이기만 하면 되는 것이다.

이때의 절규와 몸부림을 형상한 것이 아녀자의 울부짖음이었으면 울부짖음 그 자체가 또 젊은 혈기의 두 팔 걷어붙인 격투였다면 격투 그 자체가 그 상황 속에서 빚어진 오브제로서의 인간들이었던 것이다. 즉 저마다 저 처절한 죽음의 '도나우 왈츠'를 켠 소코르코이었던 것이다. 그런데 지금 우리들은 어떤 모양을 하고 있는가? 1919년 3월 1일은 우리의 것이고, 또 1960년 4월 19일은 우리의 것이었지만 그밖의 온갖 나날과 현실은 우리의 것이 아니란 말인가? 아니 그것들은 우리들에게 아무런 작용도 해오지 않은 우리와는 무관한 상황이란 말인가? 아니면 지금 우리는 완전히 자유로운 것에서 우리들의 긴박된 결단을 강요하는 아무런 상황도 핍박해오고 있지 않다는 말인가? 또는 그 누군가 그런 일을 도맡아서 할 사람들에게 하청을 주고 말았다는 말인가? 직업적인 정치가나 애국의 군인들에게만 내맡겨버리면 되는 그런 우리들 자신이란 말인가. 즉 남의 것이 되어 마땅한 자기란 말인가? 더구나 노인 혹은 아녀자에게 이 현실과 사회를 내맡길 수밖에 없도록 보다 긴요한 일이 우리들 청년에겐 따로 있다는 말인가?

왜 이런 물음을 하지 않으면 안 되느냐 하면, 우리에게 새삼스럽게 '청년의 사회참여의 한계'라는 논제가 제시되도록 지금 우리들은 너무나 어처구니없도록 역사와 사회에 대해서 딴전을 피우고 있기 때문이다.

이 사회와 역사의 가장 중추적인 일꾼인 청년들에게 너는 학생이니까, 너는 공무원이니까, 너는 기술자니까, 나는 예술가니까, 나는 가난하니까, 나는 무식하니까, 나는 농부니까 하는 수많고도 이유도 닿지 않는 구실 아래 사회참여를 거부당하기도 하고, 스스로 회피하고도 있기 때문이다.

누가 주인이냐?

4·19의 민권혁명을 예로 들어서 생각해보자. 10여년의 자유당 독재와 3·15 부정선거에 대한 불만이 저 마산의 어린 학생 김주열(金朱烈) 군의 최루탄 꽂힌 동공(瞳孔)에 서린 원한의 눈빛에서 폭발하여, 온갖 포악과 탄압을 일삼던 그들을 하루아침에 무너뜨린 그 의거에 전국 방방곡곡에 메아리져 합창하던 민권의 절규가 어찌 그 어느 한정된 일부분의 사람들의 불만일 수가 있었겠는가? 그날의 불만과 또 불만에 대한 항쟁은 남녀노소를 막론한 전국민 전체의 그것이었던 것이다. 또 그렇게 전국민이 다 같은 불만을 다 같이 폭발시켰기 때문에 비로소 그토록 거대했던 독재의 아성을 쉽사리 무너뜨릴 수가 있었던 것이다.

그렇다면 4·19의 의거가 단순히 앞장섰던 학생들만의 것이 아니고 국민 전체의 불만이며 투쟁이듯이, 5·16의 군사혁명도 그것이 진정 조국과 민족의 번영을 위한 마음에서 우러나서 부패정치와 약골정체(弱骨政體)를 무너뜨리고 보다 올바른 민주정치를 모색하기 위하여 일어난 것이라면 그것은 결코 군인들만의 불만이며 우국이어서는 안 된다. 그것은 국민 전체가 관계해야 하는 혁명이며 개혁이어야 했다.

그런데 군인들은 부패정치에 대한 불만과 전복은 자기들의 독점물인 것처럼 딴 사람들은 얼씬도 못 하게 했다. 아무리 나라를 사랑하고 민족을 아끼고, 역사와 현실에 대한 올바른 시야를 가진 사람일지라도 얼씬도 못 하게 했다.

나라를 사랑하는 것도, 민족의 운명을 좌우하는 사업도 자기들만의 권리이며 의무인 것처럼 행동해왔다. 즉 자기들만이 주인이었으며 국민들은 따라만 가야 했다. 10여년의 부패와 독재정치에 스스로 일어서서 정의를 쟁취할 줄을 알고 있던 국민들—곧 우리나라의 주인인 국민들에게 잠자코 따라오라고만 했던 것이다. 참으로 주객이 전도돼도 이만저만이 아닌 이야기였다.

그러나 실상 따지고 보면 못나고 잘못한 것은, 따라오라고 혼자 주인인 체한 군인들보다도 부패정권을 무너뜨린 군인들에게서 연전 4·19 때의 그 의기와 용기로써 정권을 즉각으로 이양받지 못했던 국민들 자신이었다. 언제고 자기를 상실하는 죄는 뺏는 자보다도 빼앗기는 자에게 더 있듯이 우리들 국민 자신에게 죄는 더 있는 것이다.

혹자는 말할 것이다. 군인의 총칼 앞에서 어찌 감히 요구할 수 있느냐고. 그러나 그것은 근본적으로 잘못 생각하고 있는 것이다. 군인의 적이 국민이라는 말이 되기 때문이다. 결코 그런 것이 아니다. 군인도 국민의 일부분이며 그들의 충성은 우리의 충성과 상통하는 것이다.

그들이 총칼로써 정권을 독차지한 것이 아니라, 총칼로써 무능한 자들이 희롱하는 정권을 빼앗아서 결국은 국민에게 주려고 하는 것을 우리는 지레 겁을 먹고 달라는 말을 못 했다고 생각할 수밖에 없다. 만약에 국민이 정권을 달라고 요구했는데 군인들이 총칼로써 거부했다면 그것은 그야말로 가공할 독재가 아닐 수 없다.

그러나 우리들의 기억에는 과거에 정치의 악덕 밑에서 재미를 봤던 부패정치의 고질환자처럼 몇 사람이 미련스럽고도 염치없는 손을 내민 이외에는 국민들 쪽에서 정권을 내놓으라고 졸라대지도 않았으며, 군인들도 국민에게 갖고 가라 갖고 가라 졸랐던 것 같은 기억은 없다. 그런 기억이 없다는 것은 한마디로 말해서 국민 스스로에게 책임이 있는 것이다.

특히 과거 부패정치를 일삼던 세대와 동서(同棲)하던 장년층이 물러가고 난 뒤의 주인공일 청년들, 즉 어느 모로 보나 군인들 못잖게 순수하고, 국민의 이익과 권리를 사랑해야 할 청년들이 이 누란(累卵)의 시기에 손발 걷어붙이고 조국의 역사와 현실에 참여할 기세를 엿보이지 않았으니 책임과 죄는 우리들, 곧 청년에게 있다고 아니할 수가 없다.

그건 다 우리의 것

이렇게 우리가 우리의 몫으로서의 권리와 자격조차도 포기한 그 근본적인 원인은 무엇일까? 또 나아가서 우리들 청년이 우리들의 자격과 권리를 행사(참여)할 한계는 어디까지일까?

그렇게 된 근본적인 원인은 우리들 청년들이 아직도 자기 자신을 오늘이라는 상황 속에서 자각할 줄을 몰랐기 때문이며 또 자각했다 해도 그런 상황을 회피 내지는 순응하려고만 했기 때문이다.

물론 그렇게 된 데는 여러가지 사정이 있다. 가령 예를 든다면 5·16혁명 직후에는 그 어떤 사람일지라도 정치적인 견해나 비평을 하지 못하게 한 군인들의 지나친 단속이라든가, 또는 자칫 잘못 발설하여 군사정권의 부당성을 지적하면, 즉 민주주의의 건전한 수호를 위해서는 하루바삐 민간에게 정권을 이양해야 한다는 의견을 말하면 나라를 사랑하는 마음에서 정부를 수술하고 간신들을 몰아내는 우리들(군인들)인데 웬 잔소리냐고 강압적인 태도를 취한 나머지, 비평분자는 반국가분자라는 오인을 받기가 쉽게 되어버렸기 때문에 도저히 이런 현실에 참여할 용기가 나지 않았던 것이라고 변명할 것이다. 그리하여 군인들이 지도하는 재건운동이나 인간혁명이나 국토건설대 같은 일이나 하라는 대로 따라감으로써 나라를 사랑하는 마음을 달랬던 것이라고 변명할 것이다.

요는 감히 맞서서 정당하고 의욕적인 국가재건의 주도적인 역군이 되겠다고 하기에는 군인들의 힘이 강대했기 때문이었다고 하며 이렇게 오늘이라는 역사와 사회에 참여하지 않고 있었다면 우리들의 장래는 어찌되겠는가? 군인들이 약 2년 만에나마 정권을 민간에게 자진해서 이양해왔기에 망정이지, 가령 그들이 영영 집권을 고집했다면 영원히 군인들이 집권하는 정부 아래서 언제까지나 재건운동과 인간혁명과 국토건설대원 노릇만 하고 있을 작정이었던가. 민주열강국의 덕으로 겨우 조국을 되찾고 비로소 주인이 되었듯이 군인들이 정권을 스스로 내줌으로 해서 비로소 국가의 주인 노릇을 하려고 드는 이 지지리도 못난 우리들은 참으로 욕을 보아 마땅하고 희롱을 당해서 싼 것이다.

더구나 이제 정권이 이양되려고 하는 고비에서 또다시 때묻은 구(舊)정객들만이 준동하며, 낡은 옛 조직과 낡은 모럴과 낡은 이해관계만을 갖고 새 정권을 더럽히려고 하는 이때에도 남의 일처럼 강 건너 불구경이나 하듯이 바라보고 있는 이 나라의 청년들은 참으로 어떻게 돼먹은 것인지 알 수가 없다. 그 모든 것이 전부 우리의 것인데도 그것을 모르고 있으니 이 답답함을 어찌하랴.

나라도, 정부도, 정치도, 또 정의도, 역사도, 현실도 전부가 다 우리의 것이며 그 모든 것에 일일이 관계하여, 아니 관계하는 것이 아니라 그 모든 것 그 자체가 되어서 역사를 만들고 사회를 개혁하고 정의를 창조함으로써 새 나라의 살림을 도맡아 해야 하는 우리가 어찌 이렇게 또 언제까지 이렇게 정신없는 짓을 하고 있을 것인지 알 도리가 없다.

우리 청년들은 새삼스럽게 '사회참여의 한계가 뭐냐'라고 하고 있을 때가 아니다. 우리들의 전신(全身) 전부를 갖고 오늘이라는 극한 상황에서 마치 저 눈먼 바이올리니스트 소코르코처럼 돌진하지 않으면 안 되는 것이다. 우리들에겐 그 길밖엔 또 아무런 길도 없는 것이다. 가령 그 길 아닌 길이 따로 있다면 그 딴 길들은 모두가 패배로 줄달음하는 비극의 길일 뿐인 것이다.

그렇다! 우리나라는 우리들 청년 전부의 것이며 또 우리 이외의 그 누구의 것도 아니다. '사회참여의 한계?' 이런 헛소리를 묻지 마라! 그것을 물을 때가 아니라 우리의 전부를 바쳐서 우리 것의 전부를 찾아 가져야 한다.

『동아춘추』 1963. 2

다시 부끄러운 짓 말자

그 민심은 어디로 갔는가

우리 민족의 후진성을 말할 때 "코리아에서 민주주의가 이루어진다는 것은 쓰레기통에서 장미꽃이 피기를 기다리는 것과 같다."라고 얘기했다는 어느 외국인의 말을 흔히 끌어다 쓴다. 이 말이 신문이나 잡지 같은 데서 눈에 띄면 나는 무심코 반발심 같은 것이 치밀어오르면서 그따위 말을 인용한 필자가 달갑잖게 여겨지곤 한다.

또 6·25동란 때 종군했던 어느 외국인 종군 목사가 자주성과 신의가 땅에 떨어졌던 동란 당시의 한국 국민의 비열한 행위를 보고 "영원히 구원받을 수 없는 민족이다."라고 중얼거렸다는 말을 듣고서 분개한 나는 그 사람이 곁에 있었다면 그 말의 옳고 그른 것은 둘째 치고서 "인마, '양키'는 별수 있냐?"라고 쏴주었을 텐데 하고 분한 생각이 들었었다.

이렇게 민족의 장래성을 뿌리째 멸시하려고 하는 언사에 반발을 하곤 하는 나는 그렇다고 내가 근시안적인 국수주의자라고는 생각하지 않는다. 내 딴에는 민족이니 국가니 충성이니 하는 관념에는 별로 구애되지 않는 세계주의적인 리버럴리스트로 자처하고 있다. 그런데도 내가 내 민족을 말종으로 취급하려는 언사에 대해서 항변을 하는 데는 내 딴의 이유와 감정이 있다.

그것은 우리 민족은 그 정신의 밑바닥에 부끄러움이라는 것을 갖고 있다는 사실 때문이다. 이 부끄러움이라는 것은 우리가 아무리 나대고 까불고 타락하고 발악하고 하더라도 결국은 정신적 귀착점으로 삼게 되는 우리 민족의 마음의 고향 같은 것이어서 우리 민족이 우리 나름의 독특한 문화 풍속을 갖게 된 원인 중의 가장 근본적인 원인이 되어 있는 것이다.

우리가 외래적인 그 어떤 사상이나 주의에 물들어 날뛰고 또 그 어떤 외국의 문명이나 종교가 우리를 침식한다고 하더라고 끝끝내 이 부끄러움의 마음바탕을 잃지 않는 한 우리는 그다지 화려하지는 않더라도 그리고 용감하고 장하지는 않더라도 그런대로 정신적인 차분한 가치를 가진 민족이라고 생각하고 있었다.

그러기 때문에 남의 눈에는 쓰레기통에 장미꽃 피듯이 어려운 일인 민주주의의 구현도 기실은 우리 민족에겐 그 부끄러움의 마음바탕으로 해서 그다지 어려운 사업은 아닐 것이라고 믿고 싶었다. 또 얻기 어렵다는 구원도 실상은 부끄러움이 바탕이 되어 있는 우리 민족의 정신적 구조로 봐서 그 어떤 민족보다도 신 앞에서 이미 참회의 자세를 취한 민족이며 보다 가까운 거리에서 구원의 빛을 기다릴 수 있는 것이 아닌가 하고 믿고 싶었다.

그런데 요즈음의 세태 돌아가는 꼴을 보면 매우 회의가 된다. 그 가열했던 동족상잔의 6·25동란 속에서도 회의하지는 않던 일인데 이건 멀쩡한 세월 속에서 멀쩡한 판단을 할 수 있는 상황 속에서 인심이 돌아가는 꼴이 참으로 어처구니없도록 꼴불견이 돼가기 때문이다. 기억도 생생한, 생생하기보다 목전의 일인 것같이 감동이 고스란히 살아 있는 4·19 때의 민심은 지금 어디 갔는지 찾아볼 길이 없어지고 말았다.

4·19 때의 가장 눈물겨웠던 사실은 부정선거와 압제에 격분한 젊은 피들의 저항도 귀중한 것이었지만 그보다도 귀중했던 것은 그런 의거 앞에서 어제까지도 기세가 당당했던 부패와 독재의 앞잡이들이 한마디 말없이 스스로 부끄러움을 깨닫고 뉘우치는 마음이 되어 물러앉았던 사실이 보다 아름다웠고 보배로운 것이었다. 그 소중한 권력을 발악적으로 고수하려고 끝내 버티지 않고 제물에 부끄러워 물러서고 말았던 일이 나는 참말로 눈시울이 뜨거워지고도 남도록 세계의 그 어느 역사에서도 찾아볼 수가 없는 우리 민족만이 갖는 자랑이라고 기뻐했었던 것이다.

그런데 그런 줄만 알고 있던 우리들이 지금 하고 있는 짓은 너무나 어처구니가 없도록 파렴치하다. 그런 현상의 단적인 예로서 민정(民政)을 눈앞에 둔 정객들 중에서 다시 이승만 정신을 받들자고 하는 구호를 내세우는 자들이 있다는 것은 놀랍기에 앞서서 뭐가 뭔지 모르는 일일 수밖에 없다.

이 어찌된 영문인지를 모르는 현상을 보면서 이제는 우리의 유일한 밑천인 부끄러움의 마음바탕마저 없어지는 것이 아닌가 하고 회의가 든다.

도대체 이 망령들이 우리 민족의 살아 있는 한 사람이라고는 믿을 수가 없다. 아마 그것은 분명히 4·19 때 민심의 심판으로 처형된 원흉들의 망귀들이 마지막 발악을 하느라고 그런다고 믿고만 싶다.

그러나 그것이 망령이라고 해도 우리는 결코 방관해서는 안 된다. 설령 지금 실정(失政)으로 하여 민심이 동요되어 그것을 똑바로 파악을 못하고 있다고 해도 최소한 양식을 가진 사람이라면 그것을 알고 감시해야만 할 것이다. 다시는 그런 망귀들이 날뛰지 못하도록 우리는 우리의 역사와 현실을 감시하고 지키기에 한시도 한눈을 팔아서는 안 될 것이다.

『경향신문』 1963. 3. 13

목내이(木乃伊)여 안녕

신세대의 자유발언

오늘 나는 내가 하고 싶은 것이 참말로 무엇일까 하고 생각해봤다. 그러나 아무리 생각해봐도 그 무엇이라고 꼬집어 지적할 만한 것이 없는 것 같았다. 오늘을 살고 있으면서도 내가 하고 싶은 것이 무엇이냐는 것을 모르고 있었구나 하고 생각하니 좀 어이가 없는 것 같았다.

부자가 되자는 것도, 대통령이 되자는 것도, 대학교수가 되자는 것도, 문호가 되자는 것도, 고매한 성인이 되자는 것도, 그렇다고 거지가 되자는 것도 아니었다. 그런데 나는 살고 있는 그 아무것도 되고자 하는 것 없이는 삶이라는 것이 있을 수 있는 것일까 하고 생각하니 나도 잘 납득이 안 갔다.

그러나 그 무언가가 되자는 것은 아닌데도 살고 싶지 않다는 생각은 별로 해보지는 않고 있다. 똑똑히 말해서 살고만 싶다. 그렇다면 이 무엇인지 모르지만, 또 목적이 무엇인지 모르지만 그러나 살고 싶다는 것, 그것이 가장 순수한 생명의 존재방법이 아닐까?

이 살고 싶다는 생명의 방법은 그 무슨 철학이나 과학으로 해명하고 분석한다고 덤비더라도 결국 불가능한 것인지도 모른다. 온갖 지식과 학문은 사회와 자연의 현상을 캐고 밝히고 할 수가 있을지 모르지만 이 생명의 방법만은 그럴 수 없는 것이다.

이렇게 생명의 방법이 신비불가해(神秘不可解)한 것이듯이, 나는 또한 시를 쓰는 행위도 결국 해명할 수가 없는 것이 아닐까 하는 의견을 갖고 있다. 왜냐하면 나는 문득 시가 쓰고 싶어서 시를 쓰긴 하되 이 시를 쓰는 행위라는 것을 도대체 왜 하는 것일까 하고 생각해도 알 수가 없는 일이기만 했기 때문이다.

이걸 쓰면 부자가 되는 것도 아니요, 유명해지는 것도 아니요, 인격이 고매해지는 것도 아니요, 슬픔이 가시는 것도 아니요, 무슨 쾌감이 있는 것도 아니다. 그런데 시가 쓰고 싶어지고 그래서 시를 쓴다.

그러기에 나는 항용 논의되는 시론(詩論)에 대하여 요즈음에 와서 회의를 갖기 시작한 것이다. 인문, 자연의 온갖 학문은 그것을 보강하고 보도하는 과학까지를 동원해서 그것을 규정지을 수가 있는 것이겠지만, 이 시라고 하는 학문(?)은 온갖 과학들처럼 과학적인 구명(究明)에 내맡기고 말 그런 것이 아닌 생명과 꼭같이 알 수가 없는 것에 속해 있는 것이 아닌가 하고 생각된다.

이 말을 잘못 받으면 시론을 무시하는 태도로 볼지 모르지만 그런 것은 아니다. 언필칭 엘리엇이니, 딜런 토머스니 하면서 그들의 시와 시론을 플래카드처럼 내세우고 기계조립하듯이 시를 쓰려고 하는 사람들이 불쌍하며, 최소한 나의 경우는 시를 쓰고 싶은 마음이 먼저 있고 그다음에 시가 문화의 한 장르로서의 구실을 하자니까 그것에 대한 정의나 방법론을 논위(論謂)하게 되는 것이라고 생각하고 있는 것이다.

그러기 때문에 시를 쓰는 데는 절대로 전제조건이 있어선 안 된다. 시는, 왠지 모르게 살고 싶으니까 살듯이 쓰고 싶으니까 쓰면 되는 것이어야 한다. 즉 무조건의 행위인 것이다. 이 무조건의 순수발상을 훼방 놓는 장애물을 제거한 시인은 가장 철저하게 현실을 실감하고 사는 사람인 것이다.

자기에게는 자기처럼 구체적인 것은 없다. 아무리 가까운 남이 실연담을 이야기하며 소금물을 마신 듯 아픈 가슴을 호소한다고 해도, 또 그것을 자기가 겪은 것처럼 여실하게 실감하고 이해하고 동정한다고 해도, 자기 자신의 실연처럼 절박하지는 않은 것이다. 즉 남의 사실도 나에게는 나 자신의 구체에 비하면 하나의 추상에 불과한 것이다.

그렇듯이 시인의 순수발상은 그것을 자행하는 온갖 추상(기존 사상, 주의, 방법론, 회고와 미래에의 동경)에서 벗어난 오늘이라는 시점에 입각한 자기실감인 구체 그것이어야 하는 것이다.

흔히 보면 천년 전 신라의 문물을 동경하여 현실의 고민을 회피하려고 한다든가, 사계절의 풍월의 소박한 서정에 잠김으로써 혼탁한 사회에 때묻지 않으련다고 고고한 자세를 취하는 시인들이 있으나, 이들은 이미 자기의 현실적 구체를 상실한 관념적인 추상의 로봇들인 것이다. 그들에겐 이미 오늘이라는 현실이 곧 자기의 구체적인 분신이라는 것을 실감하고, 그것을 반응시킨 순수한 발상을 하기에는 감수성이 고갈됐고, 자아가 망실되어버리고 만 것이다. 그러기 때문에 왠지 모르지만 살고 싶은 그 순수한 생명이 위협을 받는 현실적인 위협과 죄악에 대해서도 아무런 발상을 일으킬 줄 모르고 있는 미라가 되어 있는 것이다.

현실이 불바다가 돼도, 피바다가 돼도 아무런 책임이 없는 미라에 우리가 살아 있는 현실의 입김을 불어넣는다는 것도 또한 무책임한 일이기도 하니, 우리 아직 숨결이 따스하고 젊은 세대들은 천년 아니 만년 묵은 권위라는 문명의 미라와 의연히 결별할 때 비로소 우리는 가장 순수하게 오늘을 살고 오늘을 책임지고 오늘을 싸우게 되는 것이며 마침내 오늘의 나를 갖게 되는 것이리라.

『자유문학』 1963. 4

군대적인 너무나 군대적인

혁명은 국민의 내부에서 있어야 한다는데?

혁명 유물

이런 진풍경이 있다. 우리나라의 어느 곳이나 시골 마을에 가면 볼 수 있는 것으로서 오랜 민속의 유물인 성황당과 더불어 천하대장군, 지하여장군이라고 쓴 장승이 기괴한 표정을 하고 마을 어귀를 지키고 있다. 이 장승은 마을을 해치려는 마귀에게 호통을 쳐서 물러가게 하는 동시에 행인에게 이 장승이 서 있는 안골에는 마을이 있다는 것과 이정(里程)을 표시해준다. 따라서 그 장승은 마을의 권위 상징이 되기도 하는 것이다.

우리 현대인들은 이것을 보면서 그 장승에게 가졌던 옛사람들의 감정이 실감되지 않을 뿐만 아니라, 그런 미신에 자기들의 일상을 내맡겼던 고인(古人)들의 생활의식이 딱하고 가련하게만 회상될 뿐이다.

그런데 요즈음 우리나라의 시골 마을 어디를 가나 현대판의 장승이 새로 마을 어귀를 지키고 있는 것을 보게 되었다. 비석만 한 바위나 돌을 길 양편에 세우고 흰 페인트나 백회를 듬뿍 칠한 다음에 그것에다 천하대장군, 지하여장군이라는 말 대신에 '재건' '단합'이라고 써놓고 있다.

이것이 마을 앞 양옆에 서 있지 않은 마을은 재건사업에 게으른 마을이요, 동리 사람들의 단합이 잘 안 됐다는 뜻이 되기 때문에 어느 마을에서나 서둘러서 이것을 세워놨으며, 그것을 세움과 동시에 그것에 써놓은 대로 재건이 순조롭게 되었고 동리 사람들은 전에 없이 단합이 잘되어서 다툼 같은 것은 없어지고 만 셈이 되어 있다.

그러나 막상 그 마을 안에 들어가서 사정을 살펴보면 그것을 세우기 전과 달라진 것은 아무것도 없다. 가난이 가신 것도, 인화가 잘된 것도 아니다. 그들의 춘궁기는 예나 다름없이 배고프고 그들의 시시비비는 여전히 신문 3면을 장식하고도 남는다. 그들의 민생고가 심한 것은 박의장*의 전북 민정 시찰에서의 실증이 아니고서도 확실한 것이다. 그러니 이 장승의 효험도 쓴웃음거리밖에 안 되는 것이 되고 말았다.

이 현대판 장승의 진풍경을 보면 나는 과거에 군대 복무를 했던 시절의 기억이 되살아난다. 군대 내무반 앞에는 어디를 가나 으레 돌비석을 세우고 흰 페인트나 백회로 둔갑시키고 '군규확립(軍規確立)'

* 박정희(朴正熙) 국가재건최고회의(1961.5.19~1963.12.16) 의장. 국가재건최고회의는 5·16군사쿠데타 주도 세력이 입법·사법·행정의 3권을 행사했던 과도기의 국가 최고통치의결기구이다.

'견적필살(見敵必殺)' 등등의 글을 써놓게 했으며 그것의 보전이 시원찮으면 기합을 받게 마련이었다. 이것의 보전 여하가 환경 정리와 전투력의 바로미터가 된다는 것이었다.

그러기 때문에 그렇잖아도 전투와 복무에 시달린 사병들을 아무 쓸모도 없는 가식적인 그따위 작업에 정력을 소모케 하는 것을 보고 내심 불쾌하게 생각했었다. 그래서 내무반 앞을 말짱히 비로 쓸어놓기만 하면 되지 그따위를 만들려고 왜 사병을 들볶는지 모를 일이라고 불평을 했다가 입술이 터지도록 두들겨 맞았던 기억이 있다.

그런데 어쩌면 그와 꼭 같은 것을 마을 어귀마다 세워놨으며, 또 그따위를 세우느라고 쓸데없는 시간과 정력을 낭비해야 했을까 하고 생각해보지 않을 수가 없었다. 내가 알기로는 결코 당국에서 그런 것을 반드시 세워야 한다고 지시가 내리지는 않았을 것이다. 그럼 왜 이것이 섰을까? 이 점을 고찰해보면 군사정부의 성격을 진단하는 한 단면이 될지도 모르겠다.

이 돌비석을 마을 어귀에 세운 마을사람들은 과연 그날부터 새사람 새 마음이 되어 재건운동과 인화단합에 힘쓰게 된 자기 자신을 자각하게 되었을까? 그리하여 그렇게 생활개선이 되고 인간개혁이 되어가는 자기 자신에게 보람을 느꼈을까? 나아가서는 새롭고 힘찬 신생공화국의 터전이 마련되어가는 것에 정열적인 감동으로 봉사하는 즐거움을 느꼈을까? 따라서 그 돌비석의 머리를 쓰다듬으면서 자기들의 피땀 어린 재건운동의 상징이라고 자기 체온 같은 친근감을 느끼는 그런 돌비석이 된 것일까?

"그렇다!"라고 하기엔 아무도 자신이 없는 것이 아닐까? 혁명 직후에 요원(燎原)의 불처럼 마을마다 이 돌비석이 세워져갈 때와는 달리 지금 어느 마을에서는 그것이 쓰러지고 먼지 끼고 한 채 내버려져 가는 것을 볼 때, 그것이 군대 내무반 앞에 세워진 가식적인 돌비석과 다름없는 무용지물인 것이 세워졌던 것에 불과한 것이 틀림없다. 그것을 결코 상부에서 세우라고 성문(成文)으로 하명(下命)이 되지는 않았다고 하더라도, 따지고 보면 농민들의 자발적인 발상으로 세운 것이 아니고 관에서 세우라고 한 것이니까 우후죽순처럼 일제히 돋아났다가 시들기 시작한 혁명의 유물인 것이다.

누구를 위한 혁명이냐?

그렇다면 혁명과업 수행의 말단적 현상인 이 농촌 재건이 결국 농민들의 개혁에로의 자발적인 행위가 아니고 중앙의 정권소유자의 변동에 따르는 지시가 시킨 현상이라면 이 혁명이 과연 국민이 일으킨 혁명이냐 위정자 교체에 지나지 않느냐 하는 의문이 생긴다. 이것이 의문이고 보면 2년 전 5·16 군부 쿠데타의 총성이 이른 새벽 공기를 흔들던 때의 국민들의 기분을 분석해볼 필요가 생긴다.

4·19 민권혁명의 눈물겨운 승리의 보람도 없이 민주당 정부의 무능력한 위정으로 하여 국내가 거의 무정부상태나 다름없는 혼란을 이루고 있는 것을 뜻있는 사람들은 우려하던 시기이었다. 이대로 가다가는 4·19혁명의 결실은 고사하고 국가의 안위조차 염려스럽다고 느껴졌던 것이다. 그러기 때문에 보다 탁월한 지도력과 정책 실행력

을 가진 정치가가 나타나서 이 위기를 타개해주기를 바라고 있던 것이 국민들의 한결같은 염원이었다.

그러나 그것이 총성과 더불어 해결되기를 바랐던 것은 아니다. 그렇지만 군인도 국민의 일원이었고 그들의 우국지념(憂國之念)이, 민주정치에 군부가 개입하면 안 된다는 대원칙만을 고수하기엔 국운이 하도 안타까워서 우선 위기를 해결해놓고 봐야 할 일이라고 쿠데타를 일으킨 모양이었다. 이른 새벽 뜻하지 않은 총성과 더불어 시내에 무장군대가 주둔하고 국회가 해산되고 모든 정치활동이 금지되고 전국에 계엄령이 선포되었다.

그리하여 삼엄한 헌병통제 밑에 국민들의 언동은 제한을 받았다. 깡패가 처단되고 밀수품 사용이 금지되고 문란해졌던 사회법규의 준수가 강요되어 교통 위반자 단속에도 헌병이 동원되었다. 필자도 과거의 타성으로 발을 한발 차도로 내밀었다가 착검(着劍)한 헌병이 호위하는 트럭에 실려 6·25 때 보도연맹원 끌려가듯이 하여 서울운동장 신세를 졌지만, 그래도 이렇게 과격한 방법으로나마 구악(舊惡)을 일소(一掃)하려고 하는 군사정부에 대한 느낌은 그 줏대없이 날뛰던 부패 정치인들을 소탕해줬다는 고마움 때문에 초가삼간 다 타도 빈대 죽는 게 시원하다는 옛 격언 같은 감정을 가졌던 것이 국민들의 감정이었을지도 모른다.

그리하여 낡아빠지고 썩어빠진 정상배(政商輩)들을 깨끗이 몰아낸 다음에 진정 국민이 원하는 방향으로 정부가 구성되기를 바랐다. 그런데 이게 어찌된 셈인지 몰라도 낡아빠지고 썩어빠진 것은 구정치인뿐만 아니라 군인들을 빼놓은 온갖 국민이 다 낡고 썩은 대상이 되어서 수술을 받아야 한다는 것이었다. 우리가 알기로는 구정치인 못잖게 부패한 것이 군인들인데(박의장을 비롯한 불과 몇 장성을 빼놓고는 장군 소리 듣는 사람치고 치부 안 한 사람이 없었으며 그것은 부하를 착취하고 관품을 갈취해서 된 것이라는 것은 국민들의 상식이 되어 있었다) 그 군인들 빼놓고는 국민치고 깨끗한 놈이 하나도 없고 애국할 자격을 갖지도 못한 것이라고 낙인을 찍히고 말았다.

국민은 어리둥절해졌다. 국민들은 자기의 어디가 잘못되고 부패한 것인지 몰랐다. 기껏해야 교통법규를 어기고 국산물보다 흔하고 싸고 편리하고 따라서 어느덧 생활필수품이 되어 있던 외국물품을 사용한 일(그것도 해방 15년간의 우리나라 실정이 피동적으로 그렇게 되게 돼 있었다), 그리고 군관(軍官)에서 뇌물을 요구하기 때문에 그것에 응하지 않으면 정당한 일도 정당하게 수행되지 않기 때문에 그들의 표정을 살폈던 일(구체적으로 말하면 상관에게 금품을 제공해야 휴가나 제대가 쉬웠던 일이나 하찮은 민원서류도 점심을 사야 접수하던 관리들의 행패 등등이다), 또 경찰을 동원하여 3인조를 짜라기에 할 수 없이 자유당에 입당했던 일 정도가 잘못이라면 국민들의 잘못이었는데 이것 때문에 참정(參政)의 제한을 받고 애국의 표정도 짓지 못하고 군인들이 하라는 대로 따라서 하면 혁명은 완수되고, 또 그들이 하라는 대로 하면 인간성마저 개선된다고 지시를 받았으니 국민 쪽의 의사가 전연 반영되지 않는 이것이 혁명인지 강압인지를 분간키 곤란해지고 말았다.

혁명이란 뭣이냐 하는 것을 보다 알기 쉽게 말하면 '박해를 받는 것보다 많은 수의 국민이 유익한 방향으로 국민의 의사로 사회를 개혁해가는 것'이리라. 그렇다면 아무리 국민에게 유익한 정책이라도 그것이 국민 쪽에서 택한 것이 아니고 그 누군가가 특혜물처럼 국민에게 권유할 때 그것이 결코 혁명일 수는 없는 것이다. 하물며 국민을 전부 죄인 취급하며 교도소에서 개과천선을 시킨 뒤에 행복을 누리게 하겠다는 식의 정책이 어찌 혁명일까 하고 회의하지 않을 수가 없다. 이것은 국민 쪽의 소감이고 혁명 당사자 측의 소견은 다를 것이 뻔하다.

혁명정부가 일시적으로 강압적인 통제를 할 수밖에 없는 것은 후진적인 국민이 그동안의 그릇된 민주주의 정책으로 하여 나태와 방종으로만 흐르고 있으니까 이것을 시정해서 참다운 민주주의적 사고방식을 갖게 하기 위하여 인간혁명을 해야 하고 또 그동안의 악정(惡政)으로 국토가 피폐했으니까 이것을 복구하기 위하여 국민을 동원하여 재건시킴으로써 국민경제의 향상을 꾀해야겠다는 것이리라. 그러기 위해서 과거의 부패요소가 준동할 여지가 없도록 전단적(專斷的)으로 수술을 해야 한다고 믿고 있는 것일 것이다.

이 상반되는 견해의 위정자와 국민이 이룩한 2년간의 혁명사업이 과연 소기의 목적을 이룰 수가 있었을까 하는 물음은 처음부터 우문일 것은 뻔한 일이었다.

남은 성과가 있다면 박의장의 개인적인 강직청렴(剛直淸廉)한 성격과 애국지심에서 발단한 선의로운 독재력으로 결행한 몇개의 특혜물인 5개년 경제계획과 국토개발사업 같은 것의 착수가 있을 따름이고 혁명의 보다 핵심이 돼야 할 국민의 체질개선은 구태의연하기만 하다. 도리어 국민들로 하여금 정치혐오증과 위정자에 대한 공포감을 더 짙게 시킨 것뿐이다. 이렇게 되니 누구를 위한 혁명이며 무엇이 혁명인지 알 수가 없어지고 말았다.

방첩(防諜)강조주간식 혁명

혁명이란 요는 어떤 의미에서고 간에 해방을 뜻해야 한다. 부자유에서 자유에로의 해방, 가난에서의 해방, 부패와 병폐에서의 해방, 불안이나 공포에서의 해방, 압박에서의 해방, 무지에서의 해방 등등, 즉 타의에서 자의로의 변화이어야 한다. 이것이 실감되지 않는 사회적인 정치적인 어떠한 변혁도 결코 성공한 혁명일 수는 없다.

그런데 우리 국민은 2년 동안을 군대 안에서의 방첩강조주간의 사병처럼 살아야 했다. 말을 해도 안 되고 남의 의견을 들어도 안 되고, 보라는 것 이외를 봐서도 안 됐다. 더구나 외출이나 회동은 절대로 있을 수 없었다. 다만 지정된 과업만을 묵묵히 수행해야 했다.

이 2년 동안에 국민이 느낀 해방감 — 혁명의 상징 — 이 무엇이었을까? 해방감을 느끼기보다는 그 어느 때보다도 긴박한 강요 앞에서 두려움을 느끼고 구속감을 느꼈던 것이다. 그 근본적인 원인은 혁명정부가 국민에게 총칼을 보였다는 사실이다. 즉 우리 국민들의 사회에 헌병의 헬멧과 권총의 혁대가 번쩍이게 된 사실이 잘못이었다.

이 혁명과업 수행에 국민의 그 누구 한 사람도 주먹으로 반항을 할 사람은 없었는데 어찌하여 국민들의 눈앞에 총칼이 얼씬거렸느냐 말이다. 이것이 국민들로 하여금 혁명 당사자들의 진의와 다르게 불안을 배가시킨 것이었다. 그리고 해방감 대신에 구속감을 느끼게 시키었다.

따라서 재건사업이라는 것이 가져온 현상도 미묘한 꼴이 됐다. 우리 국민치고 우리나라가 재건되지 않으면 안 된다고 생각 안 할 사람은 하나도 없다. 어떻게 생각하면 이 '재건'이라는 말이야말로 우리 국민이 기치로 내세우고, 만난을 극복해서라도 수행해야 할 사업인 것이다. 그러기 때문에 이 재건사업을 통해서 우리나라가 하루바삐 물심양면으로 다시 새로워지고 튼튼해질 날을 소망하며 각자가 자기 일로 땀 흘려야 할 것이라고 마음먹었고 또 실천하려 했던 것이다.

그런데 그 방법이 너무나 군대적이었다. 이승만 전 대통령이 반공 이념이라는 구실 아래 국민 각자의 정신적 자유를 속박하고 억압했던 것과 같이 '재건'이라는 구호 아래 국민동원령 비슷한 것이 내려져서 국민으로서의 자발적인 창의에서 나온 재건이 아니고 부과된 임무로서의 재건이 강요됐으며 따라서 국민의 정신적인 자유가 속박된 것은 전이나 하등 달라진 것이 없었다.

재건이 단순히 물질적인 면의 재건, 바꿔 말하면 헐벗은 산에 나무를 심고 무너진 둑을 다시 쌓아올리고 하는 일이기만 하다면 그런 동원령도 타당할지 모르지만, 보다 긴요한 재건은 정신적인 면의 재건이었을 텐데 국민 각자의 정신적인 개혁을 총칼과 감시의 채찍으로 수행하려고 했으니 그것이 도리어 반작용을 일으키게 하고 만 것이었다. 국민의 정신을 군법으로 다스린 결과가 국민을 군대에서 말하는 머저리, 즉 정신적인 머저리로 만들고 말았다.

사실 우리가 대한민국에서 사는 유일한 자랑과 보람은 부(富)도

문화도 아니고 오로지 '자유'일 뿐이다. 아무리 국가재건을 위한 일시적인 선의의 독재, 아니 자비와 박애의 독재라고 하더라도 그것은 결국 독재이고 자유를 구속하는 것이며 대한민국 국민의 자랑과 보람의 마지막 교두보가 침해되는 것이나 다름이 없다.

달라진 것, 군인의 체질

우리 국민의 유일한 밑천인 자유를 위정자에게 담보로 맡기고 힘썼던 인간개혁의 결과 '얻은 것은 불안이요, 잃은 것은 자유이다'가 되고 말았다. 바뀌고 달라진 것은 국민의 체질이 아니라 군인들의 체질뿐이다.

국민들은 예나 다름없이 위정자들의 농간대로 피동적으로 선거를 하라면 하고 말라면 말도록 민주주의도 정치도 자기들의 의욕과 창의로 결정지을 것이 못 된다는 소극적이고 봉건적인 사고방식을 갖고 있을 따름이다. 조금도 진보하지도 개혁되지도 못한 인간성일 따름이다.

다시 날뛰는 것은 때묻고 낡았다고 혁명정부가 벌을 주었던 구정치인들의 구태의연한 얼굴과 모략뿐이다. 달라진 것은 참말로 아무것도 없다. 있다면 군인들의 체질 속에 정치의욕이 강하게 물들었다는 사실뿐이다.

국가위기에 일대수술(一大手術)만을 하고 이 환자가 회복되면 다시 군대 본연의 임무인 국토방위의 일로 돌아갈 줄 알았는데, 도리어 이젠 군인이 끼지 않으면 이 나라 정치가 안 되기나 하는 것처럼 생각하고 행동하게 되도록 체질이 변하고 말았다.

3·15 부정선거와 4·19 민권혁명 때의 그 아슬아슬한 고비에 전 국민이 궐기하여 데모를 할 때도 묵묵히 군 본연의 입장에서만 행동하던 군인들이 직속상관의 권유도 아랑곳없이 부하사병의 호위를 받으며 데모를 하는가 하면, 별표를 단 수십대의 지프차가 정치적인 견해와 태도를 표명하는 회합을 하기 위하여 수도 서울의 중앙통로를 질주하는 데모 아닌 데모를 하게끔 되고 말았다.

그리고 위정집권자는 그 군인으로서의 강직성으로 공약했던 민정이양 여하를, 2년간의 정치생활에서 받은 정치인으로서의 생리를 헌신짝처럼 내던지지 못하고 갈팡질팡하는 고민의 자세를 보이고 있다. 이토록 변한 것은 군인들의 체질뿐이다. 이것은 너무나 어긋난 결과이다. 이 달라진 군인들의 체질을 누가 다시 제 모습으로 돌아가게 할 수 있겠는가? 그것이 우리의 유일한 문제가 되고 말았다.

민주주의의 재건도, 국가의 장래도, 국민의 향상도 이젠 앞에서 말한 문제의 해결이 아니고서는 이루어질 수 없게 되었으니 참으로 어처구니가 없어지고 말았다.

이 너무나 군대적 방식으로 훈련시키려고 한 대한민국의 민주주의 2년생은 그 훈련을 견디기에는 체질이 너무 약했기 때문에 병휴(病休)하고야 말았다.

이 아이의 장래는? 하고 아니 슬플 수가 없다.

『사상계』 1963. 5

문학적 세대론

세대론 전성시대

일찍이 오늘날처럼 세대론(世代論)에 대한 극심한 논의가 전개된 시대는 없었을 것이다. 멀리는 미국의 케네디 대통령이 당선되면서 주창한 뉴프론티어 정신과 청년지도자의 대두를 비롯하여, 가깝게는 요즈음 우리나라에서 떠들고 있는 세대교체론에 이르기까지 세계 방방곡곡에서 세대문제가 시끄럽게 논위(論謂)되고 있다. 그것은 정치, 사회, 문화의 각 면에서 각양각색의 현상을 나타내고 있으며, 또한 여러가지 물의를 일으키고 있는 실정이다.

우리가 아는바 문화예술계에 있어서는 회색의 안개 속에서 졸고 있는 기성신사(既成紳士) 도덕에 분노의 욕설을 퍼붓는 영국의 앵그리영맨, 극도로 발달한 물질문명에 염증을 느끼고 제각기 생의 탈출구를 찾아보겠다고 버둥대는 미국의 비트제너레이션, 의식 표면의 상궤적(常軌的)인 모색만을 좇는 문학 방법에 반기를 들고 나선 프랑스의 앙티로망, 육체의 방종과 향락으로써 세기적인 긴장을 망각하려고 날뛰는 일본의 태양족(太陽族), 그리고 그런 외국의 현상을 본받아 막연하게 우리들의 낙후성을 선배들의 과오로 돌리고 싶어 하는 눈치인 우리나라의 깃발 없는 신인들.

그들은 하나같이 기성세대에 대한 불신과 비평이 자기들의 목적이며 임무이기나 한 듯이 법석을 떨고 있다. '낡은 것은 물러가라, 새로워야 한다'라는 현상은 따지고 보면 인류 역사가 가지고 있었던 여러 고비의 변혁과 개혁의 모멘트였던 것은 틀림이 없다. 그것은 역사의 당연한 향배라고 할 수 있다. 그런데도 오늘날의 세대론이 역사상에 그 유례가 없었을 정도로 난맥상을 이루고 있는 것에 놀라지 않을 수 없다는 것은 신세대에 속하는 우리들 신인 측에서도 부정할 수가 없다. 그것은 오늘날의 세대의식과 과거의 그 어느 역사적 계기에서도 볼 수 없었던 기이한 양상을 띠고 있기 때문인 것이다.

과거의 개혁운동은 세대의식을 전제로 한 것이 아니고 다만 기성사조나 기성제도에 대한 반발 내지는 규탄이었을 뿐이었는데, 오늘날의 개혁현상은 기성사회나 기성제도에 대한 반대라기보다도 기성사회에 속해 있는 연배층(年輩層) 전체에 대한 비평 내지는 증오라는 것이 두드러진 특색인 것이다. 기성세력을 지배하고 있는 어느 한 사람의 특정인을 미워하고 제거함으로써 구악(舊惡)을 일소하려던 과거의 개혁현상과, 기성세력 혹은 기성제도 속에서 호흡을 한 연대층(年代層) 전체에 대하여 비평과 비난의 화살을 꽂으려고 하는 오늘날의 양상과의 사이에는 간과할 수 없는 커다란 차이가 있는 것이다.

그것은 어떻게 보면 단순히 세대와 세대 사이의 불화 혹은 불신이 원인이라고 볼 수 있을지 모르나, 어쩐지 그것은 단순히 세대나 연대 차이에서 생기는 사고의 단층이 아니고 인간과 인간 사이에 생긴 간격 때문이 아닌가 하는 느낌이 든다. 그것은 단적으로 증명할 수는 없지만 그런 느낌이 자꾸만 드는 것은 어쩔 도리가 없다. 사실 기성세대를 규탄한다고 하는 새로운 세대들에게는 자기들의 신조가 될 만한 뚜렷한 사상이나 주의가 없다. 다만 자기들의 불안과 나아가서는 오늘날의 인류 전체의 비극을 기성세대의 책임으로 돌리려고만 하는 도착(倒錯)된 정력이 있을 뿐이다. 모든 불행과 비극의 원인을 타인에게만 전가시키고 대안을 찾으려고 하지 않는 것이 그들의 생태이기 때문이다.

그것을 우리나라의 경우로 살펴보면, 지금 우리들이 지탄하고 있는 기성인들은 식민지하의 국민으로서 피지배자다운 연명책(延命策), 즉 체념과 굴종을 스스로의 생활신조로 할 수밖에 없었으며, 따라서 호구(糊口)를 위한 비굴과 타협을 주의(主義)로 하지 않을 수 없었을 것이다. 그러한 그들이 정신적인 영웅이나 과학문명의 비약을 꾀하는 과학자가 될 수 없었을 것은 너무나도 당연한 일이다.

그렇다면 오늘날 우리나라의 정치적 타락상과 경제적 파탄 또는 지성인의 양식의 고갈 같은 것은, 현재의 기성세대가 우리들의 전(前)세대를 짊어지고 있었대서가 아니라 우리들 현세대가 직접 짊어졌다고 하더라도 결국 같아질 수밖에 없는 극동의 한구석에 자리잡은 소반도국 민족의 역사적 추세였을 것이다. 그것은 민족의 숙명이며 과정이었던 것이다. 그런데도 불구하고 지금 우리들의 새로운 세대가 아무런 대안도, 지적 자각도 없이 다만 근친증오적(近親憎惡的)인 반감으로써 전세대를 증오하고 있다는 것은 분명히 인간으로서의 오성(悟性)을 상실한 현상이라고 아니할 수가 없다. 그것을 바꾸어 말하면 지금 인간들은 인간과 인간 사이에 교류되던 내적 혈맥이라고나 할 생명의 교감을 잃어버리고 만 아비규환의 현상이라고도 할 수 있을 것 같다. 이런 시점에서 볼 때 오늘날의 세대론 유행은 인류의 위기현상의 한 단면이라고도 할 수 있으며, 그것에 대한 새로운 비평과 지양이 없어서는 안 되겠다는 자각은 우리들 새로운 세대가 먼저 해야 할 것이 아닌가 싶다.

문학과 세대

현대는 분업의 시대라고 한다. 모든 사회 조직과 기구가 분업화되고 전문화된 사회에서 그 전문과 전문, 분업과 분업 사이에 당연히 단층이 생길 수밖에 없다. 그런 현상은 문학에서도 꼭 같은 현상을 나타냈다. 옛날의 고전들이 전일적(全一的)인 인격과 교양을 바탕으로 이루어진 데 비하여, 오늘날의 문학상의 문제작이라고 하는 것은 각자의 주장과 주의에 입각한 방법으로 이루어지고 있기 때문에 그 주의에 찬동하지 않는 문학가의 입장에서는 그것의 작품으로서의 성립조차 인정치 않으려고 한다. 즉 문학작품 상호간에도 단층이 생기고 만 것이며, 분업화의 현상을 자아내고 있다.

그렇기 때문에 문학사상에 유파와 주의, 사조 등의 현상이 나타난 것도 근대 이후, 즉 전일적인 인간의식이 점차로 무너지고 개인의식이 투철해지기 시작한 때부터였다. 그리하여 현대에 이르러 각자의 주의주장이 더욱 세분화됨에 따라 유파운동의 역사와 수명도 더욱 단축되기 시작하였고, 주장과 주장 사이에는 완전히 백팔십도로 다른 견해를 가지게 되고 말았다. 그러나 그들 유파 사이에서는 그들 상호간의 의견 차이를 두고 논쟁을 했을지언정 오늘날처럼 주의를 사상이나 견해의 차이로 보지 않고 연대적인 차이로 봤던 시절은 없었다. 오늘날에는 유파나 주의의 차이보다도 연대의 차이가 유파나 주의처럼 되었으니 자칫하면 그 주의나 사조는 무정견(無定見)한 것이 될 우려조차 없지 않다.

따라서 오늘날 떠들고 있는 문학가 사이의 세대문제는 정도의 차는 있을지언정 세계 각국이 다같이 뚜렷한 문학상의 정견(定見)을 토대로 하고 있다기보다도 자기보다 연배인 사람들에 대한 막연한 반감이 앞서 있는, 혈기에 가득 찬 젊음의 행동적 방자성(放恣性)이라고 할 수도 있다. 왜냐하면 그들의 거개가 전세대의 결점과 과오를 지적, 비난하는 데에 열중하고 있을 뿐이지 그들대로의 새로운 사상이나 방법이 구체적으로 제시되어 있지 않기 때문이다. 그것은 생명의 맹목적 본능의 발현은 될 수 있어도 인간의 지적 발전과 정신적 전진의 현상이라고는 할 수가 없다.

그렇다면 문학상에서 세대 공박을 하고 있는 것도 결국은 인간정신의 지적 활동이 아니고 불식간에 인간과 인간 사이에 생긴 간격의 분열병 환자가 되어 나타내고 있는 증세가 아닌가 싶다. 문학상에 있어야 할 건전한 세대의식이란 각 세대가 처하고 있는 현실과 역사에 대한 자각의 리얼리티의 차이여야 하며, 나아가서는 자기들의 구각(舊殼)인 전세대에 대한 완전한 이해를 전제로 한 비판과 비약 의식이어야만 할 것이다. 이 말은 '고전은 시대를 초월한다'는 말과 직결된다. 결코 단절된 시대란 있을 수가 없고 또한 단절된 시공 속에 고립된 작품이 고전이 될 수 없다. 시대를 초월하고 세태(世態)의 변동을 초월하여 인간생명에 감동을 주는 표현과 주제야말로 고전일 수가 있다. 따라서 문학상에서 세대가 논의된다면 그것은 어디까지나 역사와 현실에 충실한 입장에서 전세대를 긍정하고 후세대를 손짓하는 교두보적 의식으로써만 비로소 가능하고 정당한 것이 될 수가 있으리라.

세대 없는 우리

지금 세계 각국에서 떠들고 있는 세대론을 자세히 살펴보면 선진국가일수록 전세대에 대한 판단이 정확하고 후진국가일수록 그 방법이 감정적이고 맹목적이다. 그것은 미국의 비트제너레이션의 대표격인 케루악이나 영국의 앵그리영맨의 대표격인 콜린 윌슨 같은 사람들의 태도를 볼 때 그들은 구세대를 충분히 파악하고 이해한 뒤에 자기들의 세계를 전개시키려고 하고 있는 것으로도 알 수 있다. 케루악은 흡사 프랑스의 랭보가 프랑스 19세기 부르주아 도덕을 몸소 뼈저리게 느끼면서 전면적인 도전을 했듯이 오늘날의 미국문명을 야유하고 있다. 콜린 윌슨도 고금(古今)의 고전과 전통을 조감하면서 그것을 비평하고 있는 것이다. 그렇기 때문에 그들의 말은 매력적인 설득력을 가지고 있는 것이다.

그런데 후진국의 경우, 그 예를 멀리서 인용할 것도 없이 바로 우리나라의 경우를 말하면 기성세대에 핏대를 세우는 새로운 세대들에게 과연 무엇이 있는 것인지 새 세대인 우리들 자신조차도 잘 모르고 있다. 우리들의 문학적 미개성의 책임을 기성세대의 책임으로 떠넘기고 그들을 물러나게 한 다음의 폐허 위에 과연 우리 새로운 세대들은 무엇을 구축하겠다는 것인지 사실 모호하기만 하다. 그러면서도 우리들의 전세대와 현세대와의 세대감정은 너무나도 노골적이다. 우리는 어떤 사람이 제2차대전 이전부터 작품생활을 했느냐 안 했느냐 하는 것만으로 그 사람의 사상, 사고방식을 이국(異國) 사람의 것처럼 적대시하려고 한다. 극단적인 예로는 전후(戰後) 세대 작가이지만 그의 감성구조나 주체의식은 전근대적인 사람이 자기의 세대가 전후라고 해서 자기와 같은 사상, 같은 문학감각을 갖고 있는 전전(戰前) 작가에 대하여 세대적인 반발을 표시하는 경우가 있다. 그런가 하면 전전파(戰前派)인 자기들과 아무런 차이가 없는 유학자(儒學者)인 전후 작가를 그가 전후 세대라는 것만으로 경계하는 기성 작가도 있다.

이렇듯 우리나라에서의 세대분쟁이란 전연 세대의식이 없는 미묘한 대립일 뿐인 것이다. 바꾸어 말하면 기성세대와 신세대의 차이는 고사하고 우리나라에서는 아직 세대가 형성되었던 일조차도 없었다는 말이 된다. 우리에겐 배척할 기성세대도, 새로이 대두할 신세대도 없는 것이다. 있다면 이제 비로소 하나의 의식된 세대가 형성되는 과정이라고 해야 할 것이다. 신문학 50년이라는 우리의 문학사에 선을 그어 구분 지을 수 없도록 모호했던 세대 자각이 이제 뒤늦게나마 형성되려는 전조(前兆)를 보이고 있음이 오늘날의 우리의 현실이 아닐까? 세대도 없이 명맥만을 이어왔던 민족문학, 그것이 우리의 문학인 것이다.

『20세기의 문예』, 박우사 1963

나는 생각한다 고로 존재한다

나는 데카르트를 모른다

내가 그의 이름을 처음으로 들은 것은 열두살 땐가 싶다. 그때 국민학교 선생치고는 독서가이며 문학청년이었던 역사 선생이 무슨 얘기 끝에 "서양의 위대한 철학가의 한 사람인 데카르트라고 하는 사람이 이런 말을 했습니다. '나는 생각한다. 고로 나는 존재한다.' 그렇습니다. 우리는 생각하는 동물입니다. 생각하기 때문에 비로소 인간의 존재는 가치가 있는 것입니다."라고 무척 자랑스러운 지식인 듯이 어린 우리들에게 말하는 것이었다.

어린 나는 그 말이 별로 감동적으로 들리지 않았다. 어린 생각에 '아니, 사람이 생각하지 않는 동물인 줄 알았나? 언제나 생각하고 있는데 철학자가 겨우 그렇게 당연한 소릴 하다니. 시시하게' 하고 그다지 신기한 생각이 안 들었다. 그때의 이 무감동은 결국 나로 하여금 끝내 이 말의 뜻에 흥미를 갖게 하지 못했다.

그럴 뿐만 아니라 그후로 한참 지식에 대한 갈망이 왕성해져서 이 사람 저 사람, 사상가의 지식을 편력하게 되었을 때도 데카르트에 대해서는 친숙해지지가 않았으며, 그의 사상의 입구에 문지기처럼 버티고 있는 '코기토 에르고 숨(Cogito ergo sum)' '코기토 에르고 숨' 하는 그 말이 무슨 무당의 주문처럼 느껴졌던 것이 기억된다.

이런 추억담은 결국 나의 무식과 지식에 대한 무성의를 폭로하는 것밖에 아무것도 아니다.

그러나 나의 무식을 무릅쓰고도 이 데카르트의 말과 데카르트의 인식방법은 내 것이 되지 않는 것을 어찌하랴. 더구나 이십대의 불면의 계절에 분방했던 상상력과 공상력을 갖고도 실감이 안 났던 것이 이렇게 삼십대가 되어 사색이 무디어지고 일상생활이 타성적이 되어서 사물에 대한 인식 노력도 줄어든 지금에는 더욱더 그 말이 절묘한 말로 느껴지지 않는다.

그리고 또 지금까지 내가 한 말은, 데카르트의 사상을 철학적으로 고찰하는 태도가 아니고 지극히 피상적인 말뜻으로 받아서 한 말이기 때문에 데카르트의 철학이나 사상과는 아무런 관계도 없는 잠꼬대라는 것도 잘 알고 있다. 도대체가 나는 철학가도 사색가도 아니니까 그의 말뜻이나 사상을 어림짐작도 할 수가 없었던 것이리라.

그러나 오늘을 살아가며 동서의 사상과 문명의 세례를 불가피하게 받아야 하는 한 인간으로서, 싫든 좋든 간에 서양 사상의 흐름의 한 줄기인 데카르트식인 인식론의 공세도 아니 받을 수가 없는 것이다. 그러기에 나는 나대로의 감응태세가 없을 수 없다.

나는 도대체가 사변적인 것보다는 경험적인 것을 존중하는 편이다. 그러기에 데카르트의 글보다는 몽테뉴의 『수상록』이나 파스칼의 『팡세』 같은 것이 더 매력이 있었다. 따라서 데카르트의 책을 읽는다는 것은 무언지 공소한 느낌이 들었으며 사색의 도보훈련 같아서 따분했다. 이것은 내가 철학가가 될 수 없는 근본적인 조건이며 끝내 그와 친해질 수가 없었던 원인이었다.

나는 존재한다, 고로 생각도 한다

이런 무식한 역설이 무엇이 될 것인지 나도 두렵다. 그의 '나는 생각한다……'는 즉 '나는 회의한다……'라는 뜻일 때 철학의 출발점을 회의하는 데 입각시킨 것이라고 할 수 있다. 분명히 회의할 줄 모르는 인간은 세상을 건성으로 살고 마는 인간일 것이다.

최소한 일생에 한번이라도 '자기가 무엇인가? 왜 사는 건가?' 하는 형이상적인 회의를 갖지 않는 사람이라면 아마 무지한 짐승이나 다름이 없는 것일 것만은 확실하다.

그러나 그 단 한번의 회의도 산다는 것에 권태를 느꼈다든가, 산다는 것에 피로해졌다든가 할 때나 찾아드는 심리적 상태이지 그가 처음부터 끝까지 잠시도 피로나 권태를 느낄 짬이 없을 정도로 삶의 충만감을 향유할 수만 있다면 그런 식의 형이상적 회의를 갖지 않게 될지도 모른다. 즉 완벽하게 생을 향수한다면 존재를 회의할 필요는 애당초 없을 것이다.

그렇다면 회의를 안 하는 것은 짐승과 다를 바 없는 것이기도 하고 또 보다 완벽한 존재일 때도 이야기가 된다. 이렇게 되면 누구나 후자를 택할 것이다.

그러나 인간이 완벽한 존재이기가 아주 어렵다는 것을 알 때(간혹 완벽했던 사람이 있었기 때문에 문제가 복잡해진다) 회의를 하는 것이 인간이라는 존재라고 하는 가설이 나온 것이리라.

모름지기 데카르트의 '코기토 에르고 숨'도 여기에서 연유한 것이리라. 그런데 데카르트의 경우는 이 회의하는 행위를 인간의 존재보다 우위에 놓고, 회의하기 때문에 존재한다는 식으로 덮어누르는 식의 인식을 강요하는 느낌이 들어 뭔지 모르게 회의에 찬 존재가 인간이라고도 하는 것 같아 싫다.

나에게 말을 시킨다면 '존재하기 때문에 회의도 하고'라고 하고 싶다. 그가 보다 완벽하게 존재했으면 회의도 안 했을 것인데 그러지 못하기에 회의하는 것이지 회의하기 때문에 불완전하게 존재하는 것은 아니다.

여기까지 이야기하다보면 인간이 과연 완벽한 존재일 수 있느냐 하는 문제가 제기된다. 완벽이라고 하는 것의 한계가 문제이기는 하지만 결론적으로 말해서 인간은 회의를 안 해도 될 정도로는 완벽할 수가 있다고 말할 수는 있다. 여러가지 형태로 그런 가능성이 엿보이고 또 입증할 만한 인간이 더러는 있다.

드문 일이기는 하지만 아주 건강해서 평생에 앓아눕지 않았다는 어느 사람은 아프다는 것이 어떤 것인지를 모른다며 납득이 안 가는 표정인 것을 봤다. 또 열심히 일하고 굳게 믿는 믿음이 있는 어느 평균적인 인격을 가진 유명하지 않은 시민 한 사람이 남이나 나를 의심하지도 않고 자연이나 운명에 대해서 강짜를 부릴 줄을 모르는 것을 본 일이 있다. 나폴레옹 같은 사람도 있겠고 예수 그리스도 같은 사람도 있겠고 더 완벽한 의미에선 석가모니 같은 사람도 있겠다.

그들의 완벽성의 한계를 어느 정도에다 두었느냐 하는 것은 문제가 될지언정 그들이 우리가 하는 식의 회의를 하고 번뇌의 구렁에서 스스로의 존재를 인식한 사람들이 아니라는 것만은 알 수가 있다. 그러기에 존재하는 위치에 따라 회의하는 태도도 달라진다. 그러기에 '나는 존재한다. 고로 생각도 한다'는 역설이 나올 법도 하다. 굳이 존재하는 한 표현을 전제로 해서 하는 명제, 즉 데카르트의 방법도 '생각한다. 고로 존재한다'를 허용한다면 그것은 생각하는 것만을 전제할 필요는 없다.

인간이란 존재는 생각하기도 하고 움직이기도 하고 충동하기도 하고 먹기도 하고 사랑하기도 한다. 그러니 '나는 충동인다. 고로 존재한다' '나는 움직인다. 고로 존재한다' '나는 먹는다. 고로 존재한다' '나는 사랑한다. 고로 존재한다'라는 명제가 익살이 아니고서 성립될 수도 있다.

우리는 굳이 옛날의 누군가의 사상에만 머물러 있을 필요는 없다. 우리는 오늘에 있고 오늘에 산다. 차라리 이런 명제는 어떨까?

'나는 오늘이다. 고로 존재한다.'

『세대』 1963. 9

오늘에 서서 내일을

참가문학을 대신한 잡문

제1화(話) 쓰디쓴 웃음

어쩐지 슬프다. 이런 따위 글을 쓴다는 것도 하나의 비극인 것 같아 어쩐지 서글픈 생각이 든다. 편집자가 의도한 이 지상(誌上) 세미나*는 우리나라 문단의 경향을 두개로 대별하여 하나는 영원과 순수를 추구하는 비참여론자, 다른 하나는 현실과 사회에 적극적으로 관여하는 참가론자로 간주하고, 그 두 경향의 입장에서 서로서로의 견해를 논하게 해보자는 것이라고 한다.

* 월간 『세대』(1963년 10월호)의 지상 세미나 '순수문학이냐 참가문학이냐'를 말한다. 이 주제 아래 신동문과 서정주가 각기 「오늘에 서서 내일을: 참가문학을 대신한 잡문」(신동문), 「사회참여와 순수개념」(서정주)이라는 글을 발표하여 순수·참여 논쟁을 벌인 바 있다.

그리하여 우리 문단의 중추적인 지위에 있는 기성연배의 어느 분이 비참가론을 쓰고, 필자는 참가론을 대변하는 입장을 논해야 한다는 것이었다. 그러니까 필자는 순수라는 이름 뒤에 숨어서 사회나 현실에 대하여 책임을 질 줄 모르는 비겁한 관념론자나 신비주의자들을 난도질로 통렬하게 비판해야 한다는 것이다. 별로 점잖은 일거리는 아니다. 그리고 평론가도 논객도 아닌 나는 더구나 내가 참가론자라고 딱히 신념하고 있었던 것도 아니니 좀 막연했다. 그런데 그 막연했던 내 생각이 기실은 무서운 과오가 될지도 몰랐다는 반성을 해야 하는 조그만 사건과 마주쳤다.

그날도 도시의 소시민답게 적당한 일과를 마치고 적당한 피로와 적당한 비애를 삼키며 나른한 해질녘의 명동거리를 지나 집으로 돌아가고 있는 참이었다.

손에는 역시 소시민다운 적당한 위생관념이 시켜서 산 비타민 한 병을 들고 있었고 기분은 친구를 만나 술이나 한잔하자고 끌면 따라가 한잔하고 싶기도 하고 그런 친구를 요행히 안 만나 무사히 귀가하여 일찍 쉬고 싶기도 한 그런 어정쩡한 상태였다. 그런데 뜻밖에도 석학이고 지명(知名)한 어느 두 자매를 만났다. 언니는 독일 유학에서 돌아와 몇 대학에서 교편을 잡은 독학(篤學)의 여성 독문학자이고 동생은 대학원에서 불문학을 연구한 예기(銳氣) 찬 불문학도였다.

나는 평소에도 이분 자매 알기를 그 세련된 감수성과 속기(俗氣)를 벗은 생활 감정으로 미루어서 나와는 차원이 다른 의식 세계를 영위하고 있는 듯싶어 은근한 열등감을 느끼고 있었다. 그날도 그랬다. 그 탄력 있는 화제는 내가 시도하고 있는 농사에 대한 비평에서부터 시작하여 현대사회의 악마성에 이르기까지 단편적으로 번득이는 치열한 인간정신과 교양으로 가득 찬 것이어서 나는 처음부터 끝까지 완전히 압도당하고 있어야만 했다.

그들은 인간이, 특히 현대인이 겪어야 하는 슬픔과 고통과 고독을 준열할 정도로 실감하고 있는 듯싶었다. 그것은 가장 표면적인 피부의 감각에서부터 가장 내적 세계인 영혼에까지 이르는 인간의 온갖 부분을 갖고 세계와 역사와 현실과 사회와 운명과 실존에 대응하고 있는 듯싶도록 절실한 그 무엇을 느끼게 했다. 결코 충족될 수 없는 감각의 열락(悅樂)이 시킨 현대인의 감각착란을 의식한 표정이 거기 있었고 현대문명의 기구에 반만치 습성되고 반만치 반발하는 문명인의 고민의 자세가 엿보이기도 했다. 그런가 하면 근대 이전의 상태에서 제자리걸음을 하고 있는 이 반동적인 한국의 현실에서 탈출할 시도를 부단히 갈망하는 그런 몸부림의 모습도 엿보였다.

한마디로 말해서 결코 잠시도 자기를 정신적 좌절의 위치에다 버려두지 못하는 준엄한 정진과 관심의 오늘이요, 내일을 가진 생활자라는 것을 느끼게 했다. 그들에게서는 정체(停滯)와 체념의 빛이란 찾을 수가 없었다.

그들의 이야기를 들으면서 내가 얼마나 비굴하게 일상과 타협을 하고 적당하게 체념을 하게 된 사람인가 하는 것을 뼈저리게 느껴야 했다. 역사나 사회에 대하여 내게 무해할 정도로 무관심하려고 하고, 일시의 평안을 위하여 의식의 속화(俗化)를 꾀하였는가를 통감해야 했다.

그리하여 그 많은 무리들, 아니 많은 정도가 아니라 거의 전부라고 할 수 있는 우리나라의 소위 지식인들의 말로인 정신적 동맥경화증—발전이나 진보를 위한 투쟁의 고통을 기피하여 현실도피적인 은자생활을 꿈꾼다든가, 혹은 현실의 노역(勞役)에서 관심을 돌리기 위하여 회고(懷古) 취미를 갖는다든가, 사회적인 여러 문제 즉 직접적인 참여 없이 해결 안 되는 현실의 일들이 시키는 정신적 하중이 두려워 관념적인 환상으로 풍월을 찬미한다는 따위와 같은 정신활동의 역순환(逆循環) 상태—환자가 되어가려고 하는 참이었다는 것을 통감해야 했다.

특히 그들의 말 속에서도 나의 마음을 아프도록 매질하며 스쳐가던 "그들은 도대체가 왜 적당히 생각하고 적당히 타협하려고만 하는지 모르겠어요. 왜 좀더 철저하게 생각하고 철저하게 자기를 처리 못하는지 모르겠어요. 이런 소릴 하면 그건 아직 산다는 것이 얼마나 어렵고 힘드는 일이라는 것을 모르고 젊은 정열로 아둥바둥하는 것이지 좀더 살다보면 적당히 타협하고 적당히 단념하고 살 수밖에 없다는 것을 알게 될 것이라고 말할 거예요. 그게 틀린 거예요. 그렇게 처음도 없고 끝도 없고, 나도 아니고 너도 아닌 것이라는 생각 속에서 무슨 정신이 싹트겠어요? 이런 소릴 하면 또 다음과 같이 말할 거예요. 뭐 싹틀 정신이랄 것도 없고 또 굳이 그런 노력이 있어야 할 것도 없는 것이지, 즉 형성 이전의 형성 그것이 바로 동양의 정신이요, 곧바로 무(無)의 세계, 그 자체이지 하고 태평한 소릴 할 거예요. 아아, 참말 미칠 일예요. 그런 소릴 하는 입에 사흘만 음식이 안 넘어가면 당장 구걸의 푸념을 늘어놓을 텐데 한마디로 말해서 무념무상(無念無想)으로 염주를 세며 얻는 쌀알, 그 쌀알 하나의 생산을 위하여 흘린 농부의 땀의 노력조차도 어리석은 번뇌의 그림자라고 관념하면서 그 쌀로 제 굶주린 배를 채우는 그런 얌체의 정신, 그것이 곧바로 우리들의 정신 그것이에요. 아아, 참말 몸부림치고 싶도록 답답한 이야기예요. 아아, 그 위선의 고담(枯淡)! 그 구걸의 초연(超然)! 부도수표 같은 성인(聖人)들!"이라 한 말은 그들과 헤어져 돌아오는 내 귓전에서 형용할 수 없는 슬픈 메아리로 울려퍼지는 것이었다.

나는 이때 무심코 생각했다. '아, 그 원고를 써야겠다'고. 참가문학론과는 아무런 관계도 없는 화제였던 그들과의 대화 끝에 그 글을 꼭 써야겠다고 생각했다는 것은 좀 이야기가 이상한 것 같다고 나 자신도 우스운 느낌이 들었으나 그러나 좌우간 그런 충격을 받았으니 할 수가 없었다.

그리하여 막상 붓을 들고 보니 나도 모르게 쓴웃음이 나온다. 그 많은 장(壯)한 사나이들이 영원이니 순수니 하면서 사회참여론자를 어리석은 외래사조의 소아병자(小兒病者)라고 비웃는 이 현실에서 연약한 여자의 말을 듣고 용기를 얻었다는 것이 참말로 입맛 쓴 일이 아닐 수 없었다.

그 쓴웃음은 누구를 통탄해서가 아니라 바로 나 자신이 불쌍해서 나온 슬픈 울음이었다. 나도 어느덧 횡행하는 야귀(夜鬼)들에 홀려서 정신이 혼미해져가고 있었던 것이니 참으로 아니 슬플 수가 없었다.

제2화 제명에 못 죽는다

우리나라에서처럼 현실참여의 정신이 푸대접을 받는 지역도 드물 것이다. 그것은 문학 하는 사람이 사회나 현실에 관여하는 경위만을 이야기하는 것이 아니라 각계각층의 사람들이 다 겪고 있는 이야기인 것이다.

지게꾼이 국으로 지게나 지지 않고 사회의 불공평함을 불만하면 이내 어리석은 놈이라고 비웃음을 당한다. 그리하여 "제가 뭐 잘났다고 세상일에 참견이야, 참견이. 혼자서 똑똑한 척하다 신세 망치느니라." 하며 심지어는 조소조차 한다. 이런 감정은 철저하도록 각계각층을 지배하고 있다. 공무원이 나라 되어가는 꼴이 딱해서 불평을 하면 이내 대관(大官)에게 불려가서 "자넨 하라는 일이나 제대로 할 것이지 무슨 불평인가. 그런 불순한 생각은 국가에 해로워." 하고 좌천 아니면 파면이 될 것은 뻔한 일이다.

이토록 철저한 무사주의(無事主義), 무정견(無定見)의 생활태도는 고도(高度)한 정신활동을 해야 하는 문화계에서 이례일 수가 없다. 문단에서는 이 각박한 사회와 가열한 역사적 현실에 자기를 송두리째 내던지고 대결하려고 하는 태도를 취하는 문화인이 있으면 "되잖게 혼자서 잘난 체하는데 저게 다 안목이 짧아서 세계의 영원한 자리를 보지 못하고 눈앞의 일들에 분망하는 어리석은 짓이라는 걸 모르는 거지. 저런 천박한 시세(時勢)꾼 같으니." 못 볼 송충이나 본 듯이 외면한다. 순수하지가 않다는 것이다. 속된 번뇌를 자청하고 있다는 것이다. 따라서 가장 타기할 만한 잡것이라고 괄시하려 든다.

이런 의견의 터줏대감이라고 할 수 있는 우리나라 일급의 시인이라는 한 선배는 어느 문학지의 '사회논리와 작가의 책임'이라는 주제의 특집에서 시인으로서의 책무를 논하는 글을 결론하여 다음과 같이 쓴 것이 있다.

시인은 꼭 시장의 종종걸음꾼들 모양으로 현실을 종종걸음만 치고 살 필요는 없다. 어떤 혼란하고 저가(低價)한 과도기는(이건 사적史的 안목이 서면 알 수 있는 것이다) 쉬엄쉬엄 황새 걸음으로 껑충껑충 뛰어 넘어가버려도 좋은 것이다.

어떤 저가들을 우리는 제일 많이 그렇게 뛰어넘을까? 질척질척한 불행의 진펄밭, 거지발싸개, 그런 것을 그렇게 뛰어넘으라고는 하지 않는다. 한편 나는 해이와 진부, 100년의 수작 합쳐야 창부 노랫가락 한수 재미만도 못한 놈의 구역 나는 연설판 이런 것들을 못 본 체 그냥 껑충껑충 뛰어 넘어가버리라고 권한다. 가까운 예로 자유당의 선거판이나 민주당의 데모판—이런 현실은 못 본 체 그냥 뛰어 넘어가버린 것이 가장 현명한 보행이 아니었는가?

이렇게 뛰어 넘어가야 할 현실도 적지는 않다. 그 대신에 시인의 현실은 영원 바로 그것이라야 하고, 사교 범위도 당대 국한을 벗어나야 한다. 당대에서 심우(心友)를 볼 수 없다 생각되면 과거의 역사 속에서 심우와 충고자를 구해 살아야 한다.

시인은 한 시대의 성인된 인류가 경험되어 하는 짓 전부를 거부하고 젖먹이들만을 사귀어가며, 수천년 전 옛 사범(師範) 하나둘만을 본보기로 하고 살면서 미래를 가설정하다가 가도 좋다. 몇세기 뒤에 이 가설정은 인류들에게 연합되리라는 기대만으로 일하며 살다 가도 되는 것이다.*

이토록 놀라운 말이 20세기 하고도 1960년대의 오늘날에 소위 문화를 한다는 사람들 중에서도 가장 앞장서 있어야 하는 문학인들 사이에 권위를 갖고 통용이 되고 있으며, 그 말이 가르치는 가설정을 따라한다는 유상무상(有象無象)의 무리들이 백주의 서울을 횡행하고 있다. 그리하여 저마다 몇세기 후에 영합(迎合)받을 그 가설정을 회심의 웃음으로 자랑하며 우리 같은 시정배(市井輩), 즉 현실의 번사(煩事)에 관심하는 인간들을 불쌍하게 굽어 내려다보고 있다.

그런 사실을 단적으로 증명하는 삽화가 있다. 3·15선거 전후의 이야기이다. 자유당 권세가 천하를 주름잡고 있는 때라 다소간의 호흡이라도 제대로 하려면 그야말로 이승만(李承晩), 이기붕(李起鵬)의 뜻에 영합해야 될 때였다. 몇세기 후에 자기의 가설정이 영합되기를 바라는 그 많은 무리들이 눈앞의 세도가(勢道家)의 뜻에 영합하기 위하여 그 높은 이들의 송가(頌歌)를 써서 몇푼의 돈과 거래를 하고 있을 무렵이었다. 그때 시골에서 글을 쓰고 있는 어느 친구가 겪었다는 이야기가 있다.

시골에 묻혀 있어서 눈이 무뎌져서 그런지는 몰라도 나랏일 맡았다는 사람들이 하는 짓이 하나도 옳게 느껴지는 것이 없었다고 한다. 아무리 시골뜨기인 그라도 민주주의 방식의 선거의 마지막 교두

* 이 인용문은 서정주 「시인으로서의 책무」(『현대문학』 1963년 3월호)의 한 대목이다.

보는 투표의 자유라는 것 정도는 알고 있는데, 그런 그더러도 3인조라나 9인조라는 것에 들어서 조장의 지시대로 도장을 찍으라는 것이었다. 하라는 대로 하면 아무런 문제는 없는데 고지식한 그는 되잖게 어깃장을 놓고 반대 의사를 표명했다. 형사가 찾아오고 시비가 벌어지고 배알이 뒤틀릴 대로 뒤틀린 그는 마침내 그들과 툭탁거리고 주먹다짐을 하고 말았다. 그 뒷일이 성가시고 해서 무작정 서울로 와서 느껴지는 대로 위정자들의 잘못을 지적하는 글을 썼다. 그런 그를 만나는 문우(文友)들은 어쩐지 전과 다르게 서먹서먹한 표정이었다.

그런데 하루는 길에서 문단의 어느 선배를 만났다. 물론 그분은 문단의 중진이요, 몇세기 후에 영합받을 만한 가설정을 여러개는 가졌을 그런 권위자였다. 때마침 마산에서 부정선거를 규탄하는 데모 끝에 몇명인지의 학생이 피살되었다는 보도가 있던 때였다고 한다. 그 선배는 그 친구에게 술을 한잔하자고 권하더니 조용한 어조로 말하더라는 것이다.

"자네 요새 꽤 열이 올랐더군. 그들이 잘못한다는 거야 누군들 모르나. 그렇다고 자네같이 사사건건이 덤빌 수야 없지. 그보다도 그까짓 놈들 무슨 짓을 하든 상관만 안 하면 될 거 아냐, 우리야 문학 하는 사람인데 그까짓 정치가들이 하는 짓에 그렇게 신경을 곤두세울 필요가 뭐 있나. 그러는 동안에 점점 문학만 거칠어지고 내면의 세계도 무너지기 쉬운 거야. 인간들 중에서 가장 하등한 놈들이 정치가인데 그런 것들과 맞상대를 하면 자네만 손해야."

아무리 술 취한 소리라고 해도 어이가 없어서 그 친구가 시무룩한 어투로

“그렇지만 나라꼴이 이게 뭡니까? 아니, 나라꼴 운운하기엔 좀 외람되니까요, 그렇게 어마어마한 생각은 안 한다고 하더라도 최소한 내 개인의 주권만은 내가 지켜야 할 것이 아닙니까? 아, 어째 내 손으로 내 표를 못 던집니까?”

하고 항변 비슷하게 말했더니 그 선배는 그것에 대해서는 변명을 않고 한참 그 친구의 얼굴을 쳐다보더니 농조가 섞인 말투로 웃으면서

“자네 그러다간 제명에 못 죽네. 사람이라는 건 매사를 순리로 해야지 그렇게 모가 지게 하면 해롭지. 도대체 자네가 행동인인가, 사색인이지. 괜히 왜 그러나, 다 자네 생각해서 하는 말일세.”

하고 말끝을 맺다가 너털웃음을 하면서 더욱 농조로

“자네 관상이 아무래도 단명하게 생겼어, 하하하.”

“아닌 게 아니라 나는 제명에 못 죽을 것 같은 생각이 가끔 듭니다.”

하고 그도 따라 웃기는 했으나 등골을 스쳐가는 소름 비슷한 바람기를 느끼지 않을 수 없었다고 한다. 그 친구는 이상과 같은 이야기를 나에게 들려주면서 쓴웃음 섞인 표정으로

“어디 이거 해먹겠어?”

하고 한숨을 내뱉는 것이었다.

위의 이야기 속의 선배가 갖고 있는 관념이나 앞에서 말한 일급 시인의 의견이 무엇을 의미하는가 하면 그것은 더 말할 것도 없이 현실의 와중에 끼어들면 위험하니까 되도록이면 그런 현실은 외면하는 편이 이롭다는 이야기이다.

그러나 그렇게 외면하고만 있으면 남 보기에 미안할 뿐만 아니라

자기 자신도 허전하고 구실이 없으니까 현실적인 위험성이 없도록 사회나 현실과는 유리되어 있는 가치를 가설(假說)하고 그것에 의지하려고 한다. 그러기 위해서는 그 가설한 가치에 절대한 권위를 부여해야 하며, 우상화해야 하기 때문에 영원이니 순수니 하는 보편적인 개념과 결연시키려고 노력한다. 몇 천년 전의 생활정신이 오늘날의 인간정신보다 월등 상품(上品)이었으니 그때를 사모하고 현대를 야유하는 것이 참답게 인간의 정신을 깨친 사람의 사업이라고 한다. 그에게는 적어도 수천년을 왕래하는 영혼의 교통력과 심화된 감정이 있으니 오늘에 살되 영원을 사는 것이라는 망상이 있다.

그런가 하면 자연이라는 유구하고도 원초적인 존재에만 관심함으로써 일시적이고 과현상적(過現象的)인 것에 불과한 사회나 현실에는 아랑곳 않는다는 오만으로 우리들을 내다보는 순수파들이 있다. 그들은 현실에 관계하는 욕심이 많은 나머지 눈이 흐려져서 자연의 생태가 보여주는 순수한 매력을 볼 줄 모르는 시정배를 비웃는 즐거움이 자연의 아름다움을 보는 자신들의 즐거움보다 더 큰 도착된 심리이상자(心理異狀者)가 되어 있다.

이상과 같은 일들은 자기가 조금만 정직해도 또 조금만 현명해도 그것은 남을 속이고 자기도 속이는 것이라는 걸 알 텐데 그러지를 못하고 있다. 도리어 늪에 빠진 사람처럼 시시각각으로 미암(迷暗)의 구렁으로 빠져들어가고만 있는 현상이다.

제3화 오늘을 다하고 내일을 기다리자!

위와 같은 이들에게 사회참여의 이야기를 설명하느니보다는 차라리 다음의 이야기를 들려주는 것이 좋을 성싶다.

동네에 머리가 모자라는 사람 하나가 살고 있었다. 그런데 그는 여름 어느날 동네에서 떨어진 원두막에 나와서 연 사흘이 되어도 돌아가지 않았다. 그래 원두막 주인이 왜 돌아가지 않느냐고 물었다. 그 사람의 말은 다음과 같더란다.

“우리 집 개가 미쳐버렸어유. 아무나 보면 물려고 덤비니 무서워서 어떻게 돌아갈 수가 있어야지유. 아, 글쎄 미친개에게 물리면 사람도 미친다잖아유! 내일 한번 가보고 올래유.”

원두막 주인이 어이가 없어 ‘개는 누가 처치하며, 그 개가 자기 처자식들을 물면 어떻게 할 것이며, 또 내일 가서 개가 그냥 있으면 원두막으로 다시 돌아올 작정이냐?’ 그래봤으나 허사였다고 한다.

이 이야기를 인용한 의도가 뭐냐는 것을 굳이 설명하고 있도록 짓궂게 하고 싶지는 않다. 다만 그 머리가 모자라는 촌부가 깨닫든 못깨닫든 간에 해둬야 할 의무가 있는 말로 끝을 맺어야겠다.

“미친개가 없어졌나 하고 내일 가볼 것이 아니라 오늘 가서 당신 손으로 개를 처리하시오.”

이 말을 바꾸어서 문학 하는 사람에게 하려면 다음과 같은 괴테의 말을 빌리면 될 것이다.

우주는 크고 풍부하다. 생활의 정경 또한 무한한 변화로 가득 차 있다. 그러기 때문에 결코 시의 주제가 마감되는 일은 없을 것이다. 그러나 중요한 것은 언제나 상황의 시를 써야 한다는 일이다. 즉 현실에서 기회와 소재를 얻어야 하는 것이다. 특수한 경우도 시인에게 취급되면 필연적으로 보편적인 경지가 된다.

나의 시는 전부가 상황의 시다. 나의 시는 현실에서 생겨난다. 나의 시가 뿌리박은 곳은 현실이며, 나의 시가 돌아가는 곳도 현실이다. 나는 그 아무것에도 의지하지 않는 시를 쓰기만 하면 된다.

그리고 결론적으로 말하면 "오늘을 다하고 내일을 기다리자!"일 것이다.

『세대』 1963. 10

내 결혼의 고비

나의 결혼 과정

서른여섯살에 결혼했다고 하면 만혼하는 사람이 많아진 오늘날이라고 하더라도 꽤 늦은 편이 될 것이다. 그런 것이 문단을 통틀어도 공초(空超)* 선생이 작고하시고 나니까 나보다 나이가 많은 노총각이 없다고 해서 만나는 문우들은 '노총각위원장, 노총각위원장' 하며 골리기가 일쑤였으니까. 그런 내가 결혼을 했다니까 그렇게 늦게 결혼을 한 데는 필유곡절이려니 하고 표제 같은 묘한 글을 쓰게 해보려고 한 모양이다. 그리하여 심심해 못 견디는 독자들을 달래는 제물로 삼으려는 것이 편집자의 심산인 듯싶다. 그러나 수삼년을 잡지니 신문이니 하는 일자리에서 밥을 얻어먹다보니 나는 선불리 그런 농간에 넘어가 어쭙잖은 글을 써가지고 남의 웃음거리가 될 얼간이는 이

* 시인 오상순(吳相淳, 1894~1963)의 호.

제 아니다.

더구나 남들도 다 하는 결혼인데 뭐 신기할 것도 새삼스러울 것도 없는 이야기가 아닌가. 또한 나는 내심 생각하기를 공초 선생같이 고이 깨끗이 늙어갈 일이지, 다 늙게 이게 무슨 꼴이람 하는 괴벽스러운 부끄러움조차 느끼고 있는 판이니 어찌 창피하게 결혼 이야기를 하겠는가?

그러나 어차피 인생은 피에로, 남의 장단과 남의 수작 끝에 놀아나는 것이 아닌가. 하물며 내 하찮은 인생살이의 한 고비에 유달리 관심을 가진 사람이 있다면 그 사람을 위해 한번 어릿광대춤을 춰주는 것도 지혜가 아닌가 싶어, 눈 딱 감고 평범무쌍하고 시시하기 짝이 없는 내 결혼 이야기를 해주기로 했다. 읽고 실망하든 비웃든 거기까지야 책임을 어찌 지랴.

거의 1년 전까지만 해도 나는 내가 결혼을 하리라는 생각을 실감으로 느껴본 일이 거의 없다. 그러던 내가 갑자기 결혼을 하게 된 데는 기실은 결혼 그 자체에 귀중한 가치를 인정해서가 아니라 세상의 온갖 일에 거의 흥미를 잃었고 또 그 무슨 일에도 열중이나 집중을 못 하고 따라서 나 자신을 고집한다든가 그 무슨 가치나 의미를 존중, 고집하는 관심을 상실한 나머지 되어가는 대로 자기 자신을 내팽개쳐보자 하는 나태심이 시킨 결과라고도 할 수 있다.

가끔 내려가는 시골집에 칠십이 넘으신 어머니는 이 못난 자식이 무슨 큰 금의환향이나 하는 줄 아시고 무작정한 기대를 갖고 혼자 살고 계시지만 그 얼굴에는 나날이 검버섯이 늘어가고 손과 팔을 만져보면 소아마비된 소년의 수족처럼 앙상해져버렸다.

그런데 어머니를 볼 때마다 "나는 불효자식이다. 나는 불효자식이다." 하고 중얼거리던 미안감을 더는 감내할 수 없어 어머니 생전에 조석이나 해드리는 그런 자식이나 되기 위해선 어머니 며느리를 하루빨리 얻어 들여야겠구나 하는 생각에 이른 것이 결혼을 하게 된 현실적 요건이라면 요건일 것이다.

이렇게 이야기하면 갓 결혼한 신부에게 모욕이 될지도 모른다. 사랑도 정열도 없는 그런 결혼이 어디 있느냐고. 그러나 그건 또 그렇지가 않다. 불혹의 나이가 다 되도록 살다보니까, 이십대 때의 순정·순애의 그런 이성 간의 사랑에 자기를 연소시키는 것만이 사람의 사랑이 아니라, 나와 관계 지어진 그 모든 것들에게 평균하게 자기를 나눠주는 것이 사람의 사랑이 아닐까 하는 것을 내 딴에는 깨달았기 때문이다.

내가 나의 어린 신부를 데리고 나는 너만을 사랑한다, 너만을 위하여 너 이외의 모든 이를 희생한다고 꿩수 같은 소리를 하기엔 세상이 멋쩍어졌고, 신부 또한 그런 헛소리를 믿을 것 같지도 않기에 아예 까놓고 내심을 폭로했더니 순순히 합의가 되고 어머니 또한 나보다도 더 며느릿감에게 열중하시는 모습이 마지막 사랑의 노화를 불태우시는 것 같아 더없이 고마운 생각이 들어 순식간에 결혼이 성립되고 만 것이었다.

이렇게 두 사람의 합의는 간단했지만 나 자신의 오랜 청춘 방황이 남긴 사랑의 잔영을 처리하는 것이 너무나 아프고 어렵고 괴로운 공사였다. 이따금 뭉클하게 엄습해오는 지나간 사랑의 상처의 아픔을 그냥 지닌 채 결혼을 한다는 것은 나 자신을 위해서나 신부를 위해서

나 상처의 당사자를 위해서나 불행한 일이고 죄된 일이기에 말끔히 씻어 없애려고 했으나 그것은 쉬운 일이 결코 아니었다.

내가 결혼을 한다는 것을 안 순정의 두 여자는 나의 결혼을 축하하고 행복하기를 빈다는 말을 각기 간접적으로 전해온 뒤 거의 침묵을 지키고 있었다. 나는 그들의 그 다소곳한 침묵이 더욱 괴로웠다.

들신이 걸린 사람처럼 방황하고 머무를 줄 모르던 지난날의 나의 청춘 과정의 어느 고비에서 온갖 순정과 정열을 기울여주었던 그들이 나는 진심으로 고마울지언정 도저히 미워할 수가 없었다. 뭣인지 모르게 나는 그들을 배신하는 것만 같았다. 또한 귀중한 보물을 놓치는 것만 같았다.

일생을 두고두고 후회를 할 것만 같았다. 그것은 그들과의 헤어짐을 아쉬워하는 그런 후회가 아니었다. 차라리 그런 괴로움이라면 그것은 내가 나 자신의 가슴속에 묻어두고 형벌처럼 되새기며 참아가겠지만 그 후회는 그들에 대한 미안감, 즉 그들의 괴로움을 상상하고 내 가슴을 짓찢을 그런 괴로움일 것이었다.

나는 결혼하기 직전에 그들을 만나 무릎을 꿇고 용서를 빌어야겠다고 결심을 했다. 물론 그들은 나의 결혼 과정과 나의 처지를 십분 이해하고 있을 것이지만, 그러나 마지막 만나 빌지 않고는 당장 내가 못 견딜 것 같았다. 나는 두 사람에게 각기 편지를 써서 만나달라는 전갈을 하려고 밤마다 별렀다. 그러나 곤비(困憊)의 극한에 서 있던 나는 글 대신 술집으로 가서 시간 가는 줄 모르게 술을 마셨다. 만취되어 빈 하숙방에 돌아와선 마구 울었다.

편지를 보낸들 결혼식이 임박한 내 앞에 나타날 리도 없는 그들이겠지만 설사 나타난다고 하면 나는 또 어떻게 심신을 제대로 가누고 그들 앞에 서겠는가 싶어 차라리 그런 순간의 괴로움을 술로 달래고 말았던 것이다. 그리하여 나는 허공을 짚은 사람처럼 허전한 발걸음으로 결혼식장의 한가운데를 걸어 들어갔었던 것이다.

이렇게 쓰다보니까 속에도 없는 형식적인 결혼을 한 것 같은 이야기가 되어버렸다. 그러나 내가 지난날 나에게 순정을 기울였던 여자에게 못내 아쉬운 미련을 가졌던 것처럼 이제 자기 일생을 나에게 의탁하려고 다소곳이 두 눈 감고 면사포를 쓴 어린 신부에 대해선 그런 내가 더욱 미안했으며 나의 과거가 백지같이 순백하지 못했던 것이 부끄럽고 슬펐다. 더구나 나의 그런 과거를 누구보다도 잘 알고 있는 그가 조금도 그들에 대한 시기나 경계를 갖지 않고 있는 데 대해선 더 말할 나위 없이 고마웠다.

그런데도 내가 결혼식장에 발을 들여놓을 때 허공을 디디는 것처럼 허전했던 것은 기실은 과거 나를 사랑하던 그 두 여인을 비롯한 나의 청춘을 장식했던 정을 못 잊어서가 아니라 40년 가까이를 고독하게 방황했던 습성과 결별하는 이별의 정이 일순에 집약적으로 감각된 때문인지도 모른다.

고독과 방랑이라는 것도 일종의 정신병이라고 한 사람의 말을 이제는 납득이 가는 심리적 입장에서 바라보게 된 나의 결혼이라는 과정이 또 얼마나 많은 속된 괴로움과 습성을 내게 강요해올지 모르지만, 그러나 평범한 너무나 평범한 사람의 길을 가는 것이 사람의 도리를 다하는 길이라고 생각하게 된다.

이젠 조금치도 쑥스러울 것도 멋쩍을 것도 없을 것이다. 그러다가 이따금 그 여자들과 길에서나 꿈에서 마주치면 좀 당황하고 계면쩍어하고 상처를 만지작거리다가는 그들을 고이 보내도 주거니와 나도 고이 돌아와서 내가 추진하는 다소간의 사업에 열중하는 그런 습성에 익숙해진 나는 마침내 주름살도 늘고 흰머리도 생길 것이 아닌가.

그렇게 사는 거지, 머리가 반백이 됐을 때 로맨스 그레이로 한번쯤 소품 같은 새 연애를 할지도 모를 일이겠고, 하는 단념 같은 단정이 지금 나로 하여금 나의 결혼을 본궤도에 올려놔주고 있다고 할까.

『여상(女傷)』 1964. 2

기적(棋敵)

조남철(趙南哲) 씨가 일본에 가서 사카다(坂田)*하고 대국한다는 보도를 보고 조국수(國手)가 이겨줬으면 하고 생각했다.

흔히 바둑꾼들이 모이면 한국의 단(段) 실력과 일본의 단 실력의 차이가 어쩌니저쩌니하고 알지도 못하는 지식을 동원하여 다투다간 결론적으로 '아마 사실은 한국의 실력이 셀지도 몰라' 하고 기적 같은 것을 바라는 소리를 하는 수가 있다.

내가 어울리는 바둑 친구 중에는 에세이스트 민병산(閔炳山) 형이 있다. 이 친구 아주 신중파요, 숙고형이다. 바둑이 그렇고 사는 태도가 그렇다. 그가 그 무거운 입을 열고 저력 있는 말투로 "조남철의 실력은 기실 추측 불능이야. 사카다도 글쎄!" 하는 바람에 나도 한국의

* 사카다 에이오(坂田榮男, 1920~2010). 일본 도쿄 출신의 바둑 기사.

단 실력이 실상은 일본보다 셀지도 모른다는 견해를 갖게 되었고 또 그러기를 바라게 되었다. 그러니 그 조국수와 일본의 일인자 사카다가 대국한다니 당연히 이쪽이 이기기를 바랄 수밖에.

그런데 조국수가 졌다는 소식을 들었을 때 내 마음은 무척 비참했다. 아마 패전의 당자인 조국수의 패배의 설움보다도 내 마음의 비참이 더했을지도 모른다.

따지고 보면 우리나라 바둑 실력이 일본의 그것보다 강하다는 근거는 아무것도 없다. 다만 그러기를 바라는 마음이 어느덧 그런 것으로 단정하게 된 것뿐이었다. 그것을 바둑 두는 사람이면 으레 갖는 심리인, '내가 더 세다. 실수만 없었으면 내가 이겼다' 하는 인간적 약점이 시킨 것이리라.

그러고 보니 생각나는 것인데 이 지기 싫은 승기(勝氣)가 작용하지 않은 바둑처럼 재미없는 것이 없다. 단 바둑이 된 사람들의 심리야 엔간히 수양이 돼서 안 그럴지 모르나, 우리로선 역시 대국할 때 승기가 돋는 상대와 만나야 재미가 있다.

말하자면 기적(棋敵)과 싸워야 두는 맛이 있다. 그 아무하고나 둬도 기리(棋理)에 맞추어 한 대중으로 두는 것이 통달한 바둑의 진미(眞味)인지 모르겠으나, 나는 아무하고나 둬도 재미나지는 않다. 역시 미숙하고 바둑의 진리를 모르는 탓이겠지 하고 창피한 생각이 들면서도 실제로는 그런 걸 어찌하랴.

내 기적은 역시 민병산 형이다. 이 친구는 내가 바둑 배운 지 10여 년간의 라이벌이다. 나는 바둑이 고무공처럼 팔딱팔딱 뛰는데, 이 친구의 바둑은 납덩이처럼 무겁다. 나야 실수가 하도 잦으니까 실수 끝에 대마(大馬)를 죽이면 분하다가도 이내 잊어버린다. 그러나 이 친구 원체 신중파라 좀처럼 안 하던 실수를 어떻게 한번 할라치면, 천지가 무너지는 것 같은 신음 섞인 탄식을 내뱉는다. 그러곤 끙끙 앓으면서 회생책을 강구하느라고 기반(棋盤)에 구멍을 팔 지경이다. 그것이 지루해서 나는 딴전을 피우고 있다가 역습을 당하고 아얏 소리도 못 하고 패한다.

이 엎치락뒤치락의 맛이 역시 제일이다. 나는 좌충우돌 마구 끊고 제치고 덤비는데, 이 친구 우물우물하며 바둑의 이치는 그렇지 않느니라! 하고 도사연(道士然)한다. 그래 나는 이 친구는 나보다는 바둑의 깊은 뜻을 아는가보다 하고 속으로 은근히 존경을 한다. 그러나 막상 격전 끝에 지고 말면 내가 졌을 때보다 더 붉으락푸르락하며 말도 제대로 못 한다. 그걸 보면 내가 속았던 것 같아 분하다.

그리고 그는 나보다 자기가 바둑이 세다고 늘 생각하고 있다. 그런데 우리 둘이 3급 가까운 오늘날이 되는 동안의 스코어는 5대 5이다(이 말은 터럭만 한 에누리가 없는 사실이다). 그러니 과학적 판단으로는 그가 센 것도 내가 센 것도 아니다. 도리어 나는 나대로 실상은 그가 셀지도 모른다고 생각할 지경이다.

그러니 그나 나나 역시 바둑에 있어선 도리 없이 승벽(勝癖)이 살아 있는 것이니 아직 철나기는 멀었다고 볼밖에 없다. 그런 심리가 작용해서 결국은 일본에게 한국이 졌다는 것을 분해했던 것이리라.

『기원』 1964. 2; 『바둑을 사랑하는 사람들』, 탐구원 1994

변명고(辨明考)

내 성미가 옹색해서 그런지 무슨 일에 대해서 누누이 변명하는 일처럼 가슴 답답하고 역겨운 일이 없다. 그런 때의 나는 표현으로 부득이해서 변명을 하고는 있지만 속에선 그런 내 꼴이 보기 싫다 못해 때려눕히고 싶기만 하다. 그래서 어떤 때는 하던 변명을 도중에서 딱 끊고 입을 다물고 묵묵히 서 있는 일이 있다. 상대방이 어리둥절할 것은 물론이다.

그런데도 사람이 산다는 것은 결국 변명거리를 늘려가는 것인지 점점 변명이 늘어만 가는 것 같다. 이 말은 변명의 기술이 는다는 이야기가 아니라 부득이하여 변명을 하지 않으면 안 된다는 것을 깨닫게 되어 성미에 안 맞는 변명을 거듭하게 되어가더라는 이야기로, 그러니 그런 자신이 점점 싫어질밖에 없다. 싫은 일을 할 수 없이 하는 어제오늘의 나, 그 내가 불쌍하기만 하다.

요즈음의 내 변명의 주 영역은 시 못 쓰는 데 대한 것이다. 나는 작금 약 2년 동안 시를 거의 못 쓰고 있다. 작년 1963년만 해도 시라곤 딱 한편, 그것도 나 자신으로는 시입네 하고 쓴 것이 아니라 군정 연장(軍政延長)을 반대하는 격문(檄文) 같은 글을 한개 썼을 뿐이었다. 그런 나에게 잡지사나 동인지 같은 데서 시를 달라고 한다. 나는 요즘 통 시가 안 써진다고 실정을 말한다. 이런 나에게 그러냐고 하며 그들이 돌아가면 일은 간단한데, 굳이 조르며 하는 소리가

"그러지 마시고 한편만 주십시오. 하룻저녁만 수고하시면 될 텐데요."

좀더 적극적인 친구는

"시흥(詩興)이 돋게 대포나 한잔합시다. 이렇게 눈이 펑펑 쏟아지는 날 얼근히 취해서 밤거리를 걸으면 저절로 시가 나올 거 아닙니까?"

하고 막무가내로 대폿집으로 마다하는 사람을 끌고 간다.

이렇게 되면 나는 점점 더 시 못 쓰는 변명을 늘어놓을밖에 없다. 그러나 결국 피차 얼근히 취한 우리는 시를 주기로 약속한 것도, 안 한 것도 아닌 채 헤어지고 만다. 그런데도 그는 원고마감 날이 되면 어김없이 찾아와선 시를 달란다. 그제야 깜짝 놀란 나는 언제 내가 응낙을 했느냐고 잡아떼지는 못하고 이러저러해서 못 썼으니 하루만 여유를 달라고 애원을 한다.

그리고 그날 일찍 집으로 돌아와서 우선은 책상 앞에 앉아본다. 원고지와 연필도 꺼내놓는다. 그러나 영 머릿속은 공전(空轉)일 뿐이다. 앉았다 섰다 누웠다 일어났다, 이 책을 빼봤다, 일기장을 꺼내봤

다, 담배를 피웠다 껐다, 라디오를 틀어봤다, 온갖 짓을 다 해봐도 뮤즈란 작자는 얼씬도 않는다. 이쯤 되면 나는 밖으로 나가서 가까운 대폿집의 문을 연다. 연거푸 몇잔의 술을 마신다. 곤드레가 되어 집으로 온 나는 다시 책상 앞에 앉아서 무언가를 끄적거려보다 잠이 들고 만다.

결국 시를 못 쓰고 만 나는 다음 날 아침에 출근하기가 무섭게 잡지사에 전화를 걸고 변명을 한다.

"아무리 쓰려고 해도 안 써지니 어떡합니까? 죄송합니다."

하고 죽을죄를 지은 사람처럼 빈다.

그러나 그쪽도 역시 난처하긴 매한가지이다. 원고 마감 때 와서 못 쓰겠다니 화가 날밖에. 노한 음성으로

"이러시면 우리는 어쩌라는 겁니까? 잡지를 해보셔서 사정을 잘 아실 텐데…… 오후까지만 써주십시오."

하면서 전화를 딱 끊는다.

진짜로 화가 난 모양이다. 그러나 시가 써질 리는 없다. 나는 채귀(債鬼)에 몰리는 사람처럼 온종일 불안하다. 결국 그날 저녁 그 앞에서 나는 진땀을 빼며 사죄를 하고 그는 섭섭해하는 표정으로 돌아가고 만다.

이런 꼴을 당하다 못한 나는 마침내 결심을 했다. 무조건 청탁을 거절하기로. 그리하여 찾아오는 잡지사 기자에게 "부득이한 사정으로 당분간 글을 안 쓰기로 했습니다. 보십시오, 딴 잡지에 글을 쓰나. 만약 딴 곳에서 내 글을 보면 죽일 놈이라 하십시오." 하고 애원애원한다.

이것으로 끝날 줄 알았던 일인데 사실은 그렇지가 않다. 들리는 말이 "요즘 신동문이 비싸게 군다." 하더라는 것이다.

나는 당황할밖에. 온갖 짓을 다 해도 안 써지는 시를 내가 비싸게 노느라고 그런다니 답답하고도 슬플밖에. 심지어는 가까운 친구들이 하는 동인(同人) 시지(詩誌)에 시를 못 주고 있으니 만나는 동인마다 그럴 수가 있느냐고 야단이요, 혹자는 "너무 빼지 마시오." 하고 사뭇 못마땅한 표정이기도 하다.

그 친구들에게 시 못 쓰는 실정을 구구하게 늘어놓다보면 그런 내가 나 자신조차도 쓰면 쓸 수 있는 걸 공연히 그러고 있는 것 같은 느낌이 드니 그런 소리가 다 변명인 것만 같아 딱 질색이 되기도 한다.

그러다보니 자기 사정 이야기하는 것은 아무리 진실을 말하더라도 전부 변명인 것만 같다. 그래 아예 변명이고 아니고 나 자신의 사정은 이야기 않는 것이 좋겠다고 결심을 몇번씩 했으나, 그러고 보면 공연한 오해가 오니 부득이 변명 아닌 실정을 늘어놓게 된다. 그러나 결국 그것이 전부 변명이 되고 마니 산다는 것이 역겨워지고 만다.

내 성미가 옹색해서 그런지는 몰라도 모든 일이 이렇게 꼴사나운 변명의 연속이며 그런 꼴이 사람 사는 모습이니 산다는 것이 구차스럽기만 한 것 같기도 하다.

쓰다보니 이 글 전부가 무슨 변명 같은 꼴이 되었으니 변명이 아니라는 것도 변명이요, 변명이라고 하는 것도 변명이 되니, 변명 아닌 건 도대체 어떤 것인지 알 수가 없어졌다.

『세대』 1964. 3

얼굴

요즘 나가는 직장에 책상을 맞대고 있는 동료 직원 중 관상을 잘 보는 친구가 있다. 본인의 말에 의하면 거의 권위에 가까운 것이며 웬만한 직업 관상가도 자기를 따르지 못한다고 한다. 그는 가끔 마주 앉아서 일을 하다 말고 내 얼굴을 가만히 살펴보고는

"찰색(察色)컨대 근간에 구설수가 있겠습니다."

라든가

"얼굴에 재색(財色)이 돋습니다."

하고 사뭇 정중히 말한다.

그러면 나는 빙그레 웃으며

"맞으면 한턱내죠."

하고 맞장구를 친다.

그런데 그런 소릴 듣고 화장실에 가면 손을 씻으며 무의식중에 거

울 속에 비친 나 자신의 얼굴을 살펴보게 된다.

그리고 내 얼굴이 잘생긴 건가 못생긴 건가 하고 새삼스러운 의문을 품어보게 된다. 그러나 그 의문이 다 풀리기도 전에 그런 생각을 하는 나 자신이 창피해지고 어리석은 놈인 것 같아 쓴웃음을 혼자 지으며 물러나온다. 사람이란 심리적인 묘한 허점을 가진 동물이어서 자기의 얼굴이 잘생긴 것이기를 바라는 모양이다.

그런 상례를 벗어나지 못한 나도 이십 직전 비로소 인생의 문을 두드릴 즈음엔 곧잘 거울 앞에서 자기 자신의 얼굴을 점쳐보고 살펴보며 기대와 절망이 교차된 상념에 잠기곤 했었다. 귀가 크면 어떻고 코가 크면 어떻고 이마가 넓으면 어떻고 하관이 발달하면 어떻고 하는 토속적으로 전해지는 이야기에 비준해서 나 자신은 이렇겠구나 하고 고민도 하고 기뻐도 했었던 것이다. 그리하여 그런 생각에 골몰한 나머지 거울에 얼굴을 맞대고 앉아서 얼굴을 이리 찡그려도 보고 저리 오무려도 보고 코를 잡아당겨도 보고 귀를 끌어당겨도 보고 하며 얼굴 모양을 변용시키려고까지 했었던 것이 기억난다.

이런 수작은 그 심리적 근저에 자기 자신은 잘난 것이며, 자기의 운명은 일종의 히어로적인 것이라는 자부를 지니고 있는 것이어서 그 나르시시즘적인 습관은 몽유병처럼 나 자신도 견제할 수 없게 되풀이되어갔다. 이 무렵엔 내가 나 자신의 얼굴과 표정을 의식하면서 언동을 했던 것임은 말할 것도 없다.

그러나 나이가 한두살 더 들고 지식이 늘고 하니까 차츰 그런 내가 어리석은 것임을 깨닫게 되고, 또 그런 식의 주관적인 상념이 현실의 객관적인 풍토 앞에서 얼마나 허무맹랑하게 사그라져버리는 것인가를 알게 되면서 그런 습성에서 벗어나게 되었다. 그리하여 자기 자신의 얼굴에 자기 나름의 단정을 내렸다.

결코 늠름하지도 후덕하지도 못한 박토(薄土) 같은 얼굴이라며 흔히 말하는 부귀영화를 누릴 행복한 얼굴이 아니라 가파른 인생을 극기(克己)와 희원(希願)으로만 방황할 슬픈 얼굴이라고 단념 비슷한 판단을 내리게 된 것이었다. 그리고 거울 앞에서 제 얼굴을 살피고만 있는 것이 게접스럽고 좀스러운 것 같기도 해서 아예 거울 앞에서 외면을 하기로 한 것이었다.

이런 변화를 달리 해석하면 나도 나이를 먹다보니 내 감정의 스케일이 커져서 자기 자신에게만 골몰하는 일이 없어졌기 때문이며 자연과 사회의 양태와도 감응이 가능해진 때문이라고 볼 수도 있었다. 그런 심경에서 제 얼굴에 골몰하고 있다는 것처럼 쩨쩨한 일도 드물 것이다.

그렇던 내가 일상 주변에 얼굴 이야기를 자주 하는 친구가 있다고 해서 또다시 얼굴을 살펴보게 되었으니 참으로 어이가 없는 일이다. 물론 어렸을 때처럼 열중하는 것도, 빈도가 심한 것도, 또 심각한 것도 아니지만 그러나 좌우간 새삼스럽게 얼굴을 살펴보는 나 자신이 우습지 않을 수가 없다.

지난날 얼굴을 살필 때는 기대, 야망의 정열로서였던 것이 이젠 피로와 곤비의 위치로 변한 것이리라. 이렇든 저렇든 유전병인 양 문득 되살아나는 이 습성, 그것은 인간의 실존적 제약인 것만 같아 슬픈 자각을 하지 않을 수가 없다.

전에 보던 얼굴의 그 윤기 흐르고 생기 찼던 모습은 자취도 사라지고 이젠 잔주름과 수척한 살결로 변해버린 사십이 가까운 얼굴이 되었건만, 아직도 뭐가 뭔지 인생을 모르고 엉뚱하게 얼굴을 점치려는 생각이 스쳐가곤 하는 내가 어이없도록 부끄럽고 슬프다.

『신사조』 1964. 3

시인아 입법하라 아니면 폭동하라

한국의 유대인?

우리들 한국의 시인들은 마치 사생아나 서족(庶族)이나 아니면 고향에 돌아온 실의의 탕아처럼 슬픈 대우를 받고 있다. 사회가 따돌림을 하기도 하거니와 스스로도 한가운데서 놀지 못하고 현실의 변두리에서 빌빌거리고 있다. 그것을 좋게 말해서는 현실이나 사회에 대해서 속된 미련이나 욕망이 없는 고적한 정신의 방법이라고도 하고 나쁘게 말해서는 아무 소용도 능력도 없는 기생충적 존재라고 비난도 한다.

그들은 가난하고 쪼들리고 핏기 없는 표정들을 하고 마치 폐환(肺患)의 병인같이 우멍한 동공으로 허공을 초점 없이 바라보며 거리를 서성대고 있다. 그리하여 옆구리에 끼고 다니는 원고지 봉투 속에 아로새겨진 숙명의 비가(悲歌)들을 목숨보다 더 소중히 펴놓고 웅담장사 같은 답답한 PR를 한다.

이 고품의 수요자는 또 어쩌면 그렇게 꼭같이 닮았는지 멸종되어가는 아이누 인종이나 정신적인 소아마비증자가 아닌가 싶도록, 잘 봐줘서는 순수한 것이기도 하고 나쁘게 봐서는 덜된 인간 같은 표정으로 시 쓰는 것을 단념하지 않을 정도로 심심찮게 찾아와선 고객이 돼주곤 한다.

그 매상상(賣上商)이 뼈를 깎아주듯(?)이 하여 얻은 보수는 농노시대의 임금보다도 못한 것인데 그것을 손아귀에 말아 쥐고 대폿집으로 달려가선 압생트 아닌 막걸리에 거나해져선 이 세상이 후회할 것도 창피할 것도 없는 도원경(桃源境)처럼 만족한 게트림을 한다.

이것이 한국 시인들의 풍속도이다. 이대로여서는 플라톤이 말하는 의미의 시인 추방이 아니고서라도 이 사회에서 추방하고 단종(斷種)시켜 마땅한 것이 시인이다. 그것은 시인이라는 고귀한 명사를 아껴 쓰기 위해서도 이런 따위 시인들은 제거하여야 마땅할 것이다.

그러나 한국의 시인이 다 그렇게 못나고 쓸모없는 것들이라고 말하지 말라고 항변할 것이다. 한국의 시인이 전부가 옴이나 비듬같이 사회의 피부를 좀먹는 불쾌한 존재라고 규정하고 싶지는 않은 것은 필자도 마찬가지이다.

그렇다. 변명의 여지는 있다. 저 세계 각국에서 따돌림을 당하고 규탄을 받는 유대인, 특히 히틀러 나치 독재하에서 학대받던 유대인, 지능과 정신이 그 어느 인종보다도 앞섰던 때문으로 해서 요(要)경계인이 되고 감시를 받고 심지어는 학살을 당하던 그들처럼, 우리 한국의 시인들도 보다 뛰어난 교양과 지혜와 정신의 소유자이기에 속된 무리들만이 행세하는 세상에서 이렇게 학대를 받는 한국의 유대인이라고.

그러나 이렇게 변명을 하는 것은 아무래도 아전인수인 것만 같다. 그렇게 변명을 하며 자위하고 말기에는 분명히 우리들의 어딘가가 무책임했던 것만 같다. 과연 우리가 지금 이렇게도 못난 꼴을 하고 있는 것은 보다 뛰어난 지혜와 정신 때문에 사회에서 경계를 당하고 질시를 당한 나머지 사회의 어느 구석에도 차지할 자리가 없어서 가난해졌고 우울해졌고 슬퍼진 것일까? 우리가 할 일을 다하고 성의를 다하고 의무를 다하고 권리를 다 행사했는데도 이렇게 됐다고 할 수가 있을까? 그렇다, 라고 하기에는 우리들은 너무나 무성의했고 무책임했고 무능력했다.

그러면 또 변명하는 시인이 있을 것이다. 우리가 그렇게 무책임하게 된 데는 그럴 수밖에 없었던 이유가 있다. 일제 36년의 식민지하에서의 억압, 그리고 자유당 10여년의 부패, 이어 민주당의 혼란, 그리고 최근의 삼엄한 계엄군정으로 잇달은 무지와 피해의 연속 속에서 어느덧 중증의 피해망상 환자가 될 수밖에 없었으며 따라서 입이 다물어지고 말았다, 라고.

그렇다. 그 말은 정확한 말이기도 하다. 그 비근한 일례로 지금 이 글을 쓰고 있는 필자의 심리를 들 수가 있다. 이런 글을 써달라고 청탁하는 편집자는 겁도 없이 우직하게도 야무진 소리를 하는 사람을 고른다는 것이 나에게 불행한 화살을 꽂은 모양이지만 결코 나도 신변에 위험이나 불안을 감각할 줄 모르도록 그렇게 어리석고 우직하지는 않다.

도리어 남 이상으로 예민한 감수성으로 사회의 기상 속을 흐르고 있는 유독한 기류와 역사가 맹목적으로 질주해가고 있는 불안한 내일에 대하여 민감하게 그 무엇인가 궁금함을 느끼고 전전긍긍하고 있는 것이다. 그리고 자기가 하는 말이 자칫하면 옳고 그르고의 문제를 떠나서 가혹한 매질과 고문의 자청이 될지도 모른다는 생각이 번개처럼 뇌리를 스쳐갈 때는 전신이 오싹해지는 것이다. 그런데 이런 이상야릇한 불안감이 전연 근거가 없는 피해망상일까 하고 생각해본다.

내가 하고 싶은 말, 내가 하고 싶은 행동을 맘대로 해도 아무 상관없는데 공연히 하는 망상일까 하고 되새겨본다. 그러나 결코 "그렇다."라고 수긍할 수는 없다. 우리 시민들은 오늘 이 순간에도 정체를 알 수 없는 어느 특수기관에게 감시를 받고 있다는 생각 때문에 입을 여는 데 조심을 해야 했다.

또 일제하에서도 그랬고 자유당하에서도 그랬지만 지금 헌법에서 보장하고 있는 권익보다는 훨씬 좁은 범위 안에서만 자기의 행동을 해야 한다는 조심성에 젖어버린 나머지 무심코 본능적으로 내디딘 자기 앞발을 주춤하고 거둬들여야만 하도록 돼 있다.

이렇게 제한된 어느 선을 벗어난 언행이 될지도 모르는 나의 이런 글이(그 제한의 선은 합리적인 법률적 결과이기보다는 어느 특정인의 주관이나 기분으로 그어지는 선이기에 더욱 무섭다) 화근이 되어 그렇잖아도 병약한 몸에 매질이나 당하면 나는 끝장이다, 하는 생각이 머릿속을 떠나지 않는 이 상태가 저 학대받던 유대인과 너무나도 닮아 있는 것만 같다.

더군다나 세계나 사회의 여러가지 상태에 대하여 그것을 감각하고 비평하는 데는 아무래도 그 교양이나 감수성에 있어서는 제1급에 속하는 시인들이고 보니 그들이 자각하는 피해의식은 유대적이라고 아니할 수도 없다.

그러나 우리는 결코 유대인도 아니며, 또 유대인과 같아져서는 안 된다. 그리고 또 우리의 현실이 우리를 유대인으로 만드는 것이 아니라, 우리들 자신이 못나게도 유대인이 되려고 하는 꼴이 아닌가 싶다. 그것은 저 유명한 숙명적인 유대인 슈테판 츠바이크의 슬픈 자살과 우리의 고민과는 비교도 안 되는 것을 알기 때문이다.

휴머니스트이었고 평화주의자이었고 세계의 주민이었던 그, 일명 '이해의 천재'라고 일컬어지던 그는 인생을 즐겼고, 원만했고, 명성과 돈과 많은 친구와 젊은 아내를 가진 쾌활한 신사였던 것이다.

그런 그가 "나는 이런 시대에는 적합하지 않다. 이런 시대는 내 맘에 안 든다."라고 하며 아름다운 고향인 빈을 버리고 영국으로 미국으로 브라질로 망명을 다니다 마침내 그곳에서 젊은 아내와 함께 독약을 마신 것은 그의 그 중후한 천재적인 이해력을 갖고도 도저히 수긍할 수 없는 가공할 히틀러의 독재, 야만의 승리, 파괴본능의 발현이 20세기에 현실화하는 것도 이해가 안 되었고 또 가장 이성적이며 철학적이었던 국민인 독일인이 나치 살인범들에게 환호성을 보내는 것도 알 수가 없었던 것이다. 그리고 자기의 피부지방이 비누가 되어 독일인 피부의 때를 씻어주게 되는 운명을 이해할 수가 없었던 것이다.

거기에 겹쳐서 그가 『어제의 세계』에서 묘사하고 있듯이 "이집트 이래로 회귀하여오는 추방이라는 민족 공동의 운명"을 짊어지기에는 그는 너무나 마음 착한 평화주의자였던 것이다.

유대인 츠바이크가 살기 어려웠던 것은, "20세기의 유대인의 비극 중에서도 가장 비극적인 것은 이런 비극을 치르는 그들이 이 비극 속에서 그 아무런 의미도 보상도 이젠 발견하지 못하게 됐다는 점인 것이다. 그런데도 어찌하여 이런 운명은 우리에게 내려지며, 또 우리에게만 언제나 내려지는가? 그 무엇이 이 의미 없는 추방의 의미이며 목적인가?"라고 말한 자신의 말마따나 이유도 의미도 목적도 모르는 채 추방되어 몸 둘 곳 없는 운명을 그는 견딜 수가 없었던 것이다.

이렇게 가혹했던 운명과 현실을 살아야 했던 유대인과 어찌 비교되는 우리들의 현실일 수가 있겠는가? 앞서 말한 우리의 신변과 현실에 저미(低迷)하는 정도의 불안과 공포는 현대 정치사회의 불가피한 현상이며, 따라서 후진국인 우리나라 같은 데서는 당연히 통과해야 할 과정인 것이다.

이만 정도의 현상 속에서 오금을 못 쓰고 스스로의 개성마저 말살한 빈사상태가 되어버린 한국의 시인들이 자기들을 어찌 저 가혹했던 운명과 현실의 희생자가 됐던 독일의 유대인과 비길 수가 있겠는가?

금서 없는 나라

사실 따지고 볼 때 우리나라 시인들처럼 학대를 받지 않는 무풍지대의 주민들도 없는 성싶다. 일제시대에 몇몇 시인이 투옥당했던 불행을 기억한다. 그러나 보다 많은 시인들이 민족의 수난을 아랑곳없이 감상적인 시고(詩稿)를 안고 현실도피 내지는 풍월만을 읊었던 것을 알고 있고, 심지어는 투옥된 시인의 수와는 비교가 안 되도록 많은 시인들이 일제에 보국(報國)했던 것을 기억한다.

그 당시의 시인들이 남겨놓은 시 중에서 민족의 통분을 노래한 시가 그 몇편이나 되는가? 그러면 또 말할 것이다. 시인은 원래가 코즈모폴리턴인데 민족 운운을 하는가라고.

그렇다면 민족의 슬픔 같은 것에 감각이 없었다고 치더라도 최소한 인간으로서의 자유가 억압될 때는 그것을 거역하는 자세 정도는 취할 수 있었을 터인데 나의 기억으로는 그런 시도 몇편이 없다.

이렇게 개성도 없고 인격도 없고 정신도 사상도 없는 풍월객(風月客)의 후예들인 오늘날의 소위 현대시인들은 또 어떤가? 그럴듯한 종주(宗主)도 못 가진 에피고넨들인 이 젊은이들의 약골상(弱骨相)은 어떤가? 그들이 노래하는 그 어떤 언어 한마디도 금서의 대상이 되었다는 말이 없다. 이 말은 독선과 독단의 계엄군정 2년간 그것에 대한 비평은 고사하고 그런 것의 불편을 토로한 시가 하나도 없었다는 말이 된다.

이것은 참으로 납득할 수 없는 이야기이다. 아무리 선의에서 나온, 애국에서 나온 독재라도 독재는 독재다. 독재는 그것이 선의에서 나온 것이 아니라 자선에서, 박애에서 나온 독재라도 그것을 거부할 권리와 의무가 모든 인간에게 있다.

그렇다면 현 군사정부는 어떤가? 현 군사정부 지도자의 애국지심을 의심할 사람은 없다. 이승만 노인의 애국심은 이제 와서 생각해보면 자기존대의 망상이었던가 애국심이었던가 하고 의심이 갈지언정 박정희(朴正熙) 장군의 충성심을 의심할 사람은 아무도 없다. 그렇도록 그의 쇄신분골(碎身粉骨)하는 헌신적인 봉사에는 경의를 느끼지 않는 국민이 없을 것이다. 그로 해서 몰락의 구렁에 빠진 전(前)정객들도 존경을 한다고 말하고 있으니까.

그러나 그렇게 애국지심에 불탄다고 해서 그 방법이 민주주의 원칙에 어긋나는 것이 되어도 좋다고는 말할 수 없다. 박장군 밑의 사람의 그에 대한 과잉충성도 난처하지만 박장군의 국가나 민족에 대한 과잉충성도 방법을 그르쳤을 때에는 곤란한 것이다. 그런데 박장군의 성의와 진심과 노력과 다르게 그 방법에 대해서는 수긍할 수 없는 점이 한두가지가 아니다.

심하게 말하면 그 방법은 전적으로 그르친 것이라고 할 수밖에 없다. 무력 쿠데타로 무능정권을 전복한 것이 잘못이라는 것은 아니다. 그것은 위독한 병을 수술하는 때의 메스를 든 의사의 냉혹한 태도와 비기면 된다. 또 화폐개혁의 실패, 요즈음의 물가앙등에 대한 실정 같은 것을 말하는 것이 아니다.

근본적인 문제는 자기의 신념으로 국민을 인간 개혁시킬 줄 알았다는 점인 것이다. 그리고 그 방법을 국민의 자발적인 방법으로 도모한 것이 아니라 명령으로 실행하려고 했다는 점인 것이다. 민주주의의 대원칙이 '욕망과 평안을 갈망하는 모순투성이이고 불완전한 인간들의 최대공약적인 이익을 보장하는 제도'일 것인데 국민에게 금지와 준수만을 전제로 한 명령으로써 인간을 완전한 것으로 개혁하려고 했다는 것은 근본적인 착오였던 것이다. 이것에서 원인하여 여러가지 부작용이 발생하였으며 병폐가 생겼던 것이다.

그것이 국민들에게 심리적으로 감시당하고 있다, 간섭을 받고 있다는 느낌을 갖게 하였고 나아가서는 국민생활이 어딘지 모르게 거북상스럽게만 생각케 되었던 것이다. 한마디로 말해서 위정자에 대해서 국민의 당연한 권리인 비평을 못 하게 되었던 것이 가장 큰 잘못이었던 것이다.

이렇게 국민에게서 언어가 봉쇄되었을 때 언어의 파수병인 시인들은 어땠던가. 그들은 자기들의 생명인 말이 봉쇄돼도 슬프지도 답답하지도 않았던 것이다. 아니 도리어 그들은 언어가 봉쇄되기 전의 그 많고 거창하던 언어와 현실 앞에서 질리고 겁이 나기만 했었기 때문에 봉쇄되고 남은 유약한 감상언(感傷言)들을 몇개 갖고 돌아앉아서 어린애 같은 언어의 세트 플레이만 하여 스스로 고고한 체하기만 했던 것이다.

이 시인들은 젊은 나이에 명장의식(名匠意識)은 왜 그리 강한지 언어의 비의(秘義)를 캔다는 구실 아래 이 뼈아픈 현실을 운운하는 몇 안 되는 시인을 도리어 언어의 내면성을 모르는 조잡한 시인이라고 욕을 하며 태연한 것이다.

필자가 이런 따위 글을 쓴 것을 보면 소위 왈 이 나라의 시인의 거개가 "정치니 현실이니 민권이니 자유니 위정자에 대한 비판이니 하는 것은 전력(前歷) 정객이나 고관, 또는 송요찬(宋堯讚) 씨나 김동하(金東河) 씨나 혹은 미 국무성에 백이나 있는 사람이 하는 것이지 저 따위 무명 문약(文弱)한 자식이 주제넘게 까불다 얻어터지면 꼴좋겠다.” 하고 야유를 할 판이니 이들이 쓰고 한 말이 금서의 대상이 될 리도 없다.

독일의 금서는 그 자체는 다시없는 비극이며 문화적인 손실이었지만 그것은 독일 문화인의 살아 있는 개성과 인격과 사상의 보증이었으며 인간 존엄성의 산증인이었던 것이다.

계엄군정 2년에 금서가 된 시집이 하나도 없었다는 것은 곧 우리들의 가장 못나고 몰개성적인 점을 증언하는 슬픈 상징이기만 한 것이다.

나는 나다

이런대로 천년만년을 영원한 은자처럼 살 것인가? 현실이 어떻게 되든, 사회가 어떻게 되든, 인간이 어떻게 되든, 심지어는 내가 어떻게 되든 아랑곳없이 초연한 은자처럼 살 것인가? 차라리 그들이 그렇게 시공(時空)을 초속(超俗)한 진리의 은자가 되어주었으면 얼마나 좋으랴? 그곳엔 현실참여 이상의 영원과 교통되는 위대한 개성과 주관이 있는 것이니까.

그러나 우리들의 오늘의 침묵은 비굴과 거세된 판단 같은 패배의 침묵이 아니고 무엇인가? 지금 우리에게 필요한 것은 오직 하나, 용기이다. 이 용기가 없을 때 우리가 아무리 많은 지식과 지능과 재력과 권리의 여건을 구비했다 하더라도 이 패배의 비극에서 구출될 수는 없는 것이다. 이 용기, 최대한의 용기가 스스로의 비극을 해결한다는 사실을 우리는 너무나 잘 알고 있다.

희랍의 여러 고대 시인이 노래한 그 많은 비극 영웅들의 주제는 전부가 그들의 용기와 모험이었던 것이다. 헤브라이즘의 회의적이고 운명적인 허무사상에서 헬레니즘의 그 건강하고 발랄한 인간감정을 싹트게 한 것은 오로지 그 당시 시인들이 노래한 비극 영웅에게 용기와 모험으로써 혼돈과 비극 속에서 소생하게 한 주제에서 원인했던 것임을 우리는 너무나 잘 알고 있다.

인간이 역사의 여러 고비에서 그 어려운 발전을 해온 것은 절망과 피로의 위기에서 최대의 모험으로 감투(敢鬪)한 몇 사람의 정신과 개성의 덕이라는 것을 생각할 때 그것을 감행케 하는 용기야말로 지금 우리가 가장 긴급하게 찾아 가져야 할 점인 것이다. 인간이 용기를 가질 때 그가 비로소 인간으로서의 자주성을 갖는 것이다. 내가 용기를 가질 때 비로소 내가 나일 수 있는 것이다.

그렇다면 이 각박한 시국에 우리들 정신의 율법자인 시인들이 거세된 모세 같은 꼴을 하고 돌아앉아 언어의 마스터베이션만을 하고 있어서야 되겠는가? 우리 시인은 우리의 민족 앞에 조문(條文) 없는 입법자가 되어 정신의 선구자가 되자.

그것이 그 무슨 장애로 하여 억압당했다면 그 억압자의 권력과 조직에 항거하고 도전하는 정신의 폭동을 일으키라. 인간은 처음부터 끝까지 '나는 나다'라는 말을 고수할 의무와 자격이 있는 것이다.

『동아춘추』 1964. 4

행동한다 그러므로 존재한다

삽화: 철학 하는 해구

미국의 과학자들이 만든 해양문화 영화 중에 해구(海狗)의 생태를 그린 것이 있다. 알래스카 근처의 어느 섬에는 생식기(生殖期)가 되면 세계의 해구들이 모여든다. 먼저 수놈들이 상륙한다. 그 수놈들의 평균 체중은 100관(貫)이 넘는다. 지방으로 팽창한 그 육중한 덩치를 뒤룩거리면서 저마다 자리를 잡는다.

고여오른 정력의 덩어리 같은 전신에서 풍기는 기품은 일기당천(一騎當千)의 늠름함을 갖고 있다. 그들이 상륙한 지 약 2, 3일이 경과하면 암컷들이 모여들기 시작한다.

파도를 타고 몰려오는 암컷들은 바다를 새카맣게 덮을 듯 수만마리나 된다. 이것을 본 수놈들은 전망이 좋은 곳에 네 다리를 떡 버티고 앉아 암놈을 향하여 포효를 한다. 그 늠름한 자세와 우렁찬 포효가 수놈으로서의 위용을 과시하는 척도가 되기 때문에 그들의 포효는 실로 피를 토하는 것같이 처절하고 그 버티고 앉은 자세 또한 허세 부리는 인간처럼 어깨를 우쭐거린다.

뭍에 오른 암놈들은 자기 마음에 드는 수놈을 찾아, 개미떼 흩어지는 것처럼 우왕좌왕한다. 보다 늠름하고 사나이다운 낭군을 찾는 것이다. 이 수라장과 같은 광경도 얼마 후면 끝난다. 수놈 한마리에 암놈이 많은 곳에는 200마리, 적은 곳에는 50마리 정도로 소속이 완료되기 때문이다. 보다 체구가 크고 포효도 우렁찬 놈에게는 많이 모이고, 그만 못한 것에는 적게 모인다. 그리하여 섬에는 군데군데 수놈 한마리를 중심으로 모인 수많은 암놈들의 집단이 수백개가 생긴다.

일단 한 수놈에게 소속된 암놈은 딴 수놈에게 못 간다. 그리하여 그들의 처절하도록 적나라한 생식작업이 개시된다. 그런데 이 해구들의 세계에도 부정사건이 발생한다. 간혹가다 암놈들이 딴 집단 쪽으로 달아나는 일이 생긴다.

한 집단의 중심부 높은 바위에 올라앉아 수많은 제 아내를 지키던 수놈은 도망가는 간부(姦婦)를 발견하면 쏜살같이 달려간다. 이때 저쪽 집단의 수놈이 자기에게로 도망쳐 오려는 정부(情婦)를 환영하기 위하여 달려나온다. 결국 수놈과 수놈의 결투가 벌어진다. 피투성이가 되어 싸우는 본부(本夫)와 정부(情夫)를 태연히 구경하는 것은 그 부정한 암놈이다.

수놈들의 싸움에는 협상이나 정전(停戰)이라는 것이 없다. 결국 한 놈이 패배하여 빈사상태로 도망갈 때까지 계속된다. 본부가 이기면 부정한 아내의 목덜미를 물고서 끌고 돌아와 반죽음을 시킨다.

그러나 정부(情夫)가 이기면 정부(情婦)를 앞에 세우고 맞아들여 우선적으로 사랑을 베푼다. 드디어 새끼들을 낳기 시작한다. 새끼도 수놈과 암놈의 비율이 5대 200 정도이며 암놈과 수놈은 분리되어서 자라난다. 수놈들은 물웅덩이 속에서 서로 싸우는 장난을 하며 자란다. 진종일 서로 물어뜯고 뜯기는 것이 일과이다. 그 수새끼들이 체중이 거의 10여관 정도, 사람으로 치면 사춘기 정도로 자랐을 때 그들의 아버지인 수놈은 그 육중하고 절륜(絶倫)하던 정력도 탕진되어 체중이 30관 전후의 빈 껍질이 되어버린다.

이때 자란 수새끼 다섯마리가 이 아버지에게 도전한다. 그 집단의 패권을 빼앗으려는 것이다. 새끼 다섯마리와 싸움을 계속하던 아비 수놈은 결국 다섯 새끼의 사면팔방의 공세를 못 견디고 만신창이 피투성이가 되어 빈사상태로 그 집단에서 도망쳐나와 아무런 기약도 없는 대해(大海) 쪽으로 사라진다. 그는 얼마 못 가서 기진맥진 숨지고 만다. 이 몸부림쳐지도록 잔인한 생명의 질서를 관철한 수놈은 허망한 대로 어리석은 대로 자기를 완전히 산 셈이 된다.

그런데 이들의 생태 속에 좀 색다르고 재미난 이야기가 있다. 처음에 덩치 큰 수놈들이 백여마리씩의 암놈을 차지하고 생식작업을 시작할 무렵 체구나 음성이 시원치 못한 열종(劣種)의 수놈도 안간힘을 쓰며 암놈을 찾아 외치나 거들떠보는 암놈이 한마리도 없기 때문에 영영 짝을 못 얻고 만다.

그는 미친 듯이 이리저리 헤매며 남은 암놈을 찾는다. 그러나 이미 건장한 수놈에게 소속된 암놈뿐이다. 도리어 못난 홀아비가 가까이

오면 암놈은 자기 남편에게 알린다. 기운 센 남편은 그를 쫓아버린다.

결국 그 열종의 수놈은 모든 해구가 보이는 곳엔 얼씬도 못 하고 인적(?) 드문 곳을 혼자 방황할밖에 없다. 해구의 사회를 등진 그는 아무도 안 보이는 바위 사이 같은 데 끼어서 졸고 있다. 암놈을 못 차지했어도 다소간 갖고 있는 정력을 풀지 못한 그는 몸을 바위에 부비기도 하고 부딪치기도 해서 비정상적으로 처리할밖에 없다. 그러다 지치면 혼자서 비명 같은 포효로 슬피 운다. 기진맥진한 그는 마침내 졸음 아닌 졸음으로 몸을 도사린 채 눈을 감고 생각에 잠긴다.

마치 인생의 의문 혹은 무상함을 명상하는 철학가처럼. 그는 별의 별 것을 다 생각하고 깨달았을 것이다. 암놈이란 무정한 것이다, 산다는 것은 고독한 것이다, 수놈이란 이기적인 것이다. 그리하여 왜 사는 것이냐, 왜 죽는 것이냐, 마침내 생각에 시달린 그는 우연한 사고로 그 앞에 암놈이 나타나도 그것을 소유하려고도 않게 된다.

그리하여 모든 수놈이 바다로 쫓겨가는 것을 지켜보고, 또 다 자란 새끼들과 더불어 해구가 전부 세계 각지로 생활을 찾아 바닷물 속으로 사라져가버린 뒤에서야 느린 걸음으로 그 섬을 둘러보고 천천히 바다로 사라져간다. 마치 세상의 온갖 표상을 비웃음으로 관조하는 철인(哲人) 같은 태도로.

행동만이 결과를 갖는다

이 삽화에서 우리는 간단하게 추출할 수 있는 두가지 삶의 유형을 본다. 하나는 생명과 본능의 운명대로 와서 치르고 가버리는 형이고 또 하나는 생명과 본능을 이행 못 하고 다만 그것을 비평하고 사색하다 끝나는 형이다.

전자는 생명이 무엇이냐는 것을 미처 깊이 생각해보기 전에 그것을 구사하여 그 생명의 씨를 남기며 사라졌고 후자는 생명을 구사할 수가 없었기 때문에 생명이란 무엇이냐는 것을 되새겨 생각하다 도태되어버리고 말았다.

이렇게 지극히 간단하게 분류할 수 있는 생명의 두가지 분류, 즉 너무나 본능적인 하등동물 해구의 경우를 가지고 고등동물인 인간의 유형을 논하는 데 인용해서는 안 될지도 모른다. 그러나 인간의 경우도 그 생활유형을 따져가보면 궁극에 가서는 앞의 예와 다른 것이 하나도 없다.

인간의 역사가 모든 다른 동물의 역사와 구별되는 것은 문화와 발전의 과정을 가졌다는 점이다. 그리하여 그 발전과 문명은 사고력—사색하는 능력—을 가졌기 때문이었다. 해구가 천년만년을 두고 본능의 되풀이를 되새기고 있는 동안 인간은 본능의 되풀이 안에 그치지 않고 스스로의 생활을 편리하게 하기 위해 두뇌를 잠시도 쉬지 않고 활용하였던 것이다. 인간들의 부단한 두뇌 활용—이 활용이라는 말이 갖는 의미가 중요하다—은 결코 그들의 본능을 저지시킨 것이 아니라 본능 행사의 새로운 자극이 되고, 또 본능의 촉수로서 움직였다. 따라서 그들의 본능은 더욱 정밀해지고 예화(銳化)했다. 그러기에 그들은 잠시도 쉬지 않았고 더욱 발전했다.

그러나 이런 끊임없는 활동에 지쳤다든가 타의(他意)든 자의(自意)

든 간에 그 기능의 어느 부분이 파괴되어 행동이 부자연하여 남을 따르지 못하게 된 자들은 뒤처진 자리에서 처음엔 그런 자신을 슬퍼한다.

나중엔 앞서 전진해가는 자들을 비판하고 마침내는 자기 나름의 구실을 마련하여 자위하는 철학을 창안해냈다. 그리하여 흘러가던 물이 고여 썩은 웅덩이처럼 독특한 냄새를 풍겼다.

우리가 알고 있는 지난날의 많은 사상이나 철학 속에는 앞에서 말한 썩은 웅덩이 물의 독특한 냄새 같은 정체(停滯)의 생명 현상을 많이 볼 수 있다. 이들의 사상이나 철학은 생명의 운영이나 문화의 발전에 아무런 도움이 안 될뿐더러 도리어 악영향을 갖고 있으면서도 많은 인간들을 매료하고 있다.

심지어는 부단한 발전을 거듭하는 철학이나 문명을 냉소하고 그 운명을 예언하는 것 같은 권위적인 입장에서 인간들을 사로잡고 있다. 정체와 패배의 그 사상이 인간을 그렇게 사로잡는 것에는 이유가 있다. 극도로 예화된 본능과 진화된 생명은 그것이 진화되면 될수록, 발전하면 할수록 보다 많은 노력과 긴장이 없이는 따라가지 못한다.

그러기에 이 대열에서 처지는 수효 또한 굉장하다. 굉장하다 못하여 도리어 더 많을지도 모른다. 그 많은 낙오자들은 박수로써 정체의 철학에 공명한다. 그리하여 도리어 전진하는 인간의 문명을 위태한 곡예를 보는 것 같은 태도로 비웃는다. 비웃으며 자기를, 뒤처진 입장을 안전하고 달관한 것이라고 자위한다. 누적된 이 패배의 철학들은 관중이 더 많아지는 것을 기다려 운동경기에서 있는 패자전같이 도착된 권리를 회복하여 드디어는 발전하는 문명에 역전을 꾀하는 도전을 해보려고까지 하는 형편이 되었다.

오늘날 인간의 운명과 문명의 내일에 위기가 닥쳐올 것을 경계하는 사상이 있어 인간의 행동과 업적을 비판하고 견제하는 것은 문명이 갖는 과학정신의 당연한 생리인 것이다. 극도로 발전한 물질문명과 사회조직이 인간을 분업화시켜 개체의 인간적 종합성을 파괴하려고 한다든가, 과학력의 거대한 팽창이 인류의 근멸(根滅)을 초래할지 모른다든가 하는 과학정신의 자기반성은 어디까지나 진보를 위한 행동인 것이다.

이런 기화(奇貨)에 편승하여 정체의 철학, 즉 사색을 위한 사색들이 불난 집에 부채질하는 격으로, 메커니즘의 포로가 된 오늘날의 인간은 사색을 잊고 맹목적 행동으로 줄달음한다느니, 핵무기의 위험 앞에서 과학의 꼭두각시가 되어 맹목적인 발전에 광분하고 있다느니 하면서 인간의 발전과 문화를 중단시켜야 할 듯이 떠들고 있다. 그러나 역사와 세계는 결코 리그전 같은 것이 아니다. 토너먼트전 같은 것이다. 결국 도태되고 말 것은 정체의 철학, 즉 사색을 위한 사색의 인간일 것이다.

그들이 아무리 독한 향취를 가지고 피로에 지친 사람을 사로잡는다 해도 결국은 자승자박의 사색으로 벌레 먹힌 생명을 우는 발악에 불과한 것이다. 승리를 얻는 것은, 아니 승리라기보다 결과를 소유할 수 있는 것은 행동하는 인간만인 것이다.

완전한 수락

행동하는 인간이라고 하면 얼핏 해석하기를 무슨 영웅이나 독재자 같은 거보적(巨步的)인 사람 혹은 이성 없이 맹목적인 충동에 따라 움직이는 사람을 말하는 것으로 아는 사람이 있다. 그러나 행동이란 그런 특출한 행위를 말하는 것이 아니라 생명의 정당한 수단을 수행하는 것을 말한다. 인간인 경우, 그 예화된 본능과 발달한 문화생활에 순응하여 그것을 생활하는 것이 곧 행동하는 인간인 것이다.

그런 현대인의 행동을 우려하고 불안해하는 것이 사색하는 인간들이지만 실상은 언제나 더 불안하고 초조한 것은 행동을 하는 인간보다 생각에만 골몰하고 있는 인간들인 것이다. 또 욕심이 많은 것도 사색하는 인간형 쪽이다. 행동이란 결코 구속하는 것이 아니다. 따라서 그것은 미구에 종식(終熄)할 것을 목표로 한 수락이다. 다시 말해서 행동은 멸망을 전제로 한 짧은 현실인 것이다. 거기에 과욕도 허욕도 없다.

사람이 늙어 운명(殞命)하는 마당에도 자기의 운명(運命)을 받아들이지 못하고 더 살아보려는 듯 없는 힘을 다하여 허우적거린다고 하자. 사람이 죽는 것은 물론 슬픈 것이라고 이해하면서도 그런 그가 어리석게 보일 것이다. 또 한 사람이 있어 숨이 지는 자리에서 자기 죽을 때가 됐다는 듯 조용히 눈을 감고 오히려 입가에 엷은 미소를 띠며 숨이 졌다고 하자. 그의 죽음을 슬퍼하면서도 그가 인생을 완료할 줄 알았던 사람인 것 같아 그 죽음이 아름다워 보이기조차 할 것이다. 이 두 죽음을 갖고도 인생을 완전히 산 사람과 인생을 불완전하게 산 사람을 구별할 수가 있다.

그것을 바꾸어 말하면 인생을 그 첫 과정부터 마지막 순간까지 거침없이 생활(행동)한 사람은 그 생활의 축수인 건전한 사고력을 갖고 이미 자기의 모든 생의 과정과 종언(終焉)의 위치를 알아차리고 미련이나 발악 없이 조용히 운명을 수락할 것이요, 그렇지 못한 사람, 즉 인생의 출발에서부터 끝나는 과정 사이에 그 어떤 사고나 이유로 해서 조건이 결핍되든지 능력을 상실하여 정당한 자격을 잃고 생활의 불구자가 되었을 때 그는 낙오된 위치에서 인생을 고민하고 세계를 추상(抽象)하고 (실감 대신) 마침내는 피안에서의 완전을 갈구하는 집념에 사로잡힌 인간이 된다. 따라서 현실과 인생에 대해서는 욕구불만에서 오는 한없는 원망과 집착을 갖고 죽음의 자리에서도 미련스러운 발악을 하게 된다.

흔히 오늘날과 같은 복잡한 사회에서 낙오되지 않으려고 동분서주하고 온갖 지식을 얻으려고 창백한 안색을 하고 텔레비전 앞에 매달리고 신문지에 근시경(近視鏡)을 대야만 하는 일반 시민들의 생활을 어리석은 행동이라고 비웃는 철학가가 있다. 그리하여 그런 항가(巷街)의 번잡함에서 벗어나려는 듯 어둑어둑하고 구석진 방에 자리잡고 앉아 가느다랗게 눈을 감고 인생을 달관했다는 듯 사색의 반추를 거듭하고 있다. 그의 눈에 어리는 영상들은 지나간 역사상의 여러 철인들의 괴벽진 생활태도와 인생자세뿐이다.

이 두 종류의 사람을 행동인과 사색인의 표본인 양 말하는 사람이 있다. 그러나 이 두 사람은 결코 분류될 수 없는 동일류(同一類)인 것이다. 어느 하나도 건전한 의미에서 행동의 인간은 아니다. 하나는 착란된 신경을 갖고 낙오에서 벗어나지 않으려고 안간힘을 쓰는 것이고 또 하나는 아예 전진하는 인간생활에 대하여 백안시하는 태도를 취한 채 패자전의 시기를 노리는 사람에 불과한 것이다.

빵과 돈만을 찾아 우왕좌왕하는 사람을 어리석은 행동인으로 보고 비웃는 사색인이나, 주관적인 미궁을 평생토록 헤매던 나머지 편견된 사변(思辨)의 반추를 즐기는 사람을 비웃는 시정배나 결국 참된 의미의 인생을 행동 못 하고 있는 것이다. 보다 많은 인생의 불구자, 보다 많은 계층으로 분할된 인생의 낙오자들의 저쪽 앞에서 오늘도 한눈팔지 않고 인생을 전진(행동)하는 인간들은 언제나 바쁘기 때문에 병적인 감상으로 인생을 애수(哀愁)하고 있을 틈이 없다.

그들의 온갖 수족과 두뇌는 내일을 발굴하고 오늘을 향유하기에 충당돼 있을 뿐이다. 그들은 지극히 순수하게 생활을 받아들이고 인간의 운명을 실천하는 것에 지나지 않는다. 그리하여 그 끊임없는 행동의 진폭이 일정한 코스에서 쇠퇴하면 불평 없이 멸망의 순간을 기다리는 숭고한 인생인 것이다. 그는 이미 새삼스러운 후회도 미련도 없이 죽을 수 있는 것이다.

젊어서 꽤 난봉도 피우고 사고도 저지르고 사회적으로 가정적으로 풍파를 일으켰던 사람, 그러기에 얼굴엔 그의 곡절 많았던 젊은 날의 사연이 굵은 주름으로 자국 잡힌 사람이 늙어서 넉넉한 융화력과 이해력을 갖고 사람과 가족을 대하며 죽을 마당에 가서는 거의 너털웃음에 가까운 웃음을 보이며 죽는 것을 볼 수 있다. 이 사람에게 유별난 고금의 철학도 평생을 바친 종교 같은 것도 없고 남이 부러워할 만한 학식도 재산도 없건만, 그 어떤 것을 가진 사람보다도 여유

있는 임종을 할 수 있는 것은 그가 그의 일생을 실컷 살았다는 흡족감이 아무런 미련을 남기지 않게 하기 때문이다.

그러나 산다는 것에 대하여 구구한 해석도 많고 남이 사는 모습에 대한 비평도 많고 또 자기의 인생에 대하여 반성과 후회를 거듭하다 보면 결국 인간으로서의 행동다운 발걸음 하나 제대로 내밟아보지도 못하면서 보다 많이 인생을 아는 양하는 소위 명상가, 즉 사색을 위한 사색의 사람은 죽어도 한이고 살아도 한이기에 죽는 마당에도 유언이 있고 부탁이 많기만 하다.

언제고 말이 없는 사람은 그날그날을 완벽하게 생활하고 심신의 힘을 다하여 행동을 한 사람인 것이다. 총탄이 빗발처럼 쏟아지는 전선에서 포복을 거듭하여 승부의 순간을 향하여 육박해가다 총탄에 맞아 피를 토하고 쓰러져가는 병사가 부르짖는 소리는 '만세'라는 말 한마디뿐이지만 후방에서 병역을 기피한 자는 갖가지 변명과 이유를 나열하며 비열한 목숨을 잇기에 여념이 없는 법이다.

첫머리에서 들었던 해구의 삽화에 나오는 정상적인 수놈의 생애가 암시하듯이 당연한, 너무나 당연한 목숨의 과정을 가는 자의 모습은 실상 잔인하도록 무상한 것인지도 모른다. 그러나 그것을 조용히 수락하고 간 과학자 아인슈타인이 임종 때 한 "4월이 오면 봄이다."라는 말은 너무나 아름답고 깨끗하고 그리고 너무나 완전하다.

『세대』 1964. 5

열한번째의 밋밋한 정신

유치환 시집『미루나무와 남풍』

이 나라에서 시를 쓴다는 것은 그 쓸쓸하기가 마치 시골 장날을 따라 돌고 도는 유랑악단(流浪樂團)의 악사나 배우 같다고나 할까? 하물며 그 시를 쓰고 지키는 일이란 도시 비길 수 없이 슬픈 숙명이요, 형벌이라고나 할 것이다.

그러기에 아까운 한 생애를 다 바쳐 쓰고 또 썼건만 문호(文豪)라는 말을 들은 사람이 없는 것도 한국의 시인이요, 또 그 자격이다. 어딘지 모르게 늠름하기만 한 외국의 문호, 시성(詩聖)들에 비할 때 왜 그리도 궁상맞고 옹졸한가 싶어 저절로 욕지거리가 나올 지경이다.

그런데 예외같이 한두 분 기품 초라하지 않아 어른 같은 느낌을 주는 시인이 있다. 열한번째의 시집을 내고도 조금도 지쳤다는 기색도, 자랑스럽다는 표정도 안 하는 시인 청마(青馬) 선생이 그런 분 중의 한 사람이다.

그렇게 열심히 또 진실히 시를 쓰고 생각하면서도 시인이라는 것을 하찮은 구두닦이 정도의 존재라고 자인하는 그분은 열한번이 아니라 스무번 서른번의 책을 내고도 결코 그 수효를 자랑하지 않을 것 같다.

그러기 때문에 자기 작품을 무슨 고금(古今)의 명작이라고 착각하기 쉬운 속된 시인들과는 다르게 그날그날의 분명한 호흡처럼 생활을 점철(點綴)하는 작업으로서 시를 쓰고 또 쓸 수 있는 것이리라.

이순(耳順)이 되고도 미루나무를 보고 "너울너울 하늘로/용틀임하고 오르는 사랑의 푸른 불기둥"(「미루나무와 남풍」)이라고 실감할 수 있는 그 밋밋한 시정신이 너무나 부럽고 미덥다.

『조선일보』 1964. 12. 15

거짓말 일기초(日記抄)

인간을 상징하는 정신적 행위

'거짓말', 거짓말처럼 인간적인 행위는 없을 것이다. 어떻게 생각하면 거짓말을 하지 않는 인간은 인간이 아닐지도 모른다. 또 내가 알기로는 거짓말을 하지 않았던 인간(그런 사람이 있을 리 없지만)처럼 존재가 희미했던 사람은 없었던 것 같다. 예수도, 석가모니도 거짓말은 했다. 그들도 거짓말을 했기 때문에 인간이었던 것이다.

그런데 인간을 상징하는 정신적 행위인 거짓말을 사람들은 흔히 은폐하려고들 한다. 모순도 이만저만의 모순이 아니다. 자기는 거짓말을 안 한다고 할 때 그것은 자기는 인간이 아니다,라고 하는 거나 마찬가지다. 그러기 때문에 한 인간이 자기의 거짓말을 낱낱이 기억하고 그것을 책임지려고 할 때 그는 인간으로서의 자각이 있는 사람이라고까지 할 수 있다.

나는 이제 사십이 가깝도록 살다보니까 거짓말을 할 때의 불안감에 어느정도 불감증이 되고 말았다. 수없이 많은 거짓말을 하다보니까 거짓말을 하는 것이 그다지 힘드는 일이 아닌 게 됐다.

그러나 보다 정신이 맑고 순수한 감수성을 가졌을 때는 한마디의 거짓말도 오래 두고두고 나 자신을 괴롭히고 빚진 사람처럼 두려움이 뒤를 따라다니고 했던 것을 기억한다. 그 무렵의 일기를 읽어보면 거짓말을 했을 경우의 이야기가 가장 절실하게 고민의 대상이 되었던 것이 기록되어 있다. 가벼이 거짓말을 한마디 한 것 때문에 그 친구 앞에 오랫동안 얼굴을 못 쳐들었던 일도 있고, 또 거짓말을 했기 때문에 한 친구에게 도움이 되어 지금껏 그 친구의 존경(?)을 받고 있는 일조차 있다.

이렇게 쓰다보니 내가 거짓말 선수처럼 생각되기도 하나 평균적으로 볼 때 과연 남들보다도 더 많이 거짓말을 하는지 아닌지는 잘 모르겠다. 도리어 거짓말을 예사로 하지는 못하는 성미이기 때문에 남달리 거짓말의 생리에 대하여 깊은 관심과 감도를 가지고 있는 것인지도 모른다.

나는 이십대의 한때 '거짓말 일기'라는 것을 쓴 일이 있다. 나 자신의 거짓말을 기록함으로써 나 자신의 정신발달의 과정을 기록해보려고 했기 때문이다. 실제로 한 인간의 내면의 성장, 성격의 형성에 그 사람의 거짓말처럼 직접적으로 작용하는 것은 없을 것이다. 만약에 어떤 사람이 자기의 거짓말을 의식, 반성해봤다면 그 사람에겐 정신도 성격도 생겨나지 않고 말 것이다. 그러기 때문에 거짓말을 의식하게 됐을 때 비로소 그는 인간으로서 자기를 의식하게 되는 것이라고도 볼 수 있다.

각설은 줄이고 나 자신의 거짓말의 일기를 다시 들쳐보기로 한다. 거기엔 결코 크나큰 거짓말이 하나도 없다. 그만치 나라는 인간이 졸장부라는 것을 의미한다. 거짓말도 한번 크게 해보지 못한 내가 초라하기만 하다. 그러나 일생일대의 큰 거짓말을 한번 하고는 싶다. 언제 어떤 자리에서 무슨 거짓말을 하게 될지는 모르지만, 나로선 가장 흥미있고 고대되는 순간이기도 하다.

일인 교사(日人教師)의 사과

1945년 8월 ×일

길에서 초등학교 때 담임이던 일본인 선생을 만났다. 그는 며칠 후면 일본으로 귀환한다고 하면서 나를 데리고 자기 집으로 갔다. 그는 일본사람이지만 한국사람들만이 모여 사는 거리에서 살고 있었다. 그러나 그는 원래가 곧은 성격의 사람이었기 때문에 아무도 해치려고 안 했다.

나를 자기 서재로 안내한 뒤에 마주 앉자 내 손을 잡고 그는 침통한 어조로 말하는 것이었다.

"나는 선생이라고 하는 놈이 너희들에게 거짓말을 한 꼴이 됐다. 일본은 꼭 이기며, 또 천황은 신의 아들이라고 말했고 가르쳤다. 그러나 이제 천황이 신이 아닌 것이 밝혀졌고 또 일본은 패전하고 말았다. 결과적으로 내가 너희들에게 거짓말을 한 셈이 됐다. 참말로 미안하기 짝이 없다. 용서해주게."
하며 눈물을 흘리는 것이었다. 그러곤 자기가 아꼈던 책이라고 하면서 파스칼의 『팡세』를 한권 주는 것이었다.

나는 그의 그 심각한 표정에 감동하여 얼떨결에

"아닙니다. 선생님이 거짓말을 하신 게 아닙니다. 일본이 한 것이지요."
하고 위로 비슷한 대꾸를 했다.

그러자 그는

"아니다. 내가 한 것이다. 일본이 그러려고 해도 최소한 나만이라도 안 그럴 수도 있는 것이 아닌가? 또 설령 일본이 그랬다고 해도 지금 한 인간으로서 내가 네 앞에 서 있고 보니 그 모든 거짓말이 나 자신의 것인 것만 같구나."
하는 것이었다.

나는 집에 돌아와서도 자꾸자꾸 그 선생의 말이 되살아났다.

"혼토니 스망. 우소 바카리 잇테, 유루시테 구레." 하는 그의 표정에서 한 인간으로서의 참다운 표정을 봤다. 그가 용서해달라고 하는 것은 결코 자기 자신의 신상이 두려워서가 아니었다. 그는 딴 일본사람과 달랐다. 딴 일본사람은 몸조심을 하여 자기네끼리만 모여들어 앉아 있는 판이지만 그는 한국인 사이를 활보하고 다녔다. 더구나 나를 만난 그가 나에게서 적의나 반감을 느낄 하등의 이유가 없었다. 그런 나에게 그가 사과를 하고 비는 것은 분명히 그가 한 인간으로서의 참다운 고민을 못 이기고 한 것인 모양이다.

그러나 도대체 거짓말이란 무엇을 말하는 것일까. 그 선생은 결코 의식적으로 우리를 속이려고 일본이 이긴다고 한 것은 아니다. 그는 그렇게 믿고 있었던 것이다. 그러나 결과적으로 일본이 패전한 지금으로서는 그 선생이 거짓말을 한 셈이 된다.

그렇다면 사람이 하는 거짓말도 두 종류로 분류해야 할 것 같다. 타동과 자동으로. 나는 나 자신의 거짓말을 자동의 것만 알고 있었다. 그런데 오늘 그 선생은 타동의 거짓말까지도 자기가 책임을 지고 사과를 했다. 그렇게 역사가 시키는 타동의 거짓말까지도 스스로 책임을 지려는 그와 같은 사람이 일본에 더 많았다면 아마 대동아전쟁 같은 것이 일어나지 않았을지도 모른다. 그러나 그 선생도 일본이 패전하기까지는 자기의 소신이 그릇된 것인 줄은 모르고 있었을 것이니 인간의 신념, 인간의 인식이라는 것은 너무나 허망하고 어이없는 것인 모양이다.

침 맞으면 어지러운 증세

1945년 9월 ×일

요즈음 나는 왜 그렇게 거짓말이라는 문제 때문에 고민을 하는지 모르겠다. 내가 좀 신경과민이 된 것인지도 모른다. 사실 있는 대로의 이야기를 하면서도 이것이 사실이 아니라면 내가 거짓말을 하는 것이 되잖나 하고 생각이 들면 안절부절못할 지경이다. 그렇도록 나는 요즈음 일종의 강박관념에 사로잡혀 있다.

심지어는 아주 어려서 내가 최초로 한 거짓말이 무엇인가 하는 공상이 뒤따른다. 이제 와서 생각하면 그것은 거개가 어머니에 대한 것이다. 그중에서도 가장 뚜렷하게 기억되는 것이 두가지다.

하나는 국민학교 3학년 때였다. 그때 나는 횟배인지 뭔지 배를 자주 앓았다. 한 학년이면 한 학기 정도는 학교를 쉬어야 했다. 주기적으로 복통이 일어나면 나는 방구석에 웅크리고 누워서 울곤 했다.

병원이다 한약이다 하고 온갖 치료를 다 해도 안 되자 어머니는 마침내 나를 침쟁이에게 데리고 갔다. 수염이 긴 그 침쟁이는 손가락 손톱 밑으로 침을 푹푹 찌르곤 바늘대를 톡톡 튕기는 것이었다. 그 아픔은 말로도 울음으로도 표현할 수가 없었다. 차라리 배가 아프면 아팠지 침을 더는 맞고 싶지가 않았다.

다음 날 어머니가 다시 침을 맞으러 가자고 할 때 나는 앉았던 자리에 비시시 쓰러지며

"어머니, 어지러워."

하고 거짓말을 한 것이었다.

"어지럽긴 언제부터 그러니?"

"어제 침을 맞고부터 그래."

"뭐 침을 맞고부터? 그래 어떻게 어지럽단 말이냐?"

나는 순간 어지러운 것이 어떤 것인지 약간 자신이 없어졌다. 그러나 시작한 거짓말이라 도리가 없었다.

"눈 속에서 별이 번쩍번쩍하고 구역질이 나."

"왜 진작 말을 안 했니?"

"몰라, 나 어지러워, 잉."

하고 울고 말았다.

내가 거짓말을 하는 줄을 꿈에도 모르는 어머니는 허겁지겁 침쟁이 영감에게 상의하러 가셨다.

침쟁이에게 다녀온 어머니는

“그럴 리가 없다는데, 지금 계속해서 어지러우냐?”

“아니, 지금은 덜해. 그러나 또 그럴 거야.”

했다.

지금 와서 생각하면 애교 있는 추억 같기도 하다. 그러나 그때 태연스럽게 거짓말을 했던 나는 그것이 탄로날까 싶은 두려움보다도 어머니를 속였다는 두려움 때문에, 말하자면 일종의 자책 혹은 수치심 때문에 어머니의 얼굴을 똑바로 쳐다보지를 못했었다. 밤에 잘 때 나이 열살이 되어서도 어머니 젖꼭지를 쥐고 자던 나는 그날밤 어머니의 젖꼭지를 쥐려는 내 손이 더러운 것 같아 망설였던 기억이 난다.

그후 얼마 뒤에 동네 아주머니들과 이야기하던 어머니가

“우리집 애는 침을 맞으면 어지러워진대.”

하고 내 말을 곧이곧대로 믿고 말하시는 걸 들었다.

나는 그 말을 듣는 순간 벌을 받는 것 같아 어머니에게 사실을 고백하려고 마음먹었다. 그러나 그뒤의 꾸지람이 두려워 끝내 못 하고 말았다.

발육이 나쁜 아이

또 하나의 거짓말도 그 무렵의 일이다. 병약했던 나는 내 학급에서 제일 작았다. 작고 나약해도 이만저만 나약한 것이 아니어서 한두 학년 아랫반 학생들과 맞먹었다. 3학년인 나는 1학년으로밖에 안 보였다.

그렇게 발육이 나쁜 나를 가슴 아파하시는 것은 물론 어머니였다. 그리하여 어떻게라도 내 몸이 실해지고 성장하기를 꾀하려는 어머니의 고심이 어린 내 마음에도 안타깝기만 했다.

하루는 배가 아파서 조퇴를 했다. 길에서 만난 1학년의 꼬마와 같이 집 앞까지 와서 헤어졌다. 마침 대문 밖에 나와 계시던 어머니는 꼬마의 뒷모습을 보며 "친구냐?"고 물으셨다.

"응, 친구야. 재도 열살여."

하고 거짓말을 했다.

기실 그애는 일곱살 아니면 여덟살일 것이었다. 내 딴에는 나와 동갑 중에도 저렇게 나약한 애가, 나만이 아니라 수두룩하다는 것을 어머니에게 인식시켜 안심케 하려는 수작이었던 것이다.

아니나 다를까 어머니는

"저애도 열살이냐, 너보다도 더 작구나?"

하고 신기해하셨다.

다음 날 학교에 가려는 나에게

"어제 그애를 데리고 와서 같이 놀아라."

하고 어머니가 뜻밖의 분부를 하시었다.

그날 종일 안절부절못했다. 배가 아파서 조퇴를 하고 싶었으나 집에 빨리 돌아가는 것이 두려워 방과 후까지 학교에서 서성댔다. 결코 그애를 데리고 갈 수는 없었다. 집에까지 오며 거짓말을 생각했다.

"엄마, 그애 오늘 배가 아파서 학교 안 왔어."

"그애도 배를 앓니?"

"음, 나하고 똑같아. 늘 배가 아프대."

그 말을 들은 어머니는 혀를 차시며 딱해하는 것이었다.

나는 한술 더 떴다.

"다음에 데리고 올게. 그애도 침 맞으면 어지럽대."

이런 식의 거짓말을 추억하면서 생각해보면 거짓말을 한마디 하면 그것을 합리화하려고 거듭 거짓말을 하게 된다는 점이다. 어린 시절의 거짓말도 다 그 공식에서 벗어나지 못하고 있다.

그리고 그때나 이때나 거짓말을 한 날은 밤에 잠자리에 들어서 눈을 감으면 거짓말을 하던 순간의 감정이 되살아나서 잠이 잘 안 오곤 하는 것은 변하지 않았다. 아마 그것이 양심이라고 하는 것인지 혹은 성격이 소심해서 그런지는 모르지만 좌우간에 하나의 고통인 것만은 사실이다.

'이성의 거짓말'과 '감성의 거짓말'

1945년 12월 ×일

오늘 밖에서 집으로 돌아오다 문안에 들어서는 순간 대청에서 젊은 여자들 웃음소리가 들리자 무의식중에 발걸음을 돌려 다시 밖으로 나가버렸다. 그들은 누이동생 클래스 메이트들인 것이다.

그중의 K라는 여학생이 나는 어쩐지 두려운 생각이 나서 마주치는 것을 피하고 있다. 그 까닭이 무엇인지 나도 모르지만 동생 친구들이 우리집에 모여 오면 나는 그 K라는 학생이 섞여 있나 없나 남몰래 살펴보곤 그가 없으면 어쩐지 허전한 것 같은 느낌이 들면서도 막상 그가 우리집에 오면 그와 마주치는 것이 어쩐지 두려워 집을 나가 버리곤 한다.

언젠가 누이동생이

"오빤 왜 내 친구만 오면 외출을 해요?"

하고 물었을 때

"계집애들 떠드는 거 딱 질색이다. 다음부터 제발 데려오지 마라."

하고 도도히 말을 하면서도 마음속으로 거짓말을 하고 있는 나 자신이 창피해서 얼굴이 붉어지는 것 같았다.

그 말을 하고부터는 더욱 심하게 그들을 피하게 됐다. 그러나 K에 대한 궁금한 생각은 정비례로 증가해간다.

"계집애들 떠드는 건 질색이다."

그 속에도 없는 거짓말을 한마디 하고 그 말을 지키기 위하여 우정 집을 나가는 것이 옳은 것인지, 그것이 거짓말이었으니까 일소에 부치고 그들 앞에 나타나는 것이 진실한 것인지, 논리적으로는 판단이 가는 것 같으나 실제로는 분간이 안 간다. 그러고 보면 인간이란 역시 감정의 동물인 모양이다.

거짓말도 감성의 그것이 있고 이성의 그것이 있다. 언뜻 생각하면 감성의 거짓말은 죄악의 그것이고 이성의 거짓말은 선의의 그것인 듯하다. 가령 신(神)이 하는 거짓말은 곧바로 이성의 거짓말이며 인간이 하는 거짓말은 감성의 그것이라고 볼 때 신의 거짓말은 은총이 되고 인간의 거짓말은 속임수가 된다. 그러나 인간이 이성의 거짓말을 할 때 그것은 타산의 거짓말이 되고 감성의 거짓말을 할 때 그것은 애절한 기도가 되기도 하니, 인간의 거짓말은 역시 감성에서 나오는 것이 보다 순수하고 아름다운 것인지도 모른다.

오늘 내가 대문 앞에서 되돌아선 행위가 결코 사심이나 잔악한 마음에서가 아니라 나 자신도 잘 알 수 없는 K에 대한 수치심 비슷한 두려움이 그의 가까이에 서 있지 못하게 하는 데서 나온 '계집애들 떠드는 게 질색이다'라는 거짓말을 지키려는 데서 나온 것이니 그 거짓말이 무조건 죄악이라고도 할 수 없을 것이다.

이상 몇가지 단편적으로 스물 직전의 일기 속에서 거짓말을 다룬 부분을 발췌하면서 느낀 것은 내 나름의 정신 성장사를 회상하는 것 같아 대견한 생각이 든다는 점이다.

지금 와서 회상해봐도 나 자신의 의식이 형성되는 동안에 거짓말이 무엇보다도 절실한 문제로 기억되는 것은 그 어떤 지식이나 학문보다도 거짓말을 감내하려고 안간힘 쓰던 괴로움이 더 크고 뚜렷하기 때문이다.

'거짓말', 그것은 '인간'이란 말인지도 모른다.

『여원』 1965. 4

나의 방청기*

길을 걷다가 기자에게 잡혀 회의장으로 들어선 것은 3월 16일 오후 2시 정각이었다. 약 3분의 1쯤 되는 의원이 자리에 앉아 있었다. 30분이 지나도 더 늘 것 같지가 않자 위원장은 개회를 선언하고 말았다.

의원석 뒤에는 정(丁)총리를 비롯한 관계장관과 합참의장 및 각군 참모총장들이 빈자리 없이 앉아서 질의를 기다리고 있었다. 여러 장성들의 어깨에서 빛나는 20여개의 별들이 유난히도 눈부셔 과연 민족의 중대사를 논하는 엄숙한 장이라는 느낌이 드는 것 같았다.

내가 이 회의 방청을 선뜻 응낙한 것도 따지고 보면 월남 파병 문

* 이 글은 1966년 3월 16일 열린 '국회 국방·외무위원회 연석회의'를 방청하고 나서 쓴 것이다. 베트남전쟁 전투부대 증파안(增派案)을 심의하는 회의이다.

제가 이 민족의 장래에 더할 수 없을 고난을 초래할지도 모른다는 안타까움을 느끼고 있었기에 그 문제를 논의하는 당사자들의 모습과 내용을 내 눈으로 보고 내 귀로 듣고 싶었기 때문이었다.

회의 진행에 따라 황인원(黃仁元, 민중) 나용균(羅容均, 민중) 김종갑(金鍾甲, 공화) 이상철(李相喆, 민중) 김정근(金正根, 공화) 정운근(鄭雲近, 민중)의 순으로 질의가 장장 5시간에 걸쳐 계속되고, 그때마다 정부측 관계자의 답변이 있었다. 그런데 5시간을 부동자세로 열심히 그야말로 열심히 들었는데도 이상한 일이었다.

나는 내가 왜 여기에 와서 5시간을 앉아 있었는지, 또 도대체 저 사람들은 무엇 때문에 여기에 모여서 저렇게 수런거리고 있는 것인지 알 수가 없어진 것이다. 왜냐하면 질의하는 의원은 과연 이 시점에서 무엇이 중요하고 무엇이 궁금한 것인지 도대체 모르는 사람 같은 얼빠진 질의만 하고 있고, 그에 대답하는 정부측은 우등생의 학습발표처럼 힘도 안 들이고 뻔한 기정사실인 것을 뭐 그러느냐는 식으로 척척 대꾸만 하고 있었다.

말하자면 그들의 행사는 도대체 물어볼 것도 대답할 것도 없는 일들을 갖고 절차상 하는 수 없이 하는 것이라는 인상 이상의 그 아무것도 아니었다.

"증파하면 국가적 이익이 뭣이냐."는 황의원의 막연한 홍정론, "영국도 미국의 월남정책을 찬성한다."는 나의원의 어리둥절한 질의, "미국의 우정을 위하여 차라리 무조건으로 파병하자."는 김종갑 의원의 순애보(殉愛譜), "월남전은 멸공(滅共)이냐 반공(反共)이냐 방공(防共)이냐."는 이의원의 언해(言解), "파병으로 얻는 경제적 이익이 한국동란 때 일본이 취한 이익과 어떻게 차(差)가 있는지 아느냐."는 김정근 의원의 전쟁경기비교론(戰爭景氣比較論), "파병 장병을 아예 그곳에 영주시킬 계획은 없느냐."는 정의원의 돈키호테식 식민의식(植民意識).

이런 질의가 계속되는 동안 발언하는 의원 이외의 의원들은 잡담 아니면 낮잠, 혹은 독서로 지루한 시간을 보내는 눈치가 역연했다. 그러다가 오후 7시에 질의 종결이라는 사회봉(司會棒)이 탕탕탕 울리는 것이었다.

이것이 월남 지원을 위한 국군부대 증파에 관한 동의안의 정책 질의 마지막 날의 모습이었다. 말하자면 파병, 즉 어느 의원의 말마따나 피를 파는 대리전쟁(代理戰爭)이라는 역사적 과오가 될지도 모르는 안건에 대한 해당 분과 위원들의 의문이 다 풀렸다는 날의 회의 모습이다.

도대체 무엇이 궁금했고 무엇이 풀렸는지, 파병하는 이유가 무엇인지, 결과가 무엇인지 알 수 없는 채 심의가 진행되고 역사도 진행되고 있었다.

나는 그 자리에서 아무리 간절한 심정으로 파병의 부당성과 모순성을 역설하고 싶다 해도 할 수 없는 처지였으니, 이날의 회의는 마치 '너는 반대하라, 나는 보낸다'고 나를 비웃는 것만 같아 가슴이 째지는 것같이 아프기만 했다.

『조선일보』 1966. 3. 17

실시(失詩)의 변(辨)*

시작 노트 대신 시를 못 쓰는 변명이나 할까보다. 근 3년 시를 거의 발표하지 않았다. 그런 나의 태도에 대하여 시우(詩友)들 사이에서는 의견이 구구한 모양이다.

"그의 반골정신(反骨精神)도 이젠 한풀 꺾인 모양이다."

"그도 한국 시인의 대부분이 그러듯이 조로(早老)하는가보다."

"그의 시엔 어쩐지 서정(살)이 결여되었더라니, 정신(뼈)만 갖고 명(命)이 부지되나?"

"그게 도대체 시야, 절규지. 어디 예술로서 가능할 뻔이나 한가?"

"제 분수에 넘치게 현실과 대결하더라니, 거센 현실에 치여 납작

* 이 글은 「샹송 1961년」 외 7편의 시를 『52인 시집』에 재수록하면서 책 뒤에 덧붙인 '시인의 말'이다.

해졌지."

좋게 말하는 사람은

"그가 침묵하는 건 뭔가 뼈저린 반성 아니면 자기 침잠의 고비에 이른 걸 거야."

"그도 쉬어야지, 너무나 고군분투한 탓이지."

"그는 본질적으로 시인이야. 언젠가는 다시 시를 쓰겠지."

"오늘날과 같은 상황에서 진정한 시인이라면 침묵으로밖에 시를 쓸 수 없지 않은가."

그런데 재미난 것은 내가 시를 안 쓰는 것을 고소하게 생각하는 사람은 소위 순수시파, 예술지상주의 시인들이고, 나를 비판하든 동정하든 간에 이해의 길을 터놓고 있는 사람들은 소위 앙가주망의 시인들이라는 사실이다.

어떻든 그 모든 사람들의 각양(各樣)한 의견이 나는 다 타당하고 다 틀렸다고 생각한다.

그러나 어떠한 이유로든 침묵하고 있다는 것은 그만큼 시인으로서의 과오라는 것은 알고 있고, 그 죄에 대한 대가로 치러야 할 췌육(贅肉)으로 언젠가는 보다 좋은 시를 써야 한다는 것을 각오하고 있다.

『52인 시집』, 신구문화사 1967

문예작품 비판은 양식에

경종은 좋으나 지나치지 말아야

법률에는 당연히 어떤 기준이 있을 것이고 피고에 대한 구형(求刑)은 그 기준에 따라 이루어질 것이다. 그러므로 구형된 형량(刑量)은 법률적인 견지에서 볼 때 충분히 공정했으리라는 생각을 한다.

그러나 그러면서도 작가 남정현(南廷賢) 피고에 대한 구형의 형량은 지성인의 일반적인 양식이나 판단으로는 납득이 가지 않는다는 생각이 든다.*

법률의 제재를 통해 사회적인 해독을 끼치는 요소에 경종을 울리

* 소설가 남정현은 단편 「분지」(『현대문학』 1965.3)로 인해 1966년 7월 12일 반공법 위반혐의로 불구속 기소되고, 1967년 5월 24일 '징역 7년에 자격정지 7년을 병과'하는 구형을 받았다. 이 구형량에 대해 문학계에서 창작의욕을 위축시킬 우려가 있다는 여론이 감돌자 조선일보는 '소설 「분지」 시비'라는 코너를 마련하여 법학자와 문학계 인사들의 의견을 실었다. 이 글은 그중의 한편이다.

는 것은 좋은 일이며 그만큼 사회적으로 유리한 일이 된다. 그러나 지성인들이나 국민 일반의 양식으로 판단해서 그것이 지나치게 가혹한 경종이고 그것으로 말미암아 창작의욕의 위축 내지 공포 분위기를 조성하게 된다면 그것은 소설 「분지(糞地)」가 끼친 악영향(악영향으로 본다고 하더라도) 이상으로 법률적인 견해가 주는 영향이 더 염려가 된다고 할 수 있다.

문학예술 작품에 설사 사회적으로 부당한 요소가 있다고 하더라도 그것은 국민들의 양식(좁게는 문학비평의 대상으로서, 넓게는 독자대중의 일반적인 양식)에 따라서 비판되고 더 나아가서는 규탄되는 것이 자유세계의 자랑이며 특징이다.

우리들이 공산주의와 대결하고 자유를 수호한다는 것은 바로 그러한 귀중한 것을 지킨다는 것이다. 더구나 작가 남정현 씨의 경우, 절도나 강도나 사기와 같은 목적적인 범의(犯意)가 개재되었다고는 생각되지 않는다.

『조선일보』 1967. 5. 30

아깝게 간 늘 젊은 시인

김수영(金洙暎) 형의 돌연한 비보를 듣고*

불혹의 나이에 이십대의 젊음과 혈기로 문학과 문화를 논하던 수영 형도 죽음 앞에는 모든 걸 중단하지 않을 수 없었던 것 같다. "내 술은 안 마시기냐?"고 술 취한 소리로 내게 야단치던 그가 청마(靑馬)와 늘봄**을 앗아간 횡변(橫變)으로 그의 뜨겁고 예리한 시가, 정확하고 소신 있는 에세이가, 총알처럼 달려드는 그의 예언자적 직언이 마지막이 되었으니.

해방 후 3인 앤솔러지 『새로운 도시와 시민들의 합창』으로 이 한

* 김수영(1921~1968) 시인은 1968년 6월 15일 밤 술자리가 끝나고 귀가하던 길에 서울시 마포구 구수동에서 인도로 뛰어든 좌석버스에 치여 병원으로 옮겨진 뒤 다음 날(6월 16일) 새벽에 작고하였다.

** 청마는 시인 유치환(柳致環, 1908~1967)의 호, 늘봄은 소설가 전영택(田榮澤, 1894~1968)의 호.

산한 시단에 등장, 주지적인 모더니즘을 이끌어온 그는 끊임없는 상황의식과 저항의 자세로 300여편의 시와 수많은 시론·평론·번역·에세이를 발표하면서 그의 주장과 발언은 원숙해지되 그의 젊음은 후퇴할 수 없었다. 혹은 술집에서 스무살 후배와 참여 문제를 토론하는가 하면 혹은 다방에서 동년배의 중견들에게 거침없는 공격의 화살을 퍼붓는다. 국내의 시작(詩作)들을 세세히 논하는가 하면 해외의 신진(新進)들을 우리의 막혀 있는 문단에 생생하게 소개한다.

오히려 의기(義氣)라 불러야 할 그의 끊임없는 싸움과 비판은 현대문명을 무겁게 짓누르는 획일주의와 현대인의 죽음을 모르는 무치(無恥)에 있었다. 그는 과격하다고 할 정도로 오늘날의 무감각한 메커니즘과 암운(暗雲)처럼 미만하는 문화의 딕테이터십(독재주의)을 증오하고 삶을 정면으로부터 회피하는 불성실한 인간의 비인화(非人化)를 경멸했다.

이것은 그의 사고뿐이 아니다. 술을 마시면 분방하게 주사를 늘어놓던 그의 기질이, 상대의 얼굴을 가리지 않는 그의 언변이, 스스로 쓴 평문(評文)을 스스로 뒤집어 잘못 생각했음을 밝히는 그의 성격이 괴팍하다 할 만큼 함부로 대하기 무섭다 할 정도로 적나라하여, 아 그는 진실로 좋은 의미의 시인 바로 그것이었다.

10년 전에 낸 『달나라의 장난』 외에 자기 시의 정리를 무모한 것으로 밀쳐버린 그는 사실 가장 왕성하고 가장 자신 있는 시인이었다. 이어령(李御寧) 씨와 연초부터 계속된 참여논쟁으로 상황에 대한 시인의 책임을 묻는 그의 작가의식은 창백한 우리 시단의 귀중한 양식(良識)의 샘이었다. 그러면서도 생활에 시달리는 자신을 자학하던 그의 순진무구함은 우리 범인들에게는 현실을 극복하라는 매서운 경구였다.

평화를 사랑하던, 그러기에 자유를 열망해오던, 그리고 거리에 횡행하는 기계주의를 저주하던 이 시인이 나와 같이하던 주석(酒席)에서 "이젠 자네도 시를 쓰게, 이거 외로워서."라는 나에게의 충고를 유언으로 남겨놓은 채, 태워주겠다는 자가용 차를 그의 생애 마지막으로 거부하고 사라지더니 뜻밖에 들려온 비보 — 얼마나 허무하고 아이러니한 죽음인가.

그의 죽음은 우리가 두려워하며 아끼던 한 시인의 죽음만이 아니라, 더 살아서 더 일해줘야 할 전도가 양양한 47세 중견의 죽음뿐이 아니라, 끊임없이 싸우고 저항해오던 우리 시정신의 일각이 무너짐을 의미하는 것이다.

『동아일보』 1968. 6. 18

임해엽서(臨海葉書)*

바닷물에 헹구어 먹는 굴맛

나는 지금 화진포(花津浦)에 와 있습니다. 우리나라 북단의 이 임해호수는 종일토록 수정처럼 맑기만 합니다.

송림(松林) 밑을 스치는 바닷바람 속을 수영팬츠 바람으로 어슬렁거리는 나의 살갗은 제법 적동색(赤銅色)으로 그을었습니다.

점심때쯤 해서 배달되는 신문이 서울의 폭서(暴暑) 소식을 전해줍니다만 이곳에 있는 나에겐 어느 먼 나라의 이야기처럼 실감이 안 될뿐더러, 서울에 남아 있을 친구들에게 미안한 생각이 들곤 합니다.

어제 낮에는 바다 가운데로 한 5리쯤 혼자 헤엄쳐 나갔다가 상어 비슷한 고기가 다가오는 바람에 바닷속에서 땀을 흘렸습니다.

* 이 글은 『동아일보』 '생활문화'면의 고정란인 '산의수정(山意水情)'에 이봉상(李鳳商) 화백의 삽화와 함께 실렸다.

바닷물 속에서 땀을 흘리는 기분, 거참 기가 막힌 것이었습니다. 피서치고는 최상급인가 싶습니다.

그리고 오늘 아침에는 이곳 특산인 손바닥만큼 한 양식 굴을 초고추장도 없이 바닷물에 헹군 채 열댓개를 먹었더니 좀 배가 거북합니다. 그러나 소화제 같은 것은 필요 없습니다. 바닷물에 잠깐 들어갔다 오면 거뜬할 겁니다. 그러곤 또 스무개쯤 더 먹을 작정입니다. 내 이 팔자 늘어진 엽서를 받고 울화가 터지거든 모든 일 다 팽개치고 이리로 달려오시오. 이 엽서의 진의도 바로 그것입니다. 그럼……

『동아일보』 1968. 8. 3

아아! 국수(國手)와의 일국(一局)

자전기(自戰記)

제2회 문인바둑대회에서 우승하여 '문단 국수(文壇國手)'로 불리고 있는 신동문 시인(3단)이 '접바둑 초대석'에 초대되어 국수 김인(金寅) 7단과 지난 (1969년) 4월 4일 한국기원 특별실에서 대국(對局)하였다.

문우들의 말에 의하면 신시인은 평소에 작은 일에 대범하고 곧은 성격의 소유자로 알려져 있다. 그래서인지 그의 기력(棋力)에 대해 아는 사람은 감탄하고 있지만, 모르는 사람은 그가 끝까지 승부에 매달려야 하는 바둑을 어떻게 둘까 하고 의아해하기까지 한다. 사실 그의 기풍(棋風)은 호방한 편이라는 것이 정평이다. 신시인과 대국한 사람이나 그의 바둑을 본 기우(棋友)들은 그의 바둑이 꼭 정석(定石)만을 밟는 것이 아니고 때로는 자기 나름의 변화를 즐겨 택한다고 전한다. 그리고 한번 밀고 나가기 시작하면 끝까지 힘으로 관철하려 한다는 것이다.

이것은 바로 바둑에서 그의 인간적인 면모가 나타난 것이기도 하며 그의 시풍(詩風)과 연관된 것이기도 하다. 이러한 박력 있는 성격이 바둑에도 반영되어 그의 기력(棋力)에 대한 평가는 기복이 심한 편이다. 아마 이런 점이 그의 아마추어적 요소이리라.

김국수와의 대국에서도 그의 인간미와 시풍을 볼 수 있다는 점에서 독자들의 주목을 끌 것이 분명하다.

제1보(譜) 떨리는 손

만천하의 바둑팬이여! 여러분께서 한 나라의 국수와 바둑판을 사이에 두고 마주 앉아 바둑돌을 손에 집어들었다고 한번 상상해보라!

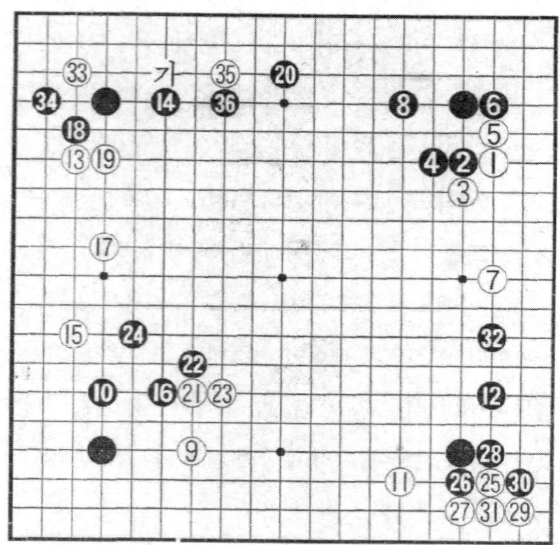

제1보(1~36)

그 손이 아니 떨리겠는가? 그 가슴이 아니 떨리겠는가?

'나는 안 떨릴 것이다'라고 장담하는 분이 있다면, 그대는 딱하게도 국수와 대국을 못 할 팔자가 아니면 좀 모자라는 편이어서 평생을 두어도 18급에 머물러 있는 기치(棋痴)일 것이 분명하다.

나는 떨리었다. 솔직히 말해서 손도 떨리고 가슴도 떨리고 온 정신이 떨리어 첫수부터 전연 자신이 없었던 것이다. 이 글을 보고 허풍깨나 떤다고 하는 분도 있겠지만 이런 허풍도 국수하고 대국을 해봤다는 특권을 갖고 하는 소행이니 부러워는 할망정, 흉을 보지 마시라.

각설하고 내가 둔 바둑을 훑어보면 떨리는 손을 갖고 그렁저렁 모양이랍시고 끌고 가던 것이 드디어 백(白)35 앞에서 갈피를 못 잡고 실수를 하기 시작했다. '가'로 지킬 것이냐 36으로 누를 것이냐 하고 읽어본다는 것이 나도 모르게 덜컥 36을 두게 했다. 백33 침입에 흑(黑)34로 응수한 의미가 순식간에 사라지고 만 것이다.

제2보(譜) 뒤죽박죽이 되어

일단 백36으로 누른 이상은 40까지는 부득이했다. 그러나 이 시점에 서라도 희생을 최소한도로 줄일 수는 있었다. 백42에서 46까지의 진행을 1도(圖)처럼 두었더라면 되었던 것이다.

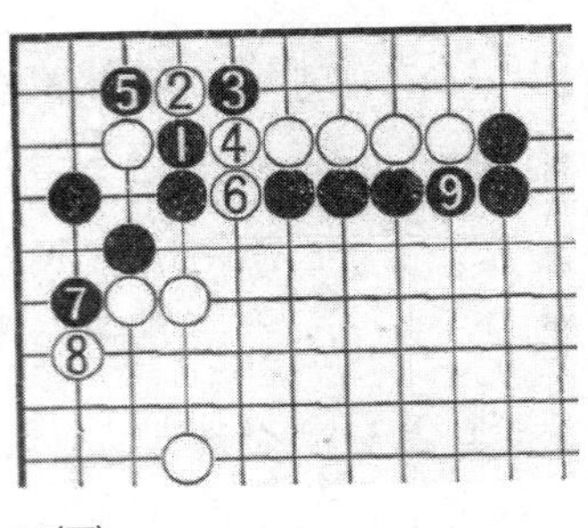

1도(圖)

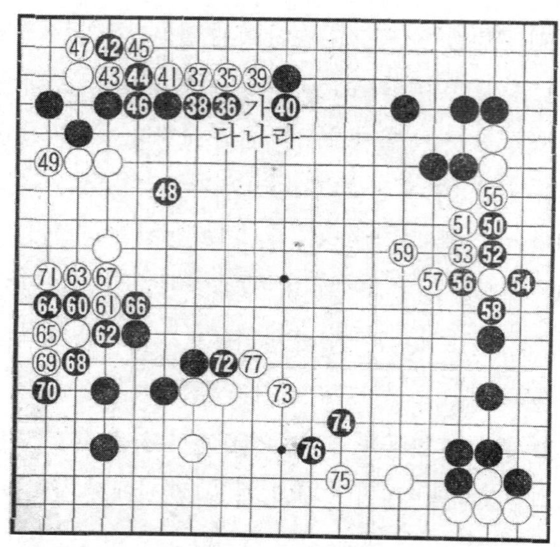

제2보(35~77)

백47까지로 보(譜)와 같이 된 모양을 멀거니 쳐다보며 나는 어이가 없어졌다. 기껏 내 집이라고 초반부터 구축했던 곳이 고스란히 백(白)의 땅이 되고 만 것이다. 이쯤 되고 보니 '가'의 곳으로 백이 비집고 나오기 시작하면 '나'로 받아봤자 '다' '라'의 곳에서 나로서는 상상도 할 수 없는 묘수가 나와 흑(黑)집은 산산조각이 날 것만 같았다. 이를테면 지레 겁이 났다 할까. 그것을 방지하기 위해서는 백49의 곳을 젖히고 싶은 마음은 굴뚝같았으나 눈물을 머금고 흑48로 보강한답시고 엉거주춤 한점을 놓았다. 이때의 심리는 아마추어 동급끼리 둘 때의 그것과는 전연 다른 것이어서 명확하게 읽지도 않고 일종의 강박관념 같은 것에 사로잡혀 그렇게 되는 것이었다.

백이 49로 내리뻗자 새삼스럽게 그곳을 먼저 젖히는 선수(先手)를 놓친 것이 억울하여 나도 모르게 비명을 질렀다. "아이쿠, 망했군. 내가 왜 이러지." 그러나 김국수는 그러한 나의 군소리에 가까운 비명을 들었는지 어쨌는지는 모르나 조용히 미소를 지을 따름이었다.

제3보(譜) 기회마다 놓치고, 수마다 틀리고

3보를 흑78부터 시작한 것은 이유가 있다. 국후(局後)에 김국수가 복기(復棋)하면서 흑78은 '재미난 점'이라고 칭찬 비슷하게 평한 때문이다. 그 정도라도 평가해준 것은 이 판에서 유일한 호착점(好着點)이었기에 자랑삼아 제시해준 것이다.

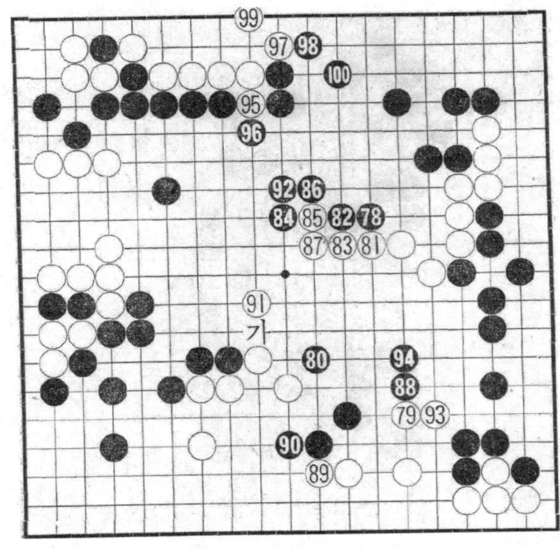

제3보(78~100)

내 딴에는 이 점에 김국수가 응수해올까 한번 시험 삼아 놔봤는데 아니나 다를까 백81, 83으로 응수해왔다. 이때 흑은 87의 곳으로 젖히면 될 것을 전보(前譜), 백73이 보인 김국수의 멋진 수를 흉내낸답시고 흑84로 뛰었다. 백85에 86을 받아 백87로 잇고 보니 끊길 곳만 생기고 말았다. 그보다 겁이 나기 시작한 것은 백81에서 87로 백이 진을 치고 보니 백진(白陣)으로 침입했던 하변의 흑 석점이 위태로워졌다. 하는 수 없이 흑88을 붙이고 살아나갈 수단을 강구했다. 그러자 몇번이나 누르고 싶었지만 기회를 못 얻었던 '가'의 곳을 백은 유유히 백91로 솟아올랐다. 이곳에서조차 흑92를 손 빼면 박살이 날 것만 같아 흑92를 잇고 보니 우상변의 집은 그런대로 굳어진 셈이 됐다.

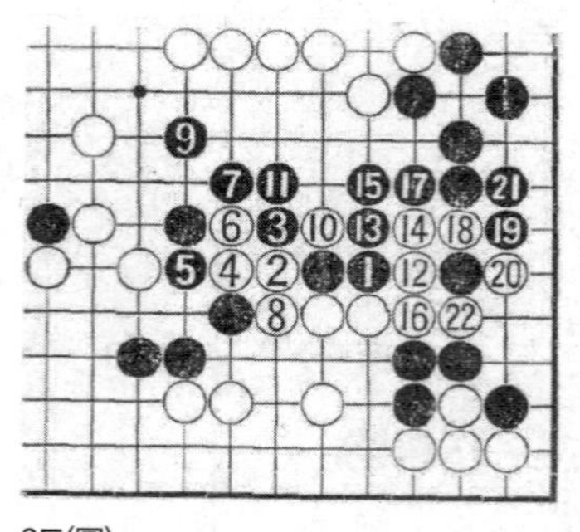
2도(圖)

백93에 흑94는 이 길밖에 없는 것을 발견했다. 흑94를 88 오른쪽으로 뻗으면 2도(圖)와 같은 변화가 생겨 우하변 일대는 백이 점령하게 될 것을 예방한 것이다.

제4보(譜) 승기(勝機)는 사라지고

중반전도 끝나가는 이 시점에서도 나는 이 판을 승국(勝局)으로 이끌 기회가 여러번 있었다. 백3에 4를 손 빼고 9의 오른쪽으로 날일자(字)로 뛰었더라면 이곳에서 줄잡아도 20호(戶) 가까이는 얻었을 것

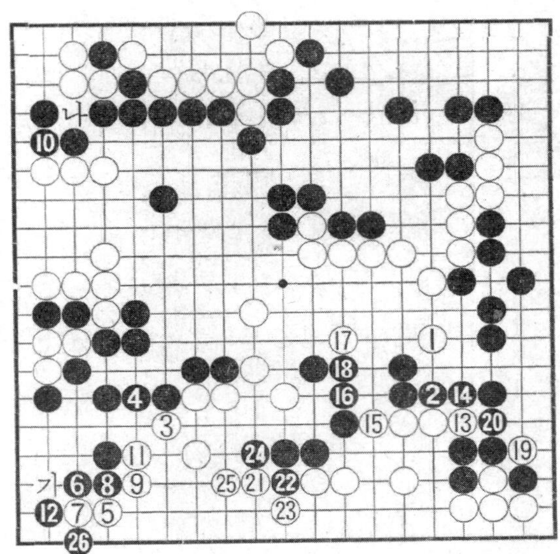

제4보(101~126)

이 분명했다. 이 점이 두고 싶어 몇번씩이나 적당한 곳에서 손을 빼고라도 가리라고 벼르고 있었으면서도 역시 국수 앞에서 위축된 손은 좀처럼 말을 안 들어 이곳까지 질질 끌고 온 것이었다. 드디어 백 5로 벌려왔고 이하 9까지 되었을 때 백이 설령 '가'의 곳에서 젖히더라도 이 흑이 죽지는 않는다고 본 나는 초반전 첫 실수로 비명을 질렀던 좌상귀가 어쩐지 아쉬워서 흑10으로 이어놨다. 이 수로 II의 곳으로 쌍립해 섰더라면 백도 응수 않고는 못 견딜 곳인데 조바심하는 마음은 그런 심사숙고를 시켜주지 않아 서둘러 흑10으로 이은 것이다. 그러나 기왕에 이을 바엔 '나' 쪽으로 이을 것이었다. 그러면 3도(圖)와 같이 끝내기를 선수(先手)로 할 수 있었다.

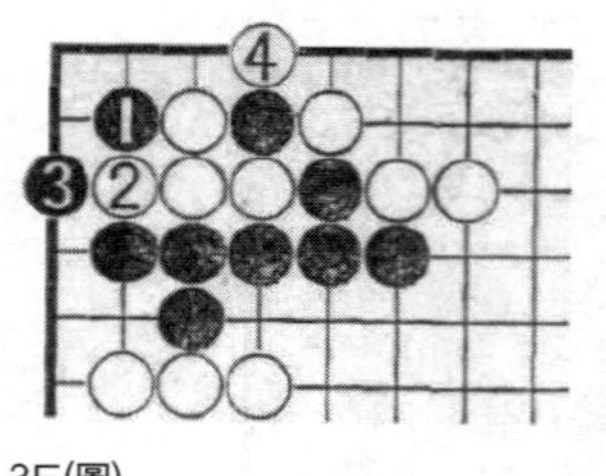

3도(圖)

그리고 백이 19로 왔을 때도 흑20으로는 흑 석점을 버리고 22에 선수로 내려가서 이 일대의 백지(白地)를 파가(破家)하는 것이 비교가 안 되게 컸을 것으로 생각된다.

국후(局後)에 반성해본 것인데 이렇게 되고도 흑이 이때부터라도 정신을 가다듬어 판단했더라면 지지는 않았을 것이다.

제5보(譜) 취생몽사지경(醉生夢死之境)

첫수부터 떨리던 손은 이젠 마비가 되었는지, 아니면 단념을 해버린 탓인지 약간 덜 떨리는 것 같았다. 그대신 이젠 머릿속이 멍한 것이 내가 지금 바둑을 두고 있는 것인지 무엇을 하고 있는 것인지 나 자신이 분간할 수 없었다.

응원한답시고 관전 온 기적(棋敵) 민병산(閔炳山) 형, 시우(詩友) 박재삼(朴在森) 형, 하수(下手) 김균희(金均喜) 군 등이 히죽히죽 웃고 있는 것 같기도 하고 심각한 표정으로 염려하는 것 같기도 한데 나는 그들의 얼굴조차 똑바로 보이지 않는 발열상태, 말하자면 일종의 혼수상태 속에서 방황하고만 있었다.

그러나 이 혼수상태야말로 한 나라의 국수와 두어본 사람만이 아는 일생 중의 보배로운 순간이었다는 것도 후일에야 깨달았다.

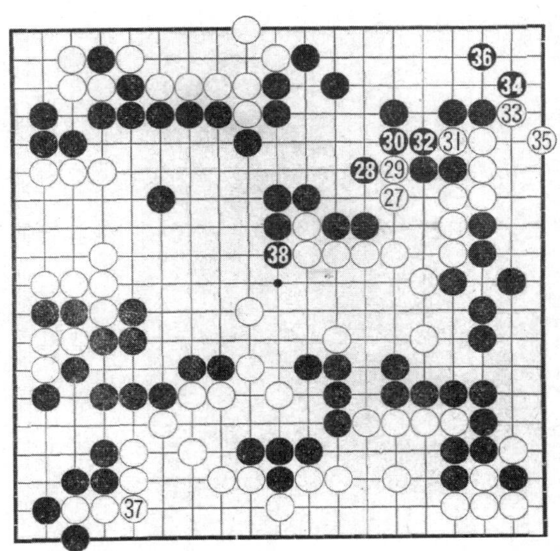

제5보(127~138)

이제 끝내기가 되어 어느 끝내기가 크고 작은가는 능히 알고도 남을 시점인데도 그걸 헤아리지 못했다.

백33에서 35까지로 된 뒤에 흑이 36 손빼더라도 이곳의 침범은 고작해야 4도(圖)와 같은 결과뿐이어서 흑이 36으로 먼저 37하여 백 두점을 따먹은 뒤의 변화와 비교할 때 줄잡아도 7·8호(戶)는 득볼 곳이었다는 것을 생각하면, 그곳을 놓친 것이 마냥 아깝기만 했다.

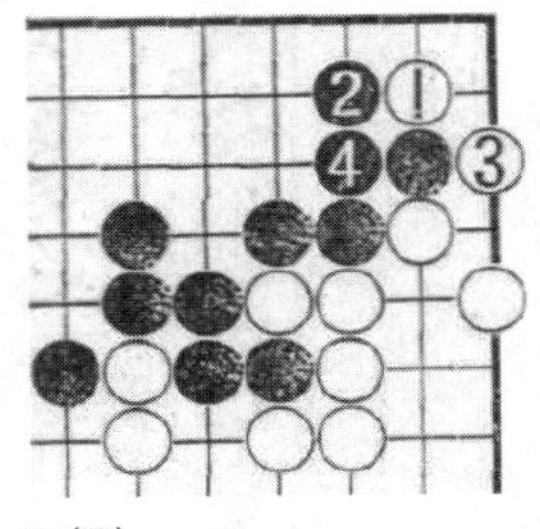

4도(圖)

제6보(譜) 김빠진 종국(終局)

끝내기도 얼마 안 남은 때가 되었는데, 나는 계가(計家)해볼 생각도 못 하고 있었다. 얼마가 모자라는 모양인데 그것을 확인해볼 기력조차 없어진 것이다. 공격 한번 제대로 못 하고 싸움 한번 벌여보지도 못한 채 패국(敗局)을 향하여 줄달음치는 꼴이 스스로 맥이 풀리면서 그것에 대한 대책보다는 얼른 빨리 끝이 났으면 하는 생각뿐이었다. 이 생각이 든 것은 바둑을 두기 시작한 때부터였다.

나의 경우, 바둑은 무조건 즐기기 위해 두는 오락이었다. 혹자는 바둑에서 인생을 도야한다 운운하지만 나는 아마추어 바둑팬들이

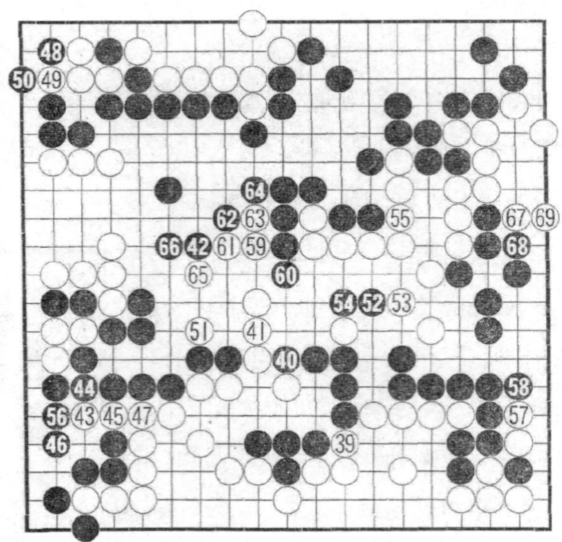

제6보(139~169)

바둑판에서 인생을 수양한다고 운운하는 것은 술 마시며 인생을 도야한다고 떠들어대는 꼴과 다를 것이 없는 난센스라고 생각한다. 그야 바둑이고 술이고 그것을 즐기고 가까이한다면 그것들 속에 인생의 한 측면을 느끼고 인생을 깨닫는 일조(一助)는 될 수 있으리라. 그렇다고 바둑판 앞에 앉아 인생을 수양하겠다고 나서는 아마추어 기객(棋客)이 있다면 그는 분명히 아마와 프로의 경지를 혼돈하고 있는 것이다.

그런 나인지라 오늘의 이 대국은 결코 즐거운 오락이 될 수 없었다. 잡고 잡히는 파란만장의 일국(一局)을 스스로의 기력(棋力)으로 운영하는 즐거움은 있을 수 없고, 국수 앞에서 졸렬하기 짝이 없는 수만 거듭하며 벌벌 떨고 있는 것이 내게는 너무나 고되기만 했다.

제7보(譜) 패국보(敗局譜)지만 소중한 가보(家寶)

첫수부터 '아이구 이건 고통이구나' 하는 생각이 들어 지고 이기는 것은 알 바 없고 어서 빨리 끝이 나야 일종의 공포와 강박에서 해방될 것만 같았다.

그렇든 저렇든 영광의 일국이었다. 우리나라 백만을 넘는다는 바둑팬 중에 국수와 일국을 가질 수 있는 행운을 얻을 사람이 몇 사람이나 되겠는가. 그런 행운의 일국이고 보니 어찌 영광이 아니겠는가.

두는 도중 졸렬했던 수가 연발한 기보(棋譜)이기는 해도 이것은 내가 분명히 자손만대에 가보(家寶)로 남기지 않을 수 없는 것이다. 바

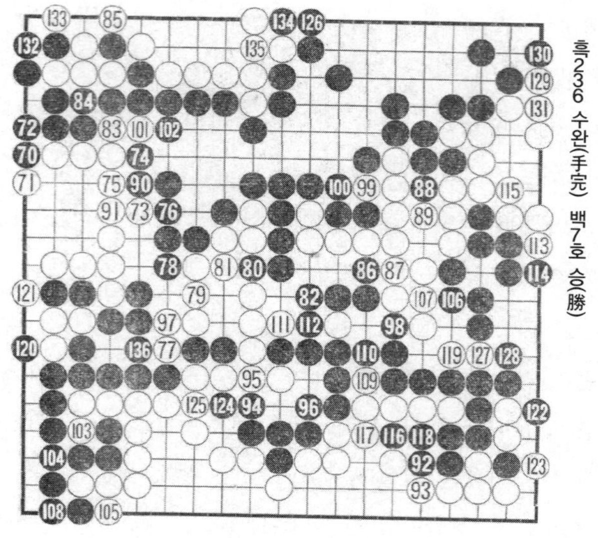

제7보(170~236)

둑이 끝나고 기보를 받아들고 보니 아까까지만 해도 떨리던 손과 가슴은 씻은 듯이 가라앉고 이 기보가 대견스럽기만 했다. 그리고 내가 잘못 둔 곳이 선명하게 눈앞에 낙인 찍히듯이 보이면서 새삼스럽게 떨고만 있었던 나 자신의 모습이 우습기만 했다.

어떻든 국수와 둔 기보를 안주머니에 넣고 돌아오는 길에 나는 몇 번씩이나 옷 위로 자랑스럽게 그 기보를 쓰다듬으며 득의와 영광의 미소를 지었다. 참패한 기보를 쾌승한 기보나 되는 듯이.

몇몇 친구들은 김국수와의 대국에서 내가 져서 고소하다고 놀리기도 했으나 나는 그런 농(弄)에는 아랑곳하지 않았다. 비록 접바둑이 명국(名局)일 가망은 없는 것이고 보면, 다만 김국수를 상대로 대국할 수 있었다는 사실만이 내게는 야릇한 흥분과 영광을 안겨주었다.

『기계(棋界)』 1969. 5

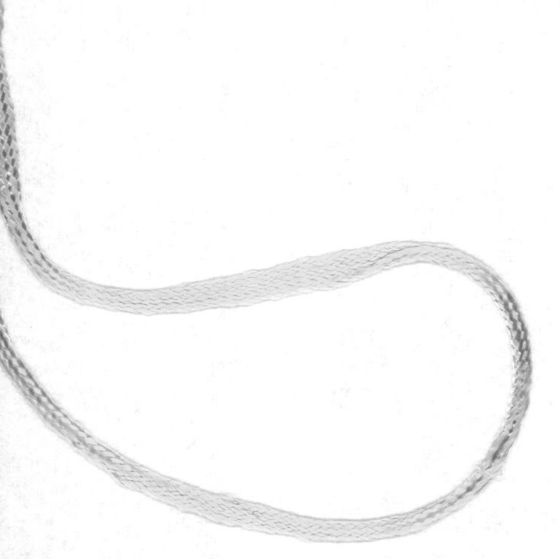

바둑이 목적은 아니다

나의 취미변(趣味辯)

내가 바둑을 즐기는 것은 사실이다. 그러나 결코 바둑광(狂)은 아니다. 왜냐하면 나는 바둑을 안 두면 못 견딜 정도로 그것에 미쳐 있는 것은 아니기 때문이다.

내가 즐기는 여러가지 취미, 말하자면 수영, 등산, 낚시 등등과 비교할 때 바둑이 특별나서 소중한 것은 아니다. 다만 수영, 등산, 낚시는 그 장소와 시간에 제한을 받지만 바둑은 아무 때나 어느 곳에서나 한두시간과 바둑판만 있으면 즐길 수 있기 때문에 퇴근 후나 여가가 있을 때 곧잘 즐길 따름인 것이다.

이런 이치는 취미나 오락이라는 것에 대한 나의 견해의 일편(一片)이다. 취미나 오락을 통하여 인생의 여가를 즐기는 것은 좋지만 취미나 오락 그 자체가 인생의 목적인 양 몰두하는 것은 그야말로 광(狂)이라고 생각한다.

바둑, 그것은 즐길 것이지 그것에 지배될 것은 아니리라.

『여원』 1969. 8

취미의 철학, 바둑

바둑을 배운 지도 어언 20여년이 된다. 그 긴 세월 동안 이루 헤아릴 수 없이 많이 두었건만 아직도 싫증이 나지 않는다. 싫증은 고사하고 점점 더 재미가 나기만 한다.

나의 취미는 비교적 다양하다. 등산, 낚시, 수영, 여행 등등 많고 꽤 열심히 쏘다녔다. 그리고 그 여러가지 취미랄까 스포츠가 지니고 있는 진미에 몰두하기도 했었다. 그러나 그것에 한때 열중하다가 어떤 기회에 우연히 또는 불가피한 사정으로 멀어지고 싫증나고 하여 중단되기가 일쑤였다.

한데 바둑만은 한결같이 재미있으며 결코 싫증도 안 난다. 그것은 아마추어이기 때문인지도 모른다. 그야말로 취미로 두는 바둑이기에 그렇지 전문기사들처럼 그것이 호구(糊口)와 관계가 있는 노역(勞役)이고 보면 결코 재미가 있는 것이 못 될 것이다.

그러기에 언젠가 조남철(趙南哲) 명인, 김인(金寅) 7단과 대담하는 자리에서 "바둑은 아마추어의 것입니다."라고 발언하여 그분들을 어리둥절케 한 일이 있다. 바둑의 재미야 아마추어가 더 보지, 당신들이 더 보겠느냐는 뜻임을 캐치한 그분들은 포복절도했다.

그리고 바둑의 공리성(功利性) 또한 대견하다. 근 10년 전 심한 노이로제로 밤낮없이 두통에 시달린 일이 있었다. 약을 먹어도, 병원엘 왕래해도 아무 소용이 없었다. 어느날 우연히 최신해(崔臣海) 박사를 만나 노이로제 증세를 호소했더니 바둑을 둘 줄 알면 그것에 열중해 보라는 처방을 주었다.

나는 내심 의아했다. 그렇지 않아도 두통이 심한데 머리를 쓰는 바둑을 두면 두통이 더할 게 아닌가 하고. 그러나 최박사의 말을 믿어보기로 하고, 하루종일 기원에 나가 마음 푹 놓고 바둑을 두었더니 10여일 만에 씻은 듯이 두통이 사라지고 마는 것이었다.

아무 잡념 없이 한가지 일에 열중하는 즐거움이 약이나 치료보다도 노이로제에는 특효가 있었던 것이다. 그후로는 바둑판에 앉았을 때의 집중도 여하로 나의 심신의 컨디션을 측량케 되어버렸다.

어떤 이들은 말한다. 그 많은 시간을 바둑 두는 데 허비하는 게 아깝지 않느냐고. 이에 대한 대답이 내가 생각해도 좀 우스꽝스럽긴 하나 "그렇지만 재미난걸!" 하고 응답한다.

어쩌면 이 대답은 모든 취미의 정의를 가장 정확하게 말하는 것인지도 모른다. 오늘도 퇴근시간이 되면 "바둑이 마려운 걸 어찌하랴!"

『조선일보』 1972. 3. 4

농사와 바둑

이제는 나를 농사꾼으로 불러주는 친구들이 상당히 많아졌다. 농사랍시고 처음 벌여놓기는 벌써 십수년 전의 일이지만 아무래도 도회의 미련을 버리지 못해 이러구러 10여년을 뜻없이 보내다가 3, 4년 전 직장을 그만두는 것을 계기로 제법 본격적인 농사를 하고 있는 셈이기는 하다. 작년 가을에는 처음으로 트럭에다 소출을 실어 나를 만큼 거둬들이기도 했으니 농사꾼으로 불린다고 해서 낯 뜨거운 생각이 들 까닭도 없다.

다 알다시피 농사란 새벽부터 일어나 팔다리를 걷어붙이고 땅거미 진 후까지라도 흙과 범벅이 되어 지내는 따분하고 고된 일이다. 그러나 그 따분하고 고되다는 것이 기계적이고 천편일률적인 도회의 생활과는 달라서 흙 묻지 않은 팔꿈치 쪽을 골라 이마의 땀을 닦는 정도의 작은 휴식도 도회인들이 벼르고 별러서 떠나는 바캉스 못

지않은 즐거움인 것은 농사와 도회를 다 경험한 사람이라면 누구든 끄덕여줄 수 있으리라.

천리길을 멀다 않고 가끔 내 축축한 농막을 찾아주는 친구들이 있어 나의 농촌생활의 기쁨은 한층 돋보인다.

시인이나 농사꾼이기 이전에 꾀와 힘을 같이 갖춘 아마 4단의 기객(棋客)으로 더 잘 알려져 있는 나를 찾는 친구들이 내 농막에 바둑 한틀은커녕 깨진 조갯돌 하나 놓여 있지 않은 것을 보고는 모두들 의아해한다. 바둑에 취미도 있으니만큼 농사 틈틈이 바둑판 앞에 앉는 것이 적당한 휴식도 되고 격에도 맞는 것이 아니겠는가라고 친구들이 권하지만 나는 서슴없이 그렇지 않다고 말해주는 것이다. 그래서 다음 들를 때는 꼭 바둑 한틀을 마련해보겠다는 그들의 친절을 여러 번 사양해야 했다. 농사는 혼자 하는 것이지만 바둑은 둘이 할 수밖에 없는 도회의 산물이라는 생각이 들었기 때문이다.

설사 두 신선이 바둑판에 마주 앉았더라도 썩은 도낏자루를 괴고 본분을 잊은 채 구경하는 나무꾼과 함께 그것은 하나의 도회의 풍경이겠기 때문이다. 하물며 그 유명한 '윗산'의 일곱 신선이 한자리에 모였다면 세상의 구름 위에도 몇 안 되는 신선 중의 일곱명이란, 700만명이 밀고 밀리는 도회와 무엇이 다르겠는가.

재작년 이 고을에 원님으로 부임한 K씨가 내 국민학교 동창생이자 고향에서부터의 기적(棋敵)이어서 가끔 읍내에 불려가 바둑을 두었지만 전과는 달리 승부에 관심이 없어 시들하던 중 마침 그 K씨가 다른 곳으로 영전하는 바람에 그마저도 중단하고 말았다.

그러나 보름에 한번, 한달에 한번 서울에 다니는 날에는 집보다는 먼저 한국기원에 들러 나를 아무 때고 생각나면 잡아먹을 수 있는 무슨 '오리'처럼 생각하는 자들을 가볍게 두들겨 패주는 것으로 내 아마 4단의 면장 위에 쌓인 먼지를 잠시 털어내곤 하는 것이다.

『바둑』 1978. 2; 『바둑을 사랑하는 사람들』, 탐구원 1994

김삿갓 따라 강산 천리

*『경향신문』(1964. 3. 3 ~ 1964. 4. 20)에 연재된 기행산문이다.

쓰러진 곳 동복 땅

죽장에 삿갓 쓰고 방랑 삼천리
흰 구름 뜬 고개 넘어가는 객이 누구냐
열두 대문 문간방에 걸식을 하며
술 한잔에 시 한수로
떠나가는 김삿갓

5, 6년 전에 한창 유행하여 우리들 서민층의 값싼 현실도피 심리를 달래주던 노래이다. 세사(世事)에 시달리고 되풀이되는 일상생활에 싫증이 난 우리들 한국사람의 정서 속엔 이 노래 속에 있는 김삿갓식 방랑의 꿈이 다분히 있다. 그렇다고 쉽사리 가정을 버리고 직장을 내던지고 죽장망혜(竹杖芒鞋)로 산수를 찾아 떠날 수는 없다. 그러기에 몇잔 술을 마시면 수젓가락으로 술상을 두드리며 “떠나가는 김삿갓”

하고 목청이 터지게 노래나 불러 스스로를 달랬던 것이다.

그토록 우리들 매인 몸이 부러워하는 방랑의 화신, 유랑의 시인, 김립(金笠) 김병연(金炳淵, 1807~1863)이 40년이라는 기나긴 세월을 흐르고 흘러다니다 나그네의 몸을 관(棺) 아닌 삿갓 속에 담고 땅에 묻힌 곳이 전라도 동복(同福) 땅이다.

김립의 발자취를 더듬어 그가 그토록 비웃고 야유하고 비평하던 100여년 전의 풍정(風情)과 오늘날이 얼마나 다른가 알아보겠다는 나는 나그네 첫 발길을 동복 땅으로 옮겼다. 그가 마지막 숨진 곳에서부터 거꾸로 거슬러 올라가며 그의 행적을 더듬는 것도 멋이 있을 것 같았기 때문이다.

전라남도 화순군 동복면. 지도에도 안 나와 있는 곳이건만 그래도 옛날엔 부자가 많이 살았고 원님이 자리잡았던 곳이라고 한다. 이곳이 막다른 곳이 되어 있는 신작로는 밤길로는 위험할 것만 같았다. 마을에 들어섰으나 옛날의 번영은 간곳없었다. 남은 것이라고는 몇 개의 쓰러져가는 비각(碑閣)뿐이다.

마침 장날이었다. 장꾼이라야 200~300명이 될까 말까 한 사람들에게 김삿갓 죽은 곳이 어디냐고 물어봤으나 아무도 아는 사람이 없다. 어떤 사람은 김삿갓이 이곳에서 죽었느냐고 반문을 해왔다. 심지어는 별소릴 다 듣는다는 표정으로 "김삿갓이라니? 대삿갓〔竹笠〕은 몰라도 금삿갓이 어디 있나?" 한다.

하는 수 없이 국민학교 교장을 찾아가보고 면장도 만나고 구면장도 만나고 한 결과, 이 고장의 가장 연로한 문장가(文章家)라는 팔십 노인 박지수(朴址洙) 옹을 만나게 됐다. 단정한 몸매와 흰머리로 곱게 늙어가는 그 할아버지는 유학자(儒學者)의 전형적인 후예 같았다.

그러나 그도 동복 땅에서 김삿갓이 죽었다고 하기에 다방면으로 알아봤으나 확실한 장소는 모른다고 한다. 그런대로 자기 소견으로 구암리(龜岩里) 같다고. 그 까닭은 그곳이 반촌(班村)이기 때문에. 그러나 나는 양반을 좋아하지 않았던 김삿갓이 과연 그 할아버지 말대로 그 마을에 가서 죽었을까 의심이었다.

결국 한나절의 수고도 수포이었다. 나는 지친 다리로 이 낯선 땅을 디딘 채 서녘 하늘을 바라보며 한숨지을 수밖에 없었다. 이곳까지 천리길을 달려온 나는 김삿갓이 죽은 마을 찾는 것을 단념하기로 했다. 비석은 고사하고 한줌의 흙무덤도 남기지 않고 가버린 것이 도리어 김삿갓다운 일인 것만 같았다.

부질없는 호기심으로 무덤을 찾는 것이 도리어 죄된 짓이리라. 바람 부는 대로 물 가는 대로 떠돌아다니다가 자취도 자국도 없이 죽어가버린 김삿갓을 추억하려면 그의 무덤을 찾는 것보다 그가 죽기 전에 마지막 지었다는 「난고*평생시(蘭皐平生詩)」나 한수 읊어보는 게 나을 듯싶다.

鳥巢獸穴皆有居
顧我平生獨自傷
새도 짐승도 제 살 집이 있는데
나는 한평생 혼자서 쓸쓸히 떠돌았네

* '난고(蘭皐)'는 김삿갓의 호.

芒鞋竹杖路千里
水性雲心家四方
짚신 대지팡이 천리를 걸었고
물 따라 구름 따라 온갖 곳이 집이었지

尤人不可怨天難
歲暮悲懷餘寸愛
사람을 탓하랴 하늘인들 원망하랴
흘러간 세월 속에 내 마음이 아플 뿐

(…)

江山乞號慣千門
風月行裝空一囊
강산 따라 천만호를 구걸해도
풍월 따라 주머니는 늘 비었었다

身窮每遇俗眼白
歲去偏傷髮髮蒼
기구한 팔자라 천대만 받다보니
흐르는 세월 속에 흰머리만 늘고

歸兮亦難佇亦難
幾日彷徨中路傍
가도 오도 못하고 서 있지도 못하며
하염없는 나날을 나그네로 떠돌 뿐

『경향신문』 1964. 3. 3

풍자 잃은 화순탄광 길

김삿갓의 무덤도 행적도 없는 동복 땅을 빠져나오려면, 도리 없이 화순탄광(和順炭鑛)*이 있는 좁은 계곡을 통과해야 한다. 언뜻 보면 서부활극에 나오는 깎아지른 암벽의 협곡 같기도 한 이 계곡이 지금은 우리나라에서도 유수한 탄전(炭田)이 되어 있다.

옛날 김삿갓은 이곳을 지날 때 겉모양의 암석만을 보며 지리한 봄날을 따분해했을 것이다. 설마 그 바위 밑에서 타는 돌가루를 파내리라고는 생각도 못 했을 것이다. 더구나 이 좁은 골짜기에 수천명의 사람들이 들어차서 밤으로 낮으로 바빠하리라곤 꿈에도 생각 못 했을 것이다.

그러나 지금 그곳 일대는 온 천지가 검은 가루로 뒤덮여 있다. 자

* 전라남도 화순군 동면 복암리 일대에 있는 무연탄 광산.

동차가 한번 지나갈 양이면 검은 먼지가, 거짓이 아니고 골짜기 가득히 피어오른다. 그 먼지 속에선 앞도 뒤도 안 보인다. 먼지가 가라앉은 뒤의 얼굴은 흰 눈자위만 빛나는 검둥이 바로 그것이다.

값비싼 탄을 많이 캐내는 것은 물론 더없이 소중하고 필요한 일이다. 그러나 이렇게 먼지를 발목이 파묻히도록 방치해둬야 하는 것일까 하는 의문이 생겼다. 나는 한번 지나가는 나그네니까 그 먼지 세례도 기념과 화젯거리로서 쓸 만하다. 그러나 그곳에서 날이면 날, 달이면 달을 일하고 사는 사람들은 어떻게 되는 것일까? 그들의 폐는 검은 공기만을 들이마시고 있으니 어떻게 성할 수가 있겠는가?

알고 보니 그들의 임금은 하루 100원에서부터 300원까지의 사이라고 한다. 하루 100원을 받는 사람이라면 한달 꼬박 나가야 3,000원이 된다. 그런데 광부들은 그 중노동을 견뎌내기 위해서도 최소한 한달에 2,000원어치를 먹고 굴에 들어가야 한다고 하니 남은 1,000원으로 몇 식구의 끼니를 이어가야 한다는 이치가 된다.

한 광부의 말을 빌리면 "여기 사람은 부황증이 걸려도 검은 가루에 덮여서 안 보입니다."라는 것이었다. 지나가는 나그네의 안목으론 광산 운영의 손익 내면이야 알 도리 없지만 그러나 최소한 종업원들의 위생을 위한 좀더 적극적이고 본격적인 환경 개선이 있어야 하겠다는 생각이 자꾸 들었다. 미개하고 후진한 산업시설밖에 없는 우리들의 실정으로는 도리 없는 것인지는 모르지만 좌우간 이곳에 사는 사람들의 그 새까만 얼굴, 누가 누군지 분간하기조차 힘든 그 얼굴에서 우리들의 불행, 우리들의 비극의 한 국부를 보는 것 같아서 김삿갓 따라 나선 팔도유람이라는 내 발걸음이 더없이 부끄러웠다.

결코 아름다운 풍경을 찾아다닐 수도 없는 불행한 시대가 현대인 것이다. 도리어 아름다운 풍광을 찾기에 앞서 이 탄전이 표현하고 있는 것 같은 이 사회의 비극의 암부(癌部)를 응시해야 하는 것이 우리들의 책임인 것만 같았다.

그러고 보니 나그네니 뭐니 해도 나는 실상 나그네가 아닌지도 모른다. 우선 그 방랑하는 방식이 글렀다. 나그네답지가 못하다. 옛날에 김삿갓이 지나갔다는 땅을 찾아 자동차를 타고 쏜살같이 돌아다니니 어찌 그것이 옛날 김삿갓이 가다 쉬고, 쉬다 가고, 가다 저물면 아무 데서나 자고, 자고 나면 또 가고 하던 그런 나그네와 같을 수가 있겠는가.

나그네의 진미(眞味)는 터벅터벅 낯선 곳을 가다 예기치 않았던 아름다운 산수(山水)를 봤을 때의 그 기쁨이 으뜸일 텐데, 이건 역전경주(驛傳競走)하듯이 찻길이 닿는 도시에서 마을로만 줄달음을 치니 도중의 경관은 맛볼 수 있을 리가 없다.

그리고 또 우리들의 안목은 김삿갓 때와는 전연 달라졌다. 그 심미안이나 정서가 달라진 것도 달라진 것이지만, 우리들의 정신이 치열하게 관심하는 것은 자연보다 사회와 역사 쪽이 되고 말았다. 그러니 유람을 한다고 해도 자연의 풍광만을 찾으려고 하는 것이 아니라 가장 현대적이고 과학적인 호기심을 채울 곳을 찾아보려고 하게 된 것이다.

그러니 김삿갓의 뒤를 쫓아보겠다는 나의 나그넷길도 이율배반적인 행각(行脚)을 하지 않을 수 없겠구나 하는 것을 이 탄광지대의 먼지 속에서 절감했다. 김삿갓이 이 시대에 태어나서 이곳에 섰으면 어떤 식의 풍자시를 썼겠는가 하는 희화적(戱畵的)인 공상을 하는 것조차 누구에겐지 미안스러운 곳이었다. 차라리 김삿갓 때 석탄이 없기를 잘했다고 생각하는 것이 김삿갓을 위하는 것이다.

『경향신문』 1964. 3. 5

고읍 나주의 봄

나주(羅州) 하면 연상되는 것이 있다. 그것은 전주니 나주니, 충추니 청주니 그리고 경주니 상주니 하는 지명이 지니고 있는 인과성이다. 그것들은 전라도니 충청도니 경상도니 하는 도명을 연유케 한 소도시들이다. 그런데 그 거개가 개화 후의 신생도시에 비교하여 낡은 소도시의 지위를 면치 못하고 있다. 따라서 이런 지명을 들을 때 어쩐지 퇴락한 양반 같은 애수를 느낀다. 사십 줄에 들어선 기생의 뒷모습처럼 쓸쓸하기만 하다.

이런 도시일수록 뭔지 고유의 것을 갖고 있다. 토착적인 것 아니면 민속적인 그 고유한 것이 그곳을 유명하게 해주고 있긴 하나 실상은 그 도시로 하여금 비진취적이라는 인상을 주게 하는 요인이기도 하다. 경주의 고적(古跡)이 그렇고, 상주의 곶감이 그렇고, 청주의 후인심(厚人心)이 그렇고, 전주의 비빔밥이 그렇고, 나주의 배가 그렇다.

그런 낡은 고을의 하나였던 나주에 비료공장이 생기면서 그 인상이 사뭇 달라지는 것 같았다. 그러나 나주에 첫발을 들여놓으면서 받은 느낌은 역시 낡은 곳이군, 하는 것이었다.

옛날에 김삿갓이 이곳을 지나가며 어떤 느낌이었는지 현재로선 시가 남아 있지 않아서 알 수는 없지만, 너무나 허전한 곳이었다. 하기야 내가 너무 이른 봄철에 이곳을 찾아서 그런지도 몰랐다. 헤아릴 수 없이 많은 배나무밭은 지금은 거무충충한 가지만을 뻗고 있으나 그곳에 잎이 돋고 하얀 꽃이 필 때는 장관일 것 같았다. 잔잔한 물결처럼 잇닿은 능선을 덮은 과수원은 배의 산지답고도 남았다.

그런데도 시가는 비료공장 가동과 더불어 올 호경기를 기다리는 도시라기엔 어딘지 모르게 피로해 보이는 까닭이 무엇일까? 그러나 일단 비료공장에 들어서면 면목은 일신한다. 어느 이국에 온 것 같았다. 현대 공업의 위용을 자랑하는 듯 모던한 자세로 서 있는 공장시설, 우렁찬 기계 소리, 일정한 작업복을 입고 그 초인 같은 기계를 조작하는 기술자들의 모습을 볼 때 뭣인지 모르게 현대라고 하는 과학문명에서 나만이 고아처럼 따돌림을 당한 것 같은 느낌이 들었다.

시(詩)니 문학이니 하면서 인문계의 영토를 방황하는 동안에 이 거인 같은 메커니즘의 생리와 동화할 수 없는 사변적(思辨的) 사양족(斜陽族)이 되어가는 것만 같았다. 공장 내를 분주히 오가는 근 700~800명의 종업원은 나와는 비교도 안 되게 합리적이고 과학적인 사고를 하는 사람만 같았다. 그러나 공장 간부를 만나 이모저모로 공장 실황을 듣던 중에 나는 깜짝 놀라지 않을 수 없는 한국적인 그 무엇을 발견했다.

애초에 이 공장을 이곳에 세우게 된 입지적인 조건은, 연료인 무연탄은 화순탄광 것으로 하고 물은 영산강으로 하면 편리하기 때문이었다고 한다. 그러기에 독일에서 기계 설계를 할 때 화순탄을 샘플로 보냈다. 그러나 막상 공장을 준공하고 시험을 해봤더니 화순탄으로는 칼로리가 부족하여 연료로서의 구실을 제대로 못 한다는 것을 알았다. 하는 수 없이 봉암탄을 섞어서 씀으로써 겨우 예정한 칼로리를 내고 있다고 한다. 그러니 처음에 독일로 탄(炭) 샘플을 보낼 때 과연 화순탄을 보냈는지 아니면 한국 땅에서 나오는 탄은 다 같은 것이려니 하고 아무거나 보낸 것인지 의심이 간다고 한다.

또 한가지는 공장에서 하루에 소요되는 물이 1만톤이며 영산강변에 있는 그 공장 급수장에서 불과 200미터밖에 안 떨어진 목포시 상수도 급수장의 1일 소요량이 4만톤이니까 도합 5만톤이라는 물을 쓰는 셈이다. 갈수기(渴水期)의 영산강으로는 불가능한 양이기 때문에 한쪽이 양보하는 수밖에 없을 실정이라고 한다.

이런 어처구니없는 미스를 범하고 있는 과학자, 뭔지 근본적으로 결함이 있는 것 같은 과학태도가 과연 올바른 성과를 거둘 수 있는 것일까 하고 한탄이 나온다. 기껏 한다는 일들이 그러고서야 어디 그게 과학이라고 할 수 있겠는가 싶었다.

그런 이야기를 들으며 공장을 나오던 나는 그 공장 정문 앞에 다가설 듯이 도사리고 있는 공동묘지의 무수한 흙무덤들을 역광으로 사진을 찍으며 차라리 김삿갓처럼 과학을 모르는 시대에 태어나는 것만도 못하잖나 하는 생각이 번개처럼 스쳐가는 것을 어쩌지 못했다.

『경향신문』 1964. 3. 7

목포는 항구다

실상 김삿갓이 목포(木浦)를 찾았는지 아닌지는 기록에도 없다. 그러나 무안(務安)에 대한 시가 있는 것으로 봐서 이곳을 찾았는지도 모른다.

아무렇든 나는 목포를 찾기로 했다. '김삿갓이 어디라 정해놓고 다녔나? 발길이 닿으면 갔지' 하는 김삿갓을 본뜨려는 나그네 심리와 함께 목포엔 내가 꼭 찾아보고 싶은 사람이 있기 때문이었다.

나승원(羅承元) 경사(警査) 사건* 때 목포서장(署長)을 구속하여 일

* 1963년 11월 16일 목포경찰서 정보반장 나승원 경사가 경찰의 부정선거 관여 사실을 폭로한 사건. 1963년 10·15 대통령선거 및 11·26 총선에서 경찰이 선거활동에 직접 관여하여 여당 후보 당선을 위해 여러 방법을 동원하여 불법을 저질렀고 또 계획하고 있다는 내용이었다. 이 사건으로 나경사는 물론 목포서장 및 정보계장 등이 구속되고, 내무부장관과 치안국장까지 도의적 책임을 지고 물러났다.

약 뉴스의 초점이 되었던 이동봉(李東奉) 검찰지청장이었다. 사실은 근 10년 전 동인운동을 같이한 문우(文友)이기도 하니까 나 경사 사건의 후일담을 들을 수가 있을 것 같기 때문이다.

그것 아니고도 목포를 찾고 싶은 이유는 많다. 김삿갓 아닌 나도, 김삿갓을 따르지는 못할망정 어지간히 술을 좋아하는데 삼학(三鶴)·보해(寶海)의 산지를 찾고 싶은 것은

鴻飛遠天易隨水
蝶過靑山難避花
먼 하늘을 날던 기러기도 물 보면 쉬고 싶고
청산을 가던 나비도 꽃을 보곤 못 지나친다

라고 읊은 김삿갓의 시가 변명해준다.

그리고 또 삼분(三粉)은 아니지만 역시 흰 가루의 일종이며 값이 올라서 우리의 식생활을 위협하는 소금의 산지를 안 보고 가는 것은 섭섭한 일이 아닐 수 없다. 그뿐이랴. 연호(燕號) 사건*의 후일담, 「목포의 눈물」의 삼학도(三鶴島)가 있지 않은가.

작년 12월 31일 특사(特赦)로 후일담이고 뭐고 없다는 이 지청장은 자택으로 데리고 가서 밤이 깊도록 이곳 특산술로 칙사대접을 해주었다. 그렇게 대접을 받고 보니 김삿갓한테 은근히 미안했다. 문전걸

* 여객선 연호(燕號) 침몰 사고. 1963년 1월 18일 전라남도 해남군 연호리를 출항하여 목포로 향하던 여객선 연호가 전라남도 영암군 가지도 앞바다에서 강풍으로 전복되었고 이 사고로 138명이 사망했다.

식을 하려다 축객(逐客)당하기 일쑤였던 그의 행적을 더듬는다고 나선 내가 '이게 무슨 꼴이람' 하는 생각이었다. 그렇다고 억지로 배곯고 축객당하고 할 수도 없는 일이 아닌가.

다음 날 술탈이 난 나를 막무가내하고 적십자병원으로 데리고 갔다. 처음 인사한 원장 이징범(李徵範) 씨는 목포의 신사요, 주호(酒豪)이었다.

약을 주곤 그 약기운이 돌기도 전에 한잔하러 가자신다. 명실공히 '약 주고 병 주고'이다. 나는 하루 사이에 그분과 정이 담뿍 들어버렸다. 부두 거리로 간 세 사람은 복쟁이국을 먹기로 했다.

나는 사십이 불원(不遠)하지만 아직 복어를 먹어본 일이 없다. 알고 보니 이 원장도 초식(初食)이었다. 나는 초식인데도 어쩐 일인지 조금도 겁이 안 났다. 김삿갓의 초탈한 넋이 옮아들어서 그런지도 몰랐다. 도리어 문제는 맛이 없는 점이었다. 서너 숟갈 떠먹었으나 시크름한 게 식욕이 동하질 않는다. 그러나 안 먹으면 겁이 나서 안 먹는다고 두 사람이 경멸할 것 같아 물러설 수도 없다. 닷치 오푼의 체면이 뭐라고 그래도 무시당하기는 싫어서 억지로 먹었다. 그러곤 몇 차렌가 끌려다니며 술을 먹었다. 항구의 거리는 골목마다 술집이요, 또 술집이었다.

그러나 나는 이 항구의 도시 목포에서 너무나 슬픈 이야기를 들었다. 그것은 '병원 핌프*' 이야기이다. 천개가 넘는다는 다도해의 그 많은 섬사람들은 거개가 이 항구를 통해서 내륙과 교통한다고 한다.

* pimp. 중매인(仲媒人), 알선업자, 뚜쟁이, 유객꾼 등을 말함.

부두의 무수한 범선들이 그 사람들을 싣고 오고 싣고 간다. 그런데 그 와글거리는 사람 속엔 섬사람 아닌 병원 펌프가 섞여 있다. 의사도, 약도, 돈도 없는 섬사람이 중병에 걸리면 도리 없이 이곳을 찾아오게 된다. 그 환자를 한눈에 알아보는 것은 어려운 일이 아니다. 재빠르게 병원 펌프가 다가가서 그 환자가 돈푼이나 가졌나 안 가졌나 내탐(內探)해본 뒤에 돈이 있는 환자면 병원으로 데리고 가서 의사에게 '부아이'(步合, 이익분할)를 받는다고 한다. 만약 잘못 알고 돈 없는 환자를 데리고 가면 병원 펌프가 책임지고 요령껏 축출해버려야 한다고 한다.

이런 사실을 알았을 때 나는 이 민족, 아니 나 자신이 불가촉천민(不可觸賤民)같이 밉고 더럽고 슬펐다.

이 항구에서 들은 슬픈 이야기 또 하나. 어느 젊은 섬사람 어부에게 어로선(漁撈線) 문제를 어떻게 생각하느냐고 물었더니 "헤헤헤……" 하고 의미 모를 웃음을 먼저 웃고선 "어로선이라고요? 지금 흑산도 가까이에 중공 어선(中共漁船)이 오는데 우리 경비선은 그들만 보면 도망치기에 바쁜걸요. 어로선이 무슨 소용이오? 괜히 떠들지……" 하고 허공을 초점 없이 바라보는 것이었다.

그의 말이 사실인지 아닌지 알 길이 없지만 이 항구 특종의 화제는 취한 술을 일시에 깨게 하고도 모자랄 정도로 슬프고 입맛이 씁쓸한 것이었다.

"목포는 항구다 목포는 항구다……" 하는 구성진 노래가 어느 대폿집에서 합창으로 들려오고 있었다.

『경향신문』 1964. 3. 9

담양 '안삿갓' 이야기

여기는 담양(潭陽) 땅. 오늘날 사람의 피보다도 더 비싸다는 달러를 벌어들이는 몇가지 안 되는 순 국산물품 중에서도 손꼽히는 죽세공예품(竹細工藝品)의 본고장이다. 그러고 보면 생각나는 시가 있다.

此竹彼竹化去竹
風打之竹浪打竹
이대로 저대로 되어가는 대로
바람치는 대로 물결치는 대로

飯飯粥粥生此竹
是是非非付彼竹
밥이면 밥, 죽이면 죽, 생기는 대로

옳으면 옳고 그르면 그른 대로

賓客接待家勢竹
市井賣買歲月竹
손님 대접은 집안 형편대로
살림살이 흥정은 시세(時勢)대로

萬事不如吾心竹
然然然世過然竹
만사가 내 마음대로 안 되는걸
그렇고 그런 세상 돼가는 대로

이 어처구니없는 체관(諦觀)의 시를 읊어야 했던 김삿갓의 니힐리즘은 결코 김삿갓 한 사람만의 것은 아니었을 것이다. 가난과 학대를 운명으로 감수해야 했던 그 시대의 모든 서민들이 터득한 유일한 안식의 사상은 '되어가는 대로'일 수밖에 없었을 것이다. 김삿갓은 그 '되어가는 대〔竹〕로'의 사상을 언어로써 죽세공예 못지않게 짜놓은 것이다.

그런데 뜻밖에도 이 담양 땅에서 옛날의 김삿갓을 방불케 하는 사람을 만났다. 고려 말에 정승을 지냈고 왕께서 죽성군(竹城君)을 봉하기까지 했다는 문혜공(文惠公) 안원형(安元衡)의 22대손이라는 이 방랑의 유학자 안형순(安炯淳, 57) 씨는 갓 속에 상투를 틀고 죽장(竹杖)을 짚은 채 문혜공의 묘소를 찾아내기 위하여 오십 평생을 방방곡곡 돌아다녔다고 한다.

선조의 묘소를 잃은 자손의 죄를 벌받기 위하여 일제의 탄압 밑에서도 상투를 고집했으며 흰옷 아닌 것은 몸에 걸쳐본 일이 없었다고. 2차대전 때에는 산에서 산으로만 피해다니다보니 김삿갓 이상으로 굶주리고 헐벗어야만 했다. 지성이면 감천이라고 수년 전에 담양군 수북면 남전리에서 그 묘소를 찾아냈다. 그러나 묘 위치가 불분명했다. 하는 수 없이 그 아래에 설단(設壇)을 하고 해마다 차사(茶祀)를 올리면서 정위치를 찾아내기에 날 가는 줄을 모른다.

그러는 한편 마을에 서당을 짓고 동네 청년 10여명에게 한문을 가르치고 있다. 김삿갓의 방랑은 집착이 없는 방랑이었고, 이 안삿갓의 방랑은 끈질긴 집념의 유랑이었다. 그러기에 이 안삿갓의 상상 속엔 '되어가는 대로'라는 것이 있을 수 없었다.

"노인께서는 자신의 모습이 시대착오라고 생각하시지 않습니까?"
라는 물음에

"왜요, 이건 시대착오지요. 세상이 문명(文明)했으면 문명한 것을 따르는 게 인간의 도리지요. 그러나 한 사람쯤은 고래(古來)의 풍습을 고집하는 것도 뜻있는 거 아니겠소? 나야 이 꼴이 고집인 줄 알면서 한번 세운 뜻이라 그걸 관철하려는 거지요."
하고 지극히 담담한 표정이었다.

"김삿갓 같은 즉흥시나 하나."
하고 졸랐으나

"허허 그런 재주는 없소."

민망한 듯이 웃고 소박한 표정을 잃을 줄 모른다.

철저한 집착은 표표한 해탈과 상통하는 것이라면 김삿갓의 전신(轉身)이 바로 이 안삿갓인지도 모른다. 섭섭한 것은 그가 이젠 묘소 아래 정착한 채 방랑을 안 하는 일이랄까?

『경향신문』 1964. 3. 12

가난은 예나 지금이나

김삿갓은 곳곳에서 구걸을 하다가 푸대접을 받고는 분풀이로 욕지거리 시를 썼다. 그 시들은 포복절도하고도 남을 정도로 기지(機智)와 야유로 가득 찬 것들이다.

개성(開城)에서 일숙(一宿)을 청했으나 모든 집이 문을 안 열어줄 뿐만 아니라 겨우 문을 연 집에서는 나무가 없어 불을 못 땠으니 딴 집에 가보라고 하여 축객(逐客)당하고 썼다는

邑號開城何閉門
山名松嶽豈無薪
고을 이름은 개성인데 왜 문을 닫으며
산 이름은 송악인데 어찌하여 나무가 없다고 하나

黃昏逐客非人事
禮儀東方子獨秦
저녁때에 나그네를 쫓는 것은 인사가 아니니
동방예의지국에서 너 혼자 진시황이구나

또는 야박한 인심을 노래한

斜陽鼓立兩柴扉
三被主人手却揮
해 기울 무렵 사립문을 두드리고 섰으나
주인은 세번이나 나와서 가라고 손을 흔든다

杜宇亦知風俗薄
隔林啼送不如歸
때마침 숲속의 두견새도 인심 야박함을 알고 있는 듯
돌아감만 못하니라(不如歸)고 울어쌓는다

같은 것이 대표적이다.

그러나 기묘하게도 당시의 시정(施政)이나 사회형태에 대한 비판적인 시는 전혀 없다. 그것은 역적으로 몰렸던 조부 김익순(金益淳)의 후예라는 부끄러움과 죄를 스스로 달게 받고 속죄하는 뜻에서 삿갓을 쓰고 평생을 방랑했던 김삿갓으로서는 당연 이상의 당연이었는지도 모른다. 그런데도 불구하고 김삿갓의 발자취를 더듬는다는 나의 이 짧은 행각도상(行脚途上)에서 가장 섭섭하게 생각하는 것은 김삿갓에게 사회비판적인 시가 없다는 사실이었다.

더 심하게 말하면, 한술 밥을 얻으려다 거절당하곤 온갖 욕지거리를 다하면서도 관(官)에 대해서는 터럭만큼도 불만을 나타내지 않았던 그가 무척 비굴했던 사람인 것만 같이 생각됐다.

나그네 떠난 지 일주일이 되는 동안 가는 곳마다 절량(絶糧)과 물가고(物價高)의 불안을 한숨짓는 소리뿐이었다. 지난해의 수해 이후 정부의 적극적인 복구사업과 특혜적인 구호양곡이 배급되고 있다는 순천시(順天市)인데도 두부공장에는 한줌의 비지를 사려고 모여드는 사람이 새벽 3시엔 장사진을 친다고 한다. 또 여수(麗水)에는 감자가루 공장에서 나오는 찌꺼기로 근근 연명하는 사람이 약 1할이 넘는다고 한다. 그것도 이른 새벽부터 아귀다툼을 해야 겨우 얻어진다는 것이다.

그 실황을 사진으로 찍어 신문에 내자고 플래시 준비를 하는 특파원의 심각한 얼굴을 보며 새삼스럽게 그런 생각이 들었다. 속담에 '가난 구제는 나라에서도 못한다'는 것이 있다. 아마 김삿갓 시대의 사회관이 이런 것이었으리라. 그러기에 나라 되어가는 꼴, 백성 되어가는 꼴에 대해서는 보고도 안 본 체하고 풍월(風月)이나 찾아다니며 시를 짓고, 걸식하려다 거절당하면 욕지거리나 했던 것이리라.

그러나 그가 오늘날 살았다면 아마 달랐을 것이다. 어떤 식으로 시를 썼을까 하는 상상은 지나친 공상이 되겠지만 아무튼 무척 신랄하게 문명을 비평하고 사회를 재단하는 시를 썼을 것이 분명하다.

그가 있어 이 가난하고 굶주린 백성들의 원성을 대변하는 경세시

(警世詩)를 써서 여야 간의 정객(政客)들의 가슴을 서늘케 해주었으면 얼마나 좋았을까? 그러나 그는 지금 없고 또 그의 옛 시 중에도 그런 시가 하나도 없으니 아쉽기 한이 없다. 기껏 있다는 것이 백성들의 가난을 읊은 「빈음(貧吟)」이라는 시가 한두편 있을 뿐이다.

盤中無肉權歸菜
廚中乏薪禍及籬
고기 없는 밥상에선 채소가 권세 부리네
부엌에 나무가 떨어지니 울타리만 화를 입고 뜯기어가네

姑婦食時同器食
出門父子易衣行
시어멈과 며느리 그릇 하나로 밥을 먹고
부자(父子)가 나들이할 때마다 옷 하나를 갈아입네

그가 유머러스하게 읊은 우리들의 가난은 세월이 흐르고 세상이 변했건만 변하지 않고 우리들을 짓누르고 있으니 무슨 천지개벽이라도 있어야 할 것 같다.

위정자(爲政者)는 아니건만 객사(客舍)의 잠은 늘 선잠이요, 꿈은 늘 어지럽기만 하니 세상이 어떻게 되어가는 건지?

『경향신문』 1964. 3. 14

나그네 통일론

나그넷길에 해가 저물 때 봄하늘 햇빛이 사위어갈 때
먼 산마루에 남은 눈이 빛날 때
지붕 위로 나직이 연기가 깔릴 때
까닭 없이 쓸쓸한 눈물이 흐른다.

해가 저무는 타관 땅을 혼자서 서성거리면 누구나 센티해진다. 이런 때일수록 한(恨)일 것도 없는 인생이 새삼스럽게 한스럽고, 아득할 것도 없는 여정이 더욱 아득한 것 같아 자기도 모르게 쓸쓸한 한숨을 뱉는다. 한숨을 달래듯 던진 시구(詩句)를 입안으로 외워봤으나 여수(旅愁)는 더욱 짙어만 갈 뿐이었다.

이런 때면 도리 없이 술과 벗이 그리워진다. 텁텁한 대폿잔에 한숨을 묻고 싶고 허물없는 벗과의 정담(情談) 속에 시름을 달랠 수가 있을 것만 같기 때문이다. 그러나 여기 반도의 남단 가까운 간이역전, 낯선 대폿집 나무 의자가 어쩐지 을씨년스러울 것만 같고, 또 더불어 잔을 나눌 벗도 없으니 선뜻 마음이 안 내킨다.

생각다 못한 나는 구간열차(區間列車)를 타고 흰 두루마기 아저씨들과 무명치마저고리의 시골 아낙네들의 사투리 속에 묻혀 여수를 한껏 더 맛보기로 했다.

다 낡고 침침한 구간열차의 손님은 거의가 지방민뿐이었다. 그들은 두 정거장 아니면 한 정거장을 가는 길손이며 거개가 서로서로 안면이 있는 사람끼리였다.

그 지방 특유의 표정과 동작과 사투리로 판을 벌이고 있는 화제를 가만히 듣고 있노라면 뭣인지 모르게 산다는 것이 슬픈 것도 같고 정다운 것도 같아진다. 산다는 것이 뭣이기에 저리도 의견이 많고 거래가 붐비고 시비가 끊일 새 없는 것일까 생각될 때, 세상이 싫기도 하고 어리석고 소박한 서로의 의견을 밑도 끝도 없이 주고받고 하며 별로 큰 야망도 없는 삶을 영위하는 것이 평범한 인간의 길이라고 생각하면 그런 그들과 내가 눈물겹도록 가련하고 측은하기만 했다.

떠들썩하고도 구수한 전라도 사투리 속에 묻혀 어두워가는 들판을 우두커니 내다보고 있는 나에게 담뱃불을 청하는 사람이 있어 살펴보니 몸가짐이나 말투가 아무래도 서울 사람 같아 지기(知己)나 만난 듯 반갑게 마주 앉았다.

수인사 후에 나의 행각이 김삿갓의 발자취를 뒤쫓는 것임을 안 그는 감탄사를 섞어 말했다.

"아, 그래요? 부럽습니다. 그런 여행은 실은 내가 해야 하는데요."

내뱉듯이 중얼거리고 기이한 자기의 인생 편력을 늘어놓는 것이었다.

"나는 들신이 걸린 사람입니다. 나만큼 떠돌아다닌 사람도 드물 것입니다. 마흔댓이 되도록 아직도 한곳에 정착하고픈 생각이 안 납니다. 그저 구실만 생기면 어디고 돌아다녀야 배깁니다.

해방 후에 38이북을 열댓번이나 갔다 왔습니다. 이북 피난민 중에 가족을 못 데리고 왔다는 사람이 있으면 자청해서 월북하여 그 가족을 데리고 왔습니다.

물론 죽을 고비도 많이 넘겼지요. 그러나 그렇게라도 해서 여행을 하고 싶은 걸 어쩝니까? 이게 다 숙명인 모양이지요.

해방 전에는 더 말할 것도 없었지요. 만주의 구석구석, 중국의 변두리, 일본은 저 홋카이(北海) 끝에서 오키나와(沖繩)까지 안 다닌 데가 없지요.

우리나란 압록강 뗏목을 타고 한달을 흘러도 가보고 한강 뗏목도 네댓번 타봤지요.

그러나 이젠 한껏 멀리 가본대야 서울에서 여기 여수 그리고 제주도까지뿐이지요. 이곳 여수, 순천도 네댓번 왔습니다만 별건 없습니다. 그래도 4, 5일 틈이 나기에 이렇게 또 찾아온 것입니다.

그러고 보면 우린 참 불쌍한 민족입니다. 여행을 하려야 할 수가 없으니 말예요. 우리나라가 반도라지만 이건 섬입니다. 38선은 바다보다도 더 험난한 단절 아닙니까? 그러니 사방이 대륙과 떨어져 있는 셈이지요.

그러나 그뿐입니까? 이건 철조망으로 둘러싸인 섬이지요. 옴짝달

싹 못하고 오도 가도 못하는 유배된 섬이지요. 나같이 들신이 걸린 사람에겐 이건 너무나 저주받은 감옥입니다.

아! 참말로 백두산은 아름답습니다. 천하의 장관이지요. 내 소망은 다시 한번 홀가분한 기분으로 백두산 산정(山頂)에 서보는 것입니다.

나는 정치나 사회에 대해선 유별난 의견이 없습니다. 그러나 나는 내 병적인 이 나그네 심사를 풀기 위해서도 통일이 되었으면 싶습니다. 조국의 정치적인 통일, 그런 것보다도 나로서는 내 성미대로 백두산도 가보고 두만강도 가보고 하기 위해서 통일이 돼야겠습니다."

그는 눈시울에 눈물이 깃든 채 쓸쓸한 표정으로 애원하듯 말을 계속하는 것이었다.

나는 이 '나그네 통일론'에 가슴이 찡하도록 감동이 되어 어느새 어두워진 차 안에서 한숨을 내뱉으며 조국의 운명을 슬퍼하는 감상객(感傷客)이 되어 흔들흔들 차에 흔들리고 있었다.

『경향신문』 1964. 3. 16

다도해의 일몰

바다 위에 지는 해는 유난히도 크고 붉다. 거울보다도 더 맑고 잔잔한 해면에 스크류가 일구어놓는 물이랑 위에서 천갈래 만갈래로 부서지는 햇빛은 루비요, 황금이요, 금강석이었다.

더구나 잇닿는 큰 섬, 작은 섬 사이로 나타났단 사라지고 사라졌단 나타나는 석양은 수평선 너머로 질 듯 질 듯 하면서도 근 한시간이나 걸리도록 미련을 떨었다.

여수항발(發) 1시 31분인 배가 기관 고장으로 4시 30분이 되어서야 떠났다. 연안 취항의 객선(客船) 중에서는 중질(中質)이며 기관도 비교적 새것이라는 배가 3시간 이상 걸리는 고장이 난 것이 불안한지 승객들은 대부분 하선(下船)해버리고 말았다. 나도 내심으로 연호(燕號) 사건*이 생각나 불길한 느낌이 들긴 했으나 여정이 바쁜 몸이라 끝까지 버티었다.

오랜 선원생활 동안에도 드물게 보는 멋진 일모(日暮)라고 감탄을 하는 선장의 말에 새삼스럽게 감동한 나는 서투른 카메라의 셔터를 연거푸 누르면서 이 배를 타길 잘했다고 몇번이나 생각했다.

김삿갓이 근해(近海)를 배로 여행했는지 아닌지는 잘 알 수가 없다. 그에게 바다의 시가 없는 것으로 봐서 아마 그런 일이 별로 없었는지도 모른다. 그에겐 바다의 시만 없는 것이 아니라 항구나 배에 관한 시도 없다. 바다와 관계가 있는 시를 억지로 찾아본다면 「백구시(白鷗詩)」 정도일 것이다.

沙白鷗白兩白白
不辨白沙與白鷗
백사장도 희고 갈매기도 희고 모두가 희고 보니
분간할 길 없구나, 더 흰 게 백사장인지 갈매기인지

漁歌一聲忽飛去
然後沙沙復鷗鷗
홀연히 지나가는 고기잡이 노래에 마음이 끌렸으나
잠시 후엔 여전히 희고 흰 백사장과 갈매기뿐일세

산수의 경승(景勝)을 찾아다니며 그것을 즐기고 노래하는 것으로 평생을 보낸 김삿갓이 여기 다도해의 해 지는 절경을 봤다면 시가 없

* 441면 주석 참조.

을 리야 없다. 짐작건대 김삿갓은 바다보다 산을 좋아했고 천연미(天然美)보다는 고적이나 사찰 같은, 결국 인환(人寰)의 주변을 그리워했던 것 같다. 바다가 동(動)이요 전개(展開)하는 존재라면, 산은 정(靜)이요 칩거(蟄居)하는 존재라고 할 수 있으니 죄인 김삿갓이 폐쇄되고 그늘을 드리운 산의 경승을 좋아한 것도 무리는 아닌 것이다.

그리고 가정을 저버리고 인생의 인연을 피해다녔던 그였기에 도리어 자연시보다도 인사(人事)를 노래한 시가 많았던 것 같다.

그는 젊어서 처음 방랑의 길을 떠나서는 주로 자연의 경관을 노래하였으나 늙어가면서 야박한 인정을 탓하는 시와 인생의 덧없음을 노래하는 시만 썼다.

흔히 그를 가리켜 인생의 얽매임에서 벗어나 홀가분하게 바람부는 대로 물결치는 대로 살아간 멋진 풍류시인(風流詩人)이라고 한다. 그러나 가만히 살펴보면 인생과 속사(俗事)에 그처럼 연연하고 몸부림쳤던 시인도 실상 없다. 따라서 그의 시에는 초속(超俗)의 경지나 해탈의 철학 같은 것은 전연 찾을 길이 없다.

그러기에 고향을 끝내 저버린 그였는데도 그의 시 속에는 사향(思鄕)의 가락이 많이 나온다. 얼마나 세정(世情)을 그리워하던 속인(俗人)이었냐는 것을 알 수가 있다. 이 아름답기 비길 데 없는 남국(南國)의 풍광도 그에겐 고향의 꽃만 못하게 보였던 것이다. 고향이 그렇게 그리우면서도 돌아가지 않았던 그의 비틀린 성격과 생애가 새삼스럽게 가련하기만 하다.

그의 「영남술회(嶺南述懷)」라는 시 속에 다음과 같은 구절이 있다.

與月經營觀海去
乘花消息入山來
달이 차고 기우는 이치에 끌려 바다 구경도 가봤으나
꽃소식이 궁금해서 다시 산으로 돌아왔도다

南國風光非我土
不如歸對漢濱梅
남쪽 나라 풍광도 결국 낯선 타향이어서
고향에 돌아가 시냇가의 매화를 바라봄만 못하구나

김삿갓이 고향의 매화만 못하다는 이 남국의 해상 일몰이 나는 더없이 아름다워서 그의 슬펐던 행각도 아랑곳없이 이윽고 해가 지고 달이 동쪽에 솟은 뒤까지도 넋 잃은 사람처럼 갑판 위에 서 있었다.

『경향신문』 1964. 3. 17

진주의 풍모

진주(晋州)라 천리길을 내 어이 왔던가?

이 낡은 유행가는 진주를 찾는 사람이면 누구나 한번쯤 수심 어린 곡조로 외워보는 가락이라고 한다.

원주민의 8, 9할은 그 핏줄을 거슬러 올라가보면 기생(妓生)의 피가 다 섞여 있고 여기저기 서 있는 고목 노송(老松)엔 아름답던 그녀들의 손길이 안 간 데가 없으며 이북의 평양과 더불어 기도(妓都)·색향(色鄕)으로 갖가지 정화(情話)·전설(傳說)이 남아 있어 찾는 이로 하여금 청춘무상(靑春無常)의 정회(情懷)가 새삼스러워지게 만드는 곳이다.

지금도 천하의 탕아를 자처하는 사람이면 한번은 이곳에서 호유(豪遊)해야 면목이 서는 듯 찾아온다. 그러나 이젠 뭇 남자를 사로잡던 그 옛날의 아름다운 기예(妓藝)도 시대의 흐름 따라 스러지고 말았으니 남강(南江)가 의암(義岩) 위에 선 채 논개(論介)의 충절을 되새기며 더없는 추억과 한을 한숨으로 돌리게 마련이라고 한다.

10여년 전 전화(戰火)로 잿더미가 되어 진주의 대명사인 촉석루(矗石樓)도 고옥(古屋)도 볼 수 없었던 때 이곳을 찾은 일이 있었을 뿐이니 옛 모습 그대로 중수된 촉석루 및 시가지가 보고 싶어 밤차를 타고 달려왔다.

역에 내린 나는 남강과 의암과 촉석루가 한눈에 보이는 여관을 물었다. 그리하여 촉석루에서 불과 10미터밖에 안 떨어진 여관을 찾아들었다.

오색도 영롱한 네온에 하이라이트된 새맑은 단청의 촉석루는 옛날에는 이렇게 아름다울 수야 없었으리라고 생각될 만큼 훌륭했다. 나는 김삿갓의 행각 추적인 것도 잊은 듯이 진주를 찾은 것이 기뻤다.

김삿갓은 이 아름다운 진주를 두어차례 찾았건만 이상하게도 이 이름 높은 촉석루도, 의암도, 강 건너 죽림(竹林)도 시로 읊지 않았다. 다만 「진주원당리(晋州元堂里)」라는 시에서 밥을 못 얻어먹은 분풀이로 욕지거리를 했을 뿐이다.

지금은 진양군(晋陽郡)에 있는 그 원당리는 이젠 찾아봐야 인심이 좋고 그른 것을 알 길이 없었다. 그것은 내가 걸식을 하지 않았기 때문인지도 모르지만 세정(世情)이 바뀐 탓일까? 나의 감각으론 전연 박정(薄情)을 느낄 수가 없었다.

모르긴 모르지만 돈 없는 김삿갓이 진주 읍내에서 기생과 더불어 한번 멋지게 놀아보지도 못했고, 또 기생도 걸인 행색의 김삿갓을 못 알아보고 푸대접을 한 것이 틀림없었을 것이다. 그리하여 '종로에서 매 맞고 한강 건너가서 눈 흘긴다'는 속담 격으로 원당리까지 가서 걸식하려다 욕을 한 것이 아닌가 싶다.

그런데 나는 뜻밖에도 진주에서 김삿갓 못잖은 야박한 인정을 맛봐야 했다. 오늘날 진주를 찾는 문인필객 쳐놓고 이 고장의 정열 시인 파성(巴城) 설창수(薛昌洙)를 찾지 않을 사람이 없다. 나도 그 예를 벗어날 수 없어 여관의 고참 종업원에게 설창수 씨의 집이 어디냐고 물었다. 그 종업원 우물쭈물하다 대답하기를 "글쎄요, 이름은 알지만 집은 잘 모르겠는데요."라는 것이었다.

나는 내심 섭섭하여 "그럴 수가 있나, 진주에서 그 사람 모르는 사람이 없다는데." 하고 중얼거리며 혼자서 찾아보기로 했다. 그런데 어이없는 일이었다. 바로 담 하나를 사이에 둔 옆집이 그 설시인의 집이 아닌가? 나중에 기자들이 많이 모이는 곳에서 그 얘기를 했더니 기자들은 폭소를 하며 그런 일이 여러번 있었다고 말하는 것이었다. 사연이 재미있다.

여관집 주인과 설시인은 오랜 세월 동안 막역한 사이였는데, 5·16혁명 후 공화당의 간부가 된 여관 주인은 야당 기질이 강한 설시인과 사이가 나빠져서 서로 왕래도 안 할뿐더러 과객이 설시인의 집을 물어도 담 하나 사이에 두고 모른다고 한다는 것이다.

이 현대판 야박 인심에 김삿갓의 그 시가 새삼 생각이 났다.

晋州元堂里
過客夕飯乞
진주 원당리에서

과객이 저녁밥을 빌었더니

奴出無人云
兒來有故曰
종놈은 나와서 아무도 없다 하고
아이가 나와서는 변고가 있다고 한다

朝鮮國中初
慶尙道內一
조선나라 가운데서도 이런 일이 처음이요
경상도 중에서도 오직 한군데뿐이다

禮儀我東方
世上人心不
예의 있는 우리 동방국에서
이건 도대체 세상 인심이 아니다

『경향신문』 1964. 3. 19

여인무정(女人無情)

'진주에서 만난 비운의 여인' 하면 진주에 대해서 남강(南江), 여체(女體), 정사(情事)의 삼위일체 같은 잠재의식을 갖고 있는 사람들은 이내 무슨 로맨스라도 있었던 것으로 알 것이다.

아닌 게 아니라 진주의 밤거리를 혼자서 거닐며 이번 행각 중의 아름다운 추억담을 얻기 위해서도 진주 가인(佳人)과의 로맨틱한 해후를 은근히 바랐던 것은 사실이다. 그런데도 원래 염복(艶福)이 없는 팔자라 아무런 소득도 없이 쓸쓸하고 고독하게 진주의 하룻밤을 허비해야 했다.

그러나 여기 진주에서 참으로 뜻밖에 우리나라에서도 가장 불행하고 딱한 한 여인을 만나는 슬픈 단막극이 있었다.

이름은 정순덕(鄭順德), 나이는 30세.

이력(履歷)은 파르티잔.

그녀가 지리산 파르티잔의 마지막 히로인으로 최근에 체포되었다는 것은 신문지상에서 읽은 일이 있었지만 이곳 진주 감옥에 갇혀 있는 줄은 전연 몰랐다. 그런데 진주에 간 바로 그날이 첫 공판 날이어서 시민들의 화제는 그녀에게로 집중되어 있었다.*

호기심에 찬 시민들의 화제는 구구했고 또 비인간적이었다. 그녀가 일자무식한 여자이며 어디로 보나 여자로서의 매력이 없다느니, 10여년을 남자 파르티잔과 둘이서 깊은 산중의 동굴에서 숨어 살았는데도 의사 검진에 의하면 육체관계가 없다느니, 체포될 때 허벅지에 총상을 입어 대퇴부를 몽땅 잘라서 어떻다느니 하며 떠들어댔다.

한 여자의 그토록 딱한 운명에 대해서 사상과 이념을 초월한 인간적인 이해나 인정에서 나오는 말이 전연 없는 그 화제에 나는 귀를 가리고 싶도록 슬프고 괴로웠다. 물론 한국 국민의 공적 입장에서 생각하면 그녀를 동정한다는 것은 일종의 터부가 되어 있을 것이다. 그러나 가만히 생각해보면 그녀의 그런 과거는 결코 그녀 한 사람의 죄라기보다는 한국이라는 불행한 나라가 치러야 했던 역사적 현실이 빚어낸 비극인 것만 같았다.

6·25라는 민족적 시련의 슬픈 증인, 동족상잔의 억울한 첨병이 되어 여자로서의 당연한 길을 잃어버리고 청춘을 허송해야만 했던 그녀의 운명은 우리들 자신이 골고루 나누어갖고 괴로워해야 할 벌인 것만 같았다. 그러지는 못할망정 무슨 재미난 구경거리처럼 이야기

* 정순덕은 1933년 경남 산청에 태어나 한국전쟁 중 지리산에서 조선인민유격대 여성대원으로 활동했다. 1963년 11월 체포되어 무기징역형을 선고받고 장기수로 복역하다가 1985년 석방되었다. 2004년 사망했다.

하고 웃는 것에 나는 일종의 분노마저 느꼈다.

나는 그녀를 찾아보기로 결심했다. 우리 민족의 불행한 그 제물(祭物)의 모습을 뇌리에 낙인 찍듯 담아두고 역사에의 증언을 마련해야 하는 것이 슬프고 불행한 조국에 태어난 시인의 책임일 것만 같았다. 사상이나 이념, 은수(恩讐)를 떠나서 슬픈 그 운명의 여인을 마음속으로나마 부둥켜안고 실컷 울어주고 싶었다. 그래야만 역사의 유적지(流謫地)인 이 나라에 태어난 시인의 정열이 달래어질 것 같았다.

담당 검사에게 전화를 걸고 교도소로 찾아갔다. 미결수와의 면접은 불가능하다는 소장에게 애원하듯 호소했다. 기자로서의 입장도 시정배의 호기심도 아니고 조국의 슬픈 시인의 입장에서 만나고 싶다는 뜻에 감동했다는 소장은 마침내 나를 데리고 여감방 입구까지 갔다. 남자라면 소장과 의사 이외에는 대통령이라도 들어갈 수 없으니 이해해달라고 하면서 소장은 안으로 들어갔다.

한참 만에 나온 소장의 전갈은 다음과 같았다.

"시인이 당신을 만나러 왔소."

"시인이 뭐요?"

"시인이란 당신 같은 슬픈 운명의 사람 이야기를 슬프게 노래하여 많은 사람에게 알려주는 사람이오."

"그렇지만 몸도 불편하고, 또 만나보면 뭐하나요?"
하면서 같은 감방에 있는 딴 여죄수 세 사람이 가서 만나보라 만나보라고 떠다밀듯이 해도 끝내 거절하더라는 것이었다.

"직권(職權)으로 강제로 데리고 올 수는 있습니다만……" 하는 소장의 말에 나는 손을 내저으면서 "아닙니다. 그건 제가 너무나 잔인한 것이 됩니다. 그녀를 그 이상 괴롭혀서야 되겠습니까?" 하고 소장에게 큰절을 하곤 물러서 왔다.

돌아오면서 내 부질없는 소견이 그녀의 마음을 잠시라도 동요케 했으면 어쩌나 하는 뉘우침과 내가 아무리 그녀를 이해하는 체해도 사람 만나기를 싫어하는 그 괴로움을 어찌 감히 알 수 있겠는가 하는 죄의식이 발걸음을 무겁게 했다.

차라리 김삿갓 때 태어났더라면 이런 슬픈 멍에를 안 지고도 시인 행세를 했을 텐데 하고 김삿갓이 부러워졌다. 김삿갓의 발자취를 더듬으면서도 김삿갓처럼 안이(安易)할 수 없는 현대라는 상황이 너무나 슬펐다.

진주는 여인의 슬픈 고장인가?

『경향신문』 1964. 3. 21

김주열 부두

밤 막차를 타고 마산(馬山)을 향하면서 형용할 수 없는 정신적 긴장으로 엄숙한 마음이 되는 것을 어쩌지 못했다. 그리하여 마산에 들어서면 김삿갓 생각은 깡그리 잊어버려야겠다고 거듭거듭 다짐했다. 그것은 김삿갓이 마산을 찾은 기록도 없을뿐더러 이 민권의거의 진원지에 와서 현실도피의 표본인 김삿갓을 나의 상념 속에 떠올린다는 것은 3·15 때 꽃으로 산화(散華)한 젊은 고혼(孤魂)들을 모독하는 것만 같았기 때문이었다.

마산은 따지고 보면 나로서는 제2의 고향이라고 할 수 있을 정도로 정이 든 곳이다. 갓 사춘(思春)의 시기를 넘었을 때 폐를 다친 몸으로 수삼년 묵었던 곳이기 때문이다. 그러기에 마산 하면 인심 좋고 공기 좋은 온화한 남쪽 항구, 언제고 다시 가서 살아보고 싶은 땅이라는 인상이 나를 지배하고 있었다.

그러나 이젠 여기 마산을 찾는 사람이면 누구나 3·15의거 때의 화제와 마산 시민의 야당 기질을 알아보는 것이 통례가 되어버렸다고 한다. 그것도 그럴 것이 우리 민족이 지닌 그 어떤 역사적 사건도 정치, 사회, 사상사적 비중에 있어 맞설 수 없는 위대한 탈피작업인 민권혁명을 발생시킨 곳이기 때문이다.

4·19혁명 이후 늘 그리던 마산 구경이 이제 이루어진 것이다. 그것은 흡사 저 회교도들이 평생을 걸고 갈망하여 찾아가는 메카 순례와도 같은 나의 강렬한 욕구이며 기원이었다.

날이 밝자 찾아간 곳이 김주열(金朱烈) 군의 시체가 떠올랐다는 부둣가였다. 거기 한척의 배도 없고 찾아오는 사람도 없는 쓸쓸한 부두 창고 뒤의 석축(石築) 해변엔 파도에 밀려온 지푸라기가 몇개 무심히 떠 있을 뿐이었다. 폭풍우 직전의 천둥처럼 마산 시민들의 가슴속에서 웅얼거리던 폭정과 부정선거를 비판하는 분노는 최루탄을 눈언저리에 꽂은 시체로서 그가 이곳에서 떠올랐을 때 일시에 벼락처럼 터지고 만 것이었다.

그는 결코 영웅도 일재(逸才)도 아니었다. 평범하고 가난하고 핍박받는 많은 한국의 소년 중의 한 사람이었다. 그리하여 많은 시민들, 그중에서 같은 또래의 의분에 휩쓸려 터지라고 목청껏 절규하고, 있는 팔심을 다해서 돌팔매질을 했었던 것이리라. 그러나 불행히 흉탄(兇彈)은 그를 뚫고 드디어는 부둣가에 떠올랐던 것이리라. 그것이 마침내는 조국의 역사를 뒤엎고 말았으며 그는 마침내 '역사의 천재'가 되고 만 것이다.

역사를 움직인 소년, 그것도 죽은 지 며칠 만에 묵묵히 바다 위에 떠올라서 역사의 향방을 바꾸어놓은 소년, 생각해볼수록 역사와 운명의 불가사의를 뼈저리게 느끼지 않을 수 없다.

그날 서울 거리의 가두에서 호외를 보며 중얼거렸던 시 구절이 생각난다.

(…)
아 시인들이여
바로 당신 곁에서 무고하게도
그 초롱초롱한 눈망울에
눈물이 모자라서 더 울라고
눈물을 재촉하는 탄환을 꽂고
쓰러져간 소년의 죽음이
당신들의 가슴엔 감각이 먼 슬픔인가
(…)
거짓 없는 입과 욕기(慾氣) 없는 눈동자
그리고 순정의 맨주먹으로
팔짱을 끼고 가는 청춘의 대열 앞에
아 가슴만치, 얼굴만치의 조준으로
무엇이 미운 조준으로
누구를 지키자는 조준으로
마구다지 쏘아붙인
총알 총알 총알,
그 총알이 밉지 않은가.

그 자리에서 근 한시간을 서성거리며 고압(高壓)되어가던 감정은 부두를 안내해주면서 분통해하는 한 시민이 전해주는 그날이 남긴 또 하나의 슬픈 에피소드에 울고 말았다.

시민이 궐기한 날 형사 한 사람은 직책상 할 수 없이 시민과 대립된 입장에서 지서(支署)를 지키고 있었다. 궐기 시민 중에 낀 나이 어린 그의 벙어리 딸은 열심히 치마에 돌을 싸들고 데모 군중을 지원했다. 그것을 본 그의 어머니가 만류했더니 딸은 벙어리 손짓으로 어머니 치마 깃에 돌을 싸주며 울음으로 애소(哀訴)했다. 민심이 천심이라고 군중 사이에 끼어 그 모녀는 남편이자 아버지를 향해 던지는 돌을 손톱 끝이 닳도록 주워다 주었으며, 결국 그 형사는 희생되어버리고 말았다는 것이었다.

이야기를 하던 그 시민은 말없이 손수건을 눈에 갖다 대고 나도 눈시울이 뜨거워져 카메라에 눈을 대고 목표물 없는 셔터를 누르고 있었다.

『경향신문』 1964. 3. 23

가포리의 애수

창백한 유한(有閑) 문화인들이 동경하는 휴식처 하면 얼핏 듣는 사람은 오락시설과 향락 여건이 구비된 저 라스베이거스나 몬테카를로를 연상할지 모른다.

그러나 여기 마산시 서남방 10리쯤에 위치하여 송림(松林) 속에 서 있는 10여동(棟)의 건물*들은 너무나 조용하기만 하다. 현대병, 문화인병, 혹은 망국병이라고 불리는 폐결핵 환자들이 모여 생사의 접경선을 더듬으며 투병하는 결코 사치도 향락도 아닌 이곳을 많은 사람이 그렇게도 그리워하는 것은 우리나라에서 가장 오랜 전통과 시설을 가진 곳이기에 폐결핵 환자들이 재생(再生)의 몸을 건지기에 최적

* 마산결핵요양소(현 국립마산병원)를 말하는 것으로 추측된다. 이곳은 현재 경상남도 창원시 마산합포구 가포동(架浦洞)에 위치해 있다.

의 곳이라고 생각하기 때문이다. 이곳에 입원만 하면 죽을 목숨이 살 것인 양 갈망하는 사람조차 있는 것이다. 그러니 이곳을 그리워하는 그 심정은 탕아들이 라스베이거스를 그리워하는 것과는 비교가 안 될 정도로 간절한 것이다.

거금(距今) 15년 전 사춘(思春)의 꿈이 막 개화하자마자 폐결핵의 선언을 받고 허둥지둥 이곳으로 달려왔던 일이 어제 일처럼 생각난다. 그때 이곳의 베드를 얻어 갖는 것은 하늘의 별따기와 같았다. 신청해놓고 한달 두달은 약과요, 반년씩 기다려야 겨우 차지가 올까 말까이었다. 이런 베드이고 보면 자연 동경의 대상이 될밖에 없다.

조용하기가 한밤중 같은 베드에 근 3년을 누워서 덜 익은 감상으로 인생을 비관하고 부질없이 자살소동을 일으키기도 하고 이루어지지 않는 짝사랑의 여인을 모나리자의 미소처럼 눈시울에 그리며 아쉬워했던 일들을 생각하면 이곳 가포리의 숲은 내 초라했던 청춘의 고향인 듯 그립고 정다운 곳이었으니 10여년 만에 이젠 완쾌한 몸으로 찾는 가슴이 뭉클해질밖에 없었다.

외모상으론 예나 지금이나 다름없이 한적한 이곳은 10여년이라는 세월과 더불어 많이 변해가고 있었다. 우선 무엇보다도 과거엔 그렇게도 얻기 힘들던 베드가 현재 3분의 1이 비어 있다는 사실이었다. 그리고 미국에서 최신의 치료법을 연구하고 돌아왔다는 오중근(吳重根) 원장의 헌신적인 노력으로 각종 시설이 일제시대의 과거 설비를 현대식으로 일신한 점이었다.

이렇게 시설과 치료법이 일신되었는데도 베드가 빈 까닭은 지난날의 입원난(入院難)을 아직도 그대로 믿고 감히 바라지 못하고 있는 인식 부족에서 온 것이라고 한다. 내가 아는 많은 환자들도 이곳을 유토피아 그리듯 그리워하면서 감불생심(敢不生心)으로 생각하고 있는 것이 어처구니가 없었다. 그리고 맹목적인 약물 자가치료의 악습이 생긴 것도 그 요인 중의 하나라고 한다.

그러고 보면 이 병에 대한 무지 또한 아직도 원시적인 것만 같다. 옛날엔 허로(虛勞)·노점(癆漸)이라고 불리던 폐결핵증은 한번 걸리면 시름시름 앓다가 결국은 쓰러지고 마는 다시없이 무서운 불치의 병으로 알려져 있었다. 시골에 가면 지금도 이 병에 대한 공포증은 여전하고 원시적인 치료법이 그대로 남아 있다. 심지어는 이 병이 유전하는 것이라고 믿는 그들은 한 사람만 걸리면 온 집안이 패가망신하는 것으로 알며, 온 동리(洞里)의 강요에 못 이겨 그 집은 그 마을을 떠나야만 했다. 그리고 그 집은 불로 태워 없애기조차 한다.

그러나 오늘날 의학의 진보로 각종의 항(抗) 결핵약품이 발명되고 나아가서는 더 적극적인 치료법으로서 외과적으로 환부를 수술하여 고치므로 이젠 결핵이라고 해도 별로 놀라지 않게 되었다. 그리고 증상을 조기발견만 하면 약물치료로도 거의 100퍼센트 고칠 수 있게 되었다.

그러나 우리나라엔 아직도 100만명이 넘는 결핵환자가 있으며 그로 인한 사망자가 연평균 4만명이라고 한다. 질병별 사망률의 수위(首位)임은 말할 것도 없다. 그런데도 아쉽고 중요한 베드가 빈방에 뎅그렇게 누워 있는 것을 보며 이 무지의 극(極)과 과학의 극이 태평세월로 도사리고 있는 것이 우리나라의 실정이구나 하고 한숨이 나왔다.

지금은 성한 몸이 되어 이렇게 김삿갓 추적 행각을 하고 있지만 세사(世事)와 도시의 번잡에 시달리는 것이 고달플 때면 마치 고향을 그리듯이 이곳 새너토리엄의 베드를 그리워하며 중얼거려보는 말이 '그곳에 가서 한동안 조용히 누워 책이나 읽었으면……'이었는데 이렇게 아깝게도 버려져 있는 것이 속이 상했다. 그런 생각은 결코 몸을 앓는 병이 아니고 마음을 앓는 병이 시키는 패배의식에서 나온 감상(感傷)인지는 모르지만, 그러나 이 조용한 송림 속에 세상에서 잊혀진 듯이 있는 세계가 애수로만 그리는 고향마을처럼 정다운 것을 어쩔 도리가 없었다.

『경향신문』 1964. 3. 24

금단의 별장

마산에서 버스로 진해(鎭海)를 가본 사람이면 누구나 느꼈을 것이다. 마산과 진해 사이에 있는 큰 재를 경계로 하여 산림녹화(山林綠化)와 산림적화(山林赤化)의 콘트라스트가 역연한 데 놀랐다. 마산 쪽의 벌거숭이 산등성이에 비하여 진해 쪽의 울창한 송림이 반갑기도 했지만 뭔지 모르게 특권자를 만나는 것 같은 반감을 느꼈다.

어려서부터 산과 나무를 즐겨 틈만 있으면 산과 숲을 찾아다니는 습관을 갖고 있으면서도 그런 야릇한 심사가 치미는 것은 무슨 까닭일까? 2주일째의 나그네 눈에 비친 우리 조국의 산은 벌거숭이였다. 그것은 내가 나그네로 떠난 것이 아직 초목의 잎이 돋기 전인 초3월이라 그랬는지 모르지만 전라도 일대의 산들은 그야말로 까까중 대가리였다. 나무가 무성해야 할 산에는 나무 대신 '산림녹화' '입산금지'의 푯말만이 무성하게 꽂혀 있을 뿐이다.

나는 그 산들을 보며 곧바로 우리나라의 빈한한 국력과 메마른 국민감정을 깨닫고 숨이 막히는 것 같았다. 곳이 바뀌고 길이 바뀔 때마다 행여나 행여나 하고 산을 쳐다봤으나 산은 붉은 흙무덤이요, 길은 붉은 황토, 숨 막히는 먼지뿐이었다.

그러던 것이 이곳 진해에 들어서면서 별천지처럼 우거진 산을 볼 때 우선 눈에는 아늑하고 풍성해서 기분은 좋았으나, 그것이 결코 우리 국민들의 넉넉한 생활과 정서의 결실이 아니요, 총으로 겨우 지켜진 산이요 나무라는 생각이 들어 슬펐다.

우리나라 산천이 제대로만 가꾸어졌다면 다 이곳같이 아름다웠을 것이 아닌가?

김삿갓의 시가 노래했듯이

松松栢栢岩岩廻
水水山山處處奇
소나무 잣나무 바위 새로 돌아가니
물이며 산이며 곳곳이 기관(奇觀)이다

向靑山去
水爾何來
나는 청산을 향해 가는데
녹수야 너는 어디서 오느냐

이 강산이야말로 글자 그대로 산자수명(山紫水明)한 천하의 경관국(景觀國)이었을 것이 틀림없다. 그것이 겨우 군요새지대(軍要塞地帶)에서나 명맥을 유지하고 있었다.

시내 한가운데 의연히 버티고 서 있는 충무공(忠武公) 동상은 지금 한창 국민들의 여론을 들끓게 하는 한일회담의 귀추를 지켜보시는 듯 동쪽을 향해 입을 굳게 다물고 있었다. 우리나라에 있는 몇개 안 되는 동상들을 볼 때마다 어쩐지 허수아비 아니면 모조품을 보는 것처럼 여기는 고약한 버릇이 있는데 이 충무공 동상만은 어딘지 모르게 꿋꿋하고 위엄이 있어 보이는 것은 서 있는 장소 탓일까?

이제 막 필 듯이 봉오리진 벚꽃나무가 우거진 영문(營門)을 지나서 해군통제부로 들어서면 수목은 더욱 울창해진다. 양쪽에 자욱하게 서 있는 해송(海松)은 진해가 군항(軍港)으로 개항되고서 일인(日人)들이 심었다니 수령이 50~60년이건만 아름드리가 되었다. 이 나무들을 보면 볼수록 우리나라의 전토(全土)가 다 저럴 수도 있는 것인데 하는 안타까운 생각이 되솟는 것은 씻을 길이 없었다.

군요새(軍要塞)라는 인상보다도 이름난 관광지대 같은 느낌을 더 주는 이곳 통제부를 구경하면서 신문지상에 곧잘 나오는 대통령 별장을 찾아보고 싶어졌다. 한국사람으로서 별장을 가진 사람이 몇 사람이나 되는지 모르지만 그 어떤 별장보다 멋지고 훌륭할 것이 틀림없는 대통령 별장을 눈구경이라도 한번 하고 싶었기 때문이다.

그러나 알고 보니 그 대통령 별장은 이 통제부 안에서도 다시 통제가 되어 있는 금단(禁斷)의 땅이라는 것이었다. 아무도 얼씬 못 한다는 것이었다. 그것은 대통령이 와 있는 때만이 아니고 언제나 그렇다는 것이다. 이 요새 안에 다시 이중의 보초선(步哨線)이 있다는 것이다.

대통령이 이곳에서 중요한 정책을 숙의할 때 그렇다면 당연한 일일지 모르지만 정무(政務)에 시달리던 몸을 쉬러 와서도 주변이 삼엄한 창검으로 둘러싸여 있다고 생각하면 쉬는 마음도 좀 씁쓸할 것이 아닐까?

미국 대통령은 자기의 침실마저 평소에 관광객을 위해서 공개해 둔다는 이야기를 연상할 때 바리케이드 속에서나 가능한 후진국들의 정치가 독선으로 흐르기 쉬운 요인을 알 것 같다. 숲속에 청기와가 선명히 서 있는 그 별장을 먼발치로 축계망리(逐鷄望籬)하듯 쳐다보는 등 뒤에서는 노후한 함정(艦艇)을 고치는 망치 소리가 전근대적인 여운으로 울리고 있었다.

『경향신문』 1964. 3. 28

낙동강 여정(旅情)

여수(旅愁)는 날씨 탓이었다. 비나 눈이 와서 가던 길이 막히고 말면 낯선 객사(客舍)의 침침한 방바닥에 뒹굴며 다 읽은 신문지를 이리 뒤지고 저리 뒤지다 지쳐 낮잠이나 자게 마련이다. 잠에서 깨고 나도 개운할 리 없는 마음은 도리 없이 선술집을 찾는다. 더불어 여정(旅情)을 나눌 벗도 없이 어깨를 움츠리고 기울이는 대폿잔의 뒷맛은 새삼스럽게 산다는 것의 덧없음을 깨닫게 한다.

그런데도 이틀씩 사흘씩 날이 안 갠다고 하자 습기진 창호지가 늘어지고 바람벽의 풀자국에 파란 곰팡이가 끼듯이 나그네의 마음에도 여수의 곰팡이가 낀다. 어른이 이따금 까닭 없이 우는 것도 이런 때다. 이런 속에서도 안 우는 사람은 다부지기 돌 같은 의지의 사람이요, 남모르게 눈시울을 적시며 한숨짓는 사람은 못난 사나이, 그러나 정(情)과 한(恨)의 사람이다. 산다는 것은 어차피 나그네. 떠나가고 보내는 설움을 울 것도 없고, 흘러왔다 흘러가는 뜬세상을 안타까워 한숨지을 것도 없을 것 같다만, 못나고 모진 목숨 태어나 받은 것이 눈물이요 한숨이고 보면 어리석은 범용(凡庸)의 평생을 그 눈물과 한숨으로 수놓고 가는 수밖에……

40년을 방랑한 김삿갓이 나그넷길에서 만난 비와 눈의 설움이 몇 백번이요, 술을 만나면 미친 사람처럼 들이마시며 운 것이 몇 천번일지 알 길은 없지만 「자탄(自嘆)」이라는 시에는 읽는 이로 하여금 눈물짓게 하고도 남는 감상(感傷)이 깃들어 있다.

嗟乎天地間男兒
知我平生者有誰
아 슬프다, 천지간에 남아로 태어나
제 평생이 어떨지 아는 자가 누구냐?

萍水三千里浪跡
琴書四十年虛詞
물에 떠서 삼천리 파도 자국뿐이요
글을 써서 40년 헛소리만 했다

青雲難力致非願
白髮惟公道不悲
청운은 힘으로 이루기 어려우니 원할 바 아니요
백발이 됨도 오직 정해진 길이니 슬퍼할 것도 없다

驚罷還鄕夢起坐
三更越鳥聲南枝
환향의 꿈을 꾸고 놀라 일어나 앉으니
야삼경에 밤새만이 남녘 가지에서 슬피 운다

그의 감상이 옮아와서 그런지 몰라도 여기 낙동강 하류 다대포 가까운 강마을 대폿집에서 멍청히 앉아 가랑비를 내다보는 마음도 쓸쓸하기만 했다.

김삿갓이 낙동강 나루를 건넌 기록은 있지만 그곳이 어딘지 알 수가 없었다. 생각다 못한 나는 10여년 전 비행기로 이곳 다대포 상공을 날아가며, 천리를 흘러온 낙동강이 바다로 빠지는 경치를 보고 온갖 몸부림으로 흘러오던 강물이 영원인 양 푸른 바다로 귀의하는 하구(河口)를 주제로 하는 장시를 썼던 기억이 나서 다시 찾아보기로 한 것이다.

그러나 이제 사십이 내일모레고 어지간히 산다는 노역(勞役)에도 지친 마음속엔 좀처럼 그날같이 장엄한 정신적 진폭이 일어나지가 않았다. 다만 값싼 감상으로 떠오르는 시구는 이런 것이었다.

강

먼 물굽이

너 떠나고
난 뒤의
먼 물굽이

종일토록
오늘도

먼 물굽이

이것은 20년 전 사춘기에 있지도 않은 가상의 연인에게 스스로 실연당하고 그녀가 떠나간 강가에서 온종일 그녀를 그리는 시정(詩情)입네 하고 썼던 시였다. 그 무렵 이 시를 외며 고향의 강가에서 혼자 곧잘 울상이 되었던 일이 우습기만 하다.

여기 바다처럼 넓은 낙동강 하류에서 그 시구를 외는 것은 나그네와 시와 비와 대폿술의 애수가 한데 얽힌 심정이 이젠 떠나보낸 순정의 소녀 대신 흘러가버린 나 자신의 청춘을 그리는 까닭인지도 몰랐다.

오다 말다 비는 온종일 계속됐다. 객사 추녀 끝에 어느덧 어둠이 깃들기 시작했다.

갈 길은 멀고, 해는 저물고, 길은 비에 갇히고, 호주머니는 비어가고, 여수(旅愁)는 날씨 탓이었다.

『경향신문』 1964. 3. 30

신부(神父) 데모

부산(釜山)하고도 남포동 거리는 서울의 명동보다도 오밀조밀한 맛이 나게 화려했다. 그곳 양품점에 진열되어 있는 상품들은 서울 것이나 다름없는 순 국산품이건만 일본하고 가장 가까운 항구라서 그런지 이상하게도 외제가 아닌가 하는 호기심이 생길 정도로 색달라 보였다. 그것은 근 20여일 서울을 벗어나 전라도를 거쳐 서부 경남의 지방도시를 구경하고 온 눈이 무뎌져서 부산 거리의 네온이 새삼스럽게 화려하게 보인 탓만은 결코 아니었다.

그 거리를 걷는 젊은 남녀들의 옷차림도 첨단적인 데가 있었다. 그리고 이곳 처녀들은 서울 처녀들보다 개방적이라고 할까, 털털하다고 할까, 공연히 빼고 도사리지 않는다. 길 가는 처녀에게 낯선 청년이 말을 건다고 해서 뾰로통해가지고 도망가는 일이 없다. 순순히 대꾸를 할 뿐 아니라 농을 건네오기조차 한다. 그렇다고 해서 그녀들의 순수성이 손상된다고 생각하지도 않으며, 실제로 손상되는 것도 아니다. 도리어 그 시원스러운 것이 좋았다.

서울을 떠난 이후로 처음 영화구경 생각이 나서 남포동 거리를 헤매며 광고에서 본 영화관을 찾다가 옆을 지나가는 이십 전후의 처녀에게 물었다. 물으면서도 이런 나를 무례한 자라고 생각하지는 않을까 하고 내심 주춤했다. 그런데 그 처녀는 명쾌한 표정으로 "그렇습니꺼. 나도 그거 구경 갑니더. 따라오이소." 하며 옆에 서서 나란히 걷는 것이 아닌가. 어리둥절한 나는 말없이 따라갈밖에.

"부산이 처음입니꺼? 어디서 오셨는교?"

"예, 서울입니다. 실례가 많습니다."

"별말씀 다 합니더. 객지 나오면 어이 압니꺼."

이렇게 시원스러웠다. 극장 안에서도 주저 않고 옆자리에서 구경을 하며 오래 사귄 사람에게 말하듯이 영화장면마다 자기 소견을 말하는 것이었다. 구경에서 나온 내가 인사를 차리고자 차를 권했더니

"아닙니더, 인제 갈 시간인데요. 가야 합니더."

하고 절을 냉큼 하고는 가버리는 것이었다. 저만큼 간 그녀는 돌아다보곤 웃는 얼굴로 손짓을 하며

"미안합니더."

큰 소리로 말하는 것이었다. 나도 그녀에 끌려서 손을 들어 흔들며 인사를 하지 않을 수 없었다.

그녀가 사라진 인파 사이로 멀리 몇개의 플래카드가 보이고 사람이 웅성거리는 것이 보였다. 백주에 무슨 데모가 난 모양이었다. 나도 본능적으로 달려갔다. 그러나 거기 서너개의 플래카드에 적혀 있

는 캐치프레이즈는 색다른 것이었다. '사랑의 혁명' '굶주린 사람을 돕자' 등등의 플래카드를 들고 서 있는 벽안(碧眼)의 신부와 수녀들보다 이들을 둘러싼 구경꾼이 더 많았다.

알고 보니 이 신부와 수녀는 독일사람들이었다. 그들이 있는 교회 주변에 끼니를 굶는 주민이 많은 것을 알고 생각다 못하여 직접 구걸을 나섰다는 것이었다. 플래카드를 앞세운 그들은 거리의 집집에 들러 동냥을 한 돈으로 쌀말을 사서 빈민에게 한되 두되씩 나누어준다는 것이었다.

평소에 내 나라 거지가 들어오면 1원짜리 한장을 주든지 아니면 쫓아버리는 사람들도 이들 외국 신부의 구걸에는 미안해서인지 10원씩, 100원씩 내주며 절까지 했다. 나는 그것을 보며 못 볼 것을 본 것처럼 마음이 괴로웠다. 내 나라 사람 굶주린 것을 외국사람이 구걸해 도와주는 것이 미안하기도 했지만 그보다도 제 나라 거지가 돈을 달라면 이내 상을 찡그리는 사람들이 외국사람이 달란다고 모두 절을 하면서 서슴지 않고 100원짜리를 던져주는 꼴이 우스웠다.

그것은 자선 모금이니 의연금 모집이니 하며 거리로 상자를 들고 나와 길 가는 사람에게 10원, 20원의 동정을 비는 광경을 볼 때마다 느끼는 불쾌감과 비슷한 것이었다. 그런 것을 볼 때마다 보다 근본적으로 국가적인 복지시책이 수립돼 있지 않기 때문에 저런 위선행위가 거리를 장식하는 것이라고 비틀린 해석을 하는 것이 잘못인지도 모른다.

그러나 이 경우 외국 신부가 구걸 데모를 해서 돈을 주는 것이지 결코 굶주린 동포가 불쌍해서 돈을 주는 것이라고는 볼 수 없는 시민들의 표정이 나는 미울밖에 없었다. 또 그 신부들의 성의는 무조건 고마운 것이라고 하겠지만 굶주린 사람 구하기 위해선 저 쓸개 빠진 무리들이 무의미하게 던지는 돈이라도 모아야 하는 것이라면—바꾸어 말해서 목적을 위해선 방법이 문제가 아니라면 차라리 옛날 일지매 같은 의적이 되어 부정부패한 자의 돈을 훔쳐다 빈민에게 뿌리는 것만도 못하지 않은가 하는 생각조차 들었다.

겉은 화려해도 속은 병든 서울이나 다름없는 것이 역시 제2수도 부산인 모양이었다.

『경향신문』 1964. 3. 31

길 막힌 태극도

한국 속의 신라라고나 할까? 현대 속의 이조시대라고나 할까? 아무리 생각해도 현실일 수 없는 현실이 눈앞에 벌어지고 있었다. 여기 부산시 감천동 산비탈에 다닥다닥 굴딱지처럼 붙어 있는 판자촌은 누가 보든지 극빈촌의 표본 같은 마을이었다. 만나는 사람들의 얼굴은 부황증 직전이고 옷차림은 전쟁 중의 피란민 바로 그것이었다.

그런데도 그들은 그런 삶에 만족하고 있었다. 그들에겐 그보다 더한 고통과 시련이 있다 해도 그것을 달게 받고 견딜 마음의 즐거움이 있다는 것이었다. 그것은 바로 믿음의 보람, 즉 '한번 도통(道通)하면 5만년의 육신에 신선이 된다'는 진리를 믿고 있기 때문이었다. 이 터무니없는 교리를 믿고 가산 일체를 팔아치워 향리를 버리고 모여든 신도는 거개가 전라도·경상도·충청도 산골 태생의 불학무식(不學無識)한 농민들이었다.

이곳이 바로 작년에 창궐한 콜레라의 점화지(點火地)였다. 위생시설이라곤 아무것도 없는 이 가난의 밀림지대에서 연이어 이환자(罹患者)가 생기고 데굴데굴 숨져 쓰러져갔건만 그래도 이 신도들은 이곳을 떠나지 않았다고 한다. 그리고 지금 모든 신도들이 굶주리면서도 아무렇지도 않다는 표정이었다.

김삿갓 행각 중에 도처에서 들은 세정(世情)을 종합하면 춘궁기(春窮期)가 딴 해보다도 일러 절량(絶糧)에 허덕이는 비참한 이야기뿐이었는데 이곳은 그것을 표면상으로 나타내지 않고 있었다.

간부 신도들을 만나

"전국을 돌며 들은 소리가 배고프다는 소리뿐이었습니다. 내가 보기론 이곳은 그 어느 곳보다도 가난한 사람만이 모인 것 같은데 왜 배고프단 말을 않습니까?"

"그렇습니다. 전부가 극빈하지요. 그러나 우린 배고프다고 말하지 않습니다. 그것은 믿음이 있기 때문에 배고픈 것 정도는 참아낼 수 있기 때문입니다."

하고 그들은 빈혈(貧血)진 얼굴을 열적게 웃어 보였다.

그 소리를 들으며 나는 속으로 뇌까렸다.

'에이, 이 불쌍한 놈아. 믿음이 있어서 배고파도 참아?'

멱살이라도 잡고 제정신이 들게 따귀를 때려주고 싶을 정도였다.

"들은 바에 의하면 이 마을에선 어느 선거 때고 여당표만 쏟아져 나온다는데 왜 그런가요?"

"예, 그건 정국이 안정되기를 바라서지요."

"아니, 배가 고파도 믿음으로 참는다면서 독재나 강압은 믿음으로 못 견뎌서 그럽니까? 당신네들을 발판으로 삼은 여당 입후보자가 와서 머리를 숙이는 게 불쌍해서 그럽니까?"

그들은 아무 대꾸가 없이 머리를 숙이는 것이었다. 그런데도 일단 그 신앙의 진리 문제로 화제가 옮겨지자 논리도 제대로 안 서는 교리를 횡설수설 늘어놓으면서 도리어 우리들 정상적인 사회생활을 하는 사람을 비웃는 눈치였다.

"천지는 음양(陰陽)이요, 사람은 곧 하늘인데 금세(今世)의 영화(榮華)를 저버릴 수 있는 수도(修道)를 쌓아야지요."

라고 사뭇 큰 뜻을 깨달은 듯이 말하며 의젓한 체한다.

무식한 자의 맹신처럼 무서운 것이 없다더니 여기 흰 두루마기, 상투바람으로 나를 둘러싸고 있는 사람들이 딱하기만 했다. 문득 김삿갓이 내로라하며 뽐내는 양반들을 욕한 시 생각이 났다. 그들의 성(姓)과 벼슬을 따서 골린 시이다.

日出猿生原(元生員)
猫過鼠盡死(徐進士)
해가 뜨면 원숭이가 들로 나오고
고양이가 지나간 뒤엔 쥐가 다 죽더라

黃昏蚊簷至(文僉知)
夜出蚤席射(趙碩士)
해가 저물면 모기가 추녀 끝으로 오고
밤에 나온 벼룩이 자리에서 쏜다

조교주(趙敎主)*가 죽고 난 뒤의 실권자라는 도전(都典) 박한경(朴漢慶) 씨를 만나보자고 했더니 저희들끼리 서로 눈짓을 하고는 지금 마침 부재중이라고 한다. 있긴 있는데 숨기는 눈치였다. 도리 없이 김삿갓이 서당 선생을 찾다가 못 만나고 쓴 욕설이 나온다.

書堂乃早知
房中皆尊物
서당 내용을 내 이미 아는데
방 안에 있는 자는 다 잘난 체한다

生徒諸未十
先生來不謁
생도는 전부 합쳐 열도 못 되는데
선생은 나와보지도 않는다

어리석고 완고한 문명의 벽촌(僻村)이 민주주의국가의 비호를 받으며 바로 눈앞에 현대과학의 이기인 감천화력발전소를 내려다보며 오수(午睡) 아닌 제자리걸음을 하고 있는 것이 믿기지 않았다. 무지를 극(極)한 태극도(太極道), 이것이 곧 우리 한국의 일단면인지 모른다.

『경향신문』 1964. 4. 11

* 태극도(太極道)의 창시자 조철제(趙哲濟, 1895~1958).

밀양 선거

경상도 밀양(密陽) 하면 옛날부터 물 좋고 인심 좋고 땅이 좋아 농사 잘되는 곳으로 이름난 고장이다. 낙동강의 지류(支流) 맑은 강 기슭에 자리잡은 영남루에 앉아 비옥한 들판을 내다보며 말썽 없는 민심(民心)을 흡족해하는 원님들은 이곳에 한번 오면 떠나기를 싫어했으며 함경도 감사로 가기보다 밀양 원님으로 있기를 원하기조차 했다는 것이다.

지금도 밀양에 들어서면 검푸르게 우거진 송림(松林)이 여기저기 있고 옛날의 성터가 보이기도 한다. 그리고 근교에 이름난 사찰과 명소가 여러군데 있어 이곳 유지(有志)들은 밀양을 관광도시로 만들려는 꿈들을 오래전부터 품고 있다. 어딘지 모르게 살기 좋은 곳이라는 느낌을 주는 것은 고금(古今)이 같은 모양이었다.

생각 탓인지는 모르지만 시내를 돌아다니다 잠깐 발을 들여놓은 성당에서 얼핏 본 이십 남짓한 앳된 수녀의 모습이 딴 곳에서는 볼 수 없는 것같이 청초해 보였다. 그 티없이 맑은 얼굴과 빨래하느라 걷어올린 팔소매의 흰 깃이 유난히도 깨끗한 이름 모를 그 어린 수녀가 어쩐지 마음속 구원의 연인처럼 숭고하게만 보여서 마음속으로 얼굴을 붉히며 소년처럼 두근거려지는 가슴을 나는 어쩌지 못했다.

이곳에 '석화(石花)'라는 문학동인회가 있는 것을 알고 있었기에 서너군데의 다방을 찾아다니며 수소문을 했으나 당일치기의 여정이 그들과의 상봉을 허락지 않았다.

그런데 이곳에 와서 어이없도록 우스운 이야기를 들었다. 다방에서 만난 지방 기자들의 즉석담(卽席談)이었다. 이곳은 잘사는 사람이 많아서 그런지 유지가 유달리 많아 각급 선거 때마다 입후보자 경쟁률이 언제나 전국에서 톱을 간다고 한다. 늘 10대 1이 넘는다는 것이다. 따라서 선거전도 어느 곳보다 치열하여 각양각색의 선거 기담(奇談)이 속출하고 또 온갖 선거 술수가 출현한다고 한다. 그 여파는 어린아이들에게까지 파급하여 웃지 못할 희극이 속출한다고 한다.

얼마 전에 이곳 모 고등학교에서 학생운영위원장 선거가 있었다. 이 선거에 입후보한 학생 하나는 소위 '정견발표회'(?)에서

"내가 당선되면 실습을 없애고, 후원회비도 없앤다, 사친회비도 없앤다, 실습회비도 없앤다. 내가 당선되면……"

하고 운영위원장의 권한 밖의 공약을 나열했다고 한다. 그것을 안 선생이 회가 끝난 뒤에 그 학생을 불러 그런 가당치도 않은 공약을 해서야 쓰느냐고 타일렀더니 이 학생의 대답이 천하걸작이었다.

"나랏일을 맡는 국회의원들은 선거 때 실천할 수 있는 공약만을

내세웁니까? 당선되기 위해서 아무 공약이고 다 하는 것이지."

어이가 없어진 선생과 학생 사이에 마침내 알력이 생기고 사제 간에 법적인 맞고소 사건으로 확대됐다고 한다. 그 학생은 몇해 전에 산에서 매를 한마리 사로잡아 길러서 청와대로 보냈는데 그것이 가상타고 박대통령의 표창장과 금일봉을 받은 일이 있었다면서 대통령 '백'이 있다고 우쭐댄다고 한다.

또 하나 재미난 선거 이야기 한 토막이 있다. 그곳 국민학교에서 반장선거가 있었는데 입후보한 어린아이 하나는 양쪽 호주머니에 유리알을 가득 넣고 다니며 반우(班友)들에게 몇개씩 나눠주었기 때문에 당선이 되어버렸다 한다. 그 학생은 그 반에서 가장 뛰어난 어린이라 당연히 반장이 될 수도 있었는데 그런 부정선거를 했다는 사실을 안 선생이 불러 꾸짖었더니

"그래야 찍어주는걸요."

하고 당연한 일을 했다는 표정이었다고 한다.

어린아이들에게도 선거란 결코 자격보다는 술책과 매수라는 인식이 내리게 된 것은 모두가 성인들의 무분별한 입후보와 선거전략 탓이라고 쓴웃음을 짓는 기자들은

"밀양 이야기랬자 이런 선거 이야기 정도입니다."

하고 부끄러운 듯 말을 맺는 것이었다.

'밀양 선거, 밀양 선거' 하고 입안으로 외던 나는 그 말이 어느덧 '한국 선거, 한국 선거'라고 바뀐 것을 깨닫고 이런 때 김삿갓이면 요절복통할 농시(弄詩)가 하나 나왔으련만 하고 아쉬운 생각이 들었다.

『경향신문』 1964. 4. 13

대구 능금 이야기

대구(大邱) 하면 능금, 능금 하면 대구 — 이건 사람으로 치면 동인이명(同人異名) 같은 것이다. 그러기에 대구를 찾는 사람은 곧바로 능금을 찾아가는 것이라고 할 수 있다. 대구 땅을 디디지 못하면 하다못해 역구(驛構)에서 차창으로나마 대구능금 한 바구니쯤 사는 것이 수인사같이 돼 있다.

그러나 옛날 김삿갓 때만 해도 우리나라엔 능금이 없었다. 고래(古來)로 산(山)능금이라는 것이 있었으나 그것은 돌배처럼 딱딱하고 맛이 시며 야산에나 자랐다. 따라서 김삿갓이 대구를 찾았을 때는 능금시장보다 약시(藥市)가 성황하였으리라. 김삿갓이 안동(安東)의 도산서원(陶山書院) 아랫마을에서 서당 훈장 노릇을 4, 5년 한 일이 있었다. 이것은 그의 유랑생활 40년 중에서 가장 진득하게 자리를 잡고 앉았던 일이었다.

그러니 그의 성미로는 1년에 다만 한번일망정 약시를 찾아가는 약방 생원들을 따라 객지 바람을 쐬러 오지 않고는 못 배겼을 것이다. 그러나 뚜렷한 기록도 없고 또한 약시도 옛 모습을 잃어버렸으니 김삿갓의 행적을 찾을 길이 없다. 차라리 그 대신 근대의 대구 시인 상화(尙火) 이상화(李相和)의 시비(詩碑)를 찾아보기로 했다. 상화가 김삿갓보다 옛 시인이었다면 반드시 김삿갓도 그곳을 찾았을 것이 틀림없기 때문이었다.

초봄의 달성공원 뒷구석에 서 있는 그의 시비에는 마침 젊은 애인들 한쌍이 찾아와 기념사진을 찍으려고 포즈를 취하고 있었다. 그 열화 같던 정열의 시 「나의 침실로 오라」에 감동한 청춘남녀들은 자신들 사랑의 증언이나 찾듯이 이 시비를 찾건만 외롭게 외롭게 떠돈 김삿갓에겐 낡은 시비도 없고 찾는 사람도 있을 리 없다. 그야말로 살아서도 죽어서도 무의무탁(無依無託)한 유랑의 시인답다.

상화 시비를 구경한 뒤 총총걸음으로 능금 과수원을 찾아보기로 했다. 뒤군데 들러서 한창 시비(施肥)에 바쁜 과수(果樹)지기들에게 대구 능금의 내력을 물었으나 그들도 대구에 최초로 능금이 들어오게 된 고사(故事)가 뚜렷지 않다고 한다. 그것을 알 만한 사람이라고 지적해주는 사람을 찾아갔다.

약 6천평 남짓한 중생과수육종원(重生果樹育種園)을 경영한다는 김정일(金定一) 씨라는 분이었다. 그러나 그분 역시 한일합병 전에 일인(日人)들이 묘목을 갖고 왔다고 할 뿐, 또 최근엔 육묘(育苗)에 실패했다는 구전(口傳)이 있을 뿐 확실한 문헌이 없다는 것이다. 능금의 유래보다는 그가 경영하는 그 육종원을 오늘의 그것으로 길러낸

피눈물 나는 노력은 대구 능금 상가(商街)에서 흥미있는 일화이며 그의 성공담은 신문지상에도 보도되었다는 것을 알았다.

그가 만주에서 돌아와 토박(土薄)하기 비할 데 없는 청석(靑石) 땅에 과수를 심었을 때 보고 들은 이웃사람들은 미친놈이라고 비웃었다고 한다. 바위 부스러진 왕모래땅에 풀포기 하나 안 나는데 거기에 과수를 꽂으니 미쳤다고 볼밖에.

그러나 그는 불철주야 거름을 넣고 가꾸고 하기 5년 만에 그 중대머리땅에 파릇파릇한 과수가 우거지기 시작했다. 더구나 종묘(種苗)를 외국에서 수입하여 기른 그 과수들이 품질도 뛰어나게 결실을 하기 시작하자 그제야 전문가입네 하고 버티던 사람들조차도 종묘의 분양을 요구해와서 이제는 육종원으로 전환하게 되었다는 것이었다.

이상과 같은 이야기를 들려주는 동행한 기자 앞에서도 그는 아무런 말도 없이 열적은 듯 엷은 미소를 지을 뿐이었다. 땀과 열로써 길러놓은 자기 육종원 앞에 햇볕에 그을린 얼굴로 서 있는 그는 그 자신이 건실하게 자란 사과나무처럼 믿음직스럽게만 보였다.

"내 과수원뿐이 아닙니다. 모든 과수원이 오늘의 번성을 이루게 된 것은 다 나 못잖게 피땀 어린 노력이 있었던 때문이지요."

하는 그의 말마따나 대구의 능금이 오늘의 유명을 얻게 된 것은 우리가 흔히 과수원을 경영하면 참 멋질 거야, 하는 한담과는 달리 피눈물 나는 노력이 시킨 것이 틀림없을 것이다.

능금의 내력을 찾다 능금의 그 단맛을 맺게 하는 노력의 숭고함을 보고 새삼스럽게 인생의 비의(秘義)를 깨달은 것 같아 대견한 생각이 들었다. 그런 생각을 한참 하다보니 엉뚱하게 능금의 형이상학이 발상(發想)됐다. 저 많은 가지에 능금이 결실하듯 인간들이 완숙할 계절과 방법은 무엇일까 하고.

『경향신문』 1964. 4. 14

가야산정(伽倻山情)

김삿갓 따라가던 발걸음이 어느덧 가야산에 다다랐다. 산중 노독(路毒)이 이만저만이 아니다. 누군가 가야산 입구에서 노을을 만나는 것은 애석하다고 전한다. 가로되 가야 곡간(谷間)은 아침 정기가 제일이라는 것이다. 그래도 좋고 그렇지 않아도 좋다. 무심코 앞산을 우러르니 땀 젖은 이마에 산앵(山櫻)의 가지가 걸린다. 바야흐로 벚꽃은 한창이다.

옛 신라 고운(孤雲)*의 일가가 모조리 이곳에 들어온 자취는 여기저기 보존되었으나, 그것이 더욱 풍운(風雲)의 격세(隔世)를 말해줄 뿐이다. 꽃이 꽃이라 해서 유난하게 완상(玩賞)케 하나, 나그네의 이

* 통일신라 말기의 학자·문장가 최치원(崔致遠, 857~미상)의 호. 그는 말년에 가족을 이끌고 가야산에 들어간 후 세상에 모습을 드러내지 않았다고 한다.

목구비는 오히려 유연(悠然)한 남산(南山)을 향한다.

가야촌 두던에 뚝뚝 잘린 소나무 그루들이 무참한 도벌(盜伐)을 말해주지만 아직도 송림은 칠칠했다. 남한 각지를 돌아다녀도 이만큼 빽빽하게 뒤덮인 솔나무는 별로 없었다.

바다에 가면 사공이 되고 싶고 산에 오면 중이 되고 싶어진다. 그러나 오늘은 옛날 김삿갓처럼 어떤 중이나 곯려보고 싶다. 어디 산납(山衲)의 상량(商量)이 얼마나 한지 말이다.

—어떤 절에서 있었던 일이다. 초라한 행색의 김삿갓을 보고

"어디 한수 불러보지."

냉큼 중이 농조(弄調)로 권한다. 그러다가 묵묵부답의 삿갓더러 또 한마디가 떨어진다.

"글을 모르면 언문풍월이나 지어보지."

그러고는 운(韻)을 '타!'로 내민다.

"타."

"사면 기둥이 붉어타."

"타."

"석양 행객 시장타."

"타."

"네 절 인심 고약타."

이렇게 김삿갓이 부르자 주승(主僧)의 호사벽(好事癖)도 뜨끔해지고 말았다.

이런 풍월로 더불어 놀 만한 행운유수(行雲流水)의 수좌(首座)가 있는지도 궁금하지만 내 행각도 그보다는 차라리 해인사(海印寺) 정황

이나 돌아보고 싶다.

절 입구의 신부락(新部落)은 여관 점포로 즐비하고 산중은커녕 도부(都府)의 한군데를 떠다놓은 듯 인심이 분주하다. 벌써 석양이 이울었다. 걸음에 달구어진 여승(女僧)의 뒤를 따라 올랐더니, 그는 오솔길로 들어가고 큰길만 인적이 묘연(杳然)하다. 가야산 해인사는 저물어간다.

일주문(一柱門), 천왕문(天王門), 구광루(九光樓) 등을 지나니 여기가 대적광전(大寂光殿)이다. 어린 꼬마스님을 꾀어 문이 닫힌 대장경각(大藏經閣)을 들어가 보았다. 국간(國刊), 사간(寺刊)의 경판(經板)이 아직도 기름진 인각(印刻)을 유지하는 것이 신기했다. 고려 국난을 퇴치하려고 정성을 들여 이룬 불공이 이것을 남겨놓았다는 것은 요행을 별도로 고소(苦笑)를 자아낸다. 불보(佛寶) 통도(通度), 법보(法寶) 해인(海印), 승보(僧寶) 송광(松廣) — 이중에 법보 해인의 뜻이 이 경각(經閣)에 있는 듯하다.

아직 석예불(夕禮佛) 전이라 때마침 사중(寺衆)이 미어져 나왔지만, 선당(禪堂)의 토방에는 흰 고무신들이 가지런히 놓여 있다. 스스로 무위(無爲)를 자랑하는 자들 — 하나 이 세상이 아무리 각박한 속계(俗界)라 해도 이런 중들이 이곳에 없다면 그것은 섭섭할지도 모른다. 산중에 12암자가 다 본사(本寺)에서 시량(柴糧)을 얻어 살지만 오히려 암자들이 오붓한 살림집 같다.

법당 앞에 문득 서 있으니, 이마에 차는 남산의 갈맷빛이 방금 어스름히 물들고 있자, 나도 모르게 입선삼매(入禪三昧)에 들어 졸음을 머금어본다. 에라, 법당의 본존목불(本尊木佛)아, 이내 심사나 달래어다오.

어찌 내가 나답지 않게 해학을 놓아두고 있지만 이는 가야정기(伽倻精氣)의 인상 때문일까. 이 인상도 며칠 지나면 여기나 저기나 마찬가지 탁세(濁世)렷다. 내일은 가야산정(伽倻山頂)에나 올라 한수 외쳐 보리라.

右拔左拔投空中
平地往往多新山
오른손으로 잡아 뽑고 왼손으로 빼어서 공중에 던지니
평평한 땅에 여기저기 새 산이 많아지도다

『경향신문』 1964. 4. 18

경부선 차창

이젠 지쳤다. 한달의 나그네가 일년처럼 지리하다. 천리길이 멀다 해도 문명(文明)한 오늘날 불과 몇시간이면 돌아갈 수 있는 서울이 왜 이렇게도 그리운지. 벗이 그립고, 거리가 그립고, 술과 차가 그립다. 40년을 객지로 돌아다닌 김삿갓이 만약에 나처럼 객수(客愁)를 앓았다면 아마 사향(思鄕)에 미친 원귀가 되었으리라.

그러고 보면 도대체 김삿갓의 발자취를 더듬는다고 배낭 하나도 없이 나그넷길을 떠난 내가 경솔했던 것 같다. 고향을 버리고 처자를 버리고 벗과 욕망을 버리고 혈혈단신 방랑한다는 것이 어찌 쉬운 일이겠는가. 어리석은 소견으로 그를 현실도피의 표본이니, 의리와 책임을 모르는 기인(奇人)이니 하고 말했던 것이 송구스럽기만 하다.

도리어 이젠 그가 유례없이 강한 의지와 극기의 초인이었던 것만 같아 두려운 느낌조차 든다. 범인(凡人)이 감히 시늉 낼 수 없는 초속

(超俗)의 시인 김삿갓의 뒤를 더듬는다는 것은 속담 '뱁새가 황새걸음을 따르면 가랑이가 찢어진다'는 격이어서 나는 이젠 지쳐버리고만 모양이었다.

전라도 그리고 경상도를 더듬어 대구까지 온 나는 부르튼 발바닥을 쓰다듬으며 아직도 남은 충청도, 강원도, 경기도의 여정이 아득하기만 해서 다음 기회로 미루기로 하고 경부선 서울행 열차에 몸을 싣고 말았다. 봄날 차창에 흔들리며 먼 산에 진달래 피고 물가에 파릇파릇 풀잎이 돋는 걸 보는 맛이야. 나는 겹친 피로도 잊고 콧노래처럼 시를 외웠다.

먼 산에
구름 가고
나도 가고

차창(車窓)에
바람 가고
나도 가고

복사꽃
진달래
아지랑이

졸 듯이

서 있는
초가지붕

그렇게
피어나는
내 가슴의 꿈

먼 산에
구름 가고
나도 가고

나는 이 차창의 서정 하나로 모든 객고(客苦)가 다 풀리는 듯했다. 이렇게 약삭빠른 것이 현대인인지도 모른다. 김삿갓은 하루에 10리도 걷고 5리도 걷고, 가다 가기 싫으면 나무 그늘에서 하루 해를 다 보내고 했기에 40년을 두고도 팔도강산을 두 바퀴밖에 못 돌았는데 월여(月餘)의 나그네에 지쳐서 재빨리 특급에 올라타는 이 심사가 스스로 얄미웠다.

김삿갓에게 사죄나 빌 듯이 그의 사향(思鄕)의 시를 하나 외워본다.

西行已過十三州
此地猶然惜去留
서쪽을 향하여 이미 십삼 도를 두루 돌았건만
아직도 이 땅을 떠날까 말까 하고 망설인다

雨雪家鄕人不夜
山河逆旅世千秋
눈비 내리는 가향(家鄕)이 그리워 잠을 못 이루고
천지산하를 천추의 나그네 돌았노라

莫將悲慨談靑史
須向英豪問白頭
청사(靑史)를 비분강개로 말하지 말고
모름지기 영걸(英傑)에게 어인 백발이냐 물어라

玉館孤燈應送歲
夢中能作故園遊
객숙(客宿)의 외로운 등잔 밑에 세월을 보내니
꿈속에서나 고향 땅에서 노니는 게 고작이더라

슬프고 쓸쓸하고 불쌍했던 김삿갓이여 안녕.
고집불통, 그러나 기세(棄世) 농세(弄世)의 시인 김삿갓이여 안녕.

『경향신문』 1964. 4. 20

청춘의 병든 계단

* 『여상(女像)』(1962. 12~1963. 11)에 연재된 자서전이다.

병동에서 싹튼 사랑

1947년이었다. 내 나이 갓 스물의 꿈 많고 순정의 싹이 파르라니 싹트기 시작한 시절이었다. 그때까지 보수적이고도 온건한 시골 소도시인 청주(淸州)에서 그것도 유달리 엄한 유교적인 계율 속에서 유년 시절을 보낸 나는 매사에 지기를 못 펴는 소년이었다.

어렸을 때 아버지가 작고한 뒤 나를 기르는 어머니의 신조는 한마디로 표현해서 '애비 없는 후레아들' 소리를 듣지 않게 하자는 것이었다. 따라서 어린 시절부터 동네 아이들과 어울려 놀지도 못하게 했다. 나쁜 버릇을 배우게 되기가 십중팔구라는 것이었다. 나는 언제나 대문 안에서만 혼자 놀아야 했다. 누이나 누이동생과도 같이 놀지 못했다. 아무리 추억해보려 해도 같이 놀았던 기억이 없다. 그것은 사내자식이 계집애와 어울려 노는 것은 못쓴다는 어머니의 꾸지람 때문이었다.

학교에서 배운 창가(唱歌)도 집에 와서는 못 불렀다. 광대가 되겠느냐는 것이었다. 이렇게 매사에 억제와 감시의 분위기 속에서 자라다보니 나는 나의 의견이나 감정을 마음 놓고 표현한다는 것은 그 자체가 이미 건방지고 주제넘은 소행이라는 강압관념에 사로잡힌 채 말 없고 표정 없고 창의 없는 어린 시절을 보냈다.

한마디로 표현해서 나의 어린 시절은 유교적인 백치상태의 연속이었다고 할 수 있다. 그렇게 자유의사가 완전히 차단된 나에게 허락된 것은, 허락되었다기보다 유일하게 권유된 것은 책을 읽는 일뿐이었다. 그래서 나는 어려서부터 동네 아이들이 길가에서 떠들고 놀 때에도 혼자 들어앉아서 곧잘 책을 읽기만 했다.

그것도 소설이나 잡지는 못 읽었다. 어머니가 그것을 식별하고 적발하기 때문이었다. 그렇다고 다 읽은 교과서를 또 읽고 또 읽고 할 수는 없으니까 자연히 어머니 눈을 피해서 소설을 읽었다. 어머니도 내가 읽는 소설이 탐정소설이나 모험소설이 아니고 소위 세계명작소설이나 세계문학전집 속의, 그중에서도 톨스토이니 위고니 하는 이른바 도덕가이며 인격자인 문호들의 소설이라 그것을 허락했다.

내가 질식할 듯한 어린 시절의 구속생활에서 숨구멍을 찾았다면 아마 책을 읽는 일, 그중에서도 소설을 읽는 일이었으리라. 이렇게 소설을 읽는 행위로써 나는 억압된 행동과 감정의 발산을 대신했는지도 모른다.

그렇게 자란 내가 스무살이 되던 정월 초하룻날, 집을 몰래 나와서 서울로 올라왔다. 그때까지 내가 서울로 진학하는 것을 반(半)승낙, 반(半)만류의 어중간한 태도를 취하시던 어머니의 의견은 다음과 같왔다. 나의 장래를 위해서는 상경(上京)을 허락해야겠지만 객지에 나가서 나쁜 친구를 사귀면 큰 탈이라는 것이었다. 그런 우유부단한 어머니의 태도에 나도 모르게 반기를 든 것이 나의 청운의 꿈이었다.

정월 초하루, 내가 몇푼의 여비를 갖고 청주를 떠나서 서울역에 도착한 것은 저녁 9시경이었다. 역에서 나오자 나는 길가에서 팔고 있는 허리띠를 하나 샀다. 가죽으로 만든 널찍하고 10년을 띠어도 문제없을 듯이 튼튼해 보이는 혁대였다. 허리를 단단히 조여매고 용약(勇躍) 세파와 싸우자는 치기 만만한 결심이 시킨 것이었다.

길가에 써 붙인 하숙 광고의 서투른 약도를 찾아서 그날 밤으로 든 것이 남산가도에 면한 하숙집이었다. 무척 추웠다. 그러나 그 추위도 새로운 희망과 새로운 경험의 하나라고 생각하면서는 일종의 쾌감으로 받았다. 그다음 날부터 시험공부를 할 염도 안 나고 진학하고 싶은 학교 구경과 도서관 구경을 하고 다니느라고 약 일주일 동안 서울 거리를 방황했다.

그런 어느 하루, 하숙집으로 돌아와보니 내 방의 소유물이 몽땅 없어진 것이었다. 당황한 나에게 하숙집 주인이 명함을 내주면서 그 사람이 가져갔다는 것이다. 그것은 서울지방경찰청에 근무하는 사촌형의 명함이었다. 내가 상경한 것을 안 어머니가 즉각 사촌형에게 기별을 했으며 그는 부하직원인 형사들로 하여금 나의 처소를 알아내게 해서 나의 하숙을 습격하여 짐을 자기 집으로 갖고 간 것이었다.

명함에 적혀 있는 지시대로 사촌형의 집을 찾아갔다. 그러나 내심으로는 불쾌했다. 나는 사촌이나 친척에게 의지하지 않고 스스로의 노력으로 자기 꿈을 개척하겠다는 기대로 가슴을 부풀리고 있는 참이었으며, 따라서 객지에서 겪은 여러가지 불편도 불편으로 생각지 않고 이상야릇한 자극으로 나의 억압됐던 감정을 간지럽히는 쾌감이었는데, 아무리 선의의 보호자라고 하더라도 그것이 자주성을 간섭하고 지난날의 생활로 나를 다시 뒷걸음질시키는 것으로만 생각됐기 때문이었다.

찾아간 나를 자기 앞에 무릎 꿇어앉힌 사촌형은 그의 직업이 시키는 강압적이고도 권력적인 태도로

"아무러하기로 사촌인 내가 서울에 있고 또 내가 못살면 몰라도 그냥 지내는 처지인데 내게 안 와 있대서야 말이 되느냐? 오늘부터 이 집에 있어라."

하는 것이었다.

도리 없이 그날부터 그 집의 문간방에서 지내게 됐다. 싫든 좋든 간에 어머니의 간곡한 분부도 있고, 그 사촌형의 강압적인 지시를 거절할 용기도 없고 해서 외출도 제대로 못 하는 감시 속에서 봄이 되기까지 그 집에서 시험공부에 몰두했다. 흔히 어렵다는 S대학에 어떻게 입학하게 되자 사촌형이 무척 대견히 여기는 눈치로 나를 보호해주겠다는 것을 거절 못 하고 입학식이 끝난 다음 날까지 참고 있다가 중학동에 하숙을 정하고서 식모에게만 말하고 짐을 옮기고 말았다.

그로부터 불과 사흘이 못 돼서였다. 하숙집에 돌아와보니 방 안에는 눈을 부릅뜨고 그 사촌형이 기다리고 있었다. 호령호령하는 사촌형에게 다시 나포되어 신당동의 그 집으로 다시 송환되고 말았다. 나는 설마 그렇게 간단히 나의 처소를 알아내리라고는 생각지 못했던

것이 착오임을 깨달았다. 그의 밑에는 언제나 수족처럼 움직이는 형사가 여럿 있어서 그가 나를 찾으려고만 하면 언제든지 적발되기 때문에 다음에 그 집에서 나올 때에는 사촌형과 타협이 된 뒤에야만 가능하다는 것을 깨달은 것이었다.

그러나 지금의 형세로는 나를 자기 집에 둔 것은 친족 간에 일종의 자랑으로 삼으려는 것임을 눈치챘으나 도리가 없었다. 그 후로는 여름방학이 되기까지 꼼짝을 못 하고 그 집에서 있었다.

여름철이 되자 나는 학교가 파하면 이내 서울운동장의 수영장에 나가서 수영을 하는 것이 유일한 즐거움이었다. 그 당시의 나의 체중은 약 64킬로그램이었으며 수영하기에 알맞은 체격을 하고 있었다. 바다가 없는 충청북도 청주에서 태어나 그곳에서 뼈가 굵었는데도 어려서부터 이상하게도 수영을 잘했다. 그리고 어려서 소화불량증이 있었던 내가 물에 가서 놀고 오면 식욕이 왕성해지는 것을 안 어머니는 그 엄격한 통제의 일과 중에서도 수영하려고 물에 가서 놀고 오는 것만은 묵인해주시었던 것이다.

내 기억으로는 국민학교 입학 전이니까 여섯살이나 일곱살 때라고 생각되는데 꼴 베러 가는 머슴들을 따라서 강가까지 간 내가 누구한테 배운 것도 아닌데 그 강을 혼자서 개헤엄을 쳐서 건너가 머슴들의 눈을 휘둥그렇게 만들었던 것이 생각난다. 그후로 수영이라는 수영은 다 시늉을 했으며 코치도 없이 다이빙 같은 것도 대담하게 해치우곤 했다.

그후로 왜정 말기에 청주에서 있었던 수영대회에 장난삼아 출전하여 일본 학생들을 떨어뜨리고 일등을 해서 나는 나도 모르는 사이에 수영선수를 자처하고 있었고, 또 여름이 되어 수영을 하는 것이 나로서는 일년의 사계절 중에서 가장 즐거운 일이었다.

1948년의 런던올림픽 대회에 한국에서도 처음으로 참가하게 되었던 참이라 수상연맹에서는 수영선수도 파견할 예정이라고 하면서 선발대회를 해서 10여명을 선출했다. 나도 그 속에 끼게 됐다. 후보선수로 뽑힌 나는 과대망상적이고도 모험적인 공상을 터무니없이 부풀리게 됐다. 어떻게 해서라도 런던 대회에 참가하자, 그렇게만 된다면 — 기록으로 봐서 한국 선수는 꼴찌도 못 할 형편이었으니까 우승의 꿈은 염도 못 냈다 — 그곳에서 도망을 쳐서 옥스퍼드나 케임브리지 대학에서 공부를 해야겠다는, 참으로 어처구니없는 음모를 가슴 가득히 품고서 필사적으로 수영 연습에 열중했다.

평균 10킬로미터 정도를 헤엄치는 것이 하루의 수영 연습량이었다. 피로도 공부도 아랑곳없이 물속에서만 보낸 한여름의 과로가 겹치고 겹친 결과 나는 늑막염으로 쓰러지고 말았다. 자고 나면 땀으로 요가 흥건히 젖고 옆구리가 결리고 식욕이 없어졌는데 처음에는 낮의 지나친 운동량에서 기인하는 것이려니 생각하고 연습을 계속했다. 그러던 어느날, 몸이 무거운 것을 무릅쓰고 수영장에 나갔던 나는 숨이 갑자기 가빠지고 열이 나고 오한이 심해졌다. 수상연맹의 간부가 병원엘 가보라고 간곡히 부탁하는 바람에 하는 수 없이 어느 병원에 가서 진찰을 받았다.

의사는 대뜸 옆구리에 주사침을 꽂더니 누런 물을 빼기 시작하는 것이었다. 간호부에게 붙들린 채로 두 팔을 머리 위로 올리고 있던 나는 갑자기 현기증이 나는 것을 느끼며 의식을 잃고 말았다. 눈을 뜨고 보니 진찰실 침대 위에 땀을 흘리며 누워 있었다. 간호부의 말이 늑막염이니 입원치료를 해야 한다고 했다.

나는 그 말이 도무지 믿어지지가 않았다. 당시의 나의 소견으로는 늑막염이라고 하는 병은 빈사상태의 중환(重患)인 것이지 그날 낮에도 수영장엘 나갔던 나에게는 해당되지 않는 것만 같았으며 최종 선발대회를 2주일 앞둔 처지인 지금의 나로서는 도저히 받아들일 수 없는 현실이었다. 나는 아무 말 없이 불끈 일어서서 치료비를 내주고 밖으로 나오고 말았다. 그러나 밖으로 나온 나는 몇 발자국 못 가서 심한 현기증 때문에 마당가의 소나무 기둥에 몸을 기대지 않을 수가 없었다. 그제야 나는 뭣인지 모르는 절망과 불안이 전신을 휩쓰는 것을 느꼈다.

다시 진찰실로 돌아간 나는

"선생님, 참말로 제가 늑막염입니까?"

하고 물었다.

"그렇습니다. 절대로 무리하면 안 됩니다."

하는 의사의 표정에서 더는 부정할 수 없는 불운의 화살 같은 충격을 받은 나는 힘없이 집으로 돌아와선 밤새도록 신음을 하며 앓았다.

그것은 8월 말이었다. 이틀 후에 청주로 내려온 나는 도립병원에 입원을 했다. 늑막염과 결핵의 관계에 대해서는 전연 지식이 없는 나는 요양병동에 들어 있었는데 병실이 모자라서 나를 이런 병동에 입원시킨 것이려니 생각하고 있었다.

입원 사흘 후에 물을 뺐다. 이때에도 나는 또 기절을 했다. 깨어난 뒤에 알고 보니 뺀 물이 약 1,400시시나 된다는 것이었다. 그렇게 많은 물을 몸속에 갖고서 날마다 수영을 했던 나는 어처구니없고 미련했다고 후회를 하면서도 마음 한구석에서는 조급한 생각이 드는 것을 참지 못했다. 그것은 최종 선발대회가 9월 중순이니까 한 일주일 전쯤 퇴원하면 그 대회에 참석하려고 벼르고 있던 참이었기 때문이었다.

그 뜻을 주치의에게 말했다. 그는 어처구니없다는 듯이 웃으면서

"그것은 자살 행위입니다. 가만히 치료를 받으세요."

하고 나를 달랬다.

나는 처참한 생각으로 하루하루를 보냈다. 그렇게 황홀했던 런던행의 꿈도 사라지고 기약 없는 입원생활을 한다는 것이 너무나 억울했다. 그날로부터 나의 표정에서는 생기와 웃음이 사라지고 말았다. 찾아오는 친구들에 대한 나의 표정도 더없이 우울해지기 시작했다. 그들이 찾아오는 것도 싫었다. 나는 병실문에 '면회사절'이라고 써 붙였다. 그것을 본 어머니가 표정 없이 손수건으로 눈물을 닦으시는 것이었다. 어머니가 우시는 것을 목격한 나는 내가 새삼스럽게 무서운 병에 걸린 것만 같아서 슬퍼졌다.

참으로 우울한 입원생활이었다. 어머니를 비롯한 가족, 친척들이나 친구들은 나를 즐겁게 하려고 여러가지로 애를 썼지만 나는 그것이 더 싫기만 해서 나 혼자만 병실에 남겨두기를 요구했으며 혼자가 되면 절망과 좌절감이 시키는 슬픈 공상을 터무니없이 확장시키며 스스로의 감상에 잠겨 있곤 했다.

그런 우울한 나의 입원생활에 묘한 변화가 생기게 됐다. 내성적이고도 숫기가 없는 내 앞에 한 소녀가 클로즈업되기 시작한 것이다.

어느날이었다. 진찰실을 다녀오던 나는 복도에서 잠옷바람으로 마주 걸어오는 소녀를 발견했다. 나는 어디서 본 듯한 그 소녀를 '누구더라?' 하고 생각하려던 순간 몸이 경직되고 숨이 딱 멎어오는 것 같은 충격을 전신으로 느끼면서 그 자리에 빳빳이 선 채 눈의 초점을 잃고 말았다. 그녀도 그런 나를 눈여겨보는 듯싶은 표정으로 지나갔다. 잠시 후에 제정신이 된 나는 병실로 돌아와 공상의 날개를 펴기 시작했다.

참으로 천만뜻밖의 일이었다. 그녀가 이곳에 나타나다니! 그녀의 어머니라도 입원을 한 것일까? 혹은 아니면 친구의 문병을 온 것일까? 궁금도 하거니와 뭣인지 모르는 두려움 비슷한 감정 때문에 복도에 나가는 것조차 두려운 생각이 들었다.

그 소녀를 나는 길가에서 몇차례인가 우연히 본 일이 있었다. 다만 그것뿐이었는데, 그후로는 먼빛으로 그녀의 모습이 보이기만 하면 나는 이내 방향을 바꾸어 딴 길로 가버리는 습성이 생겼다. 도저히 가까이서 그녀를 볼 용기가 나지 않았기 때문이다. 그런 일이 일년쯤 계속된 뒤에 나는 마음속에서 그리움이라고도 수치심이라고도 말할 수 없는 비밀을 간직하게 되었으며, 혼자가 되어 눈을 감으면 머릿속 가득히 또는 눈앞에 충만된 영상으로 떠오르는 그녀의 아름다운 모습을 되새기는 것이 하루의 즐거움이 되어 있었다.

그러나 그런 나의 감정을 표시한다는 것은 상상도 못 했다. 도리어 그런 사실을 그녀는 물론이거니와 나 아닌 딴 사람이 눈치챈다면 나는 그 부끄러움을 도저히 참지 못하여 자살이라도 해버리고 말 것만 같았다. 『젊은 베르테르의 슬픔』이라는 책을 읽으면서 나는 그 베르

테르의 순정적인 사랑도 나의 감정과 비교해볼 때 너무나 파렴치하고 불순한 것만 같아서 분개하기조차 했었다.

그렇게 나는 나라는 존재가 그 소녀의 눈에 뜰까 두려워하고 또 나의 마음을 혹시 그녀가 눈치채면 어쩌나 하고 겁을 먹으면서도 밤이 되면 이따금 그녀가 살고 있는 집 앞 골목길을 마치 도둑질이나 하는 것처럼 발소리를 죽이고 지나치곤 했으며, 그녀의 집 창문에 비친 불빛을 눈부신 물건을 쳐다보듯 황홀한 느낌으로 바라보곤 했다. 그 창에 불이 있고 없는 것으로 그날의 나의 보람이 결정되었던 것이라고 해도 과언은 아니었다.

그렇게 세상에 나밖에는 아무도 모르는 마음속의 비밀이며 말똥말똥 뜬 눈으로는 가까이서 마주볼 수가 도저히 없는 그 소녀를 내 몸 가까이에서 보게 된 것이니 나의 마음이 평온할 리가 없었다. 그다음 날 여행 중이던 누이동생이 병문안을 왔다. 그리고 하는 말이 제 친구 하나가 폐가 나빠 이곳에 입원 중이라고 하면서 찾아봐야겠다는 것이었다.

동생의 말에 의하면 여중(女中)의 동창이고 고등학교는 서울의 K여고인데 어찌나 이쁜지 모른다는 것이었다. 그리고 두뇌가 비상하여 발군의 우등생이라는 것이다.

나는 동생의 말을 들으면서 직감적으로 그것이 바로 그 소녀의 이야기임을 눈치챘다. 그녀가 동생의 친구인 것은 꿈에도 몰랐다. 그보다도 그녀가 폐를 앓고 입원 중이라는 것이 이상야릇하도록 운명적인 감상을 자아내게 하는 것이었다. 순간 슬프고도 불안한 예감이 나의 전신을 엄습하는 것을 느꼈다. 나는 나 자신의 육체적인 실의감

(失意感)과 좌절된 희망에 겹쳐서 그녀가 불치의 병에 걸려, 그것도 같은 병원에 입원하고 있다는 것에서 소년기의 감상에 알맞은 비극적인 해후감을 되새기며 눈을 감고 있었다.

그날부터 나의 입원생활은 더욱 우울한 것이 되었다. 하다못해 변소에 가는 것조차 두려워졌다. 혹시 복도에서 그녀와 마주칠지 모르기 때문이었다. 밤에는 온 누리가 잠든 뒤에도 어두운 밤공기를 타고서 그녀의 가쁜 숨소리가 들려오는 것만 같아 숨을 죽이고 귀를 모으고 그 소녀의 병실 쪽으로 온 신경을 집중시키면서 기도 비슷한 감정과 슬픈 망상을 되새기곤 했다.

그 소녀를 그곳에서 발견하기 전까지는 내가 설사 늑막염을 앓아 누워 있다곤 해도, 또 그것을 비관했다곤 해도 세상사나 자기를 생각하는 데 도가 지나친 오해나 절망을 하지는 않았는데, 그녀가 폐를 앓고 같은 병원에 입원 중인 것을 안 후로는 불행이라는 불가해한 권력을 가진 운명의 고문(拷問)이 나의 사지 마디마디를 조여대는 것같이 생각하게 됐다.

또 그때까지 남을 의심하거나 산다는 것을 회의해본 일이 없었고 세상의 온갖 존재를 존재 그대로 믿으면 믿었지 결코 의심을 가질 줄 모르게 청순하고 순진했던 내가, 일시에 밀어닥친 참담한 느낌 때문에 세상과 자기를 겁먹은 죄인 같은 눈짓으로만 봐지려고 하는 것을 어쩌지 못했다. 그렇게 되니까 자연히 병에 임하는 태도도 난관적이어졌다.

식욕부진과 수면부족이 계속됐다. 하루하루 수척해가는 것을 나 자신도 알 수 있었다. 체중이 두관(貫)이나 줄었다. 둥그스름하고 어린 티가 남아 있던 볼때기의 살이 빠지며 관골이 들어가기 시작했다. 눈두덩이 움푹 패는 것이었다.

그런 자신의 모습을 거울 앞에 비춰 보면서 비극을 자청하는 공상을 거듭했다. 그 공상은 반드시 이웃 병실에 누워 있을 그 소녀에게로 달려가기 마련이었다. 그리하여 나의 험상궂은 꼴을 그녀에 대한 모독으로 자처하고, 두문불출 숨을 죽인 듯이 나날을 보냈다.

나는 원래 이성(異性)에 대한 콤플렉스가 심했다. 세살 때 아버지가 돌아가신 나는 어머니, 누이, 누이동생 등 여자들 사이에서만 자랐으며 어머니의 철저한 유교적인 감시교육으로 인해서 능동적인 남성적 패기를 상실한 채 자랐던 것이다. 주변에서 여자에 군림하는 남성의 강압적이고 능동적인 표정이나 동작이라고는 본 일이 없는 지라, 여성에게 갖는 남성으로서의 본능적인 적극성은 고사하고 여자들 쪽으로는 숫제 시선을 돌려서는 안 된다는 철저한 관념을 갖고 있었다. 그것은 관념이라기보다 성격이 되어 있었다고 해도 과언은 아니었다.

따라서 성에 대한 관심이나 이성에 대한 호기심 같은 것은 세상에 다시없이 더럽고 파렴치한 것으로만 생각하고 있었다. 따라서 성에 대한 지식이 유치하기 짝이 없어서 분만은 배꼽으로 한다는 어렸을 때 어머니의 교훈을 곧이곧대로 그 나이가 되도록 믿고 있었다. 그 나이 때 육체적 성장으로 인한 자연발생적인 성에 대한 호기심이 움터나올 여지가 없도록 백치적인 만숙상태로 있었던 것이다. 그녀에게 갖는 나의 감정도 거의 자연발생적인 사춘기의 정서이었겠지만 그것을 표면화시키기에는 앞에서 말한 것과 같은 병적인 이성 외포

(異性畏怖)의 콤플렉스에 눌려서 감정이 성장하지 못하고 있었다.

그렇게 몸은 병으로 인하여 쇠약해가고 감정은 그녀에의 어렴풋한 동경으로 동결된 채 달팽이처럼 웅등그리고 있던 나는 지극히 사소한 일로 해서 묘한 변화를 갖게 됐다. 하루는 진찰실에 가느라고 병실을 비웠다 와보니 누이동생이 와 있었다. 그리하여 내가 그 방으로 오기 직전까지 그 소녀가 나의 병실에 와서 누이동생과 놀다가 갔다는 것을 알았다. 누이동생의 말에 의하면 그녀는 몸이 호전하여 한 달 안으로 퇴원하게 될 것이며 또 폐를 앓으니까 그런지 더 이뻐졌다고 수선을 떠는 것이었다.

나는 그 소리를 들으면서 당황하지 않을 수 없었다. 자칫했으면 나의 이 초췌한 몰골을 그녀에게 보일 뻔했기 때문이다.

『여상』 1962. 12

그늘진 자아침식

그 소녀가 나의 병실을 찾아오면 어찌하나 하는 불안감이 나로 하여금 며칠씩 게을리하던 세수를 날마다 하게 하고, 야위고 핏기 없는 얼굴을 거울 앞에서 살펴보게 하고, 옷매무새조차 가다듬게 했는데 이것이 나의 사랑의 첫 동작이자 최대의 표현이었다.

누이동생이 병원에 올 때마다 나는 극도로 긴장을 하고 초조해했으나, 내가 여자 앞에서는 얼굴도 잘 못 쳐든다는 것을 알고 있기 때문인지 한번도 그 소녀를 내 병실로 데리고 오지는 않았다. 아무 일 없이 그날 하루가 지나고 나면 안도의 한숨 비슷한 심호흡을 하면서 잠이 들기는 하지만 마음 한구석으로는 어딘지 모르게 섭섭하기만 했다.

그렇다고 그녀의 모습을 내 눈으로 직접 보고 싶다든가, 그녀와 말을 해보고 싶다든가 하는 좀더 적극적인 생각을 하지는 못했다. 그러나 그 어떤 적극적인 감정은 못 가졌다고 하더라도 그녀를 염두에 둔 때문에 내가 나 자신의 신변을 가꾸려고 하는 노력을 하게 됐다는 것은 절망과 곤비에 빠져 있던 나에게는 한가닥의 실오라기 같은 의욕과 용기의 출발점이 된 것인지도 모른다.

그 소녀에 대한 이 어렴풋한 관심이 마침내는 나의 전 생애에 결정적인 영향을 준 첫사랑이 되어 6년간이라는 긴 세월, 즉 내 나이 스물여섯이 되는 동안 인생의 가장 다감하고도 보람 있을 시기를 좀먹은 사건이 되고 말았다.

그녀에 대한 실오라기 같은 관심이 나의 병에 준 영향은 약과 의사와 새너토리엄 생활보다도 더 중대한 것으로 작용하였으며, 또한 많은 슬픔과 많은 한숨과 숱한 절망과 회의를 자아내게 하여 고통의 씨앗을 뿌리게도 하였지만, 그보다도 더 간절하고 절실한 존재로서 희망을 주고 보람을 갖게 하고 용기와 결심을 솟게 하고 생명에 대한 신념을 갖게 하였던 것도 사실이다.

내가 입원한 지 약 1개월이 된 어느날 누이동생은 그 소녀가 퇴원하게 됐다고 하면서 분주하게 그 병실을 드나들었다. 나는 그녀가 병이 나아서 퇴원한다는 것이 기쁜 것도 같았지만, 나의 위치에서 몇 발자국 안 되는 곳에 있어 고요한 밤이면 그녀의 숨소리라도 들려오는 것만 같은 애잔한 마음이 되어 그리워하던 그가 먼 곳으로 떠나간다는 것이 이별의 감상을 자아내게 하여서 내심 무척 괴로웠다.

그 소녀가 그의 어머니와 더불어 내 병실 앞을 지나가는 발소리를 침대에 누운 채로 눈을 감고 듣던 나는 복도 끝에서 발소리가 사라지자 창문을 열고 먼빛으로 그녀의 뒷모습을 응시했다. 그리하여 언제

완쾌될지도 모르는 자신의 병을 한탄하면서 이것이 마지막으로 보는 그녀의 모습인 것처럼 아쉬워했다. 그러곤 그다음 날부터 다시 생기 없는 일과를 계속했다.

그런데 그후 약 일주일이 되어서 진찰실로 주치의를 만나러 갔던 나는 의사 앞의 진찰대에 앉아 있는 어느 소녀의 뒷모습을 무심코 보며 의사 앞에 다가갔다.

"네, 아파요."
하고 의사의 진단에 대답하는 맑은 목소리에 언뜻 그녀를 쳐다본 나는 나도 모르게 뒷걸음질을 쳐서 진찰실을 나오자 정신없이 병실로 달음박질을 쳐서 돌아오고 말았다. 그 소녀였던 것이다. 그녀의 그 짤막한 말소리는 나의 귓전에서 방울을 굴리듯이 이상야릇한 여운으로 메아리지며 사라지지 않았다. 며칠을 두고 그 소리는 귓속에 간직된 채 사라지지 않았다.

나는 그날부터 아무런 대중도 없이 그녀가 진찰받으러 오는 모습을 먼빛으로나마 볼 양으로 진찰실 앞 복도를 서성댔다. 그러나 그후로 두번 다시 그녀의 모습을 볼 수 없었다. 그렇다고 누이동생에게 그녀의 소식을 알아볼 용기는 감히 내지 못했다.

그럭저럭 2개월이 지났다. 주위의 모든 사람들의 정성 어린 치료와 맑은 가을철의 바람과 하늘이 도와서 열과 기침이 멎고 식욕도 어느정도 회복되었다. 한 두서너달 더 입원해 있으라는 권유를 어기고 굳이 퇴원을 한 것은 병상에 누워 있다는 불쾌감에서 하루속히 빠져나오고 싶다는 생각도 있었지만 그 소녀의 소식을 알기 위해서는 병원을 나가는 것이 첩경이라고 생각됐기 때문이었다.

퇴원한 날 밤 나는 오랜 영어(囹圄)의 몸에서 풀려나온 사람처럼 밤하늘을 우러러보며 무턱대고 거리를 쏘다녔다. 그리하여 나의 발길은 짐작으로만 상상하고 있던 그 소녀의 집을 찾아서 어느 골목으로 들어섰다.

확실한 근거는 없지만 거의 직감으로 느껴지는 그 소녀의 집 앞에 다다르자 가슴은 마구 뛰고 또한 두렵기조차 했다. 그러나 어찌 된 일인지 기대했던 그녀의 집 창문에는 불이 꺼져 있고 인기척조차 없었다. 나는 형용할 수 없는 실망과 불안에 잠기고 말았다. 그녀의 방에 불이 밝혀 있던들 무슨 보람일까마는 나는 그것이 불길한 그 무엇을 상징하는 것만 같이 느껴지는 것을 어쩌지 못했다.

그후로도 몇차례인가 밤이 되면 행여나 하고 그 골목길을 발소리조차 죽이고 찾아가봤으나 여전히 불빛 없는 창문이 어둠속에 우중충하게 걸려 있기만 했다.

꿈에도 생각하지 않았던 발병으로 인하여 원대하고도 찬란했던 런던행의 꿈도 옥스퍼드 MA* 학위의 환상도 자취 없이 사라지고 2개월여의 입원생활과 맞바꾼 것은 운명에 대한 소극적인 순종과 비극에 대한 비굴한 체념이었다. 그리고 이루어질 수 없는 짝사랑의 애달픔과 그리움을 간직했다는 남모를 수치심으로 가슴을 태우는 습관만을 배우고 말았다.

2, 3개월 더 입원해 있으라는 것을 거부한 것은 기를 써서 병을 완치시켜보겠다는 생각보다 이런 고비에 이렇게 병에 걸린 것은 하나

* Master of Arts. 문학, 역사학, 사회학 등 인문학 계열의 석사학위.

의 숙명이며, 그것은 나의 생애가 응달에 자라는 풀잎같이 엽록소를 잃고 누렇게 시들어 있는 꼴과 흡사히 그늘진 인생 쪽으로 기울어진 것인데, 미련스럽게 병실에 누워 있는 것보다는 내게 주어진 운명대로 창백한 얼굴을 감수하고, 감수라기보다도 도리어 일종의 쾌감으로 받아들이고 과거의 천재가 그러했듯이 나도 내 성정대로 행동하다가 요절을 하든지, 아니면 자살을 하는 것이 월등 아름다울 것만 같이 생각되었기 때문이었다.

이렇게 소견 좁은 해석을 한 나였기 때문에 골똘한 마음으로 찾아갔던 그 소녀의 집 들창에 불이 꺼진 것, 그 한가지 사실만 갖고서도 불길한 온갖 공상과 자학을 부풀리며 모든 것이 끝난 것처럼 실의의 감정에 잠긴 채 밤길을 몽유병자처럼 헤매다니곤 했다.

나는 그 무렵에 처음으로 시라는 것을 썼다. 불란서의 심벌리스트 시인 알베르 사맹의 시를 읽으면서 그 시의 군데군데에서 내가 상상으로 그려보고 매만져보는 그 소녀의 용모를 사실 그대로 신비할 정도로 표현하고 있는 것만 같아서 그 시구(詩句)를 우리말로 옮겨놔봐야겠다고 밤낮없이 입안으로 암송을 해보곤 했다. 그리하여 결국 그 소녀가 서울로 간 것을 알게 되고서도 그런 사실 자체는 문제도 삼지 않고 혼자서 모든 것이 끝나고 헤어져버린 슬픔인 양 한숨을 되씹었다.

고향 가까운 강가 언덕에 가 앉아서 그 소녀가 떠난 것이 결코 이 강가도 아니고 그 소녀가 타고 간 것이 이 강에 있는 나룻배도 아니었는데, 먼빛으로 오고 가는 나룻배에 이별의 온갖 곡절을 다 부여해 놓고 그녀에의 상념을 더듬었던 것이다.

그리하여 쓴 시 중에는 이런 것이 있다.

강

머언 물굽이
너 떠나고 난 뒤의
머언 물굽이

종일토록 오늘도
머언 물굽이.

이런 따위 시를 무수히 써서는 종이배를 만들어 그 강물에 띄우며 눈물을 글썽이곤 했다.

이런 모양의 내가 밥상머리에 앉은들 밥맛이 날 리가 없고, 잠자리에 누운들 이내 잠들 리가 만무였다. 그러니 몸이 실해질 리가 없었다. 거기에다 나는 무모하게도 학업을 계속해야겠다고 서울로 다시 올라왔다. 전기 사정이 나빠서 석유 호롱불을 켜놓고 밤을 새우다시피 하고 나면 아침에는 콧구멍이 새까맣게 그을어 있곤 했다. 그렇게 새우는 밤에는 그 소녀에게로 달리는 공상과 그것을 표현한 시를 무수히 썼다. 옆구리가 다시 저리고 식은땀이 나곤 하는 것을 의식하면서 그것을 자학적으로 무시했다.

그렇게 한 학기가 지나고 나서 나는 어느날 극장에서 그 소녀를 목격했다. 그녀는 어느 중년 신사와 동행이었다. 그 영화가 온전하게 보일 리가 만무였다. 나는 그녀가 혹시 나를 볼까 두려워서 도중에 나오고 말았다.

그날부터 나의 고민의 형태는 묘한 모습으로 변해갔다. 목격한 날은 먼저 도망쳐온 내가 그 극장에 프로가 바뀔 때마다 상영시간이 끝날 남직해서 극장 앞을 먼빛으로 지켜보는 버릇이 생긴 것이다. 그러나 결코 그 자리에서 그 소녀를 다시 볼 수는 없었다.

그런 어느날 기침이 몹시 나는 것을 참고 길 모퉁이에서 극장 어귀를 지켜보고 서 있던 나는 무심결에 뱉은 가래침이 아스팔트 위에서 적갈색으로 빛나는 것을 보았다. 처음에 나는 그것은 아스팔트가 물기를 머금고 햇빛 속에서 빛나는 것으로만 생각했는데 거듭 뱉은 가래침이 핏빛임을 직감하고 혀끝으로 잇몸과 입안을 더듬어 살펴보았다.

그러나 아무 곳에서도 통증을 느끼지 않은 나는 조용히 휴지를 꺼내 침을 받아보았다. 거기 흰 종이 위에 석양빛에 빛나며 빨갛게 혈흔(血痕)이 져 있는 혈담(血痰)을 보았을 때 순간적으로 입안에서 뭉클하고 비린내 비슷한 것이 치밀어오르는 것을 감각하며 아득한 현기증을 느꼈다. 나는 발걸음을 세게 내디딜 용기가 나지 않았다. 바로 길가에 있는 병원으로 조심조심히 걸어 들어가서 자초지종을 의사에게 말했다. 의사는 자기는 전문의가 아니라고 하면서 각혈할지도 모르니 전문의에게 가보라고 하며 주사를 놔주었다. 짐작건대 진정제 아니면 지혈제였을 것이리라.

그길로 집으로 온 나는 조용히 방에 누운 채 눈을 감고 각혈의 순간만 기다리고 있었다. 그 심정은 두려움과 불안이라기보다는 무슨 운명의 순간을 기다리기나 하는 듯 일종의 숨막힐 듯한 긴장과 악마적인 쾌감조차 감도는 듯싶은 야릇한 심정이었다. 그러나 끝내 각혈은 일어나지 않았다.

다음 날 아침까지 누운 채로 있던 나는 병원에 갈 생각은 하지 않고 종이와 펜을 끌어당겨 마치 유서를 쓰듯이 그녀를 그리워하는 시를 쓰고 있었다.

비인 가슴

가고 난
네 자리에
어리는 아지랑이
무지갠 양 안갠 양
어려오는 네 모습

비인 자리에
서서 젓는
내 팔 안에
안기는 것은
한숨인가 꿈인가
피 없는 가슴인가

기다리다

가고 말

비인 자리에
누가 와 서는가
너도 없는데.

모든 것이 끝나고 모든 것이 가버린 비애를 혼자서 자위하며 속수무책인 절망만을 되씹고 있었던 것이다. 그러나 그러한 비참한 상태에 빠져 있으면서도 막연히 각혈이 있을지 모른다는 불안과 폐가 나빠진 모양이라는 짐작은 있었으나 이 모든 일들이 어떠한 경로, 즉 내가 애초에 늑막염에 걸려서 지금 각혈을 할지도 모르는 지경에까지 도달한 그 과정의 인과성이 결핵균이라는 가공할 미생물에서 기인하였으며 그것이 어떠한 작용을 하였기 때문이라는 것을 모르고 있었고, 또 알려고도 하지 않았다.

혈담으로 누운 다음 날부터 나는 몹시 심한 열에 시달리며 전에 없이 기침과 담이 늘어가는 것을 자각했다. 그런데도 병원에 가보려고는 하지 않고 주소도 모르는 그 소녀에게 보낼 편지를 엎치락뒤치락하면서 수없이 써내리고, 밑도 끝도 없는 번민과 공상의 줄거리를 일기장에 써넣고 있었다. 그런 몸으로 약간 열이 내린 듯싶은 날 아침이면 근거도 없는 예감을 믿고서 번화가의 러시아워의 인파 속에 우두커니 서서 그 소녀의 먼 모습을 찾아보려고 애쓰고는 했다.

그러자 때마침 겨울방학이 되었다. 나는 열 오른 몸을 끌고 고향집으로 내려왔다. 몸을 위하여 상경을 만류했고 약 먹고 치료를 열심히 하라고 당부, 당부했던 어머니는 나의 참혹한 모습을 보더니 대문간에서 나를 얼싸안고 마구 우시는 것이었다.

이 여행이 무리였던 것이다. 귀가한 나는 그날부터 고열로 신음을 하기 시작했다. 하루하루 나빠지기 시작한 증세는 오후에만 있었던 미열이 38~39도를 오르내리게 되었다. 하는 수 없이 가정적으로 친교가 있는 이웃의 민중병원 의사 선생님에게 의뢰를 하지 않을 수 없게 되었다.

그런데 그 의사는 흔히 있는 속물적인 의사가 아니었다. 한시도 몸을 편히 쉬는 일 없이 무슨 일거리고 마련해서 부지런히 일을 하고 또한 환자들을 위하는 태도가 진정 본심에서 우러나와 연민을 갖고 성실을 다하는 그런 의사였다. 그러기 때문에 환자들의 부담을 덜기 위해서 약제사와 간호부를 고용치 않고 손수 주사기를 소독하고 처방실에 들어가서 약을 조제하고 하는 의사였다. 그러기 때문에 딴 병원, 가령 공립이나 도립의 병원 치료비와 약값보다도 절반은 싸게 받았다.

그뿐이 아니었다. 하루에 수없이 오는 환자를 단신으로 차근차근히 처리해나갈 뿐만 아니라 잠시라도 틈이 나면 자전거를 타고서 빈민촌으로 달려가 환자는 없느냐고 찾아다녀서 치료를 해주고 돌아오곤 하였다. 그리고 장기 환자, 가령 TB* 환자에게는 언제 치료비를 받겠다는 약속도, 또 꼭 지불해야 한다는 심적 부담도 주지 않고 무조건 치료를 해주고 있었다. 그렇게 무료로 치료를 받는 환자가 하루

* '결핵'을 뜻하는 'tuberculosis'의 약자.

에도 근 30명이 되었으며 그들은 모두 한가족처럼 다정하게 서로들 터놓고 지내고 있었다. 그리고 그 의사가 다년간의 임상경험과 연구 끝에 얻은 약을 일률적으로 주사 투약하고 있었으며 웬만한 증세의 환자에게는 마이신, 파스 등은 투약하지 않고 있었다. 그런데도 나에게는 마이신을 써야 한다는 것이었다. 아마도 나의 증세가 워낙 중태였던 모양이다.

그 병원에 드나든 지 약 2개월여, 그 의사 선생의 열성도 열성이려니와 그분이 지니고 있는 인간적 친화력 — 가령 환자와 의사라는 그러한 의식이 솟아날 여지가 없을 정도로 친구처럼 대하는 언행이라든가, 병 증세를 설명하거나 진찰할 때의 사소한 표정 속에도 전혀 나와 남이라는 거리감을 느끼게 하지 않는 것 등이 내성적이고 숫기가 없던 나인데도 그 병원 드나드는 데 전혀 마음의 부담을 자아내지 않게 하였다.

따라서 내 고집만 세우고 내 기분대로만 감정을 처리하던 지난날의 자학적인 우울도 그 의사 앞에서 어느덧 자취를 감추게 되고, 그분의 지시라면 불가항력의 명령인 것처럼 순종하며 약과 주사를 어김없이 썼다.

그렇게 되니까 불안과 자포자기에 떨던 심경이 차츰 안정이 되어 갔으며 공연한 신경과민으로 잠을 못 잔다든가 식욕을 잃는다든가 하는 일이 줄어들었다. 어느덧 체온은 37도 전후로 내려오게 되었으며 담과 기침도 거의 없어졌다.

몸이 무척 좋아져가서 다시 학업을 계속하기 위하여 상경을 상의하려고 생각하기 시작할 무렵인 음력 정월 초하룻날이었다. 그림을 공부하는 어릴 적부터의 친구가 우리 집으로 어머니에게 세배를 왔다. 둘은 거리를 걸었다. 그는 회화에 대한 화제를, 나는 문학에 관한 이야기를 하면서 즐겁게 걸었다. 길에서 국민학교 동창인 한 친구를 만나 오래간만의 상봉을 이야기하며 악수를 나누고 헤어졌다.

그 친구와 헤어진 우리는 다시 화제를 즐거운 예술론으로 돌리려고 하는데 뜻밖에도 낯모르는 삼십대의 완강하게 생긴 사람이 우리의 어깨를 치면서 붙잡더니 무조건 친구의 손목에다 수갑을 채우는 것이었다.

우리들은 영문을 모르고 당황하며 사연을 물었으나 그는 거친 구둣발로 우리들을 걷어차면서

"잔말 말고 따라와! 너도."

하며 나에게도 눈을 부라렸다.

공포에 질린 채 끌려갔다. 역전의 파출소였다. 그 안에서 우리는 비로소 끌려온 이유를 알았다. 우리가 길에서 만나 정초 인사를 하고 악수하며 헤어졌던 그 국민학교 동창생이 열렬한 좌익사상을 가진 사람이었으며, 모종의 정보를 접수한 형사가 그의 뒤를 미행하고 있던 참인데 우리가 길에서 만나 이야기를 하였기 때문에 무슨 비밀연락이라도 했나 해서 우리를 연행했던 것이다.

그리하여 형사가 우리들을 문초하기 시작했다.

"길에서 무슨 연락을 했어?"

"연락은 무슨 연락을 해요?"

"다 알고 있단 말이야, 바로 말해!"

"그렇게 잘 아신다면, 우리가 아무 혐의도 없다는 걸 아실 게……"

하고 친구가 반발을 하자

"이 새끼가!"

하면서 따귀를 후려치는 것이었다.

"왜 때립니까?"

하고 내가 항의를 하며 다가서자, 억센 팔로 나를 사무실 구석으로 밀어 박고 하는 말이

"이것들이 아직 맛을 못 봤군. 너는 다음 차례야!"

하면서 그 친구를 마구 치고 박고 메치고 하는 것이었다.

그러면서 빨리 자백을 하라는 것이었다.

"언제 입당했니?"

"……"

"남로당에 언제 입당했느냐 말이야!"

"안 했습니다."

"이 새끼, 다 알고 있어."

하면서 또 연거푸 때리는 것이었다.

경우도 이치도 안 닿는 말이었다. 무조건 주먹다짐으로 자기의 언질을 수긍시키려는 것이었다. 친구는 코피를 흘리고 울며불며 아니라고 항변을 하였다.

친구가 항변을 하자 더 약이 오른 그 형사는 '애국봉(愛國棒)'이라고 쓴 곤봉을 내오더니 친구를 벽 쪽으로 돌려세워놓고 마구 후려치는 것이었다. 몇대를 맞자 친구가 비명을 올리며 쓰러졌다.

보다 못한 내가 달려들자 이번에는 나를 후려치려고 애국봉을 휘두르는 것이었다. 나는 얼결에 그자의 품 안으로 다가서선 그의 허리

를 잡았다. 허리를 잡힌 그자는 나를 때리지 못하니까 곤봉을 내던지고 나를 잡더니 씨름하듯이 '안걸이'로 메치는 것이었다. 그는 유도의 유단자이었던 것이다.

나가둥그러진 나는 그가 곤봉을 주워드는 것을 보며 황급히 기어가서 벽에 걸린 전화통을 잡았다. 위급한 나는 이자들과는 논리로도 기운으로도 당할 수 없으며, 신분을 보증할 사람을 부르는 수밖에 없다는 것을 알았기 때문이다. 내가 전화기를 잡자, 그때까지 곁에서 보고 있던 정복경관이 다가와서

"이 자식아, 경비전화야!"

하며 전화기를 가로채려고 했다. 그러나 나는 한사코 움켜쥔 채 소리쳤다.

"경비전화! 경비전화면 더욱 좋습니다! 당신네들 무조건 죄 없는 사람을 치니 우리의 신분을 보증할 사람을 대야겠습니다."

그러곤 송화기에다 대고

"헌병대요! 헌병대!"

하고 소리 질렀다.

그러자 그 경관이 다가와 나를 떠다밀며 전화기를 뺏으려고 하고 나는 안 빼앗기려고 버텼다.

『여상』 1963. 1

부조리 입문생

경비전화의 수화기를 안 빼앗기려는 나와 그것을 빼앗으려는 경관은 실랑이 끝에 송화기의 줄을 끊고 말았다.

"이 자식이……"

화가 난 그는 나를 구둣발로 걷어찼다. 나는 걷어차인 정강이를 감싸쥔 채 책상 뒤로 몸을 피했다.

"당신들, 당신들 너무하잖소. 당신들이 그렇게 무경우하니 신분을 보증할 사람을 나는 대야겠소!"

하고 부르짖듯이 말했다.

"인마, 헌병대에서 어째서 보증을 한단 말이야!"

"헌병대장이 아저씨요."

나는 내심으로는 그런 특권자의 이름을 파는 것이 자기 자신에게 더없는 굴욕감을 느끼게 하였으나 급한 김에 도리가 없었다. 그 소리를 듣자 그 순경의 표정은 금시에 수그러지는 기세였다. 헌병대장이 친척이라는 지극히 무의미한 사실이 그들에게 다시없는 위협이 된 모양이었다.

그는 끊어진 전화줄을 다시 매려고 전화기로 다가서면서 저 안쪽에서 나의 친구를 고문하다 말고 우리들이 실랑이하는 꼴을 보고 있던 형사에게

“헌병대장이 친척이라는데?”

하고 상의하듯이 말했다.

“그래? 보내버려, 귀찮으니……”

하고는 나에게로 다가오더니 나를 파출소 밖으로 밀어내려고 했다. 나는 그러나 버티면서

“저 친구도 아무 죄가 없으니 같이 보내주십시오.”

하고 친구를 변명하려고 했다.

“이 자식이 가라면 가지, 왜 잔말이야. 저놈은 자백했단 말이야. 빨리 나가.”

하고 그 억센 팔로 나의 등덜미를 밀어젖혔다. 지서 밖으로 밀려나온 나는 울음이 터질 듯한 마음을 억제하며 급한 판단을 내렸다. 파출소에서 가까운 곳에 그 친구 부친의 직장이 있으니 그곳으로 빨리 달려가서 그의 부친에게 알리는 것이 상책이라고.

달려가보니 마침 그의 부친은 외출 중이었다. 나는 거기 있는 직원 한 사람에게 사정 이야기를 하고 전화를 빌렸다. 헌병대로 전화를 건 나는 사정을 대충 추려서 헌병대장에게 말하고 무고한 고문을 당하니 빨리 석방하도록 힘써달라고 말했다. 나에게 전화를 끊지 말고 기

다리라고 지시한 그는 경비전화로 그곳 파출소와 통화하는 모양이더니, 다시 나에게 말했다.

"좌익분자인 것이 틀림없다니 너는 상관 말아라."

하고 성난 듯한 어투였다. 나는 강조하듯이 말했다.

"아닙니다. 그것은 그 사람들이 무조건 때리니까 매에 못 이겨 대답한 것입니다. 나와는 숨기는 것이 없는 친굽니다."

"아무리 친구라도 그 속을 어떻게 아니? 참견할 것 없다."

하고 여전히 냉정한 말투였다.

"아니래도 그러네요, 절대로 그런 사람이 아닙니다."

하고 말을 계속하려는 전화를 통하여

"글쎄, 너는 집으로 돌아가."

하는 한마디를 던지곤 전화는 뚝 끊어지고 말았다.

나는 속수무책이 된 것 같은 심정으로 그 헌병대장이라는 사람조차 원망하면서 다시 파출소 앞으로 왔다. 그 앞에는 많은 사람들이 모여서 파출소 안을 기웃거리고 있었다. 그들을 헤치고 다시 파출소 안으로 들어섰다.

들어선 나를 본 아까의 그 경관이

"이 자식 아직도 안 돌아가고."

하면서 나를 달래듯 하면서 밖으로 밀어내고는

"방금 헌병대에서 전화가 와서 네 신분은 확실하니 그냥 돌아가는 게 좋아."

라고 작은 소리로 말했다.

"그런데 저 친구도 마찬가지입니다. 아무런 죄가 없는 것은 나와 한가지입니다. 그리고 그 친구는 몸도 약한데 저렇게 때리면……”

“그건 모르는 소리야. 저자는 이미 남로당 입당한 사실을 다 자백했어. 이젠 아무리 네가 변명해도 도리가 없어. 너나 돌아가.”
하고 타이르듯이 말했다. 그러나 나로서는 도저히 그런 사실을 수긍할 수가 없었다. 하지만 이 자리에서 내가 아무리 항변을 해도 이자들에게는 통하지 않는다는 막막한 절망감이 나를 엄습하는 것을 전신이 오싹하도록 느낄 수가 있었다.

그때, 그 친구의 부친이 헐레벌떡 달려왔다. 그분이 경관에게 인사를 하자 경관도 잘 아는 듯이 웃으면서 인사했다. 그러곤 그분이 사정 이야기를 하자 그제야 그 경관은 깜짝 놀라는 표정으로 취조하고 있는 형사에게로 다가가서 귓속말을 했다. 아마 잘 아는 사람의 아들이고 신분이 보증되는 사람이라는 것을 말하는 모양이었다. 나는 이제야 그 친구가 구출되는 모양이구나 하고 조였던 가슴이 풀리는 듯했다. 그런데 뜻밖에도 형사는 그 경관에게 큰 소리로 말하는 것이었다.

“안 됩니다. 이 자식 알짜입니다. 누구의 아들이라도 안 돼요.”

그 소리에는 그 경관도 도리가 없는 모양인지 친구 부친에게 고개를 저어 보였다. 친구 부친은 형사에게 다가갔다. 친구는 자기 아버지를 보자 피투성이가 된 얼굴에 새삼스럽게 눈물을 흘리면서 애원하듯이 손을 내밀었다.

“여보시오, 이애가 무슨 죄가 있다고 이럽니까!”
하는 그분의 목소리는 반은 울음소리였다. 그러면서 손을 잡으려는 듯 아들 쪽으로 다가갔다. 그러는 것을 형사는 막아서면서

"이 사람의 보호자입니까? 그러나 이미 단서와 자백이 있었으니까 조사를 더 해봐야겠습니다."
라고 하는 말투는 여전히 냉혹했다.

"아니, 이애가 무슨 죄가 있다는 말이오. 그렇게 무고하는 말씀 마시오."

"무고한다고요? 글쎄, 본인이 자백한 것을 뭐 그러십니까?"

"아니, 얘 동수야, 네가 참말로 그런 짓을 했니? 아, 이놈아."
하고 한탄스러운 듯이 형사를 사이에 두고 물어봤다.

"아닙니다. 아버지, 이분들이……"
하고 그 친구가 말하려고 하자 그 형사는 친구를 다시 떠다밀어 무릎 꿇게 하고 더는 말을 못 하게 했다. 그러고는 친구 부친에게

"죄송합니다만 이미 본서로 연락을 했습니다. 본서에서 조사해서 죄가 없으면 내보내지요."
라고 말했다. 친구 부친은 하는 수 없다는 듯이 그 형사의 팔에 매달리다시피 하며 애원했다.

"선생님, 제발 때리지나 말아주십시오. 몸이 시원찮은 앤데, 좀 잘 봐주십시오."
하고 절을 몇차례 하고는 황급히 밖으로 달려나왔다.

그런 광경을 응시하고 있던 나는 까닭 모르는 분개심이 전신을 휩쓸어오는 것을 느꼈다. 나는 뭣인지 모르는 사회의 부조리, 그 사회의 권력자가 갖는 횡포 앞에서 무고하게 학대받는 나약한 개인의 무력함을 나 나름대로 통감했다. 그리고 이것은 정치적 이념의 차이 이전의 인간적 무지가 자아내는 비극이며 슬프도록 답답한 봉건적인

밀폐 속을 호흡하고 있다는 것을 느끼지 않을 수 없었다. 감상적인 휴머니티로써만 인생을 해석하고 있는 아직 미숙하기 짝이 없는 나에게는 그런 사소한 사건 하나도 무척 큰 충격을 주는 대(對)사회적인 인상이 되었다.

나는 그 사람들을 증오했다. 사람같이 보고 싶지가 않았다. 그런 그들을 때려부수고만 싶었다. 그러나 나에겐 그런 힘이 없는 것이 현실의 조건이 아닌가? 나는 속수무책으로 우두커니 서 있기만 했다.

밖으로 나온 친구 부친은 나를 보자

"자네, 여기서 어떻게 되나 좀 잘 봐주게. 나는 딴 데 연락 좀 하고 올 테니."

하고 허둥지둥 사라져갔다.

나는 그분의 안타까워하는 모습을 보면서 죄나 지은 듯이 괴로웠다. 나만 무사히 나와 있는 것이 천벌이라도 받아 마땅한 일인 듯이 괴로웠다.

다 같이 죄 없는데 그는 저렇게 피투성이가 되어 맞고 나는 무심결에 댄 보증인 때문에 아무 일 없이 나와 있으니 내가 맞는 것보다도 더 괴로웠다. 참다 못한 나는 다시 파출소 문을 밀고 들어섰다. 그러곤 소리를 질렀다.

"나를 때리시오. 다 같이 죄 없는 나도 때리시오. 자아, 나도 때리시오."

미친 듯이 외치며 날뛰는 나를 경관들이 밀어내려고 했다. 나는 앙심을 쓰면서 뿌리치려고 했다. 그러자 그 형사가 애국봉을 가지고 나에게 달려오면서

"이 새끼가 죽고 싶어 지랄여!"
하고 소리 질렀다.

경관 한 사람이 그를 말렸다. 그리고 나의 뺨을 후려치면서

"못 나가!"
하고 사정없이 내박쳤다. 도리 없이 밀려나온 나는 길바닥 한구석에 쭈그리고 앉아 울음을 참지 못했다.

거리가 어두워지자 친구를 포승으로 묶어서 앞세운 형사가 의기양양한 듯이 파출소 문을 나왔다. 본서로 연행하는 모양이었다. 그 형사는 나를 보자 눈을 부라렸다. 나는 눈을 피한 채 뒤를 따랐다. 친구는 꼴이 아니도록 힘이 빠진 걸음으로 끌려갔다.

경찰서 앞까지 온 나는 입초경관에게 제지당한 채로 친구가 건물 안으로 사라져가는 것을 응시할밖에 없었다. 길가의 전신주에 기댄 채로 나는 막연한 심정이 되어 경찰서 정문만을 응시하고 있었다. 얼마 후에 친구 부친이 달려왔다. 나는 다가가서 어떻게 되었느냐고 물었다.

"서장에게 부탁을 해보긴 했지만, 어떻게 될는지……"
하고는 경찰서로 들어갔다.

한시간쯤 되어서 그분이 나오도록 나는 전주에 기대서서 기다리고 있었다. 그리고 나에게 말했다.

"잘하면 오늘밤이나 내일 아침까지는 나오게 될 모양인데, 자네 시장할 테니 집으로 가게."

"아닙니다. 동수가 나오면 제가 데리고 가겠습니다. 먼저 돌아가십시오."

라는 나의 말에 피로한 듯한 표정으로 머리를 끄덕이고는 돌아가셨다.

나는 경찰서 정문만을 응시하며 통금 예비 사이렌이 불도록 그곳에 서 있었다. 그제야 발과 얼굴, 전신이 추위에 떨리는 것을 의식하게 됐다. 그때까지는 추운 것도 미처 의식하지 못하고 있었던 것이다. 또 시장기에 창자가 쓰린 것도 의식했다. 그러나 친구는 나오지 않았다.

이윽고 통금 사이렌이 불었다. 통금 사이렌이 분 뒤에도 전주의 등불 그늘에 서 있는 나를 본 입초경관이 다가와서 검문을 하는 것이었다. 나는 사정 이야기를 하고 그가 나올 때까지는 돌아가지 않겠다고 내뱉듯이 말했다. 그러나 그 경관은 의외로 부드러운 어조로 자기가 증명을 해줄 터이니 지금이라도 집으로 돌아가라고 타이르는 것이었다. 그렇지만 나는 친구가 지금 냉랭한 유치장에서 멍든 전신을 견디지 못하여 신음하고 있을 것인데 나만 집에 돌아가서 편안히 잘 수가 없는 심정이었으며, 통금이 해제되는 직각에 그가 석방되어 나온다면 누가 부축하고 집까지 갈 것인지 그것도 안타깝고 해서 집에 안 가겠다고 고집을 하고 그곳에 서 있었다.

몇차렌가를 여러가지로 달래본 그 경관은 도리가 없는지 그러지 말고 경찰서 안으로 와서 불을 쬐라고 친절하게 말하는 것이었다. 나는 그 사람의 말이 고맙기는 했지만 경찰서의 건물 속으로 들어가는 것이 무슨 검은 마굴 속으로 들어가는 것처럼 싫은 생각이 들어서 그 자리에서 밤을 새우겠다고 사양을 했다.

나는 추위와 시장기와 피로에 곧 쓰러질 것만 같은 전신을 이를 악물며 참았다. 발은 남의 살이 된 듯이 감각조차 없어졌다. 입초경관이 교대될 때마다 그들은 구두로 내 이야기를 전달하는 모양인지 새로 온 입초경관은 나에게로 다가와서는 뭐라고 말을 걸어보곤 돌아가고 하여 하룻밤이 다 지나갔다.

아침 사이렌이 불었을 때 나는 전신주 밑에 쪼그리고 앉아 있었다. 그러고도 눈은 경찰서 정문만을 응시했다. 그러나 6시가 되고 7시가 되고 날이 완전히 밝도록 친구는 석방되지 않았다.

그때 친구의 아버지가 빠른 걸음으로 오셨다. 그분은 나를 보더니

"빨리 나왔군!"

하고 말하다가 자세히 보니까 내 꼴이 너무나 새파랗게 질려 있는 것을 알고

"아니, 자네 여기서 밤을 새운 게 아닌가?"

하고 놀라는 것이었다. 나는 아무 말도 안 하고 머리를 숙였다.

"공연히 자네가 고생을 하네. 그런데 지금 전화를 했더니 석방한다고 해서 왔어."

하면서 경찰서로 들어갔다.

한참 만에 친구는 자기 아버지 등에 업혀서 나왔다. 나는 다가가서 말을 못 하고 그의 손을 잡았다. 그는 아버지 등에 업힌 채 나를 물끄러미 쳐다보며 힘없이 웃어 보였다. 나는 그의 웃음을 보자 금시에 울음이 복받치는 것을 느꼈으나 억지로 그것을 참았다.

집으로 돌아온 나는 그날 종일 누워서 자다 깨다 하며 보냈다. 저녁이면 피로가 풀리려니 했는데 저녁에 갑자기 열이 오르기 시작했다. 그날 밤새도록 열에 들떠서 신음소리를 하고 땀을 흘리며 앓았

다. 열은 다음 날도 계속됐다.

그 친분 있는 민중병원 의사 선생님이 왕진을 왔다. 몸을 너무 무리해서 병이 급성으로 악화되었다는 것이었다. 마이신을 계속해서 맞았다.

그러나 열은 내렸다 올랐다 하면서 근 열흘을 끌었다. 그날 밤 무리를 한 것이 이렇게 심한 악영향이 될 줄은 꿈에도 몰랐다. 그렇게 앓아누운 지 닷새 만에 그 친구가 나를 찾아왔다. 그의 얼굴에는 아직도 피멍자국이 남아 있고 갈라졌던 입술은 채 아물지도 않았다.

그는 말하는 것이었다.

"글쎄, 어떻게나 몸이 닳던지, 왜 내가 그전에 남로당에 입당이라도 해두지 않았나 싶더라. 그런 때 속 시원하게 죽죽 불었으면 좋겠는데, 도무지 자백할 건덕지가 없는 나 자신이 도리어 답답하더라니까."

나는 그의 말로써 그 억지 고문이 얼마나 심했으며 없는 죄라도 있었으면 싶어지도록 사람의 심리를 정상에서 벗어나도록 시키는 비인간적인 것인가를 추측할 수가 있었다.

나는 그의 한마디에 전신이 오싹하도록 스쳐가는 전율을 느꼈다. 그리고 그 전율과 정비례해서 그런 부당한 행위로써 무고한 인간을 범죄자로 낙인찍는 그 형사에게 증오심이 치미는 것을 눈을 감고 가만히 참았다.

나는 그후로 그자를 길에서라도 보면 무슨 뱀이나 악마라도 본 듯이 증오와 경멸의 눈으로 째려보곤 했다.

그자는 자기의 단순한 공명심으로 그런 짓을 했는지도 모른다. 좋게 말하면 그가 휘두르는 애국봉의 그 애국하는 충심이 범죄자로 혐의가 간 사람을 때림으로써 더욱 애국을 하느라고 그랬는지도 모른다. 또 당시의 혼란한 세태 속에서는 그런 혹독한 방법밖에는 딴 도리가 없었는지 모른다. 그러나 아무리 합리적이고 합법적이고 의당한 일이라 하더라도 아직 사회의 부조리한 이면과 참혹한 인생의 일면을 보지 못했던 순진하기만 한 나에게는 그런 모든 것들이 도저히 인간이라는 탈을 쓰고는 할 수 없는 소행으로만 생각되었으며 따라서 단순하기 짝이 없는 청년다운 정의감에서 그를 증오하지 않을 수 없었다.

나의 몸은 월여간이 되도록 일진일퇴였다. 그러나 그 의사 선생님의 정성 어린 치료 덕분으로 차츰 몸은 좋아지기 시작했다. 그리하여 봄이 되었을 때에는 의사를 따라서 야외로 산책도 다니게 됐다. 그리고 그 병원 정원의 꽃과 나무를 가꾸어주는 일을 도맡다시피 해서 몸을 단련했다.

그러나 이번에는 지난번의 두차례 때처럼 몸이 단시일 내에 거뜬히 회복되지 않았다. 의사는 한 학기를 쉬고 철저한 치료를 해야 한다고 했다. 나도 그럴 수밖에 없다는 것을 스스로의 몸으로 단정하지 않을 수 없었다.

봄이 한창인 어느날이었다. 그날도 여전히 병원에 간 나는 의사를 만나기 전에 정원으로 들어갔다. 어제 가꾸다 남은 마당 일을 마칠 속셈이었다. 호미를 갖고서 흙을 매만지고 있는데 정원을 향한 입원실에서 여자들의 웃음소리가 화창하게 들려왔다. 무심코 그쪽을 바라본 나는 유리 창문 안에서 밖을 내다보고 있는 서너명의 여자들 속에서 그 소녀의 얼굴을 발견했다. 나는 호미를 그 자리에 놓은 채 슬그머니 뒷걸음질을 쳐서 그곳을 피하고 말았다.

그녀가 또다시 입원을 한 모양이었다. 그러나 그것을 확인해볼 용기는 없었다. 치료도 받는 둥 마는 둥 하고 집으로 돌아오고 말았다.

그날부터 병원에 가는 일이 다시없이 고통스럽기도 하고 한편으로는 기대에 차서 즐겁기도 하였다. 나의 속마음으로는 잠시라도 더 오래 병원에 머물러 있고 싶었으나 그와는 반대로 만약에 그 소녀가 나의 속마음을 알면 어쩌나 하는 불안감과 수치심 때문에 병원에 머물러 있는 시간이 줄어들기 시작했다. 그런 나의 마음속의 비밀을 모르는 의사는 내가 정원 일에 싫증이 나서 그러는 것으로 속단하고서 너무 무리해서 마당을 가꿀 것은 없다고 말하는 것이었다.

병원에 가 있는 시간이 줄어드는 것과는 정반대로 병원에 머물러 있는 동안의 마음의 농도는 더욱 짙어가기만 했다. 그리하여 그 소녀의 병이 다시 악화하여 공교롭게도 이 병원에 입원을 해야 했다는 그 우연한 사실이 나에게는 우울한 공상과 불행한 해후의 의미를 되새기게 하고도 남는 일이었다.

나는 밤이 되면 살금살금 도둑걸음으로 병원 가까이 가서 담 너머로 병실 창문에 그녀의 모습이 어리기를 기다리며 세시간이고 네시간이고 무작정 돌비석처럼 서 있곤 하였다. 그리고 돌아가 자리에 누워서는 감은 눈시울 가득히 그녀의 모습을 공상하며 곧잘 밤을 새우고, 또 그녀를 그리워하는 시를 한량없이 써보았다.

그녀의 고향은 청주에서 가까운 청원이었다. 그곳은 물 맑고 산 높은 색향(色鄕)이었다. 미인이 많이 난다는 곳이다. 나는 그 고장에 대해서마저 일종의 동경의 정을 품게 됐다. 그곳 태생의 사람이라면 무언지 모르게 소중한 인간인 것만 같이 생각했다. 그러니 그녀에 대한 나의 환상이라는 것은 그야말로 정상적인 것일 수가 없었다. 따라서 그녀는 살아 있는 비너스이며 그녀의 마음은 아름답고도 거룩한 신성불가침의 세계에 있는 것만 같아서 나는 표현을 절한 찬사와 동경으로 그녀와 그녀의 고향을 노래하는 시를 썼다.

밤이면 병원 밖에서 그녀의 병실 창문을 바라보는 일과는 하루도 안 빼지만 낮에 치료받으러 병원을 찾는 도수와 시간이 현저하게 줄어들고 어딘지 모르게 안절부절하는 나의 태도를 눈치챈 의사가 나에게 물었다.

"요새 어쩐지 마음의 안정이 잘 안 되는 것 같은데?"

나는 어떨결에

"아무래도 상경해서 공부를 해야 할 것 같아요."

라고 얼토당토아니한 소리를 하고 말았다.

의사는 잘 생각해보자고 하더니 며칠 후에 "꼭 그러고 싶은 심정이면 무리하지만 말고 다시 학교를 나가는 것도 정신적으로 이로운 일"이라고 말하면서 허락하시는 것이었다. 그러면서 한달 동안 먹을 약을 마련해주는 것이었다.

나는 이렇게 어처구니없이 돼가는 사태를 거부할 용기가 나지 않았을뿐더러 그녀 가까이에 내가 있다는 것이 어딘지 모르게 순수하지 못한 일인 것만 같기도 해서 울며 겨자 먹는 격으로 상경하고 말았다. 일단 상경하고 나자 나는 다시 독서에 골몰하기 시작했다.

원래 나는 공부하는 방법이 소나기식이었다. 놀 때는 며칠씩 놀다가 일단 책을 붙잡으면 밤을 새우는 것이 예사요, 진종일 햇빛을 안 보고 책상 앞에 앉아 있는 버릇이 있다. 지난 학기 때도 그런 무리를 해서 몸이 악화된 것을 잘 알면서도 다시 그런 상태에 빠지고 말았다.

그렇게 한달이 되었다. 열이 다시 나기 시작한 모양인데 그것이 책상 앞에 장시간 쭈그리고 앉았던 때문인지, 병이 악화되어서 그런지를 분간 못 하고 있었다. 그런데 하루는 아침에 세수를 하다가 작년 가을에 비쳤던 것 같은 혈담을 발견하였다. 나는 당황하여 이내 고향으로 내려왔다.

그러나 그 병원으로 가는 것이 두려웠다. 첫째는 그녀를 봐야 한다는 것이고, 둘째는 의사의 지시를 어기고 무리하여 몸을 악화시킨 미안함 때문이었다.

그래서 청주에서 30리 떨어져 있는 고향 일갓집 근처의 절로 가버리고 말았다. 물론 의사에게는 비밀로 하였다. 그러나 불과 일주일도 못 가서 그 의사가 나 있는 곳으로 자전거를 끌고 찾아오셨다. 어머니가 사실을 말하신 것이었다.

나는 내심 꾸지람 들을 것을 두려워했으나 의사는 전연 그런 기색이 없이 서너시간 동안이나 나와 함께 강가를 거닐며 노시다가 돌아가셨다. 마련해왔던 약을 놓고 가시는 일은 잊지 않으시었다.

『여상』 1963. 2

라일락의 서정

나는 '다름절'이라고 하는 그 절에서 한여름을 보내기로 했다. 한여름을 보내는 동안에 낚시질을 배우게 됐다.

그것은 나를 찾아오셨던 민중병원 의사 선생님이

"너무 책만 읽지 말고 낚시질이나 하게."

하고 타일러준 데 기인했다.

그리하여 며칠 후에 그 의사 선생님이 인편으로 보내준 낚싯대를 갖고서 강가에 나갔다. 처음으로 낚시 끝에 매달려 오르는 싱싱한 은빛 물고기의 모양이 나에게 미묘한 환희를 주는 것이었다. 나는 노상 낚시질을 하게 됐다. 그것은 여름철에 물이 아니면 살맛이 안 나던 내가, 병 때문에 수영과 직사일광을 엄금당하고 있던 불안을 풀기에 알맞았기 때문일 것이었다. 그러나 절에 있는 처지로서는 살생인 낚시질을 계속하는 것이 좀 거북살스러웠기에 동리 마을로 처소를 옮기고 날마다 낚싯대와 자고 새고 했다.

이렇게 한여름을 보내는 동안에 잡은 생선을 날로 회 해 먹는 버릇을 배웠다. 이 생선회가 간디스토마의 원인이 된다는 것은 상식으로는 알고 있었지만 실감이 안 나기 때문에 맛과 영양을 믿고 마구 먹었던 것이다. 그 엄청난 양의 생선회가 영양이 된 것도 사실이지만, 마침내 디스토마 환자가 되게 하였다. 이 이율배반의 현상이 인생인지 모른다고 나는 쓴웃음을 지었다. 그러나 계속해서 낚시질을 했고 생선회를 먹었다.

그렁저렁 몸이 실해지기 시작했다. 가을철에 청주 집으로 돌아온 나는 혼자 생각에 식욕도 좋아지고 잠도 잘 자고 하게 되었기에 이젠 치료를 그만둘까 하고 생각했으나 그 의사 선생님이 '절에 가서 수양하는 것도 좋지만 그런 방법은 실상 무모한 짓이며, 내가 아무 말 없이 그 절에서 돌아온 것은 너에게 충격을 안 주려고 한 것이고, 또한 너의 의지력을 시험하려고 한 것이었다. 이제 몸이 실해진 것 같다고 방치하지 말고 도리어 본격적으로 치료를 해야 한다'고 타일렀고, 나도 어지간히 이 병의 치료에 임하는 태도를 깨닫게 된 처지라 봄이 되도록 집에서 머물러 있기로 했다.

그러나 그 병원에는 그녀가 입원해 있었기 때문에 되도록이면 자주 가지는 않았다. 그래도 밤이 되어 그녀의 창문을 지키는 성적은 좋기만 했다. 따라서 그녀에게 바치는 찬사의 시구(詩句)는 무한히 늘어갔다. 이런 생활이 다음 해 봄까지 계속되었다.

병 증세가 아주 완쾌된 듯했으며 이제 건강했던 시절과 별 차이가 없을 것처럼 생각되었다. 봄도 한창이고 라일락꽃이 화창하게 피어 있는 어느날이었다.

약을 타려고 병원에 갔더니 마침 그 소녀가 진찰실에 와 있었다. 그녀는 내일 퇴원해서 상경하는 일로 의사 선생님과 상의를 하는 것이었다. 의사는 그녀에게 학업은 계속하되 당분간은 약을 쓰라고 당부하는 것이었다.

집으로 돌아온 나는 그녀가 병이 나아 퇴원한다는 것이 무엇보다도 반가운 생각이 들어서 내 방에 틀어박혀서 일기장에 그녀가 퇴원하는 기쁨을 감동적으로 기록하였다.

그리고 그날 저녁, 그녀의 병실 가까이 가서 창에 어려 있는 불빛을 바라보고 있던 나는 문득 엉뚱한 생각이 떠올랐다. 내일 아니면 모레, 퇴원하게 될 그녀에게 누가 보냈는지 모르게 선물을 보내자는 생각을 한 것이다. 그때까지의 나로서는 감히 용기가 나지 않았던 공상을 하게 되어 춤이라도 추고 싶도록 신이 났다. 나는 급히 집으로 돌아와서 그날 낮에 한 아름은 되게 꺾어서 화병에 꽂아뒀던 라일락꽃을 뽑아 들고 다시 병원으로 달려갔다.

라일락꽃 하면 생각나는 것이 있다. 처음으로 상경하여 대학에 입학한 직후, 청운의 뜻과 젊은 낭만과 청순한 감각을 갖고서 봄을 맞이했던 나는, 때마침 그 학교 마당에 연보랏빛으로 구름처럼 피어 있는 라일락꽃의 달콤한 향기와 모양에 자극받아 젊은 가슴은 더없이 부풀었고 전신의 감각은 희망과 환희에 눈이 부신 것처럼 황홀했던 일이 늘 기억되는 것이었다. 내가 그 나이까지 보아왔던 갖가지 풍광에 대한 감동 중에서도 보다 뚜렷한 이미지로 나를 점령하는 것이 이 라일락꽃이었다.

그러기 때문에 나는 봄 하면 라일락, 라일락 하면 희망, 하는 연상대(連想帶)를 감정의 내부에 갖게 되었다. 나에게 있어서는 라일락의 꽃말은 '젊은 희망'이었다. 그리고 '낭만'이었다. 그 라일락꽃을 한 아름 꺾어다 방 안에 꽂아놓을라치면, 온 방 안이 그 꽃향기로 진동하는 듯싶고, 그 향기 속에서 책을 읽든지, 생각에 잠기든지, 시를 쓰고 있든지 하면 나는 이상할 정도로 생명의 충만감을 느끼며 청춘의 쾌감조차 느끼는 것이었다. 그런 라일락꽃을 퇴원하는 그녀에게 바친다는 것은 더없이 아름다운 행위인 것만 같았다.

그 꽃을 들고서 병원 가까이 다가가서 생각하니 아는 사람에게 들킬 것만 같아 다시 집으로 되돌아가서 통행금지 시간이 되기를 기다렸다.

이윽고 통금 시간이 되자 골목길을 통해서 병원으로 갔다. 병원 출입문은 낮이나 밤이나 잠그는 일이 없었다. 창 앞까지 다가가서 가만히 창 안의 인기척을 엿들어보았으나 숨소리조차 들리지 않았다. 한참을 그러고 서 있다가 용기를 내어 창문을 건드려봤다. 소리없이 살며시 열리는 것이었다. 문을 5센티쯤 열고 그 틈 사이에 라일락 꽃다발을 꽂은 다음, 나는 죄를 지은 사람이 도망치듯이 가슴을 두근거리며 집으로 돌아왔다.

돌아와서 자리에 누웠으나 잠이 오지 않았다. 그가 그 꽃을 보고 어떤 표정을 할까 하는 것이 무엇보다도 궁금했다. 그날 밤에 몇편인가의 시를 썼다.

야창(夜窓)

야(夜)밤중
집집마다
불이 꺼지듯,
마지막 남았던
저기 저 창에서
불이 꺼지면
한숨은 낙엽처럼
내 가슴에 지지만
어둠속에 잠들었을
그의 얼굴은
달처럼 둥글게
달처럼 환하게
내 맘에 뜨네.
뜨는 달
둥근 달빛
그 아래서
노래랑, 시랑, 춤이랑 함께
나는 즐겁네.

이런 따위의 시였다. 마음으로는 그 시를 그 꽃다발 속에 꽂아 보냈으면 싶었지만 그렇게 되면 그때는 이미 나라고 하는 존재가 그 소녀에게 알려지게 되는 것이니, 이 부끄럽기만 하고 떳떳하지 못한 존재를 과시할 용기가 나지 않았다. 다음 날 아침 새벽같이 집을 나온 나는 먼빛으로 그 병원의 병실 창문을 살펴봤다. 그녀는 아직도 잠에서 깨지 않은 모양이었다. 꽃다발은 내가 꽂아놓은 대로 있었다. 떠오르는 아침 햇빛을 받고 그 꽃빛은 유난히 황홀하게만 보였다.

나는 그 꽃의 운명을 지켜보고 있었다. 한시간쯤 된 뒤에 창이 열리며 잠옷 바람의 그 소녀의 모습이 보였다. 소녀는 꽃을 보고 깜짝 놀라는 시늉을 하면서 창문 밖의 병원 정원을 휘 둘러보는 것이었다. 아마 그 꽃을 갖고 온 사람이 그곳에 있는가 싶어서 그러는 모양이었다.

그 꽃을 집어들던 소녀는 무심결에 꽃가지를 몇개 창 밖으로 떨어뜨렸다. 그러고는 이내 방 안으로 자취를 감추었다. 잠시 후에 복도 쪽으로 그녀가 잠옷 바람으로 달려나오더니 땅에 떨어져 있는 꽃가지를 주워들고 대견한 듯이 흙을 털면서 병실로 돌아가는 것이었다. 나는 감격하여 가슴이 메어오는 것 같았으며 눈물조차 솟아날 듯이 기뻤다. 기쁨에 들뜬 나는 미친 사람처럼 덩실덩실 춤을 추며 집으로 돌아왔다.

아침밥이 먹힐 리가 없었다. 앉았다 섰다 진정을 못 했다. 한 10시쯤 되어서 나는 병원으로 갔다. 표면으론 시치미를 떼고 있었지만 가슴은 방망이질이었다. 그 소녀의 병실 창문 앞을 지나가며 얼핏 봤더니 꽃항아리에 그 꽃이 환하게 꽂혀 있지 않은가! 그때의 감동을 어떻게 입으로 다 표현하랴! 황홀, 동경, 행복, 환상, 아무튼 비길 데 없는 기쁨과 충만의 도가니였다.

그 소녀는 그 꽃다발이 내가 보낸 것이라고는 상상도 못 할 터이지만, 또 나도 그러리라고는 생각하지만, 그러나 그녀가 그 꽃을 버리지 않고 소중히 꽂아놨다는 것이 무슨 신비한 현상이나 마음이나 영혼의 소통을 상징하는 것만 같이 생각되었다. 그날 하루를 어떻게 보냈는지 모른다. 한마디로 말해서 '완전한 날'이라고 표현할밖에 없었다.

그다음 날이었다. 과연 그 소녀가 퇴원을 했나 안 했나 궁금해서 병원엘 가봤다. 그녀의 방은 비어 있었다. 빈방, 빈 책상 위에 그 꽃만 남아 있는 것을 보았다. 그 꽃을 보는 순간 형용할 수 없는 슬픔이 가슴을 엄습해왔다. 무엇인지 모르게 혼자만 버려진 것 같고 또 모든 것이 떠나가버린 것만 같았다.

그 꽃을 버리기가 아까워서 갖고 오고팠지만 남의 눈이 두려워 낮에는 단념하고 말았다. 다시 밤이 되자 나는 그 전날 문틈에 꽂아놓고 올 때처럼 살며시 다가가서 꽃을 찾아와 내 방에다 꽂아놓았다. 그리고 그 꽃을 보면서 또 시를 쓸 수밖에 없었다.

거리(距離)

하늘과
땅
아득히 물러섰고
나는
혼자 있네.
알 수 없는

이름 함께
궁금한 그 얼굴
당신은 지금
어느 창에서
무엇 때문에
혼자여야만 하는가.

흔하고도
인색한
청춘의 정글
그 하많은
손짓 속에서
나는 무엇 때문에
외롭기만 해야는가.

가버린 얼굴 함께
꽃잎은 떨어지고
떨어지는 꽃잎 함께
무엇 때문에
나는
혼자서 밤을 새는가.

그 꽃이 나의 책상 화병에서 꽃잎이 다 떨어지고 이파리도 시들고,

마침내는 가지조차 누렇게 변색하여 메말라버리도록 두고만 있었다. 그리하여 내가 외출한 사이에 방 소제하느라고 어머니가 갖다 버리시게 되었을 때까지 나의 방에서 그 꽃은 그녀의 화신처럼 나를 지켜보고 있었다.

그 꽃가지에 기울인, 또는 그 꽃가지에 모은 정성과 기도는 나로 하여금 그녀에의 사모와 동경의 감정을 절정에 이르게 하고야 말았다. 나는 그녀를 그리워하는 시를 무수히 쓰는 한편, 나의 어리석고 보잘것없는 지식과 학문, 심지어는 종교의 진리와 진리에의 관심조차도 그녀를 숭고한 존재로 가치 짓는 방편으로 체계 지으려고 하게 됐다. 나의 자라나기 시작한 정열과 희망과 또 젊은 노력마저도 그녀를 보다 아름다운 것, 보다 절대적인 것으로 귀납시키는 것으로 집결하였다.

병과 수양을 빙자한 들과 산의 산책, 그중에서도 높은 산정(山頂)에 올라가선 북쪽 하늘 멀리 서울 쪽을 향하여 입속으로 소리 높이 그 소녀의 이름을 부르며 그녀를 그리는 환상에 잠기기만 했다. 가슴이 터져라 그녀의 이름을 부르는 소리가 산과 산에 메아리 치면 나는 더없는 즐거움과 감동에 젖어서 눈시울을 글썽이곤 했다. 그럴 따름이지 보다 적극적으로 서울에 가서 그녀를 보겠다는 생각은 할 줄 몰랐다. 이 무렵의 시 생산량이 나의 시작 과정에서는 제일 많은 때라고 할 수가 있다. 하루에 적어도 다섯편씩은 썼다고 본다.

라일락 꽃다발에 얽힌 정서에 도취된 채로 그해 봄을 보내고 여름을 맞이했다. 나는 사계절 중에서 뭐니뭐니 해도 여름이 제일 신이 났다. 그것은 알몸으로 덤벼들 수 있는 물이 있는 계절이기 때문이었다. 지난해 병으로 고생하느라고 한여름에도 낚시질이나 하는 것으로 물가에서의 아쉬움을 달랬던 나는 물에 나가서 수영을 하고 싶은 모험심이 발작하기 시작했다. 하루는 강가로 나가서 속으로는 약간 겁이 났지만 용기를 내어보기로 했다.

생리적인 것인지 습관적인 것인지는 몰라도 나는 수영을 하려면 우선 수영복으로 갈아입은 뒤에 대소변을 꼭 봐야 했다. 대소변을 보면서 곧 물에 들어갈 생각을 하면 흥분되어 가슴이 이상야릇해지며 귀에 울려오도록 두근거리는 것이었다. 그렇게 날마다 물에 가서 살던 시절에도 매번 물에 들어가기 직전에는 반드시 가슴의 동계(動悸)가 일어나는 것이었으며 나는 그것을 또한 일종의 쾌감 비슷한 것으로 감각하고 있었다.

그런 내가 한해를 거르고서 물에 들어가려 하니 전신이 찌릿하도록 흥분이 되었다. 무슨 크나큰 위험과 모험을 자행하는 것 같은 기분이었다. 그날 아무 일 없이 수영을 한 뒤로 나는 날마다 나가서 수영을 했다. 물론 그 의사 선생님에게는 비밀이었다.

팔월 초순께 홍수가 졌다. 며칠 동안 수영을 못 한 내가 물이 줄었나 보려고 강가에 나갔을 때였다. 강둑으로 올라서자마자 마침 물에 빠진 사람을 목격했다. 나는 얼결에 옷을 벗어던지고 아직도 누렇게 황토물이 굽이쳐 흐르는 강물 속으로 뛰어들었다. 한가운데로 떠내려가는 그 사람을 향하여 나는 정신없이 헤엄쳐 다가갔다. 그 사람도 허우적거리면서 나 있는 쪽으로 가까워지려고 애를 쓰는 모양이었다.

급한 물살에 밀려서 약 300미터쯤 아래로 떠내려가서 겨우 그 사람 곁으로 다가간 나는 무턱대고 그의 손을 잡았다. 이때의 일을 그

후에도 회상하면 나의 무모했던 일이 어처구니없어서 혼자서 쓴웃음을 짓게 되기도 하고 그 나이 때의 용맹성이 자랑스럽게 추억되곤 한다. 물에 빠진 사람을 건질 때의 요령을 생각지 않고 무턱대고 그의 손을 잡았던 나는 나의 체격의 거의 배는 될 듯싶은 육중한 체격의 그의 두팔 속에 사로잡히고 말았다. 물에 빠진 사람은 지푸라기라도 잡는다는 속담 바로 그것이었다. 그 사람은 있는 힘을 다하여 나를 얼싸안고 내 위로 기어오르려고만 했다.

나는 있는 힘을 다하여 급히 헤엄쳐간 참이라 숨도 차고 기운도 파했기 때문에 그의 황소 같은 수작을 견딜 도리가 없었다. 이리저리 몸을 피하다가 그것이 뜻대로 안 되자 나는 당황하기 시작했다. 더구나 그의 억센 손아귀에 붙들린 나의 두 팔에서는 맥이 빠지려고 했다. 몸부림을 치다 물을 두어 모금 마셨다. 그때서야 정신이 퍼뜩 드는 것이었다. 그러다가는 두 사람 다 죽는다 하는 생각이 들었다. 무심결에 무릎으로 그의 국부를 쳐올렸다. 몇번인지도 모르게 거듭 쳤다. 그 어느 무릎치기가 명중한 모양이었다. 그의 팔 기운이 주춤하는 순간 바른쪽 팔을 그의 손아귀에서 뿌리쳐 빼서 그의 명치뼈 아래를 세게 쥐어박았다. 이것은 예전에 물에 빠진 사람 건지는 요령을 책에서 읽은 기억이 살아났기 때문이었다.

나의 손길 발길이 얼마나 세었는지는 몰라도 그 사람이 나에게서 떨어져나가고 말았다. 그는 거의 기진맥진하여 실신된 상태로 떠내려가는 것이었다. 나는 그를 따라 떠내려가면서 그가 물속에 잠기지 않게 했다. 그러는 한편 그를 강가 쪽으로 떠다밀었다.

그도 잠시 후에는 정신을 차렸는지 허우적거리면서 내가 시키는 대로 따라하면서 떠내려갔다. 그렇게 하여 내가 처음으로 물속에 뛰어든 지점에서 약 1,000미터쯤 되는 하류 강가로 그 사람을 끌어내고야 말았다.

두 사람 다 기진맥진이었다. 강가의 풀숲까지 그를 끌어내온 나는 지쳐 쓰러지고 말았다.

한참 만에 눈을 떴다. 주위에는 많은 사람들이 둘러싸고 있었다. 그리고 의사가 주사기를 들고 옆에 쭈그리고 앉아 있었다. 아마 강심제라도 놓는 모양이었다. 나는 멋쩍은 생각이 들었다. 많은 사람들이 모인 속에서 벌거벗고 있는 것이 더욱 견딜 수 없었다. 그 장소를 빠져나올 양으로 일어섰더니 의사가 말리면서 꾸지람을 하는 것이었다.

"여보시오, 어쩌자고 이 홍수진 물속엘 들어갔소? 저 사람 아니었더면 죽었을 것이 아니오?"

라는 그 의사의 말뜻이 무슨 의미인지를 처음에는 잘 몰랐다. 그러나 다음 순간, 그 말은 애초에 물에 빠진 사람은 나고 그 사람이 나를 건져낸 것으로 오인하고 있다는 것을 깨달았다.

그 의사가 그렇게 오인하는 것도 무리는 아니었다. 그 의사는 뒤늦게 소식을 듣고 달려와보니, 한 사람은 체격이 거인처럼 크고 이미 피로를 회복하고 있고, 나는 그보다 작은 체격에 그때까지도 정신없이 쓰러져 있으니 그렇게 오해할 수밖에 없는 것이다.

그 의사의 말에 내심으로는 억울하다는 생각은 들었지만 그 사건의 진상을 입 밖으로 내서 '내가 빠진 사람이 아닙니다. 저 사람이 빠지고 내가 구한 것입니다'라고 말할 용기는 안 났다. 다만 창피한 생각만 들었다.

더구나 백설같이 모여드는 사람들이 딱 질색인 나는 꽁무니 빼듯이 그곳을 빠져서 비실거리며 옷 벗어놨던 장소에 갔더니 어떤 할머니가 그것을 감싸쥐고 지키고 있었다. 나는 그 할머니에게 인사를 하는 둥 마는 둥 하고 옷을 주워 입었다.

그러곤 그 할머니가 지나가는 사람에게

"참 장하기도 하지, 저 사람이 물에 빠진 사람을 건졌대요."

하고 칭찬하는 소리를 등 뒤로 들으며 비실비실 집으로 돌아왔다. 집에 오자 대청에 쓰러지고 말았다.

그날 하루는 혼수상태나 다름이 없었다.

어머니는 우시면서

"왜 쓸데없는 짓을 해가지고 이 모양이냐?"

나무람 반, 근심 반이셨다.

오후에야 소문을 듣고 민중병원 의사 선생님이 찾아오셨다.

"너답다. 너다워."

하고 너털웃음을 지으시며

"사람 살리려다 네가 죽게 됐다."

하시고 주사를 놓고 가시었다.

그날 밤에 열이 나기 시작했다. 고열이 계속되는 꿈속에서 나는 그 소녀의 모습을 보았다. 꿈속의 정경은 너무도 선명했다.

어느 이름 모를 해변이었다. 푸른 바닷물이 물거품 지며 부서지는 절벽 위에 그 소녀가 혼자 서 있는 것이었다. 한 아름의 꽃을 안고 있었다. 자세히 보니 내가 주었던 라일락꽃이었다. 나는 꿈속에서도 너무나 반가워 어쩔 줄 몰라했다. 그러나 가까이 다가가진 못하고 먼빛으로 지켜보고만 있었다.

그 소녀는 그런 자세로 한동안 서 있더니 뜻밖에도 그 꽃다발을 안은 채 바닷물 속으로 뛰어내리는 것이었다. 나는 그녀의 이름을 무심결에 부르면서 달려갔다. 그러고는 그녀가 뛰어내린 바다로 다이빙을 해 들어갔다.

바닷속은 한량없이 푸르고 넓었다. 나는 바닷속에서 그 소녀를 찾느라고 몸부림을 쳤다. 그러나 그녀의 모습은 영 찾을 길이 없었다.

그녀가 뛰어내린 물 위에는 꽃다발만 외롭게 떠서 둥실거리고 있었다. 나는 그 꽃다발을 움켜잡고 수없이 그녀의 이름을 부르면서 미친 듯이 몸부림쳤다.

"재숙 씨! 재숙 씨! 재숙 씨!"

나는 나라고 하는 인간 하나가 '재숙 씨!'라고 부르는 목소리 하나로 변한 것처럼 나도, 바다도, 하늘도, 육지도 의식 못 하고 부르짖기만 했다. 그때의 나의 온갖 감각과 의식은 '재숙 씨!' 하는 외침소리로 승화하여 아득한 시공 속으로 사라져버리는 것 같은 환각에 사로잡혀 있었다.

꿈속에서도 그런 자신의 환각을 의식하면서 이 환각은 분명히 아름답고 또 즐거운 쾌감을 주는 것이며 이 환각이야말로 나라는 인간의 존재의 근원인지도 모른다는 생각을 하고 있었다. 그러면서 나는 끝없이 부르짖고 있었다.

"재숙 씨! 재숙 씨! 재숙 씨!"

하고.

『여상』 1963. 3

감상(感傷)의 독소

꿈속에서 물에 빠진 채 사라져버린 그 소녀를 찾아서 목이 터지게 부르짖었던 "재숙 씨! 재숙 씨! 재숙 씨!" 하던 나의 목청의 여운, 그 한량없이 그리고 허망하게 울려가던 나의 목청의 여운은 나의 정서의 기반이 되고 감정의 토대와 관념의 골수가 되었는지도 모른다. 적어도 약 10년 동안을 그랬을 것이다. 왜냐하면 그 대답 없는 것을 향한 간절한 부름 소리는 너무나도 뚜렷한 절망을 감각하게 하였으며 너무나도 허망한 소망의 귀처를 깨닫게 했기 때문이었다.

그후로 약 10년 동안 나의 생활과 사상의 밑바닥에서 늘 허망하고도 하염없는 흐느낌으로 한숨이나 눈물을 자아내게 한 것은 바로 그 꿈속의 "재숙 씨!" 하던 부름 소리의 허망한 여운과 너무나 흡사히 닮아 있었던 것이다. 흡사한 것이 아니라 그 여운 자체였다.

다음 날 잠이 깨고 정신이 들었을 때 어머니가 물으시는 것이었다.

"얘, 재숙이가 누구냐?"

"……"

"밤에 열이 펄펄 나면서 꿈을 꾸는지 '재숙 씨, 재숙 씨' 하고 부르짖더구나. 그애가 네 동생 친구 그애 말이냐?"

무척 의아스러운 듯한 표정이었다. 나는 당황하여

"아닙니다. 아녜요."

라고 얼결에 대답하였다.

나의 당황한 표정이 딱했던지 어머니는 더는 캐물으시지 않았지만 역시 의아심이 풀리지 않았는지 나의 얼굴을 자세히 들여다보시는 것이었다. 나는 어머니의 시선을 피할 도리가 없어 눈을 감고 말았으나 얼굴이 확확 달아오르는 것을 어쩌지 못했다.

내가 꿈속에서 그 여자의 이름을 부른 것을 간호하시던 어머니가 엿들었음으로 해서 나 아닌 딴 사람이 — 그것이 설사 어머니라고 하더라도 — 눈치챘다는 것은 그 사랑이 깨진 것이나 매일반인 것 같아서 분한 생각에 나는 흡사 죄 지은 사람처럼 어머니의 얼굴을 마주보지도 못하게 되었다.

동생의 안색도 살피게 되었다. 만약에 어머니가 그 꿈 얘기를 동생에게 했다면 동생이 어떻게 생각할까 궁금했다. 궁금한 것보다도 창피한 마음이 들었다.

이틀째 되는 날 열이 펄펄 나는 나의 머리맡에서 얼음수건을 갈아주던 동생이 나직한 목소리로

"오빠, 재숙일 좋아하지?"

하고 속삭이듯 묻는 것이었다. 동생도 내성적인 내 성격을 아는지라

무척 조심스럽게 물어보는 모양이었다.

그러나 그 순간 숨이 딱 멎어버리는 것같이 입장이 곤란해진 나는 아무 말도 못 하고 힘없이 돌아눕고 말았다. 돌아누운 등골에서 땀이 배어나오는 것 같았다. 동생은

"재숙이 방학하면 내려온대."

하고 위안인지 놀리는 것인지 분간 못 할 소리를 남겨놓고 방을 나가버리는 것이었다. 동생은 앓아누워 있는 내가 딱해서 위안 삼아 그 말을 했는지도 모르지만 그 말이 너무나 큰 형벌로 나를 괴롭히게 되었다.

그녀가 만약 청주에 나타난다면 그때에는 이미 나의 속마음을 아는 사람이 있는 상태에서 그녀를 그리워하게 될 터이니 그런 상태의 나를 어찌해야 할지 그것은 나의 그리움의 의도와는 너무나 형편이 변환된, 어떻게 생각하면 불순해진 것이 되는 것이니 그것을 어떻게 감내해야 할지 몰랐다.

더구나 누이동생이 주책없이 그 여자에게 나의 감정을 진술해버리고 말면 그 꼴이 어떻게 될 것인지 참으로 상상조차 못 할 일이었다. 그렇게 된다면 아마 나는 이 세상에서는 서식(棲息)의 자신조차 없어져버릴 것만 같았다. 나는 날마다 38~39도를 오르내리는 신열 속에서 그녀가 내려오는 것을 처형의 날이 다가오는 것처럼 기다렸다. 아니 기다렸다기보다 저주하고 있었다.

나는 그 여자가 내려오기 앞서 내가 꿈속에서 부른 '재숙'이라는 이름이 그 여자가 아닌 딴 여자였다는 거짓말이라도 해야 할 것 같아서 며칠 후에 동생에게 생전 처음 거짓말을 했다.

“내가 꿈에서 부른 재숙이라는 이름이 네 친구 얘기가 아니고 말이야……”

“그럼 누구예요?”

“응, 내가 써보려고 하는 소설의 주인공 이름이야.”

동생은 못 미더운 듯 한참 바라보더니

“왜 하필 재숙이라고 했어요?”

“그 이름이 좋아서지.”

하고 그 장소를 때우기는 했지만 암만 해도 동생이 나의 속을 들여다보는 것만 같아서 견딜 수가 없었다.

물에서 사람을 건진 이후로 오른 열은 약 열흘이 계속된 뒤에야 미열상태로 내렸다. 그러나 기침은 몹시 계속되었다. 그리고 제법 건전하게 틀이 잡혀가던 정신적 불안상태는 이 사건 이후로 다시 구석진 음영을 띠게 되었다. 그것은 그 사건으로 인한 병의 악화도 원인이었겠지만 그 여자의 꿈으로 인해서 나의 맘속이 몇 사람에게나마 폭로되었다는 불안감이 보다 큰 원인이었다.

그렇게 불안과 두려움으로 대기하고 있었던 나는 그 여자의 하향이 무슨 사연으로인지 중단되었다는 것을 동생을 통해 알았을 때 한숨을 내쉬면서 속이 후련해지는 것 같았다. 그런 반면에 그 여자가 고향에 내려오지 않는다는 사실을 나에게 알리는 누이동생의 속마음 때문에 괴로웠다. 내가 암만 변명해도 꿈속에서 부른 ‘재숙’이라는 이름이 그 여자 이름이라는 것을 동생은 믿고 있다는 증거인 것만 같았기 때문이다.

아무튼 그 여자가 안 내려온다는 것은 내가 살아난다는 것을 의미하는 것이었다. 몸은 약간 차도가 있는 듯싶었으나 그해 여름에는 두 번 다시 물가에 가지 못하고 말았다. 물에 들어가지 못하는 대신 나는 약간의 산책으로 메꾸었다. 산책도 실상은 무리한 것이었다. 그 이유는 다음과 같다.

당시 나의 가까운 친구 중엔 이상하게도 화가를 꿈꾸는 친구가 둘이나 있었다. 그중에서도 지난번에 경찰에게 혼났던 동수라는 친구는 분명히 타고난 소질이 있었다. 그림을 그럴싸하게 그리는 재주도 놀라웠지만 성격과 정신의 바탕도 화가적인 기질을 타고난 친구였다.

그 기질을 한마디로 표현은 못 하지만 우리가 흔히 아는 쟁이적인 인간이 아니라 인간으로서의 심도가 깊고 창조적 감수성이 뛰어난, 따라서 속기(俗氣)가 전혀 없는 기골(氣骨)이었다. 그 친구 바람에 나도 어지간히 그림을 많이 보았고 그림을 사랑하게 되었던 것이다. 그 친구의 영향이 나의 시작(詩作) 속에도 나타나 있는 것이었다.

아무튼 당시의 나는 고흐와 고갱에 심취해 있었다. 그중에서도 고흐의 그림, 태양이 세네개가 떠 있는 듯싶은 보리밭 풍경이 그렇게 좋았다.

산책을 나가서 들길을 피로한 걸음으로 걸으면 눈앞이 아른아른해지면서 하늘과 땅이 빙빙 돌며 태양이 둘씩 셋씩이나 보이는 것이었다.

그런데도 그것을 두려워하기는 고사하고 도리어 남들 — 보통 속물들의 눈에는 보이지 않는 하늘과 땅의 정기가 고흐의 눈에만은 선명히 보였듯이 나에게도 보이는 것이라는 어처구니없는 과대망상을 일으켜 빈혈증 때문에 빙빙 도는 사물들을 비틀거리며 쳐다보고서 공연히 혼자 쾌적한 기분으로 산책을 하곤 했다. 생각할수록 우매한 짓이었지만 당시의 나로서는 일종의 쾌감조차 느끼던 그 행위가 회복의 시간을 느리게 하였다.

그런 빈혈증과 과대망상의 착란은 그때까지 생각하고 써오던 시—나아가서는 예술이라는 것에 대한 나의 소신의 결산이었는지도 모른다. 당시에는 세상이나 사물의 현상 속에서 평소에는 느낄 수 없는 본질적인 형태를 관찰하고 느낄 줄 아는 눈, 다시 말하면 우주와 자연의 신비를 영감할 수 있는 능력을 길러야 하며 나아가서는 그런 신비 현상을 영상화할 줄 알아야 되는 것이라는 의견이 예술지상주의자가 되어 있던 나를 일종의 강박관념처럼 지배하고 있었다.

이 젊은 정열과 미(美)에의 무비판한 동경으로 해서 생기는 우매하긴 하지만 또 순수한 심미감정이기도 한 신비 현상에의 의탁심은 병약한 나의 몸을 건지기에는 백해무익한 것이었다. 그러나 바꾸어 생각하면 몸이 극악의 상태를 배회하고 있는데도 불구하고 그 병약과 질환 또는 병사에 대한 불안감 같은 것에 빠져서 밤낮 없이 몸 걱정을 하지 않고 일종의 몽유병자처럼 혹은 신들린 사람처럼 산야를 방황, 산책했다는 것은 이 어려운 고비를 정신적으로는 전연 병에 대한 부담을 지지 않았던 것이라고도 말할 수 있는 것이다. 그런 어떻게 생각하면 자살적인 행위가 도리어 병을 두려워하지 않게 되는 정신의 첫 출발이 된 것이었다.

그런 정신적 백열상태와 호응되는 우리나라 시인 중의 한 사람인 서정주(徐廷柱) 씨의 시집 『화사집(花蛇集)』을 발견한 것도 그 무렵의 일이었다. 한 시인의 짧은 시 한편이 우연히 그것을 읽은 한 사람에게 결정적인 영향 내지는 변화를 줄 수가 있는 것이라면 그 한 예로서, 한 예라기보다는 가장 극단의 본보기로서 내가 그 나이 때 그의 시에서 받은 영향을 들 수 있다.

발행된 지 10여년이 되는 얄팍한 시집 속에 담겨 있는 시들「대낮」「화사(花蛇)」「입맞춤」「맥하(麥夏)」 등의 시가 풍기는 요기(妖氣) 서리는 원시적인 인간 정서, 백열화돼 있는 인간 본성, 무궤도한 생명충동이 당시의 내가 목마르게 찾던 생명숭배의 사상과 부합되어서 그 혼미 방황의 일과를 더욱 매질하고 가치 여부를 스스로 판단하게 시켰던 것이다.

그 시집을 마치 성경인 양 두 손에 들고 다니면서 암송하고 소리 높이 외치기도 하면서 감격과 감동의 절정을 헤매다니며 나 또한 격렬한 시를 발열상태 속에서 무수히 썼다.

이런 생명의 백열적인 흥분상태와 나의 짝사랑의 여자에게 갖고 있던 명주실보다도 더 섬세한 정감과는 아무리 생각해도 이율배반적인 현상이었는데도 좌우간 당시의 나는 그 두개의 극단 사이를 왕래하는 시계추 같은 상태였다.

당시에는 미처 몰랐지만 이제 와서 생각건대 내가 그 두개의 극단의 정신상태 속을 왕래한 것은 모순도 무리도 아니었다. 그것은 내가 그 어느 쪽도 아닌 평범한 상태, 바꾸어 말하면 무위한 정지상태에 있다면 그것으로서 그만이었겠지만 양극 사이를 마치 그네처럼 왕래를 하다보니까 한쪽으로 높이 밀려 올라가면 다시 반대쪽으로도 높이 밀리게 되었으며 따라서 양극단 사이를 왕래하는 그네는 더욱

강한 인력에 끌려서 심한 진동을 할 수밖에 없었던 것이다.

어떻게 생각하면 젊은 시절의 형벌, 또 좋게 생각하면 정신의 요람에 흔들리듯이 흔들린 당시의 나는 그 상태 속에서 몸부림치는 원시인처럼 마구 뒹굴고 소리치고 덤볐던 것이다.

당시의 시작(詩作)에서 기억나는 것이 있다. 당시의 성정(性情)이 하도 격렬하였기 때문에 도리어 지금 그 기억이 딴 시보다도 뚜렷지 못한 것이 흥미롭다.

6월

황토 마루 위에서
타는 하늘엔
한방울의 물기도 구름도 없고
확확 달아오른
돌담을 끼고
한낮을 달아나는
동네 계집애는
질경이, 줄을 뜯어
허리에다 꽂았다.

다 익은 보리밭
밭둑에 서서
나는

따라갈까
몸부림친다.
찾아갈까 찾아갈까
현기증에 쓰러진다.

먼 데서
먼 데서
그애는
마주 웃고

기억나는 대로 적어보지만 당시의 정감이 되살아나는 것 같지가 않다. 아마 어느 구절인가 정확하지 못하기 때문일 것이다.

이렇게 나는 환상과 환각과 관념 속에서 건강하고 격렬하고 열정적인 청춘을 마음껏 호흡하고 돌아와 밤이 되어 방에 누워서 지칠 대로 지쳐 혼수상태나 다름없이 몸을 쉬면서 그때는 야음의 조용하고 싸늘한 분위기에 휩쓸려 현실의 그 여자에게 고즈넉한 그리움, 결코 죄 되고도 쑥스러운 상상을 할 수 없는 마음을 보내고 있었다.

그럭저럭 가을이 되었다. 병은 일진일퇴하였건만 나 자신은 그것을 자각 못 하고 정신의 백열상태 속에서 가을까지 몸을 끌고 온 셈이었다.

그동안 약물치료는 거의 포기하다시피 한 것이었다. 그 친절한 병원 의사도 여러가지로 나를 달래고 꾀고 하였으나 거의 반미치광이 같은 꼴로 안광의 초점마저 달라진 채 산야를 방황하는 데는 도리가 없었다. 한때는 강제로 자기 병원에 입원을 시키려고까지 한 모양이었으나 그분 역시 사고가 유기적인 분이라서 나를 방관하기로 작정하신 모양이었다.

어머니도 그랬다. 자식 하나 있는 것이 어려서부터 별로 어머니의 말씀을 거역하거나 사나운 감정 표시조차 안 하다가 거의 몽유병자처럼 싸다니는 것을 만류하기에는 뭣인지 딱한 느낌이 드셨는지도 모른다. 그래서인지 아침에 들길로 나가는 나를 따라서 전송조차 해주는 일이 있었으며 어느 때는 내가 갔음직한 교외까지 마중을 나와주시는 일도 있었다. 그런 내가 약이고 주사고 체온계고 아랑곳없어 하는데 굳이 그것을 강요하려 드시지 않는 어머니의 심정은 뻔히 알 수 있었다.

어머니 역시 내 두돌 때 남편을 잃으시고 유복자인 누이동생을 데리고 온갖 고난과 고독을 의지 하나로 견디신 너무나 이성이 강한 분이었고 또한 일종의 정신적 수양을 쌓으신 분이기 때문에 내가 처음에 발병했을 때는 울고 서러워하시다가 차츰 나보다도 더 의식적이고 냉정한 태도로 나를 관찰하고 보호하게 된 것이다. 처음에는 약물이나 의사의 말을 신앙하듯 하시던 분이 이젠 그 자신이 청상 시절을 살아오셨던 정신력을 소중히 믿게 된 것이었다.

가을이 되면서 예년의 정세처럼 몸이 약간 실해지는 것 같았다. 그러나 여름 한철의 그 격했던 흥분상태의 반작용인지 또는 정신의 인내력이 가을의 차분한 환경 속에서 기력을 잃은 것인지 점점 침울해지기 시작했다.

봄이면 악화되기 일쑤인 이 병이 도리어 가을에 더 맥을 못 쓰게 되었다. 그것은 여름철의 백열적인 계절감이 사라진 때문의 심리적인 느낌에 지나지 않을지도 모르는데 나는 도무지 신명이 안 나고 모든 것이 시시하게만 느껴졌다.

거기에 겹쳐서 무성했던 나뭇잎들이 조락의 쓸쓸한 모습으로 보이기 시작하는 가을의 센티멘털이 가미되어서 나는 여름철의 정열과는 비교가 안 되도록 의기소침한 감상객이 되어버렸다. 기침은 전과 달리 콩 콩, 깊은 동굴에서 울려나오는 목탁소리처럼 공허한 여운이 나도록 변해갔다. 마치 가슴속에 텅빈 공간이 생겨서 그곳에서 진동하는 것 같은 불쾌감을 주는 그런 것이었다.

가을도 다 간 11월 중순 어느날이었다. 불란서 시인 아르튀르 랭보의 시집을 방에 누워서 읽고 있던 나는 지나가는 장난기 섞인 생각으로 죽어버릴까 하는 공상을 했다.

그것은 그 당장의 감정으로는 결코 절박된 슬픔도 고통도 비관도 섞이지 않은 아주 순순한 공상으로서의 자살의 유혹이었다. 죽어버릴까 하는 생각을 일단 하니까 죽는다는 것처럼 당연하고 또 자연스럽고 거기에다 쾌감조차 느껴지는 행위는 없을 것 같았다. 또 어떻게 생각하면 죽고 말면 그뿐, 남은 사람들만 울고불고할 테니, 그 꼴들이 우스울 것 같았다. 일종의 사디스틱한 심리였으리라. 불란서의 생트뵈브의 말마따나 '젊음의 독소(毒素)의 위기의 한 위험한 현상'이었을 것이리라.

내 생전에 처음으로 범죄의식이 싹튼 것은 이때였다. 나는 거리의 몇 약방을 찾아가서 잠이 통 안 와서 그런다고 거짓말을 하며 수면제를 요구했다. 그러나 겨우 두 집에서 그것도 몇개밖에 못 샀다. 그래

하는 수 없이 예의 병원으로 가서 요즈음 잠이 안 와서 고민이라고 말했더니

"너 이상한 생각을 하는 건 아니겠지?"

하며 나를 한참 쳐다보더니 빙그레 웃으면서 하루치 주고

"이런 것 먹는 버릇 생기면 곤란하다."

하며 주의를 하시었다. 나는 그것을 갖고 돌아와 이틀 동안을 감추어 두었다.

그날은 아침부터 식사를 하는 둥 마는 둥 하고 오후가 좀 지나서 유서를 쓸까 하고 종이와 펜을 머리맡에 준비까지 했으나 어쩐지 그런 것을 쓴다는 것은 미련이 많고 못난 것 같은 생각이 들었다. 나는 요 밑에 숨겨뒀던 수면제를 예사 때 약 먹듯이 무감동한 기분으로 꿀꺽꿀꺽 마셔버렸다.

입속에 남은 금계랍의 씁쓸한 맛을 입맛 다시면서 자리에 누워서 가만히 눈을 감았다. 눈을 감고 가만히 있노라니까 이번엔 까닭도 없이 눈물이 주루룩 하고 귓전으로 흘러내리는 것이었다. 그러나 슬프다는 생각은 전연 없었다. 다만 어처구니없다는 생각이 날 뿐이었다. 한참을 그러고 있었다.

눈시울에는 그리워하던 그 여자의 얼굴 모습이 스쳐가기도 했다. 숨이 진 나의 창백한 얼굴에 매달려 우실 어머니 생각이 떠오르자 나는 덜컥 죄악감을 느꼈다. 뛰어 일어나서 그런 사실을 식구에게 알리고 응급치료를 받을까 하는 생각이 스쳐가기도 했다. 숨도 가빠지는 것 같았다. 그것도 참고 있었다. 손발 하나 움직이지 않고 그렇게 얼마 동안을 있던 나는 기어코 잠이 들고 말았다.

시간이 얼마가 지났는지 모른다. 가슴이 뒤집히는 것 같은 구역질을 느끼면서 정신이 퍼뜩 들었다. 어렴풋이 살아나는 의식에 우선 스쳐가는 것은 '아아, 실패했구나' 하는 생각이었다. 그러자 이내 스스로 창피해지는 마음을 가누지 못하고 나 자신이 미운 것을 어찌할 바 몰랐다. 나의 머리맡에서 이야기하는 말소리가 어렴풋이 들렸다.

"염려 없습니다. 전부 토해냈으니까."

그 의사 선생님의 말소리였다.

잠시 후 의사가 돌아가는 인기척이 나고 동생도 나가고 어머니 혼자 남은 기색을 느끼자 나는 무서운 것을 보는 사람처럼 눈을 살며시 떴다. 환한 전깃불 속에 거기 어머니가 나를 내려다보면서 앉아 계셨다.

내가 눈을 뜨자 어렴풋한 시력 속에서 어머니의 말없이 빙그레 웃으시는 얼굴이 보였다. 그 눈 속에 눈물이 가득히 고여 있었다. 나는 목이 메었다.

"어머니, 용서하세요."

입안으로 중얼거리듯 하였으나, 참말로 내가 죽고 싶도록 밉고 또 미웠다. 목이 메도록 치밀어오르는 울음을 참고

"물 좀 주세요."

하고 신음하듯 말했다.

어머니가 물을 가지러 나가신 사이에 방 안을 살펴볼 양으로 머리를 쳐들고 둘러보려던 나는 금시에 눈앞이 캄캄해지는 현기증을 일으키며 머리를 베개 위에 떨어뜨리고 말았다.

『여상』 1963. 4

순정의 북행열차

현기증으로 인사불성이 되어 머리를 베개 위에 떨어뜨리고 말았던 나는 잠시 후에 어머니가 흔드시며 목에다 물을 넘겨주는 바람에 다시 퍼뜩 정신이 들었다.

눈을 뜨고 보니 참으로 멋쩍고 어색하기만 했다. 어머니 볼 낯이 제일 없었다. 어머니는 나의 꼴이 우스웠던지 피식 웃으시며 머리맡에다 과일즙을 놓고는 나가셨다.

거리로 나가자니 이웃 사람이나 거리의 모든 사람이 못난 자살 사건을 알고서 조롱할 것만 같았다. 하는 수 없이 이삼일을 두문불출했다. 이런 일은 하나의 부끄러운 기억이긴 하지만 이제 와서 회상해 보건대 그것은 분명히 하나의 정신적 시련이었다고 할 수 있다. 불과 열시간도 안 되는 동안의 어리석었던 일들은 여러가지로 나를 성장시킨 사건이라고 할 수 있다.

별다른 깊은 고민이나 심각한 동기랄 것도 없는, 어떻게 생각하면 장난에 가까운, 마치 창경원 구경이라도 하고 싶은 그런 호기심으로 목숨을 내던지려고 했던 일이 나로 하여금 새삼스럽게 목숨의 존귀성을 느끼게 한 것이었다.

하기야 이제 와서 회상하면서 그것이 별로 심각한 동기나 심적 번민도 없었던 것이라고 단정하지만 당시의 나로서는 그럴 만한 여러 가지 조건이 성립되었는지 모른다. 그것이 설사 사물이나 실재를 감응하는 태도가 감상적인 일색으로 가려져 있었던 것이라고 하더라도 그렇다.

왜냐하면 나 아닌 모든 젊은이들, 즉 사춘기를 갓 벗어난 청년들이 당면한 과정으로 겪는 감상적인 감수성과 다정다감한 심정이 인생의 깊이도, 산다는 벅찬 부담도 알지 못하면서 경솔하게 행동하여 소중한 목숨을 버리는 수가 얼마나 많은지 모른다. 그러나 당자들은 당자 나름으로 다시없는 심각한 행동을 한 것이기 때문이다. 이런 어리석은 사건이지만 그것을 무사히 통과하고 보면 그것이 결코 무의미한 것만은 아니다.

왜냐하면 이 사건이 있은 이후로 나의 몸이나 마음을 다루는 태도에 약간 변화가 생겼기 때문이다. 가만히 회상컨대 그때까지 나 자신에 임하는 태도가 한마디로 말해서 피가 끓는 대로 시킨 것이라고 할 수 있다. 그것은 내가 내 성격 탓으로 해서 모든 면에 내성적이고 소극적이었다고 해도 그 내성적·소극적 태도도 따지고 보면 나 자신의 감정이나 충동에 대하여 객관적인 판단 내지는 사고를 못 하고 편벽된 감정대로 움직인 것이라고 할 수 있으니 그것이 실상은 피가 끓는

대로 한 것이라고밖에 더 말하랴.

서양의 누군가 '여자는 이성적 사고를 못 하는 동물'이라고(작자는 이성과 구별하기 위해 '이성적'이라고 한 모양인데 어디까지나 이성적이다) 멋진 말을 했다. 잘 생각해보건대 여자는 아무래도 감정의 지배가 남자보다 강하다. 따라서 눈물과 기쁨의 양극차가 심하다. 그리고 여자가 남자보다 충동적인 동작을 한다고 할 수 있다. 이 말을 바꾸어 말하면 아무래도 이성적인 면에서도 여자는 역설적으로는 피가 시키는 대로 행동하는 것이라고 할 수가 있다.

당시의 나를 잘 살펴보면, 결코 남성적인 남성이라기보다는 여성적인 남성이었다. 내가 그렇게 된 원인 같은 것을 캐보면 여러가지 있겠지만 결정적인 것은 온 집안이 여자만의 가정에서 바깥세상과는 차단된 교육을 받다보니까 그렇게 된 모양이었다.

그러기 때문에 판단의 시야가 좁고 유하며 감정의 조절은 전연 못하는 형편이었다. 더구나 그 감정이라는 것이 좀 폭이 넓고 활달한 남성적인 감정이었다면 그런대로 청년다운 윤곽이 형성되었겠지만 여자치고도 아주 응달에 가려진 풀잎 같은 여자의 감정을 배운 내가 그런 나를 고집하면서 사랑이니 그리움이니, 문학이니 시니 하고 투병에 임하고 있었으니, 제삼자의 눈으로 볼 때는 얼마나 답답하고 어리석었을지 짐작조차 못 할 노릇이었다.

이런 옹졸하고 용렬한 내가 그런 성미가 시키는 혈기대로 행동한 비열한 자살행위, 즉 개죽음만도 못한 소행이 그냥 관철되었더라면 어떻게 되었을까 참으로 식은땀이 나는 이야기가 아닐 수 없다.

그러나 그런 식은땀 날 자살소동이나마 있었다는 것은, 그것을 무사히 통과하고 보니 비길 데 없이 큰 보물이 되고 말았다. 그 사건을 통해서 차츰 나의 그 응달진 성격이 변하기 시작했기 때문이다. 그것을 편리하게 설명하면 그때까지 주관적인 사고 혹은 마조히스틱한 자의식에 사로잡혀 있던 내가 자학적인 자가당착의 베일의 첫 겹을 벗기게 된 것이었다.

나르시스가 아름다운 님프들의 구애도 아랑곳없이 숲속의 우물 속에 어려 있는 자기 얼굴에 반하여 날마다 밤마다, 심지어는 먹는 것조차 잊고 자기 얼굴만 살피다가 마침내는 물가에서 꼬치꼬치 말라죽어버렸다는 그 나르시시즘적인 정신상태를 헤매고 있던 내가, 그 상태에서 자살소동을 일으켰다는 것은 어떻게 생각하면 내 안에 있던 나르시스가 죽은 것이 되고 만 셈이었다.

왜냐하면 그 이후로는 나의 소견이나 소행에 대한 비판력이 무척 객관적인 관찰과 판단을 가지게 되었기 때문이었다. 그 여자에게 가졌던 소극적인 짝사랑의 자세도 따지고 보면 내가 나의 감정에 얽매여서 좀더 활달하게 해석할 줄 몰랐던 것이니 그것이 자학적인 자의식이 아니고 무엇이었으랴?

이렇게 해서 차츰 심경이 양성적으로 변해는 갔다고 해도, 그것이 일조일석에 나의 짝사랑의 여인에게 정면으로 떳떳이 구애를 할 수 있을 정도로 될 수는 없었다. 다만 나의 정신 내면에서 변해가는 상태는 남은 모르고 나 자신만이 알 수 있는 그런 정도의 변화였다. 그렇기 때문에 나의 얼굴에 나타나는 표정은 그 전과 다름없는 계집애 같은 수줍은 표정이었을 것이다. 여전히 내 동생의 입에서 그 여자 이야기가 나올까 두려워만 하는 그런 상태의……

그해 가을에서 겨울, 그리고 스물세살이 되는 다음 해 봄까지 내 몸의 상태는 일진일퇴의 상태였다. 한마디로 말해서 일진일퇴이지만, 그것을 체온표나 병상일기로 기록했다면 꽤 까다로운 것이 되었을 것이다. 그러나 어찌된 셈인지 그날그날의 미열의 변화, 담과 기침의 상태 같은 것에 구애되어 있기에는 무엇인지 마음으로 바쁘고 간절하던 정신적인 추구의 그 무엇인가가 그런 것을 소홀하게 봐 넘기게 한 것이었다.

내가 투병기를 쓴답시고 근 3년에 가까운 병상기록을 병의 진도표를 위주로 하지 않고 나의 청춘의 방황 내지는 발자취를 주로 하여 써내려온 데는 우정 그렇게 한 이유가 있다. 흔히 투병기에서 하루하루의 투약, 체온표, 증세의 변화를 과학적으로 제시하는 것을 봤는데 나는 그런 것에 대하여 늘 불만이었다. 내가 이런 말을 하면 필시 전국의 여러 결핵의들은 나를 무식 내지는 무책임한 놈이라고 비난할는지 모른다. 그리고 비난하는 그분들의 태도는 절대로 타당한 것이다.

결핵의료의 평균적인 방법은 과학적인 방법이 옳은 것이며, 일반적인 투병법은 역시 과학적 근거가 있을 때 비로소 신빙성이 있고 정확한 것이라는 점은 나도 부정할 도리가 없다. 그런 것을 다 인정하면서도 내가 굳이 이런 식의 글을 쓰는 데는 나 또한 불가피한 사정이 있는 것이다.

그리고 나는 이 글의 첫머리에서 내가 나의 병을 고친 것은, 달팽이 철학으로 살다보니 그렁저렁 나았다고 하면서 아직도 그 달팽이 철학의 철리(哲理)랄까 내용에 대해서는 한마디도 언급을 안 해왔다. 그러나 그런 모든 의혹과 모순도 다음에서 기록할 병력만 더 소개하고 나면 자연적으로 피력하는 것이 되리라고 믿는다.

내가 이해 봄, 즉 사변이 나던 해 봄까지 병을 앓아왔다는 이야기를 하면서도 병의 진도에 대해서는 구체적인 지적을 하지 않았다. 그렇지만 그동안 여러차례에 걸친 엑스레이 진단, 담 배양검사 등을 통해서 나의 병세가 어느 정도인가는 알고 있었다.

일진일퇴라는 나의 병세는 한마디로 표현하면 우폐에 둘, 좌폐에 셋의, 큰 것은 동전만 한 공동과 콩알만 한 공동이 뚫려 있었으며 카푸기가 높은 담을 배설하고 있었으며 37.3~37.4도의 미열이 계속되는 상태였다. 혈침(血沈)만은 보통 정상인과 다름이 없었지만, 좌우 양 늑막이 유착되어서 심호흡을 해도 어깨와 옆구리가 결리는 상태였다.

이런 상태로 만물이 소생하는 봄을 맞자, 다시 주변의 모든 사람의 만류를 물리치고 문학수업차 다시 상경하고 말았다. 그러나 제대로 시간을 대서 강의에 나갈 수가 없는 병세였다. 그래 사흘에 이틀은 하숙방에서 뒹굴며 지냈다.

그 여자는 모 여대에 입학하여 기숙사에 들어 있다는 정보만을 알고 있을 뿐이었다. 그 여자도 서울에 있고 나도 서울에 있을 뿐 한 번도 그녀의 얼굴을 보지 못한 채로 6월이 되었다.

어머니에게서 서너차례에 걸친 편지로 약닭을 한마리 먹으러 집으로 내려오라는 분부가 있었다. 전 같으면 그런 먹는 것이니 약이니 하여 우정 색다른 행동을 한다는 것이 싫어서 내려가지는 않았을 것인데 웬일인지 마음이 동하여 고향에 내려갔다.

그리고 한 일주일 뒤 어느 공일날이었다. 그날이 6월 25일이었다.

그날 오전 11시쯤 해서 거리가 이상한 분위기를 띠기 시작하더니 괴뢰군이 서울까지 공격해올 기세라는 것이었다.

나는 그 뉴스를 들으면서 불안에 사로잡히기 시작했다. 나의 그 첫사랑의 안부가 걱정이 되었기 때문이다. 무서운 포화 속에서 그 여자의 생사가 궁금했다. 그리고 내가 서울에 있으면 어떤 희생을 무릅쓰고라도 그 여자를 살려낼 수가 있을 것만 같았다. 어떻게 하다 나만 시골에 와서 안전한 상태에서 안온하게 있게 되었나 싶어서 무척 괴로웠다. 생각다 못한 나는 어머니께는 말씀도 드리지 않고 서울에 갈 뜻으로 집을 나왔다.

청주에서 조치원까지 가는 차편은 간단했다. 그때가 오후 5시경이었다. 조치원역까지 와서 보니, 서울 가는 여객차는 하나도 없었다. 다만 군인들의 기차만이 연이어서 서울 쪽으로 가고 있었다. 역 개찰구에는 헌병이 지켜 서서 일반 사람은 얼씬도 못 하게 하였다.

나는 어떻게라도 상경할 목적으로 여러가지 궁리를 해봤으나 허사였다. 밤이 되어 단념할 도리밖에 없었다. 밤하늘에 기적을 울리고 증기를 내뿜으면서 북녘으로 달리는 기차가 산모퉁이를 돌아서 사라질 때까지 별만 반짝이는 북쪽 하늘을 바라보며 타는 듯싶은 가슴을 움켜쥐고 발버둥을 쳤다.

그러나 별도리가 없었다. 나는 참말로 눈물을 흘렸다. 그것은 감상과 전쟁이라는 이상감정(異常感情)이 작용한 묘한 심리상태가 시킨 것이리라.

가슴이 터지는 것 같은 불안감과 흥분이 모험을 일으키고야 말겠다는 결심을 다짐하면서 그날 밤은 하는 수 없이 집으로 돌아가기로 했다. 차를 편승할 수 있으련만 거의 반 정도는 혼자서 터벅터벅 걸었다. 걷다 지친 나머지 지나가는 차를 세워 집으로 돌아와보니 새벽 3시였다. 지쳐 쓰러진 채 잠이 들었던 나는 얼마 만에 깨어보니, 전신이 식은땀으로 젖어 있었다. 열도 나는 것 같았다. 기침도 심히 났다. 그러나 밖이 훤한 것으로 봐서 벌써 7, 8시는 된 모양이었다.

나는 아무 말 없이 어머니의 아침상을 받아 몇 수저를 들었다.

다시 집을 나오면서 생사조차 알 길 없는 서울행을 어머니에게 이야기할까 했으나 그것은 일을 허사로 만들 수밖에 없을 것 같아서 안방에 있는 어머니에게로 가서 급히 쓸데가 있다고 하면서 불과 몇푼 안 되는 돈을 요구했다. 어머니는 아무런 의심도 않고 돈을 내주시는 것이었다. 그러면서 "어딜 가는 거냐?"라고 무심결에 묻는 것이었다. "가기는요!" 하고 대답은 태연히 했으나 나의 행방을 몰라 궁금해하실 어머니가 안됐기에 나의 방 책상 서랍에다

"어머니께

급한 일이 있어서 잠깐 서울 갔다 오겠습니다.

무사히 돌아올 터이니 안심하십시오."

라는 짧은 편지를 써놓고 집을 나왔다. 무슨 크나큰 장도(壯途)에라도 오르는 것 같은 기분이었다.

조치원까지는 수월하게 왔다. 역에는 헌병이 지키고 있었다. 군용열차는 연이어 북행을 하고. 그런데 어제와 달리 서울에서 차편으로 피란민이 객차 지붕에까지 실려서 내려오고 있었기 때문에 역구내가 혼잡하였다. 헌병이 아무리 정리를 한다 해도 그 혼란과 아우성은 말릴 도리가 없는 것이었다.

나는 그 틈을 타서 어떻게 플랫폼으로 들어갔다. 혼잡을 이룬 폼에서 엿들은 말로는 서울에 괴뢰군이 들어왔다는 둥 서울이 불바다가 됐다는 둥 괴뢰의 탱크가 들어왔다는 둥 모두가 나의 그 첫사랑의 생사를 가슴이 조이도록 궁금하게 하는 이야기뿐이었다.

군인을 실은 차가 지나갈 때마다 어떻게 편승하려고 하였으나 거절당하고 말았다. 하는 수 없이 헌병이 안 보는 틈을 타서 철도수송관이 타는 칸으로 올라갔다. 거기 있는 철도원에게 헌병의 허가를 받았다고 거짓말을 했다.

떠나기 직전에 헌병 한 사람이 오더니

"당신은 뭐요?"

하는 것이었다.

나는 할 말이 없었다. 이내 거짓말이 탄로난 것이었다.

"당신들이 태웠소?"

하며 철도원에게 따졌다.

"아니오, 헌병이 태웠다던데요."

한다.

"뭐라고? 이자가 수상한데! 당신 생긴 건 안 그런데…… 빨리 내려, 떠나기 전에!"

하면서 나를 승강구로 밀어내는 것이었다. 차에서 내린 나는 마침 조치원역의 안면이 있는 역원을 만나 사무실에서 잠시 쉬었다. "왜 그랬느냐?"는 그의 질문에는 아무런 대꾸도 안 했다.

다시 북행열차가 오는 기적소리를 들었다. 밖으로 뛰어나갔다. 정차하지 않고 서행하는 것이라면 뛰어오르려는 심산이었다. 그러나 그 차는 그곳에서 한시간 이상을 정차하였다.

나는 헌병의 눈을 피하여 어느 차 칸으로 다가갔다. 아무에게나 애원해볼 작정이었다. 그러나 누구에게 말을 건넬 것인지 또 건넸다가 거부를 당하면 어쩌나 싶어서 우왕좌왕하고 있노라니 헌병이 와서 심문을 하는 것이었다. 내가 그럴싸한 대답을 못 하고 우물쭈물하였더니 그 혼란 속에서는 그도 어쩔 도리가 없었던지 빨리 밖으로 나가라고 하는 것이었다.

나는 한참 만에 그 헌병이 돌아가는 것을 보자 잰걸음으로 딴 차 칸으로 달려갔다. 그것을 눈치챈 헌병이 다시 돌아오더니

"여보, 당신 돌았소?"

하며 나를 노려보는 것이었다. 그러고는 밖으로 끌고 가려고 했다. 그때 어떤 청년 장교가 다가오더니

"왜 그러나?"

하고 그 헌병에게 물었다.

"이 사람이 벌써 몇시간 전부터 북행차가 오면 올라타려고 합니다. 아무리 말려도 듣지 않습니다."

하고 대꾸를 하면서 쥐었던 손을 놨다. 그 젊은 장교는 나와 나이가 비슷해 보이고 아주 소년처럼 앳된 얼굴을 하고 있었으며, 어딘지 다정다감한 인상을 풍기는 표정이었다.

"음 알았어, 놔두고 가게. 내가 처리하지."

하고 그 헌병에게 명령하듯 말했다. 그도 하는 수 없었던지 경례를 하고는 가버렸다.

나의 주위에는 여러명의 군인들이 둘러싸고 있었다. 그들의 눈에

서는 여러가지 감정이 엿보이는 것 같았다. 해치려는 것 같기도, 비웃는 것 같기도, 호기심에 끌린 것 같기도 한 그 얼굴들을 나는 겁에 질린 눈으로 둘러보았다. 그때 그 청년 장교가 말을 건넸다. 그 말투는 아까 헌병에게 하던 말투와는 달리 부드러웠다. 나는 이상하게도 그 목소리가 다정하게 들리는 것 같았다.

"당신은 학생이오? 어느 학교요?"

나는 그 물음이 끝나기가 무섭게 대답할 수밖에 없었다.

"네, S대학입니다."

"집은…… 고향은 어디요?"

"청주입니다."

"아! 그래요?"

하는 그는 무엇인가 반가운 소리를 들은 것 같은 표정이었다. 나는 그의 그 말소리에 더한층 긴장이 풀리는 것 같았다. 그리고 숨을 내쉬면서 아까보다는 안심되는 마음으로 다시 주위 사람들을 둘러보았다.

"그런데 당신은 어딜 가려고 그러는 거요? 저 헌병 말로는……"

나는 이때다 싶어서 주저없이 대답했다.

"서울 가려고 합니다."

그 말에 청년 장교는 순간 놀라는 안색을 하더니

"여보, 당신은 정신이 있소, 없소? 지금 판국이 어떻게 되어가는지 모르고 있소?"

"네, 잘 알고 있습니다. 그러기 때문에 가려고 하는 것입니다."

내가 그렇게 대꾸를 하자 주위가 약간 동요하는 것 같은 분위기더

니 어떤 군인이

"이 사람, 사상이 이상한 게 아냐?"

하고 불쑥 나섰다. 나도 그쯤 되니까 필사적일 수밖에 없었다.

"뭐라고요? 사상이 수상하다고요? 그러면 내가 이렇게 허튼짓을 하겠소?"

하고 부르짖듯이 항변을 했다. 그러자 청년 장교가 그 군인을 만류하며 떠들지 말라고 명령하듯 말했다. 나는 애원할 수밖에 없었다.

"제 사정 이야기를 들어주시겠습니까?"

"……"

아무 말도 없는 그에게 다시

"참말입니다. 제 사정을 들어주시면 참말로 참말로 고맙겠습니다."

하고 내가 말도 똑똑히 못 하고 애걸을 하니까 청년 장교는 무엇을 느꼈는지

"이리 오시오."

하면서 여러 군인을 헤치고 앞장서서 가는 것이었다. 나는 그의 뒤를 따랐다. 그는 맨 뒤에 달린 장교 칸으로 나를 데리고 들어가더니 마주 앉혔다.

나는 그 자리에서 나의 짝사랑이랄까 첫사랑이랄까에 대해서 처음부터 오늘에 이르기까지의 모든 이야기를 시작했다. 내가 나의 속마음의 간절한 사랑을 사랑의 당사자는 물론이요, 나의 친지 가족을 막론하고 어느 누구에게도 말하지 않았을뿐더러 말을 하리라고는 꿈에도 생각지 않던 일인데 이 자리에서는 그런 나의 소극적인 감

정이나 사랑에 대한 수치심 같은 것에 구애되어 있을 수 없는 절박한 심정으로 모든 것을 이 낯설고 처음 보는 청년에게 숨김없이 얘기를 했던 것이다.

나는 이야기를 하면서도 내가 막상 나의 가슴속 진정을 입으로 표현한다는 것이 허공을 짚는 것처럼 허황되고 공소한 느낌이 드는 것 같았다. 또 한편으로는 이 고백이 하나의 참회 비슷한 느낌이 들기도 했다.

또 그에게 이야기를 하면서 점점 열을 띠기는 생전 처음으로 나의 사랑에 대해서 자랑조차 느껴지는 것 같았으며 새삼스럽게 내가 그 여자를 사랑한다는 것이 확고부동한 나의 본질이며 의무이며 목적인 것 같은 자각조차 느껴지는 것이었다.

이야기를 중간 지점까지 했을 때 발차의 기적이 울렸다. 나는 주춤하고 이야기를 멈추고 그의 눈과 입을 응시했다. 운명의 순간이라고 느꼈다. 아마 나는 스스로 의식하지 못했는지 모르지만 그때 그의 눈과 입을 응시하던 나의 눈에는 애원의 눈물이 고여 있었는지도 모르고 나의 얼굴은 일그러지도록 간절한 애걸로 가득 차 있었는지도 모를 일이다

그런 나를 응시하고 있던 청년 장교는 드디어 입을 열었다.

『여상』 1963. 5

사랑과 모험의 도강(渡江)

"이야기를 해보시오."

하는 그 청년 장교의 입매는 굳건하였다. 나는 그의 그런 표정에 신뢰가 가는 것 같아 얘기를 계속했다. 급행으로 달리는 차 속에서 그는 한마디의 말도 없이 나의 말에 열중하고 있는 것이었다.

나의 이야기를 대충 마치고서 주변을 살폈더니 몇 사람의 젊은 장교들이 나의 말에 귀를 기울이고 있었다. 내가 이야기를 끝냈을 때 그들의 얼굴에는 엷은 미소가 떠오르는 것이었다.

지금 한시간 뒤에는 목숨이 어찌될지도 모르는 싸움터로 가는 그들은 전연 전쟁이라는 두려움을 모르는 양 나의 얘기에 정신을 집중하고 있었으며, 또 마음까지 풀어헤치고 동조를 해주고 있는 모양이었다.

그때 나는 나도 모르게 뜨거운 눈물이 솟는 것을 느꼈다. 그것은 내가 나의 사랑을 이야기하고 사랑의 감정이 고여 올라서 그런 것이 아니다. 이들 이름도 얼굴도 모르는 젊은 군인들 — 더구나 전쟁터로 가는 그들은 살벌한 감정과 긴장된 심정으로 인해 남의 얘기나 사랑 이야기 같은 것을 들을 염도 없으리라 생각했는데 나의 얘기를 부드러운 시선으로 들어주고 미소로 응대해주는 인간미에 감격하고 만 것이었다.

눈물이 도는 눈을 가릴 길 없어서 얼굴을 수그렸다. 그러자 그 청년 장교가 나의 두 손을 덥석 잡으면서

"당신 부럽소!"

하고 감동 어린 말투로 말하고 다시

"우리와 함께 서울로 갑시다."

하자 딴 여러 장교도

"안심하시오. 우리와 같이 갑시다."

했다. 그러자 또 한 사람이

"당신을 위해서도 우린 다시 서울을 탈환하겠소."

하며 웃었다. 그리고 모두 웃으면서 나의 어깨를 치고 악수를 했다.

그들도 모두 젊은이였다. 그들에게도 애인이 있을 것이다. 그리고 지금 싸움터로 가는 그들의 가슴속도 전부 지금의 나의 마음처럼 그리운 사랑으로 가득 차 있는지도 모른다. 그러기 때문에 나의 사정 이야기가 남의 일같이 느껴지지 않았는지도 모른다. 나는 무조건 감격하고 있었다.

그 청년 장교는 앳된 얼굴을 붉히듯

"당신이 당신의 사랑을 구하고 나면 우리에게 인사를 시켜야 합니

다.”

했다. 그러자 또 한 사람이

“당신이 우리들 모든 젊은 사람들을 대표하여 진정한 사랑을 지켜주시오. 당신의 그 여인은 우리 모든 사람의 애인이오.”

하며 떠들썩하게 웃어댔다.

나는 어쩔 줄 모르고 감격했다.

그 청년 장교가 한참 무슨 생각을 하더니 자기의 수첩을 꺼내서 내 앞으로 내밀며

“아까 말한 그때 쓰셨다는 시를 하나만 여기다 써주시오.”

“시를요?”

“아무거나 좋습니다. 나는 그 시를 간직하고 싶소. 그리고 당신들의 사랑을 잊지 않고 싶소. 하나 써주시오.”

하는 그의 입모습에서 나는 다정다감한 그 무엇을 느꼈다.

그래서 그 청년 장교의 수첩을 받아들고

“먼 물굽이 너 떠나고 난 뒤의 먼 물굽이……”*

라는 시를 정성들여 써주었다.

그러자 이 사람 저 사람이 똑같이 써달라는 것이었다. 그것을 받아들고 커다란 소리로 외우는 사람도 있었다. 그렇게 하다보니까 달리는 차 속에까지 포성이 들려오기 시작했다.

어둠속을 달리는 기차 안에서 싸움터로 가는 사람들에 둘러싸여 나는 앳되고도 또 앳된 첫사랑의 이야기를 하고, 차창에는 어떻게 되

* 526면에 이런 내용의 시가 소개되어 있다.

는지도 모르는 전쟁의 포성이 지동(地動)처럼 울리며 밤하늘의 어둠 속에 천년만년 변함없는 별이 빛나고 있었다. 나는 형용할 수 없는 낭만을 느꼈다. 또 젊다는 증거를 빼저리게 느끼는 것 같았다. 그리고 역사의 발자국 소리를 저벅저벅 듣는 것 같았다.

영등포가 가까워오자 그들은 다시 몸을 장비하기 시작했다. 조금 전까지 낭만에 젖어 있던 그들과는 달랐다. 어딘지 모르게 전쟁터에 가는 긴장감과 비장감이 깃든 표정과 동작으로 장비를 갖추는 것이었다. 영등포역에 도착했다.

공습을 피하느라고 불이 꺼진 역구내에는 군인, 피란민으로 혼잡을 이룰 대로 이루고 있었다. 그 청년 장교는 하차하기 직전에

"이 자리에 꼼짝 말고 계십시오. 내가 다시 오겠습니다. 절대로 움직여선 안 됩니다."

하고 굳은 악수를 남기고는 나갔다.

밖에서는 어둠속에서 번호를 부르는 소리가 요란했다. 그리고 총소리가 귓전에서 들리는 것같이 쉴 새 없이 났다.

차창 밖으로 북쪽을 보니 붉은 예광탄이 빗발치듯 교차되는 것이 보였다. 아마 한강을 사이에 둔 사격전인 모양이었다. 나는 그것을 보면서도 무섭다는 생각이 전연 나지 않았다. 지금 저 포화 속에서 그 소녀가 어떤 상태에 있는지 그것만이 궁금했다.

포탄에 또는 유탄에 맞아 길가에 쓰러져 죽어 있을지 모른다는 공상을 하다가 나는 이내 머리를 흔들어 그것을 부정하곤 했다. 그럴수록 더욱 몸이 달았다. 한시바삐 저 어둠속의 거리를 뛰어넘어 그 소녀의 곁으로 달려가서 무슨 일이 있어도 그녀의 생사는 내가 지키리

라고 다짐했다.

한참을 기다려도 그 청년 장교는 오지 않았다. 혼자라도 나가볼까 했으나 그것은 지척을 분간할 수 없는 어둠속을 뛰어가려는 것이나 다름없는 일이었다. 오도 가도 못하고 망설이는데 우르르하고 사람들이 타기 시작했다. 잘 살펴보니 피란민이었다. 순식간에 초만원이 되었다. 아니 만원이라는 말로 형용하기에는 부족했다. 지붕 위까지 올라타기 시작했다. 그리고 차량도 딴 홈으로 옮겨졌다.

이젠 그 청년 장교가 나를 찾으려 해도 불가능할 것 같았다. 나는 하는 수 없이 내렸다. 내려서 아까 군인들이 정렬하는 듯싶었던 곳으로 갔다. 그러나 아무도 없었다. 혼잡 속을 헤치고 역 밖으로 나갔다. 거기 어둠속에 GMC가 여러대 서 있고 그 속에 군인들이 가득 차 있는 것이었다. 분간할 수 없는 어둠속에서 그 장교를 찾으려고 우왕좌왕했으나 허사였다. 나는 다시 용기를 내기로 했다. 저 GMC가 틀림없이 한강변의 제일선으로 가는 것일 터이니 어떻게 해서라도 저들 뒤를 따르리라. 그러나 그것은 참말로 불가능한 일일 수밖에 없었다.

헌병들이 어둠속에서 붉은빛의 전등으로 신호를 하면서 피란민들을 한쪽으로 몰아내며 GMC를 발차시키는 것이었다. 나는 어둠을 기화로 헌병을 피하면서 그 청년 장교를 찾으려고 이 차에서 저 차로 뛰어다니며 기차 안에서 안 그의 이름을 불렀다.

미친 듯이 찾으며 이리 뛰고 저리 뛰었다. 지친 내가 단념하고 우두커니 서 있노라니까 역 쪽에서 급히 달려오는 사람과 부딪혔다. 그러자 그 사람이

"당신 아니오?"

하는 것이었다. 그 청년 장교의 목소리였다.

"여보, 나는 당신 찾으러 갔더니 차도 없고 당신도 없고……"

하면서 나의 손을 잡고는

"빨리 갑시다, 빨리. 출동입니다."

하고 앞장서서 달려서 자기 소대원이 탄 GMC 운전대에 나를 껴안다시피 하고 올랐다. GMC는 곳곳에 서 있는 헌병들의 신호에 따라 노량진 쪽으로 달려서 흑석동 고개로 올라가는 것이었다.

한참 만에 우리가 내린 곳은 지금(1963)의 동작동 국군묘지* 부근이었다. 그는 어떤 일이 있더라도 자기 곁에서 떨어지면 안 된다고 하면서 부대를 배치하고 땅에 엎드리는 것이었다. 바로 발밑에는 한강물이 흐르고 있었다. 한강 상공에서 피아(彼我)의 예광탄이 빨간 꼬리, 파란 꼬리를 끌며 아름답게 느껴지도록 교차하는 것이었다. 어떤 때는 산발적으로, 어떤 때는 연속적으로 들리는 총소리조차도 어쩐지 막막한 침묵의 숨소리인 양 조용한 것 같은 느낌이었다. 총소리는 한강다리 아래쪽에서 더 많이 나고 있었다.

어둠속에 엎드린 채 그 청년 장교가 속삭이듯 말했다.

"어떻게 할 작정입니까?"

"네, 저는 확실합니다. 이 강물을 헤엄쳐 건너가보겠습니다."

"지금 이 싸움 속을?"

"네, 그건 이미 작정한 일입니다. 좌우간 가볼 겁니다."

"설사 이 강을 건넌다 하더라도 저쪽엔 적군이 진을 치고 있는

* 현재의 국립서울현충원.

데……"

"할 수 없죠. 그리고 난 여기에서 수영을 하도 많이 해왔기 때문에 저 건너 지리를 잘 알고 있습니다. 어떻게 해서라도 빠져나갈 수 있을 것 같습니다."

"당신의 정열엔 놀랐소. 나도 사실은 내 애인이 지금 저 강 건너에 있소. 마음 같아선 나도 당신처럼 그 여자를 찾아가고 싶으나 지금 나의 임무가 그럴 수 없소."

"그럼 그분의 주소를 나에게 가르쳐주시오. 내가 기필코 전해주겠습니다, 당신의 안부를……"

"그런데 참말로 당신은 여기를 지금 건널 작정이오?"

"더 묻지 말아주세요. 죽어도 할 수 없는 일이라고 생각합니다."

"좋소, 당신이 부럽소."

하면서 호주머니를 뒤지더니 구두칼을 꺼냈다.

"이건 그 여자가 사준 것인데, 이걸 전해주면 나를 만난 듯 기뻐할 것입니다."

하며 악수를 다시 했다. 나는 말하였다.

"지금 내가 싸움터에서 이렇게 한 여자를 찾아 무모한 짓을 하려는 것이 왠지 미안한 것만 같습니다."

"아니오. 그것이 더 소중한 겁니다. 싸움보다 그 무엇보다도……"

하면서 그는 다시 나의 어깨를 얼싸안는 것이었다.

나는 옷을 벗어 단단하게 묶어서 머리 위에다 모자를 쓰듯이 동여맸다. 그 청년 장교는 부하에게 지금부터 30분 동안은 절대로 강물을 향해서는 총을 쏘지 말라는 명령을 했다. 그리고 나를 따라서 어둠

속을 기어서 물가까지 내려왔다. 거기에서 우리 두 사람은 얼싸안고 포옹을 했다. 그러곤 서로 무사하자고, 꼭 살아서 다시 만나자고 거듭거듭 다짐을 하고 악수를 하고는 내가 물에 발을 담근 뒤까지도 서로 손을 놓지 않고 있었다.

"자, 그럼 잘 싸우시오. 살아서 만납시다."

하고 내가 손을 뿌리치듯이 물속으로 뛰어들자

"잘 가시오! 여보, 당신의 사랑에게 당신의……"

하고 말을 맺지 못하고 우두커니 어둠속에 서서 손만 흔드는 것이 보였다. 나보다도 그가 더 흥분을 하고 있는 모양이었다.

사실 나는 지금의 무모한 행동 앞에서 아무런 동요도 심적 흥분도 모르고 오직 행동만을 하고 있는 것이었다. 막상 물속으로 뛰어들고 보니까 나의 귀에는 아무런 소리도 들리지 않는 것 같았다. 다만 내 몸과 물이 부딪히는 소리만이 밤의 공간 속으로 울려가는 것 같았다.

나의 심경은 너무나 침착하였다. 물소리가 안 나게 조용조용히 헤엄을 쳐갔다. 밤의 강물은 예상했던 것보다도 찼다. 그러나 그런 것에 개의할 수 있을 정도로 한가한 시간이 아니었다. 중간 지점쯤 갔을 때 머리 위로 요란스럽게 불꼬리를 끌며 예광탄이 날아오기 시작했다. 물속에서 잠시 헤엄을 중지하고 동정을 살폈다. 그러나 나를 사격하기 위한 예광탄이 아니라는 것을 안 나는 있는 힘을 다해서 빨리 헤엄쳐갔다.

순식간에 건너편 모래사장에 도착하였다. 가슴의 고동이 풀리도록 그 자리에서 쉬었다. 쉬면서 살펴보니 전면의 모래벌에는 사람이 없었다. 옷을 챙겨 입은 나는 조용히 기기 시작했다. 어둠 속을 한참

기어갔다. 무척 힘이 들었다. 무릎이 아팠다. 강을 건너는 일보다 몇 갑절이나 고통스러운 일이었다. 한참 쉬었다 가곤 했다. 그 모래벌이 왜 그리 넓은지 몰랐다. 사막 속을 혼자서 허둥대는 것 같은 느낌이 들 정도였다.

한 100미터쯤 앞에 철둑이 어슴푸레 보이는 곳까지 왔을 때 나는 지칠 대로 지쳤다. 마침 그곳에 움푹 파인 풀밭이 있었다. 그곳에 벌렁 누워버렸다. 피로가 풀릴 때까지 한참 누워 있었다.

하늘에서는 여전히 소총탄의 불꼬리가 교차되었다. 그러나 그것은 치열한 교전이 아니라 이따금 생각난 듯이 쏴대는 위협사격인 모양이었다. 나는 그런 상황 속에서도 별로 두려운 생각은 일지 않았다. 다만 어떻게 하면 무사히 청파동의 S여대가 있는 곳까지 갈 것인가를 궁리했다. 그리고 학교 기숙사에 있을 그 소녀의 안부만을 궁금히 여겼다.

그러나 막상 내가 그 학교 기숙사까지 갔다고 한들 무슨 용기로 그 소녀를 만날까 하는 생각은 미처 하지도 않고서 그냥 '가자, 가자!' 하는 충동에만 쫓겨 있었던 것이다.

나는 한참을 쉬고 난 뒤에 생각했다. 지금 시각이 짐작으로 새벽 3시는 된 듯한데, 이대로 있다가 날이 밝으면 큰일이 날 것 같았다. 밝기 전에 시가지의 골목이나 빈집으로라도 가야겠다고 생각했다. 나는 다시 기어서 철둑 밑까지 갔다.

거기에서 이리저리 살피다가 철둑을 포복으로 넘어서 용산동의 어느 골목으로 뛰어들었다. 나는 그때까지만 해도 철둑 저쪽에는 인민군이 총구를 나란히 하고서 한강 쪽을 가늠하다가 인기척만 있으면 일제사격을 벌이는 것이려니 생각했다. 그랬기 때문에 내가 그곳 철둑을 넘는 순간에는 총탄의 세례를 받으려니 했다. 따라서 그곳을 포복해서 넘기 전에는 몇번을 망설이고 두려워했는지 모른다. 나의 등이며 가슴이며 전신에 벌집처럼 구멍이 나는 것 같은 공상을 했던 것이다.

그런데 어떻게 된 영문인지 한방의 총탄도 날아오지는 않는 것이었다. 나는 속은 것도 같고 산 것도 같고, 일면 더욱 가슴이 조여지는 것도 같은 불안을 느끼면서 그 골목을 조심조심 걸어나갔다.

나는 걸으면서도 인민군이 금시에 나의 옆구리에 총부리를 들이댈 것 같은 두려움이 있었다. 그러나 그렇게 됐을 때 어떻게 하겠다는 아무런 준비도 생각하지 못했다. 생각했어도 아마 그렇게 되면 속수무책으로 죽으려니 했을 것이다.

또 사실 그렇게 죽더라도 나는 억울할 것 같지도 않았다. 사랑하는 사람을 찾다가 제삼자의 손에 의해 죽었다는 것도 하나의 운명적인 낭만 같은 생각이 들며, 그것이 아름다운 일일 것만 같았다. 따지고 보면 나의 모든 행위나 생각이 모두 그런 식의 감상과 낭만으로만 가득 찬 것이었는지도 모른다.

골목길을 이리저리 살피며 나가고 있노라니까 어둠속에 나를 향해 오는 사람의 그림자가 보였다. 나는 얼결에 어느 집 대문 처마 밑으로 몸을 피하고 그가 지나가기를 기다렸다. 그러나 그 사람은 내가 숨어 있는 대문 앞에 서는 것이었다. 나는 전신이 오싹하고 움츠러드는 것을 의식했다. 그럴 따름이지 어떻게 하겠다는 생각은 나지 않았다. 그런데 그 사람은 나를 보고 전연 수상쩍어하지 않고 도리어 가

까운 사람에게 하는 식으로 속삭이듯

"누구야? 왜 나왔어?"

하는 것이었다. 그 순간 나는 그가 나를 자기 가족으로 오인하였으며 이 집이 그의 집이라는 것을 깨달았다. 나는 머리를 꾸벅 숙이면서 공손히 말했다.

"미안합니다. 지나가던 사람입니다."

그는 그제야 깜짝 놀라면서 뒷걸음질을 치는 것이었다. 나는 순간 미안한 생각이 들어서 다시 절을 하면서

"저는 절대로 나쁜 사람이 아닙니다. 지금 이 골목을 지나려다가 선생님이 오시기에 숨은 것입니다."

하고 사과를 했다. 그 사람은 그제야 안심을 한 듯이 긴장한 자세를 풀면서 나를 바라보는 것이었다. 그러고는 물었다.

"어디 가는 참이오?"

"네, 청파동엘 가려고 합니다."

"어디 사시는데요?"

나는 청주에서 올라와 강을 건넜다고 하면 도리어 수상하게 생각할 것 같아서

"네, 이태원에 있습니다."

하고 대답하며

"그런데 지금 갈 수가 있겠습니까? 군인들이 지키고 있지요?"

하고 물었다.

"글쎄요. 나도 지금 피란을 가려고 거리를 살피려 저기 행길까지 가봤더니 피란민인지 뭔지는 모르지만 사람들이 이리저리 왔다 갔

다 하고 있습디다."

하는 것이다. 나는 그제야 안심했다.

"그럼 거리에서 인민군이 지키고 있는 것이 아닙니까?"

"글쎄요. 어떻게 되는 것인지 모르겠습니다. 저렇게 총소리가 나는 것으로 봐서는, 어디서 교전 중인 것도 같은데 거리에서는 피란민이 우왕좌왕하니……"

나는 그분에게 정중히 인사를 하고 대충 길을 물은 뒤에 골목을 달렸다. 한참을 달리다가 삼각지 가까운 행길가의 골목 어귀까지 왔다. 가만히 살펴보니 삼각지 로터리에서 이따금 총소리가 요란스럽게 울렸다. 총소리가 뜸해지면 짐을 지고 어린애를 업은 피란민들이 처마 밑으로 몸을 피하면서 이리저리 잽싸게 피해서 가는 것이 보였다. 나도 그런 사람들 사이에 끼었다.

그들은 도망을 할 작정으로 한강 인도교까지 갔다가는 다리가 폭파돼버렸기 때문에 문안으로 다시 돌아가는 사람들이었다. 불안에 떨면서도 말없이 그들은 문안으로 절망의 귀로(歸路)를 가고 있었다.

삼각지를 지나면 육군본부, 또는 미군부대 등등 군대 시설이 많기 때문에 그리로 간다는 것이 위험천만의 일인 것은 삼척동자라도 판단할 수 있는 일이었다. 그래 나는 삼각지에서 원효로로 빠지는 길로 가기로 작정을 했다. 그러나 그러자면 자연 전찻길을 건너야 하는데 그것이 예삿일이 아닌 것 같았다.

나와 같은 궁리를 하는 사람들도 역시 걱정이 되는지, 길 이쪽에서 건너쪽과 삼각지 로터리를 응시하고 있었다. 그때 한 사람이 재빨리 길을 건너 뛰어갔다. 그러자 너도 나도 하고 달렸다. 나도 달렸다. 총소리가 나는 것도 같고 안 나는 것도 같았으나 쓰러지는 사람은 없었다.

그곳을 건넌 나는 마구 달리다시피 해서 철굴*을 지나 골목골목을 더듬어 청파동 쪽으로 달렸다. 그 어느 골목에서 다시 원효로 전찻길을 뛰어넘었을 때, "서라!" 하는 소리를 들었다. 마구 달렸다. 등 뒤에서 총소리가 났다. 쌩! 하고 총탄 스치는 소리가 났다. 그러나 나는 뒤도 돌아보지 않고 골목으로 뛰어든 채 무작정 달렸다.

어두운 골목을 달리다가 막히면 되돌아오고 또 달리고 하면서 본능적으로 청파동 쪽이라고 믿어지는 곳을 향하여 질주했다. 효창공원 밑으로 돌아서 S여대 가까이 왔을 때는 날이 훤해지려고 하였다. 그렇게 달렸으니 숨이 차지 않을 리 만무하였다. 그러나 그때까지 나는 나 자신의 육체적 피로를 미처 자각할 겨를도 없었던 것이다. 전신이 물속에서 나온 것처럼 젖어 있었다. 그리고 내 몰골이 어떻게 됐는지 나 자신도 분간 못 하도록 흙투성이, 검정투성이가 되어 있었다.

나는 짐작으로 기숙사인 듯싶은 건물이 가까워 보이는, 담이 무너진 곳으로 해서 학교 안으로 들어갔다. 그곳에 수도가 열려 있는지 물이 나오고 있었다. 그리로 가서 세수를 했다. 그런 중에서도 그 소녀 가까이 간다는 데서 나 자신의 꼴이 걱정되었기 때문이었다. 그리고 첫사랑의 고백을 각오한 소년처럼 가슴을 두근거리면서 기숙사까지 갔다.

너무나 조용했다.

『여상』 1963. 6

* 철로 밑의 터널을 말하는 듯하다.

고독에 취한 나그네

기숙사 안은 텅 비어 있었다. 인기척 하나 없이 문은 열린 채 흔들거렸고 물건들이 어수선하게 널려 있었다. 문을 탕, 하고 열었다 닫아보았으나 아무런 반응이 없었다. 나는 이 상태가 포격이나 폭격의 결과가 아님을 알았다. 모두들 집으로 돌아간 것이 틀림없었다. 그렇다면 우선 내가 가장 염려했던 생사의 문제는 해결된 셈이었다. 거기 죽음의 기색은 전연 없었기 때문이다.

제일로 염려했던 그 소녀의 생사가 명확해지자 나는 그녀의 낙원동 집으로 가보기로 했다. 그녀의 집이 낙원동에 있는 것을 나는 어느날 진종일 걸려서 알아둔 일이 있었다. 그날 그 집 대문을, 무슨 크고 숭엄한 신전의 문 앞에 서 있는 것 같은 감동으로 바라보았던 것을 기억한다.

날이 새었고 골목길을 다시 달리기 시작했다. 이젠 모든 상황을 다

파악할 수가 있었다. 누런 군복을 입은 인민군들이 이곳저곳 큰길가에 서 있는 것이 눈에 띄었다. 시민들은 골목에서 우왕좌왕하고 있었다. 모두들 불안과 긴장으로 표정들이 굳어 있었다. 그러나 나는 달리면서도 그들의 표정이나 도시의 상황을 일일이 살피기에 앞서 그 소녀를 향한 감정으로만 가득 차 있었다. 때문에 이 역사적인 커다란 변화도 미처 다 감수할 수가 없었던 것이다. 다만 주관적인 순정, 편협한 낭만으로 하여 나는 이끌려가고 있었다.

어떻게 해서 갔는지 일일이 그 길을 다 기억하고 있지는 못하지만 파고다공원 뒤 낙원동까지 갈 수가 있었다. 그런 대담한 행동을 무슨 용기로 민첩하게 해내었는지 지금 생각해보아도 이상하기만 하다. 나 자신이 상상해도 기적으로만 느껴진다.

그 소녀의 집 앞에까지 온 나는 잠시 머뭇거렸다. 대문은 굳게 닫혀 있고 집 안은 죽은 듯이 조용했다. 나는 차마 그 문을 두드릴 용기를 내지 못하고 한참을 망설이고 서 있기만 했다. 그러다가 그 집 건너편에 있는 대문을 두드렸다.

한참 만에 문이 살며시 열리더니 "누구요?" 하면서 노파가 얼굴을 내미는 것이었다. 잔뜩 겁에 질린 얼굴이었다. 나는 절을 하고 물었다.

"이 앞집에 사시는 분들은 어떻게 됐습니까?"

하고는 왠지 그 노파가 수상히 여길 것 같아서 얼른

"잘 아는 사람인데 걱정이 되어서요."

하고 말을 이었다.

할머니는 그제야 친절한 말투로

"어제들 고향으로 간다고 집을 비워두고 다 가버렸는데!"

한다.

"그럼 아무도 없겠군요? 그리고 그 집 딸도 기숙사에서 돌아왔나요?"

용기를 내어 그 소녀의 소식을 물었다.

"암, 잘 갔지요. 다들 함께 갔는데 길이 막히지나 않았는지…… 강을 못 건넜으면 벌써 돌아왔을걸. 참, 광나루 쪽으로 해서 간다고 하던데, 고향이 충청도라나 청주라나……"

하는 것이었다.

나는 춤이라도 추고 싶도록 기뻤다. 모든 것이 무사하며 또 만날 수도 있을 것만 같이 생각되었다. 나는 저절로 용기가 솟았다. 그리고 낭만적인 꿈이 다시 일기 시작했다. 그 소녀가 피란 가는 길을 뒤쫓으며 나도 하염없는 유랑의 나그네가 된다. 그리하여 어느 낯선 길에서 그 소녀를 먼빛으로 지키며 가는 것도 참으로 멋이 있는 일일 것만 같았다. 그런 공상을 하고 보니 나 자신의 청춘이 무엇인지 모르게 멋있고 아름다운 것만 같았다.

나는 그길로 광나루로 가는 길을 향하여 서울시가를 벗어났다. 당시만 해도 서울시는 인민군이 갓 들어온 때문에 피란민과 그들이 혼잡을 이룬 채 뒤섞여서 우왕좌왕하고 있는 판국이었다.

남쪽에서는 지진처럼 울리는 포성이 쉴 새 없이 들려오고 있었다. 그 포성은 점점 더 남으로 내려가는 것만 같았다. 그렇게 남하해 내려가는 인민군의 뒤를 쫓기나 하듯 피란민들은 남쪽으로 남쪽으로 열을 지어 내려가는 것이었다. 어떤 이는 달구지에, 어떤 이는 리어카에, 어떤 이는 지게에 짐을 싣고서, 어떤 이는 등짐 보따리를 들고

서 어쩌자고 포화가 요란히 울리는 그 위험한 남으로 내려가는 것일까? 그들은 아마 총탄이 교차되는 제일선을 뚫고서라도 자기들의 고향, 자기들의 자유의 땅이라고 믿어지는 곳으로 가고 싶은 것이리라.

그들 대열 속에 끼어 나는 남하해가는 전선(戰線)의 바로 뒤를 따라서 어느날은 50리, 어느날은 20리, 그때그때의 형편에 따라서 걸었다. 어느날은 남의 마루에서, 어느날은 고목나무 밑에서, 또 어느날은 산비탈에서 잤다. 그리고 여기저기 민가에서 얻은 음식으로 허기를 면했다. 몇푼 안 되는 여비도 실상은 필요가 없었다. 어떤 날은 굶기도 했다. 그러나 아무리 전쟁 중이라도 농촌 사람들의 인심은 변함이 없었다. 그들은 먹는 것이면 무엇이든지 주는 것이다. 전쟁, 정치, 세월이 어떻게 되든 길에 나선 배고파하는 나그네에게 베푸는 우리 겨레의 인정은 옛날과 한가지였다. 그들인들 배부를 리 없고 넉넉할 리 없고 불안하지 않을 리 없건만 매양 바탕에서 솟는 인정만은 그들을 변함없이 선량한 백성으로 존재케 하는 모양이었다.

이렇게 흘려보내는 피란길에서도 나는 낮이나 밤이나 그 소녀의 소문과 자취를 찾으려고 애쓰지 않은 날이 없었다. 먼빛으로 젊은 여자가 보이면 달려가보기도 하고, 동네 앞길에 서 있는 동리 사람을 보면 막연한 형용으로 그 소녀의 인상을 설명하면서 '이런 여자가 내려가는 것을 보았느냐'고 묻곤 했다. 보았다는 사람이 있으면 줄달음을 쳐서 좇아가보았다. 비슷한 딴 사람이기도 했고 엉뚱한 딴 사람이기도 했다.

또 어떤 때는 동리 청년에게 공연한 시비를 당하여 인민군에게 넘겨질 뻔한 것을 동리 아낙네의 동정이 나를 자유의 몸이 되게도 했다.

이렇게 들잠과 선밥의 10여일 끝에 나는 청주로 다시 돌아올 수가 있었다. 불과 보름 동안에 이 조용하고 깨끗하고 아담한 소도시의 분위기는 눈에 띄게 달라져 있었다. 낯익은 사람들의 얼굴에서도 어딘지 전과 다른 무표정이 보였다.

나는 청주에 도착하자마자 집을 찾기 전에 그 소녀의 옛집으로 달려갔다. 대낮이었다. 한참을 대문 앞에서 망설였다. 문을 두드릴까 말까 하고 있는데 마침 문이 삐걱 열리며 늙은 부인이 나오는 것이었다. 그는 문 앞에 서 있는 청년을 의아스러운 빛으로 바라보면서 주춤 섰다.

나는 순간 무심코 절을 했다. 그리고 빠른 말로 물었다.

"이 집에 사십니까?"

"왜 그러시우?"

"서울에 계신 분들 피란 잘 오셨습니까?"

"아, 재숙이네 말이오? 잘 왔지만 지금 여기 없소."

"그럼, 그 재숙 학생도 내려왔군요, 무사히. 그럼 어디로 가셨습니까?"

"여기는 어지럽다고 저 금촌동 과수원 근처에 가 있지요. 그런데 당신은 누구요? 나는 재숙이 외할머니라오."

"네, 좀 아는 사람인데 지나가다가 안부를 몰라서 그랬어요."
하고 다시 절을 넙죽 하고서 도망치다시피 그곳을 떠났다.

집으로 단숨에 달려왔다. 대문이 굳게 닫혀 있었다. 뒷문으로 들어갔더니 어머니가 혼자 계시다가 나를 보시곤 어쩔 줄을 몰라하셨다. 방마다 다 잠가놓고 어머니만 홀로 남아 나를 기다리고 계신 것이었다.

둘은 그길로 피란을 떠났다. 그런데 우리는 영국종의 포인터 강아지 한마리를 나의 그 고마운 의사 선생님에게서 얻어다 기르고 있었다. 이제 난 지 겨우 두달밖에 되지 않았다. 집을 나오려고 하는 어머니와 나를 따라나오며 고놈이 킹킹거리며 울었다.

쌀 몇되와 옷가지를 넣은 조그만 보스턴백을 들고 나오던 나는 하는 수 없이 쌀과 옷을 쏟고 그 백에다 강아지를 목만 내어놓고 담았다. 어머니도 곁에서 그런 나의 소행을 말없이 쳐다만 보시는 것이었다.

청주에서 50리가 넘는다는 어머니의 외가 근처의 산속 깊은 어느 동네가 우리들의 목표지였다. 인가는 네댓채밖에 없고 낮에도 어두울 정도로 나무가 우거진 곳이라고 했다.

가는 도중에 날이 저물었다. 가는 도중이라기보다도 청주에서 불과 10리도 안 되는 시외에서 쉬게 된 것이었다. 그곳에 아는 사람의 집이 있었기 때문이다. 일찍 자고서 내일은 목적지까지 가야 한다는 어머니의 다짐을 들었으나 나는 어둡기를 기다려 그 집을 혼자 빠져나왔다. 그 소녀가 피난 가 있다는 과수원으로 가보고 싶었기 때문이었다.

나는 별하늘을 우러러보면서 다시 청주 쪽으로 어두운 밤길을 달렸다. 이곳은 너무도 잘 알고 있는 곳이기에 눈을 감고라도 달릴 수 있었다. 논둑 밭둑을 달리느라 물투성이가 되어서 그 소녀가 머무르는 과수원까지 갔다. 과수원 둘레에는 울타리가 있었다. 그리고 과수원에는 밤이 되면 개를 풀어놓는다는 것을 알고 있었기 때문에 막상 거기까지 가고도 울타리 밖에서 방에 켜놓은 불빛을 바라다볼밖엔 없었다. 거기에서 한두시간쯤 서 있었다. 혹 누구라도 나오지 않을까, 그 소녀가 산책이라도 나오지 않을까, 아니면 불빛에 비친 소녀의 그림자라도 볼 수 있지 않을까 하고 기다리고 서 있었다.

그러나 그런 기대는 다 허사였다. 이리저리 궁리한 끝에 종이쪽지에다 이렇게 썼다.

"김재숙 양, 김양이 무사히 피란하신 것을 다시없는 축복으로 믿습니다. 어떤 무명 청년."

나는 그것을 두장 써서 정성들여 접어가지고 울 안에다 던졌다. 그 소녀가 다음 날 아침에 그것을 주워 보았으면 하는 간절한 소망이 얼마나 컸으랴 하는 것은 형용이 안 된다.

어머니 계신 곳으로 돌아와서 보니 주무시지 않고 기다리고 계셨다. 다음 날 아침에 짐을 챙겨 떠나려고 했더니 강아지가 어디로인지 가버리고 없었다. 나는 안타까워 온 동리를 찾아다녔다. 그러나 찾을 길이 없었다.

강아지 못 보았느냐고 동리 사람들에게 물어볼라치면 도리어 이 난국에 강아지를 가지고 피란하는 사람이 어디 있느냐고 핀잔을 주었다. 하는 수 없이 빈 백을 들고 떠나는 수밖에 없었다. 참말로 강아지가 사라진 것이 안타깝고 강아지의 소식이 궁금했지만 남에게 그런 소리를 할 수도 없는 노릇이었다.

그날 밤 우리는 목적하는 곳에 당도할 수 있었다. 주인 내외가 무척이나 반가워했다. 어머니가 출가하실 때 몸종으로 따라왔다는 분의 딸 내외가 살고 있었다. 그 중년 부부는 나를 '도련님, 도련님' 하면서 자기 아들보다도 더 위해주었다.

물 맑고 나무 그늘 우거지고 한량없이 조용한 이 마을에서 나는 신선이나 된 듯이 즐거워했다. 그곳에 묻혀 있노라니까 지금 어디에서 전쟁을 하고 있느냐 싶었다. 세상의 되어가는 꼴을 전해주는 풍문조차 없었다. 선경(仙境)에서 피서를 하는 듯했다.

그런 태고연한 평화도 얼마 안 가서 깨어지고 말았다. 그곳으로 간 지 10여일이 되는 어느날, 내무서원이 그곳까지 나타나서 거주자를 조사하는 것이었다.

앞 개울에 수영하러 가 있던 나는 마을로 넘어오는 고갯길로 그들이 오는 것을 보고 물속의 바위 사이에서 목만 내어놓고 두시간 가까이 꼼짝 않고 있었다. 마을에서 불과 100여미터밖에 떨어져 있지 않은 곳에서 나는 그들이 왔다 갔다 하는 것을 지켜보며 죽은 듯이 있었다.

나는 나를 부르러 오지나 않나 하고 숨가쁘게 지켜보고 있었으나, 동리에서는 나를 숨겨준 모양으로 동네 청년 세명을 데리고 고갯길을 넘어가는 그들을 볼 수가 있었다. 그들 청년에게 매달려 울부짖는 젊은 아낙네의 울음소리가 들려왔다. 들리는 말로는 의용군으로 끌려가는 것이라 했다. 그들의 모습이 고개 너머로 사라진 뒤에도 한참을 있다가 달려오신 어머니는 물 묻은 나를 껴안으며 대견스러워하셨다. 어머니는 아무래도 이곳에 오래 있을 수 없을 것 같다고 하시며 청주에 다녀와야겠다는 것이다.

어머니는 당신이 다녀오는 동안 낮에는 산속이나 강에 나가서 진종일 동네로 돌아오지 말라고 분부를 하시었다. 이틀 만에 다녀오신 어머니는 빨리 청주로 돌아가자는 것이었다.

"민중병원의 그 의사 선생님이 너를 입원 형식으로 해주겠단다."
하시며 살아난 듯 반가워하셨다. 그다음 날 그곳을 떠나 우리는 밤을 이용해서 청주에 도착하자 그길로 병원에 입원했다.

그 의사 선생님은 내 어깨를 두드리면서

"자네는 진짜 환자이기도 하고, 가짜 환자이기도 한데……"
하시며 웃었다.

그리하여 6·25 당시의 한여름을 이곳의 병실 베드 위에서 무사히 지낼 수가 있었다.

성치 못한 몸을 끌고서 그 무모한 도강(渡江)을 하고 또 쉴 새 없는 유랑의 나그네가 되어 끼니도 굶고 들잠을 자고 무질서하고도 무리한 생활을 계속하였는데도 그때그때 피로를 느끼고는 하였지만 결코 한번도 쓰러지는 일은 없었다. 오히려 얻어먹는 밥이 다시없이 맛이 있고 알몸으로 풀숲에서 뒹굴며 자는 그 잠이 그렇게 포근할 수 없었으며 낯선 마을에서 맞는 아침 햇빛이 그렇게 신선하고 맑을 수가 있었는지 까닭을 알 수 없었다. 더구나 그 '염티'라는 산골에서의 10여일은 내가 나의 신체를 갖고 의식할 수 있는 입장에서 그렇게 경쾌하고 만족스럽게 가뿐한 상태로 있어본 일이 일찍이 없었던 기간이다.

병원에 입원해서 한가해진 틈에 손목을 쥐어보았더니 토실토실하게 살이 찐 것같이 생각되었다. 거울에 비친 내 얼굴의 볼은 동그스름하고 통통했다. 약 한달 동안의 이 유랑의 기적은 도리어 병원에 입원하고 나서 축이 났다고 할 수 있었다.

시내에 나돌아다닐 수도 없고 해서 자연히 그 길고 긴 여름날을,

또 그 무덥고 지루한 한낮을 병원 침대에 누워서 보내다보니 쇠약해질 수밖에 없었다.

전쟁 중의 도시에 전기가 없으니 엑스레이를 찍어볼 수도 없고 하여 의사 선생님은 본격적인 치료가 잘 안 된다고 하시면서도, 구하기 어려운 약을 구해서 투약해주시는 것을 나는 선생님 몰래 숨겨두고 먹질 않았다. 하지만 미열도 없고 두통도 없고 자각증세를 조금도 느끼지 않았다. 다만 하루 종일 누워만 있는 것이 징역 사는 것처럼 지루했다.

그 소녀의 소식은 간접적으로 들었다. 그녀는 몸이 약간 악화되어서 치료를 받는다고 했다. 의사 선생님 가족이 그 과수원에 가 있었기 때문에 그의 아이들이 오고 가는 것으로써 그쪽 소식을 알 수가 있었다. 의사 선생님이 그곳에 갔다 오는 날이면 나는, 그가 나와 소녀와의 마음의 메신저나 되는 듯이 선생님의 체취에서 소녀의 무엇인가를 느끼는 것같이 생각되곤 했다.

하루는 밤이 되어서 의사 선생님이 과수원에 급히 갔다 와야 하는데 산책 삼아 같이 가자고 했다. 나는 춤이라도 출 듯이 기뻤다. 몇년 만의 외출은 아니었지만 실로 며칠 만의 외출인지 몰랐다.

과수원에 도착하자 그 소녀가 마당가로 나와서 선생님께 인사를 했다. 나는 이만치 떨어져서 달빛 속의 그녀를 지켜보고 있었다. 그 소녀는 그곳에 있는 등의자에 앉고 선생님은 안으로 들어가면서 그녀 곁의 의자를 가리키며 앉으라고 하셨다. 그러나 나는 거기 앉을 용기가 없어 어슬렁어슬렁 소요하는 척하면서 그녀를 바라보았다. 그녀는 아무 뜻도 없는 표정으로 나를 이따금 치어다보았다.

나는 달빛 아래 유난히 희게 보이는 그 소녀의 얼굴과 팔이 밤의 공기 속으로 형용 못 할 향기와 부드러움을 발산해주는 것 같은 착각 속에서 이상하게도 충만된 정감으로 그 공간과 시간을 지키고 있었다. 무한히 깊은 바닷속의 고요 같기도 하고 신비스러운 정경 같기도 한 그런 황홀한 꿈속을 나는 더듬고 있었다.

이 여름밤의 황홀경은 아마 내가 그 소녀에게서 직접 전달해오는 정감으로 느낀 가장 강하고 오직 한번뿐의 황홀감이었을 것이다. 실상 이 여름 동안 미증유의 동란의 도가니 속에서도 나는 도리어 나 자신의 육체와 정신 양면에서 일종의 충실감을 누렸다고 할 수 있다.

이상한 일이었다. 평화롭고 화창한 세월 속에서는 여러가지로 자기를 다루는 태도 속에 긴장이 없어서 그런지는 몰라도 고장도 잘 나고 변동도 잔걱정도 많고 해서 병이 대중이 없었는데, 이 화급한 난리 속에서는 일관된 긴장과 결의 때문인지 도리어 자질구레한 신체적 사고라든가 심리적 불안감이 해소되고 팽창한 고무공 같은 탄력성 있는 정신상태가 되어서 그것을 육체가 추종해주는 모양이었다. 오히려 육체의 불편이 좀 아쉬울 정도로 변동이 없는 상태가 되고 말았다.

국군이 다시 수복한 서울에서 북진을 시작한 무렵의 어느날, 나는 그 소녀가 가족과 함께 상경했다는 것을 알았다. 단순히 충동으로 나는 금세 상경하고 싶은 생각이 났다. 그러나 의사와 어머니의 반대로 얼마 동안 뜻을 이루지 못했으나 나는 기어코 어머니를 졸라 백 하나 들고 서울을 향해서 집을 나섰다.

당시 기차는 불통이었다. 더구나 정기적인 여객 버스 같은 것도 없었다. 그리고 상경을 하는 사람이라곤 서울에서 내려온 피란민 중에서도 성급한 사람뿐이었다. 나는 아무런 작정도 없이 50리 길인 조치원을 도보로 걷기 시작했다.

전쟁, 재화 같은 곤경 속에서는 운명이라는 것이 보다 강력하게 작용하는 것인데 나 역시 그런 운이랄까 요행이랄까가 불가능을 가능케 해준 셈이었다.

거리에 나서고 보니 그 사태 속에서 젊은이가 서울을 간다는 것은 도저히 불가능한 일이었다. 그것은 교통을 이용할 아무런 방도가 없고 도중에서의 검문이 굉장히 엄했기 때문이다. 더구나 젊은 사람이 되고서야 그 난관을 돌파할 아무런 방법이 없다는 것을 알게 되었다.

상경은 엄두도 못 낼 상황에서 터덜거리며 걸어가다가 도중의 지서에서 검문을 당하고 말았다. 상대는 민간인 방위대인 모양인데 꾀까다로움을 피우고 트집을 잡으려고 억지를 쓰는 것이었다.

한참 땀을 빼고 있는데 청주 쪽에서 한대의 GMC가 먼지를 일으키며 달려오더니 그 지서 앞에서 멎었다. 그리고 운전대에서 경찰간부 한 사람이 내려 지서 안으로 들어가려다가 나를 보더니

"아니, 신형 아니오? 무사하셨군요? 어머님도 안녕하시고……"

하고 말을 거는 것이었다. 그제야 보니 과거에 우리집 바깥채에 세들어 있던 사람이었다. 나는 반가웠다.

"안녕하셨어요? 가족들도 다 안녕하시죠?"

하고 손을 마구 흔들며 악수를 했다. 알고 보니 공무로 GMC를 끌고 서울까지 출장하는 길이라고 했다. 나는 나의 뜻을 말하면서 데려다 달라고 간청했다. 그는 쾌히 승낙했다. 참으로 뜻하지 않은 행운이었

던 것이다. 그렇지 않고서는 아마 중도에 돌아오고 말았을 것이다.

나는 GMC의 운전대에 그와 나란히 앉아서 회고담을 하면서 아무런 장해도 없이 마포의 가교를 건너서 전화(戰禍)에 피폐된 어둠 속의 서울에 도착했다. 그 사람이 쉬는 여관에서 나도 함께 쉬었다.

다음 날 해가 뜬 거리에 나온 나는 모든 것이 무너지고, 핏기 없는 사람들이 서성대고, 여기저기에서는 아직도 타다 남은 듯싶은 연기가 오르는 그런 거리를 보았다. 그런 폐허의 거리 속에서도 어쩐지 눈이 부신 것 같은 환희를 느낄 수 있었던 것은 무슨 까닭에서일까?

나는 그길로 한달음에 그 소녀의 집까지 달려갔다. 문이 굳게 닫혀 있었으나 무엇인가 그 안에는 빛과 기쁨이 가득히 차 있는 것같이 느껴졌다. 지금 당장 그 문을 두드리지 않아도 이제 내 앞에 놓여 있는 이 무한한 가능성을 지닌 채 희열에 넘쳐본다. 언제까지라도 그런 자세로 있을 것만 같이 나는 소녀의 집 대문을 마주하여 서 있었다. 소녀의 모습을 좇아 이 폐허의 거리로 달려온, 죽음의 강을 건너서 달려온 나 스스로가 자랑스럽고 또 자랑스러웠다.

해가 지고 황혼이 오고 그리하여 이 폐허의 거리 위에 밤이 내릴 때까지, 다시 아침이 되어 또 내일이 와서 무한한 억겁의 세월이 흘러갈 때까지 나는 거기 그렇게 서 있을 것만 같았다.

굳게 닫힌 문을 마주하여 나는 그렇듯 오래오래 서 있었다.

『여상』 1963. 7

울 속의 자화상

언제까지나 그렇게 서 있을 것만 같던 나는 끝내 그 대문을 두드리지 못하고 돌아섰다. 친척이 살고 있는 신당동으로 향하여 걸었다. 나는 그 집에서 약 한달쯤을 날마다 불타고 망가진 서울의 이곳저곳을 돌아다니며 구경했다. 그러면서 여러가지 생각에 잠기곤 했다. 그런 산책의 종착역이 바로 그 소녀의 집 대문이 보이는 지점인 것은 말할 것도 없다.

그런데 하루는 집에 돌아갔더니 방위군이 창설되어 나에게 방위군 소집영장이 나와 있었다. 기류(寄留)관계가 어떻게 되는 것인지는 모르지만 좌우간 영장이 엄연히 나왔고 출두일자와 장소가 명기되어 있었다. 지정된 날에 지정된 장소로 나는 고지식하게 출두하지 않을 수 없었다.

그 전날 나는 무척 감상적인 기분이 되어서 그 소녀의 집 앞까지

가서 서 있었다. 용기가 나면 그녀의 집에다 던지고 오겠다는 짤막한 편지를 한장 들고 있었다.

"재숙 씨의 행운을 빌며 밤마다 이 대문 앞에서 지켜보고 있던 한 젊은이는 내일 싸움터로 갑니다. 부디 행복하시기를 빕니다. 어떤 청년으로부터"라고 쓴 그 편지를 나는 결국 대문 안으로 던지지 못하고 호주머니에 접어넣은 채 방위군 소집에 응한 것이었다.

나는 그 소집 장소인 국민학교 교실에서 사흘을 아무런 대책도 없는 채로 묵고 있어야만 했다. 쌀쌀해진 밤에도 맨몸으로 뒹굴어야 했다. 도망자가 속출하기 시작했다. 그러나 나는 감히 앞을 다투어 탈출하는 사람들을 따라서 도망치지는 못하고 있었다.

그런데 나의 분대를 책임졌다는 자가 아주 형편없는 불량자였다. 말없이 그리고 갸름한 얼굴을 하고 한 귀퉁이에 조용히 서 있는 내가 만만했던지 나에게 돈이 있느냐고 묻는 것이었다. 나는 그의 횡포가 두려워서 있는 돈을 몽땅 내주었다. 그는 자기가 예기했던 것과는 정반대로 순순하게 그리고 거액의 돈을 선뜻 내놓으니까 허를 찔린 사람처럼 나의 얼굴을 가만히 쳐다보더니 도로 가지고 있으라고 하며 반환하는 것이었다.

그날 저녁이었다. 그가 나를 찾더니 외출을 하자는 것이었다. 자기하고 나가면 문제없다는 것이었다. 밖에 나가서 한잔하고 돌아와야지 기분이 안 난다는 것이다. 나는 술을 하지도 않으면서 아무 말 없이 따라나섰다.

어느 으슥하고 조그만 술집에 들러서 싫다는 나에게 한사코 권하더니 연거푸 댓잔을 쭉 들이켠 그는 나의 귀에다 대고

“야, 색시집에 가자.”
하는 것이었다. 내가 아무 말이 없으니까

“이 자식 아직도 안 가본 게로군. 언제 전사할지 알게 뭐야?”

내가 얼굴을 붉히고 말도 못 하고 있으니까 나에게서 돈을 약간 달래가지고 한시간 뒤에 꼭 올 터이니 여기서 만나자고 하고는 휙 나가 버리었다.

나는 그곳에서 한시간이 아니라 세시간을 기다렸다. 그러나 그는 돌아오지 않는 것이었다. 나는 겁이 나기 시작했다. 혼자서 돌아갈 수도 없고 이렇게 막연히 기다릴 수도 없고 해서 망설이고 있노라니까 주인아주머니가 홀에 혼자 앉아 있는 내가 안됐던지 방에 들어와서 기다리라는 것이었다.

며칠을 마루방에서 선잠을 잔 나는 그 방에서 한참 누워 있노라니까 어느 사이에 잠이 들고 말았다. 눈을 뜨고 보니까 아침이었다. 나의 몸에는 모포가 얹혀 있었다. 나의 옆에 그 집 아이가 자고 있고 그 건너에는 주인아주머니가 자고 있었다. 삼십 전후의 젊은 분이었다. 가슴을 이불 밖으로 노출시키고 정신없이 자고 있었다. 나는 얼른 벽 쪽으로 돌아누웠다. 그렇게 하고 한참을 있었다. 일어날 수도 안 그럴 수도 없는 꽤 답답한 심경이었다. 이런 때 그 분대장이라는 자가 나타나주었으면 살아날 것 같았다. 도대체 그자는 어떻게 된 것인지 알 수가 없었다. 밖이 꽤 소란스러워졌을 무렵에 주인아주머니가 눈을 뜨는 기색이더니 나의 어깨를 흔들며

“아직도 주무시오?”
하는 것이었다.

나는 벽을 향한 채로 일어나 앉았다. 주인아주머니는 여전히 누운 채로 가슴도 그런 채로 나를 쳐다보는 모양이었다. 나는 슬그머니 일어나서 홀로 나왔다. 나와서는 우두커니 의자에 앉아 있었다. 어떻게 할 것인가? 그자가 올 때까지 기다릴까, 나 혼자 소집 장소로 돌아갈까 하고 고민을 했다.

잠시 후에 주인아주머니가 밖으로 나와 나를 보더니

"색시같이 참한 분이군요."

하며 열적게 웃는 것이었다.

나는 주인아주머니가 밖으로 나간 틈에 돈을 얼마 꺼내어 방에다 놓고 그곳을 나오고 말았다. 나는 어떻게 해야 할지 모르는 채 발길을 무작정 돌렸다. 이곳저곳에 헌병이 서 있는 것이 보였다. 나는 그들이 마치 나를 체포하려고 배치된 것이기나 한 것 같아 겁이 났다.

헌병을 피하여 이리저리 걷다보니까 길가 벽보판에 붙어 있는 공군모병 광고가 보였다. 나는 이왕이면 공군으로 들어가볼까 하는 생각이 났다. 그길로 공군본부가 있는 퇴계로 쪽으로 갔다. 곧 입대가 되었다.

막상 공군에 입대는 하였으나 기실은 나의 내부에는 군인이 되겠다는 하등의 정신적 결심이 서 있지 않았다. 그때까지의 나는 정도가 지나친 리버럴리스트였다. 규율이니 법칙이니 하는 것에 대한 의식이 형성되어 있지 않았다. 그러기 때문에 몇차례의 입원생활에서도 요양규칙을 지키지 않고 무궤도한 병상 생활만을 했던 것이다.

따라서 나의 모든 행동, 사색은 나의 자유의사로 결정하는 것뿐이었다. 외부적 조건이나 강요가 나를 지배한다는 것은 감각적으로나

의식면에서나 도저히 수락할 수가 없는 것이었다.

그러기 때문에 군대라는 철저한 규율의 세계, 제한의 공간에 대해서 비판적이기에 앞서 본능적인 증오심 비슷한 것을 갖고 있었던 나는 현실이라는 거대한 압력과 역사라는 벅찬 흐름 앞에서는 어쩔 도리가 없이 그 군대의, 전쟁의 인원인 군인이 되지 않을 수 없었던 것이었다.

입대한 지 사흘째 되는 날이었다. 아직 서로 이름도 얼굴도 다 익히기 전의 우리는 따로따로 놀았다. 더구나 내성적인 나는 아무하고도 인사도 안 하고 말도 안 하고 있었다.

무슨 사고가 있었는지는 모르지만 총원 기합을 받으라는 것이었다. 30여명의 후보생을 두줄로 세우더니 앞줄이 돌아서서 상대편의 볼을 때리라는 것이었다. 말하자면 나는 내 앞에 서 있는 낯선 사람의 따귀를 때려야 하는 것이었다.

"때렷!"

하는 호령이 내리자 모두들 앞사람을 철썩철썩 때렸다. 그러나 나는 손이 올라가지 않았다. 내 손으로 남의 볼을 친다는 것이 도저히 실감이 나지 않았다. 그러자 나의 손이 나의 의사에 매달린 물건이 아니고 허공에 저 혼자 매달린 것 같았다. 나는 우두커니 서 있었던 것이다.

그러자 벌을 주던 책임자인 교육반장이 나에게로 달려오더니

"너, 왜 안 때리냐?"

하고 고함을 치곤

"이 새끼 때리는 법을 모르는군. 이리로 나와!"

하고 나를 끌어내더니 가죽장갑을 낀 손으로 나의 양볼을 연거푸 열대쯤 후려치는 것이었다. 그러고는

“제자리로 가!”

했다. 제자리로 가니까

“때리는 법을 알았지? 그렇게 때리란 말이야!”

하곤

“때렷!”

하고 나에게만 명령을 하는 것이었다. 그러나 나는 주먹을 쥐어보려고 하였으나 손아귀에 힘이 안 갈뿐더러 나의 의사로는 불가능한 것 같이 느꼈다. 하는 수 없이 그대로 서 있을 수밖에 없었다. 그러자 그가 째지는 것 같은 소리로

“이 새끼 명령을 어겨! 이리 나와!”

하더니 마구 때렸다. 입술이 터지고 코피가 나고 눈퉁이가 붓고 눈이 잘 안 보이는 것 같았다. 한참을 맞은 나는 다시 나의 자리에 세워졌다.

“때렷!”

하는 명령이 들렸다. 나는 가만히 서 있었다. 그것은 너무나 맞아서 또 생전에 처음 그렇게 맞아서 정신이 몽롱해진 때문인지도 모른다.

“못 때리냣!”

하는 소리를 들었는데도 나는 역시 가만히 서 있었다. 다시

“때렷!”

하는 소리를 들었다. 그리고

“못 때리겠니?”

하는 소리를 다시 들었다. 그러자 그때 나의 마음속에 이제까지 느끼

지 않았던 반항 비슷한, 고집 비슷한 감정이 일며 코웃음이 흐흥 하고 나오는 것 같았다.

그리고 나는 이렇게 피투성이가 되도록 맞은 뒤에 내가 내 앞의 사람을 한대 때린다는 것은 더없이 비굴한 것 같고 내가 못난 것 같은 생각이 들었다. 그런 동작을 하는 나의 팔이 있다면 그런 팔은 뽑아 내던지면 던졌지 때리지는 못할 것 같았다.

그래 나는 그때 비로소 피가 고인 입을 조용히 열고 나직한 소리로

"못 때리겠습니다."

했다.

"못 때려? 정말 못 때려?"

하는 그의 독기 어린 소리를 귓전으로 들으며 마음속으로 빙그레 웃은 나는

"못 때리겠습니다."

하고 아까보다도 더 큰 소리로 내뱉었다.

"이 새끼 돌았나! 여기가 어딘 줄 알고, 뻗쳐!"

하더니 나에게로 달려들어 구둣발로 걷어차고 그가 일본군대에서 배웠다는 유도 솜씨로 나를 마구 메어치는 것이었다. 나는 내가 어떻게 되는 것인지도 모르고 이리 넘어졌다 저리 처박혔다 하다가 기절을 했다. 그러면 물통에 물을 퍼 오게 해서 들어붓고 내가 또 까물치면 물을 붓고, 정신이 들면 다시 일으켜서는 메어치고 걷어차고 하였다. 그렇게 몇차례를 하자 나는 아주 걸레쪽같이 되고 피투성이가 되었다.

한참 만에 사람들을 시켜 나를 부축하여 내 자리에 데려다 세웠다.

나는 쓰러질 것아 이를 악물고 비틀거리며 서 있었다.

다시 그의 칼날 같은 명령이 내렸다.

"때려!"

나는 그 소리를 듣는 순간 쓰러질 것 같았던 전신에 긴장을 느낄 수가 있었다. 그리하여 정확한 동작으로 손을 뒤로 돌려 잡고 발을 약간 옆으로 벌리며 소위 '쉬어' 자세를 하였다. 나는 나도 왜 그랬는지 모르게 그런 동작을 했다. 그러자

"차렷!"

하는 호령이 들렸다.

나는 여전히 쉬어 자세를 하고 있었다. 다시

"차렷!"

하는 소리가 들렸다.

그러나 나는 여전했다. 그러자 그가 구둣발로 내 허리를 걷어찼다. 앞으로 쓰러졌던 나는 일어서서 제자리에 선 채 다시 쉬어 자세를 했다.

"차렷!"

"차렷!"

"차렷!"

하고 연거푸 명령을 하는 그의 목소리를 허황한 바람 소리처럼 들으면서 나는 마음속으로 빙글빙글 웃고 있는 나 자신이 좋았다.

"너 차렷 못 하겠니, 이 개새끼!"

하는 그의 소리에 나는 태연하고도 또렷한 목소리로

"못 하겠습니다."

했다.

그도 어처구니가 없는지

"별 새끼 다 보겠다. 두고 보자."

하곤 나의 앞줄 사람에게

"때렷!"

하고 명령을 내렸다. 내 앞의 사람은 눈을 감고 나의 피 묻은 볼을 철썩 때리는 것이었다. 그때 코와 입속에 고여 있던 피가 방울지며 튀어나와 앞자락에 떨어지는 것을 의식하면서 눈을 감고 있던 나는 일종의 아이로니컬한 쾌감을 느꼈다.

아무 데도 아픈 것 같지 않았다. 아득한 꿈속이나 동화 속의 세계를 더듬고 있는 것 같은 쾌적한 기분이었다. 반장의 아직 독기가 서려 있는

"헤쳐!"

하는 호령이 내리자 내 앞에서 나를 어찌할 수 없이 때렸던 사람이 나를 얼싸안으면서 울먹이는 목소리로

"형! 죄송합니다. 참말로 염치가 없습니다."

하고 사과를 하는 것이었다. 그러자 딴 후보생들도 우르르하고 몰려와서 나를 둘러싸고 위로의 눈길을 보냈다. 그때 나는 억지로 웃으면서 여러 사람에게 미안하다는 뜻을 나타내려고 했다. 그러자 갑자기 눈앞이 뿌연 것 같아지면서 나는 의식을 잃고 쓰러지고 말았다.

눈을 뜨고 보니 나의 침구에 누워 있었다. 눈이 잘 떠지지 않았다. 입술 언저리가 아팠다. 피가 말라붙고 갈라졌던 입술에서 다시 피가 나오기 시작했다. 전신을 꼼짝할 수가 없었다. 곁에는 내 앞줄에 서

서 나를 때렸던 사람이 근심스러운 표정으로 앉아 있었다.

그의 말에 의하면 군의관이 와서 주사도 놓고 약도 바르고 갔다는 것이었다. 그제야 새삼스럽게 전신에 아픔을 느꼈다. 나도 모르게 신음소리가 나오는 것을 나는 온갖 노력을 다해서 참았다. 아무 소리도 아무 동작도 하지 않고 죽은 듯이 누운 채 눈을 감고 있었다.

저녁때가 되어서 교육대장이 대장실로 오란다는 전달이 왔다. 나는 탈지면으로 얼굴을 닦았다. 거울에 비친 얼굴을 보고 나는 놀라지 않을 수 없었다. 눈두덩이고 볼이고 코고 입언저리고 성한 데가 없었다. 입술뿐만 아니었다. 입속까지 깨진 것을 알았다. 나는 그 친구의 부축을 받아서 대장실로 갔다.

잘 걷지도 못하도록 전신이 쑤셨다. 거기엔 나를 때렸던 반장도 와 있었다. 대장 책상 앞까지 간 내가 경례를 하자 대장이 물었다.

"너 왜 얼굴이 그러냐?"

"네, 기합을 받았습니다."

"왜 기합을 받았나?"

"명령을 어긴 때문입니다."

"뭐 명령을 어겨? 이놈아, 군대에서 명령을 어기면 어떻게 되는지 알지?"

"네, 압니다."

"그럼, 너 억울하다고는 생각 않겠지?"

"네, 억울하다고 생각지 않습니다."

"좋아, 전시에 명령을 어기면 총살이라는 것을 알아둬. 너희는 입대한 지 얼마 안 되니까 특별히 용서한다."

하고 엄한 표정으로 나무랐다. 그러고 자기도 자리에서 일어나더니 아까와는 사뭇 다른 표정으로

"군에 입대 전엔 무얼 했나?"

"학생이었습니다."

"음, 알겠어. 말하자면 지성인의 입장에서는 남을 때릴 수 없었다는 이치가 되는데, 그러나 일단 군에 입대하면 모든 것은 명령에 살고 명령에 죽게 되어 있는 걸세. 더구나 전시에 전쟁에 승리하기 위해서는 각 개인의 사사로운 감정을 묵살 안 할 수가 없다는 것은 판단이 가능한 자네 아닌가? 자네가 자네의 교양과 개성만을 존중하다가는 군인으로서는 실패야. 군인이 군인으로서 실패한다는 것은 어떻게 되는 것인지 아나? 그것은 단호히 처치할 수밖에 없는 것일세. 군대에는 군대의 질서와 윤리가 있는 것이니까, 알았나?"
하고 타이르듯이 말했다. 그리고 그 반장에게

"귀관도 부하를 감정적으로 다루어서는 안 된다는 것을 명심하게."
하고 주의를 주었다. 다친 곳을 잘 치료하라고 나에게 당부를 한 뒤 돌려보내줬다.

그다음 날 나는 전신이 아픈 것으로 해서는 자리에 며칠 누워 있고 싶었으며 또 그때의 실정으로는 내가 자리에 누워 있어도 아무도 탓할 사람이 없었건만 이를 악물고 훈련장에 나갔다. 쓰러질 것 같은 몸을 이끌고 뛰고 기고 구령을 하고 군가를 부르면서 훈련을 계속했다. 나는 설사 피를 다시 토하고 쓰러져 죽는 한이 있더라도 나만은 내가 하고 싶은 대로 하고 싶었던 것이다.

이 사건이 있은 이후로 동료 후보생은 물론 고참병, 그리고 상급자 모두가 나를 만만하게 여기지 못하는 모양이었다. 사석에서는 꼭 경어를 쓰는 것이었다. 그 반장도 우리의 소정 교육이 끝날 때까지 다시는 나에게 기합을 주지 않았다. 도리어 나의 시선과 자기의 시선이 마주치는 것을 피하는 눈치였다.

나는 제주도 비행장에 배속을 받았다. 눈이 덮인 열차를 타고 후퇴를 해서, 여기저기 파릇파릇한 상추가 이국정서를 느끼게 하는 제주도에 와 있어 보니 여러가지로 심란해지기 시작했다.

훈련 시에는 하루 종일 피로에 지쳐서 그 소녀 생각을 할 짬도 없었는데 이렇게 색다른 풍경을 보며 초원처럼 넓은 비행장에 서 있으면 다시 인간의 밑바닥에서 움터오르는 감정의 고동을 느끼지 않을 수 없는 모양이었다. 다시 나의 일기장이 메워지기 시작했다. 소녀의 이름이 수없이 점철됐다. 그 무렵에 나는 제주도에서 이제 와서도 뚜렷이 기억나는 사건을 두번 저질렀다.

하나는 나의 소녀와 관련되는 것이었다. 나는 군에 입대한 후로는 그녀에 대해서는 감감소식이 될 수밖에 없었다. 고향집과의 서신 왕래 속에서 그녀의 안부를 물을 용기가 없는 나로서는 도저히 소식을 알 길이 없었던 것이다. 그러나 나의 감정 속에 자리잡고 있는 그 소녀에 대한 그리움은 여전했다. 여전한 것이 아니라 더욱더 굳어갔다. 말하자면 관념적인 하나의 지구(知舊)가 되어 있었던 것이다.

하루는 꿈을 꾸었다. 내가 군에 3년간 근무하는 동안에 그녀의 꿈을 꼭 두번 꾸었는데 꿈을 꾼 다음 날 두번 다 자동차 사고를 일으키고 몸을 다쳐 입원을 하게 되었던 것이다. 그 일은 아무리 생각해도 괴이한 일이 아닐 수 없다. 그 괴이한 사고가 된 첫 꿈을 제주도에서 꾸었다.

그녀가 개화기의 여학생 같은 흰 저고리에 검은 치마 차림을 하고 제주 거리를 걷고 있는 것을 내가 목격하는 꿈이었다. 그 꿈을 꾼 다음 날, 나는 평소에는 숙소에서 부대까지 통근버스를 이용했는데 그날은 10리 되는 길을 걷기로 한 것이다. 왜냐하면 제주시내에는 서울에서 여대생들이 집단으로 피난 와 있다는 소문을 들었기에 그녀도 그들 속에 끼어 있으면 거리에서 만날지도 모른다는 생각이 들었기 때문이다.

가랑비가 부슬거리는 거리를 우비를 걸친 채 혼자서 걸었다. 그리하여 먼빛으로 젊은 여자의 모습만 봐도 그녀가 아닌가 하고 눈여겨보면서 시외까지 걸었으나 그녀의 모습은 볼 수 없었다. 꿈과 현실을 착각하고 있는 내가 스스로 우습기만 하여 하늘을 보면서 쓴웃음을 짓고 있는데 뒤에서 달려오던 지프차가 내 옆에서 찌―익 하고 정거했다.

그것은 비행장에 주둔하고 있는 공군 군사고문단의 미국 군인이었는데 나와 안면이 있는 장교였다. 그는 출근하는 참이라고 하면서 같이 차로 가자고 했다. 가랑비도 내리고 해서 동승했다. 자기 옆자리에 앉았던 타이피스트인 한국 여자를 뒷자리로 옮기게 하고 나를 그 자리에 앉게 하고서 부대로 달렸다.

얼만가를 달린 그는 백미러를 들여다보면서 팔꿈치로 나의 옆구리를 찌르면서 뒤를 보라는 것이었다. 나는 무언가 하고 돌아다보았더니 뒷자리에 앉은 타이피스트의 무릎 위에 얹은 핸드백에 진흙덩이가 하나 떨어져 있는 것이었다. 바퀴에서 날아와 앉은 모양이었다. 그런데 그 여자는 그것을 모르고 있는 모양이었다.

그것을 보고 내가 웃으니까 미군 장교도 그제야 너털웃음을 하면서 돌아다보는 순간 차가 기우뚱하는 것 같더니 길옆에 쌓여 있는 제주도 특유의 돌담을 들이받아버렸다. 나는 윈도우에 이마를 부딪히는 것까지는 의식하고, 잠시(아마 1분 정도) 후에 눈을 뜨고 보니까 나의 이마에 흘러내리는 것이 있어 손을 대어보니 끈적끈적한 피가 만져지는 것이었다.

옆을 보니 미군 장교는 무사한 모양이고 뒷자리에서는 타이피스트가 울고 있었다. 미군 장교는 나의 이마의 피를 보자 나를 덥석 안아 일으키더니 등에다 업고 비행장 쪽으로 뛰기 시작하는 것이었다. 아마 피를 본 그는 무척 몸이 단 모양이었다.

『여상』 1963. 8

풍선의 계절

넓적한 그의 등에 업혀 있는 내 꼴이 스스로 우습기도 하거니와 미안한 느낌이 들었다. 나는 거인처럼 씩씩거리며 달리는 그의 어깨를 한 손으로 두드리며 말했다.

"이렇게 업고 달리면 더 늦으니까, 나를 여기에 내려놓고 달려가서 딴 차를 갖고 오는 것이 좋겠습니다."

그러고 나서 어린애가 발버둥 치듯이 하며 그의 등에서 내려왔다. 그도 내 말이 그럴듯하다는 생각이 들었는지

"이 자리에 꼼짝 말고 있어요."

하고 당부하더니 논둑길 밭둑길을 그 큰 키를 휘청거리면서 달려갔다. 나는 그의 뒷모습을 바라보면서 아픈 속에서도 우습고 또한 내가 사고를 저지르기나 한 듯이 그에게 미안했다. 같이 타고 있던 타이피스트가 옆에 오더니 주저앉아 울기 시작했다.

그때 마침 제주시내 쪽으로 들어가는 소방차가 왔다. 나는 그 차를 정거시켜서 사정 이야기를 하고 시내로 들어갔다. 시내에 공군병원이 있기 때문이었다. 상처가 그다지 크지는 않았다. 그러나 충격이 커서 그랬는지 두통이 몹시 나고 열이 올랐다.

얼마 후에 그 미군 장교가 과일과 과자를 크로스백에 가득히 짊어지고 찾아와서는 "미안하오, 미안하오."를 연발하며 뭣인가 도움이 되어주려고 애를 썼다. 그러는 바람에 내가 도리어 더 미안했다. 그는 날마다 한번씩 찾아와서는 위문품을 놓고 갔다. 나를 담당한 간호병은 좋아 어쩔 줄을 몰라했다.

일주일의 입원치료로 이마의 상처는 아물었다. 그러나 열이 계속되기에 흉곽부를 자세히 진찰해봤더니 결핵증세가 진행성이라는 것이었다.

그러나 당시의 공군병원은 임시로 후퇴해와 있는 판이라 긴급한 외과환자 위주로 겨우 치료하는 형편이었다. 요양환자는 어찌할 도리가 없는 때였다. 원장은 걱정스러운 표정으로 어떻게 약품을 구해줄 터이니 통원치료를 받으라는 것이었다. 그러나 나는 일단 퇴원하고는 병원엘 안 갔다.

이마에 붕대를 두르고 비행장엘 갔더니 그 미군 장교는 나를 망가지기라도 할 물건을 다루듯이 감싸다시피 하여 자기들 의무실로 데려가는 것이었다. 그리고 뭣인가 도와주려고 하는 것을 나는 기어코 거절하고 나와버렸다.

어느덧 붕대는 풀었다. 이마 왼쪽에는 초승달 같은 상처가 생겼다. 나는 그 상처를 거울에 비춰보면서 이게 그 소녀를 사랑했었다는 숙명의 낙인인 것같이 여겨져서 야릇하도록 운명적인 낭만을 되새기곤 했다. 손끝으로 어루만지면서 대견한 물건인 듯이 소중해했다.

어느날이었다. 그날은 일요일이었기 때문에 주둔하고 있는 미공군 군사고문단의 야구팀과 우리 공군팀이 친선 야구시합을 한 날이었다. 물론 양쪽이 다 아마추어이지만 미군팀을 당해낼 도리가 없었다. 형편없는 차이로 우리가 졌다.

비행장 풀밭에 나가서 뒹굴다 돌아오는 참인데 마침 미군 퀀셋 앞을 지나야 했다. 거기엔 오늘의 야구 승리를 기뻐하는 그들이 술에 얼근히 취해가지고 떠들썩하니 즐기고 있는 참이었다.

그 앞을 지나가는 나를 본 안면 있는 미군인들이 손을 흔들며 알은체를 했다. 나도 손을 흔들며 대꾸를 했다. 그때 미군 상사 한 사람이 비실거리며 다가오면서

"헤이, 보이, 코리아 넘버 텐, 지 아이 넘버 원."

하며 야구시합에 이긴 것을 자랑하는 눈치이었다. 모르는 척하고 지나오면 될 것을 나는 반농담으로

"뭐가 그러냐? 우리도 넘버 원이 있다."

하고 대꾸를 했다. 그는 뭐가 넘버 원이냐고 하며 덤볐다. 내가 마라톤은 우리가 넘버 원이라고 하자 그는 말문이 막혀서 주춤했다. 어리둥절해하는 그를 본 미군인들이

"와아아."

하고 웃어대며 마라톤은 코리아가 넘버 원이라고 박수를 쳤다.

그 미군 상사는 얼굴이 홍당무가 되더니 모욕감을 느꼈는지 나더러 기다리라고 말하고는 퀀셋 속으로 들어갔다. 잠시 후에 그는

M1단검* 두자루를 들고 나와서 칼날을 빼들고 한개를 나에게 내밀며 결투를 하자는 것이었다. 나는 그것이 장난인지 진담인지 분간을 못 하고 어리둥절해했다.

"왜 칼을 안 받느냐, 비겁하다."

하고 그는 외쳤다. 그래도 나는 칼을 안 받았다. 그는 다시 외쳤다.

"그러니까 코리아는 넘버 텐이다. 비겁하다. 떳떳하게 싸우자."

하고 미친 사람처럼 소리를 지르면서 칼을 내 코끝에다 들이대는 것이었다.

나는 하는 수 없이 칼을 받았다. 그러나 싸우겠다는 생각은 털끝만치도 없었다. 참말로 하는 수 없이 받은 것이다. 그것은 비겁하다는 말이 싫어서 무심코 받은 것인지도 모른다.

내가 칼을 받아들자 그는 1미터는 될 듯싶은 긴 팔을 내저으면서 칼부림을 해오는 것이었다. 나는 뒷걸음을 칠 수밖에 없었다. 그러나 그의 칼은 사정없이 나의 얼굴 끝이나 가슴팍으로 다가오는 것이었다. 그렇게 되면 나는 필사적으로 그것을 막아낼 수밖에 없었다. 그러나 그를 향하여 칼질을 할 생각은 못 했다. 다만 그가 가까이 오지 못하도록 손을 한껏 펼쳐서 칼을 내흔들고만 있었다. 그러면서 뒤로 자꾸 물러갔다. 딴 미군인들은 구경거리가 났다고 손뼉을 치고 고함을 지르고 깡충거리며 좋아 야단인 듯했다.

나는 한참을 물러가다 더는 물러설 수가 없는 지점까지 온 것을 알았다. 퀀셋 벽을 등에 지고 그와 맞설 수밖에 없어졌다. 그는 술 취한

* M1소총에 부착하는 단검을 말하는 듯하다.

사람이고, 또 팔이 길고 거기에다 분명히 화가 난 모양이니 무슨 사고가 나도 날 모양이었다. 나는 도리가 없어서 그가 더이상 못 덤벼오도록 칼을 차바퀴 돌리듯이 마구 휘두르며 필사적으로 그를 막았다.

그래도 그는 점점 더 다가오는 것이었다. 나의 등골과 이마에선 땀이 흘러내렸다. 참말로 필사적이었다. 바싹 다가선 그는 모션을 크게 하며 돌격적으로 덮쳐누르듯이 칼을 내리쳐오는 것이었다. 나는 순간 잽싸게 몸을 피하여 퀀셋 옆으로 쑥 빠져나왔다. 헛찌른 그는 그 순간 자기 몸의 균형을 못 잡고 앞으로 나가떨어졌다.

나는 그것을 보고는 들고 있던 칼을 내던지고 물러섰다. 딴 미군인들은 손벽을 치며 허리를 꺾고 웃어댔다. 그러자 더욱 창피해진 그는 다시 일어나서 나에게 덤볐다. 더 사나운 칼부림이었다. 나는 칼이 없어 막을 수가 없었다. 그렇다고 등을 돌리고 도망을 치는 것만은 싫었다. 나는 그를 노려보면서 뒷걸음질을 했다. 나도 속에서 분노가 치밀었다. 내던졌던 칼이 어디에 있나 눈으로 찾았다.

그제야 구경하던 미군들이 사태가 위급한 것을 알았는지 그를 뒤에서 끌어안고 칼을 뺏었다. 그는 놓으라고 아우성이었다. 나는 그의 얼굴을 똑바로 보며

"너야말로 비겁하다."

고 내뱉듯이 말하곤 돌아섰다. 그 순간 나의 두 눈에서는 의미도 모르겠는 눈물이 마구 흘러내리는 것이었다. 분한 것도, 억울한 것도, 슬픈 것도, 외로운 것도 아닌 것 같고 또 그 전부인 것도 같은 감정이 치밀어올라와서 나는 마침내 울음을 터뜨리고 말았다. 패배자 아닌 패배자 같은 비애를 느꼈다. 설명도 잘 안 되고 윤곽도 안 잡히는 피

해 민족의식 비슷한 것이 나를 슬프게 했다.

그런 나의 어깨를 툭 치는 사람이 있었다. 얼굴을 쳐들어보니 안면이 있는 미군 하사였다. 그 사람은 그 난투극의 현장에 없었던 사람이었다.

"왜 우느냐? 무슨 일이 있었느냐?"

하고 안타까운 듯이 물었다.

나는 내뱉듯이 여차여차했다고 말했다. 그 이야기를 듣고 있던 그는 격한 감정을 얼굴에서 감추지 못하더니 나의 팔을 잡아끌면서

"오오, 왜 착한 미스터 신을 골려? 그자는 내가 버릇을 고친다."

하며 흥분하는 것이었다. 내가 그럴 것 없다고 말렸으나 그는 듣지 않았다.

나를 끌다시피 하여 그 자리로 왔다. 그 하사는 그 상사에게 욕지거리를 하더니 퀀셋 안으로 들어가서 권투장갑 두개를 들고 나와 한 짝을 상사 코빼기에다 내던지고는 장갑을 끼더니 자기와 당당히 결투를 하자고 덤볐다. 그러자 그 상사도 좋다고 하면서 장갑을 끼었다. 딴 군인들은 또 구경거리가 났다고 싱글벙글거렸다.

장갑을 낀 두 사람은 마치 권투시합을 하는 선수처럼 폼을 쟀다. 하사의 첫 주먹이 정통으로 상사의 코를 때렸다. 벌렁 뒤로 나자빠진 그는 머리를 서너번 흔든 뒤에 눈을 부라리며 일어서더니 맹호처럼 덤비면서 스트레이트로, 어퍼컷으로 연속 강타하니까 하사는 그것을 막아내기에 바빴다. 전세는 일방적으로 되었다. 나를 복수해주겠노라고 덤빈 그가 도리어 형편없이 두들겨맞는 것이었다. 코피를 흘리고 눈두덩이 터지고 하더니 마침내 다운되고 말았다.

나중에서야 안 일이지만 그 상사는 과거에 직업적인 권투선수였다는 것이었다. 그런 사람에게 덤볐으니 당할 도리가 없었다. 그런데 다운되었던 하사는 다시 일어나서 덤비는 것이었다. 그러나 얼마 안 가서 다시 다운되었다. 피투성이였다.

나는 더는 참을 수가 없었다. 그 상사에게 다가간 나는 그의 팔을 뒤로 잡아끌며 돌아서는 그의 면상을 있는 힘을 다해서 주먹으로 들이쳤다. 그 한 주먹으로 그는 코피를 주르륵 흘렸다. 그는 우욱 하고 신음소리 같은 노성을 지르면서 나에게 덤벼왔다. 나도 내 정신이 아닌 사람처럼 온몸이 주먹으로 뭉친 것 같은 동작으로

"이 새끼."

하고 악을 쓰면서 그의 얼굴을 들이쳤다. 그 주먹이 어디에 맞는지도 모를 지경이었다. 그러나 그의 눈을 때린 것이었다.

그는 "억" 소리를 지르면서 주저앉았다. 눈두덩이 금시에 시퍼렇게 부어올랐다. 그는 아우성을 치면서 장갑을 벗어던졌다. 그러곤 아까의 M1단검을 찾는 것이었다. 아무도 그 단검을 내주지 않으니까, 이 사람 저 사람에게 시비를 거는 사람처럼 덤벼서는 단검을 내놓으라고 소리쳤다.

"칼을 내라! 이젠 결투다, 결투!"

하고 외치면서 날뛰었다.

그때 마침 언젠가 차 사고를 낸 미군 장교가 나타났다. 그는 딴 사람들에게 자초지종을 듣고서는 그 상사와 나 사이에서 빙그레 웃으면서 화해하라고 말하는 것이었다. 그러나 그때는 나도 화가 날 대로 나 있었고 분을 참을 길이 없었기에

"화해? 못 해, 당당히 결투하자!"
하고 소리를 질렀다. 그 장교는 뜻밖이라는 표정으로
"미스터 신이 웬일이오? 참으시오."
하며 사정하다시피 말하는 것이었다. 나도 그제야 약간 분이 사그러지는 것 같았다. 그래서
"좋소. 그러나 그가 사과를 하지 않으면 못 하겠소."
하고 내뱉듯이 말했다. 미군 장교는 한참 묵묵한 표정으로 무슨 생각을 하더니, 아까까지의 기세는 어디로 갔는지 눈두덩을 감싸쥐고 서 있는 그 상사에게 '네가 먼저 사과하라'고 명령을 하듯이 말했다. 그 한마디에 그는 방금 전까지의 사나운 표정을 싹 거두고 약간 멋쩍은 듯한 얼굴로 손을 내밀고 악수를 청하는 것이었다. 그러곤 내 손을 흔들며
"미스터 신, 미안합니다."
하고 사과를 하는 것이었다. 나도 순간 미안한 마음이 들어 그의 손을 흔들며 말했다.
"아닙니다. 제가 미안합니다."

상사는 나에게 사과를 하고는 한쪽 손으로 자기의 부어오른 눈두덩을 감싸쥔 채 피투성이가 된 하사에게로 가서 근심스럽다는 표정으로 얼굴의 상처를 살피는 것이었다. 그러곤
"미안하오."
하고 사과를 하는 것이었다.

세 사람은 순간 씻은 듯이 격했던 감정을 잊고 서로 바라보며 열없게 웃었다. 그 미군 장교가 우리 세 사람에게 맥주를 한턱하겠다고

자기 방으로 초대했다.

그 이후로 이 네 사람—나, 미군 장교, 왕년의 권투선수인 상사, 그리고 휴머니스트인 하사—은 콤비가 되어서 잘 어울리었다. 네 사람은 바닷가로 가서 해수욕을 곧잘 했다. 처음으로 바닷가에 갔을 때는 내가 수영선수였던 것을 모르는 그들이 저마다 수영엔 자신이 있다고 장담을 하며 약 100미터쯤 떨어진 바위까지 시합을 하자고 했다. 나는 빙그레 웃으면서 동의했다. 그들이 3분의 2도 오기 전에 멋진 크롤 스트로크로 헤엄쳐가는 나에게 감탄하면서 농담으로

"코리안 넘버 원, 지 아이 넘버 텐."

하자 모두 허리를 꺾으며 웃고 즐겼다. 더구나 높은 바위에서의 나의 다이빙에도 좋아 야단들이었다. 이렇게 남국 섬나라 탐라라는 이역에서 나는 전쟁의 틈바구니를 제법 청년다운 일과로 즐겁게 지냈다.

제주비행장은 비스듬한 X자형의 활주로인데 초원같이 넓은 그 활주로는 클로버잎 일색으로 덮여 있었다. 강렬한 햇빛과 적당한 강우로 해서 무성할 대로 무성했다. 제주시내 학생들을 동원하여 한쪽에서부터 클로버를 베기 시작하여 마지막 구석까지 베어나가는 10여일 동안에 처음 벤 곳에는 클로버가 다시 무성하게 자라나 있곤 하였다.

그 포근한 정감을 느끼게 하는 활주로에서 뒹굴며 나는 한량없는 공상과 사색과 꿈을 키웠다. 그 당시의 예민한 감수성과 지적인 감도(感度)는 자연적인 조화와 맞아들어서 나로 하여금 시작(詩作) 능력을 무제한으로 팽창시켰다. 그리고 이런 자연풍경의 원만함 속에서 나는 역사와 세계와 현실에 대한 관찰력과 객관적 냉철성을 배우게 되었다. 냉철성을 찾았다는 것은 바꾸어 말하면 나의 정신능력이 발

전했다는 말이 될지도 모른다. 너무나도 고식적이고 주관적인 응시밖에 모르던 내가 차츰차츰 사물에 대하여 비판적인 인식능력을 갖게 된 것이라고도 할 수 있다.

나 자신으로서는 뚜렷이 자각할 수 있는 정도의 이런 변화가 나의 시작 태도에도 변화를 끼치게 되었으며 따라서 습작품도 변모하기 시작했다. 이 무렵부터 나의 시작은 자칭 소위 풍선기(風船期)로 들어간 셈이 된다.

그때까지의 내가 시에서 찾으려던 관념적인 성숙이나 정서의 완성에 대해서 불쾌한 회의를 하기 시작했다. 내면의 추구라는 것이 행동적인 경험이나 현실적인 체험 없이는 이루어지는 것도 아니고, 또한 그런 외적 세계와의 교섭이 없는 내적 형성이라는 것은 사상(沙上)의 누각이 아니면 관념적인 신기루라는 것을 알았다. 그런 허망한 것을 갖고서는 세계와 역사를 감내하기에는 너무나 내성이 결핍되고 저항력이 없는 인간이 될 수밖에 없다는 것을 알았다.

6·25라는 미증유의 전란 속에서 하나의 갈대 같은 목숨의 소유자가 되어, 더구나 그 전쟁의 말단 일원이 되어 의미를 알 수 없는 세계의 몸부림과 격동하는 역사의 소용돌이를 감수하려고 하니, 나는 나의 생명력이 너무나도 초라함을 깨닫게 되었으며, 그 나이까지의 내 정신작업이었던 시작 생활이 어처구니없는 소꿉장난이었다는 것을 알게 된 것이었다.

당시의 나의 임무는 지휘탑 근무였다. 비행장 한가운데 우뚝 솟아 있는 콘트롤 타워에서 뜨고 내리는 비행기에 각종 지시를 하는 것이었다. 이 근무를 잠시라도 소홀히 하면 비행기끼리 충돌, 추락하는 사고는 물론 작전수행의 지연을 초래하는 중대사건이 발생하는 것이다.

다분히 현대 기계문명의 첨단적인 것을 조작하는 근무이었다. 여기서는 1분이라는 시간 차가 얼마나 크고 무서운 현실적 사건을 좌우하느냐는 것을 통감할 수가 있다. 그리하여 현대문명의 조직과 구조가 인간의 개인감정과 신념과 개성과 자각을 초월한 폭력으로 군림한다는 것을 알게 되었다.

그런 상황 속에서 상실되어가고 붕괴되어가는 '나'라는 인간 하나의 운명을 너무나도 절실하게 상징해주는 기상관측 풍선의 모습을 보며 나는 「풍선기」라는 스케치식의 연작시를 쓰기 시작했다.

비행장에서는 기상을 관측하기 위하여 수시로 풍선을 띄웠다. 그 풍선은 고공으로 올라갈수록 팽창하다가 기압이 아주 희박해진 상공으로 올라가면 마침내는 터져서 사라져버리는 것이었다.

그 모습을 바라보면서 나는 나의 소망을 그 풍선에 걸기나 한 듯이 응시하는 것이었다. 그러곤 그것이 내가 원하는 대로 일직선으로 올라가주기를 바랐다. 그러나 하늘 위에는 결코 바람이 안 부는 날이 없었다.

결국은 바람이 부는 대로 비스듬히 기울어져서 떠올라가는 풍선을 바라보며 나는 한숨을 내뱉는 것이었다. 오늘도 나의 소망은 아무데로나 제멋대로 부는 바람에 날려서 흩어지고 말았구나 하는 생각이 들기 때문이었다.

그리고 그렇게 내 소망대로 떠오르지 않는 그 풍선마저도 내가 나의 내면에서 기르던 허망한 관념세계와 흡사하게 무한정 부풀어가

다가는 결국 내실과 외허를 균형 잡지 못하고 허망하게 터져서 없어지고 만다는 절망감을 새삼스럽게 느끼고 몸부림쳤다.

나는 풀밭에서 뒹굴며 미친 듯이 무수한 시를 내리갈겨 썼다. 나는 그 무수하게 쓰는 시에 대하여 그날까지 내가 느끼고 생각했던 시와는 동떨어진 것을 발견하고 혼자 쓴웃음을 지었다.

그 무렵에 쓴 시 속엔 이런 것이 있다.

풍선기 제1호

초원처럼 넓은 비행장에 선 채 나는 아침부터 기진맥진한다. 하루종일 수없이 비행기를 날리고 몇차례인가 풍선을 하늘로 띄웠으나 인간이라는 나는 끝내 외로웠고, 지탱할 수 없이 푸르른 하늘 밑에서 당황했다. 그래도 나는 까닭을 알 수 없는, 내일을 위하여 신열(身熱)을 위생(衛生)하며 끝내 기다리던 그러나 귀처(歸處)란 애초부터 알 수 없던 풍선들 대신에 머언 산령(山嶺) 위로 떠가는 솜덩이 같은 구름 쪽만을 지킨다.

이것은 하염없는 심사를 달랠 길이 없어 쓴 시였다. 이 무렵에 전쟁이라는 다시없는 슬픈 인류의 비극과 현대라고 하는 다시없이 가열한 형벌인 운명 속에서 호흡하는 인간의 고민을 통감했다. 그리고 이런 역사적 기점에 선 우리 민족의 위치와 그런 민족의 한 청년이 치러야 할 시련이 무엇이냐는 것을 깨닫기 시작했다.

그렇게 되니까 자연히 사물과 현실을 보는 데 하나의 기준이 생기고, 또 비판력이 생기게 되었으며 나 자신이 오늘까지 살아온 과정이 너무나도 철없이 유치했고 무위했던 것임을 알게 되었다.

이렇게 변해가는 나의 정신상태가 가장 어려운 난관에 부닥뜨린 것은 문학에 대한 그때까지의 소신과의 결별이었다. 뭐니뭐니 해도 그때까지의 나의 문학은 일종의 심미주의적인 것이었다. 나의 어느 구석에 또 언제 자리잡았으며 어떻게 형성되었는지는 모르지만 좌우간 모든 형상이나 사건을 아름다운 파악, 아름다운 수작으로만 받아들이려고 하는 태도가 나의 예술관의 밑바닥을 이루고 있었던 것은 틀림없었다.

그러나 이 무렵부터 나와 나 아닌 것과의 교섭이 결코 아름다운 율조나 감미로운 감각이나 선의의 응대로서만 이루어지는 것이 아니라, 그것은 도리어 상극과 화합의 양극선상에서 생겨나는 여러가지 바리아시옹(variation)이라는 것을 알게 되었다. 그것들은 아름답기에 앞서 가열한 것이며 기쁨보다도 땀이라는 것을 알았다.

『여상』 1963. 9

무의미한 반추

「풍선기」라는 스케치식의 시는 무수한 수효로 늘어갔다. 그 많은 스케치의 시어와 영상은 전쟁을 주어로 한 것뿐이었다. 근무를 못 견디고 도망한 병사라든가, 과도한 피해망상증으로 해서 방공호 속에서 자살을 한 병사라든가, 흑인인 미군 병사의 상처에서 흐르는 빨간 핏빛이라든가 하는 것이 시의 소재였다.

장마비가 억수로 퍼붓던 어젯밤, 방공호 속에서 자살을 한 병사의 그 원인을 나는 묻지 않았다. 그러나 그 이유를 나는 아마 알 것이다. 그 이유를 아마 모를 것이다. 나는 그것을 몰라도 오늘 진혼가를 불러주듯 이렇게 파아란 하늘로 풍선만 띄우면 그만인가? 그가 죽은 것은 어제의 의미이지만, 오늘의 의미는? 그리하여 내일의 의미는? 하고 지금 내가 알고 싶어하는 것은 나의 앞가슴팍에 걸려 있는 스테인리스 군번표의 비호능력인지도 모른다. 그리고 또 내가 알고자 하는 것은 잊어버린 어머님의 나이와 진정 지금 나의 손아귀에 쥐어져 있을 아르튀르 랭보 주정선(酒酊船)의 항도(航圖) 같은 그런 나의 수상(手相)일지도 모르지만 아무튼 나는 그것을 알고 있으나 나의 오늘의 의미는 매한가지일 수밖에 없을 것이다.*

이런 식의 시가 「풍선기」의 가장 백열기(白熱期)의 산물이다. 에스프리가 절박하게 몰아칠 때에는 하루에도 두서너편씩이나 써냈다.

그럴 무렵에 부대 이동을 하게 되자 약간 심경의 변화가 생겼다. 나를 이국정서와 향수에 젖어 있게 했던 제주도 생활에 종지부를 찍게 한 때문이다. 여기 제주도 섬사람들은 본토를 육지라고 불렀다. 그들이 쓰는 육지라고 하는 말 속에는 우리들이 갖고 있는 언어 개념 이상의 것이 포함되어 있다. 그들이 쓰는 육지라는 말 속엔 무한한 동경과 갈망의 감정이 포함되어 있다.

섬생활 반년에 나도 어느새 육지를 그리워하는 사람이 되어 있었다. 그 이유는 여러가지가 있겠지만 그중에서도 가장 큰 것은 해양적인 기후로 인해서 공기가 늘 음습하다는 점이었다. 구름으로 덮여 있는 날이 갠 날보다 더 많아서 어딘지 모르게 호흡이 갑갑한 것 같은 느낌이 나의 신체를 지배하는 것 같아서 괴로웠었다.

* 시집 『풍선과 제3포복』(1956)에 실린 「풍선기」 16호와 내용은 같으나 시 구절이 약간 다르다.

그러기 때문에 육지로 가면 호흡도 자연히 가벼워지고, 따라서 외면을 하기 시작했던 자연에 대한 친밀감이 되살아날지도 모른다는 생각을 하던 참이라, 부대 이동으로 육지에 가는 것이 기뻤다.

그러나 이동해간 사천(泗川)비행장은 장마철이었기 때문에 진흙구덩이나 다름이 없었다. 흙탕물이 무릎까지 오는 곳이었다. 그 붉은 황토의 흙탕물 속에서 한달을 지내는 동안 이질에 걸려 괴로워했고, 또 그곳 물이 몸에 안 맞아 늘 위장이 편치 못했다.

나는 불과 한달이 못 되어 이곳이 싫어지기 시작했다. 싫은 정도가 아니라 저주스럽기조차 했다. 그러던 참인데 나는 또 자동차 사고로 몸을 다쳤고, 그것으로 인해서 늑막염이 병발하고 말았다.

그 자동차 사고도 기이한 느낌이 드는 사고였다. 전에 제주도에 있을 때 짝사랑하는 소녀 재숙 양의 꿈을 꾸고 그다음 날 자동차 사고를 일으켜 이마에 초승달 같은 상처를 얻은 일이 있었는데 이날도 역시 그 소녀가 시골에서 나물을 캐고 있는 꿈을 꾸었던 것이다. 노랑저고리에 남빛 치마를 입은 앳되고도 사랑스러운 모습으로 논둑가에 쪼그리고 앉아 나물을 캐는 꿈이었다.

공군생활 3년 동안 그 소녀의 꿈이라곤 딱 두번 꾸었는데 그때마다 차 사고를 일으키고 그로 인하여 부상을 입고 또 입원해야만 했던 것이 이상하지 않을 수가 없었다.

그날은 미국군사고문단 소속의 미공군 조종사인 흑인 대위가 귀국하게 돼서 그를 환송하는 파티가 진주의 어느 호텔에서 있는 날이었다. 내가 편승하고 가던 차가 진주시내에 거의 들어섰을 때였다. 마구 달리는 차 앞으로 길가에서 놀던 어린애가 아장거리고 걸어나왔다. 운전사는 그애를 안 칠 요량으로 차를 무조건 옆으로 돌렸다. 초속으로 돌리던 차는 길가의 아름드리 가로수를 들이받았다. 지붕 없는 차의 운전사 옆에 앉아 있던 나는 고무공처럼 공중으로 포물선을 긋다시피 붕 떠서 앞에 있는 가로수에 부딪고는 땅바닥에 떨어지고 말았다.

그길로 기절을 한 나는 바로 우리 차 뒤를 따라오던 비행단 의무전대장(醫務戰隊長) 박천규(朴天圭) 박사(지금 서울에서 개업하고 계신 우리나라 외과의의 권위자)의 지프차에 실려 시내 민간병원으로 실려 가서 응급치료를 받고서야 의식을 회복했다.

가슴과 등에 찰과상을 입었다. 응급치료를 받고 누워 있다가 부대로 돌아가라는 의무전대장의 명을 어기고 파티 장소인 호텔로 갔다. 그 흑인 대위는 고등교육을 받은 교양과 인격과 특출한 조종술을 가진 사람이었다. 그런데도 피부색이 검다는 것 때문에 어딘지 모르게 백인 장교에게서는 볼 수 없는 애수 비슷한 표정을 늘 짓고 있는 것이 나는 내 일처럼 괴로웠던 기억이 있었기 때문에 남다른 애정을 혼자 갖고 있었다. 그래서 그의 귀국을 환송하는 장소에 꼭 가고 싶었던 것이다.

그곳 홀에서는 춤이 한참 흥겹게 벌어지고 있었다. 나는 한구석에 앉아서 몸의 응혈이나 풀라고 하며 그 흑인 대위가 갖다주는 양주를 상당량 마셨다. 그러나 도무지 취하는 기미가 없었다. 그런데도 몸을 가눌 수 없을 정도의 피로가 갑자기 전신을 휩쓰는 것같이 밀려왔다. 그 호텔의 빈방 하나를 얻어서 누워 있다가 잠이 들고 말았다.

그날 마신 술의 양은 내가 그 나이까지 먹은 술 중에서 제일 많았고 독한 것이었다. 그래서 그런지 차 사고로 다친 때문인지 다음 날 아침에 갱신을 못했다. 지프차에 실려 부대에 돌아온 그날 오후부터는 고열이 나기 시작했다. 옆구리가 결리고 숨이 가빴다. 나는 혹시 각혈이라도 하는 것이 아닌가 하고 걱정했으나 별일은 없었고 다만 숨이 가빠 견딜 수가 없었다.

사흘 만에야 늑막에 물이 많이 고여 있다는 진단이 내렸다. 물은 뺐다. 전에 경험한 적이 있어 그다지 큰 충격은 받지 않았으나 야전병원의 천막병사 속에서 한여름 태양볕에 쪼여 더운 김이 푹푹 치솟는 목침대에 누워 있다는 것은 형벌 이상의 고통이었다. 물에서 건져낸 사람처럼 땀을 흘리고 신음을 하며 앓고 있어야 했다.

내 병의 차도가 없는 것을 안 의무전대에서는 마산에 있는 공군병원으로 입원을 시켜주었다. 그때 고열 속에서 신음하던 나는 내가 어떻게 처치되어가는지도 잘 식별하지 못한 채로 앰뷸런스에 실려 마산까지 왔다. 마산 공군병원 본원에서 들것에 실려 이리저리 옮겨지며 진찰을 받은 후에 그날 저녁으로 마산 시외에 있는 공군병원 요양소에 수용되었다.

갓 창설된 이 요양소는 아무런 시설도 마련되어 있지 못한 곳이었다. 환자도 겨우 열명 정도였으며 또한 중환자도 없었다. 그리고 장교와 사병의 구별도 없이 마구 뒹굴고 있었으며 낯선 나를 반갑게 맞아줬다.

공군병원 원장은 우리나라 내과 의학계의 일인자이며 또 결핵의 권위자인 성모병원 원장이던 박병래(朴秉來) 박사이었다. 그분은 무척 친절하고도 담담한 풍모를 지닌 분이었다. 나의 어느 점이 귀엽게 보였는지 무척 성의를 다해 치료해주었다. 입원한 지 일주 만에 열이 평온으로 되었다. 입원 초에는 마이신을 매일 맞았고 투약도 꼬박꼬박 했다.

이 공군병원 요양소에서 12개월, 본원에서 10개월, 도합 22개월 동안이나 나는 박병래 박사의 치료를 받았다. 이 22개월이라는 긴 세월 동안 나는 사고뭉치로 말썽도 많이 부렸지만 이십대 10년의 절반 이상인 병원 베드 생활 중에서도 가장 즐겁고 인상적인 세월이었다.

이 시기의 나의 각종 사고는 이루 헤아릴 수가 없을 정도로 많았다. 나는 원 성미로 봐서는 내성적이고 소극적이어서 남의 눈에 띄는 짓은 별로 못 했는데도 나 혼자만의 소신이 시킨 장난이 엉뚱한 사고를 내곤 하여 꽤 말썽이 됐다. 그러나 박원장은 나를 언제나 두둔해주고 보호해주었다.

한달쯤 되어 자각증세가 별로 심하지 않아지자 안정시간에 안정은 고사하고 마구 나가 돌아다니고 처방 내린 주사도 간호원에게 간청하여 회피하였고 약은 변소에다 버리곤 했다.

직사일광 쪼이지 말라는데도 몰래 빠져나가서 해수욕하기가 일쑤였다. 때마침 있었던 마산수영대회에 몰래 출전하여 먼 섬까지 갔다 오는 원영(遠泳)에서 일등을 하고 그것이 신문에 발표되는 바람에 병원당국에서 알게 되어 군의관 회의에서 규탄을 받는 등 사고와 말썽은 도맡아서 했다.

그렇게 짓궂게 엉터리를 부렸는데도 왜 모든 의사들이 딴 환자보다도 더 성의있게 치료해주고 반겨주었는지 알 수가 없었다. 동료환자들도 그랬다. 날마다 엉뚱한 짓만 하고 놀아나는 나에게 도리어 부러워하는 감정을 가질망정 싫어하지 않았다. 그렇게 반년이 된 나는 마침내 갑갑증을 느끼기 시작했다. 나는 원장에게 퇴원을 요구했다.

"이렇게 누워 있으려니까, 날마다 공연히 말썽만 부리고 하니 퇴원을 시켜주시면 고맙겠습니다."

하고 회진 나온 원장에게 항의조로 말했더니 원장은 너털웃음을 치곤

"내일이 공일이지? 아침 일찍 우리집으로 좀 오게."

하고 가버리었다.

다음 날 아침에 원장댁으로 갔다. 마침 사냥 갈 준비를 하던 원장은 나에게 같이 가자는 것이었다. 원장과 같이 사냥 간 나는 노루를 한마리 잡고 말았다. 원장은 좋아 어쩔 줄을 몰라하며

"어때? 퇴원할 것이 아니라, 이렇게 나하고 공일마다 사냥이나 다니는 게?"

하고 나의 퇴원 요구가 부당하다는 것을 은연중에 표시하고 무마하는 것이었다.

나는 그것이 싫을 리가 없었다. 사냥 다니는 것에 신바람이 나서 한동안 퇴원 소리를 잊어버리고 있었다. 한동안 잠잠히 있던 나는 다시 퇴원 투정을 하기 시작했다. 원장이 왕진만 오면 어린애처럼

"저 퇴원시켜주십시오."

하고 졸랐다. 그러면 원장은

"아직 멀었네. 가만히 있게."

하고 웃기만 하셨다.

이런 입씨름에 못 견딘 원장은 기분전환을 위해서 본원으로 옮겨

보자는 것이다. 나는 그렇게라도 하면 분위기의 변화로 인해서 색다른 느낌이 들 것 같아 그러기로 응낙을 했다.

그런데 전원(轉院)하는 날 이상한 일이 생겼다. 그동안 일년이 되는 사이에 나는 날마다 병석에는 누워 있지 않고 병원 아래 마을에 내려가서 동네 어린애들과 흙투성이가 되어 뒹굴며 장난을 곧잘 했기 때문에 어느 사이에 꼬마대장이 되어 동네 어린애들 약 30명의 절대적인 촉망(?)을 받고 있었다. 내가 요양소를 떠난다는 것을 안 그들은 전원이 모여서 요양소 정문 앞에 진을 치고 있다가 원장 지프차에 편승하여 본원으로 가려는 내 앞의 길을 막고 울고불고하며 데모를 하는 것이었다.

그애들뿐만 아니라 그들의 오빠, 언니, 부모들까지 나와서 섭섭하다고 하였다. 군대 일을 그렇게 사사롭게 해결할 수 있는 게 아니라고 원장이 타이르고 내가 간청하고 했으나 애들은 우르르하고 나를 둘러싸고 나의 옷자락을 움켜잡고 또 두 팔다리를 붙잡고는 철없이 생떼를 쓰기만 했다.

그 광경을 본 원장은 나를 돌아다보며 어이가 없어

"자네 어떻게 하겠나?"

하고 항의조로 물었다.

나는 막상 그애들의 어린 우정에 부딪히니까 전원하겠다던 마음이 쑥 들어가고 말았으며 애들이 새삼스럽게 마음에 들고 해서

"아무래도 다음에 가야 하겠습니다."

하고 말았다.

짐과 함께 내가 지프차에서 내리자 애들은 환성을 올리며 좋아했

다. 원장도 빙그레 웃으며 그애들 머리를 쓰다듬어주고 혼자 돌아갔다. 그후로 한달 가까이 그곳에 더 있다가 밤사이에 야반도주하듯이 본원으로 가버렸다. 그러자 그애들에게서 위문편지가 답지하기 시작했다.

“슬퍼요.” “보고 싶어요.” “몰래 가서 미워요.” “꼭 꼭 오세요.” 하는 글들이었다. 나는 한동안 그애들의 편지를 호주머니에 간직하고 다니며 시를 읽듯이 하곤 했다.

본원에는 결핵환자가 없었다. 그런 환자들 속에 나를 갖다놓은 것은 내가 개방성환자(입에서 결핵균이 나오는 환자)가 아니기 때문이고 또 거의 완치돼가기 때문이었다. 그리고 내가 하도 퇴원을 요구하니까 결핵환자 아닌 딴 환자들 사이에 두면 기분전환이 될까 하는 원장의 깊은 배려가 시킨 것이었다.

본원에 온 지도 10개월이 되었다. 이곳에서의 나의 입원생활이란 기현상적인 것이었다. 나의 일과는 날마다 외출하여 들과 산을 쏘다니는 일이었다. 본원은 요양환자가 없기 때문에 그후의 절대안정 시간이 없었다. 그러니 요양소에서도 그런 규칙을 안 지키던 내가 이곳에서 나 혼자서 안정을 하고 있을 리가 없었다. 따라서 아침에 나가면 저녁에나 돌아왔다.

거리로 나가면 이 다방 저 다방을 편력하면서 당시 마산에 피란 와 있던 문학가들의 옆모습을 쳐다보는 게 재미였다. 그 무렵 그곳에는 김춘수(金春洙), 이원섭(李元燮), 송욱(宋稶), 김남조(金南祚) 제씨가 있었다.

이분들의 작품에 대해서 내가 「풍선기」를 쓰기 전까지는 아무런 비판력이 없었다. 그러나 「풍선기」를 쓰고부터는 이분들의 시에 대하여 내 나름의 비판이 생겼다. 따라서 나는 그분들을 만나도 수인사를 하고 싶은 생각이 안 들고 또 내가 시를 공부한다는 내색을 하고 싶지도 않았다.

왜냐하면 나의 시가 그 사람들의 시와 공통되는 것이 있다면 내 시를 제시하여 공명(共鳴) 내지는 지도를 받으려고 했겠지만, 나의 시라는 것은 그들의 안목으로 보면 이단적이고 규격에서 벗어난 것이 될 터이니 그것을 보여봤자 별로 신통한 의견이 교환되지 못할 것이 뻔했기 때문이었다. 그리고 그 사람들에겐 나의 시를 알 만한 감수성이 이미 마감되었으리라는 나 혼자만의 판단을 갖고서 나와는 세대가 다르고 의식 구조가 다른 지극히 동양적인 관념에서만 사는 그들에게 은근한 불평이 있었기 때문이었다. 다만 아침에 병원을 나가면 갈 곳도 없고 만날 사람도 없고 해서 이름이나마 알고 있고 또 몇편의 시를 읽어서 기억이 있는 그 사람들이 모이는 다방엘 나가서 그들을 쳐다보는 것이 심심찮은 일과가 된 것이었다.

이렇게 날마다 자유롭게 나가 놀고 돌아다닌 것은 전부 원장의 너그러운 배려가 시킨 것이었다. 이렇게 치외법권적인 분위기에서 보내다보니 내 스스로 나의 몸이 어디가 나쁘고 무슨 병이 있는 것인지 알 수 없다는 생각을 갖게 됐다.

이곳 공군병원의 규칙으로는 입원 반년이면 의병제대를 하게 되어 있었다. 그런데 나는 2년이라는 긴 세월 동안 입원하였던 것이다. 그러니 그동안에 나는 원장에게 제대시켜달라고 졸랐으리라는 것은 말할 것도 없다. 그러나 원장은 언제나 빙그레 웃으면서 머리를 모로 흔들기만 했다. 그러면 나는 인사처장을 찾아가서 항의했다.

"왜 나는 이렇게 몸이 완전한데 퇴원도 안 시키며, 또 입원 6개월이면 제대가 되는데 이렇게 가둬만 두는 겁니까?"

그러면 인사처장은

"여보, 당신 같은 팔자라면 평생을 여기 있으래도 마다 않겠소. 왜 제대를 그렇게 하려고 하는 것이오? 가만히 있으며 치료나 받으시오."

하고 통 반응 없는 태도였다.

그렇게도 지루하고 길었던 입원생활도 22개월 만에 마침내 마치게 되었다. 그것은 병원 측에서 시킨 것이 아니었다. 공군병원에서 장기입원환자 행정처리상 퇴원명령 속에 내 이름이 끼어 있었다. 나는 명령이 내린 날 곧장 원대인 비행단으로 가려고 했으나 원장은 명령을 취소시키겠으니 기다리라고 하며 만류하는 것이었다.

나는 당장 퇴원하고 싶은 심정인데 남의 속도 모르고 나에게 친절하게만 하려는 원장의 뜻을 어기고 외출한 김에 무단으로 비행단이 있는 사천으로 가버렸다. 비행단으로 가버린 사흘 후에 병원 원장이 비행단장 앞으로 의뢰장을 보내왔다. 몸이 아직 성치 못하니 격무를 시키지 말고 곧 다시 입원을 시키라는 부탁의 의뢰장이었다. 비행단장은 그 의뢰장대로 비행단 안에 있는 목장 — 비행단 장병의 영양을 위해서 젖소, 양, 닭, 벌들을 기르는 곳 — 으로 배치하려고 하는 것을 나는 거부하고 비행장 근무를 자청했다.

한달쯤 된 어느날이었다. 전에 요양소에서 입원생활을 같이했던 인사장교인 황춘연 대위와 한 하숙집에서 같이 묵고 있었다. 그날은 공일날이라 바닷가에 가서 종일 놀다가 돌아와서 몸이 피로하여 잠들려고 하는 순간이었다. 갑자기 기침이 심하게 나는 것이었다. 한참 기침을 하자 목에서 담이 툭 튀어나오는 것이었다. 나는 일어나서 열려 있는 문밖 마당으로 그 담을 뱉었다.

흙 위에 떨어진 그 담이 검게 보였다. 나는 흙에 수분이 배어서 그런가 하고 의아한 생각을 하는데 다시 기침이 나올 것 같아 기침을 하려는 순간 꿀컥하고 입안 가득히 넘어오는 것이 있었다. 나는 그것을 입안에 꼭 다물고 손가락 끝을 입술 사이로 넣어서 묻혀내어 불을 켜고 살펴봤다. 빨간 피였다.

다음 순간 또 목에서 그것이 넘어오는 것이었다. 나는 책상 위에 있는 신문지를 펴 들고 그것을 받았다. 연이어 꿀컥꿀컥 쏟아져 나오는 것이었다. 옆에서 잠든 황대위를 깨웠다. 그는 그 상태를 보자 새파랗게 질리며 어쩔 줄 몰라했다. 당황하는 그를 재촉해서 옷을 입혀달랬다. 그리고 그의 부축을 받으며 의무전대로 갔다.

가슴이 빠근하고 숨이 가빴다. 발걸음이 조금만 진동해도 피가 더 솟는 것 같았다. 의무대에 도착하자 자고 있던 군의관은 당황하여 어쩔 줄 몰라했다. 그날의 각혈량이 너무 많았다. 하숙집에 가만히 누워 있었더라면 출혈이 심하지 않았을 터인데 무리를 해가며 의무전대로 온 것이 잘못이었다. 응급치료를 받다 말고 나는 혼수상태에 빠졌다.

혼수상태에서 깨었다 잠겼다 하며 다음 날까지 각혈이 계속됐다. 후에 안 일이지만 나는 이때 아주 위험한 고비를 넘겼던 것이다. 그 후로 약 일주일을 두고 각혈의 양이 줄어들더니 멎고 말았다. 너무나 굵은 혈관이 터져서 그렇게 되었던 것이다.

그동안 링거 덕분으로 겨우 기력을 차리었던 나는 마산에서 요양생활을 하는 동안에 제멋대로 군 것이 이제야 화로 나타난 것이라고 새삼스럽게 후회를 했다. 또 이 근래 날마다 마실 줄도 모르는 술을 마시고 비행장에서 지나친 과로를 한 것이 잘못이었던 것이다.

이렇게 누워 있는데 때마침 제대자 심사가 있었다. 나는 심사를 받을 필요도 없이 A급으로 신청된 것은 말할 것도 없었다. 의무전대에 입원한 지 한달도 채 안 된 어느날, 몸도 꽤 회복되고 해서 그날 밤은 황대위를 따라서 외출하여 그의 하숙방에서 밤 12시가 다 되도록 놀다 돌아오는 길이었다. 영문에 들어서자 친구 한 사람이 기다리고 서 있다가 나를 얼싸안으면서

"신형, 드디어 제대야!"

하는 것이었다. 나는 처음엔 어리둥절했다. 내가 제대하게 됐다는 것인지, 자기가 그렇게 됐다는 것인지 분간을 못 했던 것이다.

"이젠 신형은 사회인이야!"

하는 바람에 내가 제대한다는 것을 알았다. 우리 둘은 그길로 인사처로 달려가서 제대명령을 보았다.

거기 내 이름 석자가 뚜렷이 보였다. 나는 그것이 사라지지나 않나 싶어 근 10분 동안 말도 못 하고 그것을 응시하면서 눈을 닦고 보고 씻고 보곤 했다. 그것을 응시하고 있던 나는 술에 취하거나 마약에 취한 사람처럼 정신이 흐리멍덩해졌다.

병실로 비실비실 걸어오던 나는 흡사 몽유병자 같았을 것이다. 그리하여 이 순간부터 내가 빠졌던 정신적 착란상태는 나의 기억으로는 전무후무한 것이 된다.

나는 나 자신의 정신상태와 행동을 자제하지 못했다. 진흙투성이로 병실에 돌아온 나는 버킷 두개에 물을 떠다가 마침 갖고 있던 설탕을 몽땅 탄 뒤에 제대를 자축하는 축배라고 소리를 지르면서 잠자고 있는 군의관에서부터 방마다 누워 있는 환자들 얼굴에다 한 그릇씩 퍼부었다.

놀라 깬 군의관이 나를 만류하면

"이러지 마시오. 난 민간인이오. 아무의 명령도 안 받는단 말이오."

하고 고래고래 소리를 질렀다. 이렇게 야단법석을 떨며 정신이상자처럼 날뛰며 온밤을 새운 나는 다음 날 정신이 들자 더럭 겁이 났다.

어쩐지 제대가 취소될 것 같은 불안감이 가시지 않았다. 그러나 마침내 제대식의 대열 속에 눈물을 가득히 담고 서 있었다. 나는 제대를 계기로 해서 나 자신이 새로운 탄생이나 하는 것 같은 착각을 일으키고 있었다. 내 몸이 아직 불완전하다는 것도, 전쟁으로 인하여 나의 학업이 중도반파가 되어버렸다는 것도 모르고 무한한 기대와 꿈으로 다가올 내일을 기다리었다.

너무나 어긋난 코스만을 걸었던 스물여섯살의 만숙의 청년은 심신과 더불어 곤비를 극하고 있으면서도 그런 자신도 자각 못 하고 사회인으로서의 출발점에 이르렀다.

그간 1년 동안 나의 이십대의 전반기를 너무나 이야기 줄거리로만 엮은 회고담을 써서 독자에게 읽힌 일이 문득 부끄러운 생각이 들기 시작했다. 좀더 나라는 인간 하나의 내면의 성장과 인간으로서의 주체형성 과정을 표현해야 했을 텐데 독자와의 교통을 감안하여 적당히 쓴다는 것이 멜로드라마식의 글이 되고 말았다.

이 점에 생각이 미치자 더이상 이런 투의 글을 계속 쓴다는 것은 나 자신을 위해서도 무의미하거니와 독자에게도 또한 무의미한 글을 읽게 하는 일인 것만 같아서 일단 붓을 멈추기로 하였다. 그리고 실상 이 이후의 나의 편력은 지난날의 내성적인 발자취에 비하여 자각한 외향적 행동 때문에 여러 고비의 난관과 고민에 빠져들곤 하였다. 그러니 그런 일들의 기록은 결코 지금까지의 안이한 태도로는 표현할 수 없는 글이기도 하다.

이러저러한 이유로 해서 중간에서 일단락을 짓는 점을 독자 여러분에게 무척 죄송스럽게 생각한다.

『여상』 1963. 11

미발표 산문

*신동문 시인의 장남 신남수 씨가 보관하고 있던 미발표 산문 중에서 11편을 실었다.

여름에의 초대

계절의 향기

"자네는 어느 계절이 제일 좋은가?" 하는 따위로 나이가 서른이 훨씬 넘어가지고도 중학생들 같은 유치한 대화를 하는 수가 가끔 있다. 아마 어지간히 심심해진 때일 게다.

그러나 이 아이들 같은 질문에도 나는 서슴지 않고 대답한다. 서슴지 않고가 아니라 기다렸던 질문이나 당한 듯이 의기양양한 조로 대답한다.

"나는 여름야, 여름!"

하면 친구들은 시시하다고 한다. 땀 흘리고 무덥고 한 여름이 뭣이 좋으냐는 것이다. 시인답지 않다는 것이다. 정서가 메마른 모양이라는 것이다. 봄과 가을을 좋아하지 않는 것을 보니까.

그러면 나는 도리어 신명이 나기 시작한다. 장광설로써 여름이 좋은 까닭을 설교하기 시작한다. 약간 과장도 섞인 표현을 불사하고.

"나의 일년 열두달은 여름 두달 석달을 위해서 있는 것이나 다름이 없지. 여름을 빼놓은 딴 계절은 여름을 기다리는 음모의 세월이지, 통 재미가 나에게 없단 말야. 그냥저냥 참고 사는 거지.

꽃이 봄이 뭐가 좋은가, 꽃을 보며 나는 타인사(他人事) 같은 생각이 든단 말야. 외국 군인과 팔장을 끼고 가는 성장(盛裝)한 여인을 보는 것같이 난처한 기분이 든단 말야. 내 애인이라는 생각이 안 들어.

가을, 낙엽, 그것은 차라리 못 본 척하는 것이 개운하지. 공연한 감상으로 잠시라도 나의 감정을 낭비시키고 싶지가 않거든.

겨울은 돈이 들고 그러니 모든 것을 참아야만 하는 꼴이니 불쾌할밖에 도리가 없어……"

하는 말을 서두로서 여름제일주의 사상이 장황하게 벌어질라치면 처음에는 빈정거리던 친구들도 끝에 가서는 대개가 나를 따라서 수영 팬츠를 흔들며 밀짚모자를 쓰고 노타이셔츠 등에 땀을 흘리면서 물가를 찾게 된다.

벗겨놓은 그들의 사지는 햇빛을 모르는 병적인 흰빛이다. 나는 여름철에 그런 색깔을 보면 불결한 병균이나 보는 것처럼 섬찟한 느낌이 든다.

저래 가지고서야 어떻게 정신의 건강과 성장을 바랄 수 있는가 싶다. 뭣인지 모르지만 분명히 가장 소중한 것을 망각해버리고 있는 사람같이 느껴진다.

그들은 그날 하루를 나와 강에서 지내고 돌아가선 잠이 잘 온다는 둥, 밥이 눈 삭듯 하더라는 둥 하며 원숭이같이 빨개진 얼굴로 파안대소를 하며 좋아하지만 결국은 시정(市井)의 번사(煩事)에 매달려

나의 뒤를 따르지 못하고들 만다.

그러고는 봄에 벚꽃 밑에서 소주나 한병 마시는 들놀이를 하고는 봄이 좋다고 하고 가을이면 낙엽을 한잎 주워들고는 한숨을 내쉬면서 "조락(凋落)은 슬퍼!" 어쩌고 한다. 아니면 구공탄 온돌 아랫목에 전족(纏足)이 돼가지고는 편하다고 자탄(自嘆) 비슷한 소리를 한다.

그렇게 인생에 대하여 근시안이고 생활에 관하여 미시적이어서야 사는 보람이 무엇인가 싶다.

만개한 여름을 회피하고서야 도대체 뭣을, 언제 어떻게 향유한다는 것인지. 그 여름의 포옹력은 자연의 품이 최대한으로 열렸을 때인데 그 앞에서 주저한대서야 도대체 뭣을 바라고 사는 것인지 납득이 안 간다.

하기야 사람이란 나면서부터 사사건건이 이모저모로 골림을 받고 학대를 당하다보니까 자기에게 그렇게도 너그럽고 풍만한 가슴이 주어지리라고는 상상도 못하고 운명의 눈치만 살피고, 가해자의 손길만을 피하고자 혈안이 되어서 그날그날을 전전긍긍할 수밖에 없이 된 것도 무리가 아닐는지 모른다.

그러나 바로 이 점이 인간의 출발점인 것이다. 인간이 운명의 피해자로서 피해망상에 사로잡힌 채 오금을 못 펴고 썰썰 기고만 있대서야 어디 산 보람이 있다고 할 수가 있을까. 하기는 자기의 전후좌우에 어떠한 적의의 마수(魔手)가 뻗어오고 있는지도 모르고 마구 날뛰고 덤비고 까불고 있는 무지하고 어리석은 사람들보다는 전자의 사람들이 보다 인생을 진실하고 정직하게 살다보니까 그렇게 운명의 촉수를 의식하게 됐고 그 의식이 그들로 하여금 수형자 같은 굴욕의 감수를 자청하게 한 것인지도 모른다. 그렇게 생각할 때 그들은 동정하지 않을 수도 없다.

그러나 거듭 말해서 이 점이 인간의 출발점인 것이다. 운명이나 상황에 굴복하고 아부하고 만다면 그것은 곧 단순한 동물과 다름이 없을 것이다. 그 다시없이 무거운 운명의 가압(加壓)을 떠넘기고 그것을 극복 내지 활용하려는 노력 속에 인간들의 문화가 발상한 것이고 진보하는 것이리라. 그 운명과의 대결에서 비로소 종교가 종교로서의 의미가 있고, 진리가 진리로서의 가치가 있고, 역사가 발전으로서의 뜻이 있고, 생활이 충족으로서의 보람이 있는 것이 아닐까. 이 운명 극복의 실마리를 나는 자기개방으로 꾀하고자 늘 부심(腐心)하곤 한다.

그런 의미에서 여름을 가장 적합한 계절이라고 믿는다. 딴 세 계절에 오그라붙었던 심신을 이때에 네 활개를 치면서 자연의 품에 내던져보기도 하고 내맡겨보기도 하는 것이다. 말하자면 나 자신을 빨래하는 것이다. 시원한 물거품이 일어가며 밀려왔다 밀려가는 파도 속에 몸을 던지고 있노라면 물결은 비할 수 없이 미묘한 손길로써 나의 전신을 안마해준다. 응결됐던 근육과 혈관과 내장과 그리고 마음과 가슴이 나긋나긋하게 풀려나는 것 같은 쾌감을 느낀다.

그렇게 해서 풀릴 대로 풀린 심신으로 우거진 녹음에서 큰대자로 낮잠을 잔다. 바다를 건너 산을 타고 불어오는 바람이 나의 피부의 온갖 모공을 통하여 속속까지 스며들면 마침내 나는 완전히 분해되어서 자연의 분자로 환원된 듯이 나를 잊어버리고 만다.

그것은 낮잠이 아니라 자연에로의 귀의의 순간이며 운명과의 빈

틈없는 화해의 시간이 되는 것이다. 그것은 다시없이 쾌적한 승리의 한때이며 더없이 완전한 자아충만의 장이기도 하다.

이런 한 계절을 어찌 일분일초인들 소홀히 할 수가 있겠는가. 나는 무조건 누구에게나 권하고 초대하고 싶은 이 여름을 마치 나의 의무나 책임인 듯이 열을 올리며 선전하는 것이 자랑이며 보람일 수밖에 없다. 장소와 경우도 헤아리지 않고 나는 여름에의 초대를 뭇 친구에게 강요할밖에 없다.

젊음은 가득히

7월은 녹음의 계절. 녹음은 더없이 무성한 청춘의 계절입니다.

어제까지 사춘기의 소녀처럼 앳되고 청초하던 꽃잎들이 떨어지고 이젠 가지마다 햇빛이 눈부시게 빛나는 나뭇잎들이 우거져가고 있습니다.

그것은 마치 젊음이 가득 찬 가슴을 출렁이며 청춘을 구가하는 이십대의 충만한 육체와도 같습니다.

젊은 날의 꿈과 낭만과 이상은 온 세상을 송두리째 손아귀에 넣고도 모자랄 정도로 크고 장합니다.

그 넘치는 젊음을 감내할 길 없어 들로 산으로 바다로 헤매며 높고 푸른 하늘을 향하여 목청껏 부르는 소리는 언제나 우렁찬 젊은 정열의 하소입니다.

그리하여 그 낭랑한 노랫소리는 지평선과 영원의 그 끝으로 한없이 한없이 메아리져 울려만 갑니다. 그 메아리가 가서 이슬처럼 수정처럼 영롱히 맺어지는 것이 진리요, 사랑인 것입니다.

젊다는 말은 영원하다는 말입니다.

세월은 유수 같아서 오늘 소년이라고 생각했더니 어느새 백발이더라고 한 옛말을 빌려 꽃 같은 젊음도 한순간의 과거사라고 탄식합니다.

그러나 이것은 젊음이 짧은 것을 변명하는 말이 안 됩니다. 그것은 세월의 무상함을 말하는 것에 불과합니다.

젊음이 영원하다는 것은 그 시간성을 놓고서가 아니고 그 순수성을 놓고 말하는 것입니다.

천년을 걸려 쌓은 희랍의 문화도, 세계의 모든 길이 로마로 통한다던 고대 로마의 영화도 세월이 흐르고 역사가 흐른 오늘날에 있어서는 한갓 고고학적 가치와 관광객의 취미를 돋우는 고적(古跡)에 불과한 것이 되고 말았습니다.

그러나 오늘도 저 녹음이 우거진 그늘에서 이마를 맞대고 끝없는 밀어에 시간 가는 줄을 모르는 젊은 연인들의 마음과 모습은 너무나 신선하고 새롭고 또 아름답습니다.

저 젊은 사랑의 모습은 천년 전에도, 아니 만년 전에도 오늘의 저 모습 그대로 새롭고 싱싱하고 아름다웠던 것입니다.

이 영원한 되풀이이며 영원한 감동인 젊음이야말로 모든 것이 멸하고 낡아져도 늘 새롭기만 하고 늘 신선한 것이기만 하니 이보다 더 영원한 것이 어디 있겠습니까.

중국의 진시황은 전국시대의 제후를 통합하여 중국을 통일하고 최초의 황제가 된 사람으로 너무나 유명합니다. 또 북쪽의 흉노가 쳐들어오는 것을 막기 위하여 인류역사 최대의 토목공사라는 만리장성을 쌓은 임금으로도 유명합니다.

그러나 그보다도 그 하늘을 찌를 듯한 권세와 온 세상을 손아귀에 움켜쥔 위력으로도 뜻대로 안 되는 젊음의 쇠퇴를 막기 위하여 백관(百官)을 세계 곳곳으로 보내서 불로장생할 약을 구하게 했다는 일화의 주인공으로서 더 유명합니다.

그 덕분에 우리나라 남단의 섬 탐라, 지금의 제주도가 일찍이 세계의 각광을 받았던 것입니다. 이 섬에 불로장생하는 약초가 있다고 그들은 믿고 이곳을 자주 드나들었기 때문입니다.

그러나 오늘날 그 진시황의 일화는 운명과 세월을 거역하려던 어리석은 인간의 표본으로 비웃음거리가 되고 말았을 뿐인 것입니다.

젊고 아름다운 것이란 그것을 끝내 부여잡으려고 안달을 하고 미련을 떠는 데 있는 것이 아니라 그 젊고 아름다운 청춘의 본질인 무구(無垢)한 순진성과 무상(無償)의 순정을 바치고 서로를 사랑하고 스스로를 연소시키는 데 그 가치가 있는 것입니다.

오늘날도 젊음을 아름다운 육체로만 지속시키려는 사람들이 얼마나 많은지 모릅니다. 미용체조를 한다고 이제 육체의 전성기가 다 지난 사십대의 여인이 그 뒤룩거리는 비만한 사지에 땀을 뻘뻘 흘리며 줄넘기를 한다든가, 진동벨트에 몸을 의지하고 기를 써가며 참고 견디는 모습을 볼 때 우리들은 씁쓸한 웃음을 아니 웃을 수가 없습니다.

또 허구한 긴 날을 누워서 얼굴에 계란반죽을 하고 웃도 않고 말도 않으며 주름이 안 생기기를 꾀하는 것 같은 것을 볼 때 어딘지 모르게 인간의 지혜라는 것이 어처구니없이 어리석은 것 같아 슬퍼지기도 합니다.

그녀들의 그 심각한 작업이 과연 젊음을 영원히 머물러주게 할 수 있는 것인지 의문도 되거니와 그렇게 해서 붙든 젊음이 무엇을 하겠다는 것인지 모를 일이기만 합니다.

그렇게 부여잡은 젊은 육체가 육십이 되고 칠십이 되도록 지속된다고 합시다. 얼굴에 한가닥의 주름도 없고 피부엔 이십대처럼 홍조가 흐르고 사지는 철봉을 해도 마라톤을 해도 지칠 줄을 모른다고 합시다. 그것은 자랑스럽고 부러운 사실일 것입니다.

그러나 그가 칠십이 되고서도 아직 이십대의 철없는 젊은이처럼 세상을 못 깨치고 또 칠십년이라는 경험을 쌓고도 인생의 의미를 윤곽 잡지 못하고 충천하는 공상과 터무니없는 욕망만을 꿈꾸고 있다면 어딘지 모르게 정신적인 불구자를 보는 것 같아 언짢은 기분이 들 것이 틀림없습니다.

젊다는 것은 결코 육체만을 아름답고 싱싱하게 유지하는 것은 아닙니다. 그것은 마치 개화기(開花期)의 아름다운 꽃이파리의 색깔만을 찬미하고 그것을 절대적인 가치라고 믿는 어리석음과 같은 것입니다.

꽃이 그 아름다운 색깔과 향기로서 피어나는 것은 도리어 그 꽃이 생명의 결실을 꾀하려는 과정으로서의 표현인 것입니다.

아름다운 그 표현도 결국 그 생명이 목적하는 한 방법에 지나지 않는 것입니다. 결코 그 꽃의 아름다움 자체가 꽃의 목적은 아닌 것입니다.

인간의 청춘도 아름다운 육체가 결코 목적도 본질도 아닌 것입니다.

그 아름다운 육체를 방법으로 하고 그 튼튼한 육체를 수단으로 해서 이룩해야 할 생명의 목적이 있는 것입니다.

그 생명의 목적이란 결코 본능으로서의 종족번식이라든가 다음 세대를 위한 육체의 교량(橋梁)이라든가 하는 것으로 생각한다면 그것은 너무나 단순한 해석인 것입니다.

그것은 모든 동물, 모든 식물도 다 갖고 있는 것에 불과합니다.

인간이 젊음을 가졌다는 것은 도리어 그 젊음으로 해서 모든 생명의 본능적인 단순한 결실을 거부도 하고 반항도 해서 새로운 질서와 새로운 방법을 찾아내는 정신적인 용기를 갖고 있다는 것이 그 특징입니다.

인간의 젊음이 그 특징으로 하는 것은 새로운 의욕과 용기를 가졌다는 점입니다.

역사의 하고많은 진보의 계기를 되돌아보면 그것은 어느 것이나 낡은 질서와 평안한 관습에 대한 반항과 도전이 시킨 것임을 압니다.

이 반항의 원동력, 그 도전의 용기야말로 젊음의 본질이며 가치였습니다.

이해와 타협을 일삼는 기성세대는 결코 역사도 사회도 개혁할 수 없습니다. 그들은 낡은 것은 낡은 그대로, 타락한 것은 타락한 그대로 받아들이려고만 합니다. 그렇게 하는 것이 편하고 쉽고 이롭기 때문입니다.

그러나 젊은 사람은 편하고 쉽고 이롭다고 해서 부정하고 불의한 것을 고스란히 받아들이지 못합니다. 그것은 그들의 정신과 육체 속에는 온 세계를 상대하고도 남을 용기와 의욕과 정세(精勢)가 굽이치기 때문입니다. 젊음이 아름다운 것은 바로 이것입니다.

언제나 앞으로, 앞으로, 미래로, 장래로 스스로의 발을 내디디는 것, 그것이 곧바로 젊음의 자랑이며 아름다움인 것입니다.

'젊음의 샘물'이라는 우스꽝스러운 옛이야기를 우리는 알고 있습니다. 이 샘물을 먹으면 한 바가지를 마실 때마다 한살씩 젊어진다는 것입니다.

앞에서 말한 진시황이 알았다면 무척이나 좋아했을 샘물입니다. 이 샘물이 있는 높고 높은 산 아래 마을에 사는 사람들은 결코 그 샘물을 먹지 않았다고 합니다.

그들은 그 샘물이 있는 것을 모르고 그런 것이 아니었습니다. 그들이 그 샘물을 안 먹은 이유는 그 샘물을 찾아와 먹는 타골 사람들의 결과가 그들에게 깨우침을 주었기 때문입니다.

어느날 젊어지기를 원하는 나그네가 그 샘을 찾아가는 것을 본 얼마 후에 동리 사람이 그 샘을 찾아가봤더니 그 나그네는 갓난 어린애가 되어 샘가에서 울고 있더라고 합니다.

그 젊어지는 샘물이 하도 달고 맛이 있어 적당히 단념하지 못하고 마구 퍼먹다보니 그렇게 어린애가 되고 만 것입니다.

이젠 갓난애가 되어 물을 더 퍼먹을 능력이 없어졌으니 망정이지, 만약에 더 먹었더라면 마이너스 한살, 마이너스 두살이 되어갔겠지요. 즉 죽음을 의미합니다.

이 사실을 알고 있는 동리 사람들은 결코 이 물을 먹지 않고 하늘이 정해준 수명대로 생명 과정을 살더라는 것입니다.

그리하여 동리 사람들이 그 어린애를 데리고 와서 이십여년을 길렀더니 그제야 철이 든 그는*

* 이다음 원고가 있었으나 유실된 것으로 추정된다.

호프와 쇠똥벌레

요즈음 가까운 친구들은 나를 만나면 "호프는 잘 크나?" 하고 씽긋이 웃는 것이 인사가 되어 있다.

그러면 나는 "응, 차츰 잘 자라지" 하고 태연히 대답한다. 그렇게 태연히 대답은 하면서도 내심으로는 매우 불안하기만 하다. 그리하여 그런 질문을 받는 것이 점점 벌을 받는 것같이 괴로워졌다.

그 곡절은 이러하다.

작년과 올여름 한철을 강원도와 충청북도의 접경지대인 남한강 상류의 고원지에서 놀고 온 나는 그곳의 풍광이 마음에 들었고 또 그곳의 화전지대를 어떻게 활용할 수 없을까 하는, 나로서는 엉뚱한 공상을 하기 시작했다. 그리하여 뽕나무밭, 도라지밭, 인삼밭 등등의 적격 여부를 궁리 끝에 '호프'를 재배하는 것이 아주 좋겠다는 것에 결론을 지었다.

그러나 이 호프라고 하는 식물에 대한 나의 지식은 아주 보잘것없는 것이다. 고랭지대에 있는 다년생 관목으로서 쓴맛이 나는 그 꽃을 따서 말린 것이 맥주 특유의 고미(苦味)와 방향(芳香)을 내게 하는 데 쓰이는 특수농작물이라는 것이다. 그리고 그것은 아직 우리나라에서는 생산되지 않기 때문에 일본의 홋카이도(北海道)나 독일에서 수입해왔던 것이다. 그러나 그것이 너무나 비싸기 때문에 OB맥주회사에서는 대관령에 대규모의 호프 농장을 수삼년 전에 마련하였다는 그런 정도의 지식을 갖고 있는 것이었다. 그리고 그만 정도의 경작을 갖고서는 우리나라의 수요량을 충당 못한다는 것도 알고 있었다.

그래 나는 여러모로 그 지대의 토질이나 기온이 호프 경작에 적합한가 아닌가를 검토해보았다. 그 결과에 나는 아주 적합한 곳인 것만 같다는 주관적인 확신을 갖게 되었다.

그런데 일단 재배가 가능하다는 생각이 들자 나의 고질인 공상벽이 날개를 펴기 시작했다. 그 공상은 몇 밤과 몇 날을 두고 확대되고 팽창하더니 마침내는 일년 수확 억대의 사업으로 부풀었고, 수십만 평의 초원 같은 대호프 농장이 눈앞에 현실처럼 뚜렷이 떠오르기 시작하였다.

이렇게 되고 보니까 안절부절을 못하게 됐다. 나는 만나는 친구마다 붙잡고 그 호프 농장의 화려한 환상을 장황하게 늘어놓기 시작했다. 그러곤 금시 성공이나 한 듯이 '한가할 때 농장으로 놀러 오는 것을 환영한다'고 부연까지 하였다.

생전 처음으로 듣는 호프라고 하는 식물의 신기한 조화(造化) 곡절을 건성으로 듣고 있던 친구들은 "이 친구 돌았군!" 하고 화제를 딴

데로 옮기려고 한다. 그러자 나는 기를 써가면서 더욱 얼토당토않은 예증까지 동원하여 그것이 확고부동한 사업인 것으로 설명하려 든다. 그 끝에 독일과 일본의 맥주 소비량과 우리나라와의 비례, 맥주 상용 국민의 건강에 이르기까지 내가 생각해도 가관일 정도의 맥주 상식이 진열된다.

이런 나의 호프 공세를 당한 친구들이 다음에 만나면 "호프는 잘 자라나?" 하고 묻는 것도 무리가 아니다.

그런데 그 친구들의 야유에 대하여 내가 요즈음은 약간 수세(守勢)가 되어 불안한 느낌을 갖게 된 것은 그 화려했던 공상과 환상도 세월에 침식된 탓으로 어느정도 객관적인 입장에서 스스로 판단하여 보니 내가 약간 지나친 공상과 허풍을 떤 모양이었구나 하고 후회하게 되었기 때문이다.

거기에다 내 생래의 고질인 천문학적인 숫자로만 확대되는 공상벽의 허망성에 어지간히 환멸을 느끼게 돼 근자의 나는 어떻게 하면 좀더 현실적인 기준으로써 내 자신을 다스릴 수가 있을까 하고 고민하기 시작했기 때문이다.

그리하여 그렇게 환상적인 호프 농사가 아니고 실질적으로 착수 여부를 검토하는 것이 더 성실하고 착실한 행위에로의 출발이라는 것을 새삼 깨닫고 마음속에 다짐을 해야만 했다. 하다못해 한평의 땅을 가는 데도 온갖 힘을 다한 땀과 정성이 필요한데 터무니없던 나의 공상을 스스로 나무라고 이제부터는 보다 실질적인 착수를 해야겠는데, 그러기 위해서는 우선 그것에 소요되는 최소한의 사업비도 문제지만 그 무엇보다도 내가 근면하고 꾸준해야 하고, 또 허황한 환상을 버려야겠다는 것을 자각하였다.

그래서 요즈음 나는 내 자신 속에다 '쇠똥벌레'라는 벌레의 정신을 기르려고 애를 쓰고 있다.

제힘에 겨운 일이라도 쇠똥벌레처럼 열심히 수행하자는 뜻에서였다.

쇠똥벌레의 이치를 삼십도 절반이 된 이제나마 깨달아보려고 하는 내가 어리석기도 한 것 같지만 그러나 역시 대견하지 않을 수 없다.

그리하여 나는 날마다 이 어딘지 모르게 이국적인 호프와 재래종인 쇠똥벌레의 궁합을 맞추어보려고 날마다 고심하고 있다.

이 약간 생소한 어휘인 호프와 쇠똥벌레, 즉 모던하고 서구적인 농사인 호프와 우리 조상 때부터 부지런한 일꾼의 대명사이던 쇠똥벌레라는 이 두 어휘를 나라는 인간의 내부에서 접종을 시킬 수만 있다면 그것은 참으로 굉장한 성공이 되는 것이라고 믿고 있다.

하기야 그것의 성공 여부는 어떻든 간에 내 자신 속에서 그런 생각을 하게 됐다는 그 자체가 요즈음 시도 통 써지지도 않는 계제에 여간 대견한 것이 아니다.

나에게 "호프 잘 자라나?" 하고 웃는 친구들이여! 지금 현품(現品)은 없지만 내 마음속에서 "호프와 쇠똥벌레가 교미 중일세!" 하고 외치고 싶기조차 하지만 아직은 입을 다물고 그들을 피하고 있을 따름이다.

개판에서 자각하자

오늘의 시점과 지식인

'개 경마(競馬)'라는 것이 있다. 본 일이 있는 사람이면 다 아는 것이지만 본 일이 없는 사람은 무슨 말인지 모를 것이기에 본 대로 묘사한다.

여러마리의 개 등허리에 번호표를 붙여서 운동장같이 넓은 우리의 한쪽 칸막이 속에 개를 대기시키고는 개 주인이 반대쪽 우리 끝에 가서 기다린다. 출발 호각을 불면 개를 가두었던 칸막이의 문이 열리고 반대편에 있는 개 주인들은 각기 자기 개 이름을 목이 터지게 부른다. 개는 쏜살같이 주인을 향하여 달려간다. 이렇게 해서 일등으로 달려간 개가 우승을 하며 상금은 실물 경마의 규칙과 꼭 같아서 일등을 한 개 번호에 돈을 걸었던 사람이 따는 것이다.

이 '개 경마'라는 것은 실물 경마를 하자면 규모가 너무 크니까 그것을 간소화한 것이다.

그런데 이 경마는 개들이 하는 경기라 그런지 몰라도 그야말로 개판이다. 주인이 필사적인 목청으로 "메리, 메리" "또리, 또리" "독, 독" "구로, 구로" 하고 아우성치는 것도 인간지사가 아닌 것 같지만, 내둥 일등으로 달려가던 놈이 갑자기 뜀박질을 멈추고 땅에 밴 개오줌 냄새를 맡고 있는가 하면 개들끼리 싸움을 한다. 그러면 딴 개들도 일제히 달리는 것을 잊고 함께 어울려서 개싸움의 수라장이 된다. 이런 때의 개 주인의 악이 북받친 부름소리는 참으로 피를 토하는 것 같이 처절하다. 그러나 개는 아랑곳없이 딴전을 피우고 있다. 속담에 '개는 할 수 없다'더니 참말로 축생이라 할 수가 없구나 하고 생각하며 그 무지한 짐승들의 하는 꼴이 안타깝고 답답하기에 앞서서 쓴웃음 섞인 경멸임을 새삼 느끼게 된다.

무지한 짐승인 개들이 하는 개경마가 개판이 되는 것은 당연 이상의 당연이니까, 실상은 이야깃거리가 안 될지 모른다. 그런데 나는 이 개 경마의 개판을 보면서 어쩌면 이와 꼭 같은 개판을 인간들이 벌이고 있는 것일까 하고 통분했던 일이 기억난다.

그 개 경마의 기억이 오늘이라는 시점에서 새삼스럽게 회상되면서 이런 누란의 시기에 처한 소위 지식인들의 하는 꼴들이 어쩌면 그렇게도 딴전을 피우고 아귀다툼을 하던 무지한 개들과 꼭 같을까 하고 통분되며 안타깝고 답답하고 슬프기만 하다.

만물의 영장이라는 인간, 그중에서도 일급 인종이며 일등 시민을 자처하는 지식인들을 짐승 중에서도 가장 욕된 것으로 치는 개에 비유한다는 것은 너무나 모독적인 말이 될지도 모른다.

그러나 참말로 지금 지식인들이 역사의 엄숙한 진행 속에서 취하고 있는 꼴이 개 경마장 속의 개들과 다른 점이 뭣인가?

어디 그들이 역사와 현실의 엄숙성을 자각하고 그 속에서 자기가 취해야 할 태도와 용기를 가진 사람들이라고 볼 수가 있겠는가?

그들이 아무리 근시안적인 이기주의자들이라 하더라도 자기가 서식하고 있는 국가나 사회가 파괴되면 근본적으로 자기의 이익이 상실된다는 것 정도는 알 수 있는 것이 지식인의 자격일 것인데, 어쩌면 그렇게 신통하게도 현실이나 사회의 위기에는 아랑곳없이 눈앞의 사소한 이해관계와 유치한 사감(私感)에 얽매여서 아귀다툼의 개판만 벌이고 있는 것인지 알 수가 없다.

그렇다면 그들에게서 지식인이라는 명예랄까 특권을 박탈해버려야 할 것이다. 그러나 그들은 언필칭 자기들이 지식인이요 문화인이라는 것을 자랑으로 삼으며 기껏해야 동(洞) 서기나 수도요금 받으러 오는 사람에게 허세와 유식을 내세우려고 한다. 그들에게는 지식이라는 것은 사회를 살아가는 데 약삭빠르게 이용하는 한갓 이기(利器)에 지나지 않는 것이다. 지식이란 인간으로서의 자아와 주체를 기름지게 하고 그것을 형상하는 속성이라는 것을 까마득히 잊고 있는 것이다.

그러다보니 자연히 인간으로서의 개성을 상실하고 지식체계의 노예가 되어서 하잘것없는 지식 다툼의 개판을 벌이고만 있는 것이다. 언제까지나 이대로 있어서는 참말로 안 된다. 적어도 자기 자신의 사회적 위치만은 자각해야 할 것이다. 적극적으로 사회에 참여해가기에는 그동안의 습성으로 해서 용기가 안 난다 하더라도, 지식인으로서의 긍지를 지키기 위해 묵묵히 버티는 동요 없는 주체성을 가지려면 우선 오늘이라는 시점과 자기라는 것을 자각하는 길밖에 없다.

이 정치적·경제적 혼란 속에서 허덕이는 역사적인 위기를 앞장서서 타개해가는 일꾼이 되자고 다짐하지 못하고 겨우 인간으로서의 자각을 하자고 하는 것은 너무나 슬픈 일이고 답답한 일이기는 하지만 그러나 어떡하랴, 우리들의 과정이 그런 것을. 뒤늦게나마 지식인으로서의 긍지를 자각하는 것이 우리가 지식인으로서의 명예를 회복하는 첩경이며 나아가서는 민족사회에 이바지하는 길인 것이라고 다짐하는 우리들의 비극이여!

서울과 청주

“어찌할 수 없게 되면 고향을 생각는다.” 누군가의 시 구절이다. 이렇게 한 사람이 인생의 여러 고비에서 더는 어찌 용을 써볼 여지가 없게끔 실패하고 고생하고 피로하고 절망하고 나서 이제는 다만 추억 속에서나 행복을 더듬어 찾아볼 수밖에 없어서 즐거웠고 순진했던 어린 시절의 고향을 미련(未練)해보는 그런 미련으로서의 애향심이 아니고서 나는 내 고향 청주를 사랑한다. 이 말은 나는 고생도 실패도 슬픔도 모르게 호강, 호강으로 살아왔다는 말은 아니다. 내 깜냥에는 누구 못지않은 괴로움과 서러움과 외로움을 치러왔다고 생각한다. 하기야 이제 겨우 삼십 고비를 첫 출발하는 나이에 슬퍼봤으면 얼마나 슬펐고 고생했으면 얼마나 했을까마는.

아무튼 나는 내 고향 청주를 사랑한다. 거기에는 이유도 까닭도 없다. 다만 사랑할 따름인 것이라고 생각한다. 그런데 어쩌다 서울이나 혹은 타지로 나가면 내가 왜 청주를 사랑하는가 알 듯해지는 수가 있다. 즉 그 이유랄까 까닭을 어렴풋이 짐작하게 되는 것 같다. 가령 내가 금차(今次)에 상경하고서 느낀 서울의 피부(皮膚)들이 갖추고 있는 단장(丹粧)이랄까 치장이랄까에서 받는 융성한 표정에 비하여 그 진심이랄까 내심이랄까는 좀처럼 느껴볼 수 없도록 퇴화되어 있는 듯싶은 '진정과 표정과의 괴리감'이 주는 불안감이 나로 하여금 몸살을 앓게 한 것이 그 예의 하나가 된다.

사람이 사람을 대하였을 때나 사람이 거리나 마을이나 도시를 대하였을 때에 그의 보여주고 있는 표정 속에 어딘지 모르게 허식이랄까 가식이 있다는 것을 직감할 때처럼 허전하고 괴로운 일도 드물다. 그런데 서울에 오면 어쩌면 저렇게 표정들이 다양할까 싶게*

* 이하 원고지 3행부터 빈칸으로 되어 있다. 미완성으로 보인다.

가을 같은 마음

계절을 가리는 사람들이 있다. 가을이 좋다느니 여름이 어떻다느니 또는 겨울이 마음에 든다느니 한다.

그러나 나는 아무 계절이나 다 좋다. 봄에 파릇파릇 새싹이 돋는 것을 보는 것도 좋고, 한여름 바닷가의 방종한 육체도 시원스럽다. 또 겨울의 어딘가 매서운 옴츠림도 일종의 쾌감이다. 가을 하늘의 끝없는 푸르름과 가녀린 코스모스의 표정 또한 아끼고 싶은 것이다.

말하자면 일년 사계를 다 즐긴다는 이야기다. 그런 점에선 나는 행복한 감각의 소유자인지도 모른다. 친구나 주변의 사람들의 표정 혹은 언동과 비교해서 볼 때 나는 계절이나 자연에 대한 감수성이 다분히 양성적이고 낙관적인 것 같다.

그것은 계절이나 자연이 자아내는 그 어떤 짓궂은 장난에 대해서도 나는 피해의식이나 반감 같은 것을 가져본 일이 없는 것으로도 증명이 된다.

여름철 지루한 장마가 아무리 계속된다 해도 그것에 대한 싫증보다도 그것에 대한 야릇한 애정 같은 것이 내 마음속에 생겨 그것을 미워하지 못한다든가, 또 겨울날 매서운 폭설 속에 서서도 그 자연 현상이 두렵고 저주스럽기보다 묘한 쾌감과 동화감(同化感)에 휩싸여 한치 눈앞이 안 보이는 그 폭설 속에 헤매고 다닌다든가 하는 습성이 그런 표현인 것 같다.

또 인적 없는 심산을 한밤중에 혼자서 방황하면서도 말없고 어두운 자연의 침묵이 두렵다기보다 어떻게 표현할 수 없는 매력과 신비의 심연으로 나를 유인하는 것 같아 무턱대고 싸다니기만 했던 일들도 그런 기질의 일면일 것이다.

얼핏 봐서는 남의 눈에 띄지 않는 이 기질의 차위(差位)가 기실은 그 사람의 인생관을 좌우하는 것인지도 모른다. 그 사람의 교양과 지식의 부피보다도 이 기질이랄까 감수성이랄까가 그 사람의 인생과 정신을 지배하는 것이 아닐까 싶다.

이 말은 단정은 못할지라도 최소한 나 자신에게서만은 부정 못하겠다. 하기야 나 자신의 교양이니 지식이니 하는 것이 워낙 천박해서 타고난 기질을 지배 못했기 때문인지도 모르긴 하지만. 많은 지식과 사색의 결과 자기 자신의 바탕인 기질을 서서히 수술해 보다 진리적인 인간 차원으로 자기를 개혁할 수 있는 위대한 사람도 있을 수 있을 테니 그런 사람들과는 비교할 수 없는 낮은 차원의 인간인 우리, 아니 나에겐 타고난 기질의 중압이 크게 느껴질밖에 없는 것이다.

나 자신의 양성적인 감수성이 나를 오늘날 같은 인간이 되게 했다고 믿는 데는 그럴 만한 이유가 있다.

나는 이제 나이 사십이 되도록 사는 동안에 무척이나 고생을 많이 했다고 생각한다. 운명의 조롱을 받기로도 참으로 너무나 가혹하게 받은 사람일 것이다. 일일이 예거할 수야 없지만 그 무엇 하나 순조로웠던 것이 없다. 학업도 직업도 건강도 청춘도 모조리 가닥가닥이 난 넝마였다. 더구나 사회적인 여건 같은 것은 말할 나위도 없었다. 무조건 밑바닥의 수렁창의 인생이었다. 이런 말을 할 때 사람들은 대개 비극적인 히어로를 자처하려는 심리가 있다고 논하는 심리학자가 있다. 그런 심리가 아니라고 굳이 부정은 안 하지만 그런 심리가 아니고서도 내 과거를 아는 사람은 참으로 어처구니없는 고생을 한 사람이라는 것을 아무도 부정 못할 것이다. 건강 하나만 갖고 말하더라도 너무나 가혹한 이력자다.

이십 전의 몇 고비의 중병은 고사하고라도 20세부터 시작된 폐결핵으로 30세가 넘도록 거의 빈사상태 속에서 전국의 요양소를 이리저리 전전하며 햇수로 만 6년간을 새너토리엄의 베드 위에서 신음해야 했다. 그런 나에게 젊은 청년으로서의 야망이니 의지니 노력이니 하는 것은 먼 꿈나라의 헛소문이었고, 사랑이니 그리움이니 하는 청춘의 꿈은 동화 속의 언어였다.

그런 나에게 웅장한 산도 광활한 바다도 또 계절을 장식하는 꽃도 낙엽도 눈도 비도 아무런 상관이 없는 것이었다. 유리상자 속에 잠긴 인형에게 그런 걸 감각하고 느끼고 즐기고 슬퍼할 아무런 자격도 없었던 것이다. 한마디로 말해서 운명도 자연도 계절도 다 나를 상대해 주지 않았다. 싹 무시하고 만 것이었다. 완전히 따돌림을 당하고 만 것이었다.

그런 학대가 그런 저주가 어디 있을까 싶도록 가혹한 피해를 받기만 한 나였다. 그렇게도 시달리고 미움을 받았는데도 오늘날의 나는 계절과 자연에 대해 전혀 반감을 갖질 못한다. 또 싫고 좋고가 없다. 그것은 계절이나 자연에 대해서만이 아니다. 역사나 사회에 대해서도 반감보다도 애정이 더 짙은 쪽이다. 간혹 어떤 사회현상이나 역사적 사실 앞에서 분개와 비판의 감정이 이는 것을 못 참고 이것을 표현하는 것도 기실은 역사나 사회에 대한 애정과 관심 때문인 것이다. 벌어진 현실이야 엉망이라도, 엉망이기 때문에 욕설을 할 때가 있더라도 나는 사회나 역사에 대해 무한한 기대를 갖고 있으며 그것을 믿고 의지하려고 한다.

이런 나의 현재의 인생관, 사회관, 역사관도 따지고 보면 나의 밑바닥에 깔려 있는 양성적이고 낙관적인 기질에서 연유했을 것 같다.

이제 가을이 한창인데 이 가을을 나는 한껏 즐겨야겠다. 설령 시간과 여유가 없어 먼 산으로 낙엽을 찾아가지는 못할지라도 또 코스모스를 한아름 꺾어다 꽂아놓을 공간이 나에게 주어져 있지 못하더라도 내가 가을을 즐길 수 있는 방법은 얼마든지 있고 또 어떻게든지 만들 수 있을 터이니까.

가을이 되면 가을을 즐기고 이제 곧 겨울이 오면 그걸 즐겨야지.

가을을 즐기는 마음은 내 마음이 곧 가을 같아져야 하는 것이다.

그렇다. 올가을에도 올가을만치 조금 쓸쓸해하고 또 아쉬워하고 값싼 채소나 미나리김치에라도 입맛을 붙여 체중이 1킬로쯤 늘어봐야 가을이 아니겠는가.

이 가을은 누구의 가을도 아니다. 바로 나의 가을이요 계절이요 인생인 것이니까.

청춘의 참뜻

'참되게 산다는 것' 하면 무슨 목사나 도덕선생의 설교 같아서 좀 어색한 느낌이 듭니다.

그것은 20세기 초두를 휩쓴 카추샤 선풍의 주인공 톨스토이의 인도주의적 사고방식을 구태의연하게 받아들이고 있는 시골 문학청년의 감상 같아서 좀 멋쩍어집니다.

이런 것을 멋쩍어하는 경향은 전후세계의 문명(文明)한 청년들에게 더욱 농후해가고 있습니다. 그들은 '인생이란 뭣이냐?' '산다는 보람은?' 하는 따위의 질문이나 사색을 시골스럽게 생각하며 그런 사색에 잠길 시간이 있으면 차라리 요란스러운 경음악에 몸을 흔들며 트위스트 추는 것이 낫다고 생각들 합니다.

그리하여 그들은 인생이나 생활을 깊이 생각하고 깨닫기에 앞서 다가오는 오늘과 내일을 그리고 나와 너를 무작정 받아들이고, 그리고 내버려두는 모양입니다. 심각할 것도 괴로워할 것도 없이 마구 움켜쥐고 살면 그만인 것입니다.

그들은 자기의 인생이 건성이며 수박 겉 핥기라는 것을 모르고 있는 것입니다.

그들은 도리어 삶의 고민에 상을 찌푸리는 모습을 보고 돈키호테라고 비웃기조차 합니다. 그러기 때문에 그들에겐 사랑도 결코 유희나 오락에 지나지 않은 것으로밖에 보이지 않습니다.

많은 것을 허술하게.

하나를 절실하게.

참되고 보람된 삶이란 결코 영화나 출세에 있는 것이 아니고, 사는 슬픔 사는 기쁨이 보다 간절하고 진실하다.

김삿갓 또는 김립(金笠)

김삿갓 또는 김립의 속명으로 우리들에게 애칭되는 시인.

팔도강산을 돌고 돌아 육십 평생을 오직 방랑한 걸인 선비.

그는 본명은 김병연(金炳淵), 자는 성심(性深), 호는 난고(蘭皐)라고 했으며 이조 23대왕 순조 7년에 태어났다.

그리하여 57세 되던 계해년에 유전(流轉)의 몸을 전라도 동복(同福) 땅에 묻고 말았다. 기구하다면 더없이 기구했고 표표하다면 더없이 통쾌했던 그 생애가 남긴 수많은 시와 일화는 우리를 웃기고 울리고 또한 많은 것을 깨닫게 한다.

낡은 삿갓 하나로 비바람 눈보라를 가리고 인환(人寰)의 거리를 피하여 익살과 비웃음으로 살아간 그의 발자취는 기실 너무나 많이 알려져 있는 듯하지만 실상은 또 아무도 자세히 아는 사람이 없다.

그것은 정처 없이 떠돈 그의 생애가 그 아무 곳에도 이렇다 할 표식을 남기지 않았기 때문이며, 그것이 곧 그다음 인생이었던 것이다.

시인의 기류계(寄留屆)

인생 노트

나는 수일 전에 도심지의 소음을 피하여 한강이 내려다보이는 양지바른 남산 너머 쪽으로 처소를 옮겼다.

2년 가까운 세월을 서울 한복판인 종로에서 하숙을 들고 있던 나는 심신 속속까지 먼지와 그을음이 낀 것같이 답답하던 심정이 이곳으로 옮기고서 아침저녁으로 얼음이 풀린 강물과 강 건너의 마을·들·산을 건너다보게 되니까 뭣인지 모르게 안심되는 듯하며 찌푸려졌던 이맛살이 풀리는 것만 같았다.

그리로 가기 전까지 염려했던 출퇴근 시의 차 속의 혼잡도 막상 당하고 보니까 합승으로 약 30분 걸리는 그 과정이 그다지 싫증이 나는 것이 아니었다. 도리어 바른쪽에 남산을 끼고, 왼쪽으로 한강이 보이는 그 노선이 잠깐 동안의 공상을 하기에 알맞은 것이었다.

그렇게 되고 보니 이곳으로 옮긴 것을 친구들에게 여러가지로 자랑을 했던 것이다.

그런데 어찌 뜻했으랴! 내가 아주 심리적으로 딱 질색인 용건이 생긴 것이다. 하루는 저녁에 들어갔더니 안집에서 말하기를 통(統)·반(班)에서 새 사람이 온 것을 알고 기류계를 하라는 지시가 있었다는 것이다.

나는 그 소리를 듣는 순간 숨이 딱 멎어버리는 것 같았다. 내가 볼멘소리로 그런 것 안 하면 어떠냐고 말하니까, 누가 아니래냐고 하면서 그러나 안 하면 집주인이 걸린다더라고 난처한 듯한 표정이었다.

그날 밤 나는 공연히 우울해지고 말았다. 심지어는 그전 집에 그냥 있을 걸 옮겨와가지고 기분을 잡쳤다고 후회가 들기조차 하고 며칠 동안 전환됐던 기분마저 일시에 달아난 느낌이었다.

하기야 그런 일이 시민생활, 즉 합법적인 사회생활을 하려면 당연히 밟아야 할 수속이며, 귀찮더라도 법질서와 공익정신을 준수하는 뜻에서 이행해야 할 일이라는 것은 알고도 깨닫고도 남는 일이었다.

그런데도 왜 나는 그런 수속 행위를 한다는 것이 그렇게 싫은지 모르겠다. 과장한 말 같지만 죽는 것보다도 더 싫다. 그래서 기류(寄留)는 청주의 고향집에 놔둔 채로 선거 때가 되면 사랑하는 고향으로 내려가서 투표를 하고 오는 것이 하나의 즐거움이 되어 있었던 것이다.

그러던 것을 이리로 이사 온 때문에 성가신 수속을 하게 됐으니 혹 떼려다 혹 붙인 격이 되어 다시 전의 집으로 옮겨갈까보다라고까지 심통스러운 며칠을 지내다 하는 수 없이 동사무소를 찾았다.

"1개월 이상 거주할 의사가 있을 때는 2주일 내로 기류 이전을 해야 함" "이유는 인구 동태파악, 범법자 은닉방지, 기타 등등"이라는 동회 직원의 지극히 사무적인 말을 듣고 밖으로 나온 나는 '범법자라? 설마 내가 범법자는 아닐 텐데?' 하고 중얼거렸다. 동회로 갈 때는 도민증을 제시하고 기입만 하면 되는 줄 알았는데 호적초본을 해와야 한다니 더욱더 속이 상해만 갔다.

그러나 이렇게 되고 보니 도리 없는 일이었다. 고향집에 홀로 계신 어머니에게 그런 사연의 편지를 해놓고, 늙으신 당신이 그런 걸 하느라고 애쓰실 일도 안타깝거니와 기한 내로 그것이 오지 않으면 어쩌나 하고 우울한 심정으로 한강이 내려다보이는 합승 속에 앉아 있으니 영 심통이 풀리지 않아 창밖으로 시선을 돌릴 기분도 안 솟는 요즘이다.

의당히 이행해야 할 의무인 것을 뻔히 알면서도 하기를 싫어하는 것은 내가 게으른 탓인지, 의무 관념이 희박해서인지, 사회생활 감각이 결여돼서인지 잘 모르겠지만, 그러나 좌우간 이런 일에 잠시라도 신경을 써야 한다는 것은 나 자신의 어느 한 부분을 침식당하는 것만 같아 분하니 어찌하랴.

어떤 사람은, 시니 소설이니 쓴다는 사람들은 그런 속박 같은 것을 공연히 싫어하는 버릇이 있다고 빈정댈지도 모르지만, 도리어 그런 것을 싫어하는 정신이랄까 감정이랄까가 나로 하여금 한두편이나마 시를 쓰게 하고 있는 것인지도 모른다면, 이 사소한 듯한 일상적인 생활감정이 실은 나의 인생과 시를 좌우하는 하나의 큰 관건이 될 것만 같은 생각이 든다.

시인과 기류계! 아무리 생각해도 잘 안 맞아드는 이 두 언어가 내 안에서 어떻게 궁합을 맞출는지?

감정의 용모

감정의 용모! 좀 어색한 어감이다. 그러나 내가 말하고자 하는 것은 감정이 나타내는 여러 표정을 말하려 함이다. 내가 새삼스럽게 왜 이런 투의 글을 쓰려고 하느냐 하면 우리들의 생활은 따지고 보면 감정의 밀림 속에서 매일 허우적거리고 있는 것이 아닌가 싶고 또 그러기 마련인 때문에 자연 관심이 갈 수밖에 없어서이다. 그런데 글 제(題)는 이렇게 '감정의 용모'라고 쓰고 보니 너무 테마가 노출되어서 차분한 맛이 안 난다. 이것은 분명히 명문이랄까 미문이 될 수 없는 제일 조건이다. 즉 적당한 메타포를 한다든가 은근 미(美)를 나타낸다든가 해서 은연중에 하고 싶은 말, 표현하고 싶은 사상을 표상(表象)해야만 그것이 미문이고 명문이며 따라서 미문가, 명문가인 것이다. 그런데 이렇게 아무리 보아도 명문가일 수도 미문가일 수도 없다는 사실이 단적으로 나의 표정을 나타낸다고 볼 수 있다. 싫은 것을 좋은 척 못 한다. 미운 것을 친한 척 못 한다. 나의 얼굴 위에 나타나는 표정은 그것이 곧 나의 감정의 진상이다. 이렇게 말하고 보면 나의 표정술(表情術)이야말로 야박스럽기 짝이 없는 것이 된다. 더구나 천성이 좀 까다로운 것을 그냥 그대로 반영시키는 용모이고 보니 살아나가기엔 이만저만 불리한 게 아니다.

그러나 세상 사람들은 그렇지 않다. 나의 주변에서 늘 만나는 친구들도 거개가 그렇다. 모두가 당장의 자기 감정과는 다른 표정을 나타냄으로써 우정의 보존을 꾀하고 처신의 위생(衛生)을 하고 처세의 득(得)을 마련한다. 그래서 온화와 덕기(德氣)의 미모(美貌)로서 자기를 제시한다. 이래서 그날 그날의 평화가 유지되고 주위가 평온하다. 그러나 과연 그것이 ◯일(◯日)이 평안하고 분위기가 평온한 것일까? 의문스럽다. 아마 결코 그런 것이 진정한 의미로서의*

* 이하 원고지가 빈칸으로 되어 있다. 미완성으로 보인다.

어느 초가을 날*

어느 초가을 날 가랑비가 내리는 어스름 녘이었다. 강나루가 가까운 산기슭으로 외떨어진 백정촌(白丁村) 어구의 이제 다 헐어진 연자방앗간 돌확 위에 누더기 같은 이불쪽을 두르고 웅크리고 앉아 있는 여자가 있었다. 딴 장소도 있으련만 오는 듯 마는 듯한 가랑비이었지만 진종일 내리어 흥건히 젖은 지붕이 헐어서 푹 꺼져내려 하늘이 보이는 그 바로 밑에 웅크리고 있었다. 그 헐어진 구멍 사이로 진종일 새어온 가랑비와 이따금 떨어지는 지붕 낙수 때문에 그 두른 이불쪽 등언저리가 엔간히 젖어 있는데도 그녀는 그것을 모르는 양 그 속에서는 움칫하지 않았다. 아니 그녀는 그것을 알면서도 그냥 있는지도

* 이 글은 제목이 없는 채로 원고지 첫장의 첫행을 비워두고 둘째행부터 본문이 시작된다. 첫구절을 제목으로 달았다. 소설 도입부로 추정된다.

모른다. 그곳을 피해갈 아무런 생각이 솟지를 않았다. 없는 것은 움직이고 싶은 욕심뿐만이 아니다. 그녀에겐 가진 것이 전혀 없다. 집도 없고 자식도 없고 남편도 없고 일가 친소도 하나 없다. 더구나 돈이 있을 리 없고 입을 옷가지가 있을 리 없다. 지금 헌 이불 속의 그녀는 벌거숭이가 되다시피 하고 말뿐인 갈기갈기 찢어진 홑치마를 걸치고 있을 뿐이다. 그보다도 더 없는 것은 인물이었다. 눈이며 코며 입이며 생김새를 살펴보고 어쩌고 할 것도 없이 얼굴 전체 주름투성이의 입과 눈이 맞붙었고 이마와 턱이 맞붙었고 군데군데 잡아 뽑은 듯이 몽악으로 빠진 머리칼하며 세상에 없이 흉측한 얼굴이었다. 그리고 그에겐 나이가 없다. 한 마흔살쯤 되었는지 모른다. 혹은 한 쉰일지도 모르고. 그러니 그에게 누가 던지는 동정도 없고, 누구에게 굳이 바랄 그 아무것도 없다. 다만 이렇게 어제도 없이 내일도 없이 웅크리고 있노라면, 생각이 드는 동네사람들이 하루에 한끼니고 자다가는 두끼니를 갖고 와서 그의 이불맡에 놓인 이 빠진 뚝배기에 쏟아부어 놓고는 "할멈, 밥 먹으쇼." 한마디 던지곤 대꾸도 듣지 않고 돌아간다. 그녀도 또한 대꾸 같은 것은 할 염도 않고 있다. 한참 만에 생각난 듯 이불깃을 열고 야위고 때 전 손으로 먹을 것을 끌어서는 그 눈과 맞닿은 오물거리는 입으로 가져가곤 하면 된다. 그것이 끝나면 자라목 옴츠리듯 다시 그녀의 유일한 소유물인 누더기 이불 속으로 얼굴을 넣고 만다.

그런 그녀에게 오늘은 무엇인지 잔뜩 기다려지는 것이 있다. 어제가 오늘 같고 오늘이 내일 같은 그의 일상에는 도무지 추억되는 과거도 없고 기억되어 남아 있는 지난날의 일들이 하나도 없었는데 간밤에는 실은 신기한 꿈을 꾼 것이다. 더구나 평소에는 도무지 꾸어보지 않았던 꿈을 꾼 것만도 신기한데 그 꿈이 또한 신기한 것이다. 그래서 오늘은 하루 종일을 그 꿈을 되새기고 있는 것이다. 되새기며 무척 즐겁고 또 초조하기도 하다.

그 일은 그녀가 스무살 때인지 혹은 서른살 때인지 또는 열일고여덟 때인지 아무튼*

* 이어지는 원고가 있었으나 유실됐는지, 미완성인지 알 수 없다.

제 3 부

기타

내 勞動으로
오늘을 살자고
決心을 한 것이 언제인가
머슴살이하듯이
바친 青春은
다 무엇인가.

* 앙케트, 좌담, 대담 등을 수록했다.

앙케트

1961년 신춘의 전망

1. 지난해의 우수작

시: 없음.

소설: 최인훈(崔仁勳) 작 「광장(廣場)」.

2. 북한과의 문화교류

적극적인 문화감각을 가졌다면 의당히 교류가 있어야지요.

3. 1960년대의 문학적 전망

역사와 현실에 정면으로, 그리고 적극적으로 대결하는 그런 인간 정신을 추구하는 문학을……

4. 새해의 신조

역사를 직시하고자 한다.

5. 『자유문학』지에 한마디

더욱더 발전하기를 바랍니다.

『자유문학』 1961. 1

앙케트

1962년 신춘의 전망

1. 세계는 어디로?

작년에 우후죽순 같았던 후진국들의 소동이 얼마간 합법적인 자세를 갖출 기세가 엿보이지 않을까?

2. 문단의 동향은?

아직도 올 일년은 부진의 되풀이 속에서 허덕이지 않을까?

3. 문단 통합에 대하여는?

자율과 타율의 양의(兩儀)를 전제로 하여, 해보는 공상(空想)은 있지만……

4. 나의 금년 계획은?

가능하면 시골로 내려가서 보신(補身)을 했으면 하나 어떨는지……

『자유문학』 1962. 3

앙케트

일본 이케다 수상의 망언에 대하여

아래의 글은 4월 6일자 국내 각 신문에 보도된 기사이온바, 우리는 이 기사를 읽고 한국 민족의 일원으로서 충격을 받은 바 적지 않습니다. 이에 선생님의 기탄없는 의견을 바라는 것입니다. (자유문학사 편집실)

[도쿄 5일발 UPI동양] 일본의 『도쿄신문(東京新聞)』은 5일 일본은 한국문제를 다루는 데 있어서 미국보다 더욱 많은 경험을 가지고 있다고 말하였다. 동(同) 신문은 한국 군사정권에 대한 미국정책을 논평하며 이케다(池田) 수상이 영국외상 흄 경(卿)에게 일본은 반드시 한국정부의 조속한 민정이양(民政移讓)을 바라지 않는다고 말하였다는 보도에 "공명한다."고 말하였으며 과거 일본통치의 선의(善意)가 이따금 나쁜 결과를 초래하였다고 덧붙였다.

『도쿄신문』의 시사 해설자는 "한국 민족에 관한 일본의 연구는 미국의 그것보다 더 앞서고 있으며 사실상 일본은 45년 이상이나 통치한 경험을 가지고 있다."고 하면서 다음과 같이 말하였다.

"미국은 그의 민주주의를 팔아보려는 이상주의적 청년과 같이 보인다. 그러나 그러한 태도는 경험이 없기 때문이다. 이런 점에서 한국인으로 하여금 민정이양을 하도록 성급히 요구하지 말라고 미국을 설복시킬 것이라고 운운한 이케다 수상의 주장을 본인은 지지한다."

(『경향신문』 1963년 4월 6일자)

민주주의의 암(癌)

집권자의 지성이 의심되는 나라의 민주주의가 과연 좋은 민주주의일 수 있는지 모르겠다.

이 말은 엉뚱한 망언(妄言)을 한 일본 수상 이케다의 경우에도 적용된다. 그가 한 말은 그들이 통치하던 시기의 한국을 잘 안다는 것인데 18년간이나 민주주의를 해온 나라의 사정을 18년 전의 입장에서 언위(言謂)한다는 것은 그의 머리가 돈 것이나 다름이 없다.

그리고 그 말을 바꾸어 말하면 미국보다 자기들이 한국을 잘 아니까 내정간섭도 자기들이 해야 한다는 말이 되니 참으로 어처구니가 없다. 분개하고 말고도 없는 이야기다. 그보다는 일본 민주주의도 암(癌)을 내포하고 있는 동안은 전도(前途)가 암담하구나 하는 동정심이 일 뿐이다.

『자유문학』 1963. 4

대담

이효상 국회의장과 시*

복더위에 지친 수목이 우거진 공관(公館)에 들어서자 어디선가 매미소리가 들린다. 더위를 잊기 위해 정치 아닌 한담(閑談)을 하겠다고 만난 의장과 시인은 구면인 듯 서로 반가워 악수한다.

"이선생님 오래간만입니다."

"아이구, 신형 아니오. 건강이 무척 좋아진 것 같습니다."

"저는 역시 이의장님 하고 부르기보다는 이선생님 하고 부르고 싶은데 어떻습니까, 어색하게 들리지 않습니까?"

"아니오, 신형이 나보고 의장이라고 부르면 되겠소. 국회에서나 의장이지 우리끼리야 시인들이 아니오."

* 이 대화는 조선일보 '성하 대담((盛夏對談)'의 첫번째로, 신동문 시인이 이효상(李孝祥) 국회의장을 탐방하여 '정치인들의 정치 아닌 얘기들'을 듣는 형식으로 진행된 것이다.

언제 봐도 소탈한 표정인 이의장은 가식도 제스처도 없는 웃음으로 대꾸한다.

"이선생님을 정치라는 과열된 일과(日課)에서 잠시라도 피난을 시키자고 이런 자리가 마련된 모양입니다만 시나 종교 이야기를 하재도 선생님의 국회의장이라는 특수성 때문에……"

"그렇지요. 자연히 정치라는 것과 관련이 있는 이야기가 되기 쉽지요."

"바로 그 점입니다. 종교인으로서 현실정치를 하는 고민 같은 것이 궁금합니다."

"나는 이렇게 생각합니다. 종교라는 것은 결코 정치니 문화니 예술이니 경제니 하는 역사적·사회적 여러가지 속성과 대등한 그런 것이 아닙니다. 종교라는 것은 정치니 문화니 예술이니 하는 것들과 달리 보다 높은 차원의 것이라고 봅니다. 그러기 때문에 내가 신앙을 가졌다는 것과 정치를 한다는 것과는 아무런 무리(無理)도 마찰도 있을 수 없는 것이라고 생각합니다."

"알겠습니다. 그러나 흔히들 정치라는 것에는 권모(權謀)와 계략이 따르게 마련인 것으로 알고 있는데 진리를 지키려는 종교인으로서 그런 문제에 부딪힐 때……"

"참 재미나는 이야기입니다. 흔히 나보고 한솔*은 어떻게 정치를 한다고 저러는지 몰라, 정치를 하려면 돈과 조직이 있어야 하는데 그런 것도 없이 무슨 정치야, 하고 비웃듯이 말합니다. 나는 그런 사람

* 국회의장 이효상의 호.

에게 말합니다. 돈을 갖고 하는 정치라면 돈이 떨어지면 정치도 떨어져나갈 것 아닌가. 그렇다면 그건 돈으로 산 정치지 어디 사람이 하는 정치인가. 나는 어디까지나 한솔이라는 인간으로서 정치를 해보려고 하는 거야."

담담한 말소리이나 어딘지 열기(熱氣)가 있는 어세(語勢)였다. 시인은 무엇인가 수긍이 가는 듯 머리를 끄덕이더니 화제를 돌린다.

"참, 며칠 전에 무주구천동에 가서 쓰셨다는 이선생님의 시를 신문 가십난에서 읽었습니다. 제가 이선생님의 시를 읽을 때마다 느끼는 것인데 이선생님의 시는 기교나 수식이 전연 없는, 말하자면 아마추어적 시라고 생각합니다."

"잘 보셨습니다. 나의 시에는 기교도 없고 재주도 없으며 또 남의 시의 장점을 도입하지도 않습니다. 오직 나라는 인간 하나의 감동과 감정을 가장 솔직하고 간단하게 표현할 따름입니다. 그건 어떤 시파(詩派)나 주의(主義)와도 상관이 없습니다. 오직 한솔이라는 인간의 시일 뿐입니다."

"그런데 재미있는 건 이선생님이 시인으로서 정치를 하는 것에 대하여 속이 막힌 어떤 문인은 '시인이면 순수하게 시나 쓸 것이지 무슨 정치를 한다고 그럴까?' 하고 비난을 합니다."

"나도 직접 그런 소릴 듣습니다. 심지어는 정치를 하는 동안은 시를 쓰지 말라고도 합니다. 그러나 그건 큰일 날 오해입니다. 국회의원이고 의장이고 하는 것은 언젠가는 떨어지고 말면 그만두어야 하는 것입니다. 그러나 내가 시인이라는 것은 누구나 떨어뜨릴 수도 뗄 수도 없는 나의 천분(天分)입니다. 그걸 누가 간섭합니까? 나는 정치인이기 이전에 시인이고 종교인입니다."

"그렇습니다. 시인은 천직인 것이지요. 그리고 현실에 살고 있으니까 현실적 상황에 충실하기 위해서 정치도 하고, 사업도 하고, 노동도 하고 하는 거지요."

"그게 바로 올바른 현실참여가 아닙니까? 나는 국회의장이요 시인인데 아주 자연스럽습니다."

"그런 점에서 참 답답하기만 한 게 우리 문단입니다. 심지어는 제가 정치나 역사에 관심을 갖고 시를 쓰는 것에 대해서조차도 가타부타 말이 많습니다."

"그러는 사람들이 착각을 하고 있는 것 아닙니까? 내 나라를 사랑할 줄 알아야 참다운 시가 나오지요. 내 나라를 사랑한다는 건 산천만 사랑하는 것이 아니지요. 민족도 국가도 사회도 현실도 다 사랑해야 될 게 아닙니까? 그리고 우리나라는 참말 아름다운 나라입니다. 세계를 많이 구경했습니다만 우리나라같이 아름다운 나라가 없지요. 그러니 세계에서 제일가는 시인이 나와야 할 것입니다. 그건 이 나라를 가장 사랑할 줄 아는 사람이어야 하지요."

두 시인의 대화는 릴케, 괴테, 랭보 등 서구 시인을 비롯해서 현재 한국시에 이르기까지 끝없이 계속된다. 그야말로 더위를 잊은 듯 시원스러운 표정으로 삼복(三伏)의 오후를 담소로 이어갔다.

『조선일보』 1966. 8. 7

좌담

피서지에서 생긴 일

서경수(徐景洙, 동국대 교수, 불교학)
신동문(시인)
심연섭(沈鍊燮, 동양통신 논설위원)
오소백(吳蘇白, 언론인)
1967년 7월 5일 세대사(世代社) 회의실

이상적 피서지는 바다가 있는 산

오소백 바쁘신 시간 이처럼 나와주셔서 감사합니다. 오늘 좌담회의 주제로 우리나라의 피서지를 찾아 채점(採點)하는 형식의 얘기를 내걸고 좌담을 시작하겠습니다. 사람들의 입에서 답답하다, 클클하다 하는 말들을 많이 듣게 되는데 여러분들께서 피서지에 대해 다채롭게 얘기해주셨으면 합니다. 뭐니뭐니 해도 서선생님께서는 많은 절을 찾아다니신 걸로 아는데 피서지에 대해서도 한번 말씀해주십시오.

서경수 요새 피서지라 하게 되면 바다를 말하는 경우가 많은데 저는 쭉 산으로 많이 가고 사원(寺院)을 찾았습니다. 그런데 대개 한국의 절은 아주 좋은 자리에 놓여 있어요. 절이 높은 곳에 있을수록 장엄하고 운치가 있습니다. 이건 종교적으로 위엄 같은 걸 주기 위해서 그런지는 몰라도 말입니다. 한국의 절은 요새 관광지가 될뿐더러 피서 때가 되면 많은 사람들이 찾아옵니다. 저도 바다를 몇번 찾아 봤습니다만 큰 사찰을 찾는 것처럼 좋은 피서가 없습니다. 보통 해발 700~800미터 되는 곳에 있는 절에서는 한여름에도 불을 때야 목욕합니다. 그러고도 낮 12시에서 2시 사이에 해야지 그러지 않으면 감기 들기 쉽습니다. 또 나무 많은 곳에 모기가 많은 법인데 높은 산엘 가면 모기가 없습니다. 예를 들면 설악산 근방에 있는 절이라든가 오대산 근방에 있는 절, 그리고 함백산이나 태백산에 있는 절들, 또 가야산이나 속리산, 지리산 근방의 절들이 피서지로 적당하다고 봅니다. 저는 과거 한 10년 동안 산을 많이 찾았는데 산의 경치와 그 절이 가지고 있는 여러가지 맛하고 특수한 무엇을 느낄 수가 있었습니다. 어쩐지 설악산 근방에 있는 절들은 대개 절 자체가 산처럼 뾰족하고 지리산 근방에 있는 절들은 묵직한 맛이 있습니다. 제가 6년 전에 태백산에 있는 정암사(淨巖寺)에 가 있었던 적이 있는데 저는 절을 찾을 때마다 산딸기를 따다가 소주에 넣어서 아랫목에 한 일주일 묵혀 두었다가 이걸 짜가지고 독에 넣어서 흐르는 물에 독을 반쯤 담가둡니다. 또 이 태백산 근방엔 꿀이 많습니다. 이걸 딸기주에 넣습니다. 그런 후에 밤에 한컵 떠서 마시면, 좋다는 술에 비할 바 못 됩니다.

오소백 지금 서선생님의 말씀을 들으니까 요새 피서 하면 보통 바다에 텐트를 매놓고 쉬는데, 사실 산엘 가면 무더운 걸로 생각을 하지만 그런 것도 아니지요. 어때요, 바다는? 신형은 수영 선수로도 날렸다니까 어디 바다에 대해서 얘기해보시지요.

신동문 지금 서선생님 말씀대로 산은 참 좋습니다. 그런데 바다는 또 바다대로 맛이 있습니다. 산이 좋으냐 바다가 좋으냐 평가를 하라면 못하겠어요. 다 좋아요.(웃음) 원래 욕심 같아서는 바다가 있는 산, 이게 가장 좋은 거 같아요.

서경수 바다는 말이지요, 물에 들어가 있어야지 나오면 그냥 직사광선이 내리쪼여……

신동문 그것도 바다 나름이지요. 저 동해 화진포 같은 데는 송림(松林)이 있어서 좋습니다.

오소백 사실 바다는 해송(海松)이 있어야 제대로의 맛을 느낄 수 있는 게 아닐까요? 원산(元山)의 송도원(松濤園)같이 말입니다.

신동문 작년 여름에 대천(大川)에서 바다의 여왕을 뽑는다고 해서 가봤는데 정말 이건 콩나물시루더군요.

오소백 외국영화 같은 걸 보면 피서지를 배경으로 한 영화가 있지요. 내가 보기엔 우리나라에도 경치 좋고 한적한 곳이 많이 있는데, 왜 안 가느냐 하면 교통 문제, 즉 경제적인 문제가 따르기 때문이 아닐까요? 강릉에서 속초 쪽으로 달려보면 전부 해수욕장입니다.

서경수 저 강릉서 주문진까지 바다를 끼고 가면 왼쪽엔 설악산이 보이고 바른쪽으로는 바다가 보이고 하는데, 이땐 버스의 앞쪽에 꼭 앉아야 합니다. 그래야 양쪽을 다 구경할 수가 있으니까 말입니다. 진짜 바다는 화진포나 대진, 이 근방일 겁니다.

신동문 여기서 가려면 춘천으로 해서 홍천 길을 통해 동해안 속초까지 빠지려면 한 여섯시간 걸립니다. 군용도로라 아주 좋습니다.

서경수 저는 동해안으로 갈 기회가 많았는데 가는 길은 옛날에는 홍천으로 해서 직접 빠지는데 지금은 아스팔트길만 달립니다. 진부령의 바른쪽으로 빠져 설악산 뒤로 넘어가면 멋있죠. 대승폭포가 있는데 상당히 높지요. 내설악 오세암의 높이가 해발 1,500미터가 넘습니다. 그런 데는 여름에도 추워서 못 견딥니다. 내복을 입어야 합니다.

오소백 지금 우리나라에서 어느 폭포가 제일 높습니까?

서경수 역시 제주도에 있는 천지연폭포, 정방폭포지요.

오소백 다음은 해외편으로 심선생이 외국서 보아온 피서지에 대해서 한번 말씀해주십시오.

심연섭 불란서 같은 데는 전부 피서 때가 되면 다 가게문을 닫고 밖으로 나가고 관광객만 남아 있다는 말이 있습니다. 그런데 아마 그 사람들 생각에는 휴양 간다는 건 땅이 습하고 흐린 날씨가 많고 하니까 햇볕을 쬐러 간다는 뜻일 텐데 우리나라에서는 피서 간다는 게 큰 욕일 것 같아요. 더군다나 교통이 불편하지요. 가서 보면 여관방은 다 차 있지 탈의장 하나 제대로 된 데 없고 소피보는 시설도 없습니다. 이게 큰 문제입니다. 그리고 한가지는 서선생님도 많이 다녀보셨겠지만 마이애미비치다 와이키키다 리우데자네이루에 있는 코파카바나다 하는 이 해변은 천연(天然) 해변이라기보다 인공적으로 만든 곳입니다. 가까운 해변을 찾는다면 아무래도 인공적인 것이 가미되어야 할 겁니다. 와이키키 같은 델 가보면, 와서 태양볕을 쪼이는 게 목적인 것 같아요. 한여름에 여자들이 몸을 태우지 않고 도시에 돌아오는 걸 큰 수치로 생각하는 모양이에요. 해변에서 헤엄친다는 것보다도 엎드려 몸을 태우는 데 목적이 있어요. 더위를 잊는 것하고는 다른 것 같아요.

오소백 산은 정적(靜的)이라면 물은 동적(動的)이겠지요?

서경수 제가 독일에 갔을 때인데 거기 있는 수도원에서 한국에 오래 있던 신부 한분을 만났어요. 그 신부가 명동성당 앞에 성모병원을 지은 걸 아주 욕을 많이 해요. 거기다 왜 병원을 짓느냐는 거예요. 한국의 푸른 하늘 그건 그대로 종교라는 거예요. 그때 여름이었는데 피서 이야기가 나온 끝에 그분이 하는 말이 대개 속물들, 비종교적인 사람들이 가는 데가 바다라는 겁니다. 종교인은 산으로 간다는 겁니다. 그런데 말입니다, 바다를 찾은 중들이 이상하게 파계(破戒)하는 수가 있답니다. 조용했던 마음이 동적인 바다를 봄으로 해서 마음이 흔들리는 수가 있습니다.

신동문 지금 우리가 피서라고 하는데 이 어휘가 좀 미안한 생각이 들 때가 있어요. 나는 생활의 여유가 있으니까 산이나 바다를 찾아 얼마간 지내다 오려고 피서를 간다기보다는, 피서라는 말 대신 휴양이나 요양이랄까, 도시생활에 지친 몸과 마음을 잠시 한적한 곳에 가서 쉬다가 다시 도시의 생활에 임한다는 생각에 가게 되는 것이지, 뭐 호강스럽게 그저 가는 게 아닐 것 같아요. 저는 친구들에게 피서 갔다 왔다는 말을 하기가 좀 거북해요.

오소백 사실 그럴 것 같아요. 여름이 되면 신문에서도 피서지에 대한 시리즈를 많이 싣는데 어떤 사람 글을 보니까 우리나라는 다행히 온돌방이 있어서 여름에 냉방에 누워 있으면 시원하지 않느냐, 또 어떤 사람은 드럼통 같은 데다 물을 가득 담아놓고 그 속에 들어가 있으면 좋다는 말을 하는데 이것은 결국 가난에서 오는 얘기 같아요.

서경수 대개 몸이 비대한 사람이 땀을 많이 흘리더군요.

조상들의 피서법은?

심연섭 그런데 전통적으로 옛날 우리 조상들이 더위를 잊는 방식은 어떤 것이 있었을까요? 탁족(濯足)이라고 해서 청류(淸流)에 발이나 담그고 있는 게 고작 피서의 방법이었는데 지금 서울 근교에 어디 발이나 담그고 앉아 있을 그런 곳이 있어요? 어느 골짝을 가도 다 점령구역으로 복잡합니다. 사실 그런 데 갈 바에야 집 앞마당에서 대야에 물을 떠다 발이나 담가놓고 앉아 있는 게 훨씬 좋을 거예요.

신동문 그래도 서울 근교에서는 말죽거리를 지나서 나가면 청계산이라는 곳이 있습니다. 여기는 한여름철 물이 떨어지지 않습니다. 여기는 버스로 한시간이면 나가는데 정말 심선생 말씀대로 탁족하기에 알맞은 곳입니다.

서경수 또 있습니다. 버스를 타고 양수리에 가면 수종사(水鍾寺)라는 절이 있어요. 앞에는 한강이 보입니다. 이런 데는 참 좋은 곳입니다.

심연섭 학생들은 방학을 하니까 어디고 가기 좋지만, 직장에서는 휴가를 한 일주일밖에 주지 않아요. 그런데 어디 가게 됩니까? 경제사정도 그렇고……

서경수 정말 그래요. 돈 들고 고생은 고생대로 하게 되니까 말이지요. 한국에서는 바캉스라는 말이 언어나 활자로 될 수 있지 실제로 우리에게는 아직 진정한 의미의 피서는 없습니다.

오소백 우리 형편에 맞는 피서법이 있다면 대개 하루만을 즐기는 그런 거겠지요?

신동문 그렇지요. 나는 이렇게 생각합니다. 말만 들었던 피서를 간다고 해서 가족들과 함께 가서 먹는 음식, 더욱 바닷가에서의 음식은 참 맛이 있어요. 그런데 어린애들은 더위 먹고 설사하고 잠자리 나쁘고 모기에게 뜯기고 이래서 넋을 잃고 돌아오게 되는데 그렇게 하지 말고 우리 형편에 닿는 피서를 해야 돼요. 이름난 산이나 바다를 찾게 되면 이건 반드시 고생을 하게 되는 겁니다. 또 그런 곳의 물가는 엄청나게 비싸기 마련입니다. 차라리 이름 없는 조용한 산의 암자 같은 데를 가면 실비로 모든 걸 제공해줍니다. 보통 쌀 다섯말이면 한 달은 먹여줄 정도이니 얼마나 좋습니까.

오소백 참 좋은 말씀입니다. 전에 대천엔가를 갔다 왔다는 사람들과 얘기를 나눈 일이 있었는데, 이 사람들 물에는 얼마 들어가지 않고, 갔다 왔다는 이거 하나만을 가지고 의기양양해하는 걸 봤는데, 우리나라 피서의 허영성 같은 걸 느끼게 되는데요. 역시 바다에서도……

신동문 역시 바다에서도 이름난 곳에서 한 20~30리 떨어진 곳에 있으면 좋습니다.

서경수 네, 그렇지요. 이름난 곳에서 뚝 떨어진 민가에서 아주 인간적으로 친해지면 퍽 좋게 놀다 올 수 있습니다.

신동문 나도 이름난 곳은 대개 다 돌아보았는데 단양의 저 중선암(中仙巖), 하선암(下仙巖)라는 곳엘 갔더니 바위 절벽에 소나무들이 쭉 있고 바위 암반에 물이 얕게 흐릅니다. 돌들이 옥같이 하얀데 이끼 하나 없어요. 위엔 소나무가 있어 그늘이 져서 그 밑에 누워 있으면 참 좋아요, 사람 하나 없고 말입니다. 이런 델 가면 비용 안 들고 좋습니다.

오소백 저는 금강산을 구경했는데, 그러니까 8·15 해방되던 해인데 지금으로부터 한 20년 전입니다. 얼마전에 설악산을 보고 뭣이 금강산하고 다른가 느꼈어요. 정말 좋더군요. 이건 정말 철저하게 PR을 해야 될 겁니다.

서경수 내설악에서 올라가며 쭉 보면 참 경치가 좋습니다. 더욱이 정상에 탁 오르면 바람이 확 불어옵니다. 즉 길에서 보고 싶던 사람을 오랜만에 보았을 때 말이 막히는 그런 심경입니다. 그저 악! 이 소리밖에 안 나옵니다.

오소백 제가 한번 대관령을 넘어본 일이 있는데 사실상 진부령처럼 아슬아슬한 게 없더군요. 그저 평탄하더군요. 그런데 월정사(月精寺)*가 참 좋다는 말을 들었는데 서선생께서는 가보셨나요?

여름에도 겨울 김치가

서경수 네, 가봤습니다. 절 아래 지하실처럼 조금 팠는데 한여름에도 겨울 김치가 나옵니다. 여름에도 새벽엔 우비옷을 입습니다.

신동문 그 말을 들으니 또 이런 게 생각나는군요. 저 이은상(李殷相) 씨가 쓴 『강산천리(江山千里)』라는 책자 속에도 나오는 시인데

* 강원도 오대산과 황해도 구월산에 각각 월정사가 있는데 여기서는 전자를 말하는 것으로 짐작된다.

금수산이라는 데가 있어요. 여기는 계곡이 있는데 삼복더위라도 얼음이 없습니다. 돌을 젖히면 돌 밑에 성에가 끼듯 얼음이 쭉 깔려 있습니다. 그걸 따먹으면 위장에 좋다고 해서 따서 먹는데, 그런데 어떤 현상인지는 몰라도 꼭 삼복더위 때면 얼음이 생겨나요.

서경수 그런 곳이 또 하나 있습니다. 대관령을 내려오다 진부에서 한 20리 왼쪽으로 들어가 산으로 올라가면 굴이 있어요. 굴속 돌을 들면 얼음이 나옵니다.

오소백 이건 좀 다른 얘기인데 해방되던 해인가, 구미산장 앞 작은 여관에 들었는데 그때가 이른 봄인데도 물이 쫙쫙 흘러요. 잠이 안 오더군요. 우리나라의 산수화(山水畵) 생각이 자꾸 나요. 한국사람은 그래서 산으로 더 접근하는 게 아니냐 하는 생각이 들었는데 실제로 여러분들이 가보신 곳 중에 인상적이었던 곳이 있으면 소개 좀 해주시지요.

심연섭 저 잠깐 서선생께 한가지 물어볼 게 있는데, 우리가 산에 대해서 어떤 동경 같은 걸 느끼고 있는 건 노장(老莊)의 영향을 받은 게 아니겠어요?

서경수 불교에서 볼 때 석가는 히말라야이고, 예수는 사막이어서 살벌합니다. 그런데 히말라야는 눈 덮인 산이 보이는 곳이어서 보다 정적(靜的)인 사상으로 싹터왔는데 이것이 중국으로 와서는 노장사상과 혼합이 되어가지고 점점 더 심해졌어요. 옛날에는 피서를 한다면 산으로 갔지 바다엔 안 갔습니다.

산수(山水)가 너무 좋아도 탈

심연섭 우리나라 국민성이 그런 데서 나온 것이겠지만 외향적(外向的)인 바다를 찾았던들 좀더 멀리 개척의 길이 있었을지도 몰랐을 텐데…… 그런데 삼면이 바다로 둘러싸인 민족치고는 너무 바다를 소홀히 한 것 같아요. 그런 걸 보면 역시 불교사상이나 도교사상에서 나온 정적인 것, 내적인 것에만 집착했다는 것인데……

신동문 보통 불교사상이 도교사상의 영향을 받은 것도 있지만, 가령 우리나라 산수(山水)가 평범해서 아름답지 않았다면 우리 국민들이 산에 흥미가 없어 바다로 진출했을지 모를 일인데……

심연섭 산수가 아름다웠다는 게 좋지 않았다는 거지요. 바이킹의 나라나 스코틀랜드는 정말 산수라는 게 없거든요. 그래서 바다로 뻗어나갔던 게 오늘날 영토를 넓힌 결과이지요.

신동문 정신적인 차원을 넓힌다든가 수련을 하기 위해 찾아가는 곳이 금강산이었듯이, 우리들이 자기발전이나 정진을 하려고 찾아간 곳이 바다가 아닌 산이었다는 것입니다.

오소백 그러니까 산수가 아름다운 것은 어떤 의미에서 상당히 비생산적이고 병적인 어떤 것을 가져왔다고도 할 수 있겠지요.

심연섭 바다라야 인천 앞바다만을 대해오다가 일본으로 수학여행을 가서 태평양 바다라는 걸 처음 봤는데 정말 압도당했습니다. 그러다가 하와이엘 가서 태평양을 바라보았는데 정말 웅장하기 이루 말할 수 없더군요.

오소백 우리나라는 사실 해양국가라 할 수 있는데 해외로 뻗침이 상당히 부진하지 않습니까?

심연섭 우선 조선(造船)기술을 생각해보세요. 우리나라가 사실 삼면이 바다인데 조선기술도 발전했어야 했을 겁니다. 그런데 전연 원양(遠洋)은 꿈에도 없었던 것 같아요. 그저 산수가 좋고 땅이 기름져서 밖으로 나가보려는 맘이 없었던 것 같아요.

오소백 요전에 이스라엘에 관한 책을 좀 보았는데 이스라엘 학생들은 여름방학이 오면 학교에서 국경지대로 내보낸답니다. 그건 만약 전투가 벌어지면 그곳 지리에 통달하도록 하기 위해서라고 합니다. 그곳 학생들은 지리시간에 정말 강이 있느냐고 묻는다는 사막의 나라 아닙니까? 그런데 발전하고 있거든요. 그러니까 어떤 의미에서 보면 역경에 처해 있다는 것은 발전을 가져올 수 있는 것이 된다고 볼 수 있겠지요.

동해와 서해의 차이

서경수 바다 이야기가 나왔으니까 말인데 동해안과 서해안의 차이, 이런 걸 한번 생각해보면 재미있습니다. 저 다도해 근방엘 가면 동해와 서해의 현저한 차이를 느끼게 됩니다. 서해는 부드러운데 동해는 아주 웅장하거든요. 동해안은 소리부터 다릅니다. 아주 동적입니다.

오소백 저, 그리고 서선생께서 바다 얘기도 바다 얘기지만 절에 가서 느낀 인상담 같은 걸 한번 얘기해보시지요.

서경수 네, 해인사(海印寺) 본사(本寺) 위에 올라가면 백련암이라는 데가 있는데 대개 오후 2시쯤 목욕을 하거든요. 이건 실화(實話)입니다. 여기 나이 많은 도인(道人)이 있었는데 이 도인은 어린애 같은 면이 있었어요. 그런데 하루는 이 도인이 서커스 구경차 그 아래 동네에 내려가서 줄타는 걸 보았는데 그게 신기하거든요. 그래 그 사람을 데리고 와서 쌀을 막 퍼 주더라는 거예요. 왜 주느냐고 하니까 너는 이 사람처럼 줄을 탈 수 있느냐고 하면서 신기해했다는 아주 천진난만하신 분입니다. 이분이 하루는 여러 중들과 목욕을 함께하게 됐는데 아주 짓궂은 중 하나가, 아 도사님이 잘 안 보입니다, 그런데 그 바지마저 벗으면 아주 안 보일 거라고 하니까, 그래? 좋다고 하면서 맨몸이 되더라는 거예요. 암자에도 연락해서 안 보인다고 하라고 해서 보는 사람마다 안 보인다고 하니까 의기양양해서 그 아래 비구승들이 있는 절까지 내려갔답니다. 난데없이 맨몸으로 나타난 도사를 보고 놀라자 너희들은 내 몸이 보이는 것을 보니 아직 도(道)가 모자란다고 호통을 치더랍니다. 산엘 가면 암자를 찾는 게 가장 좋은 것입니다.

신동문 좋은 곳이 어디냐 하면 가본 곳은 다 좋다고 할 수밖에 없겠는데 어디 가겠느냐 한다면 화진포와 속초 사이를 왕래하는 방법을 취하겠는데요. 화진포에서 한 3일, 속초에서 한 4일 있고 싶어요. 과거 돌아다닌 곳에서 하나를 찾으라면 전혀 이름이 나 있는 곳도 아니고 풍치가 좋은 곳도 아닌데 저 충북과 충남의 접경을 이루고 있는 금강 상류입니다. 여기 어느 이름도 없는 마을이 하나 있는데 우연히 강을 따라 올라가다가 강마을이 있기에 거기서 한여름을 지낸 일이 있습니다. 집이라고는 두채밖에 없는 곳인데 쌀 한말을 이 사람들이 먹는 꽁보리에 섞어 먹고 한달을 지냈는데, 하는 일이라고는 목욕과 산에서 뒹구는 거지요. 그런데 한달을 있었는데 체중이 두관이 늘어요. 영양 있는 음식을 먹었는가 하면 그런 것도 아니란 말이에요. 그런데 한달 동안에 체중이 두관이나 는 것은 그곳 물이 내 체질에 맞아서 그런지 산의 공기가 좋아서 그런지, 하여튼 그곳 사람들에게 물어보았더니 평균 칠팔십을 사는 사람들이 많았다는 거예요. 저는 여기가 가장 인상적입니다.

물과 체질

서경수 그렇습니다. 여러분들께서 명산(名山)을 찾을 경우 물이 여러분들에게 맞는가를 우선 봐야 합니다. 일주일 있어봐서 몸에 맞지 않을 경우에는 나와야 합니다. 만약 물이 자기 체질에 맞기만 하면 이건 그 이상의 약이 없습니다. 절의 음식은 채식인데도 막 근수가 늡니다.

오소백 물에 대해서는 막연한 얘기가 아니라 과학적인 겁니다. 술만 해도 맛은 역시 수질(水質)에 달린 것이 아닙니까?

서경수 저, 월정사의 물은 기가 막히는데 체질에 맞지 않는 사람은 모두 설사하게 됩니다. 스님들도 나 여기 있겠습니다 하면 거기 노승이 우선 물부터 먹어보라고 합니다.

심연섭 나는 피서라고는 가보질 않았습니다. 산만 해도 멀리서 바라보기만 하지 올라가지는 않는다는 생각을 가지고 있는데 피서와 관련해서 가장 인상 깊은 건 사이공(호찌민)이에요. 큰 가로수들이 있고 매일 스콜이 한번씩 지나가는데, 보도에다 테이블을 내놓고 거기서 알로하셔츠 바람으로 찬 걸 마시며 앉아 있으면 정말 달빛 속에 잎들에 맺힌 아롱진 이슬이 컵에 떨어집니다. 그리고 마닐라의 호텔에 풀(pool)이 있는데 양쪽으로 분수를 설치해 터널을 만들어놓아서 옆에서 구경해도 참 시원해 보이더군요. 특히 조명색이 기가 막힙니다. 차라리 나는 멀리 나가지 않고 가까운 워커힐 같은 데 가서 남이 노는 것을 보는 게 더 좋아요.

오싹 피서담

오소백 나는 좀 비과학적인 얘기 하나 하겠습니다. 황해도의 구월산에 월정사(月精寺)라는 절이 있습니다. 학생 때 여기를 친구하고 둘이서 찾아갔었습니다. 아침 10시쯤 오르기 시작했는데 도착하니 오후 3시쯤 되더군요. 올라가니까 공기가 완전히 달라요. 절에서 그날 자게 됐는데 내가 그때 그림을 좀 그렸습니다. 친구는 다락방에서 자고 나는 캔버스를 벋쳐놓고 그림을 그리다가 갑자기 절 방이라서 그런지 무섬증이 콱 일어나요. 그래 자려고 몸을 움츠리고 눈을 감으니까 잠이 와야지요. 그때 탕탕 하고 문을 막 치는 소리가 난단 말이에요. 좀 이상한 건 우리가 올라올 때 여자를 하나 봤어요. 그런데 여자 목소리가 찡 하고 들리는데 참 싫더군요. 그래 이래서는 안 되겠다 해서 정신을 바짝 차리고 있는데 친구는 무반응이고 마루에서 슬리퍼 소리가 찰싹찰싹 나며 우리 방 앞에서 멎더니 다시 멀어져요. 그러고는 조용해요. 그러다가 또 소리가 나더니 우리 방문이 찍 하고 열려요. 그다음엔 춥지 않습니까 하고 스님이 말을 해요. 다음엔 등불이 들어왔다 나갔다 해요. 그러고는 조용했어요. 이튿날 친구에게 말했더니 친구도 등 같은 걸 봤다 그래요. 그래 아침에 그냥 돌아오고 말았어요. 지금도 그 생각이 자꾸 튀어나와요. 이런 무섬증도 피서법이긴 합니다만.(웃음)

서경수 저는 태백산 꼭대기서 지낸 일이 있습니다. 거긴 절도 없어요. 무당이 있는데 한 오십 먹은 여자였어요. 내가 륙색을 메고 올라가 천막을 치고 잤어요. 하순경인데 저는 5시면 변소를 가지요. 한 4시쯤 깼는데 밖에서 휙휙하는 여자의 음성이 들려요. 그래 천막을 가만히 들추고 내다보니까 달밤인데 무당옷을 입고 칼춤을 춰요. 이거 정말 무섭더군요. 옆에 교수와 학생 하나가 함께 있었는데 다 반죽음이 될 정도였어요.

신동문 나도 오싹하는 피서 얘기 한번 하지요.(웃음) 속리산엘 가서 한 1년간 있었어요. 거긴 50굴이라는 굴이 있는데 괴뢰 패잔병들이 거기 숨어 있다가 수류탄에 맞아 죽은 곳이라고 해요. 그 자리에 중들이 방을 만들었는데 내가 가서 그 방 하나를 빌려 있었지요. 한겨울이 되면 눈이 펑펑 옵니다. 동굴 안에서 밥을 해 먹으며 있는데 봄철이 됐어요. 밖에선 바람소리가 윙윙 나고 잡념이 생겨 잠을 못자고 있는데 한 10시가 넘었을까요? 그런데 밤중에 여자들이 말하는 소리가 들려요. 그래 거의 사상(死狀)이 되어 있는데 방고리를 잡아

당기면서 "계셔요?" 그런단 말이에요. 도깨비는 아니고 사람은 사람인데, 그래 불을 켜고 "누구세요?" 했더니 스님 계시냐는 거예요. 서울서 온 신자인데 불공(佛供)을 드린 일이 있었는데 오늘 다시 왔다는 겁니다. 나는 문도 열지 않고 얘기했는데 문을 열라고 해서 열었더니 자고 갈 수 없겠느냐는 거예요. 그래 씁쓸한 맘으로 함께 밤을 밝힌 일이 있었습니다.

오소백 어쨌든 피서란 우리의 피로를 풀어줘야 하는데 대부분의 경우 피로를 더해준다, 그리고 유명하지 않은 산이나 바다를 찾는 게 좋다는 말이 나왔습니다. 비용을……

신동문 호텔에서 지내다 오면 이건 기가 막힌 것이지만 보통 농가(農家)에서 일주일이면 한 2,000원, 왕복 여비라는 게 화진포까지 한 600원이면 됩니다. 네명이 일주일 지내는 데 만원이면 됩니다.

심연섭 저, 서선생님에게 한 말씀 묻고 싶은데 불교에서 말하는 화택(火宅)에서 더위를 벗어날 수 있는 비결 같은 게 있다면…… (웃음)

서경수 그런데 화택이라는 게 참 재미있어요. 이런 게 있어요. 범어(梵語)로 써놓은 시(詩)인데 남자가 연애하는 여자에게 "그대가 내 곁에 있으면 내 근방에는 찬바람이 불리라." 이게 무슨 소리냐? 난 이상했어요. 애인이 옆에 있는데 왜 찬바람이 부는가 말입니다. 이거 인도가 더우니까 애인을 찬바람에 비한 것입니다.

오소백 우리가 많이 쓰는 말 중에 이열치열(以熱治熱)이라는 말이 있는데……

서경수 그건 즉 이런 것일 겁니다. 온도의 차이가 주는 건데, 더위보다 더 뜨거운 걸 먹으면 밖의 온도보다 더 더우니까 시원해지거든요.

심연섭 더운 걸 느끼는 게 기온과 체온과의 차이에서 오는 겁니다. 그러니까 술 같은 걸 쭉 한컵 들이켜 열이 오르면 그 갭이 메워진다는 거지요.

오소백 또 우리가 무더운 여름에 축구하는 것을 보면 상당히 무더워 보이는데 사실 선수들은 그렇게 무덥지가 않거든요. 도리어 땀을 흘리고 나면 시원하다는 겁니다.

그럼 이것으로 오늘 좌담을 마치기로 하겠습니다. 장시간 감사합니다.

『세대』 1967. 8

대담

마늘*

한덕룡(韓德龍, 중앙대 약대 학장)
신동문(시인)

부쩍 는 마늘 관심

신동문 요즘 마늘에 대한 관심이 갑자기 높아가니까 세대사(世代社)에서도 생활의학 대담(對談)으로 마늘 얘기를 해보라는 것인가본데 나는 그동안 마늘을 복용하고 효험을 본 경험자의 한 사람으로 뽑힌 모양이고 한선생은 생약계(生藥界)의 권위자이시니까 전문적인 입장에서 어떤 가치 있는 대화를 나누어보라는 얘기 같군요. 그럼 제가 주로 묻는 입장이 되어서 얘기를 진행해나갈까요?

한덕룡 요즘 마늘뿐만 아니라 생약에 관한 관심과 연구붐이 세계적으로 다시 고조되고 있습니다. 이런 견지에서 볼 때 우리나라의 재

* 이 대담은 월간 『세대』 특집 '생활의학(生活醫學)'의 한 꼭지로 실린 것이다.

래 민간약초나 식품 중에서도 정평 있는 것이 많이 있습니다. 18세기 이후부터 현대 화학약품이 발달되었습니다만 그전까지는 민간요법이랄까요 구전(口傳)되어오던, 즉 경험에 의해 쓰였던 약재가 큰 근간을 이루고 있었던 것은 사실입니다. 마늘에 관한 기록이라면 우선 우리 단군신화에서부터 찾아볼 수가 있겠죠. 웅녀가 사람으로 화신(化身)하려고 마늘과 쑥만 먹으며 굴속에서 백일기도를 드렸다는 얘기가 그것인데, 아무튼 마늘은 오래전부터 우리나라에선 식품으로 쓰였던 것입니다. 그런데 약품으로서 연구된 문헌은 그리 많지가 않습니다. 그러나 중국 같은 곳에서 이 마늘의 효능이 퍽 자세하게 나온 기록이나 문헌이 있습니다. 또 일본에서도 근래엔 생약 연구붐과 더불어 이 마늘에 대한 연구를 하고 있는 사람이 있습니다. 그런데 우리가 이런 것에 대한 연구를 하는 것도 오랜 경험에 의한 토대에서 과학적인 분석 연구를 시도하는 것입니다. 즉 무엇보다도 경험 자체가 가장 중요한 첫번 단계가 되는 것입니다. 예를 들어서 요즘 강심제(强心劑)로 쓰이는 디기탈리스 같은 것도 처음엔 영국의 요크셔 지방에서 부종(浮腫) 치료에 쓰이던 것인데 그것이 강심제로도 좋다는 것을 알게 되어 연구가 되고 하는 과정을 밟게 되는 것이죠. 그런데 신선생께선 마늘로 많은 효험을 보신 분이라는 얘기를 듣고 있는데……

신동문 네, 전 몸이 한때 극도로 허약했던 사람입니다. 그런데 마늘을 먹고부터 건강을 되찾았다고 할까요. 마늘의 효험을 보았기 때문에 마늘 신봉자같이 되었습니다.(웃음) 그런데 어떻습니까? 마늘에 정말로 어떤 약효가 있다는 것이 과학적으로 증명되었습니까?

마늘의 약리성(藥理性)

한덕룡 네, 최근에 일본에서도 많은 연구가 되었고 특히 구라파 쪽에선 독일에서 많은 연구가 되고 있습니다. 특히 독일에선 마늘을 인삼과 동일한 비중으로 다루고 있을 만큼 중요시되어서 교재에서까지 취급을 하고 있습니다. 그리고 근래 이탈리아에서 개발되고 있는 장수약(長壽藥)이라는 것이 있는데 이 약품도 생약입니다. 그리고 이 약품의 주성분을 보면 역시 초근목피(草根木皮)로 이 속엔 마늘과 맥주에서 쓰는 호프, 그리고 산사자(山査子) 등이 들어 있는 걸 보면 마늘의 약효가 현대 의약 속에서도 어느정도 분석이 되었다고 보아야겠죠.

신동문 마늘의 약효가 대개 어떤 병에 좋습니까? 인삼과 대등하다고 본다면 이것도 만병통치에 가깝다고 볼 수가 있지 않겠습니까?

한덕룡 우리나라 문헌에는 자세한 것이 없고 중국 문헌에는 위장, 구충, 살충, 그리고 전염병이 돌 때 예방 약재로 쓰인다고 나와 있습니다. 왜, 해방 후에 호열자 같은 전염병이 돌 때 소주와 마늘을 먹곤 했는데 이런 것이 다 근거없는 얘기가 아니죠. 마늘이 살균작용에 강한 효력이 있으니까요. 그런데 나는 마늘의 약효를 두가지 면에서 봅니다. 우선 우리가 생으로 마늘을 먹게 되면…… 요즘 지속적인 비타민이라고 해서 활성(活性)비타민이란 것이 있지 않습니까. 이것이 비타민 B_1의 티아민이라는 것인데 이게 약 광고를 잘못 하고 있는 것이죠. 활성비타민이라고 하기보다 지속성비타민이라고 해야 옳겠죠.

그런데 이 티아민은 인체 안에서 저장이 잘되지를 않습니다. 흡수가 빠른 만큼 배설도 빨라서 소모가 많습니다. 그런데 우리가 생으로 먹는 마늘엔 알린이라는 성분이 있습니다. 이 알린이라는 성분이 인체에 들어가서 티아민과 결합되어 흡수가 되면 몸속에 오래 머물러 있게 하는 작용을 합니다. 즉 조금만 먹어도 많은 양을 먹은 것과 다름없는 효과를 내는 겁니다. 그러니까 다 아시다시피 티아민이라는 것은 신경계통과 관련이 있으니까 자연 위장에도 작용을 하는 셈이 되는데, 그러므로 마늘이 위장에 좋다는 결과를 얻을 수 있는 것이죠. 또 하나는 일본에서 근래에 마늘을 삶거나 익혀도 그 약효에 아무런 변화가 없다는 연구를 끝내고 마늘의 약리작용에 대한 화학구조식(化學構造式)까지 나왔습니다. 즉 마늘의 유효성분은 스코르디닌이라고 하는 것인데 이것은 위장은 물론 심장과 혈액순환을 도와준다고 했습니다. 심장기능에 좋다면 혈액순환에는 당연히 좋겠고 일종의 신진대사를 잘해주게 되면 여러가지 대사작용이 잘되겠고, 또 한가지는 신경계통뿐만 아니라 구충작용, 살균작용까지 한다고 나와 있습니다.

신동문 저의 경우는 이십대에 퍽 병약했습니다. 그래서 10여년간을 전국 요양소의 베드 위에서 세월을 보내야 했었는데……

한덕룡 시인으로 등장했던 시절이었군요.(웃음)

하루 한통씩의 마늘

신동문 뭐, 시인을 꿈꾸던 시절이죠. 꿈꾸다 아무것도 된 건 없지만(웃음) 이십대의 근 10여년을 서울대학병원, 세브란스병원, 성모병원, 마산요양소, 청주 도립병원, 나중엔 공군병원에서까지 침대생활을 했습니다. 참 청춘을 베드 위에서 사그라뜨린 셈이죠. 아무튼 재기불능 상태에까지 이르렀습니다. 결국에 가선 흉곽절개로 폐를 잘라내고 말아야 할 막판에 이르렀습니다. 그러나 그야말로 피골이 상접된 극도로 쇠약해진 상태로는 수술도 불가능하다는 결론이 내려지자 나는 의연히 10년간에 걸친 현대의학 치료와 손을 끊었습니다. 그간 오랜 투병생활을 하다보니 어떤 생사관(生死觀)이 생기더군요. 이왕 죽을 몸이라면 성한 사신(死身)으로 땅속에 묻히자는 생각에 마지막으로 죽을 장소를 찾아 산사(山寺)로 들어갔죠. 그런데 내가 마늘을 의식하고 먹기는 이때였습니다. 어머니께서 어디서 들으시고 마늘엿을 만들어 가지고 오셔서부터였습니다. 조청에다 마늘을 넣고 고아서 만든 엿을 하루에 몇숟갈씩 수시로 먹는 것이죠. 그리고 마늘엿이 떨어질 때는 식사 때 생마늘을 고추장에 찍어 먹곤 했습니다. 당시에 내 체중이 40.5킬로 내외였습니다. 그것이 마늘을 먹으면서부터 한 3, 4년 지나니까 지금과 같은 체중이 되었어요. 현재 60.3킬로 내외입니다만 그런데 마늘을 먹으면서부터 먼저 무엇을 느낄 수 있었는가 하면 위장 속이 훈훈한 느낌이 들어요. 왜, 배가 아플 때 아랫목 뜨뜻한 데다 배를 깔고 있으면 뱃살이 훈훈해지듯 말입니다. 그러면서부터 마늘맛이 점점 좋아지기 시작하는 거예요. 매일처럼 하루에 한통 이상씩 먹는데, 이제는 마늘보다 더이상 입맛을 돋우는 것이 없어요. 그리고 전에는 겨울에 내의를 두장씩 껴입고 외투를 입고 장갑을 끼고도 손이 시려서 장갑 속에서 손가락을 오므리고 다녔는데 이제는 아무리 추운 겨울 날씨에도 내의를 모르고 살아요. 그리고 남이 장갑을 끼고 있는 걸 보면 갑갑하게 느껴져요. 밤에도 나는 덮고 자는 걸 모르니까요. 아무튼 마늘을 먹어서인지 건강을 얻었습니다.

한덕룡 신선생은 약주는 어떻습니까? 문인들은 대개 술들을 좋아하는 편일 터이고 그런 술자리를 피하긴 이미 어려우실 터인데……

신동문 술은 삼십대 초에 배우기 시작했지만 지금은 거의 술을 안 마시는 날이 없습니다. 좀 과장하면 조니워커 같은 양주 한병은 스트레이트로 들이마실 정도니 적게 먹는 양은 아닌데, 정말 간장이 좋아져서 그런지 자고 나면 깨끗해요. 그럴 뿐만 아니라 피로감 같은 걸 별로 몰라요. 등산도 억세게 다니는데 산정을 오를 때 요즘 젊은 대학생들보다 앞서면 앞서지 떨어지지는 않아요. 숨이 찬 것도 젊은 사람에게 지지 않게 금방 회복이 되거든요.

한덕룡 이렇게 생각이 듭니다. 신선생께서 마늘을 복용하고서 여러가지 효험을 보셨다는 점을 볼 때 마늘엿을 처음 잡수셨다고 했는데 그걸 보면 생마늘이 아니라도 그 약효에는 변함이 없다는 점입니다. 그래서 일본에서는 대산주(大蒜酒)라고 해서 마늘술을 만들어 먹는 처방도 나와 있습니다. 마늘 200그램에 설탕 200그램을 35도 내외짜리 소주 1되에 넣어 밀봉해두면 약 1개월 후엔 먹을 수 있다고 합니다. 이것을 하루 30 내지 40시시씩 마신다는 겁니다. 대개 술을 만들 때 땅속에다 약 3년쯤 묻어두면 전혀 마늘 냄새가 나지 않는다고 합니다. 신선생도 마늘엿을 복용하고 효험을 보았다는 것은 열을 가해도 유효한 물질은 남아 있다는 얘기가 되지 않겠습니까?

마늘의 냄새 처리

신동문 그런데 저는 요즘엔 그냥 생마늘을 먹는데요. 글쎄 남들에게 어떨지 모르겠으나, 아직 한 사람도 내게서 마늘 냄새가 난다는 소리를 하지 않고 또 친지에게 의심스러워서 물어보기도 했지만 모두 모른다는 거예요. 그런데 마늘이 좋은 줄 알면서도 먹고 난 뒤에 구취(口臭)가 심하기 때문에 못 먹는다는 얘기들을 흔히 하지 않습니까. 그래서 미역이나 김, 혹은 생쌀 같은 것을 씹어서 냄새를 없애기에 부심하는 모양입니다만 내 경우엔 이건 무슨 근거가 있는 것도 아닌 무식한 소리인데 마늘을 하도 많이 먹다보니까 체질이 알칼리성이 되었다고 할까요. 마늘을 장복하고서부터는 음식의 맛을 느끼는 감도(感度)랄까 식성 같은 것이 약간 변화를 일으킨 것 같아요. 예를 들어 전에는 좋던 닭고기 같은 것은 쳐다보기도 싫게 되었어요. 그리고 계란이니 고기 같은 것이 그렇게 먹고 싶거나 하질 않아요. 그리고 육식이나 채식이나 익힌 음식보다는 날것이 좋아요. 고기도 회로 먹는 것이 더 좋아졌단 말예요. 아무튼 음식의 맛이 명확해졌다고 할까요. 그런데 마늘을 먹으면서도 구취가 안 나는 것은 무엇 때문인지 모르겠습니다.

한덕룡 그 얘긴 이해가 갈 듯합니다. 왜냐하면 흔히 마늘을 안 먹던 사람들이 마늘을 먹으면 냄새가 많이 난다고 합니다만 나도 마늘을 많이 먹는 편인데 먹을 때만 좀 나지 별로 모르거든요. 이건 뭔가 하면 인체 내엔 적응효소라는 것이 생기게 마련입니다. 우리가 어렸을 때는 마늘을 먹을 때 욕지기가 나고 했지만 이젠 괜찮고 한 것은 어떤 음식물을 계속해서 먹을 때 거기에 적응해서 소화시키고 대사를 촉진시킬 수 있는 효소가 생기게 되기 때문입니다. 그리고 위장이 튼튼해지면 자연 흡수가 좋아지고 하게 되니까 구취가 안 나는 것이죠. 원래 위장이나 기관지가 나쁜 사람들에게 냄새가 심하지 않습니까? 그리고 신선생께서 말씀하신 알칼리성 체질이라는 것은 우리에게서 가장 바람직한 체질이라고 하겠죠. 왜냐하면 산성화되면 세포가 노화되기 쉬운 것이니까 오늘날 흔히 얘기되고 있는 알칼리식(食)을 먹자는 것도 역시 장수의 비결이 아니겠습니까? 그렇게 보면 효소계통이 그렇게 되고 비타민 B_1이 관계되어 신경계통에 안정작용을 하는 여러가지 종합적인 효과가 있다는 결론이 되는군요.

신동문 외국이나 국내에선 이 마늘에 관한 연구가 있는지요? 그리고 있다면 어느 정도까지 연구결과가 나오고 있습니까?

티아민과의 관계

한덕룡 네, 지금 많이 되었습니다. 1960년대부터 문헌을 많이 수집해보았는데 62년에서 66년까지 구라파의 스칸디나비아 쪽에서 많은 연구가 이루어져 있습니다. 그런데 여기선 무엇을 연구했는가 하면 마늘 속의 유황이 들어 있는 펩타이드라고 단백질과 아미노산의 중간층 물질에 해서 이를 분리를 해냈습니다.* 그러나 분리에 끝났지 그 약효에 대해선 판결을 못 했어요. 그리고 일본에서 64년에는 마늘이 종양, 즉 암에도 유효하다는 학설이 나왔습니다. 오쿠다(奧田)라는 사람의 연구발표를 보면 마늘의 추출물 중 MTK종양(腫瘍)Ⅲ에서 강력한 저지작용을 갖는다고 했어요. 다시 말해서 종양 세포의 분열을 정지시키는 작용을 한다는 겁니다. 그런데 이런 작용은 우선 마늘이 제일 강하고 그다음이 옥총(玉葱)이라는 양파이고 다음이 파라고 했습니다. 마늘의 성분에 관한 연구는 일본에서 최근 많이 진행되었는데 물에 녹는 부분으로서 가열되어 파괴되지 않는 스코르디닌이라는 유황이 함유된 배당체(配糖體)입니다. 이것은 아까도 말씀드렸지만 위장기능, 심장기능, 혈액순환, 대사촉진에 유효하고 또 하나는 냄새나는 알린이란 성분은 역시 말씀드린 대로 비타민 B_1의 티아민과 관계가 깊다는 것, 그래서 관절염이나 다발성신경염 같은 데 유효하다고 합니다. 그리고 스코르디닌 자체가 항균작용이 강합니다. 제가 아는 한 이 세가지 효력이 있습니다.

신동문 그런데 저는 마늘로 폐결핵을 완치시킨 셈인데 마늘이 폐결핵에 좋다는 얘기는 없습니까?

한덕룡 글쎄요, 결핵 자체라는 것이 그렇지 않겠습니까? 누구나

* 이 문장(그런데~해냈습니다)은 원문 그대로이다. 문장이 어색하지만 의미를 정확히 알 수 없어 고치지 않고 그대로 두었다.

투베르쿨린 반응을 시켜보면 결핵균을 보유하고 있는 셈인데, 이것을 어떻게 체력으로 억제를 시켜 발병을 막느냐가 문제가 아니겠습니까? 체질이나 체력이 약해져서 결핵균이 활동을 시작하게 되면 그것이 곧 발병인데, 마늘엔 일체의 균에 대한 살균작용이 있다고 하니까 치료에 도움이 되겠지만 무엇보다 여러가지로 몸을 튼튼히 해주면 곧 체력이 증진되어 결핵균을 억제시킨다면 그것이 치료일 수밖에 없지 않겠습니까? 그런데 신선생님은 문단에서 결핵을 마늘로 치료를 한 표본 케이스처럼 소문이 났던 분인 모양인데 그 얘기나 좀……(웃음)

신동문 10여년을 생사의 갈림길에서 헤매다 모든 현대의학 치료를 거부하고 마늘을 먹기 시작했다는 얘기는 아까 말씀을 드렸지만 제가 몸을 회복하고 경향신문에 있을 때였습니다. 어느날은 길에서 당시로부터 4, 5년 전까지 그러니까 사형선고를 받고 있을 무렵에 제 치료를 담당하고 있던 성모병원의 흉곽외과 권위자이시던 김모 박사를 길에서 우연히 만났어요. 그분이 대뜸 자네 아직까지 살아 있었나 하고 퍽 놀라며 반가워하시며 무조건 자기와 병원으로 동행을 하자는 것입니다. 진찰을 해보자는 것이죠. 그때 나는 다음 기회에 꼭 찾아보겠다고 겨우 거절을 하고 그날 병원엔 끌려가지 않았죠.(웃음) 사실 그때는 몸은 좋아졌지만 아직도 폐에 대해서 꺼림칙했던 판이라서 에라 모르는 것이 약이다 하는 생각에서였죠. 그런데 그후 얼마 뒤에 시인 구상(具常) 씨가 나를 꾀어내어 억지로 성모병원에 가서 다시 종합검사를 받게 되었습니다. 그랬더니 엑스레이 결과가 기적에 가까운 현상을 나타내고 있는 거예요. 성모병원엔 전에 내가 치료를 받던 때의 사진이 보관되어 있었는데 그 사진엔 직경 3센티짜리에 가까운 공동(空洞)이 5, 6개가 있었는데 그것들이 싹 없어져버렸단 말예요. 물론 산사(山寺)에서 맑은 공기를 마시며 악착같은 투병생활을 하긴 했지만 마늘을 장복한 결과와 결부시키지 않을 수 없군요.

한덕룡 그런데 마늘의 효능에서 우리가 또 하나 빼놓을 수 없는 것은 식욕이 는다는 사실입니다. 마늘이나 파를 먹으면 대번에 입안에 침이 많이 괸다는 사실만으로도 알 수 있지만 마늘이 위장에 들어가면 위액의 분비를 왕성하게 해서 소화를 돕는 결과가 됩니다. 즉 자극적인 면이 그런 효과를 돕는다고 하겠죠.

즐겨서 먹는다

신동문 그런데 요새도 나는 한끼에 마늘을 한통가량 고추장에 찍어 먹고 있는데, 마늘 맛이 그렇게 좋을 수가 없어요, 그리고 입맛이 없을 때도 마늘만 있으면 돼요. 고기를 먹을 때도 마늘과 함께 먹으면 더욱 맛이 좋지 않습니까?

한덕룡 그렇죠. 특히 고기와 마늘은 떼어놓을 수가 없습니다. 불고깃집에서도 마늘을 많이 넣어 요리를 하는 것은 고기 맛이 더욱 나기 때문이거든요.

신동문 저는 음식점에 가서도 마늘이 없으면 식욕이 나질 않을 정도예요. 그래서 마늘을 따로 청해서 고기를 먹을 때는 함께 먹지요. 그런데 마늘과 육류를 함께 먹으면 육류 속의 양분이 더욱 잘 체내에 흡수가 된다고 하죠?

한덕룡 네, 그렇죠. 아까도 말씀드렸지만 마늘에는 휘발성 성분이 있으니까 그것이 위장을 더욱 자극해서 위액이나 소화작용을 촉진하니까 흡수도 빨라지고 흡수가 빨라지면 마늘 냄새는 더욱 안 나게 됩니다.

신동문 그런데 일본사람의 책을 한번 보니까 우리 위장 속엔 아놀리네스라는 균이 상주하고 있는데 이것이 많이 있는 사람은 좋은 음식을 많이 먹고 잘 소화해도 영 비리비리해진다는군요.

한덕룡 그 균이 비타민을 분해시키기 때문에 많이 먹어도 체내에 흡수되는 것이 적어지게 되죠.

신동문 네, 그런데 이것을 막는 작용을 하는 것이 마늘이래요. 즉 마늘을 먹으면 이 균의 작용을 억제해서 비타민 B의 파괴를 막기 때문에 우리 몸에 이롭다는 얘기군요.

한덕룡 파괴를 막을 뿐 아니라 보호를 해주고 티아민이 체내에서 오래 머무르도록 해서 많이 먹은 효과를 내게 해줍니다. 그런데 이 아놀리네스가 어디에 많은가 하면 생선에 많습니다. 그래서 개나 여우가 해안지방에서 생선을 많이 먹는 경우엔 사지마비(四肢痲痹)가 온다고 합니다. 다리가 비틀리고 하는 건데 이건 바닷고기 속에 아놀리네스가 많은데 이 아놀리네스가 티아민을 모두 파괴시켜버리기 때문에 티아민 공급이 되지 않아서 그런 현상이 일어나는 것입니다. 티아민은 그만큼 신경계통에 걸쳐서 중요한 역할을 하죠.

신경통과 마늘

신동문 저는 또 이십대에 다이빙을 하다가 허리를 꺾은 일이 있어요. 그것이 두고두고 마비상태가 오곤 했는데, 한번은 약혼자와 같이 장차의 처갓집을 방문하려고 길을 가다가 돌부리를 차고는 허리가 다시 비끗해서 그 자리에 주저앉아버려서 방문도 못 했죠. 그런데 그런 빈도가 이십대보다는 삼십대에 덜했고 지금은 별로 모르게 되었단 말예요. 그러고 보면 마늘이란 여기에도 좋은가 하는 생각이 듭니다.

한덕룡 물론 신체의 상태도 좋아졌고요. 아까도 말씀했듯 티아민이 신경과 밀접한 관계가 있는 겁니다. 마늘을 먹음으로써 티아민 공급이 잘된다면 상태가 좋아질 수밖에 없겠죠.

신동문 그뿐만 아니라 전에는 잠을 못 이루어 불면증으로 고생을 해서 신경만 가지고 사는 사람 같았는데 이제는 저녁에 베개만 베면 잠이 옵니다. 그리고 자고 나면 거뜬해지고.(웃음) 물론 술을 많이 먹고 자는 날이 많으니까 잠이 잘 오는지 모르겠으나 아무튼 술을 먹고도 이튿날 몸이 가볍거든요. 사실 전엔 제 몸뚱이가 병의 박물관이었습니다. 폐결핵을 앓고 있을 무렵 간디스토마까지 걸렸었습니다. 그러니 간장(肝臟)도 좋을 것 같지는 않은데 마늘이 간장에도 좋다는 얘기가 있는데 그건 어떻습니까?

한덕룡 마늘이 간장에 좋다는 설은 확실한 근거가 없어서 말할 수는 없습니다만 간장에 좋다는 얘기도 있습니다.

신동문 이건 일본의 어느 농무대신(農務大臣)이 잡지에 쓴 글인데 자기네 집은 장수하는 집안으로 소문이 나 있답니다. 모두 칠십 내지

팔십세 이상씩 살고, 생존할 동안에는 과장 같지만 감기조차 잘 모르고 지낸다는 거예요. 그런데 그 집안의 장수 비결이라고는, 마늘술을 예전부터 담가두고 아침이면 식탁에서 모든 식구들이 밤톨만 한 잔으로 한잔씩 아이들부터 어른에 이르기까지 마시는 것밖에 없답니다.

한덕룡 일본사람이 쓴 글에 이런 얘기도 있더군요. 한국사람의 체질이 좀 강인한 원인이 어디에 있느냐 그것은 그들이 마늘과 고추를 먹기 때문이라 했는데 역시 우리나라에서 마늘이나 고춧가루를 많이 먹거든요. 마늘은 지금까지 얘기한 것처럼 몸에 좋고 고춧가루도 비타민 A가 많은데 이건 성장에 촉진작용을 하거든요. 과거 우리나라 사람들의 식생활이 일본사람들보다 더 나은 것은 없었거든요. 고기를 더 먹는다든지 영양가가 높은 음식물을 먹는 것도 아닌데 체격면에서 그들보다 우수했던 것은 이런 영향을 받았다고 생각할 수 있겠죠. 그래서 나는 가끔 강의실에서도 얘기합니다. 한국인이 천혜(天惠)를 입고 있다면 맑은 하늘이 있고 마늘과 고춧가루를 많이 먹기 때문이다 하고 말입니다. 일본이나 스위스, 영국 같은 나라엔 꼽추가 많습니다. 이런 나라들이 우리보다 영양상태가 좋지 않아서 그런 건 아니거든요. 우리나라는 거의 채식 위주의 식생활인데 영양적으로 그들 나라만 못할 것은 두말할 필요가 없는 것이겠지요. 아무튼 우리나라의 꼽추는 후천적으로 다치거나 해서 많이 생깁니다만 꼽추가 적은 건 태양광선에 의해서 체내에 비타민 D가 활성화되기 때문이니 맑은 하늘의 덕을 많이 보는 셈이죠. 중국사람도 식사 때 마늘을 많이 먹는데 그들도 체질적으로 우수한 인종이거든요.

깊어지는 마늘 연구

신동문 요 근래에 와서 유럽의 서독 같은 데서도 이 마늘 연구가 많이 되어서 특히 미용에 좋다고 하는데요. 근래에 일본 같은 데서도 부인들이 하루에 마늘 두쪽씩 먹기 캠페인을 벌인다는 기사를 읽었습니다만……(웃음)

한덕룡 글쎄요. 미용과 관계가 된다면 마늘 속에 있는 미네랄과 무기질, 비타민 C, 티아민 등이 작용하는 것이라고 볼 수 있겠죠. 그런데 현재 이 마늘에 대한 평가는 외국에서 더 하고 있는 실정입니다. 서독의 연구도 그렇고 이탈리아에서 나오는 장수약(長壽藥)이라는 것도 그렇고, 일본에서도 그 사람들이 원래 마늘을 안 먹었는데 요즘은 동경(東京)의 한식집 같은 데서 불고기에 마늘을 먹는 일본사람들이 많아졌습니다. 마늘과 함께 고기를 먹고 나면 이튿날 몸이 가뿐해진다는 것이죠.

신동문 이제 나는 마흔살인데 사십대라면 갱년기라고 할까요, 체력이나 정력의 감소를 가져오는 때가 아니겠습니까? 그런데 나는 마늘을 복용하고 나서부터 느끼는 것은 이십대보다 삼십대가, 삼십대보다 사십대가 더 신체의 각 부분의 컨디션이 누진적으로 좋아졌다고 할까요.(웃음)

한덕룡 갱년기라니 아예 그런 말씀 마십쇼. 사십대면 이제부터인데 무슨 말씀입니까? 남자들의 갱년기라면 생식 불능의 상태가 되는 때, 그러니까 육십 내지 칠십대가 갱년기가 되겠죠.

신동문 흔히 마늘을 정력제라고도 하는데 그 점은 어떻게 보십니까?

한덕룡 글쎄요. 정력은 곧 체력이 아니겠습니까? 그야 신체의 각 부분이 좋아지는데 다 좋아지겠죠.(웃음) 아무튼 이 기사가 나가고 나면 마늘이 좋다는 소문 때문에 마늘값이 오르겠습니다.(웃음)

신동문 그런데 보약, 보약 하면서 각종 보약은 비싸게들 사서 먹고 합니다만 마늘처럼 싼 보약은 없습니다. 저도 한달에 평균 한접 정도의 마늘을 먹고 있습니다만 한접이라야 돈 천원입니다. 그러니 보약치고는 가장 값이 싼 보약입니다.

한덕룡 마늘이 좋다는 얘길 듣고 우리 학교의 어느 교수도 벌써 일년치를 모두 사두었다고 합니다. 마늘도 어디 마늘이 좋다는 얘기는 없습니까?

신동문 제가 알기에는 단양 마늘을 제일 쳐주더군요. 그건 단양의 토질이 석탄질이기 때문에 마늘이 맵고 단단하다고 합니다. 장시간 좋은 얘기 많이 해주셨습니다.

『세대』 1972. 11

좌담

'창비' 10년: 회고와 반성

신동문(시인, 『창작과비평』 전 발행인)
이호철(李浩哲, 소설가)
신경림(申庚林, 시인)
염무웅(廉武雄, 평론가)
백낙청(白樂晴, 평론가, 『창작과비평』 발행인)
1976년 1월 30일

백낙청 바쁘신데 이렇게 나와주셔서 감사합니다. 저희 『창작과비평』이 이번호로써 창간 10주년 기념호가 됩니다. 실제로 창간호가 나온 날짜는 1966년 1월 15일로서 벌써 10년하고도 보름 정도가 되었습니다만 잡지로서는 이번 봄호가 제11권 제1호가 되는 것입니다. 그래서 자축(自祝)도 할 겸 지나간 일들을 되돌아보며 앞날을 설계할 겸 해서, 이런 자리를 마련했습니다. 우선, 얼마 전까지 창작과비평사의 대표로서 저희 '창비(創批)'를 이끌어주신 신동문 선생을 모셨고, 아울러 창간호 집필자 가운데서 작가 이호철 선생, 또 본사가 제정한 만해문학상 제1회 수상자인 시인 신경림 선생, 그리고 그동안 저와 함께 편집에 관여해온 평론가 염무웅 선생이 나와주셨습니다. 오늘 하고 싶은 이야기는 주로 저희 잡지 『창작과비평』(이하 '창비'로 약칭)이 지난 10년간 걸어온 길을 돌이켜보면서 자기반성과 비판을 겸한 말씀들을 들려주셨으면 하고, 그러는 가운데 자연 우리 문학 전반에 걸쳐서도 유익한 말씀들이 나오리라고 믿습니다. 모두들 격의 없는 사이니만큼 정식 좌담회라기보다 일종의 방담(放談)이랄까, 자유롭게 말씀해주시기 바랍니다. 그럼 먼저 창간호에 집필해주셨던 이선생님께서 당시의 일에 대해 생각나시는 대로 말씀해주시지요.

창간 때는 엉뚱하다는 생각도

이호철 우선 '창비'가 10주년이 되었다는 것이 참 감개무량하고, 벌써 10년이 지났는가 하고 새삼 지난 10년간을 돌이켜보게 됩니다. 지금 기억하건대 65년 가을쯤으로 짐작됩니다. 백선생이 문학잡지를 계간지(季刊誌)로 할 의향을 제게 비친 일이 있었지요. 그때 제가 혼자 생각하기를, 솔직한 이야기가, 백선생이 그 당시 아직 한국 문단에 자상하게 익숙해 있는 분도 아니고 또 제가 그때 알기로는 외국에서 돌아온 지도 얼마 안 된 때였고, 그래서 조금 엉뚱하다는 생각도 없지 않았지요. 그런데 그때 몇번 만나서 제목 같은 것도 의논하고…… 제목은 그때 어느 중국집에서 만났을 때 백선생이 '창작과 비평'이 어떻겠느냐는 말을 했던 것 같은데, 명동 어느 중국집이었던 것으로 기억합니다. 그후 창간 준비를 하면서 저한테도 소설을 청탁했지요. 거듭 이야깁니다만, 그때 백선생이 문학지를 하겠다는 데 대해 반신반의하면서도 어느 한 모서리, 퍽 좋은 잡지가 나올 것 같다는 기대도 없지 않았어요. 그런데 준비하는 과정에서 지금 기억납니다만 백선생 댁에서 백선생이 창간호에 발표하신 평론을 원고로 읽을 기회가 있었지요. 그런데 본인을 옆에 앉혀놓고 이런 말을 하기는 무엇합니다만 그 글을 읽고 비로소 이건 역시 수월하게 생각할 일이 아니다, 이런 느낌을 가졌었던 것이 기억이 납니다. 그후 10년 동안을 지나며 여러가지 일이 있었습니다만 새삼 돌아보건대 그때 그렇게 느꼈던 저의 기대에 충분히 부응했고 한국 문단에 기여한 바도 유형무형으로 크지 않았나 생각됩니다.

백낙청 이선생님께서 과분한 말씀을 해주셨는데, 제 스스로 생각해봐도 창간 때 어설픈 점이 많았던 것은 사실입니다. 당시 제가 한국 문단이나 사회에 대해 너무나 몰랐고, 또 이선생께서 반신반의하셨다고 하지만 저로서도 그후에 일어난 여러가지 어려움들을 그때 예견했다면 과연 창간을 결행했을까 의심스러울 정도로 철없이 가벼운 마음으로 시작한 면이 많았지요. 그럼에도 불구하고 이 잡지가 온갖 시련을 이겨내며 오늘까지 견뎌온 것은 창간 당시에 이선생님을 비롯하여 문단 안팎의 여러분들이 도와주셨고, 그후에 얼마 안 되어 염무웅 선생 같은 분이 편집에 참여하셨고, 그밖에 여기 계신 신동문 선생이나 신경림 선생 이외에도 수많은 분들이 도움을 아끼지 않으셨던 덕분이라고 믿습니다. 그런데 신(辛)선생님께서는 그 당시에 저희와 가깝게 지내시며 여러모로 도와는 주셨지만 신(辛)선생님 자신이 딴 잡지를 하나 준비하고 계셨지요?

신동문 네, 원응서(元應瑞) 씨가 하시던 『문학』이라는 잡진데, 제가 근무하던 신구문화사(新丘文化社)에서 인수하여 속간할 계획이었지요. 그래서 만나기는 자주 만나면서도 직접 창간 당시에 참여를 못

했고, 그후에도 별 도움을 못 드렸습니다만, '창비'는 백선생이 외국에 나가는 바람에 일시적으로 위임을 맡았던 건데, 지금 와서 생각해보면 그때 백선생 사정이 외국에 나가지 않아도 될 형편이어서 줄곧 이 잡지를 맡아왔더라면 10주년을 맞은 오늘날 이 잡지가 좀더 발전을 하지 않았을까 합니다. 그 이유는 제가 그걸 맡았다고 하지만 그때도 염무웅 선생이 실무진으로서 그 일을 하다시피 한 것이고, 또 염선생이 실무를 안 보고 나 혼자서 그걸 맡았다고 한다면 여러가지 차질이 많이 생겼을 겁니다. 솔직히 얘기해서, 가령 결권(缺卷)이 됐더라도 더 됐을 것이고……(웃음) 그 당시의 애로를 모두 다 이야기하자면 특정인의 이름이 나오니까 그만두기로 하고, 여하간 염형이 뒤에서 적극적으로 채찍질을 해주니까 그런대로 견뎌냈던 거지요. 그런데 이제 10년이 됐다 하니 먼저 생각나는 점은, 우리나라에서 문학잡지를 했다고 하면 평균적인 수명이 10년은 고사하고 2년 아니면 3년입니다. 물론 안 그런 잡지도 있지만 그 많이 생겼던 잡지들의 대부분이 길어야 2년 아니면 3년이에요. 또 우리나라 실정에서는 당연한 것 같아요. 그래서 백선생이 처음에 창간하실 때 아까 이선생도 좀 엉뚱한 것 같다고 생각하셨다는데, 나도 과연 얼마나 갈 건가, 이렇게 생각했는데 10년이 됐단 말이에요. 그러면서 그 10년 동안 우리나라 문단에 '창비'가 끼친 영향이라는 게 10년이라는 세월보다도 더 뭔가 막중한 것이었다고 생각합니다. 자기들이 하던 잡지를 가지고 자화자찬을 해서 안됐는데(웃음) 지금 10주년이 돼서 우리들이 여기 모여 이야기를 하고 있으니 참말로 감개무량합니다.

백낙청 제가 줄곧 잡지 일을 보아왔으면 더 발전했으리라는 것은 반드시 그렇지도 않다고 봅니다만, 염형이 아니었더라면 결권이 쏟아져 나왔으리라는 말씀은 정말인가요?(웃음) 한데 거기에 대한 염선생의 답변을 듣기 전에 신(辛)선생님이 '창비' 발행인이 되시기 이전에 있었던 '창비' 발행의 역사 비슷한 것을 대강 짚고 넘어가기로 하지요. 이 『창작과비평』이라는 잡지가 오늘까지 자라오는 동안 무수한 사람들의 신세를 졌습니다. 딱히 표가 안 나게 도와주신 분들은 새삼 말할 것도 없고 발행 업무의 문제에서부터 여러군데 폐를 끼쳤지요. 우선 창간할 때, 우리가 회사를 차릴 돈이 있습니까, 능력이 있습니까? 어찌어찌 아는 분들의 소개를 받아 당시 문우출판사(文友出版社)의 오영근(吳永斤) 사장께 발행 책임을 의탁했었지요. 사무실이 처음에 공평동에 있다가 나중에 충정로 쪽으로 옮겼지요. 그러다가 한 2년 후 문우출판사에 사정이 생겨 통권 8호 때부터 일조각(一潮閣) 한만년(韓萬年) 사장의 신세를 졌지요. 거기서 다시 2년가량 있다가 제가 잠시 외국에 나가면서, 그때 편집에 관여하던 가까운 사람들의 의견이, 이 잡지가 어느 한 개인의 거취와 관련 없이 앞으로 계속 커나가야겠다는 뜻에서 차제에 독립을 시켜보자고 해서, 그때 비로소 창작과비평사를 발족시켰고 신(辛)선생이 대표가 되셨지요. 그러니까 『창작과비평』지(誌)의 역사보다 창작과비평사의 역사는 짧은 셈입니다. 그리고 그때 독립이 됐다고는 하지만 신(辛)선생께서 관여하고 계시던 신구문화사 이종익(李鍾翊) 회장의 도움을 음양으로 받았지요. 이래저래 도와주신 분들에게 폐도 이루 말할 수 없었지만 저희로서는 보따리장사에 더부살이하는 신세가 고달플 때도 많았지요. 창비사가 따로 사무실을 차린 지는 이제 1년도 채 안 되지 않았습니까? 그런데 염형이 신(辛)선생님과 함께 일하신 것이 우리가 신구 문화사와 인연을 맺으면서부터지요?

염무웅 그렇지요. '창비' 일로 말하면 그때부터고, 신구문화사에서 함께 일한 것은 그보다 몇해 전이지요.

한때 원고료 미루기 합동작전

이호철 그러니까 그게 통권 15호 때군요.

염무웅 네. 신(辛)선생님과 함께 '창비' 일을 보게 된 것은 15호가 나오던 69년 가을이지요. 아무튼 '창비'로서는 백선생이 안 계시던 3년 동안이 가장 어려웠던 때였던 것이 사실일 겁니다. 원래 계간지가 10주년 기념호가 되면 통권 41호가 되어야 하는데 이번호가 39호 아닙니까? 그러니까 그동안 두번 결간이 된 셈이지요. 15호가 합병호로 나왔고 22호와 23호 사이에, 그때 71년인가 어느 겨울호에 또 결간을 했어요. 말하자면 그때 결간을 낼 수밖에 없을 만큼 어려운 사정이었는데, 그 첫째 이유는 '창비'를 경제적으로 뒷받침해보겠다는 분의 예상 이상으로 결손이 많았어요. 그래서 계속 투자할 수도 없고, 그러다보니 원고료를 제때에 못 지불하거나 심지어 몇달씩 밀리는 수도 있었고 신문에 광고 한번 못 냈지요. 그런 가운데서 얼마간이라도 마음에 흡족한 편집을 하는 것은 정말 힘이 들었습니다. 그야말로 무언가 셋방살이하는 기분 같은 것이 있었지요. 한편으로는 저로서 조금 자부한다 할까 하는 것은, '창비' 창간 때부터 14호까지 어느정도 잡혀진 성격을 보다 우리 현실에 토착화한다 할까 뿌리내리는 어떤 과정도 그동안에 이루어지지 않았나 하는 느낌도 있어요. 가령 능력 있는 필자들을 새로 발굴해서 인간적으로 가까워졌고 이분들과의 격의없는 대화를 통해 문제점을 발견하여 그것이 글로써 나타나도록 노력했습니다. 미숙한 대로 무언가 이 현실의 문제를 잡지의 내용과 연결시키려는 노력이 있었고, 그것이 그동안 백선생이 해오시던 것과 결부되어 백선생이 귀국한 25호 때 이후 오늘날 그래도 어느정도 하나의 성격으로 잡혀질 수 있지 않았는가 하는 생각도 듭니다. 그밖에 저로서 제일 힘들었던 때의 여러가지 에피소드가 있지요.

백낙청 한두가지만 공개하실 수 없으실까요.(웃음)

염무웅 제일 곤란했던 것이 원고료예요. 제작은 그런대로 신구(新丘)에서 맡아주었지만, 원고료는 신(辛)선생님이 여기 계시지만, 저는 신선생님한테 미루고 신선생님은 사무실에 잘 안 계시고 이런 식으로 일종의 전술을 가지고 버티는 수밖에 없었는데(웃음) 원고를 주신 필자들께는 죄송하기 짝이 없는 짓이었지만 그렇게 해서라도 견딜 수밖에 없었어요. 만약에……

이호철 만약에 두분이 없었더라면 꼼짝없이……(웃음)

염무웅 그렇지요. 누구든지 혼자로는 당해낼 수 없는 곤경이었다고 생각됩니다. 원고료를 잘 못 주니까 자연히 원고 청탁할 염치도 없었고 그러자니 결국 원고 받기가 대단히 힘이 들었지요. 언젠가 한두번은 어느 사업하는 선배 — 이름을 대면 여기 계신 분들은 모두 잘 아는 분입니다만 — 에게 가서 몇십만원 뜯어다가 고료를 지불한

적도 있었지요.

신동문 그때 참 염형이 수고 많았지요.

백낙청 요즘은 원고료를 못 줘서 그때처럼 몇 사람이 짜고 합동작전을 벌이는 일은 안 생기지만 원고료 문제는 아직도 심각한 문제지요. 그 이야기는 나중에 좀더 하기로 하고, 염형 말씀대로 그때 여러 가지 어려움이 많으셨다는 것은 외국에 있으면서도 어느정도 짐작할 만했고, 그러면서도 거기서 잡지를 받아볼 때마다 그 성장하는 모습을 보며 감사하고 마음 든든하고 또 일변으로는 멀리 나와 있는 것이 죄스럽기도 했습니다. 그때 훌륭한 작품들을 대하면서 감동을 느낀 일이 여러번 있는데, 예를 들어서 '창비'를 통해 데뷔한 작가는 아니나 황석영(黃晳暎)의 「객지(客地)」가 그때 나왔고……

염무웅 네, 그때 백선생이 「객지」 읽으신 감동을 편지로 써 보내셨던 생각이 납니다.

백낙청 네, 이문구(李文求)의 「장한몽(長恨夢)」 같은 것도 나왔고, 그리고 저로서는 그저 한두편의 시를 통해 이름이나 겨우 알고 있던 시인 신경림 씨의 작품 다섯편이 '창비'에 처음 나왔을 때는 흥분하다시피 했었습니다. 그러니까 이 자리에 신경림 선생이 나와서 이야기를 나누게 된 것도 따지고 보면 '창비'가 특히 어려웠던 기간에 이루어놓았다고 자부할 만한 그런 일 가운데 하나가 아닌가 합니다.

신경림 제가 '창비'하고 처음 인연을 맺었을 때 아마 '창비'가 한참 어려울 때였지요. 그런데 '창비'에 시를 싣고 나니까 내 생각에도 궁합이 딱 맞았다 하는 기분이 들고 이제는 여기에만 시를 실어도 별로 유감이 없겠다는 기분이 들더군요.

신동문 지금 그 말씀을 하시는데 그게 다 묘한 거예요. 내가 염형과 함께 편집을 한다고 하면서도 염형한테 일단 맡긴 이상 나는 누구에게 원고청탁을 안 했었지요. 의식적으로 안 한 면이 있었어요. 내가 이걸 실읍시다, 한 적이 거의 없었던 것 같아요. 그런데 길에서 신형(申兄)을 오랜만에 만났어요.

신경림 유종호(柳宗鎬) 씨하고 같이 만났었지요.

신동문 그랬지요. 그때 신형(申兄)이 한동안 시골 내려가 계셨던 때문인지 여하간 시를 한동안 발표 안 하셨던 때란 말이에요. 그런데 문득 시를 달라고 싶은 생각이 났어요. 내가 생각하기에도 웬만하면 안 그러는데, 시를 주십시오, 한 댓편을 주셔야 합니다, 그랬어요. 그랬더니 당시에 작품 발표를 별로 안 하시던 신형이 반가워하면서 쾌락을 해요.

이호철 역시 충청도끼리……(웃음)

신동문 충청도끼리라 그런 건 아니야……(웃음)

백낙청 지연(地緣)이 아니면 궁합이었겠지요.(웃음)

신동문 하여튼 선뜻 대답도 그렇게 나왔고, 그래서 다음 날 염형한테 보고를 했지. 그런데 사실 그때 나온 시가 참 좋았지 않았어요? 「눈길」이라는 것을 비롯해서……

외래지향성 청산

이호철 그것이 18호가 되더군요. 이번에 제가 좌담회가 있다는 말을 듣고 한번 전부를 대강 훑어보았는데, 아까도 염선생이 얘기했지만 15호가 위기였겠다는 게 금방 눈에 뜨이더군요. 우선 15호가 합병호로 나왔고 16호가 부피가 얇아지더군요. 이 점을 염두에 두고 보니까 역시 15호가 하나의 분수령이었던 것 같아요. 왜냐하면 그 앞의 14호까지를 전기(前期)라고 한다면, 그때 두드러지게 보이는 것은 김수영(金洙暎)·방영웅(方榮雄) 이런 분들이에요. 좀 우스운 얘기지만 그 뭐랄까, '김수영 붐' 같은 것이 있지 않았어요? 또 평론으로 보면 정명환(鄭明煥)·유종호·김우창(金禹昌), 이를테면 대학강단 쪽의 비평이 많이 보이고 모더니즘 취향 같은 것이 강하게 풍기더군요. 그런데 16호가 우연하게도 '신동엽(申東曄) 유고(遺稿)' 특집이더군요. 그때가 아마 원고료 사정 등이 가장 어려웠던 때 같아요. 그런데도 이건 굉장히 암시적 사실인데, 16호 이후 대개 26호까지, 그러니까 연대로 치면 69년말부터 72년까지가 돼요. 이 사이에 쏟아져 나온 작품이 이문구의 「장한몽」, 황석영의 「객지」「한씨연대기」, 송영(宋榮)의 「선생과 황태자」「중앙선기차」, 신상웅(辛相雄)의 「심야의 정담」, 또 18호에 신경림의 시 — 이렇게 보면 원고료니 뭐니 하지만 실상은 어려운 시절에 좋은 작품들이 많이 쏟아져 나왔더구먼요. 그런데 그것이 문학적으로는 처음의 모더니즘 취향 같은 게 역시 조금 물러가면서 아까 염형이 이야기한 토착적인 어떤 터를 잡기 시작하지 않았는가, 그러면서 '창비'의 한국문학에 대한 기여도라는 것이 굉장히 부피 있게 가라앉기 시작하지 않았는가 보여져요. 그런데 그것이 우연하게도 70년에서 72년 사이의 우리나라 전체 정세하고도 조응되는 면이 보이더구먼요.

백낙청 그렇지요. 그 무렵이 말하자면 60년대 말기에 가서 우리 문학이나 지식인층이 위축될 수 있는 요인이 많이 생겼었는데 어떻게 그 고비를 넘기면서 우리 사회의 어떤 저력 같은 것이……

염무웅 69년에 3선개헌, 71년에 대통령선거가 있었고……

이호철 72년엔 남북적십자회담과 7·4공동성명이 있었고……

백낙청 하여간 전체적으로 여러가지로 발랄한 데가 있었던 것이 사실이지요. 그리고 『창작과비평』으로 볼 때에도 이선생님이 옳게 지적해주신 것 같습니다. 창간호에 썼던 제 글을 아까 칭찬해주셨지만, 저로서는 그 글의 글로서의 미숙성을 차치하고도, 입장 자체에 우리 현실에 밀착되지 못하고 나쁜 의미의 대학강단 비평적인 데가 많았다고 생각됩니다. 물론 우리 문단의 현실도피적인 순수주의를 비판하고 그것이 실제로는 비정치적이라기보다 오히려 고도의 정치성을 띠고 있음을 지적한 주장 같은 것은 오늘날까지도 일관된 생각입니다만, 그런 주장에 수반되어야 할 현실감각이나 자세가 아쉬웠다고 봅니다. 또 사소하다면 사소한 문제지만 당시 '창비'의 말하자면 어중간한 성격을 잘 말해주는 또 한가지 사실을 이야기해보지요. 아까 말씀드렸듯이 저희 창간호가 나온 것이 66년 1월이었는데 그 호가 '66년 봄호'가 아닌 '66년 겨울호'로 되어 있어요. 사실은 65년 겨울에 내려다가 늦어져서 해를 넘기게 되었는데 우리 관습으로는 1월 1일만 되어도 무조건 신춘(新春)이 아닙니까? 그런 것을 그냥 '겨울호'로 냈던 데는 매권(每卷)의 첫 호를 곧잘 '겨울호'로 내곤 하는 서양의 관례가 작용했던 것 같아요. 이듬해 제2권 제1호를 낼 때에야 뒤늦게 전비(前非)를 뉘우치고(웃음) '1967년 봄호'로 했지요.

그때도 애로가 많아서 발간일자가 늦춰지던 판이라 시간도 벌 겸해서였지요.

이런 것도 말하자면 '창비'가 점차적으로 당초의 외래지향적 취향 같은 것을 청산해온 한가지 증좌가 될 듯한데, 이러한 토착화 과정이 본격적으로 진행된 것은 역시 이선생이나 염선생 말씀대로 70년대 초기였다고 봅니다. 김수영 씨의 비중이 줄어든 것은 물론 그분이 68년에 돌아가셨기 때문이지만요. 여하간 지금 제 판단으로는 '창비'의 전반적인 변모가 올바른 방향으로의 성장이었다고 봅니다.

'섹트'라는 말이 있는데……

하지만 이렇게 자화자찬만 할 것이 아니라 이제까지 우리가 성장이라든가 업적이라고 말해온 과정의 다른 일면도 생각해볼 필요가 있을 듯합니다. 예를 들어서 아까 염형이 자부심을 느끼는 일의 하나로서, 뜻이 맞는 문인들을 찾아내어 좋은 작품을 실을 뿐 아니라 인간적인 유대도 두터이해온 점을 드셨는데, 이것을 뒤집어 생각해보면 지나치게 몇몇 사람들만이 일종의 섹트(분파)를 이루고 있다는 말을 듣는 원인도 되었지요.

신경림 네, 그런 말들을 많이 하지요.

백낙청 그런데 악의적으로 그런 말을 하는 사람들도 없지 않겠지만 반드시 다 그렇다고도 할 수 없을 것 같아요. 물론 '창비'에 글을 많이 쓰는 문인들이 우리들 편집자의 입장에서 볼 때는 좋은 글을 쓰신다고 믿어지기 때문에 자연히 많은 지면을 제공하게 된 것이긴 하지요. 그러나 우리가 훌륭한 시인이나 작가들에게 빠짐없이 지면을 드려오지도 못했거니와 '창비'에서 많은 지면을 제공한 문인들이 반드시 최고수준의 작품만을 쓴 것도 아니지 않습니까? 그런 상황에서 '섹트의식'이란 말이 나오는 것도 당연한 것이고 이 점은 우리가 반성하고 시정해나가야 하지 않을까 하는데요.

염무웅 물론 당연하겠지요. 그런데 그렇게 되는 과정이 아무 이유 없이 그렇게 된 것은 아닐 겁니다. 무엇보다도 결정적인 문제는 '창비'가 계간으로 나온다는 점이라고 생각합니다. 게다가 과거에는 부피가 별로 두툼하지 못했어요. 그러니까 월간 문예지에 비하면 소화할 수 있는 작품의 절대량이 대단히 부족합니다. 따라서 엄격하게 골라서 싣는 것이 우리 같은 잡지로서는 불가피한데, 이렇게 선별해서 싣는 것 자체가 우리나라 잡지 풍토에서는 아마 새로운 것이었을 겁니다. 보통 문예지의 경우 기성작가에게는 청탁을 했으면 거의 무조건 싣고 작가가 청탁 없이 작품을 들고 오는 경우에도 시일이 걸리기는 하겠지만 대체로 실어주는 것이 관례입니다. 원고를 읽고 나서 필자에게 되돌려준다거나 수정을 부탁하는 일은 별로 없을 겁니다. 물론 법 같은 데 걸리지 않을까 해서 그러는 수는 간혹 있지만요. 아무튼 그렇게 하는 동안에 저 잡지는 아무 글이나 싣는 게 아니고 자기 취향에 맞아야 싣는다, 그런 느낌을 준 게 있을 것이고요. 따라서 이런 점들이 우리 문단 풍토에서는 상당한 저항감을 줬을 겁니다. 또 한가지는 원고를 쉽게 얻을 수 있는 이에게 청탁을 하게 마련인데, 그런 일종의 안일성이 있었던 것도 자인할 수밖에 없지요. 그리고 팔이 안으로 굽는다는 말처럼 같은 값이면 '창비' 출신의 문인이라거나 자주 만나서 뜻이 통한다 싶은 분에게 자주 청탁하게 된 면도 분명히 있지요. 이렇게 생각해보면 남들이 흔히 폐쇄적이다, 똘똘 뭉쳐가지고 독선적이다, 이런 소리를 하는데 우리한테 당연히 그런 소리를 들을 만한 극복해야 할 면이 있고 다른 한편으로는 그대로 밀고 나가야 할 면이 있지 않은가 합니다. 섹트 자체는 물론 철저히 극복하고 지양해야겠지만 무성격(無性格)의 잡지가 될 수야 없겠지요. 요는 하나의 잡지로서 일정한 성격이랄까 방향이랄까 하는 것을 지킨다는 면과 정실(情實)이나 파벌에 흐르지 않고 범문단적인 자세를 지향한다는 면이 어떻게 제한된 지면 속에 양립할 수 있겠느냐가 과제입니다. 제 개인으로서는 이 과제를 위해서 너무나 게을렀다는 자책과 반성이 아울러 드는군요.

신경림 그러나 '창비'의 어떤 성격 같은 것이 생긴 것도 섹트라는 비난을 각오하고 했기 때문에 된 것이 아니겠어요?

이호철 그렇죠. 지난 10년 동안 발간된 '창비' 전체를 볼 때에는 섹트니 뭐니 운운할 여지가 거의 없어요. 그런 게 얘기되는 것은, 솔직히 말해서 우리나라 작가·시인들이 한 1,300명 되지 않습니까? 더군다나 이건 계간지고, 1,300명을 고루 수용한다는 것은 물리적으로 불가능하지요. 그러니까 그 이야기는 저는 이렇게 보는데요. 편집 자체에서 그런 문제가 나오기보다는 오히려 대인관계라거나 '창비'를 하시는 분들의 어떤 대(對)문단 일상관계에서 그런 것이 빚어지지 않았나 합니다.

염무웅 틀림없이 그런 면도 있을 겁니다. 글을 안 쓰는 사람이 잡지를 했다면 그런 소리가 훨씬 덜 나오지 않았을까요. 그런데 백선생이나 저나 평론을 쓰면서 잡지도 편집을 하는데, 그 평론의 성격과 이 잡지의 편집 방향이 동일시되는 경우가 많지요. 물론 어떤 의미에서는 이 양자가 중복이 되는 것이지만……

이호철 그래서 솔직한 얘기가 백선생의 「시민문학론(市民文學論)」이라는 평론이 그때 문단에서 꽤 논의가 되지 않았습니까? 그게 14호더군요. 그걸 쓰고 나서 백선생은 외국에 가고, 그후에 좋은 작품들이 많이 쏟아져 나왔는데 실상 '창비'는 처음부터 무언가 일관하게 간 것 같아요. 그 일관성은 흔히 얘기되는 섹트의식 같은 것과는 전혀 다른 차원의 일관성이지요.

신경림 그것이 일찍부터 보인 것이 또 백형이 쓴 「역사소설과 역사의식」인가 하는 글이었지요. 7혼가 8호에 나왔는데……

이호철 5호지요.

신경림 거기에서 이미 '창비'의 방향이 어느정도 나타났던 것 같아요. 가령 여기서 강조된 역사의식, 사회의식 같은 것이 곧바로 '창비'의 성격의 어느 일면으로 느껴진 게 사실이었지요.

이호철 '창비'의 성격을 말한다면 역시 무엇보다도 비평을 통해 만든 것인데, 전부 여기 앉으신 분들 이야기라서 무엇합니다만, 백선생의 너댓편하고 염선생의 「농민문학론」인가요? 또 신경림 선생이 처음에 「농촌현실과 농민문학」을 쓰고 그다음에 「문학과 민중」이던가요?

신경림 염형이 농촌문학 관계를 쓴 것이 18호던가 그렇지요. 그때 '창비'가 마침 무슨 농촌문학 특집같이 되었었지요.

염무웅 시대에 뒤떨어진 면이 좀 있었지요.(웃음)

백낙청 그런데 이거 아무리 자기비판을 하자고 시작을 해도 자꾸 자화자찬으로 끝맺고 마는군요.(웃음)

신경림 여하간 폭을 더 넓힐 필요는 있겠지요. 독자들에게 너무 낯익은 얼굴들만 내밀며 식상하게 한다는 것은 여러모로 손해가 아니겠어요?

염무웅 거듭되는 얘깁니다만 편집하는 저희들이 게을러서 마땅히 발굴해야 할 사람들을 발굴하고 실었어야 할 사람들을 못 실은 예가 많았지요. 잡지 편집자로서뿐 아니라 일컬어 한 사람의 문학평론가라고 자칭하는 입장에서도 정말 부끄러운 일입니다.

백낙청 그렇지요. 그러니까 이른바 '폐쇄성'이라는 데에는 우선 여러분이 말씀하신 대로 불가피한 애로에서 나오는 것이 있지요. 염형이 실무를 맡고 있을 때 특히 어려움이 많았다고 하지만 여러가지 어려운 사정이란 오늘날도 계속되고 있는 형편이니까 자연히 우리가 하고 싶은 만큼 폭넓게 활동을 못 하는 그런 면이 있고, 또 한가지는 그것을 폐쇄성이라고 하지만 실제로는 잡지로서 마땅히 가져야 할 자기 나름의 성격이나 주관 또는 수준으로서 우리가 포기해야 할 것이 아니라고 하는 그런 면도 있겠지요. 하지만 이것저것 모두 감안하고도, 그동안에 『창작과비평』을 여러해 해오는 동안 어떤 문인들은 '창비'와 관계없이 훌륭한 활동을 하다가 뒤늦게 '창비'에도 실린 분이 있고 아직도 우리가 몰라서 못 싣고 있는 분들도 있을지 모르겠는데, 이렇게 소홀해지게 되는 데에 — 의도적인 것은 아니더라도 말이지요 — 일종의 섹트의식 같은 것이 작용하지 않았다고만은 못 할 것 같아요. 저로서는 이제까지의 10년을 넘기고 다음 10년을 내다본다 할 때, 이런 소홀한 일이 없도록 하는 것이야말로 우리가 가장 관심을 기울여야 할 일 중의 하나가 아닌가 합니다. '창비'의 영향력 같은 것이 커지고 우리가 싣는 유능한 작가들의 수가 많으면 많아질수록 여기서 부당하게 외면당하는 작가에게 가는 피해는 그만큼 커질 테니까요.

신동문 그 문제는 이렇게 생각합니다. 과거에 우리가 그런 사실을 잘 몰랐더라도 폐쇄적이다라는 소리가 들린다면 무언가 그럴 면이 있으니까 그런 걸 거란 말이에요. 그런데 전에는 가령 염선생이나 백선생이 편집 일을 보았다 하더라도 거기에 전념을 한 것이 아니고 직장을 갖고 있으면서 여가에 했지 않아요? 그러니까 자연히 원고 청탁이나 필자에 대한 검토가 그 일에 전임하는 사람과는 다를 수밖에 없었던 거죠. 그런데 지금 같은 경우에는 백선생이 24시간을 거기에……(웃음)

이호철 24시간까지야 아니겠지요.(웃음)

신동문 적어도 교직에 복귀하기까지는* 아무래도 이 일에 전념할 테니까 그런 문제는 상당히 시정이 되지 않을까 싶어요.

* 백낙청 교수는 1974년 11월 27일 민주회복국민선언에 서명한 일로 12월 9일 문교부에 의해 서울대 교수직에서 파면되었다가 1980년 3월에 복직되었다.

아직도 산적된 애로사항들

백낙청 신(辛)선생님께서 상당히 낙관적으로 말씀하셨는데(웃음) 이제까지의 애로사항들이 앞으로도 어느정도 지속될 것이 분명하고, 또 애초에는 없던 새로운 난관들이 대두하고 있는 것도 사실입니다. 우선 시간이나 인력의 문제를 말씀하셨지만, 제가 요즘 '창비' 일에 전보다 많은 시간을 들이고 있기는 합니다. 그러나 이 『창작과비평』이라는 잡지는 창간 때부터 오늘날까지 편집 전문가라 할 사람이 한번도 전담해본 적이 없는 잡지입니다. 그러니까 자연 편집체재도 엉성한 데가 많고 실수도 많이 저질렀는데 여하간 전임(專任) 편집장 없이 마흔권 가까이를 냈다는 사실 자체가 어떻게 보면 기적 같기도 해요. 그리고 이 문제는 아직도 해결이 안 되고 있어요. 조속한 시일 내에 어떻게 해결하려고는 합니다만. 출판부까지 생겨서 업무량은 거의 살인적이지요. 특히 투고원고 문제 같은 것은 투고해주시는 분에게 미안할 때가 많습니다. 기성작가들 가운데도 원고를 보내주시는 분들이 계시거니와 신인 응모작품들도 많이 들어옵니다. 이것을 읽어낸다는 것이 보통 일이 아니에요. 보내주신 분들로서는 그야말로 피와 땀의 결정(結晶)인데 저희들은 그것만 읽고 있을 수는 없고 틈나는 대로 보는데 또 아무렇게나 보아넘기는 건 무의미하지 않겠어요? 그러다보니 자연 원고더미가 쌓이고, 본의 아니게 소홀할 때가 많습니다. 그래서 이 좌담회 자리를 빌려서라도 투고자 여러분들께 사과의 말씀을 드리고 양해를 구하고자 합니다.

또 한가지 지속되는 애로사항은 뭐니뭐니 해도 재정적인 것이지요. 그동안 여러 독자들이 성원을 해주신 덕에 '창비'가 사업적으로도 많이 성장했습니다. 잡지 부수도 많이 늘었고 출판부의 간행물들도 아마 저희 같은 소자본과 인력부족에 시달리는 출판사로서는 예외적이랄 정도로 독서계에 어떤 흔적을 남기고 있다고 봅니다. 하지만 반면에 사업이 불어날수록 원가(原價)도 늘어나지요. 물가상승으로 인한 괴로움은 국민 누구나가 겪는 바지만 저희는 또 조금 부수가 늘어날 때마다 거의 무모할 정도로 지면(紙面)을 늘리는 등, 자진해서 원가를 올려오지 않았어요? 꼭 망하기로 작심하고 장사하는 놈들 같다는 말도 자주 들었어요. 하지만 저희 독자들이 고마운 것은 어려운 고비 때마다 저희들에 대한 성원이 거의 피부로 느껴질 수 있었어요. 특히 작년 여름에 저희 잡지 여름호를 위시한 몇개의 간행물이 당국에 의해 판매금지 당했을 때는 격려의 전화도 많이 받았고 가을호에는 부수가 월등히 늘어나기도 했지요. 그러나 아직까지 사업으로서는 형편없는 상태라 해도 과언이 아니고 신(辛)선생님이나 저나 뭐 기업인으로서 입지전적인 인물은 못 되는 것 같아요.(웃음) 원고료 문제만 해도 계속 애를 먹고 있어요. 저희로서는 이제까지 큰 재벌신문사가 경영하는 종합지의 수준에서 별로 떨어지지 않았다고 자부합니다. 그러나 지금 문예진흥원에서 다른 월간 문예지에 대해서는 고료조로 지원금이 나오지 않습니까? 요즘 매달 50만원씩인가요? 그래서 전통있는 어떤 문예지의 경우, 그 회사 자체가 지불하는 원고료는 우리의 반 정도밖에 안 되는데도 결과적으로 필자에게 지급되는 금액은 우리를 훨씬 앞지르게 되지요. 그런데 작가라는 분들이 대개는 궁한 분들이고 원고료에 생계를 위탁하고 있는 이들도 적지 않은데 우리가 진흥원에서 돈을 못 받으니 좀 싸게 써주시오 하기도 미안한 일이고 그게 잘 안 통하는 경우가 많지요. 그런데 문예진흥원 이야기가 났으니 말이지만 신(辛)선생님이 발행인으로 계실 때 우리도 잠깐 지원금을 받은 일이 있기는 있지요.

염무웅 74년에 1년 받았던가요?

신동문 1년이 아니고 사실은 반년이었지요. 74년 여름엔가 주겠다는 방침이 정해졌다가 74년 후반기 몫으로 두차례에 걸쳐 도합 30만원을 받았지요. 그러니까 한호 내는 데 15만원씩을 받은 겁니다.

백낙청 그러다가 75년도에 들어서서 진흥원에 계시는 어느 간부가 전화를 해서 새해부터는 한호에 20만원씩으로 올려주겠다고 그랬대요. 한데 사무절차 관계로 지급은 좀 늦어진다기에 75년 봄호를 만들면서 저희는 진흥원에서 돈이 더 나올 것으로 생각해서 자사(自社) 고료도 좀 올리고 보조금도 가산해서 필자들에게 원고료를 미리 지급했지요. 그랬더니 그 호가 나오고 얼마 안 되어 공문이 오기를 계간지에는 75년도부터 지원금 지급을 중단하기로 했다는군요. 공문에는 별다른 설명도 없었는데 일부 신문지상에 나온 걸로는 "계간지들은 동인지적(同人誌的) 성격이 너무 짙어서" 지원대상으로 부적합하다고 결정했답니다. 물론 '창비'가 계간지로서의 제약성은 있지만 75년 현재의 『창작과비평』을 과연 '동인지적'이라고 볼 수 있을지, 예컨대 같은 진흥원 기금을 받는 시 전문지(詩專門誌) 같은 것보다 더 '동인지'에 가깝달지는 의문이었어요. 하지만 뭐 우리가 진흥원에다 돈을 맡겨놓은 것도 아니니까 가서 내놓으라고 따질 건덕지도 없었지요. 그런데 이미 원고료가 지급된 필자들께는, 사실 지난번에 드린

돈 중에 얼마는 진흥원에서 보조금으로 나올 것을 저희가 대불(代佛) 했던 것이니 좀 돌려주십시오, 그럴 수는 없는 것 아닙니까? 또 모든 물가가 다 오르는 판에 한번 올린 원고료를 다시 내릴 수도 없고요. 그나마 15만원씩밖에 안 받았으니 피해가 거기서 그쳤고, 또 언제든지 일방적으로 끊어질 수 있는 보조금이라면 진작 끊어진 것이 속 편한 면도 있어요.

'민중'은 불온단어인가

애로사항에 관한 이야기가 길어집니다만 한가지만 더 말하고 넘어갈까 합니다. '창비'를 두고 폐쇄적이다 하는 비난이 있다는 이야기는 아까도 했는데 그 말에는 얼마간의 근거도 있다고 보았고 또 그것이 근거없는 주장이라 해도 폐쇄성이라는 것 자체가 무슨 형사상의 범죄를 구성하는 것은 아니겠는데, 요즘 들어 『창작과비평』지에 대한 일부의 비난이나 공격은 그런 선에서 멈추지 않고 꽤 살벌해진 느낌도 없지 않습니다. 이건 완전히 불온집단이고 처단되어야 한다는 투로 나오는 이도 있는 모양이에요. 다른 분들은 그 점을 어떻게 보셨는지요?

신경림 글쎄요. 예를 들어 '민중'이라는 말을 가지고 불온시하고 민중을 찾는 저의가 무엇이냐고 윽박지르기도 하는데 그건 참 대처하기가 곤란한 것 같더군요.

이호철 그런데 그것이 아까 이야기한, '창비'는 폐쇄적이다 하는 것과 감정적으로 일맥상통하는 바도 있는 것 같아요. 또 한편으로는 '창비'가 이때까지 10년 동안에, 솔직하게 얘기해서 우리 문단의 중요 이슈들을 주도적으로 부각시켜왔다고 할 수 있지 않습니까? 이것이 15호에서 30호쯤에 오는 동안 두드러지게 문단에 터를 잡아온 것 같은데, 이러한 기여에 대해 요즘 와서 일부에서 심지어는 불온하다는 정도로까지 이야기되는 것이 더러 신문지상에도 보인 듯한데, 불쾌하기 짝이 없더군요. 불쾌하다는 것은 '창비'를 지금 남북관계라든지 우리나라가 당장 처해 있는 상황에 직선적으로 연결시켜서 심지어 반공전선(反共戰線)에 저해가 된다는 식의 발상이 비치기도 하는데, 실상 '창비' 창간호부터 이제까지 전체를 다시 부감(俯瞰)해볼 때 비평도 그렇고 또 학문적인 기여도 그렇고 그밖에 소설, 시, 전체를 통틀어도 역시 어떤 포괄적인 우리나라 상황을 염두에 둔 시선이고 우리 자신의 주체적인 것을 추구하는 문학 본래의 어떤 노력이지, 딱히 정치적인 어떤 목표에 매달렸달까 그런 글은 전체를 통해 전혀 보이질 않습디다. 실상 '창비'가 문학을 정치에 예속시킨다느니 하는 말은 '창비'를 정말 차근차근히 읽어낸 사람들의 생각은 아닌 것 같아요.

염무웅 물론 '창비'에 실린 소설들을 읽어보면 골프를 치고 자가용 타고 다니는 그런 사람들의 얘기를 쓴 것보다는 역시 가난하고 힘없는 사람들의 문제를 다룬 소설들이 많은 것은 사실이지요. 하지만 이것을 곧장 어떤 정치적인 의미와 결부시키는 것은 대단히 피상적이고 편협한 발상입니다. 실상 좋은 문학이랄까 진짜 문학이라는 것이 그런 사람들의 문제를 직접 다루거나 적어도 그런 사람들이 사회의 대다수를 차지하고 있다는 의식이 없이 쓰여질 수가 없는 것 아닙니까? 그래서 가난한 사람들의 이야기를 쓰면 무조건 이건 '창비식'이다, '현실참여적'이다 하는 말을 듣게 되는 수도 적지 않은데, '창비'를 좋게 생각하는 쪽에서든 나쁘게 생각하는 쪽에서든 이것 역시 일종의 오해가 아닐까 생각됩니다.

이호철 그런데 '창비'에 반정부적인 글이 많다는 말도 더러 하는데, 우선 '반정부적'인 것과 '반국가적'인 것을 혼동해서도 안 되겠지만 '창비'에 나온 글들이 과연 반정부적이냐 하는 것도 좀 달리 생각해볼 필요가 있겠지요. 문학이 다루어야 할 소재라든가 그 다루는 방법이란 굉장히 여지가 많고 넓은 겁니다. 그런데 '창비'에 나온 소설들 중에는 우연히도 「장한몽」이라든지 「객지」 「심야의 정담」, 또 단편으로 천승세(千勝世)의 「보리밭」 같은 것이 우리나라의 비교적 어두운 면을 성공적으로 작품화하고 사회의 어떤 부조리를 심도있게 척결하고 있어요. 또 우리 사회에서 그런 소설들이 좋을 수밖에 없는 측면이 있지요. 주간지 기사와의 연장선상에서 만드는 흔한 소설들이 좋을 까닭이 없는 거고요. 그런데 요즘 정부에서도 부조리 척결에 대해 매우 신경을 쓰는 모양입니다만 어떤 의미에서 '창비'에 이제까지 나온 소설들을 다 훑어보면 우리나라 부조리의 근원적인 정체가 무엇이냐 하는 데 대한 일종의 해답이 나올 수도 있는 문제고, 그런 면에 정면으로 대응해서 어떤 좋은 정책도 나올 수 있지 않느냐, 좀 이렇게 따뜻한 시선으로(웃음) 보아줄 수가 없겠느냐는 겁니다.

백낙청 참 좋은 말씀이십니다.(웃음) 여하간 소설 같은 데서 특권층의 이야기보다 가난한 민중의 이야기가 많이 나온 것은 사실이고 평론에서 '민중'이라는 단어가 들먹여진 것도 사실이지요. 그런데 아까 신(申)선생께서 '민중'이라는 단어 자체를 불온시하는 데 대해 어떻게 대처할지 곤란하다고 하셨는데, 좀 달리 생각해보면 전혀 곤란할 것이 없다고도 말할 수 있어요. 우선, 그런 공격이 나오면 요즘 상황이 상황이니만큼 신변의 위협마저 안 느껴지는 건 아니지만 거기에는 도대체 대처하고 말고가 없으니 오히려 간단하다면 간단하지요. 그 문제에 관한 한 도대체 우리네야 이러라면 이러고 저러라면 저러는 재주밖에 없는 사람들이니까 아예 '대처'를 안 하는 걸로 버티는 거예요. 말하자면 무재주가 상팔자라는 거겠지요. 그밖에 '민중'이라는 낱말 자체를 불온시하는 것이 틀렸다는 것을 말로 따져대는 거야 세상에 그것처럼 쉬운 게 어디 있습니까? 다른 건 다 제쳐놓고, 우리나라 국립경찰의 모토가 '민중의 지팡이'라는 겁니다. 그러면 이런 표어를 만든 우리 정부가 친공적(親共的)이거나 용공적(容共的)이란 말입니까, 아니면 정부의 다른 기관은 다 안 그런데 유독 우리 경찰만 불온사상에 젖어 있다는 말입니까? 도대체 우스운 이야기지요. '민중'이란 말의 정의를 정확히 어떻게 내릴지는 모르겠습니다만, 여하간 어떤 특별한 지배적인 위치에 있지 않은 대다수의 국민들을 말하는 것 아닙니까? 옛날 말로 하면 '백성(百姓)'인데, 우리가 '백성'이란 말을 특별히 기피하려는 건 아니지만 '백성'이라고 하면 봉건적인 냄새가 나지요. 현대 민주국가의 감각에는 역시 좀 맞지 않아요. 그리고 '민중'과 비슷한 말로 또 '인민(人民)'이란 말이 있습니다. 저쪽에서 잘 쓰는 말이지요. 그래서 어떤 사람은 '민중'이란 곧

'인민'이란 말이 아니겠느냐고 은근히 위협적으로 비치기도 하고, 개중에는 이걸로 무슨 결정타나 날렸다는 듯이 득의양양하는 이들도 있는 모양이에요. 하지만 우리가 '인민'이란 말을 안 쓰는 것은 부당한 오해를 사기 싫어서 그런 거지 '인민'이란 말 자체가 나쁜 건 없다고 봐요. 실제로 링컨 대통령의 "government of the people, by the people, for the people"이란 구절은 요즘도 "인민의, 인민에 의한, 인민을 위한 정부"로 번역되곤 합니다. '인민'이란 말 자체는 실상 옛날부터 있었던 것이었고요. 이런 건 너무나 명명백백한 이야기라서 길게 말하면 이쪽이 오히려 구구해질 뿐입니다.

'민중'이란 단어도 이렇게 떳떳한 것이거니와 문학인으로서 민중의 복지를 주장하고 그들에게 가해지는 부조리를 비판하는 것 역시 너무나 당연하고 떳떳한 일이지요. 요즘은 '민족문학'을 하라고 정부에서 돈까지 주는데 도대체 민족구성원의 대다수를 차지하는 민중을 빼고서 민족을 이야기하고 민족문학을 한다는 것이 될 뻔이나 합니까? 도대체 무얼 하자는 건지 알 수 없군요. 다 아시다시피 민족주의라는 구호가 자칫 잘못 쓰이면 그것이 그 민족에게도 해롭고 주위의 다른 민족이나 국가에게도 막대한 해를 끼칠 수 있는 거지요. 이런 일이 대개 어떤 경우에 일어나느냐 하면 실제로는 민족을 구성하는 대다수 사람들의 이익을 생각 안 하고 말로만 민족, 민족 하면서 민족주의라는 구호를 일종의 편법으로 삼을 때 그런 결과가 생기는 것이 아니겠습니까? 그러므로 민족주의, 민족문화, 민족문학, 이런 것에 따르는 위험을 미리 막기 위해서라도 민중의 문제에 대해서는 적극적인 관심과 끊임없는 토의가 있어야 하리라고 믿습니다. 이

것 역시 너무나 분명해서 새삼 이야기하기가 구차스러울 정돕니다. 그리고 '민중'이란 말 자체를 불온시하는 발상에 대처하기가 진짜 곤란한 점도 바로 여기에 있다고 봅니다. 즉 그런 발상이 말도 안 된다는 걸 지적하는 건 간단한 일이에요. 하지만 우리가 문학을 하면서, 앞뒤가 맞는 말을 하는 것만이 장기일 수는 없어요. 남이 틀린 말 했을 때 틀렸다고 따져주는 것만이 다 잘하는 일이 아니라는 겁니다. 옳은 주장을 하고 옳게 변명을 하는 것도 중요하지만, 한편으로 문인으로서 한국 문단의 명예랄까, 문학 하는 사람의 품위와 격조 같은 것을 지킬 의무가 우리들 누구에게나 있다고 봅니다. 그런데 누가, 당신 '민중' 운운하는 것이 수상하지 않냐고 했다고 해서, 대뜸 나서서 그럼 내가 ××주의자란 말이냐, 나하고 같은 말을 한 아무개도 잡아넣지 그러냐, 어쩌고 하며 반론을 전개한다는 것은 나 자신으로서도 구차스러운 건 물론이지만 이건 후세의 독자들이 볼 때 우리 시대의 문단 전체가 무슨 꼴이 됩니까? 애초에 그런 말을 한 사람도 한 사람이지만 그랬다고 해서……

신경림 발끈해서……(웃음)

백낙청 네. 발끈해서든 오싹해서든 마구 나설 수는 없는 거지요. 차라리 욕 한번 더 먹고 매 한대 더 맞더라도 선비의 체통은 지켜야지 않아요? 이런 자리니까 여담 비슷이 하고 넘어갑니다만, 사실 옳은 이론이라도 문인다운 품위를 지키며 개진하는 것이 어렵다면 어려운 일입니다.

본심에서 우러나온 민중문학이라야

그러나 정말 어려운 건 이런 것인 듯합니다. 우리가 민중을 이야기한다는 것은 간단한 일이지요. 민중을 이야기하다가 좀 손해보는 것도 비교적 쉬운 일일 수가 있지요. 그러나 진정으로 민중에게 이익이 되는 일을 실제로 하고 나아가서는 민중과 호흡을 같이한다는 것, 이것이야말로 가장 어려운 일이라 봅니다. 우리나라의 형편상 국민의 대다수가 지금 우리들이 누리고 있는 여러가지 특전을 향유하지 못하고 있지 않습니까? 그러므로 여기 우리들처럼 상당한 교육을 받았다든가, 우리가 즐겨하는 문학에 종사할 수 있다든가, 최소한의 생계가 보장되어 있다는 사실 자체가 이미 우리가 이야기하는 민중과는 어느정도의 거리를 갖는다는 것을 의미합니다. 그럼에도 불구하고, 또 대다수 민중이 못 누린 혜택은 혜택대로 충분히 활용하면서, 민중과 호흡을 같이한다는 것, 이것은 참 어려운 일인 듯해요. 이건 평론의 경우도 그렇고 또 소설에서도 마찬가지겠지요. 아까 우리가 '창비'에 실린 소설이 특권층보다는 민중을 다룬 게 많다고 말했지만, 가난하고 힘없는 서민을 소재로 삼았다고 해서 그 소설이 곧 건강한 민중의식을 대변한다거나 민중을 위하는 소설이 된다는 보장은 없거든요. 그런데 '창비'에 나온 소설들을 보면 민중의 문제를 거론만 하고 실제로 진정한 민중문학이나 민족문학이 되지 못한 작품들도 많이 나왔던 것 같아요. 이런 데 대해서는 욕을 먹어도 할 말이 없다는 생각도 듭니다.

신경림 나도 그런 걸 평소에 좀 느꼈는데, 어떤 비판적인 입장을 취할 때 반드시 가난한 이야기만 내세우는 것이 옳은 태도는 아닌 것 같아요. 현실을 분명히 파악하는 데 있어서도 꼭 가난한 이야기만 내세워서 되는 건 아니거든요. 너무 빤한 가난 타령만 나오니까 지루한 인상도 주고 너무 평면적이란 인상도 주고요. 특히 최근의 소설에서 그런 인상을 많이 받았어요.

백낙청 그것은 작가의 역량과도 관계가 있겠지요. 가난을 정확하게 이야기해주면서도 그것이 뭉클하고 감동적인 것이 되어야 하는데요, 그러잖아도 가난하게 사는 것도 지겨워 죽겠는데 이 지겨운 이야기를 또 들어야 되나 하는 생각을 독자에게 준다면 문학으로서도 실패고 또 민중생활에 도움이 되는 것도 없겠지요.

이호철 소설 쪽을 공격하니까 시도 좀 공격해야겠군.(웃음) 저도 요즘 '창비'의 시들을 보게 되면 대개 이 '창비'라는 잡지를 너무 의식하고 쓴 시가 아닌가 하는 인상을 받아요. 30호 뒤에 가서 더 그런 현상이 고조되고 있는 듯합니다.

신경림 비난하는 사람들의 이야기지만 너무 '목소리만 높다'고 하는데 그것도 일리는 있는 말 같아요. 너무 목소리만 높다보니까 대상에 대한 정확한 파악에도, 언어에 대한 세심한 배려에도 소홀해집니다. 너무 거칠고 답답한 시가 많이 눈에 띄어요. 또 '창비'에 실리는 시들이 너무 비슷해지는 경향도 눈에 띕니다.

이호철 그 점은 역시 비평가 몇분들의 너무 고압적인 일면과도 관련이 있는 듯해요. 시인들이 보기에 그 비평들은 좋고 하지만, 무언지 자기 내부에 민중의식의 본래적인 성격 같은 것이 제대로 다져져 있지 않을 때, 그런 현상이 생기지 않나 싶어요. 한데 소설에서는 도리어 작가 자신이 막말로 무지렁이처럼 굴러다니는 사람들의 소설처럼 보이더군요. 그러니까 재기(才氣)나 알팍한 재주보다도 자기 사는 사정을 그대로 쓰되 자기 사는 것이 원래가 민중생활에 밀착되어 있기 때문에 자기 사정 이야기만 그대로 쓰더라도 민중의 그것과 호흡이 맞아지는 경우지요.

백낙청 이건 시와 소설 간에 싸움이 붙은 것 같은데(웃음) 신(辛)선생님은 어떻게 생각하시나요?

신동문 솔직히 얘기해서 작품들을 너무 안 읽으니까 지금 같은 화제일 경우에 당황하게 되는군요. 그보다 아까 이야기한 민중의 문제를 외면한 민족문학이 있을 수 없다는 대전제로 돌아가서, 이런 전제를 갖고서 문학을 하는데 당국에서 좀 의아한 눈으로 보더라도 이것이 뭐 한심스럽다고 할 것도 없는 거라고 봐요. 한심스럽고 뭐고가 없는 거라. 문학을 안 하면 모르고 또 가짜로 무슨 흉내를 내는 거면 몰라도 문학을 한다고 나선 이상 당국에서 좀 어떻게 생각하든 그런 건 괘념치 말고 해야 하는 거지요. 그런데 정말 무서운 건, 당국이야 국외자로서 이렇게 생각할 수도 있고 저렇게 생각할 수도 있는 거지만, 같이 문학을 한다는, 소위 문학권 내에 있다는 사람들이 당국보다도 더 무지몽매하게 욕을 하고 또 몰아치며 나오는 건, 이건 정말 한심스러운 거지.(웃음) 어느 체제 어느 국가에서건 현실과 사회를 냉철하게 비판하고 창작하는 사람들과 당국 간에는, 어느 체제건 간에 이데올로기적으로 다르더라도 말이에요, 어느정도는 갈등도 있고 마찰도 있는 거니까 그런 건 그러려니 해야지요.

그런데 민중을 강조한다고 불온분자로 모는 문인들의 존재가 가공(可恐)하다고 했지만 또 하나 문제되는 건, 우리 잡지에 주는 시 중에서 — 소설은 별로 모르니까 시만 이야기하는데 — 분명히 『창작과비평』을 의식하고 쓰는 시가 있다는 것은 자주 느끼는데 사실 이것도 내가 봐서는 똑같은 사람들이에요. 교(巧)하기는 똑같은 거라. 그런데 쓰는 사람은 그런다 하더라도 사실은 우리가 그걸 식별해내야 돼요.

염무웅 하나의 잡지로서나 평론 쓰는 개인으로서나 글쓰는 사람들한테 어떤 강박관념 비슷한 부담감을 주는 것은 좋지가 않겠지요. 또 그렇게 해서 쓰인 글이 정말 좋은 글이 되기는 어려울 것이고 어쩌다가 괜찮게 쓰였더라도 결국에는 그런 성격이나 수준을 지탱하지 못하고 말겠지요. 쓰는 사람 자신이 자기의 본심에 따라서 자유롭게 쓴 결과가 현실의 문제에 대해서도 올바른 얘기를 할 수가 있어야 할 겁니다. 꼭 '창비'에만 해당되는 얘기는 아니지만, 문필가들이 편집자나 출판업자의 눈치를 살피고 비위를 맞추는 폐단은 반드시 극복돼야지요.

백낙청 '창비'를 의식하고 글을 쓰는 문인들이 '창비'를 헐뜯는 사람 못지않게 나쁘다는 말씀을 신(辛)선생님께서 하셨는데 적어도 편집자로서 대처하기에는 전자의 경우가 더 어려운 면이 있어요. 실생활에서도 나를 욕하는 사람보다 내게 솔깃한 이야기를 하는 사람에게 더 약하게 마련이지 않아요? 실상 '창비'가 불온하다느니 하는 이야기를 들어온 것은 어제오늘의 일이 아니지요. 요즘 일부에서처럼 드러내놓고 그러지 않았다뿐이지 창간하고 얼마 안 돼서부터 '참여파'니 '사회과학파'니 하면서 이상한 눈초리를 많이 보내왔지요. 그래서 저 개인으로서는 거의 면역이 되다시피 했고 또 겪으면서 보니까 이런 일도 어떤 기복 같은 게 있더군요. 한참 욕하던 사람이 결국 그만두기도 하고 사회 전체의 분위기가 그런 게 잘 안 먹혀들게 되기도 하고, 그래서 말하자면 밀물이 들었다가 썰물이 나갔다가 하는 정도로 느껴지기도 해요. 물론 그 통에 밀어닥치는 파도에 못 이겨 쓰러진다면 불행한 일이고 그래서야 안 되겠지만, 마음으로는 또 한 풍파가 이느니 하고 있는 거지요.

신경림 민족문학에 관해서 한마디만 더하고 넘어가지요. 요즈음 보니까 민족문학이라고 하면 자기 민족의 잘난 점만 칭찬하고 미화하는 문학을 민족문학이라고 하는 것 같더군요. 그런데 그것은 커다란 문제예요. 잘못하면 국수주의적으로 떨어질 우려도 있고 또 문학 자체가 될 수도 없고요.

백낙청 네. 말이 났으니까 말이지만 국민총화라는 데도 그런 문제점이 제기될 수 있을 듯합니다. 덮어놓고 우리 국민이 총화가 되어 있고 단결이 되어 있다고 주장하는 게 곧 국민총화가 될 수는 없잖아요? 엊그제 신문인가를 보니까, 여의도광장에서 궐기대회를 하는 것으로 국민총화가 되는 게 아니다, 라는 말이 우리 정부의 최고위층에서도 나왔더군요. 전적으로 동감입니다. 국민총화를 이루려면 우선 국민들 사이에 있는 문제점들을 정확히 인식하고 부각시켜서 슬기롭게 해결해나가야 되지 않겠습니까? 그런데 이런 문제점들을 지적하는 것이 오히려 국민총화가 안 되는 원인인 것처럼 보는 것은 본말이 뒤바뀐 거지요. 물론 어떤 정략적인 의도에서 사실을 왜곡 선전하는 것은 배격해야겠지만 이런 선전은 적어도 우리 문학 하는 사람들로서는 진짜 문학을 하는 이상 애초부터 배격하지 않을 수 없는 겁니다. 민족문학이 자기 민족이 안은 내부적인 모순이나 부조리를 정확하게 인식하는 데서 문학 자체로서도 살고 민족을 위하는 길도 된다는 것과 마찬가지 논리지요.

'70년대 작가'론의 반성

이호철 동감입니다. 요즘 '민족문학'의 이름으로 작품들이 대량으로 쏟아져 나오기도 하는데, 민족문학이란 것을 제대로 인식하고 쓴 작품들이 나와주기를 기대하는 마음 간절합니다. 이야기를 좀 바꿔서 요즘 작가들, 특히 젊은 작가들의 어떤 경향에 대해서도 한마디 해보지요. 저 자신부터도 한 20년간 문학생활을 하면서 공(功)보다는 과(過) 쪽이 많은 사람이니까 이런 얘기를 할 자격이 못 되는지는 모르겠습니다만, '60년대' '70년대' 이런 식으로 이야기될 때 60년대가 김승옥(金承鈺)으로 대표되는 어떤 새로운 감각을 말하는 경우 그것은 납득이 되는 면이 있는 것 같습니다. 그런데 그후에 70년대에 들어와서 아까도 말했듯이 이문구, 황석영, 신상웅 등 젊은 작가들의 역작들이 나왔지요. 하지만 요즘 '70년대 작가'라고 하면 이런 역작들이 아니라 최근 한참 신문연재를 도맡다시피 하고 있는 일군의 신예작가들을 가리키는 경향이 있는데 이분들이, 최근 어느 비평가도 말했지만, '여자'라는 말을 빼고는 소설 제목이 안 되는 것 같은 풍조를 낳고 있어요. 그렇게 야하게 이야기될 정도로 되어 있단 말이지요. 제 생각에는 이런 면이 있는 것 같아요. 민중의식이나 민족의식 같은 게 튼튼한 체질로 되어 있지 못하고 의식으로만 벌려서 있는 그런 작가들이 조금 돈하고 수지맞는 그런 판이 되어버리면 금방 거기에 쏠리지 않는가 하는 겁니다. '창비'를 통해 부상된 작가들도 요즘 그런 면이 좀 보이더군요. 그런데 대체로 작가가 불운할 때는 생활상의 울분 같은 것이 겹쳐가지고 좀 의식이 있는 작품을 쓰다가 조금 수지맞을 단계가 되면 금방 달라지는 수가 있는 건 어디서나 흔히 볼 수 있지만 70년대에 와서 특히 문제인 것 같아요. 이름까지 박아서 말한다면 최인호(崔仁浩) 이후의 이런 붐이 내가 보기에는 매우 불건강한 현상이 아닌가 싶습니다. 70년대로 일컬어지는 일군의 작가들이 좀더 본래의 문학의식을 튼튼하게 돌이켜야 하지 않는가 합니다.

염무웅 그런데 그것이 문학에 있어서만이 아니고 사회가 전반적으로 그렇지 않습니까? 텔레비전이라는 게 나와가지고 그게 굉장히 많이 보급이 됐더군요. 시골을 다녀보면 구석구석까지 들어가 있는 게 눈에 띄어요. 그래서 저 어려서만 하더라도 고등학교 졸업할 때까지 유행가를 거의 몰랐는데 지금은 시골애들까지 전부 일상적으로 부르는 노래가 학교 노래가 아닌 유행가고, 또 주간지가 많이 나오고, 이런 소비문화, 저질의 대중문화가 판을 치고 있는데, 말하자면 그런 것에 문학이 영합하고 있는 셈이지요. 그런데 한가지 문제는 우리나라 현실이 그런 정도의 소비문화를 만들어낼 만하지 않은데도 불구하고 그런 소비문화가 나오고 있다는 것이지요. 그 자체가 굉장히 불건전한 것이고요. 또 한편으로 생각하면 요즘 장발 단속이니 뭐니 해서 그런 것에 대한 정부로서의 억제작용도 있거든요. 그래서 대중적인 소비문화가 상당히 묘한 위치에 있는 것 같아요.

백낙청 퇴폐적인 소비문화에 대한 정부의 단속은 너무나 지엽적이고 다분히 신경질적인 데가 없지 않다는 느낌이 듭니다. 장발 단속 같은 것은 권위주의가 소비문화를 억누르는 대표적인 예처럼 보이지만 작금의 대세는 역시 소비주의·상업주의 쪽으로 가고 있는 게 아닌가 합니다. 우리 사회나 문단에서 권위주의가 문제가 되고 있지만 사실 본래적인 권위주의가 못 되는 게 아닐까요? 소비문화 내지는 상업주의에 편승한 권위주의라고 봅니다. 동시에 아까 염형이 지적하셨듯이 우리 사회에는 이 정도의 난숙한 소비문화가 생길 만한 객관적인 이유가 없기 때문에 상업주의나 소비문화가 권위주의를 조장해서, 권위주의를 하나의 편법으로 써서 스스로의 터를 잡으려고 하는 그런 현상이 아닌가 생각됩니다. 이선생께서 말씀하신 요즘 '70년대 작가 붐' 같은 것도 이런 문맥에서 볼 수 있지 않을까 합니다. 최근에 젊은 작가들이 도하 각 신문의 연재소설들을 거의 휩쓸다시피 하고 있는데 이것은 웬만한 중견작가도 신문연재에 발붙이지 못하던 때에 비하면 일종의 진보라고도 할 수 있는 면이 있어요. 아마 이선생께서 『서울은 만원(滿員)이다』를 처음 연재하실 때만 해도 그것이 파격적인 처사로 보였었지요. 하지만 오늘날 신진작가들의 대거 기용은 새로운 문학가치가 낡은 권위주의를 진정으로 극복한 것이라기보다 현재 우리나라의 권위주의라는 것이 역시 상업주의보다는 약하다는 단적인 증거가 아닌가 생각됩니다. 물론 70년대 작가로 불리는 사람들이 다 똑같은 건 아니지요. 또 바로 그렇기 때문에 '70년대 작가'라는 레벨이 비평용어로서는 무의미하다는 겁니다. 그것은 별 내용이 없는 비평이나 조장하고 상업적인 저널리즘에게 장사할 거리나 마련해주는 것 같아요. '60년대' 운운할 때도 다분히 그랬고요. 이런 문제에 대해 저희 '창비'도 전혀 책임이 없지는 않습니다만, 아무런 내용 없는 세대론(世代論)에서는 비교적 초연해왔다고 자부합니다. 그러다보니 또 한번 자화자찬을 하고 말았군요. 이제 시간도 많이 지나고 했으니 '창비'의 앞날을 위해서 좀더 따끔한 충고와 구체적인 제언을 해주셨으면 합니다.

앞으로의 '창비'를 이렇게……

이호철 칭찬은 그만하라고 하시는데 이런 말을 해서 이젠 미안하기까지 하지만(웃음) 솔직한 이야기가 저는 '창비'를 받아볼 때 시나 소설보다도 좁은 의미의 문학이 아닌 다른 학술적인 것, 이론적인 작업에 더 먼저 눈이 쏠리곤 해요. 국학(國學) 관계의 글이라든가 심우성(沈雨晟) 씨의 민속 관계 작업이라든가, 이영희(李泳禧) 씨의 어떤 글들, 간혹 실리는 알찬 경제평론, 이런 것이야말로 '창비'만이 해낼 수 있었던 일이 아닌가 해요. 앞으로도 이 면에는 더욱 힘을 기울여 주셨으면 하고……

백낙청 '창작과비평'이라는 제목의 '비평'에 해당하는 이론적인 작업은 앞으로도 계속할 생각입니다.

염무웅 일반독자들 가운데도 이선생님과 비슷한 반응을 보이는 이가 많은 것 같아요. 출판부에서 낸 '창비신서(創批新書)' 중에서도 물론 소설집이 잘 팔리는 것도 있지만 비소설에 해당하는 『전환시대의 논리』나 『민족지성의 탐구』 『문학과 예술의 사회사』, 이런 것들이 한결같이 잘 나가는 것으로 알고 있어요.

이호철 그런 면에서 저는 작가들에게도 너무 소비주의적인 도시생활에 집착되는 경향을 극복하는 한 방향으로서 최근 박태순(朴泰洵), 황석영 등의 작가들이 써낸 르포르타주 같은 것을 쓸 기회가 많아졌으면 합니다. 작가들이 여간 마음먹지 않고는 지방이나 또 민중으로 얘기되는 생활과 접해볼 기회가 실상 별로 없는 것이 오늘의 현실 아니겠습니까? 저만 해도 그렇습니다만, 근본적으로 어떤 폭넓은 생활이 없다는 게 치명적인 것 같아요. 그런 것을 극복하는 길의 하나로 작가들이 자의(自意)건 반타의(半他意)건 간에 좀 생활의 현장에 가볼 수 있는 기회가 많아졌으면 도움이 되겠고, 그래서 '창비'에서도 르포르타주 쪽으로 좀더 힘을 기울이고 특히 신진작가들에게 그런 기회를 주셨으면 좋겠군요.

백낙청 좋은 말씀입니다. 물론 현장에 나가보는 것과 현장에 사는 것은 또다른 문제겠습니다만 여하간 그런 기회를 만들어보는 것이 작가에게도 도움이 되고 독자들에게도 흥미있게 읽히겠지요.

염무웅 사실 독자들의 흥미라는 면을 '창비'가 너무 소홀히 해오지 않았나 하는 생각이 듭니다. 이런 말을 하는 저 자신은 소위 반관반민(半官半民)이라는 말이 생각나는 애매한 위치에 있는 꼴입니다만.(웃음) 아까 이야기한 소비문화와는 다른 의미에서 좀더 대중적일 필요가 있을 것 같습니다. '창비'가 '고급 잡지'다 하는 말을 많이 듣고 실제로 고등학생 정도가 읽기에는 곤란한 점이 많지 않아요? 너무 어려운 것 같아요. 그런 점에서 좀더 많은 독자들이 읽을 수 있는 잡지가 됐으면 해요. 그런데 그 하나의 시도로서 한글전용을 하고 한자를 괄호 속에 넣는 것도 해보는데, 어쩐지 그게 대단히 미흡하다는 느낌이 들어요. 오히려 글 자체가 쉬워져야 할 것 같아요. 아무튼 연구의 과제인 것 같습니다.

백낙청 글 자체가 쉬워지는 것이 물론 중요하지요. 그러나 그거야말로 어려운 일 아닙니까? 내용이 있는 글을 쉽게 쓴다는 것은 필자 스스로가 어떤 중요한 문제를 완전히 장악해서 선명하게 투시해야 가능한 거니까요. 한자의 문제는, 잡지에서는 되도록 한자를 줄이되 필자의 취향을 존중하는 쪽으로 하고, 단행본은 지금 출판계의 추세가 거의 한글전용에 한자를 괄호 속에 넣는 쪽으로 가고 있지 않아요? 우리는 뭐 교조적인 한글전용주의자는 아니지만 가로쓰기, 한자 줄이기 등에 비교적 선도적인 역할을 해온 잡진데 이제 와서 출판계의 대세가 된 한글전용을 구태여 마다할 건 없을 듯합니다. 그밖에 편집체재 같은 것에서 좀더 독자에게 친절해질 소지가 많았지요. 예를 들어서, 잡지에 공연히 사진이니 삽화니 많이 넣어서 어수선하게 만들 필요는 없지만 내용에 비춰서 꼭 사진을 써야 하는 데에도 안 쓴 일이 많아요. 그건 물론 비용 문제가 있는데, 사실은 비용보다도 일을 간편하게 하기 위해서 그런 면이 많았지요.

신경림 마산수출공단 르포 같은 건 사진이 들어갔었어야지요.

염무웅 그밖에 '창비'가 이렇게 됐으면 하는 소망을 말한다면 언젠가 '창비'가 월간이 됐으면 싶어요. 그래야만 폭도 더 넓어지고 기왕에 잡지로서 가져야 할 영향력 같은 것도 더 발휘할 수 있을 것 같아요. 그리고 이제까지 출판부 이야기는 별로 많이 못 했는데, 계간지로서 월간지를 못 따라가는 면을 출판부를 통해 보완하도록 잘 이용했으면 합니다.

신동문 염형이 장차는 월간지가 됐으면 좋겠다고 했는데 그건 나중에 사세(社勢)가 그렇게 되면 해볼 수도 있겠지만 또 '창비'가 계간이니까 그 성격과 수준을 유지하는 면도 있지 않아요? 그래서 우선은 독자들을 위한 서비스로 1년에 한번이면 한번 별책부록을 내보면 어떨까 하는 생각도 들어요. 소설이면 소설을 쫙 모아서 말이에요. 그런데 '창비'가 너무 고답적이었다고 자가비판들을 하셨는데 '창비'가 좀더 대중적이 되고자 꾸준히 노력해온 면도 인정은 해야지요. 내용이 점차 토착화해왔다는 이야기도 아까 나왔었고, 또 비근한 예로 재작년인가 종이 파동이 났을 때가 있었지요. 그때 우리가 책값을 올리거나 좀더 싼 종이를 쓰거나 양자택일을 하지 않을 수 없었는데 우리는 지대(誌代)를 그대로 유지하는 대신 중질지(中質紙) 쓰던 것을 갱지(更紙)로 바꾸기로 결정했지요. 그게 아마 32호 때 일이었지요. 그래서 좀 고급한 잡지다 하는 맛은 없어졌지만 독자들에게 좀더 많은 내용을 종전 값으로 제공할 수 있었고, 지금 생각해도 그건 잘한 일 같습니다.

백낙청 신(辛)선생님이야말로 너무 자화자찬만 하지 마시고…… (웃음) 앞으로 '창비'가 나가야 할 방향에 대해 한 말씀 해주십시오.

신동문 나는 원래 발행인으로서의 소임을 제대로 못 해서 무슨 충고를 할 면목이 없는 게 솔직한 심경입니다. 다만 아까 우리가 얘기했던 '폐쇄적'이라는 면, 이건 특히 내가 염형하고 '창비'를 할 때에 그런 말이 나올 일면이 있었다고 봐요. 그래서 이건 구체적으로 실행하기는 여간 어려운 일이 아닌 건 알지만, '창비'의 성격은 성격대로 유지하되 무언가 더 포용력 있는 편집을 해주었으면 해요. '범문단적'이란 말이 참 애매하고 곤란하게 쓰일 수도 있지만, 욕심 같아서는 '창비적'이면서도 정말 좋은 의미로 '범문단적'인 잡지가 되었으면 합니다.

이호철 비슷한 얘긴데, '창비'의 편집은 계속 엄격하게 해나가야겠지만 편집하시는 분들이 너무 일상관계나 대(對)문단관계에서도 엄격주의에 매달리지 말고, 말하자면 좀 털털하게 많은 문인들과 좀 푸근하게 몸을 적시는 그런 면이 있어야 할 것 같아요. 개인 성격에 관한 이야기가 돼서 안됐지만 백선생이나 염선생이나 지나치게 그 엄격한 편집에 열중해서 다방 같은 데 마주 앉아서도 그 '편집엄격얼굴' 그대로 보이곤 해요.(웃음) 가끔 여러 사람들에게 술도 좀 사고……

신동문 술값도 안 주면서 술을 사라면 어떡해.(웃음)

백낙청 그러면 술값은 이선생님이 대시고 수양(修養)은 저희가 더 하기로 하지요.(웃음) 신(申)선생께서도 한마디 충고의 말씀 주십시오.

신경림 글쎄요. 아까도 나왔던 이야기지만 역시 공연히 민중을 들먹이기만 하는 설익은 작품들을 제대로 식별해야 될 것 같아요. 이런 사람들이야말로 남의 말 좋아하는 사람들에게 공연히 목소리만 높다느니 목에 힘을 준다느니 하는 비난의 구실거리를 만들어주는 것 아니겠어요? 그래야 진정한 민족문학, 민중문학의 터전으로서 '창비'가 제 소임을 다할 수 있을 테니까요.

백낙청 오랜 시간 여러가지로 감사합니다. 앞으로 어떤 어려움이 닥치더라도 '창비'를 아껴주시는 여러분들의 기대를 저버리지 않도록 최선을 다할 것을 다짐하면서 오늘은 이만 끝맺기로 하지요.

『창작과비평』 1976년 봄호

| 수록글 발표지면(발표순) |

시

「하늘」, 승리일보사의 입원 장병 문예현상공모 시 부문 1등 당선작(발표지면은 모름), 1952년경

「봄 강물」(신춘문예 가작), 『한국일보』 1955. 1. 9

「풍선기(風船期) 6～22호」(신춘문예 당선작), 『조선일보』 1956. 1. 3 → 시집 『풍선과 제3포복』(충북문화사 1956)에 1～17호로 번호가 바뀌어 수록됨.

「페이브먼트에 비」, 『시와비평』 제2집, 민족문화사 1956. 8. 5

「창(窓)」, 『시와비평』 제2집, 민족문화사 1956. 8. 5.

「풍선기(風船期) 1～20호」, 『풍선과 제3포복』, 충북문화사 1956. 12. 10

「제3포복(第三匍匐)」, 『풍선과 제3포복』, 충북문화사 1956. 12. 10

「풍선기(風船期) 32호」, 『조선일보』 1957. 2. 2

「속담」, 『시와비평』 제3집, 민족문화사 1957. 5. 1

「수정 화병(水晶花瓶)에 꽂힌 현대시」, 『현대문학』 1957년 7월호, 현대문학사 1957. 7. 1; 『한국전후문제시집』(세계전후문학전집 8), 신구문화사 1961. 10. 30

「조건사(條件史) 5호: 의족(義足)」, 『사상계』 1957년 12월호, 사상계사 1957. 12. 1

「조건사초(條件史抄) 3호: 철학가 일등」, 『현대문학』 1958년 6월호, 현대문학사 1958. 6. 1

「의자철학(椅子哲學)」, 『자유문학』 1958년 7월호, 한국자유자문학협회 1958. 7. 15

「조건사초(條件史抄): 부호(符號)?」, 『현대문학』 1958년 10월호, 현대문학사 1958. 10. 1

「조건사(條件史) 8호: 교류(交流)」, 『자유문학』 1958년 11월호, 한국자유문학자협회 1958. 11. 15

「어느 자살해버렸을 시인의 잡상(雜想)을 오토메이션하니까: 1호 부엉이」, 『지성』 3호, 을유문화사 1958. 12. 1

「4월의 실종」, 『신풍토(新風土)』 2호, 백자사 1959. 1. 1

「5월병(病)」, 『신풍토(新風土)』 2호, 백자사 1959. 1. 1; 『한국전후문제시집』(세계전후문학전집 8), 신구문화사 1961. 10. 30

「6월」, 『신풍토(新風土)』 2호, 백자사 1959. 1. 1; 『한국전후문제시집』(세계전후문학전집 8), 신구문화사 1961. 10. 30

「실도(失禱): 풍선기(風船期) 실호(失號)」, 『신풍토(新風土)』 2호, 백자사 1959. 1. 1

「무제(無題): 조건사초(條件史抄)」, 『현대문학』 1959년 2월호, 현대문학사 1959. 2. 1

「조건사(條件史) 7호: 양식(樣式)」, 『신태양』 1959년 4월호, 신태양사 1959. 4. 1

「카멜레온 단장(斷章)」, 『시작업』 1집, 우생출판사 1959. 10. 25

「우산: 조건사(條件史) 11호」, 『자유문학』 1960년 2월호, 한국자유문학자협회 1960. 2. 15; 『한국전후문제시집』(세계전후문학전집 8), 신구문화사 1961. 10. 30

「학생들의 죽음이 시인에게: 아 4월 19일이여」, 4월혁명 희생학도 추도시집 『뿌린 피는 영원히』, 한국시인협회 편, 춘조사 1960. 5. 19; 『새벽』 1960년 6월호, 새벽사 1960. 6. 1

「아! 신화(神話)같이 다비데군(群)들: 4·19의 한낫에」, 『사상계』 1960년 6월호, 사상계사 1960. 6. 1; 『한국전후문제시집』(세계전후문학전집 8), 신구문화사 1961. 10. 30

「육성(肉聲)」, 『세계』 1960년 7월호, 국제문화연구소 1960. 7. 1

「춘곤(春困)」, 『사상계』 1961년 5월호, 사상계사 1961. 5. 1; 『한국전후문제시집』(세계전후문학전집 8), 신구문화사 1961. 10. 30

「샹송 1961년」, 『사상계』 1961년 11월호(100호기념특별증간호), 사상계사 1961. 11. 1; 『52인 시집』(현대한국문학전집 18), 신구문화사 1967. 1. 30

「눈을 기다립니다: X마스에 부쳐」, 『경향신문』 1961. 12. 25

「'아니다'의 주정(酒酊)」, 『자유문학』 1962년 6월호, 한국자유문학자협회 1962. 6. 15; 『52인 시집』(현대한국문학전집 18), 신구문화사 1967. 1. 30

「연령(年齡)」, 『사상계』 1962년 7월호, 사상계사 1962. 7. 1

「이해의 잡념」, 『신사조』 1962년 8월호, 신사조사 1962. 8. 1

「절망을 커피처럼」, 『사상계』 1962년 11월호, 사상계사 1962. 11. 1

「산문(散文) 또는 생산(生産)」, 『자유문학』 1963년 2월호, 한국자유문학자협회 1963. 2. 15

「아아 내 조국」, 『사상계』 1963년 4월호, 사상계사 1963. 4. 1; 『52인 시집』(현대한국문학전집 18), 신구문화사 1967. 1. 30

「내 노동으로」, 『현실』 1호, 현실동인회 편, 육민사 1963. 4. 30; 『52인 시집』(현대한국문학전집 18), 신구문화사 1967. 1. 30; 『현대문학』 1967년 12월호, 현대문학사 1967. 12. 1

「전쟁은 십년 전 옛애기처럼」, 『현실』 1호, 현실동인회 편, 육민사 1963. 4. 30

「반도(半島)호텔 포치」, 『세대』 1963년 7월호, 세대사 1963. 7. 1

「부재설(不在說)」, 『현실』 2호, 현실동인회 편, 육민사 1963. 9. 15

「비닐우산」, 『사상계』 1964년 10월호, 사상계사 1964. 10. 1; 『52인 시집』(현대

한국문학전집 18), 신구문화사 1967. 1. 30

「가을이 지나는 소리」, 『조선일보』 1964. 10. 29

「바둑과 홍경래(洪景來)」, 『신동아』 1965년 5월호, 동아일보사 1965. 5. 1; 『52인 시집』(현대한국문학전집 18), 신구문화사 1967. 1. 30

「모작 오감도(模作烏瞰圖)」, 『세대』 1965년 11월호, 세대사 1965. 11. 1

「5월달 내 마음」, 『동아일보』 1966. 4. 30

「노석창포시(老石菖蒲詩)」, 『가을』 1973(임우기 소장본)

산문

「조선일보 신춘문예 당선소감」, 『조선일보』 1956. 1. 17

「투병과 더불어」, 『조선일보』 1957. 11. 16

「녹음 속의 잔영들」, 『조선일보』 1959. 5. 22

「그건 제탓이 아니오」, 『조선일보』 1960. 4. 25

「'인간만송기'족보다 미운 박쥐족」, 『조선일보』 1960. 4. 30

「썩어진 지성에 방화하라」, 『새벽』 1960년 5월호, 새벽사 1960. 4. 15

「나의 정신공화국」, 『조선일보』 1960. 7. 18

「'3월 3년'격(格)으로: 나의 시인 수업기」, 『자유문학』 1960년 11월호, 한국자유문학자협회 1960. 11. 15

「감각을 세계적으로: 젊은 세대의 한 사람으로」, 『경향신문』 1961. 1. 1

「'풍선기'를 쓰던 무렵」, 『한국전후문제시집』(세계전후문학전집 8), 신구문화사 1961. 10. 30

「오수(午睡)」, 『사상계』 1962년 8월호, 사상계사 1962. 8. 1

「병동에서 싹튼 사랑: 병든 청춘의 계단 1」, 『여상(女像)』 1962년 12월호, 신태양사 1962. 12. 1

「발판 잃은 인간들: 모든 건 멸하는 아름다움인가」, 『전후문학의 새 물결』,

이어령 엮음, 신구문화사 1962. 12. 15
「그늘진 자아침식: 병든 청춘의 계단 2」, 『여상(女像)』 1963년 1월호, 신태양사 1963. 1. 1
「청년과 사회참여의 한계: 모두가 다 우리의 것이다」, 『동아춘추(東亞春秋)』 1963년 2월호, 희망사 1963. 2. 1
「부조리 입문생: 병든 청춘의 계단 3」, 『여상(女像)』 1963년 2월호, 신태양사 1963. 2. 1
「라일락의 서정: 병든 청춘의 계단 4」, 『여상(女像)』 1963년 3월호, 신태양사 1963. 3. 1
「다시 부끄러운 짓 말자: 그 민심은 어디로 갔는가」, 『경향신문』 1963. 3. 13
「목내이(木乃伊)여 안녕: 신세대의 자유발언」, 『자유문학』 1963년 4월호, 자유문학협회 1963. 3. 25
「감상(感傷)의 독소: 병든 청춘의 계단 5」, 『여상(女像)』 1963년 4월호, 신태양사 1963. 4. 1
「군대적인 너무나 군대적인: 혁명은 국민의 내부에서 있어야 한다는데?」, 『사상계』 1963년 5월호, 사상계사 1963. 5. 1
「순정의 북행열차: 병든 청춘의 계단 6」, 『여상(女像)』 1963년 5월호, 신태양사 1963. 5. 1
「사랑과 모험의 도강(渡江): 병든 청춘의 계단 7」, 『여상(女像)』 1963년 6월호, 신태양사 1963. 6. 1
「고독에 취한 나그네: 병든 청춘의 계단 8」, 『여상(女像)』 1963년 7월호, 신태양사 1963. 7. 1
「죽어간 사람아 6월아」, 『세대』 1963년 6월호, 세대사 1963. 6. 1
「'반도호텔 포치' 시작 노트: 거친 언어」, 『세대』 1963년 7월호, 세대사 1963. 7. 1

「문학적 세대론」, 『20세기의 문예』, 백철 엮음, 박우사 1963. 7. 20

「울 속의 자화상: 병든 청춘의 계단 9」, 『여상(女像)』 1963년 8월호, 신태양사 1963. 8. 1

「나는 생각한다 고로 존재한다」, 『세대』 1963년 9월호, 세대사 1963. 9. 1

「풍선의 계절: 병든 청춘의 계단 10」, 『여상(女像)』 1963년 9월호, 신태양사 1963. 9. 1

「오늘에 서서 내일을: 참가문학을 대신한 잡문」, 『세대』 1963년 10월호, 세대사 1963. 10. 1

「무의미한 반추: 병든 청춘의 계단 11(최종회)」, 『여상(女像)』 1963년 11월호, 신태양사 1963. 11. 1

「내 결혼의 고비: 나의 결혼 과정」, 『여상(女像)』 1964년 2월호, 신태양사 1964. 2. 1

「기적(棋敵)」, 『기원』 1964. 2. 1; 『바둑을 사랑하는 사람들』, 이승우 엮음, 탐구원 1994. 8. 1

「변명고(辨明考)」, 『세대』 1964년 3월호, 세대사 1964. 3. 1

「얼굴」, 『신사조』 1964년 3월호, 신사조사 1964. 3. 1

「쓰러진 곳 동복 땅: 김삿갓 따라 강산 천리 1」, 『경향신문』 1964. 3. 3

「풍자 잃은 화순탄광 길: 김삿갓 따라 강산 천리 2」, 『경향신문』 1964. 3. 5

「고읍 나주의 봄: 김삿갓 따라 강산 천리 3」, 『경향신문』 1964. 3. 7

「목포는 항구다: 김삿갓 따라 강산 천리 4」, 『경향신문』 1964. 3. 9

「담양 '안삿갓' 이야기: 김삿갓 따라 강산 천리 5, 『경향신문』 1964. 3. 12

「가난은 예나 지금이나: 김삿갓 따라 강산 천리 6」, 『경향신문』 1964. 3. 14

「나그네 통일론: 김삿갓 따라 강산 천리 7」, 『경향신문』 1964. 3. 16

「다도해의 일몰: 김삿갓 따라 강산 천리 8」, 『경향신문』 1964. 3. 17

「진주의 풍모: 김삿갓 따라 강산 천리 9」, 『경향신문』 1964. 3. 19

「여인무정(女人無情): 김삿갓 따라 강산 천리 10」, 『경향신문』 1964. 3. 21
「김주열 부두: 김삿갓 따라 강산 천리 11」, 『경향신문』 1964. 3. 23
「가포리의 애수: 김삿갓 따라 강산 천리 12」, 『경향신문』 1964. 3. 24
「금단의 별장: 김삿갓 따라 강산 천리 13」, 『경향신문』 1964. 3. 28
「낙동강 여정(旅情): 김삿갓 따라 강산 천리 14」, 『경향신문』 1964. 3. 30
「신부(神父) 데모: 김삿갓 따라 강산 천리 15」, 『경향신문』 1964. 3. 31
「시인아 입법하라 아니면 폭동하라」, 『동아춘추(東亞春秋)』 1964년 4월호, 희망사 1964. 4. 1
「길 막힌 태극도: 김삿갓 따라 강산 천리 16」, 『경향신문』 1964. 4. 11
「밀양 선거: 김삿갓 따라 강산 천리 17」, 『경향신문』 1964. 4. 13
「대구 능금 이야기: 김삿갓 따라 강산 천리 18」, 『경향신문』 1964. 4. 14
「가야산정(伽倻山情): 김삿갓 따라 강산 천리 19」, 『경향신문』 1964. 4. 18
「경부선 차창: 김삿갓 따라 강산 천리 20」, 『경향신문』 1964. 4. 20
「행동한다 그러므로 존재한다」, 『세대』 1964년 5월호, 세대사 1964. 5. 1
「열한번째의 밋밋한 정신: 유치환 시집 『미루나무와 남풍』」, 『조선일보』 1964. 12. 15
「거짓말 일기초(日記抄)」, 『여원』 1965년 4월호, 여원사 1965. 4. 1
「'모작 오감도' 시작 노트: 시인이 못 된다는 이야기」, 『세대』 1965년 11월호, 세대사 1965. 11. 1
「나의 방청기」, 『조선일보』 1966. 3. 17
「실시(失詩)의 변(辨)」, 『52인 시집』(현대한국문학전집 18), 신구문화사 1967. 1. 30
「문예작품 비판은 양식에: 경종은 좋으나 지나치지 말아야」, 『조선일보』 1967. 5. 30
「아깝게 간 늘 젊은 시인: 김수영(金洙暎) 형의 돌연한 비보를 듣고」, 『동아

일보』 1968. 6. 18

「임해엽서(臨海葉書): 바닷물에 헹구어 먹는 굴맛」, 『동아일보』 1968. 8. 3

「아아! 국수(國手)와의 일국(一局)」, 『기계(棋界)』 1969년 5월호, 한국기원 1969. 5. 1

「바둑이 목적은 아니다: 나의 취미변(趣味辯)」, 『여원』 1969년 8월호, 여원사 1969. 8. 1

「취미의 철학, 바둑」 『조선일보』 1972. 3. 4

「농사와 바둑」, 『바둑』 1978년 2월호, 한국기원 1978. 2. 1; 『바둑을 사랑하는 사람들』, 이승우 엮음, 탐구원 1994. 8. 1

기타

「앙케트: 1961년 신춘의 전망」, 『자유문학』 1961년 1월호, 한국자유문학자협회 1961. 1. 15

「앙케트: 1962년 신춘의 전망」, 『자유문학』 1962년 3월호, 한국자유문학자협회 1962. 3. 15

「앙케트: 일본 이케다 수상의 망언에 대하여」, 『자유문학』 1963년 4월호, 한국자유문학자협회 1963. 4. 15

「대담: 이효상 국회의장과 시」, 『조선일보』 1966. 8. 7

「좌담: 피서지에서 생긴 일」, 『세대』 1967년 8월호, 세대사 1967. 8. 1

「대담: 마늘」, 『세대』 1972년 11월호, 세대사 1972. 11. 1

「좌담: '창비' 10년: 회고와 반성」, 『창작과비평』 1976년 봄호, 창작과비평사 1976. 3. 1

| 신동문 연보 |

1927년 7월 20일 영산 신씨(靈山辛氏) 집성촌인 충청북도 청원군(淸原郡) 문의면(文義面) 산덕리(山德里)(지금의 청주시 상당구 문의면 산덕리, 금강 상류 대청호 변)에서 아버지 신재한(辛在漢)과 어머니 김대련(金大湅) 사이에서 2남 3녀 중 차남으로 태어남. 본명은 건호(建浩).

1929년(2세) 아버지 별세.

1932년(5세) 어머니와 청주시 석교동 52번지로 이사함.

1935년(8세) 청주 영정공립보통학교(현 주성초등학교) 입학. 1941년(14세) 졸업.

1942년(15세) 영정공립학교(고등과) 입학. 이듬해인 1943년 2학년 때 1년간 진해 제51해군항공창(海軍航空倉) 입창.

1946년(19세) 영정공립학교 졸업. 서울대학교 문리과대학에 합격했으나 등록금이 없어 입학하지 못함. 신흥대학(현 경희대학교)에 수영 특기생으로 입학함.

1947년(20세) 런던올림픽(1948)에 출전할 국가대표 수영 후보 선수로 선발됨. 고된 훈련 도중 결핵성 늑막염 발병으로 올림픽 출전을 포기함.

1951년(24세) 6·25전쟁 중 국민방위군을 거쳐 공군에 자원입대함. 제주도 비행장에서 기상관측병으로 복무하며 장편 연작시 「풍선기(風船期)」를 쓰기 시작함.

1952년(25세) 경남 사천비행장으로 전출됨. 폐결핵이 발병하여 마산 공군병원 요양소로 후송되어 12개월간 치료를 받은 뒤 공군병원 본원으로 이송되어 10개월간 치료를 받음. 이 무렵 국방부 산하 승리일보사에서 입원 장병을 대상으로 실시한 문예현상공모의 시부문에 「하늘」이 1등으로 당선되고, 소설부문에 「집」이 3등으로 입선됨(심사위원: 김동리·염상섭·오상순·이서구·이한직·조지훈).

1954년(27세) 만기 제대. 지병이 완쾌되지 않아 청주도립병원(현 청주의료원)에 다시 입원했고, 병상에서 시작에 전념함.

1955년(28세) 한국일보 신춘문예에 시 「봄 강물」이 가작으로, 동아일보 신춘문예에 연작시 「풍선기」 중 한편이 가작으로 입선됨. 충북문화사가 제정한 제1회 충북문학상 수상.

1956년(29세) 조선일보 신춘문예에 연작시 「풍선기」(6~22호)가 당선되어 등단함. 첫 시집이자 생전의 유일한 시집인 『풍선(風船)과 제3포복(第三葡匐)』(충북문화사) 출간. 1960년 초까지 고향에서 시작활동을 하며 청주의 고교생 문예반 연합동아리 '푸른문(門) 문학동호회' 고문을 맡아 열정적으로 지도하여 1961년 조선일보 신춘문예에 김문수(소설), 조장희(아동문학)가 동반 당선되는 등 여러 문하생들을 문단에 배출함.

1957년(30세) 충북문화인총연합회(현 충북예총) 창립의 산파역을 맡아 충북문인협회 설립을 주도했으나 초대회장직을 고사함. 충북신보(현 충청일보) 논설위원 및 신춘문예 심사위원.

1959년(32세) 제1회 충청북도 문화상(현 충북도민대상) 예술부문상 수상.

1960년(33세) 4·19혁명 직후 「아! 신화같이 다비데군(群)들」(『사상계』 1960.6)을 발표하고, 서울에서 본격적으로 작품활동을 시작함. 월간 종합지 『새벽』 편집장을 맡아 신인작가 최인훈의 중편소설 「광장」을 발굴, 11월호에 전재(全載)함.

1962년(35세) 충북 단양군 적성면 애곡리 수양개마을 임야를 매입, 개간함.

1963년(36세) 1월부터 경향신문 특집부장 겸 기획위원으로 활동함. 12월 남기정(南基貞, 1940년생)과 결혼. 자서전 「청춘의 병든 계단: 청년 시인의 사랑과 투병과 시심(詩心)의 편력기」(『여상女像』 1962.12~1963.11) 연재. 월간 『세대』(1963. 10)의 지상 세미나 '순수문학이냐 참가문학이냐'에 「오늘에 서서 내일을: 참가문학을 대신한 잡문」을 발표하여 서정주와 순수·참여 논쟁을 벌임.

1964년(37세) 장녀 수정(秀貞) 출생. 기행산문 「김삿갓 따라 강산 천리」(『경향신문』1964.3.3~1964.4.20) 연재. 5월 12일 '정일권 내각에 바라는 200자 민성(民聲)'이라는 경향신문 기획기사 중 추영현 기자가 자유노동자 이형춘을 인터뷰한 기사에 '가뭄이 너무 심해 북한이 준다는 식량지원이라도 받고 싶은 심정'이라는 내용이 들어 있었는데, 당국에서 이 기사가 쌀 200만석을 남한에 제공하겠다는 북한의 제안에 동조하는 내용이라며 문제를 삼아 편집국장(민재정)과 담당기자(추영현), 그리고 당시 특집부장이었던 신동문 등이 5월 13일 반공법 4조 위반 혐의로 구속되었으나 추영현을 제외하고는 며칠 뒤에 석방됨. 이 사건으로 고초를 겪은 뒤 경향신문사를 퇴사함.

1965년(38세) 도서출판 신구문화사 주간을 맡아 『세계전후문학전집』 『한국현대문학전집』 『한국의 인간상』 『세계의 인간상』 등을 펴냄. 월간 『세대』 상임편집위원으로도 활동하며 이병주의 등단작인 「소설 알렉산드리아」를 발굴, 7월호에 게재함.

1966년(39세) 장남 남수(南秀) 출생.

1968년(41세) 어머니 별세. 차녀 수진(秀眞) 출생.

1969년(42세) 계간 『창작과비평』 발행인(1969년 가을·겨울 합병호~1975년 가을호)

및 편집인(1969년 가을·겨울 합병호~1972년 가을호).

1970년(43세) 수양개마을 주민들 도움으로 농장에서 누에치기를 시작함.

1973년(46세) 『만해 한용운 전집』(신구문화사) 편집위원으로 참여함.

1974년(47세) 도서출판 창작과비평사 초대 발행인.

1975년(48세) 『창작과비평』(여름호)에 리영희의 「베트남전쟁 3」을 게재했다는 이유로 중앙정보부에 연행되어 조사를 받고 사흘 만에 석방되고, 창비에서 6월에 발간한 『신동엽전집』으로 인해 다시 연행되는 등 심한 고초를 겪고 나서 『창작과비평』 발행인에서 물러남. 이후 낙향하여 단양군 적성면 애곡리에서 수양개 농장을 경영함.

1976년(49세) 남한강변 포도농장에서 스스로 터득한 침술로 이웃 농민들에게 침을 놓아줌. 무료시술을 받은 농민들에게 노래 한곡으로 고마움을 표하게 하자, 얼마 지나지 않아 농장이 '노래하는 침방'으로 불리고, 시인에게 신(辛)바이처'란 닉네임이 붙음.

1980년(53세) 국제펜클럽대회(프랑스 파리)에 참석한 문우를 통해 신품종 캠벨과 킹그레이프(거봉포도) 종자를 들여와 우리나라에서 처음으로 재배함. 이때 해태음료와 재배 계약을 맺어 마주앙의 원료 생산 농장이 됨.

1983년(56세) 충주댐 건설 착공으로 물에 잠기게 될 농장 인근 농민들이 마을을 떠나기 시작함.

1985년(58세) 충주댐이 완공되면서 인근 주민들이 이주하여 농장 경영이 어려워짐.

1992년(65세) 5월에 담도암 진단을 받고 노동과 침술을 중단함.

1993년(66세) 9월 29일 병원으로 급히 후송되던 중 담도암으로 별세함. 작고 한달 전쯤 각막과 장기를 기증하겠다는 서약을 함에 따라 그대로 실행됨. 서울 여의도 성모병원에서 문인장으로 영결식이 엄수됨. 시신은 벽제 화장장에서 화장되어 농장 근처 남한강(수양개 앞)에 뿌려짐.

1995년 6월 동양일보, 단양문화원과 충북 문인들이 뜻을 모아 단양읍 소금정공원에 「내 노동으로」 시비가 세워짐.

2003년 11월 청주문인협회 주최로 신동문 시인 10주기 '추모의 밤'이 개최됨.

2004년 9월 『신동문 전집』(솔출판사)이 2권(시·산문)으로 간행됨(시 『내 노동으로』, 산문 『행동한다 그러므로 존재한다』).

2005년 9월 청주문화원에서 청주시의 지원을 받아 가경동 발산공원에 「풍선기」 시비가 세워짐.

2011년 4월 경향신문 기자 출신 김판수의 『시인 신동문 평전』(북스코프)이 출간됨.

2011년 10월 사단법인 딩아돌하문예원 주최로 '신동문 시인과 청주문학' 학술세미나가 개최됨.

2012년 10월 청원문화원에서 청원군의 지원을 받아 문의문화재단지에 「아! 신화같이 다비데군들」 시비가 세워짐. 시비 제막식 날 딩아돌하문예원 주최로 신동문추모문학제가 개최됨.

2013년 9월 청주시 작고예술인기념사업(문학부문)에 선정되어 딩아돌하문예원 주최로 제1회 신동문문학제가 개최됨. 이후 해마다 가을(작고한 9월 29일 전후)에 신동문문학제가 열리고 있음. 신동문청소년문학상이 제정됨.

2016년 4월 청주방송(CJB)에서 제작한 다큐멘터리 「시처럼 뜨거웠던 이름 신동문」이 한국 민영방송의 날 최우수 프로그램상을 수상함. 이를 계기로 제4회 신동문문학제부터 청주방송이 공동 주최기관으로 참여함.

2018년 미망인 남기정 여사 별세. 9월 신동문문학제추진위원회 출범(고문 이어령·백낙청·유종호·염무웅·홍기삼·이승우, 공동위원장 박영수·이두영, 집행위원장 임승빈).

엮은이의 말

염무웅

1

시인 신동문(辛東門) 선생은 창비와 특별한 인연이 있었던 분이다. 창간 이후 문우출판사와 일조각의 이름을 빌려 발행되던 계간 『창작과비평』이 1969년 가을·겨울호를 계기로 독립체제를 갖출 때 발행 겸 편집인을 맡았고, 1974년 1월 도서출판 창작과비평사가 설립될 때에는 발행인으로 이름을 올렸다.

박정희 정권의 유신체제가 한창 포악을 떨 무렵이어서, 창비처럼 체제에 비판적 목소리를 내는 잡지의 대표를 맡는 것은 녹록지 않은 일이었다. 결국 그는 리영희(李泳禧, 1929~2010) 선생의 논문 「베트남전쟁 3」 발표와 『신동엽 전집』의 발행 등이 빌미가 되어 보안당국의 닦달을 받은 끝에 대표직을 물러났다. 1975년 가을이었다. 그러지 않아도 그는 이미 여러해 전부터 충북 단양에 내려가 농사를 지으면서 한달에 한두번 잠깐씩 상경하는 생활을 해오고 있던 터였다.

그가 1993년 9월 세상을 떠나자, 흩어진 신동문의 시와 산문들을 모아 책으로 묶는 것은 의당 창비가 맡아야 할 일로 여겨졌다. 실제로 그해 연말경 신문에는 창작과비평사가 '신동문 유고시집'을 준비 중이라는 기사가 나기도 했다.[1] 그러나 어쩐 일인지 예고됐던 유고시집은 나오지 않았고, 세월이 흐르면서 신동문의 이름은 문단에서뿐 아니라 창비 주변에서도 차츰 잊히기 시작했다.

그럴 무렵 평론가 임우기 형이 운영하는 출판사 '솔'에서 시인의 11주기를 며칠 앞두고 두권의 전집을 출간했다.[2] 이 전집은 '임우기 책임편집'이라고 되어 있지만, 실제로는 편집후기에도 나와 있듯이 신동문의 가까운 고향 후배인 소설가 김문수(金文洙, 1939~2012)의 수고에 크게 힘입은 것이었다.

이 2004년판 『신동문 전집』의 출간으로 신동문의 문학적 업적은 대강 정리된 셈이었다. 그래서 나는 이 전집을 바탕으로 이듬해 봄에 「신동문과 그의 동시대인들」이라는 글을 써서 그의 문학사적 위치를 정립해보려고 했다.[3] 그런데 그 글을 쓰면서 내가 발견한 사실은 신동문이 본격적으로 문단활동을 시작한 1960년대에 들어와 오히려 그가 시 창작에 회의를 느끼고 심지어 자신에게 시인 자격이 없다는

1 『경향신문』 1993년 12월 7일자 참조.

2 신동문 전집 詩篇 『내 노동으로』, 散文篇 『행동한다 그러므로 존재한다』, 솔 2004.9.17.

3 『문학수첩』 2005년 봄호; 평론집 『문학과 시대현실』, 창비 2010 수록.

호소까지 하고 있다는 점이었다. 반면에 그는 출판사나 잡지사의 편집자로서는 점점 더 능력을 발휘했다. 이병주(李炳注, 1921~92)를 소설가로 발탁한 것도 그였고 김수영(金洙暎, 1921~68)과 최인훈(崔仁勳, 1934~2018) 등에게 그 무렵의 발표지면을 제공한 것도 그였다. 요컨대 그는 스스로의 창작에는 소홀했지만 문인협회 바깥의 다수 비주류 문인들에게는 '기댈 언덕' 노릇을 하고 있었다. 따라서 신동문 같은 시인의 경우 단순히 활자화된 작품만으로 문학사적 업적을 평가하는 것은 일면적이라고 말할 수 있다.

이런 생각을 하는 중에 『시인 신동문 평전』이 출간되었다.[4] 이 책의 저자 김판수 씨는 경향신문 기자로 일하다 퇴직한 분으로, 함께 경향신문에서 근무했던 월간 『세대』지의 전(前) 주간 이광훈(李光勳, 1941~2011)의 권유로 말년의 신동문 시인을 만나 많은 이야기를 듣고 평전을 쓰게 되었다고 한다. 나는 평전이 출간되기 전에 저자로부터 추천사를 부탁받고 평전을 원고로 읽을 수 있었다. 그런 인연이 빌미가 되어 신동문의 삶을 다시 생각하며 쓴 글이 「시 쓰기 너머로 그가 찾아간 곳」이다.[5]

이런 과정을 거치는 동안 나는 '솔'판 『신동문 전집』에 미흡한 점이 적지 않다는 사실을 차츰 알게 되었다. 빠진 작품도 적지 않고 중요한 서지사항에 분명한 오류가 눈에 띄기도 했다. 예컨대 '솔'판 전집에는 시 「내 노동으로」가 『현대문학』 1967년 12월호 발표라고 되

4 김판수 『시인 신동문 평전』, 북스코프 2011.

5 『실천문학』 2011년 여름호; 평론집 『살아 있는 과거』, 창비 2015 수록.

어 있어, 나도 「신동문과 그의 동시대인들」을 쓰면서 이 기록을 그대로 따랐다. 그러나 1963년 4월 육민사에서 간행한 동인지 『현실』 제1집에는 「내 노동으로」가 「전쟁은 10년 전 옛얘기처럼」과 함께 수록되어 있음을 나는 뒤늦게 발견했다.[6] 이게 왜 중요하냐 하면, 만약 「내 노동으로」가 1967년 발표라면 그것이 신동문 시작활동의 마감이기 때문이다.

2

이번에 새로 발간하는 2020년 창비판 『신동문 전집』은 이런 문제의식에서 출발하여, 기존의 '솔'판을 바탕으로 하되 이 전집이 가진 문제점을 전면적으로 수정 보완한 결과물이다. 서지상의 오류를 바로잡는 것은 당연히 목표의 하나였다. 그런데 내가 몇개의 미수록 작품을 찾아내고 나서 생각하니, 신동문이 주로 활동한 1950년대 후반부터 1960년대의 신문·잡지·동인지 등에는 훨씬 더 많은 작품들이 숨어서 기다리고 있을 것이라는 기대가 들었다. 이 번거로운 일을 맡아 국립중앙도서관을 비롯한 각 대학도서관을 섭렵하여 자료를 검

6 육민사(育民社) 발행의 동인지 『현실』 제1집은 1963년 4월 30일에, 그리고 제2집은 같은 해 9월 12일에 간행되었다. 제1집 편집후기에는 이 동인회가 "일찍이 1960년 여름부터 논의되다가 난산 끝에 이제야 모습을 드러내게 되었다"고 기록하고 있다. 하지만 동인회의 성격이나 편집 책임자의 신원에 관해서는 일절 밝히지 않았는데, 시인 강민(姜敏, 1933~2019)은 생전에 신동문과 더불어 자신이 주도했다고 엮은이에게 증언한 바 있다.

색한 것은 젊은 평론가 이지은 씨였다. 그의 수고로 이 전집에는 '솔' 판에 비해 시 15편, 산문 20편의 작품들이 더 수록되었다.

그런데 이렇게 마무리되려는 즈음, 신동문 선생의 아드님 신남수(辛南秀) 씨가 시인의 유고를 보관하고 있다는 사실을 알게 되었다. 전집을 엮는 입장에서는 큰 사건이 아닐 수 없었다. 창비 편집부의 박지영 씨가 원고를 입수해 보니, 적지 않은 분량이었다. 엮은이로서 가장 필요한 일은 우선 그 원고들이 기(旣)발표작인지 아닌지의 여부를 가리는 일이었다. 육필원고를 입력해서 기존의 작품과 대조한 결과 27편은 전집에 이미 수록된 작품임이 드러났고, 58편은 적어도 지금까지 조사한 바로는 한 번도 활자화된 적이 없는 미발표작이었다. 검토 결과 시가 41편, 산문이 12편이나 되었고 거의 낙서 같은 글이 5편이었다. 흥분할 만한 사건이었다.

그런데 이 육필원고들은 성격이 다양했다. 완성작이라 볼 수 없는 글들이 많았고, 제목을 아직 정하기 전의 메모 같은 것들이 있는가 하면, 두번 세번 개작의 과정을 보여주는 이본(異本)들도 있었으며, 심할 때는 시인이 적절한 낱말을 찾기 위해 고심하다가 빈칸 그대로 남겨둔 경우도 있었다. 심지어 두 작품이 한 작품처럼 붙어 있거나 중간에 원고지 한장이 없어진 경우도 있었다. 이 복잡하고 혼란스러운 텍스트의 상태를 정리하여 원고화하는 동시에 새 원고를 육필본과 일일이 대조하는 힘든 작업은 '정편집실'의 유용민 대표가 꼼꼼히 수행했다. 이지은 평론가와 유용민 대표의 노고에 특별한 감사를 드린다.

이 유고들 중에서 시 「하늘」만은 따로 조금 설명할 필요가 있다.

시인이 생전에 스크랩해놓은 희미한 자료에는 "1등, 국방부장관 상장 및 부상 5만원, 마산 공군병원 신건호"라는 글자가 보인다. 신건호(辛建浩)는 곧 신동문의 본명인바, 이 시는 1952년경 국방부 산하 승리일보사가 입원한 국군장병을 대상으로 시행한 현상공모에서 시 부문 1등으로 당선된 작품이다.[7]

이와 동시에 그는 소설 부문에도 「집」이 3등으로 입선되었다. 신동문은 6·25전쟁 중 공군에 입대했으나 1952년 폐결핵 발병으로 공군병원 요양소에서 12개월간 치료를 받다가 공군병원 본원으로 이송되어 다시 10개월간 치료를 받고 1954년 제대했다. 그러니까 시 「하늘」은 1955년 한국일보와 동아일보에 시가 가작으로 입선되기 이전의 소위 데뷔작인 셈이다. 시 「하늘」을 제1부의 맨 앞에 배치한 까닭이다.

한편, 육필원고들 속에는 "어느 초가을 날 가랑비가 내리는 어스름 녘이었다."로 시작하는 제목 없는 산문 한 편이 들어 있다. 읽어본즉 단순한 수필이 아니고 쓰다가 중단된 소설이었다. 앞서 얘기했듯이 신동문은 시 1등 당선과 함께 소설도 3등으로 입선된 바 있었다. 이로 미루어 신동문은 이 무렵 소설 습작에도 손을 대었던 것 같다. 고심 끝에 이 글은 「어느 초가을 날」을 제목으로 붙여 제2부 미발표

7 승리일보가 실제로 어떤 신문이었는지 확실한 자료를 찾지 못했다. 다만 시인 구상(具常, 1919~2004)에 관한 기록에, 그가 6·25전쟁의 발발로 대구로 피난 와서 육군종군작가단 부단장으로 활동하는 한편 국방부 기관지 승리일보 주간을 맡아 활동했다고 한다. 구상은 1952년 전세가 교착상태에 빠지고 승리일보가 폐간되자 영남일보의 주필 겸 편집국장으로 자리를 옮겼다. 그렇다면 신동문의 시 「하늘」이 당선된 것은 1952년인데, 더 조사가 필요하다.

육필원고 안에 포함시켰다. 그밖에 '솔'판 전집에 수록되지 않은 앙케트, 좌담, 대담 등 신동문의 삶과 생각을 알려주는 글은 제3부 '기타'에 모았다.

이런 과정을 거쳐 완결된 이 전집의 전체 구성은 다음과 같다.

제1부 시

아! 신화같이 다비데군들: 솔 전집에 수록된 시편에 새로 발견된 발표작 15편을 보탠 것.

풍선과 제3포복: 1956년에 간행된 시집.

미발표 시: 미발표 육필원고 36편 추가.

제2부 산문

썩어진 지성에 방화하라: 솔 전집에 수록된 산문에 새로 발견된 발표작 20편을 보탠 것.

김삿갓 따라 강산 천리: 솔 전집 그대로.

청춘의 병든 계단: 솔 전집 그대로.

미발표 산문: 미발표 육필원고 11편 추가.

제3부 기타

솔 전집에 수록되지 않은 앙케트, 좌담, 대담 등 7편 추가. 미발표 육필원고 중 5편의 의미 없는 글은 제외.

3

신동문은 충청북도 청원군(淸原郡) 문의면(文義面) 산덕리(山德里)(지금의 청주시 상당구 문의면 산덕리)에서 태어났다.[8] 부친은 일찍 별세하고 모친의 엄격한 보호 밑에 내성적인 소년으로 자랐다. 그의 인생에 결정적 충격을 준 것은 6·25전쟁과 공군 복무 중 발병한 결핵이었다. 자전적 산문 「청춘의 병든 계단」은 전쟁의 환란 속으로 던져진 한 순진무구한 청년의 성장의 기록으로서, 어느 여성잡지에 연재되는 동안 큰 인기를 끌었다고 한다.

그는 이십대 10년을 병상에서 보냈다. 그 기간은 동시에 그가 시에 몰입해 있던 시간이기도 했다. 연작시 「풍선기(風船期)」는 바로 이 시기의 소산으로서, 원래 모두 53호, 총 1,700행이나 되는 장편시였는데,[9] 군복무 중 보관의 어려움 때문에 대부분 버렸다고 한다. 남은 20편에 새로 순서를 매겨 그중 한편이 1955년 동아일보에 입선되고 (그해에는 한국일보 신춘문예에도 시 「봄 강물」이 입선되었다), 다른 15편(6~20호)이 이듬해인 1956년 조선일보에 박봉우(朴鳳宇,

8 신동문 생전에 출간된 책에서는 모두 그의 생년이 1928년으로 되어 있다. 그러다가 『신동문 전집』(솔 2004)에 1927년으로 수정되고 나서 이후 그렇게 고정되었다. 그런데 신동문은 시인이자 유능한 편집자로서, 『한국전후문제시집』(신구문화사 1961)과 『52인 시집』(신구문화사 1966)에 붙은 연보의 작성에도 그 출판사의 편집위원으로서 직접 관여했을 것이다. 따라서 그 책들에 오류가 생길 가능성은 아주 적다고 할 수 있다. 나는 전집 출간 직후 사모님께 전화로 내 의견을 말씀드렸으나 1927년이 옳다는 답이 돌아왔다. 의문은 그대로 남아 있다.

9 시집 『풍선과 제3포복』(충북문화사 1956) 후기. 이 전집의 제1부 '풍선과 제3포복' 뒤에 수록.

1934~1990)의 「휴전선」과 함께 당선하였다. 이로써 신동문은 공식적으로 문단의 일원이 되었다.

시인으로 데뷔한 뒤에도 그는 한동안 고향인 청주에 머물러 있었다. 그 무렵 고등학생들의 문학 서클인 '푸른 문' 동인회의 고문으로 그들을 지도하기도 했고,[10] 청주의 출판사에서 첫 시집 『풍선과 제3포복』을 간행하기도 하였다. 1957년에는 친구인 민병산(閔炳山, 1928~1988) 등의 지역 문인·예술가들과 함께 충북문화인총연합회를 창립했고, 1959년에는 충청북도 문화상(예술부문)을 수상하였다. 이와 함께 중앙의 문예지에도 작품을 발표하여 신동문은 전후문단의 주요 시인으로 등장하였다.

그러다가 서울에서 4·19데모가 일어나고 그 여파로 청주에서도 학생데모가 벌어지자, 신동문은 학생들 배후로 지목되어 경찰의 추적을 받게 되었다. 산문 「썩어진 지성에 방화하라」[11]를 읽어보면 3·15선거 당시 얼마나 노골적이고 비열한 부정이 자행되었는지, 그리고 이에 대한 신동문의 대응이 얼마나 치열했는지 짐작할 수 있다.

아무튼 이런 경위로 신동문은 경부선 야간열차를 타고 도망치듯 서울로 올라와 거리에서 4·19혁명을 겪었다. 당시의 상황을 『신동문 평전』의 저자는 이렇게 묘사하고 있다: "수만 명의 시위대가 종로와 광화문 일대의 서울 중심부를 가득 메우고, 대통령 집무실이 있던 경무대를 향해 돌진하는 현장에는 그도 끼어 있었다. 수많은 젊은이들

10 소설가 김문수, 평론가 홍기삼, 아동문학가 조장희 등이 당시의 동인들이었다고 한다.

11 『새벽』 1960년 5월호; 본 전집 제2부 산문편 수록.

이 경찰의 총질에 쓰러지면서, 피 흘리면서 내지르는 절규를 그도 똑똑히 들었고, 또 함께 고함쳤다. 그의 대표작 가운데 하나인 「아! 신화같이 다비데군들」은 그 현장의 아우성을 날것 그대로 노래한 격정의 시였다. 역사적 현장의 구경꾼으로서가 아니라 참여자로서 쓴 시였다."[12]

4·19혁명이 이승만 정권의 붕괴로 일단 매듭이 지어지자 신동문은 월간지 『새벽』의 편집장으로 일하기 시작했다. 그는 대담한 기획과 파격적인 필자 등용으로 젊은 독자들에게 『사상계』 못지않은 호응을 받았다. 당시 대학 신입생이었던 나 자신도 『새벽』의 참신성에 더 호감을 느꼈고, 최인훈의 『광장』처럼 600매가 넘는 장편을 한꺼번에 싣는 데에 커다란 흥분조차 느꼈다. 그러나 이 잡지는 장면(張勉)의 민주당 정권이 성립하고 발행인과 주간이 정계로 들어가면서 자진 폐간되었고, 신동문은 한동안 쉬던 끝에 경향신문 특집부장으로 입사했다. 하지만 입사 1년여 만인 1964년 5월 필화사건의 발생으로 신문사도 그만두었다.

이런 우여곡절 끝에 신동문은 1965년부터 출판사 신구문화사의 기획주간으로 출근하기 시작했다. 당시 나는 신구문화사 편집부에 근무하고 있어, 그때부터 그를 거의 매일 만나는 사이로 되었다. 그 무렵 『세계전후문학전집』(1960~62)의 성공에 고무된 신구문화사는 그 후속작업으로 1964년 『노벨상 문학전집』을 간행하고 이어서 18권짜리 『현대한국문학전집』을 기획하였다. 이 전집의 얼개를 짜고 작

12 김판수 『시인 신동문 평전』 111면.

가들을 섭외하는 것은 신동문의 일이고 내용을 채우는 것은 나의 몫이 되었다. 1965년에 여섯권, 이듬해 열두권으로 완간된 이 전집은 미숙하나마 신동문과 나의 합작품이라고 나는 자부하고 있다.

그런데 당시 시인으로서의 신동문은 어떤 형편이었던가. 1963년경을 고비로 신동문은 한편으로는 여전히 「오늘에 서서 내일을」(1963.10) 「시인아 입법하라 아니면 폭동하라」(1964.4) 같은 산문을 통해 시인의 사회적 책임과 현실참여를 주장하면서도, 다른 한편 시 쓰기의 무의미와 무능력에 대해 되풀이 고백하는 분열적 양상을 드러낸다. 「변명고(辨明考)」(1964.3)에서 그는 독촉에 못 이겨 책상 앞에 앉았으나 도무지 시가 써지지 않아서 괴로워하는 심정을 털어놓는다. 「시인이 못 된다는 이야기」(1965.11)에서 그는 이렇게 말한다: "나는 시를 쓴다는 일이 도무지 무의미하게만 생각된다. 시를 쓰기 위해 밤을 새우고 시를 생각하기 위해서 시간을 할당해야 한다는 일은 너무나 아깝고 억울한 일로만 생각된다." 그러나 「실시(失詩)의 변」(1967)에서 그는 잠시 새로운 다짐을 하기도 한다: "어떠한 이유로든 침묵하고 있다는 것은 그만큼 시인으로서의 과오라는 것은 알고 있고, 그 죄에 대한 대가로…… 언젠가는 보다 좋은 시를 써야 한다는 것을 각오하고 있다." 그러나 그의 이 각오는 끝내 지켜지지 못했다. 이미 1963년쯤부터 현저히 줄어들기 시작한 신동문의 시 창작은 1960년대 중엽에 사실상 종결되기 때문이다.

1970년대에 접어들어 신동문은 단양 농장의 개간을 본격화하기 시작했다. 1969년부터 『창작과비평』의 발행인을 맡았으나 실무와는 거리가 멀었다. 이 무렵 어느날 그는 나에게 낯선 책을 한권 보여주었다. 그것은 1950년대에 홍콩에서 간행된 침술서적이었다. 중국 홍군이 대장정 기간 중에 침으로 치료한 경험을 정리한 의료서적이었다. 신동문은 어렵게 구한 그 책을 가지고 자신의 몸에 수없이 침을 꽂아가며 침술을 익힌다고 말했다.

1975년 여름방학에 나는 단양의 농장으로 찾아가 그의 허름한 농막에서 이틀 밤을 잤다. 새벽부터 인근 주민들이 침을 맞으러 찾아오는 바람에 농사일이 안될 지경인 것을 목격했다. 그런데 돈을 절대 받지 않았으므로 치료받은 환자들 중에는 밭에서 두어 시간 일하는 것으로 치료비를 대신하는 사람들도 있었고, 돈을 내겠다고 끝까지 우기는 사람에게는 돈 대신 노래를 한 곡조 시키기도 했다. 그가 한달에 두어번 가족을 만나러 서울에 왔다가 관철동 기원에 앉아 바둑을 두고 있으면 역시 그의 침술 소문을 듣고 바둑판 곁에서 기다리는 환자들을 나는 여러번 보았다. 그의 침은 믿을 수 없을 만큼 놀라운 효력을 발휘한다고 바둑 친구들은 말했다. 그런 생활 끝에 그는 1975년 가을호를 마지막으로 '창비' 발행인으로 이름 올리는 것도 마감했다.

신동문은 말년을 거의 혼자서 단양 농막에서 보냈다. 담도암 진단을 했던 의사는 그의 여명이 한달 정도일 거라 판정했지만, 그는 그로부터 1년 4개월을 더 살았다. 한때 서울과 원주의 큰 병원에서 항암치료를 받기도 했으나, 어느 시점 이후 그것도 그만두었다. 병문안 오는 이웃 농부들과 평소처럼 즐겁게 담소를 나누었으며, "모든 것을 깨끗이 정리해놓았어. 이제 죽음에 들기만 하면 돼." 하고 오히려 그들을 안심시켰다. 죽음을 한달쯤 앞두고 그는 각막과 장기를 기증

하는 서약서를 작성했다. 1993년 추석을 하루 앞두고서 그에게는 위급한 순간이 찾아왔다. 그는 병원으로 급히 후송되던 중 구급차 안에서 숨을 거두었다. 그의 시신은 화장되어 농장 근처의 남한강에 뿌려졌다. 그는 자신이 원하던 곳으로 이렇게 영원한 귀환을 결행한 것이었다.

| 찾아보기 |

시

산문

엮은이 **염무웅**(廉武雄)

1941년 강원도 속초에서 출생하여 서울대 독문과 및 동대학원을 졸업했다. 1964년 경향신문 신춘문예에 문학평론이 당선되어 등단했다. 창작과비평사 대표, 민족예술인총연합 이사장, 민족문학작가회의 이사장을 역임했고 현재 영남대 명예교수, 국립한국문학관 관장으로 있다. 평론집 『민중시대의 문학』 『혼돈의 시대에 구상하는 문학의 논리』 『모래 위의 시간』 『문학과 시대현실』 『살아 있는 과거』, 산문집 『자유의 역설』 『반걸음을 위한 생존의 요구』, 대담집 『문학과의 동행』, 공역서 『문학과 예술의 사회사』 등이 있다.

신동문 전집

초판 1쇄 발행 / 2020년 10월 30일

지은이 / 신동문
펴낸이 / 강일우
책임편집 / 정편집실·박지영
조판 / P.E.N.
펴낸곳 / (주)창비
등록 / 1986년 8월 5일 제85호
주소 / 10881 경기도 파주시 회동길 184
전화 / 031-955-3333
팩시밀리 / 영업 031-955-3399 편집 031-955-3400
홈페이지 / www.changbi.com
전자우편 / lit@changbi.com

ISBN 978-89-364-7821-6 03810